# La flor de hierro

# La flor de hierro

## Las crónicas de la Bruja Negra
### VOLUMEN II

## Laurie Forest

Traducción de Laura Fernández

**Roca**editorial

Título original: *The Iron Flower*

© 2018, Laurie Forest

Edición publicada en acuerdo con Harlequin Books S. A.

Primera edición: marzo de 2020

© de la traducción: 2020, Laura Fernández
© de esta edición: 2020, Roca Editorial de Libros, S. L.
Av. Marquès de l'Argentera 17, pral.
08003 Barcelona
actualidad@rocaeditorial.com
www.rocalibros.com

Impreso por LIBERDÚPLEX

ISBN: 978-84-17805-75-3
Depósito legal: B. 3038-2020
Código IBIC: YFB; YFG

RE05753

Para Walter, mi marido

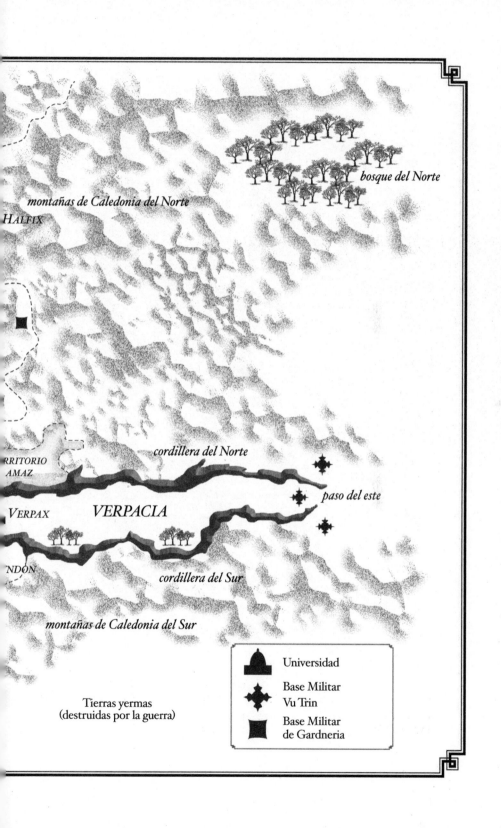

bosque del Norte

montañas de Caledonia del Norte

HALFIX

RRITORIO
AMAZ

cordillera del Norte

VERPAX

VERPACIA

paso del este

NDON

cordillera del Sur

montañas de Caledonia del Sur

Tierras yermas
(destruidas por la guerra)

Universidad

Base Militar
Vu Trin

Base Militar
de Gardneria

# PARTE UNO

# Prólogo

«*B*ienvenida a la Resistencia.»

Recuerdo las palabras de la vicerrectora Quillen mientras avanzo a toda prisa con la cabeza agachada, para evitar el azote del viento bajo la luz de las antorchas que iluminan las calles de la universidad. Me ciño la capa; ya no me siento intimidada por los carteles con mi foto pegados por toda la ciudad. Al contrario, ahora siento más urgencia y más decisión si cabe.

Tengo que encontrar a Yvan.

Tengo que explicarle que el profesor Kristian y la vicerrectora Quillen van a ayudar a mi amiga Tierney y a su familia a escapar al Reino del Este. Yvan fue quien me sugirió que acudiera a nuestro profesor de historia, por lo que imagino que él debe de conocer la relación que el profesor Kristian tiene con la Resistencia.

Y de la misma forma que ocurre con Tierney, es evidente que Yvan tiene sangre fae. Él también tiene que escapar del Reino del Oeste.

Siento una repentina punzada de tristeza cuando pienso que Yvan podría marcharse para siempre. Aminoro el paso y se me saltan las lágrimas. Me detengo junto a una farola y me apoyo en ella. Del cielo, negro como el carbón, caen copos de nieve que me pinchan en la cara y en las manos, y la antorcha escupe bocanadas de chispas al aire helado.

Intento recuperar el aliento sintiendo, de pronto, todo el peso de Gardneria sobre mis hombros amenazando con tragarse a todos mis seres queridos.

Un grupo de estudiantes alfsigr pasan en silencio por mi lado sin dirigirme siquiera una rápida mirada, con las capas de color marfil bien ceñidas y deslizándose como fantasmas por entre el ligero velo de nieve. Veo cómo se desvanecen sus pálidas figuras y terminan fusionándose con la niebla blanca al mismo tiempo que me esfuerzo por respirar hondo y reprimir las lágrimas.

Me obligo a moverme y vuelvo a avanzar por las calles salpicadas de nieve. Al final llego al sinuoso camino que conduce a la entrada trasera de la cocina principal, y una oleada de maravillosa calidez me envuelve en cuanto entro. Miro a mi alrededor con la esperanza de encontrar a Yvan, pero solo veo a Fernyllia, la directora de la cocina, que está limpiando restos de masa de pan de una de las mesas alargadas.

—Ah, Elloren. —Fernyllia me saluda esbozando una cálida sonrisa y su pálido rostro rosado se ilumina detrás de algunos mechones de pelo blanco que han escapado de su moño—. ¿Qué te trae por aquí a estas horas?

Su relajada actitud es tan contraria a mi torbellino de emociones que se me enturbia la mente por un momento.

—Estoy buscando a Yvan.

Fernyllia señala la puerta trasera con su escoba.

—Le he pedido que vaya a llevar las sobras a los cerdos. Todavía quedan unos cuantos cubos por sacar. ¿Qué te parece si tú y yo cogemos uno o dos y le ahorramos un par de viajes?

—Claro —acepto encantada.

—Adelántate tú; yo saldré ahora.

Levanto dos de los pesados cubos y los músculos de mis brazos responden al peso con facilidad después de los últimos meses de duro trabajo en la cocina. Empujo la puerta de atrás con el hombro para abrirla y empiezo a subir la colina en dirección al establo acompañada por una gélida ráfaga de viento que arremolina la nieve brillante a mi alrededor.

En cuanto pongo el pie en la puerta del establo oigo el murmullo apagado de una conversación. Me acerco a las voces con cautela y miro por entre las asas de madera de los rastrillos, las azadas y las palas que cuelgan de la pared. Me quedo helada al reconocer dos rostros al otro lado.

Yvan e Iris.

Yvan está muy serio, igual que ella, y se miran fijamente el uno al otro. Además están muy juntos: demasiado.

—Van a empezar a hacer pruebas de hierro a todo el mundo —le dice Iris a Yvan con la voz temblorosa—. Sabes que lo harán. Tengo que marcharme. Debo largarme pero ya.

Intento asimilar sus palabras muy confusa.

«¿Iris Morgaine es… fae?»

Me esfuerzo por recordar una sola ocasión en la que haya visto a Iris tocando hierro en la cocina y me doy cuenta de que, al contrario que Yvan, ella nunca se acerca a las cazuelas ni a los fogones. Siempre se dedica a preparar hojaldres y pan.

Siempre.

Y si tiene tanto miedo de que le hagan la prueba del hierro debe de ser porque Iris es completamente fae. Oculta tras un glamour, igual que Tierney.

Iris rompe a llorar sin dejar de mirar a Yvan con expresión implorante. Él la abraza con delicadeza y le murmura palabras de consuelo mientras la estrecha entre sus fuertes brazos, y su despeinado pelo castaño se mezcla con algunos de los tirabuzones dorados de la chica.

Siento una punzada repentina y un espontáneo y absoluto deseo egoísta de ser yo la que estuviera entre los brazos de Yvan, además del repentino y feroz deseo de no parecerme tanto a mi maldita abuela. Porque quizá entonces Yvan me querría a mí.

«No tienes ningún derecho a sentirte así —me reprendo mentalmente—. Yvan no te pertenece.»

Iris ladea la cabeza y besa a Yvan en el cuello, se pega a él y deja escapar un delicado jadeo.

Yvan se pone tenso y abre los ojos sorprendido separando los labios con evidente desconcierto.

—Iris…

Se separa un poco de ella al mismo tiempo que en mi interior estalla una burbuja de frustrado deseo por él, tan intensa que me duele.

De pronto, como si percibiera mi torrente de emociones, Yvan me mira fijamente y sus intensos ojos verdes se clavan en los míos envueltos en un brillo de absoluta certeza. Y yo comprendo, sin un ápice de duda, que es capaz de adivinar la intensidad de lo que siento por él.

Me siento horrorizada y avergonzada. Suelto los cubos llenos de sobras y salgo corriendo del establo hacia la noche nevada. Por poco derribo a Fernyllia, que me observa con sorpresa cuando paso corriendo por su lado y la dejo a punto de resbalar por la colina nevada.

15

Cruzo la cocina en dirección al vestíbulo desierto con la cara llena de lágrimas y la respiración entrecortada, hasta que llego a una sala de conferencias y me siento en una de las muchas sillas de la oscura estancia. Entierro la cabeza entre los brazos y me entrego a un intenso y estremecido llanto que me oprime las costillas y me roba el aire de los pulmones.

«Me he dejado arrastrar por mis sentimientos y me he enamorado de él. Y él nunca me querrá.»

El dolor del continuo rechazo de Yvan es como el impacto de un trueno, y no me siento preparada en absoluto para enfrentarme a tal intensidad.

Perdida en mi tristeza no advierto la silenciosa presencia de Fernyllia hasta que la veo por el rabillo del ojo y noto el contacto de su mano encallecida sobre el hombro. La silla contigua araña el suelo y la mujer se sienta a mi lado.

—Te gusta, ¿verdad, chiquilla? —pregunta Fernyllia con amabilidad.

Aprieto los ojos con fuerza y asiento con sequedad. Ella me acaricia la espalda con dulzura y me susurra algunas palabras en urisco.

—No quiero ser gardneriana —consigo admitir al fin muerta de rabia.

No quiero volver a ponerme el uniforme negro de los gardnerianos nunca más. No quiero volver a llevar en el brazo ese inhumano brazalete blanco como muestra silenciosa de apoyo al Gran Mago Marcus Vogel. No quiero tener nada que ver con la tiranía con la que los míos han tratado a los demás.

Quiero desentenderme de todo.

Quiero a Yvan.

Fernyllia guarda silencio un momento.

—No podemos elegir lo que somos —anuncia al fin con un hilo de voz—. Pero sí que podemos elegir quiénes somos.

Levanto la vista y me encuentro con sus ojos.

—¿Sabías que yo estuve casada? —pregunta Fernyllia con una débil sonrisa nostálgica—. Fue antes de la Guerra del Reino. —Adopta una expresión oscura y se le acentúan las arrugas alrededor de los ojos—. Entonces llegó tu pueblo y mató a todos nuestros hombres. Y cuando todo terminó reunieron a los supervivientes y nos pusieron a trabajar para los gardnerianos.

Fernyllia se queda callada un momento. Y después añade susurrando:

—También me arrebataron a mi hijo pequeño.

Me quedo sin aliento.

—La vida puede ser muy injusta —afirma con la voz entrecortada.

Me recorre una oleada de vergüenza. Mis problemas palidecen en comparación con los de Fernyllia. Ella ha pasado por muchas cosas y, sin embargo, se mantiene fuerte, sigue esforzándose para ayudar a los demás. Y aquí estoy yo, autocompadeciéndome. Me trago las lágrimas sintiéndome arrepentida, me enderezo e intento recomponerme.

—Eso es, Elloren Gardner —dice Fernyllia con una expresión dura pero amable—. Anímate. Mi nieta, Fern… Para ella quiero algo mejor. No quiero que tenga que pasarse la vida sirviendo a los gardnerianos y que le digan que no vale para nada. Quiero que sea libre mental y físicamente, y lo primero es lo más difícil para cualquiera de nosotros. Pero no pueden dominar tu mente, ¿verdad, Elloren?

La miro fijamente y niego con la cabeza.

—Bien —contesta complacida—. Asegúrate de que sigue siendo así. Queda mucho por hacer. Tienen que cambiar muchas cosas para que mi Fern pueda disfrutar de una vida digna.

17

## Ley número 103 del Consejo de Magos

Cualquier información sobre la sustracción de un dragón militar de la Base de la Cuarta División gardneriana debe ser comunicada inmediatamente al Consejo de Magos.

El robo de dragones militares será castigado con la muerte.

# 1

## Forastero

—Vogel ha cerrado la frontera de Gardneria.

El silencio se adueña de la enorme despensa de la cocina mientras asimilamos las palabras del profesor Kristian. Nos va mirando a todos a los ojos, uno por uno, con las manos entrelazadas sobre la amplia mesa de madera que tiene delante.

Tierney y yo nos miramos con inquietud. Alrededor de la mesa aguarda parte de nuestro comando de Resistencia y el parpadeo de los candiles ilumina nuestros rostros cansados. Yvan está sentado delante de mí, al lado de Iris, con una arruga tensa entre los ojos, y yo me esfuerzo para no mirarlo. Fernyllia está detrás de Yvan, apoyada en las estanterías llenas de conservas, y mira fijamente a Jules Kristian con sus ojos sonrosados y los brazos cruzados ante su robusta figura. Bleddyn Arterra aguarda entre las sombras, con cara de pocos amigos, y su rostro ha adoptado un intenso color verde al calor de la luz centelleante. La vicerrectora Lucretia Quillen está sentada con recato junto a Jules, y percibo una expresión relajada y serena en su duro rostro.

Solo hemos venido unos cuantos, no podemos celebrar reuniones muy numerosas sin levantar sospechas. Por tanto, es nuestra responsabilidad hacer llegar los mensajes a los demás comandos de Resistencia que hay repartidos por Verpacia, incluyendo a mis hermanos y a los amigos que nos ayudaron a rescatar a Naga, el dragón militar amigo de Yvan al que los gardnerianos todavía no habían conseguido doblegar.

—La Guardia de Magos patrulla la frontera día y noche —prosigue Jules con seriedad. Vacila un momento—. Y ahora están utilizando hydreenas amaestradas para dar caza a los fae.

—¿Hydreenas? —repite Tierney aterrada. Está sentada a mi lado con el rostro tan tenso como la cuerda de un arco. Su temor es comprensible, esas gigantescas bestias con aspecto de jabalíes son despiadadas y capaces de detectar rastros a larga distancia.

—Vogel también ha conseguido el apoyo de la población gardneriana de esta zona —explica Lucretia con un tono inquietante—. Y está ofreciendo una recompensa muy jugosa por la cabeza de cualquier fae oculto tras un glamour.

La seda negra de su túnica gardneriana refleja la luz del candil. Va tan camuflada como Tierney y como yo cuando no estoy trabajando en la cocina: con la túnica negra gardneriana sobre una larga falda ébano y un brazalete blanco ceñido al brazo. El brazalete blanco que llevan los simpatizantes del Gran Mago Marcus Vogel.

Es de máxima importancia que los demás gardnerianos crean que estamos de su parte para proteger a la Resistencia. Y aun así no puedo evitar sentir náuseas cada vez que vuelvo a ponerme uno de esos brazaletes.

Solo hace unos días que me he unido a la Resistencia de Verpacia, pero ya sé que está encabezada por Jules, Lucretia y Fernyllia. Hay un brazo celta de la Resistencia que planifica actos de sabotaje contra las fuerzas gardnerianas y alfsigr, pero el comando de Verpacia se dedica básicamente a buscar la forma de evacuar a los refugiados, que tienen que cruzar Verpacia para salir del Reino del Oeste.

Todo el mundo tiene mucho miedo de los militares gardnerianos y alfsigr, por eso la resistencia de Verpacia es un grupo pequeño, desarmado y abrumado. La única ventaja potencial que poseemos es un dragón militar no amaestrado con las patas y las alas muy deterioradas.

La situación es desmoralizante, como mínimo.

Me masajeo la sien tratando de aliviar un persistente dolor de cabeza. El olor a pan recién hecho y el aroma de las especias que viene de la cocina se suman en un abrazo cálido que solo me proporciona un ligero consuelo.

He pasado un día de perros.

Me he despertado al alba empapada en sudores fríos y con las sábanas enroscadas a las piernas mientras intentaba olvidar la enésima pesadilla. La misma que lleva atormentándome desde hace varios días.

Desorientada, me he esforzado por aferrarme a los detalles del sueño aterrador cuando empezaban a dispersarse, ligeros como el humo.

«Un campo de batalla a los pies de un cielo carmesí, una maléfica figura encapuchada acercándose a mí con una varita blanca en la mano mientras yo me escondía tras un árbol muerto y carbonizado.»

Ahora, muchas horas después, lo único que queda de esa pesadilla es una remota sensación de pánico y la vaga e inquietante certidumbre de que me acecha algo oscuro.

—¿Sabemos algo sobre las elecciones del Consejo de Verpacia? —pregunta Bleddyn.

Fernyllia le dedica una mirada sombría.

—Los gardnerianos han conseguido la mayoría.

—Gran Ancestro —susurro consternada al mismo tiempo que Iris resopla con rabia y sus preciosos ojos color avellana se tiñen de indignación.

Y de miedo.

Yvan le posa la mano en el brazo para tranquilizarla y yo me sacudo la punzada de envidia que me asalta.

—Todos sabíamos que eso ocurriría tarde o temprano —afirma Tierney con sequedad y una mueca desdeñosa en los labios—. Ya hace bastante tiempo que el Consejo de Verpacia es una causa perdida.

Pero es mucho más que una causa perdida: es un desastre absoluto.

Verpacia está poblada por una gran variedad de grupos étnicos: básicamente verpacianos, gardnerianos, elfhollen y celtas. Ahora que su consejo dirigente está formado por una mayoría gardneriana, solo es cuestión de tiempo que su influencia comience a cernirse sobre el país y empiece a consumirlo.

Una luz parpadea sobre nuestras cabezas y todos miramos hacia arriba. Se ha formado una densa nube cerca de las vigas del techo de la despensa, y en su interior centellean pequeños relámpagos blancos. Miro a Tierney alarmada y ella me observa con inquietud. Su creciente y poderosa magia de agua asrai se está descontrolando. Otra vez.

Tierney cierra los ojos con fuerza y deja escapar un largo y tembloroso suspiro. La nube empieza a disiparse y termina por desaparecer del todo. Tanto Jules como Lucretia están observando a Tierney con expresión de profunda preocupación, pero ella evita mantenerles la mirada.

—Los gardnerianos han colgado sus banderas por todas partes. —Bleddyn acentúa sus palabras con gestos de la mano. Me mira fijamente y frunce sus labios verdes con desagrado—. No paran de hacer ondear esos trapos asquerosos, actúan como si fueran los dueños de Erthia.

Me estremezco por dentro ante la poderosa mirada de Bleddyn y me siento muy consciente de mi melena negra gardneriana y del brillo esmeralda de mi piel, intensificado por la tenue luz de la estancia.

—Queda muy poco tiempo para que Verpacia se convierta en una extensión de Gardneria —apunta Iris con un tono estridente mirando a Jules con ojos suplicantes—. No podemos quedarnos mucho más tiempo, Jules.

Él asiente comprensivo.

—Nos estamos organizando para evacuar al máximo de personas que podamos en dirección este, pero tenemos que esperar algunos meses hasta que cesen las tormentas en el desierto y pase el invierno.

Jules se esfuerza todo lo que puede para tranquilizarla haciendo hincapié en el momento en el que es más probable que se presente una oportunidad para escapar, y por mucho que deteste a Iris siento lástima por ella.

Yvan me mira a los ojos un momento, pero enseguida aparta la mirada y yo me siento decepcionada. Ha estado muy frío conmigo desde que rescatamos a Naga y destruimos la base militar gardneriana. Y se muestra más frío todavía desde mi bochornoso espectáculo de hace unos días, cuando tropecé con él y con Iris en el establo y dejé que viera bien claro lo que siento por él.

Respiro hondo algo temblorosa y me esfuerzo por enterrar el doloroso recuerdo en el fondo de mi mente mientras Jules empieza a informar a Fernyllia de la provisión de alimentos que necesita para un grupo de refugiados. Sin pensar, me llevo la mano al collar de roble blanco que me mandó Lukas Grey. A pesar de lo mucho que me he esforzado por mantenerlo a distancia, Lukas parece seguir decidido a comprometerse conmigo, a juzgar por sus regalos y las cartas que me ha enviado.

Deslizo los dedos por el árbol grabado en el colgante y en mi mente aparece la relajante imagen de un roble de hojas pálidas. Cada vez me siento más atraída por el colgante, cautivada por el consuelo que me ofrece; es una sensación muy parecida a la que me provocó la varita blanca que me dio Sage.

Cuando aprieto el colgante con más fuerza siento cómo me recorre una oleada de brillante energía y recuerdo lo que me advirtió Wynter la primera vez que me puse el collar. Las dos percibimos el sutil poder que había en él, un poder que conecta con una parte muy oscura de mí y que todavía soy incapaz de identificar. En él anida el calor de una llama, la fuerza de un árbol centenario, y la tentación a la que tanto me está costando resistirme.

Suspiro y suelto el colgante mirando a Yvan a escondidas una vez más. Iris está tan pegada a él que tiene la barbilla prácticamente sobre su hombro. Vuelvo a sentir un aguijonazo de envidia y me esfuerzo por enterrar el amargo sentimiento, pero estoy tan agotada que se cuela en mi corazón de todas formas. Iris se pega un poco más a él y mientras contemplo el brillo de su melena rubia color miel acariciando el brazo de Yvan caigo presa de una profunda tristeza.

«¿Fueron imaginaciones mías, Yvan? ¿Que estuviste a punto de besarme aquella noche? ¿Por qué te apartaste?»

Mientras observo el atractivo y anguloso rostro de Yvan con la esperanza de encontrar alguna respuesta, Iris se vuelve hacia mí. Entorna los ojos con desaprobación y yo aparto la vista notando incómoda cómo se me ruboriza el rostro. Me esfuerzo por recuperar la compostura, pero cuando levanto la vista, Iris sigue fulminándome con la mirada. Apoya la cabeza sobre el hombro de Yvan a propósito y le rodea el brazo con una de sus delicadas manos.

Yvan la mira distraído y posa la mano sobre la suya con actitud tranquilizadora. Yo trago saliva al ver la sonrisa triunfadora que asoma a los labios de la chica; se me seca la garganta y me pongo de peor humor todavía.

—¿Han dicho algo sobre una posible amnistía para los refugiados? —le pregunta Tierney a Lucretia justo cuando Jules y Fernyllia ponen punto final a su conversación.

—Lo estamos intentando —confiesa Lucretia—. El clima político está… complicado en este momento. Las amaz están acep-

23

tando un número limitado de refugiados, pero solo mujeres, y siempre teniendo en cuenta el acuerdo que tienen con las vu trin, que se han comprometido a ir llevando a todos los refugiados al este. —Cuando advierte la expresión nerviosa de Tierney se apresura a añadir—: Pero eso supone un gran paso. Y es muy valiente por parte de las amaz. —Lucretia aprieta los labios—. Los lupinos, los celtas y los verpacianos tienen demasiado miedo a provocar la ira de los gardnerianos.

—Entonces, ¿qué hacemos ahora?

—Seguiremos haciendo todo lo que podamos para sacar a los refugiados de un reino que los trata con hostilidad —contesta Jules—. Hay que alejarlos del punto de mira de los gardnerianos y los alfsigr. —Se reclina en la silla, se quita las gafas y saca un pañuelo del bolsillo para limpiarlas—. Las vu trin de la zona quizá puedan ayudarnos. Su comandante, Kam Vin, siente simpatía por los refugiados.

Me sorprende mucho oír aquello, porque todavía recuerdo muy bien lo dura e intimidante que fue la comandante Vin cuando me hizo el examen de varita.

—Sin embargo, la comandante Vin está intentando mantener un prudente equilibrio —añade Jules—. Políticamente, el pueblo Noi está en buenos términos con los gardnerianos. Y no quieren que sus militares vu trin acaben provocando una guerra sin querer.

—Entonces los Noi están apaciguando a los gardnerianos —espeta Tierney con desdén—. Como todos los demás.

Jules le lanza a mi amiga una mirada cansada.

—Así es, Tierney. No hay duda. Pero parece que la comandante Vin le está viendo las orejas al lobo. Ella sabe que será imposible apaciguar a los gardnerianos toda la vida, y por eso tenemos a una aliada potencial en ella. Y eso es bueno, porque es probable que la situación actual se ponga mucho más fea.

—Ya se ha puesto mucho más fea —puntualiza Tierney con obstinación.

—Ella tiene razón —interviene Yvan mirándonos a todos—. Hay aprendices de militar gardnerianos que ya han empezado a esquilar a los uriscos.

Iris palidece y Bleddyn espeta algo que parece un taco en urisco.

—Ya ha habido cuatro incidentes en los últimos dos días

—prosigue Yvan muy serio. Mira a Fernyllia y a Bleddyn con preocupación—. Andaos con cuidado. No vayáis solas a ninguna parte.

—¿A qué te refieres con eso de «esquilar»?

Bleddyn me fulmina con la mirada.

—Los gardnerianos nos están cortando las puntas de las orejas, como si fuéramos animales. Y después nos rapan el pelo de la cabeza. Eso es esquilar.

«Santísimo Gran Ancestro.» Me invade la confusión y de pronto siento náuseas.

—Un granjero gardneriano de Verpacia ha sido atacado por algunos trabajadores uriscos —me explica Yvan mostrándose más cercano mientras me mira unos segundos, como si pudiera percibir lo mucho que me ha afectado lo que han explicado hace un momento—. Los gardnerianos del Consejo de Verpacia han exigido venganza, y eso ha provocado violencia entre el pueblo.

—Oí hablar de lo que había ocurrido en aquella granja —comenta Fernyllia con una expresión tensa—. Ese granjero gardneriano estaba abusando de sus trabajadores sin ninguna piedad. Los golpeaba hasta dejarlos casi muertos. —Vacila un momento y se le ensombrece el rostro—. Y les hacía cosas mucho peores.

—Abuela, ¿qué pasa?

Todos los ojos se posan sobre la pequeña Fern, que acaba de colarse en la habitación. Camina abrazada a su muñeca de trapo preferida, Mee'na, la muñeca que su abuela Fernyllia le cosió con tanto cariño. Mee'na tiene la piel sonrosada, las trenzas de color rosa y las orejas puntiagudas, igual que Fern.

Rezo para que no haya entendido ni una sola palabra de nuestra horrible conversación, pero en sus asustados ojos se adivina el miedo.

Fernyllia chasquea la lengua y se acerca a su nieta. Se agacha con dificultad, la abraza y le murmura con ternura en urisco.

Olilly entra avergonzada detrás de Fern. La empleada de cocina urisca de piel lavanda nos dedica una pequeña sonrisa vacilante.

—Ve con Olilly —le indica Fernyllia con tono tranquilizador—. Enseguida voy a contarte un cuento, *shush'onin*.

Después abraza y besa a su nieta y la niña se marcha con Olilly, que cierra la puerta de madera de la despensa al salir.

Compartimos un triste silencio durante un rato.

25

—Esconde bien a Fern —le advierte Yvan a Fernyllia con mucha seriedad—. Escóndela muy bien.

Estoy horrorizada. La idea de que alguien pueda coger a Fern para raparle las trenzas rosadas y cortarle las puntas de las orejas... es tan espantoso que apenas puedo ni planteármelo. Hace unos meses jamás habría creído que podía existir la amenaza de tal crueldad en el mundo.

Ahora ya lo sé. Y me da asco.

—Tengo que compartir con vosotros una última noticia espantosa. —Jules se vuelve hacia Tierney y hacia mí—. Han bajado la edad obligatoria para que los gardnerianos se comprometan a los dieciséis años. El Gran Mago obligará a hacerlo a todos los gardnerianos de más de dieciséis años que no lo hayan hecho a finales del quinto mes.

Agacho la cabeza para mirarme las manos: tengo las uñas raídas y la piel teñida de azul y verde de manipular tantas hierbas medicinales. Y, por suerte, libres de marcas. «Aunque no por mucho tiempo.»

26

Me estremezco al imaginar mis manos cubiertas de las marcas negras del compromiso que me unirán para siempre a una persona a la que apenas conozco. Durante las últimas semanas, mi tía Vyvian ha empezado a enviarme cartas amenazadoras en las que me ha dado a entender que quizá tenga que empezar a recortar la ayuda económica que nos dispensa para pagar las carísimas facturas médicas de mi tío enfermo si no me comprometo pronto con Lukas Grey.

Al pensarlo me asalta la ira y una creciente desesperación. ¿Con quién me emparejaré si no es con Lukas? Quizá no encuentre ninguna forma de evitar el compromiso, incluso aunque me quede en Verpacia y me niegue a volver a Valgard. Aquí viven gardnerianos suficientes como para que mi tía pueda obligarme a cumplir con la nueva ley.

La inminente amenaza del compromiso ha puesto muy nerviosa a Tierney, igual que la prueba del hierro que Vogel ha ordenado efectuar antes de todas las ceremonias. Una prueba que no solo revelará lo que Tierney es en realidad, sino que tiene el potencial de llegar incluso a matarla.

—Estamos negociando con los lupinos y con las vu trin para sacarte a ti y a tu familia junto al resto de los fae —le explica

Lucretia a Tierney mientras Jules despliega un mapa de Verpacia, lo alisa sobre la mesa y se inclina sobre él para examinar las notas escritas.

Rutas de huida. Para que los uriscos, los elfos smaragdalfar y los fae puedan escapar a las tierras del este.

—Diles a Rafe y a los gemelos lupinos que vengan a verme, Elloren —dice Jules levantando la cabeza del mapa—. Necesitamos rastreadores que encuentren rutas nuevas para los refugiados. Los militares de Verpacia han cortado la mayoría de las rutas del norte.

Asiento animada por las contribuciones que mi familia y mis amigos están haciendo para apoyar la Resistencia. Mi hermano Trystan se ha unido con mucho entusiasmo y ha empezado a fabricar armas a escondidas para los refugiados y sus guías.

Todas las personas que están en la habitación lo saben.

Pero Iris y Bleddyn no tienen ni idea de quién está detrás de la destrucción de la base militar gardneriana y del robo del dragón militar.

Y de todos nosotros, solo Tierney e Yvan conocen la existencia de Marina, la selkie que tengo escondida en mi habitación.

—También necesitaremos tu ayuda y la de Tierney —comenta Lucretia—. Hay un brote terrible de gripe roja entre los refugiados que se dirigen a Verpacia, que afecta en especial a los niños.

—Y en lugar de demostrar un poco de compasión —interviene Jules con tono desdeñoso—, el Consejo de Verpacia está utilizando su enfermedad como excusa para presionar a cualquiera que esté aquí sin los papeles en regla, lo que imposibilita que los refugiados puedan acceder a la ayuda de médicos y farmacéuticos.

Tierney y yo intercambiamos miradas decididas, pero tampoco nos hacemos muchas ilusiones debido a la complejidad de lo que nos están pidiendo. La tintura de Norfure es un remedio difícil y caro de preparar, y cuesta bastante encontrar los ingredientes para hacerla. Pero nosotras somos las únicas de nuestro pequeño comando de Resistencia que poseemos los conocimientos necesarios para prepararla.

—Nosotras prepararemos la medicina —promete Tierney con la voz teñida de rebeldía.

—Gracias —contesta Jules agradecido, y a continuación se vuelve de nuevo hacia mí—. Y Elloren, dile a tu hermano Trystan que hemos encontrado a una persona que puede entrenarlo para que aprenda a dominar los hechizos del combate. Se llama Mavrik Glass. Es el Maestro de Varitas de la base de la División Cuatro, pero se ha pasado a nuestro bando. Ya lleva un tiempo entrenando a medio gas a los soldados gardnerianos y guardándose los mejores trucos para los nuestros. También está fabricando varitas con defectos para los integrantes de la Guardia de Magos.

Esa idea me inquieta. Estoy convencida de que era fácil ocultarlo cuando Damion Bane estaba al mando, pero ahora la base tiene un nuevo comandante. Y no es tan fácil engañar a Lukas Grey.

—Dile que deje de hacerlo —insisto—. Y que debería dejar de hacer varitas defectuosas.

Yvan me mira sorprendido, y los demás recelan automáticamente.

—¿Por qué? —pregunta Jules.

Clavo los ojos en ella.

—Porque Lukas se dará cuenta.

Niega con la cabeza.

—Damion nunca lo descubrió…

—Es posible —le interrumpo—, pero Lukas lo hará.

Iris esboza una mueca irónica y mira a Jules.

—¿Ahora las órdenes las da ella?

Extiendo las manos en actitud defensiva.

—Ya sé lo que estás pensando, pero tenéis que confiar en mí con esto.

—¿Confiar en ti? —pregunta Iris muy sarcástica.

—¿Eso quiere decir que sigues en contacto con Lukas Grey? —Bleddyn me atraviesa con la mirada.

Se me seca la boca y trago saliva. El colgante de árbol de Lukas emite una agradable vibración por debajo de mi túnica y una incómoda calidez me resbala por el cuello.

—Es… es bueno conmigo. Y eso podría sernos útil.

Yvan me mira con rabia y juro que noto como la temperatura del aire sube varios grados. Aprieta los labios con fuerza y siento una desazón que me atraviesa.

Tanto Jules como Lucretia adoptan expresiones calculadoras mientras me observan con frialdad, como si de pronto me estuvieran viendo de una forma nueva.

Iris se levanta de golpe y me señala con rabia.

—¡No debería estar aquí! —aúlla—. No deberíamos colaborar con ningún gardneriano ni con los alfsigr.

Me estremezco al oírla, pero Lucretia observa a Iris con tranquilidad: no parece que su afirmación la haya perturbado en lo más mínimo. Ya sé que a Iris tampoco le gusta trabajar con la gardneriana Lucretia, pero no tiene mucha elección en ese sentido, pues es una de nuestras líderes.

Tierney fulmina a Iris con la mirada.

—Soy muy consciente de tus orígenes, Iris. De verdad que sí. Pero lo que estás sugiriendo podría poner en peligro a toda mi familia gardneriana.

Iris ignora a Tierney y sigue atacándome con odio en los ojos.

—¿Vas a volver a traer a Lukas Grey aquí para que nos amenace a todos? ¿Para que amenace a Fern?

Me acuerdo de cómo Lukas aterrorizó a la nieta de Fernyllia y por un momento no me siento capaz de mirar a Iris. O a Fernyllia. En especial a Fernyllia.

—No —contesto con tono avergonzado—, claro que no…

—¿Y por qué se viste como nosotros? —pregunta Iris.

Me revuelvo en la silla incómoda con mi túnica marrón y la falda que llevaba cuando estaba en mi casa. He empezado a llevar esta ropa sencilla cuando trabajo en la cocina y me guardo las carísimas sedas de la tía Vyvian para cuando asisto a clase o a algún evento.

—Iris, Elloren es de los nuestros —afirma Jules con firmeza—. Ya sabes lo que pienso sobre esto.

Iris me fulmina con la mirada.

—Tú no eres de los nuestros. Nunca lo serás. Solo intentas llamar la atención. Y eso nos pone en peligro.

Yvan le pone la mano en el brazo.

—Está de nuestra parte, Iris.

—No, Yvan. Te equivocas. —Iris aparta el brazo y me atraviesa con la mirada, como si pudiera ver mi alma y llegar hasta el oscuro poder de mi abuela que se esconde en ella—. Te olvidas de quién es —dice con un susurro que me provoca un escalofrío en la espalda—. Olvidas quién es su familia. Es peligrosa.

Entonces se levanta y se marcha de la despensa. Bleddyn me mira con hostilidad y desaparece tras ella.

29

Miro a Yvan sintiéndome fatal y me encuentro con su preo-cupada mirada, abierta y apasionada. Y por un momento el resto de la estancia se desvanece y resurge la chispa de lo que en su día parecía sentir por mí.

Y entonces desaparece de nuevo. Su expresión se cierra y el muro entre nosotros vuelve a levantarse. Me dedica una última tensa y dolida mirada antes de levantarse y marcharse detrás de Iris y Bleddyn.

—Elloren, ¿puedo hablar contigo un momento? —me pre-gunta Lucretia cuando todos los demás salen de la despensa.

Tierney me mira con curiosidad un segundo y después me dice que se reunirá conmigo en el laboratorio de farmacia. Asiento y se marcha antes de que Lucretia cierre la puerta.

Lucretia se vuelve y me mira a través de sus gafas de montura dorada.

—No sé si ya te habrás dado cuenta, pero tu conexión con Lukas Grey podría ser muy importante para nosotros —me dice como si me estuviera haciendo una confidencia.

Noto una incómoda tensión al oír mencionar el nombre de Lukas.

—Está empezando a revelarse como una voz moderadora den-tro de la Guardia de Magos —me explica Lucretia—. Quizá poda-mos influir en él.

La miro sorprendida, asombrada por esa nueva información. Lucretia parece advertir mi sorpresa y se apresura a advertirme:

—Podría convertirse en un aliado, pero no bajes la guardia con él, Elloren. No es alguien a quien se pueda tomar a la ligera. Y sin embargo, le hemos estado observando y ya le han llamado la atención varias veces por negarse a aplicar algunas de las nuevas censuras religiosas de Vogel.

—¿Cómo es posible que pueda permitirse desafiar a Vogel? —pregunto.

—Poder. Vogel quiere tener el poder de Lukas Grey de su par-te. Y por eso está pasando por alto sus insubordinaciones. Por lo menos de momento.

De pronto temo lo que Lucretia podría estar a punto de pedir-me y me aparto un poco de ella mirándola con recelo.

—Ya has dejado muy claro que no quieres comprometerte con él —dice Lucretia con un tono trascendente—. Pero… quizá no es necesario que él lo sepa en este momento. ¿Comprendes?

Lo pienso un momento y asiento.

—Si Verpacia termina en manos de los gardnerianos —prosigue—, Lukas Grey obtendrá la jurisdicción de estas fronteras. Necesitamos que averigües de qué lado está… y si se le podría convencer para que diera la espalda a los gardnerianos.

La miro con sorpresa.

—¿De verdad crees que hay alguna posibilidad?

—Sí —contesta con un oscuro brillo conspirador en los ojos.

Me asalta una idea inquietante, algo que al principio me cuesta un poco compartir.

—Siento la extraña obligación de ser sincera con Lukas —acabo admitiendo—. No puedo explicar por qué, pero la sensación es… a veces me abruma. Creo que deberías saberlo.

Lucretia reflexiona un momento.

—Los dos debéis de tener fuertes afinidades de tierra —supone.

—Yo no tengo fuerza en nada —contesto con amargura—. Soy una maga de nivel uno.

Ella niega con la cabeza.

—El hecho de que no puedas acceder a tu poder no significa que tus líneas de afinidad sean débiles. Tu nivel de varita solo es una medida que indica tu habilidad para utilizar tu magia. Y eso nunca cambia. Pero la profundidad del poder de tus líneas de afinidad… eso puede aumentar con el paso del tiempo.

Me he preguntado muchas veces por mis afinidades, las líneas de magia elemental que anidan en todos los gardnerianos y que comienzan a acelerarse cuando llegamos a cierta edad. Cada mago posee un equilibrio distinto entre las líneas de tierra, agua, aire, fuego y luz, unas líneas de las que estoy empezando a ser vagamente consciente, en especial desde que empecé a llevar el colgante de roble blanco. Lo cojo y siento una inquietante descarga por todo el cuerpo.

—¿Tú notas tus líneas de afinidad? —le pregunto con recelo.

Ya sé que Lucretia es una maga de agua de nivel cuatro, pero al ser una mujer sus ropas de seda no lucen ninguna marca plateada.

—Todo el tiempo —confiesa—. A veces es como un océano

31

de poder que me recorre. Otras veces son como pequeños arroyos que se deslizan por las líneas. Aunque las demás afinidades no las percibo mucho. —Frunce el ceño, pensativa—. ¿Tú te sientes muy atraída por la tierra?

Asiento.

—Me encanta tocar la madera. Y… si la toco puedo describir la clase de árbol de la que salió.

Recuerdo la imagen del árbol negro que me recorrió cuando besé a Lukas.

—Cuando estoy con Lukas puedo sentir que él también posee una fuerte línea terrestre —confieso—. Y… parece incentivar la mía.

—¿Qué sabes acerca de tu verdadero linaje gardneriano? —me pregunta Lucretia con cautela.

—El profesor Kristian me explicó que los gardnerianos proceden de una mezcla de ancestros —le contesto con valentía—. No somos purasangres en absoluto, a pesar de lo que nos cuentan nuestros sacerdotes. Somos mitad dríades y mitad celtas.

Lucretia asiente y se le escapa media sonrisa al escuchar mi entusiasta irreverencia.

—Igual que ocurre con los Grey, tu familia procede de una línea particularmente fuerte de dríades. El mayor indicio de ello es esa fuerte afinidad terrestre. Y los dríades que son tan poderosos no pueden mentirse entre ellos.

—Pues eso nos supone un problema, ¿no crees?

Lucretia se queda pensativa.

—Podrías concentrarte en lo que te gusta de Lukas Grey. Eso podría compensar esa compulsión y atraerlo.

Lo que me está sugiriendo es más que evidente y me sonrojo al recordar los seductores besos de Lukas, la embriagadora atracción de su magia recorriéndome de pies a cabeza. Caigo presa de un automático conflicto emocional. ¿Cómo puedo concentrarme en atraer a Lukas cuando siento algo tan fuerte por Yvan?

«Pero no puedes tener a Yvan —me recuerdo con aspereza y con el vivo recuerdo de Yvan acariciando la cabeza de Iris—. Así que pégate a Lukas. Por la protección de todos.»

—Está bien —le digo tocando el colgante de roble blanco y notando la ráfaga de calor que me recorre al hacerlo—. Conservaré mi relación con Lukas Grey.

## Ley número 156 del Consejo de Magos

La prueba de hierro se aplicará
a cualquier persona que cruce la frontera
del Sagrado Reino Mágico de Gardneria.

# 2

## Reunión

$E$l intenso brillo de la luz del sol que se refleja sobre la fina capa de nieve me hace daño en los ojos.

Observo la calle de la ciudad de Verpax que se extiende por delante del ruido de los cascos del caballo y miro a los peatones, más allá del almacén del molinero; el vaho de mi aliento flota en el aire. Los picos nevados de la Cordillera del Sur atraviesan las nubes como una cuchilla dentada.

Me asalta una sensación de resignación fatalista. La situación política es horrible y, sin embargo, la preciosa cordillera sigue en pie. Es tan magnífica que casi duele a la vista.

Dejo mi pesada caja llena de frascos medicinales sobre la nieve crujiente y me apoyo en un árbol mientras observo la cordillera de cumbres nevadas. Relajada gracias a la solidez del árbol que tengo a mi espalda, tomo una gran bocanada de aire y apoyo una mano en la rasposa e irregular corteza, y entonces acude a mi cabeza la imagen veraniega del olmo chino de hojas brillantes. Sin querer, me llevo la otra mano al colgante de roble blanco.

Me estremezco al sentir una embriagadora mezcla de energía que me recorre todo el cuerpo hasta llegar a los dedos de mis pies. Respiro hondo y me concentro sintiendo el despertar de una serie de finas líneas en mi interior. Pero también percibo una sensación nueva: un delicioso y cálido hormigueo que se desliza por esas líneas.

Fuego.

De pronto se mueve algo en el árbol que tengo a la espalda, es como una delicada onda en un lago, y percibo una punzada de miedo procedente del árbol que me provoca una repentina intranquilidad. Me aparto y doy media vuelta para observarlo con recelo, soltando el colgante.

«¿Qué ha sido eso?»

Un par de hombres se hablan en voz alta con amabilidad y el sonido de sus voces llama mi atención en dirección a la calle. Dos rubios aprendices de molinero verpacianos están apilando un saco de cereales tras otro en una carreta, y de la boca les salen grandes bocanadas de vaho debido al esfuerzo. Los dos lucen brazaletes blancos de Vogel y frunzo el ceño al verlos. Desde que los gardnerianos se hicieron con el control del Consejo de Verpacia muchos ciudadanos no gardnerianos han empezado a lucir ese signo de apoyo a Vogel con la esperanza de apaciguar la creciente animadversión de la mayoría gardneriana. Nadie quiere convertirse en uno de sus objetivos.

Hay un buen grupo de soldados gardnerianos conversando animadamente a un lado, y también llevan los brazaletes. La carreta cargada es tan negra como las túnicas de los soldados y también lleva la marca de la esfera de Erthia. Observo los establecimientos de la calle y advierto que todos lucen banderas gardnerianas, tanto si los propietarios son gardnerianos como si no.

Contemplo a los soldados y se me oscurece la expresión. La gran reestructuración de Marcus Vogel de nuestra Guardia de Magos ya ha terminado y muchos soldados de la división cuatro han empezado a reconstruir la base bajo las órdenes de Lukas Grey. Como resultado ahora hay una mayor presencia de soldados en la ciudad de Verpax, pues es el centro comercial más cercano a la base.

Para mí los soldados gardnerianos son una fuerza extranjera invasora que mancillan las calles ataviados con sus pulcros uniformes planchados y luciendo sus carísimas varitas a la vista de todos. Y a su alrededor, los amenazantes carteles aletean azotados por el viento del invierno, pegados a los postes, un recordatorio continuo de que mis amigos y yo seguimos en busca y captura por el golpe que asestamos a las fuerzas gardnerianas.

Fulmino a los soldados con la mirada y me muerdo el labio sin darme cuenta.

Me vienen a la cabeza todas las historias que Yvan me explicó sobre cómo los soldados gardnerianos utilizaron sus dragones para atacar a los celtas durante la Guerra del Reino. Cómo los soldados arrasaron pueblos enteros y los quemaron sin piedad.

Mientras observo a esos jóvenes de duras facciones y asimilo sus expresiones chulescas no dudo ni por un momento que harían cualquier cosa que les ordenasen.

Sin pararse a cuestionarlo.

Mi oscura reflexión se interrumpe de golpe cuando noto el inesperado roce de unos labios cálidos en el cuello. Me sobresalto sorprendida y doy media vuelta con el corazón acelerado; estoy muy indignada.

Cuando veo de quien se trata me quedo sin aliento.

Lukas Grey.

Y su fabulosa presencia de cabello oscuro y ojos verdes.

El recuerdo que tenía de él no le hacía ninguna justicia.

Me mira sonriendo, atractivo como el pecado y con la punta de la capa echada sobre el hombro con arrogancia. En el dobladillo del uniforme luce las cinco estrellas que le corresponden como mago de nivel cinco además de la banda plateada que lo identifica como comandante de división. Descansa la mano sobre la funda de la varita con despreocupación, y lleva la insignia del dragón de la División Cuatro en el pecho.

—No te me acerques por la espalda de esa forma —le exijo sin aliento, abrumada por la repentina presencia de Lukas y su forma de sonreírme.

Él se ríe, se apoya en el árbol y me da un sugerente repaso de pies a cabeza. Me miro tomando repentina conciencia de la ropa de trabajo celta que llevo oculta bajo la capa de lana.

—Interesante atuendo —me dice sonriendo—. No va a funcionar, ¿sabes? —Se acerca a mí—. Sigues pareciéndote a tu abuela.

Esa compulsión casi magnética a ser sincera con él se apodera de mí y no consigo contener una respuesta un tanto envenenada.

—Ese no es el motivo por el que voy vestida así. No me siento cómoda llevando una ropa que han hecho esclavos uriscos.

—También se puede llevar ropa confeccionada por modistos verpacianos —contesta muy relajado con ese permanente brillo feroz en los ojos—. Prendas bonitas.

Mi corazón me traiciona y se acelera en respuesta a su provocativo tono y su cercanía. Aparto la vista desesperada por no dejar de pensar con coherencia.

«No sabes de qué parte está, Elloren. Ten cuidado.»

Lukas alarga la mano y pone el dedo bajo el colgante de mi

collar de roble blanco. Trago saliva muy nerviosa mientras él saca el colgante de debajo de la túnica.

—Lo llevas puesto —se jacta con aspecto complacido deslizando los dedos por la cadena.

Un cálido hormigueo recorre mi piel al sentir su contacto. Levanto la mano para sujetar el colgante y su calor amorfo desemboca en unas finas líneas de fuego que se deslizan por mi interior.

Lo miro fijamente.

—¿Qué es este collar exactamente, Lukas? —La intensa sensación hormiguea por mi cuerpo a toda velocidad—. Cada vez que lo toco… parece despertar algo en mi interior. Cosas que no había sentido nunca.

—La madera de roble mágico potencia la magia —dice Lukas esbozando una lenta y lánguida sonrisa—. Por eso te lo regalé. Intensifica las líneas de afinidad.

De pronto siento aumentar el calor y se me escapa un suspiro tembloroso; Lukas sonríe con más ganas.

—Tus afinidades se están acelerando, Elloren. ¿Qué has notado últimamente?

Trago saliva y me concentro en mi interior apretando con fuerza al colgante.

—Líneas de tierra… como si fueran ramitas que se extienden. Por todo mi cuerpo. Llevo varios días notando eso. Y hoy, justo hace un rato… algo que parece fuego.

Lukas alarga la mano con la que debería asir la varita y pega su palma a la mía. Las líneas de esas ramas de mi interior arden de repente, como si alguien las hubiera prendido con una antorcha.

—¿Y ahora? —pregunta Lukas.

—Ahora hay más —contesto asombrada y sin aliento—. Más fuego.

Lukas sonríe.

—¿Y te gusta?

Asiento sin querer mientras su suave calidez prende fuego a todas mis líneas.

—Eres como el colgante —le digo asombrada de darme cuenta.

—Sí —contesta con una mirada encantadoramente oscura—. Creo que lo somos los dos, lo somos el uno para el otro.

Separo la mano de la suya con el corazón acelerado y suelto el colgante tratando de recuperar el equilibrio.

—Entonces... debo de tener fuertes líneas de tierra y de fuego.

—Sí, no hay duda. Es posible que con el tiempo percibas otras líneas.

Le miro con curiosidad.

—¿Qué tienes tú?

Esboza una sonrisa sugerente.

—Creo que ya lo sabes.

Un cálido rubor me arde en las mejillas. «Sí que lo sé. De besarle.»

—Eres prácticamente todo tierra y fuego.

Lukas asiente.

—Como yo.

—Sí. Exactamente igual que tú.

Cuando comprendo el motivo de que Lukas sea para mí un enigma y alguien que me resulta absolutamente familiar al mismo tiempo, empieza a darme vueltas la cabeza.

Somos una pareja completamente compatible: el equilibrio de nuestras líneas elementales es exactamente el mismo.

De pronto, la posibilidad de que no esté de parte de Vogel me resulta casi tan inquietante como la posibilidad de que lo esté.

Las voces de los hombres se cuelan en mis pensamientos revueltos y miro al otro lado de la calle. La carreta de los soldados se está alejando y al otro lado veo un muro lleno de pintadas entre dos tiendas. Me horrorizo mentalmente al ver aquello abrumada por los problemas de mi mundo. Pintada en la pared, con enormes letras negras, leo una frase salida de nuestro libro sagrado:

## QUE DÉ COMIENZO EL ESQUILADO

Me estremezco al leerla advirtiendo que esa clase de pintadas no deja de aumentar últimamente.

—¿No te parece horrible todo esto? —le pregunto a Lukas sin poder reprimirme. Gesticulo en dirección a las palabras de la pared enfadada y preocupada al verlas allí.

Lukas mira la pared entornando los ojos y a continuación se vuelve hacia mí muy serio.

—Sí, me parece horrible —contesta como si quisiera desafiar

la opinión que tengo de él—. No me gusta la locura religiosa que se está apoderando de nuestro pueblo, si eso es a lo que te refieres, Elloren.

—Me alegro de oír eso, Lukas —le digo mirándolo a los ojos—. No creo que fuera capaz de soportarte si te gustara.

De pronto entiendo algo: si él no puede mentirme, y yo no puedo mentirle a él, entonces existe una forma muy sencilla de averiguar de qué lado está.

—¿Qué piensas de Vogel? —le pregunto con tono desafiante.

Lukas adopta una expresión precavida.

—Elloren, soy miembro del ejército. Los Consejos de Magos y los Grandes Magos vienen y van. Nosotros no elegimos al gobierno, nosotros defendemos el Reino Mágico.

Nos miramos el uno al otro durante un momento cargado de tensión, el ambiente está muy tenso.

Empate.

De pronto me doy cuenta de que es posible que no podamos mentirnos el uno al otro, pero sí que podemos guardar secretos.

Lukas alza una ceja como si estuviera percibiendo mi díscola incomodidad y me observa con atención.

—¿Tienes un mal día?

Le miro con frustración y él curva los labios un tanto divertido.

—Yo puedo mejorarlo.

Su sutil mueca divertida se convierte en una sonrisa cegadora.

Santísimo Gran Ancestro.

«No, no, no —quiero advertirme—. Este chico solo te traerá problemas. No te dejes arrastrar del todo.»

Alzo una ceja y paseo los ojos un momento por su nueva insignia de comandante.

—¿Cómo va la cruzada por la dominación del mundo?

Lukas deja escapar una breve risa mientras pierde la vista por las calles llenas de gente.

—Parece que la Resistencia se ha apuntado un tanto. Nuestras fuerzas no solo les permitieron destruir la mitad de la base de la División Cuatro, además dejaron que se llevaran un dragón militar sin entrenar. Por lo visto no se molestaron en ponerle vigilancia. —Sonríe con un brillo depredador en los ojos—. Pero no importa. Podemos permitirnos el lujo de estar desorganizados y despistados, y ganaríamos de todas formas. Y la búsqueda de un dragón perdido puede proporcionarnos diversión para unos cuantos días, ¿no te parece?

Su astuta y cómplice mirada me provoca un hormigueo de incomodidad.

—¿Así que todo esto no es más que un juego para ti?

Lukas entorna los ojos.

—Estás un poco cínica, ¿no?

—Pues sí. Y resulta que tu retorcida visión del mundo me resulta completamente exasperante.

De un diestro movimiento, Lukas me rodea con los brazos y me estrecha contra él.

—¿Me has echado de menos? —Noto la caricia de su cálido aliento en la mejilla—. Yo sí que te he echado de menos a ti.

Su olor... es como el corazón del bosque. Y ahora percibo su poder vibrando justo por debajo de su piel, y mis líneas de tierra despiertan al percibirlo. Estar pegada a él me resulta tentadoramente agradable, es como tocar madera.

—¿Qué? —Lukas me roza la oreja con los labios—. ¿No hay ningún beso para el guerrero cuando vuelve a casa?

Mi líneas de tierra buscan las suyas palpitando con calor.

—Sois una plaga para Erthia —le digo intentando defenderme de la atracción de nuestras afinidades gemelas, pero mis palabras se quedan enredadas en un jadeo cuando él deja resbalar sus labios por mi cuello. Después me desliza las manos por debajo de la capa y me rodea la cintura.

—¿Quién te ha convertido en una pequeña rebelde? —me pregunta con voz sedosa y los labios pegados a mi piel.

—¿Por qué vas detrás de mí? —le pregunto con debilidad esquivando su pregunta mientras me estremezco al sentir cómo su magia se acerca en busca de la mía.

Se ríe con la boca pegada a mi mejilla.

—Porque eres guapa. Y me atraes de una forma irresistible. La forma en que tus afinidades complementan las mías... es todo muy tentador.

Sus dedos de pianista se me enredan en el pelo y su calidez me recorre de pies a cabeza encendiendo mis débiles líneas de fuego. Sé que debería ser más fuerte, que no debería caer tan fácilmente en su trampa. Pero a mi mente asoma un oscuro recuerdo que me incita a ser temeraria.

«Tienes que conservar tu relación con Lukas. Para protegernos a todos. Y para ponerlo de nuestra parte.»

Por eso cuando Lukas se acerca para besarme relajo los labios y dejo que se fundan como el azúcar abrasado por el calor. Cierro los ojos y me dejo llevar por su seductor beso mientras nuestras líneas de afinidad arden juntas, sus oscuras ramas acarician las mías y las suaves hojas se abren al calor.

Lukas deja de besarme y me provoca rozándome con los labios cerca de la oreja.

—Me prometiste que vendrías conmigo al baile de Yule este fin de semana.

—Vale —acepto demasiado rápido. Inclino la cabeza hacia él como una tonta con ganas de más, con la necesidad de sentir el sinuoso despliegue de ese árbol. Y su fuego.

Pero Lukas me suelta y se aleja de mí con una expresión petulante.

—Pasaré a buscarte a las seis.

Caigo presa del pánico, que se abre paso a través de la niebla sensual que me envolvía. «Marina.» Lukas no puede acercarse a la Torre Norte mientras ella esté oculta allí.

—No, no vengas a buscarme…

Me esfuerzo por encontrar una excusa creíble, pero las palabras se me quedan atascadas en la garganta. Es inútil. Por mucho que lo intento me resulta imposible mentirle.

Lukas arquea una ceja y sonríe.

—Está bien, nos encontraremos en el baile. Búscame.

Yo también alzo la ceja.

—Desde luego no pasas inadvertido.

Se ríe.

—Tú tampoco, Elloren. Tú tampoco.

—Es posible que lleve esta túnica —le advierto empujada por un repentino ramalazo de desafío.

Lukas me mira de arriba abajo y su mirada me provoca un ligero escalofrío.

—Me da igual lo que lleves puesto —me dice travieso. Después se da media vuelta y se marcha.

«Oh, santísimo Gran Ancestro y todos los cielos.»

¿Cómo diantre voy a controlarme con él?

**Ley número 160 del Consejo de Magos**

La prueba de hierro se efectuará a toda persona
que expida una solicitud para ingresar
en cualquiera de los gremios del sagrado
Reino Mágico de Gardneria.

# 3

## Flores de hierro

—*E*lloren, no estarás pensando en ir al baile de Yule, ¿verdad?

La Primera Aprendiz, Gesine Bane, se dirige a mí con dulzura desde el fondo del laboratorio de farmacia, pero yo percibo enseguida la amenaza que asoma bajo sus palabras.

—No lo había pensado, no —contesto con tono evasivo y un tanto lastimero desde la otra punta del laboratorio. Sé muy bien que cualquier cosa que le diga a Gesine es probable que llegue a oídos de su prima, Fallon Bane, que se pondría muy furiosa ante la idea de que yo pudiera ir a cualquier parte con Lukas.

—Mmm —contesta levantando la vista de la pila de exámenes de laboratorio que está corrigiendo. Frunce los labios fingiendo simpatía—. Parece que Lukas Grey ha perdido el interés en ti. Qué lástima. —Le brillan los ojos con malicia—. He oído decir que no ha ido a verte ni una sola vez.

—Sí —le contesto presa de una inconfesable diversión—. Su ausencia me ha sentado fatal.

Imaginar a Gesine Bane viendo cómo llego al baile de Yule del brazo de Lukas Grey destruye cualquier duda que pudiera albergar sobre la posibilidad de asistir. Pero mi pequeña chispa de triunfo se extingue rápidamente cuando advierto la enorme bandera gardneriana que cuelga detrás del escritorio de Gesine.

Mis compañeros de clase gardnerianos lucen más banderas y todos llevan el brazalete de Vogel. A mí me ocurre lo mismo que a Tierney: desearía poder arrancármelo, empaparlo en ácido perclórico, acercarle una cerilla y ver cómo se convierte en una brillante bola de fuego azul.

Como si los brazaletes de Vogel no fueran ya lo bastante horribles, hay carteles del baile de Yule decorados con flores de hierro por toda la universidad. El evento coincide con nuestro festival sagrado de la flor de hierro, y se está vendiendo como una oportunidad de celebrar el fervor patriótico y la abrumadora ventaja que tenemos sobre el Reino.

Todo ello me disgusta enormemente.

Me siento muy inquieta y trato de centrarme en el trabajo del laboratorio de hoy: destilar esencia de una flor de hierro. Es un ingrediente con una gran variedad de aplicaciones, pero Tierney y yo odiamos trabajar con flores de hierro. Son muy duras y cuesta mucho manejarlas, y además es casi imposible destilarlas sin utilizar el poder de una varita.

Y eso significa que Tierney y yo pasaremos muchas horas más que el resto de nuestros compañeros en esta tarea.

Cuando miro a mi alrededor me doy cuenta de que los matraces de nuestros compañeros ya están llenos de un líquido azulado, y Gesine ha empezado a pasearse por los puestos para comprobar los progresos de cada pareja. Va apuntando con la varita en dirección al producto resultante de cada una de las mesas, que se pone de color morado si el experimento está hecho correctamente.

—Hemos de darnos prisa —comenta Tierney con nerviosismo mirando el líquido de color azul pálido que tenemos en el matraz—. Llegará enseguida.

Yo estoy igual de frustrada. Si no obtenemos algo mejor que enseñarle a la malvada prima de Fallon, tendrá una excusa para asignarnos tareas de repaso, cosa que nos retrasará todavía más y nos dificultará mucho pasar la asignatura.

Y necesito aprobar.

—Están aplicando magia al destilado para desencadenar la reacción —me dice Tierney susurrando.

—Ya lo sé —contesto con el mismo disgusto—. Magia de fuego y agua…

—Espera. —Tierney abre los ojos con sorpresa, como si hubiera tenido una idea. Clava los ojos en mi colgante de roble blanco. Después mira con cautela a Gesine, que ya está algunas mesas más allá—. Mete la mano en el matraz receptor —me susurra—, y coge tu péndulo. Si transmite magia a tus líneas como me explicaste quizá pueda atraer tus afinidades con mi poder de agua.

Vacilo un momento. Es una buena idea, pero Tierney se arriesga a revelar sus habilidades.

—¿Estás segura, Tierney?

Frunce el ceño como si le molestara que dudara de ella.

—Soy perfectamente capaz de controlar mis poderes.

Acabo cediendo recelosa y alargo la mano para coger el matraz; con la otra envuelvo mi colgante mirando de reojo para comprobar que Gesine no nos está mirando.

Tierney coloca sus finas manos sobre las mías.

—Ahora concéntrate en tus líneas de afinidad.

Respiro hondo y aprieto la mano con el colgante de roble blanco mientras la fría sensación del agua de Tierney me recorre la piel. Mis líneas de tierra reaccionan en respuesta a su poder de agua, y mis líneas de fuego cobran vida. El agua de Tierney fluye por mi mano derecha con creciente energía y siento un repentino e intenso tirón en mis líneas; mis ramas interiores se entrelazan y tiran hacia el matraz seguidas de mi fuego, que se abalanza hacia delante como una poderosa oleada.

En el centro del matraz aparece una llama de fuego azul, el agua empieza a hervir rápidamente y la destilación se llena de vapor. Las dos apartamos las manos del recipiente candente y enseguida advierto que el líquido ya no es de color azul pálido.

Es de un brillante e intenso tono zafiro.

Tierney y yo intercambiamos una mirada perpleja justo cuando Gesine Bane aparece delante de nosotras.

—¿Qué habéis hecho esta vez? —pregunta con desdén. Alarga la mano, murmura un hechizo y señala nuestro matraz con su varita.

El destilado se niega a cambiar de color.

Gesine frunce el ceño, vuelve a tocar el matraz con la varita y murmura otro hechizo. Esta vez aparece un brillo violeta alrededor de la destilación, pero el color del líquido sigue sin cambiar.

Tierney y yo nos quedamos mirando el matraz disimulando la impresión.

—Está bloqueando mi magia —afirma Gesine con un tono acusador y el ceño fruncido. Nos mira enfadada como si la estuviéramos molestando a propósito, pero entonces adopta una expresión rebosante de astucia—. Enhorabuena —dice con sarcasmo—: Habéis conseguido suspender esta práctica de la forma más espectacular posible. Por favor, completad las prácticas de repaso de esta sección para el próximo fin de semana.

Se da media vuelta y se marcha.

—¿Qué hemos hecho? —le pregunto a Tierney. Las dos tenemos un ligero brillo azul debido al intenso fulgor de color zafiro del destilado.

—No lo sé —confiesa negando con la cabeza muy sorprendida. Se vuelve hacia mí con ojos inquisidores—. Pero he podido sentir tu poder, Elloren —susurra—. Ha sido casi como si pudiera tocarlo. Tienes fuego. Mucho fuego.

Le lanzo una mirada de advertencia para que se tranquilice y las dos nos aplicamos para empezar el experimento desde el principio.

Tierney pone a hervir la solución inicial mientras los demás alumnos salen del aula. La grácil Ekaterina Salls y su compañera de laboratorio se quedan un momento y se ponen a mirar a Tierney mientras se susurran con actitud conspiradora unidas por el desagrado que sienten por mi amiga.

—He oído que Leander va a ir al baile con su nueva prometida —cacarea Ekaterina con un brillo de malicia en los ojos.

Miro a Tierney con preocupación. Esa herida todavía está fresca. Leander Starke lleva varios años trabajando como aprendiz con su padre, y sé que Tierney siente algo por él. Pero Leander se ha comprometido con Grasine Pelther, una joven sorprendentemente hermosa, hace solo unos días.

Tierney se agarra a la mesa y agacha la cabeza. Se esfuerza por controlar el ritmo de su respiración mientras nuestro líquido azul pálido burbujea soltando el vapor que emana el perfume de la flor de hierro.

—Ignóralas —le advierto a Tierney con un susurro urgente preocupada de que provoque una tormenta en medio de la clase.

Tierney se apoya en la mesa con más fuerza.

—Lo estoy intentando.

—Piensa en otra cosa —la animo—. En algo agradable.

Me atraviesa con la mirada.

—Dime que irás al baile de Yule. —Es más una súplica que una petición, y me mira con los dientes apretados—. Eso sería agradable.

Ekaterina nos sonríe y se marcha del laboratorio con su amiga, y Tierney y yo nos quedamos solas. Suspiro aliviada y me vuelvo hacia mi amiga sorprendida por el tema que ha elegido, pero ansiosa por conseguir que deje de pensar en Leander.

—¿Sinceramente? —le digo—. Había pensado en no ir.

Tierney abre los ojos.

—De eso nada. Vas a ir.

Resoplo con desdén.

—Le he dicho a Lukas que iría, pero lo he amenazado con llevar mi uniforme de cocina.

—Oh, no. No. —Tierney niega con la cabeza con fuerza—. Vas a escribir a tu tía. En cuanto terminemos lo que nos queda por hacer aquí. Le vas a pedir que te encargue un vestido nuevo. Y que lo haga el mejor modisto de Verpacia. —Acentúa cada una de sus palabras señalándome con el dedo—. Dile que necesitas que el vestido sea el más bonito de toda Erthia. Confía en mí, es un lenguaje que tu tía entenderá perfectamente.

La miro con el ceño fruncido.

—¿Cómo puedo salir a… celebrarlo con un montón de gardnerianos? —le espeto.

Aunque mi relación con Lukas podría resultar muy importante para todos nosotros, el odio que siento por todo lo gardneriano detiene por un momento mis fríos cálculos. Lo que está pasando es demasiado horrible, mi propio pueblo está sembrando el terror y la crueldad por todo el Reino del Oeste. No quiero celebrar Yule con ellos. Ni el festival de la flor de hierro. Lo único que quiero es hacer pedazos todas las banderas gardnerianas que hay en el laboratorio.

Tierney me clava una mirada afilada.

—Mi vida es bastante difícil, Elloren. Y es probable que se ponga todavía más difícil. —Se acerca a mí—. La única luz, lo único que tengo ahora mismo, es la promesa de que vas a vengarte de su Maléfica Majestad, la Maga Fallon Bane. Ya sé que ha recibido un buen golpe, pero con la maldita buena suerte que tiene acabará reponiéndose. Y cuando lo haga, quiero que lo primero que oiga es que fuiste al baile de Yule con Lukas Grey luciendo el vestido más alucinante que se haya visto en Erthia. —Se acerca un poco más con un brillo tormentoso en los ojos—. No me niegues esto, Elloren Gardner.

La miro con recelo.

—Me estás asustando.

—Bien. —En sus ojos aparece un brillo sarcástico—. Será mejor que me hagas caso. Fallon no es la única que puede emparedarte en un muro de hielo.

Toso y río al mismo tiempo.

—Está bien. Iré. Y conseguiré el vestido.

Tierney se reclina en su silla con una expresión tan satisfecha en el rostro como un gato bien alimentado y una sonrisa traviesa en los labios.

—Espero que esto consiga que a Fallon le estalle su malvada cabeza —murmura contenta—. En un millón de trocitos.

Tres días después, siguiendo las instrucciones que mi tía me envió mediante un halcón mensajero, Tierney y yo vamos a la tienda de vestidos de la señora Roslyn en Verpax.

La tienda de moda femenina es sorprendentemente contraria al estilo gardneriano, y está llena de vestidos de muchos colores prohibidos. Las paredes están forradas con papel de color lavanda y entre los vestidos expuestos veo varias mesas doradas con jarrones llenos de rosas de color rosa.

La señora Roslyn me habla con una amabilidad algo forzada. Es la versión verpaciana de la maga Heloise Florel de Valgard, pero ella luce una trenza de pelo rubio y tiene unos despiertos ojos azules. Lleva los utensilios de modista en una funda atada a la cintura. La rodean dos chicas uriscas con la piel verde, de unos catorce años, y que parecen nerviosas. El ambiente de la tienda es elegante y agradable, además de ofrecer servicio de té y pastelillos, pero el miedo que emana de la señora Roslyn y sus ayudantes es palpable e inquietante.

Es evidente que no es una tienda que suelan frecuentar las damas gardnerianas. La selección de las túnicas negras ajustadas y las largas faldas que suelen lucir las gardnerianas está arrinconada en una esquina de la tienda. Es cada vez más frecuente que los míos prefieran acudir a tiendas de gardnerianos, pero yo sé que la moda es un tema en el que la tía Vyvian valora más la habilidad que la ideología. Y por lo que he oído, las gardnerianas que evitan acudir a esta tienda se están perdiendo los modelos de una de las diseñadoras de vestidos con más talento de todo el Reino del Oeste.

Tierney y yo hacemos todo lo que podemos para rebajar la tensión de la tienda, tratando de actuar con amabilidad y cortesía. La señora Roslyn me entrega un paquete envuelto en papel de seda.

—Ábrelo —me apremia Tierney que prácticamente vibra de emoción.

Me distraigo un momento mirando un vestido de color escarlata. Es completamente rojo. No tiene ni un detalle negro.

«¿Qué se sentirá luciendo un vestido como ese?»

Toda la tienda, a excepción de la esquina gardneriana, es una explosión de colores intensos. Me llama la atención otro vestido, de color azul cielo con un montón de pájaros bordados de color blanco y con encaje marfil en las mangas y el escote.

—¿Te lo imaginas? —digo maravillada—. Un vestido azul…

—No me interesan los vestidos azules. —Tierney se mueve nerviosa cambiando el peso de pierna, parece que esté a punto de escapar de su glamour de un salto—. ¡Ábrelo!

Como no quiero que Tierney acabe provocando una escena de furia en medio de la tienda, vuelvo a concentrarme en el paquete. Doblo el papel de seda con cuidado y las dos jadeamos al ver el vestido.

Es de color negro gardneriano, negro como la noche, confeccionado con una seda muy elegante y un diseño habitual: una túnica larga y ajustada y, por separado, una falda larga. Pero es el vestido más escandaloso y elegante que he visto en mi vida.

En lugar del clásico y discreto bordado de flores de hierro lleva una explosión de flores de hierro por toda la túnica y la falda, bordadas en relieve. Parecen reales, como si hubieran colocado el vestido debajo del árbol para atrapar las flores que fueran cayendo. El diseño floral es más tupido en los bajos de la falda y lleva un montón de zafiros repartidos por la túnica y la falda que le dan un aspecto resplandeciente.

Y hay más. Hay otro paquete que me apresuro a abrir.

Pendientes. Flores de hierro hechas con zafiros y con hojas esmeralda. Y una caja con zapatos de satén negro con un finísimo tacón. Los zapatos llevan tantas flores de hierro bordadas que eclipsan el color negro y crean la ilusión de ser azules.

49

—Vaya —exclama Tierney asombrada—. No es exactamente un conjunto muy piadoso.

—Mi tía está llena de terribles contradicciones —comento sin poder dejar de mirar el vestido—. Es muy fanática casi con todo lo demás, pero que a nadie se le ocurra meterse con su fondo de armario.

—Cielo santo —susurra Tierney—. Pruébatelo.

—Por favor, maga Gardner.

La señora Roslyn me sonríe evidentemente aliviada al ver cómo he reaccionado ante el vestido. Gesticula con una actitud experta en dirección al probador que hay detrás de una cortina. Cojo con mucho cuidado la túnica y la falda dejando a Tierney fuera con los zapatos y los pendientes, y entro.

La falda se ciñe a mi cintura con absoluta perfección y la túnica ajustada me sienta como un guante. Retiro la cortina y me deslizo hacia fuera, porque este vestido parece pedir a gritos que me mueva con elegancia. Es como si llevara puesta una obra de arte.

Nadie oculta su admiración cuando me acerco. Me vuelvo hacia el espejo de cuerpo entero percibiendo el siseo de la falda y jadeo al verme.

Estoy llena de flores de hierro. Dispuestas con la más absoluta perfección. No hay ni un solo pétalo fuera de sitio.

—Oh, maga. —La señora Roslyn se queda boquiabierta del asombro. Parece haber olvidado que se sentía intimidada por mi presencia y se adelanta unos pasos. Toca una de las flores bordadas con una expresión de intensa satisfacción—. Es hilo cerúleo —me informa—. Nunca había tenido el privilegio de trabajar con él, es muy caro. Destilan la flor de hierro y tiñen el hilo. Se necesitan muchísimas flores para fabricar un hilo como este. Pero su tía insistió en que debía confeccionarlo con los mejores materiales. —Traga saliva y se le acelera la respiración cuando se dirige a sus ayudantes—. Orn'lia. Mor'lli. Apagad los candiles. Corred las cortinas.

Las chicas uriscas se apresuran a apagar los seis candiles y corren las cortinas. En la estancia se hace el silencio.

Me quedo de piedra, hipnotizada por mi reflejo en el espejo. Todo el vestido ha cobrado vida. Todas las flores de hierro emiten un palpitante brillo azulado.

—Por todos los dioses —exclama Tierney, cuyo rostro esmeralda se ha vuelto azul bajo la brillante luz que emite el vestido. Me mira sonriendo de oreja a oreja—. No me queda ninguna duda de que a Fallon le va a explotar la cabeza. Y, sinceramente, Elloren, a Lukas también.

# 4

## El bosque

*E*l aire gélido del invierno me golpea como un puñetazo en los dientes.

Salgo de la Torre Norte y me adentro en la luz crepuscular de la colina mientras la lívida y herrumbrosa puesta de sol se va escondiendo tras un frío cielo gris.

Mi aliento flota en el aire helado y me estrecho la capa negra utilizando la capucha para proteger el peinado que me ha hecho Tierney. Hasta Ariel se ha detenido boquiabierta para mirarme cuando he salido del baño de la Torre Norte vestida con el magnífico vestido de flores de hierro. Marina se ha limitado a mirarme con un parpadeo, como si se hubiera quedado hipnotizada por el brillo fosforescente que emite el vestido. La única que parecía incómoda era Wynter, que me ha clavado los ojos en el colgante de roble blanco con recelo.

Empiezo a caminar por el paseo pedregoso haciendo crujir el hielo bajo mis pies. La capa oculta la mayor parte del vestido, pero el iridiscente extremo inferior de la falda sobresale un poco por debajo, proyectando un halo brillante en la nieve. El efecto es precioso, pero yo voy tensa bajo la seda, y siento un poco de aprensión ante la idea de volver al cubil gardneriano.

Paralizada por el espeso silencio que reina en el inmenso campo que tengo ante mí, me detengo para mirar las luces brillantes de la universidad que veo a lo lejos. Dirijo la vista más allá de la ciudad, hacía los picos nevados de la Cordillera del Sur, las inmensas montañas que se alzan sobre todo lo que se ve junto a sus gemelas del norte. Ambas cordilleras atraviesan las nubes con unos picos tan afilados como mi mal presagio.

Y no pueden ser más altos…

Me asalta una oscura premonición. Esas montañas parecen una trampa. Como si estuvieran a punto de cerrarse. Igual que los gardnerianos.

«Bruja Negra.»

Me llega un susurro en el viento, delicado como la nieve.

Miro a mi alrededor con inquietud. Tomo conciencia de la cercanía del bosque y se me eriza el vello de la nuca. Los árboles están muy cerca, los tengo a solo unos metros.

Siento cómo me observan.

Contemplo su retorcida oscuridad y no encuentro nada más que el vacío del invierno y sombras. Inquieta, vuelvo a mirar hacia la universidad.

«Bruja Negra.»

Me pongo tensa y se me acelera el pulso.

—¿Quién anda ahí? —pregunto con un tono estridente mientras busco frenéticamente entre las sombras del bosque.

Nadie contesta. Solo se oye el seco roce de las pocas obstinadas hojas marrones que siguen aferradas a las ramas.

Una de las hojas se suelta empujada por una ráfaga helada y vuela hasta mí. Se me escapa un pequeño grito cuando la noto impactar contra mi cara y a continuación aparecen unas cuantas más, que me rozan la mejilla, la barbilla, y justo por debajo del ojo. Parpadeo como si estuviera tratando de espantar un grupo de insectos. De pronto el viento deja de soplar.

Silencio.

Miro el suelo cubierto de nieve. Tengo unas cuantas hojas marrones a los pies, pero en el resto del camino nevado no hay ni una sola marca. Vuelvo a otear el bosque alarmada notando cómo me acecha la malicia.

«Bruja Negra.»

Se me cierra la garganta y me alejo del bosque.

—Yo no soy la Bruja Negra —susurro nerviosa consciente de lo absurdo que es estar conversando con los árboles—. Dejadme en paz.

Y entonces las sombras del bosque palpitan. Todo se vuelve negro como la noche. En tan solo un terrorífico segundo, los árboles me rodean y me acechan como un grupo de asesinos.

Jadeo y me tambaleo hacia atrás desplomándome sobre la

gélida nieve y ante mis ojos aparece la visión de un fuego. Leguas de bosque en llamas. Arboles gritando. Ramas, gruesas y oscuras, se entrelazan a mi alrededor hasta formar una jaula impenetrable y tomo conciencia de que los árboles quieren estrangularme. Cierro los ojos y grito.

Una mano me coge con fuerza del brazo y el rugido del fuego, los gritos de los árboles, todo se queda en silencio.

—¿Elloren? ¿Qué ocurre?

Abro los ojos y me encuentro con la mirada ambarina de mi amigo Jarod, que me observa con preocupación. Vuelvo la cabeza en dirección al bosque.

Todo vuelve a estar en su sitio, veo los árboles azotados por un viento indiferente, y las hojas que me rodeaban han desaparecido.

Dejo que Jarod me ayude a levantarme. Me siento tensa y mareada, y advierto que el cielo ya ha oscurecido por el este.

—El bosque —le digo sin aliento y el corazón acelerado—. Por un momento... ha sido como si... se estuviera cerniendo sobre mí.

Vuelvo a mirar hacia el bosque con curiosidad, pero ahora parece un niño astuto y siniestro.

Jarod mira hacia el bosque y suspira.

—A veces yo también me siento confinado ahí dentro. Con todo lo que ha pasado. —Mira hacia la Cordillera del Norte—. Como si no hubiera escapatoria.

Siento muchas ganas de decirle que los árboles quieren matarme. Pero me muerdo la lengua. No es normal tener miedo de los árboles.

Flexiono al mano deseando seguir teniendo la varita blanca, la que le di a Trystan. Ya sé que es imposible y, sin embargo, cada vez tengo más ganas de que mi varita sea la Varita Blanca de la leyenda. Cada vez sueño más veces con ello, además de ver pájaros de color marfil posados sobre ramas de luz.

«La varita cuidaría de mí. Me protegería de los árboles.»

—¿Adónde vas? —me pregunta Jarod observando mi rostro maquillado, las joyas y el peinado.

Miro con inseguridad hacia las torres de la universidad mientras mi corazón va adoptando un ritmo un poco más normal.

—Al baile de Yule.

Alargo la mano y me sacudo la nieve de la capa, el vestido está perfecto.

Un brillo confuso cruza el rostro de Jarod.

—¿Y con quién vas?

Me cuesta mirarlo a los ojos.

—Con Lukas Grey.

Jarod me observa con incredulidad.

—Pero… yo pensaba que Yvan y tú…

—No —le interrumpo con aspereza sintiendo cómo el rubor empieza a treparme por el cuello al recordar la habilidad lupina para percibir las atracciones de todo el mundo—. Él no me quiere.

Veo cómo Jarod reprime su desacuerdo, pero es como mi hermano Trystan, que no suele emitir juicios ni es una persona entrometida. Me tiende la mano en silencio.

—Vamos. Te acompañaré hasta allí.

Me lo quedo mirando boquiabierta.

—¿Quieres acompañarme a un baile gardneriano? ¿Estás seguro, Jarod? Ya sabes cómo van a reaccionar. No quiero que te metas en líos por mi culpa.

Jarod me dedica una pequeña sonrisa resignada.

—Sé cuidar de mí mismo. Y además siento curiosidad por vuestros rituales de apareamiento.

Alzo una ceja al oír su descarada frase.

Jarod deja de sonreír y se mira los pies.

—Y… quizá…

«Aislinn. Puede que Aislinn esté allí.»

Mi gran amiga Aislinn Greer, que desea a Jarod tanto como él a ella y cuya estricta familia gardneriana jamás permitirá que estén juntos.

Que está prometida con otro.

Cuando Jarod vuelve a mirarme advierto una evidente nostalgia en sus ojos, y me duele mucho verla.

Una intensa ráfaga de viento dobla las ramas de los árboles y me pega la falda a las piernas.

«Bruja Negra.»

El pánico se apodera de mí y vuelvo la cabeza hacia le bosque.

—¿Has oído eso?

—¿Oír el qué?

Jarod ladea la cabeza y escucha.

El viento se para y el mundo vuelve a quedarse en silencio.

«Tengo que estar imaginándomelo. Si Jarod no puede oírlo con sus súpersentidos quiere decir que no existe».

Entorno los ojos mirando hacia el bosque.

—¿Crees que está por ahí?

Alza las cejas confundido.

—¿Quién?

—La Bruja Negra de la profecía.

«Por favor, Gran Ancestro, que no sea Fallon Bane.»

Jarod adopta una expresión sombría mientras un búho solitario cruza el cielo oscuro y las primeras estrellas empiezan a iluminar el cielo.

—Bueno, supongo que si existe —dice Jarod al fin—, tendremos que esperar que los de nuestro bando la encuentren antes que Vogel.

Intenta esbozar una sonrisita tranquilizadora, pero sigue teniendo una mirada muy seria.

Vuelve a ofrecerme su brazo y esta vez lo acepto, y los dos avanzamos juntos por el campo.

Jarod conversa amigablemente conmigo mientras avanzamos, pero noto cómo los árboles me observan.

Y vuelvo a girarme una última vez para observar el bosque muy intranquila.

# 5

## El baile de Yule

*J*arod y yo avanzamos con las capuchas puestas por el río de alegres gardnerianos que se dirigen hacia la entrada del Auditorio Blanco.

El soldado gardneriano apostado junto a la puerta nos ve y entorna los ojos al descubrir la evidente figura lupina de Jarod, y automáticamente adopta una expresión beligerante.

Cojo a Jarod de la mano.

—Ven. Si vamos por ahí seguro que no nos dejará entrar.

Esquivamos algunas parejas de gardnerianos aguantando la risa al ver las miradas que nos echan. Jarod y yo nos colamos cogidos de la mano por la entrada lateral que solo conoce el personal de cocina. Desde el otro lado del muro de terciopelo negro que cuelga ante nosotros nos llega el sonido amortiguado de la música y las conversaciones de los invitados; la cortina se extiende por todo el perímetro del pasillo del Auditorio Blanco.

Me paro un momento para sacar mis zapatos de satén del bolsillo interior de la capa y me los pongo a toda prisa; después dejo mis botas mojadas apoyadas en el zócalo de la pared para poder recuperarlas más tarde.

Jarod y yo intercambiamos una mirada expectante y levantamos la cortina de terciopelo. Los dos miramos hacia el interior del Auditorio muy emocionados, como si fuéramos dos niños que estuvieran a punto de encontrar un montón de caramelos prohibidos. Nos acaricia una brisa de aire cálido y la música es cada vez más alta y clara.

—Oh, Jarod.

Cojo aire al ver la increíble transformación del auditorio y mis líneas de afinidad de tierra cobran vida.

Hay un montón de ramas de guayaco suspendidas sobre los invitados formando un techo bajo que oculta por completo la constelación que decora la cúpula del Auditorio Blanco. Los magos de tierra deben de haber hecho algún hechizo para que las ramas florecieran, pues están tachonadas de flores de hierro de un brillante y sublime color azul. Alrededor del auditorio hay varios guayacos plantados en enormes macetas lacadas en negro, y veo unos cuantos más por la pista, consiguiendo que la vasta sala de conferencias parezca un bosque encantado.

La pista de baile que se abre al fondo del auditorio está llena de parejas que giran sin parar, y veo candiles de cristal azul sujetos a las densas ramas colgantes cuyas velas acentúan el brillo etéreo de las flores de hierro. El tono zafiro de la luz centellea en las joyas, los adornos y las copas de champán que hacen tintinear los felices y sonrientes gardnerianos.

Respiro hondo y advierto que las fragancias de los carísimos perfumes y las flores de hierro han transformado con su seducción el habitual aire frío y húmedo del auditorio. Algunos trabajadores de la cocina uriscos y celtas se desplazan entre la gente luciendo expresiones de amabilidad forzada, y sirven aperitivos que portan en bandejas además de ocuparse de que todos los candiles estén encendidos. Por un momento veo a Fernyllia, que pasea una muestra de aperitivos, y repaso a los trabajadores de mandil banco en busca de Yvan, pero no le veo por ninguna parte.

De pronto me pongo nerviosa: ¿Y si Yvan está trabajando esta noche?

Jarod y yo nos colamos en el auditorio y aguardamos con discreción detrás de la línea de guayacos. No me quito la capa porque todavía no quiero que mi vestido fosforescente atraiga la atención de nadie, pero me retiro la capucha y sacudo mi melena enjoyada. Jarod hace lo propio sonriéndome, está encantador con el pelo rubio despeinado.

La orquesta toca desde la tarima central del auditorio y la música nos envuelve en una majestuosa melancolía. La escena es abrumadoramente hermosa y completamente descorazonadora al mismo tiempo. Ver a tantos gardnerianos pavoneándose como una bandada de victoriosos y depredadores cuervos es desmoralizador, y me cuesta incluso mirar la enorme y opresiva bandera gardneriana que cuelga por detrás de los músicos con su órbita plateada de Erthia resaltando sobre el fondo negro.

Esas banderas son armas. Están diseñadas para intimidar.

—¿Un refrigerio, maga?

Olvido mis afligidos pensamientos y me vuelvo a la anciana sirvienta urisca que me tiende una bandeja dorada mientras observa a Jarod sorprendida y, después, preocupada. Me concentro en la bandeja y se me encoge el estómago al ver nuestras tradicionales galletas festivas recortadas en forma de alas de ícaro. Alas como las de mis compañeras, Ariel Haven y Wynter Eirllyn.

Declino la oferta de los horribles aperitivos con un gesto de la cabeza y la mujer urisca parece muy contenta de poder alejarse de nosotros.

—¿Alas? —pregunta Jarod observando a un grupo de gardnerianos que cogen las galletas de mantequilla de una bandeja y cómo se ríen sus parejas que parten las alas por la mitad antes de darles un mordisco.

—Alas de ícaro —contesto avergonzada al recordar las galletas que los Gaffney nos mandaban para celebrar las épocas de cosecha y el día de Yule—. Hay que partirlas por la mitad.

Jarod frunce el ceño mientras vemos como desfilan por el auditorio una bandeja de galletas tras otra que, al romperse, suenan como si estuviera diluviando. Esbozo una mueca de dolor: cada chasquido es como un tirón imaginario de las alas de Ariel. Y de las de Wynter.

«Mi pueblo conquistará el Reino de Oeste —me lamento—. Con la misma facilidad con la que parten estas galletas.»

—¿Cuál es el significado de las flores de hierro? —pregunta Jarod—. Están por todas partes.

—Hay una historia en nuestro libro sagrado —contesto distraídamente—. Hace mucho tiempo vivió una famosa profeta que salvó a mi pueblo. Los magos huían de unas fuerzas demoníacas que los sobrepasaban en número. Galiana luchó contra ellos utilizando los poderes de matar demonios que tienen las flores de hierro además de la Varita Blanca. La gente suele llamarla La Flor de Hierro por ese motivo.

—¿Y cómo lo hizo?

Me encojo de hombros; he escuchado esa historia tantas veces que el drama ya me aburre.

—Se enfrentó a ellos subida a un cuervo gigante y venció a los demonios con una ráfaga de fuego mágico. Después guio a mi pueblo por el desierto hasta que estuvieron a salvo. Celebramos una fiesta cada año para conmemorar su victoria, justo antes de Yule, el Gallianalein. El festival de la flor de hierro. Y este año el baile ha coincidido con la festividad.

—Mmm —musita Jarod pensativo. Después mira a su alrededor—. Bueno, está claro que si la intención era montar un festival basado en una flor, es evidente que habéis elegido una muy bonita.

Percibo un cierto arrebato en su tono, una devoción que su hermana Diana y él suelen reservar para sus comentarios sobre el mundo natural.

Pero entonces empieza a observar la decoración con más atención y frunce el ceño.

—Han tenido que matar todos estos árboles para hacer esto.

Me mira con una profunda desaprobación.

—Supongo que sí.

Observo las ramas y los árboles en las macetas, desprovistos de sus raíces, avergonzada por la atracción que mi afinidad de tierra siente por toda esta madera muerta.

Auténtico apetito.

—Todo esto es muy raro —comenta Jarod—. ¿Por qué los gardnerianos construís vuestros edificios con la intención de que parezcan bosques falsos si odiáis los bosques reales y os encanta quemarlos?

—Forma parte de nuestra religión. —Me revuelvo incómoda—. Debemos reprimir los bosques. Se supone que allí habitan los espíritus de los malignos.

La ofensa brilla en sus ojos.

—Verdaderamente encantador.

Pienso en aquellos árboles hostiles. Los que me susurraban en el viento. Percibiendo la magia de mis venas...

—¿Y sabes qué es lo más raro? —pregunta.

Niego con la cabeza y lo miro con interés.

Jarod pasea la vista por el enorme auditorio.

—Que la mayoría de las parejas que hay en esta sala no quieren estar el uno con el otro.

Alzo las cejas sorprendida.

—¿De veras?

—Más de la mitad. Es horrible.

Jarod señala a varias parejas mal avenidas haciendo una excepcional demostración de sus sentidos lupinos. Después me desvela las numerosas atracciones verdaderas completamente contrarias a las parejas formadas. Me señala a un aprendiz militar alto y esbelto que viste un uniforme gris con la órbita plateada correspondiente. Está junto a una preciosa joven gardneriana, y los dos lucen las marcas del compromiso gardneriano.

—¿Ves a ese hombre de allí? —Asiento. Entonces Jarod señala a otro joven, un musculoso aprendiz de marinero, cuya túnica negra está rematada por una cenefa del tono azul de la flor de hierro—. Esos dos hombres están locamente enamorados el uno del otro. Lo puedo sentir desde aquí.

Me sorprendo mucho de su revelación y observo a los dos jóvenes con más detenimiento. Enseguida consigo advertir cómo se lanzan algunas miraditas a escondidas. Es muy sutil, pero están ahí. Enseguida pienso en mi hermano Trystan, que ansía con desesperación poder amar con libertad, pero a quien le asusta lo que podría ocurrirle si lo hiciera.

—Los meterían en la cárcel si los descubrieran —le explico a Jarod consciente de que probablemente haya percibido el miedo que siento por la seguridad de Trystan.

Jarod frunce su ceño rubio.

—No entiendo a tu pueblo. Cogéis cosas que son perfectamente normales y naturales y redactáis leyes que afirman que son antinaturales. Es absurdo.

Me quedo boquiabierta.

—¿Permitiríais eso en la sociedad lupina? ¿Hombres con hombres?

—Pues claro. —Me está mirando con una mezcla de lástima y preocupación—. Es increíblemente cruel tratar a esas personas de esa forma.

—¿En tu religión no hay nada que lo condene? —le pregunto asombrada. «¿No hay nada que condene a mi querido hermano? ¿Ni que obligue a las personas a esconder lo que son en realidad?»

61

Jarod me observa con atención, quizá percibiendo la intensidad de mi repentina aflicción.

—Elloren —dice con compasión—, no, no lo hay. En absoluto.

Se me saltan las lágrimas y tengo que apartar la mirada.

—¿Entonces Trystan sería completamente aceptado tal como es en territorio Lupino?

Se me quiebra la voz al susurrar la pregunta.

Jarod vacila y frunce el ceño con más fuerza.

—Sí. Pero… tendría que convertirse en lupino primero.

Le lanzo a Jarod una mirada sarcástica.

—Eso le quitaría sus poderes de mago, ya que los lupinos son inmunes a la magia de las varitas. —Niego con la cabeza con tristeza—. Es un mago de nivel cinco, Jarod. Y eso se ha convertido en una parte muy importante de la persona que es. No querría desprenderse de eso.

Jarod asiente con seriedad y yo me indigno en nombre de mi hermano.

—Entonces no tiene a dónde ir. No hay ningún sitio donde pueda ser él mismo y nadie lo menosprecie por ello.

—Solo las tierras Noi —contesta Jarod en voz baja, pero los dos sabemos que los Noi no se mostrarán muy dispuestos a aceptar al nieto de la Bruja Negra en su tierra. Maldigo mentalmente la jaula en la que ambos reinos han encerrado a mi hermano.

—¿Tu pueblo celebra bailes? —pregunto un poco enfadada, frustrada por lo mal que están las cosas e intentando recuperar la compostura.

Jarod mira hacia el auditorio con una expresión satisfecha.

—No. Nada como esto. Nuestros bailes… son más bien algo espontáneo. Y la forma que tiene tu gente de bailar… es tan… tensa. Nuestra música tiene un ritmo potente, y cuando nuestras parejas bailan, lo hacen muy pegados. Nada parecido a esto. Esto es como un baile infantil.

El rubor me trepa por el cuello cuando me viene a la cabeza la imagen de una pareja lupina, muy juntos, moviéndose con sensualidad al ritmo de la música.

Mientras observo a los invitados veo a Paige Snowden. Está mordisqueando una brocheta de pescado asado que refleja la luz de los candiles y va acompañada de un grupo de jóvenes gardnerianas. Se le ensombrece el rostro cuando aparece su prometido, Sylus Bane. Me repugna ver a Sylus con su uniforme militar, la brillante varita asida a la cadera, con la misma pose carismática y arrogante y la sonrisa cruel que tienen sus terribles hermanos, Fallon y Damion.

—Sabes —le digo a Jarod sintiéndome un poco intimidada—, cuando Fallon se recupere y descubra que vine al baile con Lukas Grey me va a matar.

—No lo hará —contesta con una sorprendente seguridad mientras elige una copa de cristal llena de ponche azul de la bandeja de una sirvienta—. Diana le advirtió a Fallon hace mucho tiempo que si volvía a meterse contigo le arrancaría la cabeza y la colgaría en una pica delante de la puerta de la universidad.

Toso asombrada mientras Jarod coge otra copa de ponche y me la ofrece. Alza la copa para brindar y se pone bien derecho.

—Por la libertad —entona Jarod sonriéndome—. Para todos.

—Por la libertad —accedo momentáneamente abrumada por el sentimiento. Le devuelvo la sonrisa mientras hacemos chocar las copas con decisión. Tomo un sorbo del ponche dulce. Sobre la superficie del líquido azul flotan algunos pétalos de flor de hierro caramelizados, y noto el frescor de la copa en la mano. Observo a las parejas, que tan felices parecen en apariencia, y vuelvo a pensar en Diana y mi hermano mayor.

—Mi tía le ha retirado la asignación a Rafe, ¿lo sabías?

A Jarod se le borra la agradable expresión de un plumazo.

—Se enteró de lo de Diana —le digo—. Todo el mundo lo sabe. Mi tía nos ha informado de que va a venir a visitarnos dentro de unos días, en cuanto aplacen el Consejo de Magos. Su carta era muy amable, pero sospecho que el verdadero motivo de su viaje es amenazar a Rafe.

Jarod me mira con una ceja arqueada.

—Si le ha retirado la asignación, ¿cómo va a poder permitirse pagar la universidad?

No puedo evitar sonreír ante la absurda situación.

—Ahora trabaja conmigo. En la cocina. Y eso es muy gracioso, porque Rafe odia trabajar en la cocina.

Nos llega un jadeo colectivo cerca de la entrada del auditorio y los dos nos volvemos justo cuando Rafe y Diana entran en el auditorio riéndose. Él la lleva cogida del brazo y luce una sonrisa de oreja a oreja, mientas ella finge resistirse al tirón de Rafe. Van vestidos con prendas de montaña arrugadas, y Diana lleva atado a la espalda un conejo muerto balanceándose.

Me quedo boquiabierta y palidezco de golpe.

Ásperos gritos de protesta van en aumento cuando Rafe guía a Diana hasta el centro de la pista de baile, la toma entre sus brazos y empieza a hacerla girar con delicadeza; los dos irradian felicidad.

Miro a Jarod alarmada. También está ostensiblemente pálido.

—Esto es un baile gardneriano —espeta un soldado que luce las tres franjas correspondientes a un mago del nivel tres mientras se dirige hacia Diana y Rafe seguido de tres soldados más. La música enmudece.

Mi hermano adopta una expresión desafiante. Esboza una sonrisa burlona, abraza a Diana y le da un beso apasionado.

Los asistentes se escandalizan y algunos levantan la voz indignados.

El mago de nivel tres hace ademán de coger la varita.

—¡Rafe, no! —grito agarrándome al brazo de Jarod—. ¡Él no tiene magia!

—Ya lo sé —espeta Jarod mientras noto cómo se le tensan los músculos bajo mi mano.

Diana se separa de Rafe con una mirada traviesa en los ojos. Después toma la mano de mi hermano con gesto exagerado, y ambos rompen a reír mientras se internan entre la gente y salen del auditorio. Suelto el aire aliviada al verlos desaparecer y el clamor de indignación se disipa tan rápido como la amenaza de la pelea cuando los soldados se internan entre la multitud indignada.

Tras un momento de tenso silencio me dirijo a Jarod:

—¿Tus padres saben lo suyo?

Me pregunto si el infierno está a punto de estallar en ambos mundos.

Jarod aprieta los dientes.

—Sí que lo saben. Vienen el Día del Fundador. —Vacila un segundo—. Mi padre quiere hablar con Rafe.

Le miro aterrada. Llevo mucho tiempo esperando que llegue el Día del Fundador, el día en que es costumbre que los padres y las familias acudan a Verpax para visitar a los estudiantes universitarios. El tío Edwin se ha recuperado lo suficiente como para poder venir a vernos, y llevo muchos días encantada ante la perspectiva de poder volver a verle después de haber pasado tanto tiempo separados. Hace poco me envió una carta, transcrita por los sirvientes de la tía Vyvian, en la que me explicaba que su salud va mejorando poco a poco y que por fin vuelve a ser capaz de caminar con ayuda de un bastón.

Pero ahora mi feliz expectativa se nubla teñida por una intensa preocupación. Puede que los lupinos tengan la capacidad de aceptar muchas cosas, pero imagino que no dispensarán la misma gracia a los descendientes de la Bruja Negra.

—No solo van a venir mis padres y mi hermana pequeña —me explica Jarod preocupado mirándome de reojo—. A mi padre lo acompañarán todos sus hombres.

Aprieto la copa con fuerza.

—Tu padre no vendrá con idea de amenazar a Rafe, ¿no?

Jarod mira hacia la multitud mientras la música acelera un poco con la intención de apaciguar el drama colectivo.

—No —contesta con una preocupante falta de convicción—. Al menos eso espero.

Algo capta la atención de Jarod al otro lado del auditorio. Respira hondo y sus ojos reflejan una profunda emoción.

—Aislinn.

Sigo la dirección de su mirada y veo la esbelta figura de Aislinn, que se desliza entre la multitud como un pajarillo que huye asustado. Jarod y yo avanzamos y nos alejamos del refugio de los árboles; saludo a Aislinn con la mano. Ella me devuelve el saludo y se anima ostensiblemente cuando ve a Jarod.

Aislinn nos alcanza casi sin aliento.

—Jarod. Has venido. —Su elocuente mirada de enamorada desaparece enseguida y aparta la vista de Jarod algo nerviosa—. Me alegro mucho de que estéis aquí.

—Pensaba que seguías en Valgard —le digo sorprendida. Aislinn pensaba decirle la verdad a su padre, que no quiere comprometerse con Randall, el prometido que le habían elegido sus padres—. ¿No te ibas a ir a casa para hablar con tu padre?

Aislinn asiente secamente con una mirada angustiada. Jarod deja la copa en una mesa y la coge del brazo con delicadeza. Una mujer gardneriana que está hablando con sus amigas se da

65

cuenta del gesto, advierte que hay un lupino cerca y nos lanza una mirada angustiada. Todo su grupo se deshace en alarmados murmullos y se marchan a toda prisa hacia la otra punta del auditorio.

Aislinn rompe a llorar y se limpia la cara con el reverso de la mano.

—Mi padre dice que tengo que comprometerme con Randall. Cuanto antes. Estaba… estaba muy enfadado al ver que yo no quería. Fue horrible. —Reprime un sollozo y empiezan a temblarle los hombros—. Me dijo que una hija que desobedece a su padre… ya no es una hija.

—Oh, Aislinn —le digo sintiendo una gran compasión por ella—. Lo siento mucho.

Se le entristece el rostro.

—Estoy atrapada. Mi padre iba a sacarme de la universidad. Tuve que disculparme y suplicarle que me permitiera quedarme, y me hizo viajar de vuelta hasta aquí con Randall. Discutimos todo el camino. Ahora mi padre le ha pedido que me vigile todo el tiempo y me acabo de escapar de él. Tengo que volver.

Vuelve a enjugarse el llanto, tiene la manga de la túnica empapada de lágrimas.

—Márchate conmigo —sugiere Jarod con la voz rebosante de relajada autoridad.

Aislinn lo mira con incredulidad.

—Jarod, mi familia me repudiará. Por completo. No lo entiendes. No… no puedo.

—Claro que puedes —insiste Jarod con un brillo valiente en sus ojos ambarinos—. Aislinn, esto es una equivocación. Márchate conmigo ahora mismo.

Aislinn otea la multitud y después vuelve a mirar a Jarod con una expresión rebosante de afecto y confianza. Se me acelera el corazón y tengo el pálpito de que si Aislinn se marcha con Jarod ahora hay muchas probabilidades de que se marche con él para siempre.

—Ve —la animo mirando a Jarod—. Deberías irte con él.

—¡Aislinn! —la arrogante voz de Randall aúlla entre la multitud y mi esperanza se viene abajo. Se acerca a nosotros a toda prisa con un aspecto ofensivamente atractivo vistiendo ese uniforme recién planchado.

—Suéltala ahora mismo —ordena mientras se acerca.

Jarod lo fulmina con la mirada y Randall sujeta a Aislinn del brazo que tiene libre y tira de ella con aspereza.

—¡Suéltala! —exclamo.

Aislinn emite un quejido y retrocede por instinto.

A Jarod le arde la mirada. Sus labios se separan para dejar entrever unos largos y blancos dientes y de su garganta sale un grave rugido. Hace un ligero amago en dirección a Randall con todos los músculos tensos y yo me aparto de un salto.

—Quítale las manos de encima, gardneriano —ruge Jarod—. O te la arrancaré.

Randall se asusta, suelta a Aislinn y recula.

—¡Aislinn! —insiste con voz aguda—. ¡Apártate de él!

Aislinn mira a Jarod con incredulidad.

Un siseo metálico corta el aire cuando cuatro soldados desenvainan sus espadas y se colocan detrás de Randall. Él se envalentona y adopta una expresión engreída.

—Me parece que estás en minoría, ¿verdad, cambiaformas? —dice Randall desenvainando su espada torpemente.

Jarod se abalanza hacia delante a la velocidad del rayo, coge la espada de Randall, la dobla por la mitad con una mano y la deja caer al suelo de piedra, produciendo un sonido metálico. Randall y los demás soldados reculan alarmados al oír el rugido que se abre paso por la garganta de Jarod.

—Soy el hijo de Gunther Ulrich —ruge Jarod enseñando los dientes y sin soltar a Aislinn—. Podría enfrentarme a cualquiera de vosotros. Y vencería.

Veo cómo a Randall se le mueve la garganta al tragar saliva con nerviosismo.

—Aislinn —cacarea al fin con poca energía.

Aislinn niega con la cabeza como si estuviera intentando despertar de un hechizo. Tiene una mueca agónica en el rostro.

—Suéltame, Jarod —dice con la voz ronca—. Tengo que irme con él.

Jarod se vuelve hacia ella.

—No, Aislinn. No tienes por qué.

—Suéltame, Jarod. Por favor.

Jarod se la queda mirando un buen rato con el conflicto escrito en el semblante. Y le suelta el brazo.

67

—¡Ven aquí! —ordena Randall con un ligero temblor en la voz tendiéndole el brazo a Aislinn. Ella acepta su mano sin decir una sola palabra y deja que se la lleve.

Jarod se la queda mirando y, por un momento, temo que pueda ir a por Randall, pues tiene una mirada muy violenta.

Me muero por consolarlo.

—Jarod, yo…

Antes de que pueda decir nada me atraviesa con la mirada y después cruza la multitud abochornada del vestíbulo y sale al exterior.

Yo vacilo un momento antes de ir tras él, pero cuando llego a la terraza ya no veo a Jarod por ninguna parte. Corro por un laberinto de macetas con encinas y esculturas de hielo hacia al final de la terraza, y consigo ver su oscura silueta al final de un largo y árido campo, y sé que jamás lo alcanzaré.

El bosque está justo al final de la llanura.

Mientras grito su nombre me llama la atención la mayor de las esculturas de hielo que se alza a mi lado. Es el rostro helado de mi famosa abuela, que mira hacia abajo alzando la varita para acabar con el ícaro que tiene a sus pies. Es una réplica exacta del monumento que hay en la puerta de la catedral de Valgard.

«Bruja Negra.»

Oigo las suaves palabras mecidas por el gélido viento.

Miro hacia el bosque justo cuando Jarod cruza la primera línea de árboles y enseguida desaparece tras la espesura.

# 6

## Una buena piedra de afilar

*U*n apacible silencio se apodera de mí mientras miro el bosque y pienso en Jarod y Aislinn.

Dejo escapar un largo suspiro y me vuelvo hacia la escultura de la Bruja Negra notando como algunos delicados copos de nieve me caen en la cara. Agacho la vista y paso los dedos por el contorno del ala del ícaro, que está dolorosamente fría, deseando poder devolverle la vida. Miro con odio mi propia cara, esculpida en hielo, y maldigo en silencio la crueldad de Carnissa Gardner mientras el frío se cuela por mis prendas de seda provocándome un escalofrío.

—Es preciosa.

Cojo aire para tranquilizarme al reconocer la voz de Lukas.

Me pone las manos en la cintura y pega su largo cuerpo contra mi espalda, y noto una agradable calidez que se lleva el frío; mis líneas de fuego despiertan automáticamente en respuesta a su contacto.

—Preciosa —repite con voz sedosa—. Como tú.

Estoy confusa. Debería costarme estar con Lukas Grey, pero me resulta demasiado fácil rendirme a su atracción.

Vuelvo a escuchar la voz de Lucretia en mi cabeza: «Necesitamos saber de qué lado está».

Me rindo a la débil justificación y me relajo entre los brazos de Lukas al tiempo que me llevo la mano al collar para envolver el colgante de roble blanco. En cuanto lo toco, mis líneas de tierra y de fuego generan una ola de calor y dejo escapar un suspiro tembloroso. Lukas se pega un poco más a mí y las oscuras ramas de sus líneas de tierra despiertan y se deslizan hasta encontrar las mías con suave seducción. Se me acelera la respiración mientras noto cómo nuestras afinidades se van entrelazando, línea tras línea…

La madera del bosque palpita desde el claro, como si fuera un incendio. Un palpable espasmo de terror atraviesa los árboles, como si el bosque quisiera cernirse sobre nosotros.

Y entonces nada, silencio absoluto, como un niño aterrorizado intentando escapar de los monstruos. Por un momento percibo una embriagadora sensación de fuerza al mirar el bosque oscuro y noto el cálido aliento de Lukas en la mejilla.

«Juntos somos peligrosos.»

Una alarma reflexiva se dispara en mi interior y me separo de Lukas con el corazón acelerado mientras me esfuerzo por no caer en el precipicio de este nuevo y seductor poder.

—Lo notas, ¿verdad? —me pregunta suave como el cristal mientras sus ojos color esmeralda brillan bajo la luz zafiro del candil.

—Acaba de pasar algo —le digo alterada—. He notado como un tirón en mis líneas de afinidad… y después… una reacción de los árboles. —Frunzo el ceño preocupada—. El bosque siempre me ha incomodado un poco. Pero ahora… tengo la sensación de que me odia.

Lukas mira hacia el bosque.

—Los árboles notan que el poder de tu abuela está despertando en ti. —Baja la voz y susurra—: Y nos temen porque tenemos sangre dríade.

Me sorprende su audaz y prohibida afirmación. Miro a mi alrededor aliviada al comprobar que seguimos solos en la terraza.

—No es seguro hablar así, Lukas.

Esboza una sonrisa ladeada.

—Ah… la falsa pureza gardneriana. A mí me provoca risa.

Su cinismo despreocupado me molesta. Toco con las manos el costado helado de las alas del ícaro y miro a Lukas frunciendo el ceño.

—No te entiendo. ¿Cómo puedes luchar para ellos si no crees nada de todo esto?

Lukas se pone serio.

—No existe eso de la pureza étnica, Elloren. Solo existe el poder, o la falta de él.

Hay una hoguera al otro lado del campo. Alrededor, varios gardnerianos entonan alegres cantos de Yule. De pronto salen volando unos cuantos farolillos de papel azules y su brillo luminiscente se recorta contra el negro cielo del invierno.

La etérea belleza de los farolillos me transporta momentáneamente. Sin darme cuenta me apoyo en la escultura que tengo a la espalda y una gran parte del ala helada del ícaro se rompe bajo el peso de mi mano. Intento recuperarla horrorizada, pero el ala me resbala entre los dedos y se rompe en mil pedazos a mis pies. Me quedo mirando desolada como la nieve salpica los pedazos cristalinos.

—Ven —me dice Lukas mirándome fijamente—. Vamos dentro y baila conmigo.

Las chispas azules de la luz de los candiles se reflejan en sus ojos. No hay ni un ápice de amabilidad en su semblante, es un amasijo de líneas duras y ángulos afilados. Como el mío. Pero en sus ojos anida una oscura comprensión, y me siento atraída por ella.

Me sacudo el hielo derretido de la mano y miro a Lukas.

—Todavía no te he enseñado mi vestido.

Lukas retrocede expectante y me observa mientras me desabrocho la capa y me la quito con delicadeza.

Lukas se queda de piedra, como si estuviera hechizado.

Los brillantes copos de nieve caen a mi alrededor mientras las flores de hierro y los zafiros bordados del vestido empiezan a reflejar la luz azul de los faroles.

Lukas me mira de arriba abajo y en su mirada veo arder un fuego abrasador.

—Este vestido es deliciosamente escandaloso. —Me mira a los ojos—. Estás impresionante, Elloren.

La repentina aspereza de su voz deja entrever un trasfondo emotivo que no suelo percibir en él, y eso despierta un dolor incómodo en mi interior.

—Después de esta noche —me dice con una mirada abrasadora—, ya no llamarán Flor de Hierro a Galliana. Reservarán ese título para ti.

Los copos de nieve caen cada vez más densos y levanto la cabeza para ver la espiral blanca que se despliega contra el cielo de terciopelo.

71

—Hagamos una entrada espectacular —le digo a Lukas, repentinamente decidida. Aunque no me comprometa con él sí que puedo, al menos, darle esta noche.

Lukas esboza una lenta sonrisa. Me tiende el brazo y yo lo acepto notando cómo se me acelera el pulso.

—¿Estás lista? —pregunta recuperando su habitual sonrisa implacable.

Asiento y entramos juntos en el Auditorio Blanco.


Sigo los largos y seguros pasos de Lukas hasta el interior del auditorio.

Vamos dejando un montón de gardnerianos boquiabiertos a nuestro paso, pues todos los ojos se quedan atrapados en mi resplandeciente y brillante vestido. Los magos se inclinan con respeto ante Lukas, y los cadetes y los soldados se llevan los puños al pecho a modo de saludo formal.

Lukas no responde a ninguno de ellos.

La multitud se separa a nuestro paso y nosotros avanzamos sin impedimento alguno hacia la pista de baile mientras la música se va apagando. Cuando llegamos, Lukas me desliza la mano por el brazo hasta entrelazar los dedos con los míos para guiarme hasta el centro.

Lukas me rodea suavemente con sus brazos: el corazón me va a mil por hora. La música vuelve a sonar y él me sujeta con más firmeza por la cintura y me impulsa con sinuosa elegancia. Giramos por la pista como si fuéramos una sola persona y noto cómo me recorre un escalofrío de emoción. La multitud susurra exclamaciones y oigo algunos aplausos mientras otras parejas se acercan, hasta llenar la pista.

Bailar con Lukas Grey es maravilloso: sus movimientos fluyen y sabe llevarme con fuerza y decisión. No puedo evitar dejarme llevar por el placer que me provoca poder moverme con tanta facilidad al mismo tiempo que él. Las luces reflejan un brillo azul en el pelo de Lukas, que me mira fijamente.

—He sabido que las cosas se han puesto un poco feas hace un rato —me dice Lukas mientras me hace girar con habilidad—. Me parece que me lo he perdido.

Por el rabillo del ojo veo a Paige Snowden, que nos está mirando con intensidad. Sylus está a su lado en la periferia de la pista de baile con una copa de ponche en la mano. Esboza una cruel sonrisa y alza la copa fingiendo brindar con alegría, y no puedo evitar preocuparme. Gesine Bane también está con ellos, lleva un vestido de terciopelo negro salpicado de diamantes y me está mirando con frialdad.

—Me va a matar —le digo a Lukas mientras me guía por la pista con decidida elegancia.

—¿Quién? —pregunta muy sereno.

—Fallon Bane. En cuanto se recupere. Me va a encerrar en una tumba de hielo. Y es muy probable que sus hermanos y su prima la ayuden a conseguirlo.

Lukas me mira divertido.

—Fallon está vigilada por una imponente guardia militar. Ha habido otro atentado contra su vida.

Parpadeo sorprendida.

—¿Ah, sí?

—Mmm. Otra banda de mercenarios Ishkartan. Esta vez eran diez.

—Santísimo Gran Ancestro.

Lukas deja escapar un ruidito de fastidio.

—Elloren, Fallon cree que será la próxima Bruja Negra. Es normal que atraiga cierto grado de atención y, hasta ahora, ella se ha negado a respetar ese hecho.

—Lukas —le digo sintiendo una punzada de aprensión—, sería horrible que Fallon fuera la Bruja Negra. Es imposible. Creo que yo soy su peor enemiga.

—Relájate, Elloren —me dice ignorando mis protestas—. Fallon no es la Bruja Negra.

—¿Cómo puedes estar tan seguro?

—Es muy poderosa, pero Fallon ni siquiera se acerca a la clase de magia que tenía tu abuela. Aunque es verdad que es capaz de hacer algunos hechizos de hielo realmente impresionantes, eso tengo que admitirlo.

—Sí, bueno, pues cuando se entere de que he venido al baile contigo, me congelará la sangre.

Lukas sonríe ante mi comentario.

—No te congelará la sangre. Solo te atormentará un poco. —Se acerca un poco más a mí—. O mucho. —Me hace dar un giro

73

espectacular y me dedica una sonrisa traviesa—. Pero vale la pena, ¿no crees?

Le miro con el ceño fruncido, pero él ignora mi disgusto.

—Tu amiga Aislinn parece muy triste. Me he cruzado con ella cuando venía. Iba de la mano de Randall Greyson.

—No quiere comprometerse con Randall.

—No me extraña. Randall es un imbécil.

Lo miro confundida.

—Me sorprende oírte hablar así de otro soldado.

—Es un cobarde sin talento a quien no deberían haber admitido en la Guardia de Magos. —Lukas me sujeta con fuerza mientras mira a su alrededor—. Lo que necesitan los gardnerianos con urgencia es un buen enemigo. Uno que elimine a los soldados como Randall.

—Pensaba que los soldados eran abusones que solo querían objetivos fáciles —le desafío.

Lukas deja escapar una carcajada.

—Eso es lo que quieren los cobardes que se visten de soldado. Los auténticos guerreros quieren un enemigo de verdad.

—¿Guerreros auténticos como tú?

—Sí —contesta sin vacilar.

—¿Y qué es lo que esperas tú de tu enemigo exactamente?

—Bueno, hablando metafóricamente, lo que quiero es una buena piedra de afilar.

—¿Para hacerla añicos?

En sus ojos veo un brillo malvado.

—No, donde poder afilar mi espada. —Jadeo cuando me estrecha con más fuerza y sonríe al percibir mi sorpresa—. He oído que tu hermano ha estado aquí con la chica lupina.

Me enciendo.

—La verdad es que no quiero hablar de eso, y menos contigo.

Lukas se ríe.

—¿Y por qué?

—Porque es muy probable que odies a los lupinos.

—Yo no odio a los lupinos.

—Pero los matarías si te lo ordenasen.

—Sí, lo haría —admite—. Igual que los hombres de Gunther Ulrich matarían a todas las personas de este auditorio si se lo ordenaran.

—No es lo mismo.

—Es exactamente lo mismo. —Lukas se pone serio—. Elloren, tu hermano tiene que recordar de qué lado está. Está jugando a un juego muy peligroso. Marcus Vogel está decidido a recuperar parte del territorio lupino. Y las relaciones diplomáticas con ellos, ya de por sí frías, están a punto de dar un giro hostil.

Me sublevo por dentro.

—Si provocamos una guerra con los lupinos, Rafe no luchará contra ellos.

Lukas endurece su expresión. Para de golpe el baile y me acompaña fuera de la pista, justo hasta una especie de bosquecillo de guayacos.

—Van a reclutar a tu hermano —me advierte Lucas con un tono grave e implacable—. Puede que no tenga poderes, pero es el mejor rastreador que hemos tenido en años. Y nos será especialmente útil para luchar contra los lupinos.

Suelto mi brazo de la mano de Lukas.

—No luchará contra ellos.

—Entonces lo ejecutarán.

Me viene a la cabeza una imagen de Rafe esquivando un montón de flechas sin ningún esfuerzo.

—Pues os deseo buena suerte cuando intentéis cogerlo —me burlo.

—Elloren, no tiene nada que hacer contra la Guardia de Magos.

Lo fulmino con la mirada.

—En ese caso quizá se una a los lupinos.

Lukas se ríe con desdén.

—Es el nieto de Carnissa Gardner, la única Maga que ha conseguido, en toda la historia, enfrentarse a los lupinos con cierto éxito. No olvides ni por un minuto que los lupinos no habrán olvidado sus pérdidas durante la Guerra del Reino. Jamás aceptarán a tu hermano, y Diana Ulrich es la hija del macho alfa. ¿De verdad piensas que su pueblo la dejará vivir con un gardneriano? Antes le matarán.

—Ya estoy harta de hablar de esto —le contesto enfadada—. Para mí no es un juego. Resulta que yo quiero a mi hermano.

—Entonces deberías hacer todo lo que puedas para convencerlo de que rompa su relación con Diana Ulrich. Tiene que pensar con la cabeza, no con la…

—Ya veo por dónde vas —espeto.

Lukas deja de hablar.

—Lo siento —se disculpa agachando la cabeza—. Eso ha sido de mal gusto. Es solo que… me siento obligado a ser sincero contigo. —Aparta la mirada un tanto frustrado, como si estuviera admitiendo alguna debilidad—. Creo que es porque nuestras líneas de afinidad se parecen mucho. Nunca había estado con una mujer con la que me sintiera de esta forma.

—¿Por eso has aceptado comprometerte conmigo? —le pregunto frunciendo el ceño.

—Sí —contesta esbozando una sonrisita. Me mira de arriba abajo—. Y porque me encanta besarte.

El rubor me trepa por las mejillas.

—Entonces todavía quieres…

—¿Comprometerme contigo? Desde luego. —Me coge de la mano y esboza una sonrisa seductora—. Hay muchas cosas que quiero hacer contigo, Elloren, comprometerme contigo solo es una de ellas.

El contacto de Lukas se transforma en una caricia y me pasea el pulgar por el reverso de la mano.

El calor se desplaza por mis líneas de fuego y me esfuerzo por resistirme a su atracción mirándolo con recelo.

—Pero… ¿estás enamorado de mí, Lukas? —le pregunto recordando la ardiente mirada que me ha dedicado cuando me ha visto con el vestido.

—¿Prefieres que te mienta o que te diga la verdad?

—Bueno, a mí no puedes mentirme, y prefiero la verdad.

—Yo no creo en esas bobadas románticas —contesta Lukas endureciendo su expresión—. Me parece ridículo. Así que no. No estoy enamorado de ti, Elloren.

—Me abrumas con tanto sentimentalismo —le espeto ofendida por su descarado rechazo.

Lukas tira de mí justo cuando empieza a sonar una música suave. Su voz es abrasadora y noto su cálido aliento en la oreja.

—Pero sí que tengo la sensación de que nos estamos haciendo amigos. Y eso es algo que valoro mucho más que una emoción falsa que no creo que exista.

Amigos. Me cuesta entender cómo me sienta eso porque no puedo evitar concentrarme en la sensación que me provoca al acariciarme la espalda. Sus líneas de afinidad buscan las mías y la calidez de su fuego se desliza por mi cuerpo. Suspiro y cuando me besa me rindo al calor olvidándome de todos los motivos por los que debería alejarme de él.

Sé que los demás invitados pueden vernos a través de las hojas de los árboles. Soy vagamente consciente de sus sorprendidos murmullos, pero no me importa. Lukas es como la oscura madera de Asteroth, que me provoca chispas en la piel. Las ramas de nuestras líneas de afinidad se entrelazan y las llamas cobran vida entre ellas cada vez que Lukas me besa con fuerza.

Cuando Lukas se separa de mí tiene una extraña e intensa mirada en los ojos y yo siento una deliciosa corriente de salvaje peligro.

—¿Quieres ir a algún sitio más privado? —me pregunta con voz oscura.

Siento un aguijonazo de miedo y deseo.

—No creo que sea buena idea.

Me mira con complicidad y da un paso atrás, deliberadamente formal, y extiende el brazo invitándome a bailar de nuevo. Dejo que me acompañe hasta la pista de baile y, entre sus brazos, un lento vals da paso al siguiente. Miro por encima del hombro de Lukas, por encima de las atractivas parejas hasta…

Yvan.

Está apoyado en un guayaco, lejos de los demás trabajadores de la cocina, y me está mirando fijamente. Se me acelera el corazón cuando noto como el calor recorre mis líneas como un rayo. Intento reprimir un jadeo asombrada ante la repentina sensación.

Aparto la vista. Me sorprende esta nueva conciencia del increíble fuego de Yvan e intento recuperar la compostura, pues todavía siento un eco de su calor palpitando en mis líneas. Me arriesgo a mirarlo una vez más con la respiración todavía acelerada. Sigue mirándome con la misma expresión intensa que suele tener siempre, pero más profunda, y en ella arde algo nuevo.

Un deseo apasionado.

La confusión se apodera de mí y aguanto su feroz mirada mientras me muevo en perfecta sincronía con Lukas embriagada por el repentino y abrumador deseo de bailar con Yvan. De sentir sus labios sobre los míos. De tener sus brazos alrededor del cuer-

77

po. Y de estar pegada a su fuego. Y por un segundo me olvido de la prudencia y le miro con un deseo igual de transparente.

—Te noto muy caliente —me susurra Lukas al oído mientras me desliza por la pista, y yo rompo el contacto visual con Yvan.

—Aquí hace calor —le digo notando que me sonrojo todavía más.

La risa de Lukas es grave y seductora.

—Ya lo creo.

Me estrecha con más fuerza y me roza el cuello con los labios, entonces mi percepción del calor de Yvan aumenta y después desaparece de repente. Cuando vuelvo a mirar a Yvan me doy cuenta de que él está mirando a Iris. Está hablando con él y le sonríe con coquetería mientras deja una bandeja llena de aperitivos con forma de árbol de Yule, y entonces levanta la mano y le tira de la camisa con actitud juguetona.

Noto una punzada de celos tan intensa que pierdo el ritmo y estoy a punto de tropezar.

Yvan vuelve a mirarme y se le endurece la expresión cuando clava sus ojos verdes en Lukas. Entonces Iris lo coge de la mano y él me da la espalda cuando la chica se lo lleva a la cocina.

«Claro, se marcha con ella».

Me esfuerzo por recomponerme, pero la acometida de celos al verlos marchar juntos sigue escociendo.

«Pasa de él —me convenzo—. Ya ha dejado claro que no piensa ceder a… a lo que sea que haya entre nosotros. No puedo tenerlo, así que es mejor que pase de él.»

Me envalentono de pronto y pongo los brazos alrededor del cuello de Lukas para pegarlo más a mí.

Lukas reacciona inmediatamente, me rodea la cintura con las manos y me besa.

«No necesito a Yvan», me consuelo tragándome el dolor mientras me dejo arrastrar por el ardiente beso de Lukas.

Pero la palpable sensación del deseo que siento por Yvan se me queda enredada en el corazón.

# 7

## Caballo de agua

$\mathcal{M}$e abro paso por el bosque asiendo con fuerza el asa del candil y siguiendo las pisadas de las botas que otras personas han dejado impresas en la nieve. La parte baja de mi vestido de flores de hierro asoma por debajo de la capa e ilumina mis pasos proyectando un círculo de brillante luz azul.

Ya hace mucho rato que ha terminado el baile y es casi medianoche. Rodeo mi colgante de roble blanco y escucho el susurro de mi aliento en el intenso silencio del bosque oscuro mientras miro a mi alrededor muy nerviosa esperando a que los árboles organicen otro ataque fantasma.

Nada.

Solo percibo un temblor de inquietud y la sensación de que los árboles se apartan a mi paso. Pero por debajo de su cobarde sumisión noto algo más.

Están esperando. Esperando a que algo venga a por mí.

«Ya basta —me reprendo con firmeza—. No dejes que los árboles te pongan nerviosa. No pueden hacerte daño. Solo son árboles.»

Veo la luz de una hoguera entre las ramas un poco más adelante y me siento aliviada. Dejo escapar un suspiro tembloroso. Esta noche le toca a Trystan hacer guardia mientras Ariel y mi amigo Andras se ocupan de las heridas de Naga en la cueva en la que hemos escondido al dragón. Como Andras es el veterinario de los caballos de la universidad tiene algunos conocimientos que puede aplicar para atender al dragón, y también nos vienen muy bien los conocimientos de ganadería de Ariel. Espero que también esté Jarod, llevo toda la noche preocupada por él.

Pero cuando llego al claro solo me encuentro con Yvan. Está sentado en un tronco contemplando la impresionante hoguera muy concentrado; está muy quieto, pero en su larga figura se aprecia también mucha tensión. Un incómodo rubor me caldea las mejillas al verlo.

No levanta la vista cuando cuelgo el candil en una rama, pero tengo la fuerte sensación de que me está prestando toda su atención. Me siento a un lado de Yvan y alargo las manos para calentarme con la cabeza hecha un lío. Del fuego brotan pequeñas chispas en todas direcciones, como si fueran luciérnagas invernales, y me esfuerzo todo lo que puedo por ignorar lo dolorosamente guapo que encuentro a Yvan bajo la luz dorada del fuego.

—Pensaba que esta noche le tocaba a Trystan hacer la guardia de Naga —digo rompiendo el silencio y adoptando un tono lo más despreocupado posible.

—Y le toca a Trystan hacer la guardia —contesta con los ojos verdes clavados en las llamas—. Me apetecía venir a verla.

—Pero estás aquí fuera.

—Está durmiendo —contesta con sequedad mirándome con fuego en los ojos.

—¿Y por qué te quedas? —le pregunto tratando de ocultar lo mucho que me duele cuando me contesta de esa forma—. Estoy segura de que puedes encontrar mejores cosas que hacer.

Con Iris.

—Me gusta encender fuego. —Su tono sigue siendo muy cortante—. Me apetecía quemar algo.

El incómodo calor que me abrasa el rostro sube de intensidad y se me revuelven los sentimientos al recordar cómo me miraba mientras bailaba con Lukas Grey. La sensación de su fuego.

Y esa mirada de feroz deseo.

Nos quedamos allí sentados compartiendo un silencio incómodo durante un buen rato, echando chispas por dentro, y apenas hacemos caso de mi hermano pequeño Trystan cuando sale de la cueva.

—Hola, Ren —dice Trystan incómodo alternando la mirada entre Yvan y yo como si pudiera percibir la tensión.

Murmuro una respuesta casi inaudible y clavo los ojos en el fuego.

—Dime, Ren —comenta Trystan con recelo sentándose a mi lado—. ¿Has ido al baile con Lukas Grey?

Me encojo de hombros evitando los intensos ojos de Yvan.

Trystan guarda silencio un momento.

—¿Ahora estás con él?

El fuego se eleva de repente y saltan chispas por todas partes. Trystan observa las llamas alzando las cejas y vuelve a alternar la mirada entre Yvan y yo.

—Fui al baile con Lukas —aduzco a la defensiva—. Eso es todo.

Además de los besos. Muchos besos.

El fuego se intensifica, por poco me alcanza la falda, y de pronto percibo el calor de Yvan recorriendo mis líneas. Me envuelvo la tela de seda en las piernas y cuando le lanzo una mirada acusadora a Yvan descubro que está concentradísimo en el fuego.

Y me pregunto si le estará ocurriendo lo mismo que a mí y su poder esté aumentando en su interior.

Poder de fae de fuego.

El fuego vuelve a apaciguarse y Trystan saca mi Varita Blanca y empieza a practicar hechizos con las cinco franjas que luce en el uniforme brillando a la luz del fuego. Forma una gran bola de agua que se queda suspendida en el aire justo por encima de la punta de la varita para después deshacerse en una siseante nube de vapor.

Mis líneas de afinidad cobran vida y tiran hacia la Varita Blanca. Noto un hormigueo en la mano derecha y una sensación de envidia. Desearía poder ser como Trystan, que es capaz de acceder a su creciente poder y proyectarlo a través de la varita.

Observo abatida cómo mi hermano prueba varios hechizos de agua mientras pienso en Yvan, en varitas y en la noche que acabo de pasar con Lukas. Tengo las emociones completamente desordenadas.

Un crujido en el bosque capta mi atención. Yvan se levanta volviéndose hacia el lugar del ruido. Cuando Tierney se abre paso a través de las ramas y entra en el claro suspiro aliviada, hasta que veo que tiene la cara llena de lágrimas.

Yo también me levanto.

—Tierney, ¿qué pasa...?

Pero se me apagan las palabras cuando veo aparecer una som-

81

bra detrás de Tierney. Primero parece un charco de tinta, y luego una burbuja de agua que flota cada vez más alto.

Reculo alarmada mientras esa cosa empieza a adoptar el tamaño y la forma de un caballo, un caballo de turbulenta agua negra.

—Santísimo Gran Ancestro —susurra Trystan mientras se levanta de golpe asiendo mi varita.

La luz del fuego proyecta un brillo naranja y rojo. El caballo vuelve la cabeza hacia mí y me clava sus ojos negros.

—No pasa nada —nos tranquiliza Tierney con la voz ronca debido al llanto—: Es mi kelpie, Es'tryl'lyan...

Noto una palpable oleada de rabia procedente del kelpie, que arruga los labios para enseñar sus dientes con forma de carámbanos. Se abalanza sobre mí y yo grito asustada cayendo al suelo de espaldas.

Yvan aparece delante de mí con la velocidad de un rayo y rodea a la criatura con el brazo. Un torrente de llamas estalla desde la hoguera y se dirige hacia el caballo de agua justo cuando Trystan lanza una ráfaga de fuego mágico que impacta en el costado de la criatura.

82

El kelpie aúlla y retrocede envuelto en vapor.

—¡Controla a tu kelpie! —ordena Andras justo cuando sale de la cueva de Naga asiendo su hacha. Ariel se queda en la puerta de la cueva agitando sus alas negras con nerviosismo y con los pálidos ojos verdes ostensiblemente abiertos.

El caballo de agua se encorva con fuerza, es evidente que está sufriendo, y no para de soltar vapor.

—¡Parad! —grita Tierney extendiendo las palmas de las manos con una mirada desesperada—. ¡Por favor!

Se vuelve hacia el kelpie y lo suelta susurrando un montón de palabras en otro idioma mientras la criatura se retuerce y patea el barro del suelo con sus pezuñas de agua. Mientras lo hace, el kelpie me lanza una mirada tan cargada de odio que me estremezco. Entonces su silueta ondulante se transforma en un charco y se desliza de vuelta al bosque.

Yvan se arrodilla a mi lado automáticamente y me agarra del brazo con su mano extrañamente caliente. En cuanto me toca percibo automáticamente su poder de fuego, que fluye libre y gira como protección a mi alrededor. Sus ojos, que normalmente son verdes, se han puesto de un sorprendente color amarillo.

—Elloren —me dice—, ¿estás bien?

Asiento y aguanto su ardiente mirada abrumada por la sensación que me provoca su fuego por dentro. El calor abrasa el aire que flota entre nosotros y me roba el aliento.

—No volverá a atacarla. Hablaré con él…

La voz consternada de Tierney se interpone en nuestro repentino hechizo y los dos la miramos. Yvan se pone en pie y me tiende la mano.

Cojo la mano sorprendentemente caliente de Yvan con el corazón acelerado y dejo que me ayude a levantarme mientras mis líneas de fuego despiertan de forma caótica en respuesta a su contacto.

—Tienes los ojos dorados —le digo con la voz apelmazada de la emoción y los dedos entrelazados con los suyos.

Yvan hace una mueca de dolor y baja la cabeza. Cierra los ojos con fuerza y aprieta los dientes respirando hondo. Cuando los abre de nuevo vuelven a ser verdes. Me suelta la mano y me mira con intranquilidad, como si quisiera que yo ignorara lo evidente.

Fuego fae.

—Los están matando —aúlla Tierney—. Están aporreando el agua con lanzas de hierro. Cinco de mis kelpies han muerto.

—¿Dónde está ahora el otro kelpie? —le pregunto nerviosa.

Tierney mira distraída hacia el bosque.

—Se ha marchado. Lo he hechizado. Tardará días en recuperar su forma.

—No me lo habías explicado —le digo inquieta—. No me habías dicho que tuvieras… kelpies.

Me mira arrepentida.

—Lo siento, Elloren. Tengo tantos secretos… Nunca pensé que atacaría a nadie, pero… —El pánico asoma a sus ojos—. Dice que eres la próxima Bruja Negra, Elloren. Dice que todo el bosque piensa lo mismo.

Trystan se acerca a ella.

—Dile a tu kelpie que mi hermana no tiene poderes.

Está empleando un tono relajado pero muy firme.

Tierney le mira con el ceño fruncido.

—El bosque no piensa lo mismo. —Me mira con actitud suplicante—. ¿Por qué crees que el bosque piensa eso, Elloren?

83

Una furiosa y enojada frustración hierve en mi interior. Lo noto a mi alrededor, el sutil temblor de odio que emana de los árboles.

—¿Necesitas pruebas de que no soy la próxima Bruja Negra? —le pregunto a Tierney con amarga actitud defensiva—. ¿Tengo que demostrarte que ni siquiera soy capaz de hacer un hechizo para encender una vela?

El conflicto se dibuja en el rostro de mi amiga.

—No. No, claro que no. Pero es que... tu sangre, Elloren. Ellos lo sienten. Es la sangre de tu abuela.

—No puedo cambiar mi sangre, Tierney —afirmo con rotundidad y con ganas de arrancármela de las venas—. De la misma forma que tú no puedes cambiar tu horrible glamour.

Tierney me mira resentida y yo me arrepiento de haber dicho eso automáticamente. Ya sé que no le gusta que nadie hable de sus secretos, incluso aunque sea delante de personas que ya los conocen.

Se dirige a Yvan:

—Vogel ha descubierto otra de las rutas para escapar hacia el este. Ayer por la noche los rastreadores que tiene en la frontera persiguieron a dos faes ocultos tras un glamour. Y entonces... —Hace una pausa y parpadea con rabia—. Les hicieron la prueba del hierro. —Vuelve a guardar silencio. Tiene la voz apelmazada—. Y después los mataron utilizando lanzas de hierro. —La rabia le arranca algunas lágrimas—. Es'tryl'lyan lo vio todo, pero no pudo hacer nada para evitarlo por culpa del hierro.

—Tierney...

Trystan trata de abrazarla, pero ella niega con la cabeza y se aleja de él.

Vuelve a mirar directamente a Yvan.

—Le van a hacer la prueba del hierro a todo el mundo.

Se me acelera el corazón cada vez más preocupada.

—Pero tú has tocado el hierro —le digo a Yvan—. En la cocina...

—Yo puedo tocar el hierro porque soy celta.

Me lanza una mirada de advertencia y casi puedo sentir el iracundo fuego que arde en su interior.

—Os sacaremos a los dos de aquí —insisto—. Cuando Naga se cure...

Yvan niega con la cabeza.

—Elloren, Damion Bane se cebó con las alas de Naga. Puede que no vuelva a volar.

—Entonces la Resistencia os ayudará —continúo cada vez más asustada—. Los dos conseguiréis la amnistía. En algún sitio.

—No tenemos adónde ir —insiste Tierney con obstinación—. La Resistencia no es nada comparada con el poder de los gardnerianos. —Se vuelve hacia Yvan muy desesperada—. Encontrarán todas las rutas para escapar y las cerrarán. No nos quedará ningún sitio al que ir.

Alargo la mano para tocarle el brazo.

—Yvan…

—No puedes arreglarlo, Elloren —me dice—. Ya sé que quieres hacerlo, pero no puedes. Y tú nunca podrás entender del todo a qué nos enfrentamos.

Sus palabras se me clavan como aguijones.

—¿Cómo puedes decir eso?

—Porque eres gardneriana —contesta adoptando un tono un poco más duro—. Tu familia, todos estaréis bien. —Le salen chispas de los ojos verdes y la hoguera vuelve a arder con fuerza—. En especial cuando te comprometas con Lukas Grey.

85

Aturdida por culpa de las palabras de Yvan, me quedo muy triste mirando el fuego.

Ariel se ha vuelto a meter en la cueva con Naga e Yvan vuelve a estar sentado al otro lado de la hoguera hablando con Tierney en voz baja mientras la rodea con dulzura con el brazo.

Yo tiemblo del frío que siento a mi espalda y me ciño un poco mejor la capa con las manos rígidas. Rechazo con amabilidad los intentos que hace Trystan por darme conversación y, al final, vuelve a concentrarse en practicar con la varita. De ella salen de vez en cuando algunas líneas de luz azul que se internan en el fuego.

Mi varita.

Andras se sienta a mi lado y me ofrece una taza de té caliente. Las runas amaz de su túnica emiten un brillo carmesí y su pelo violeta, que se enrosca alrededor de sus orejas puntiagudas, proyecta un tono lila debido a la luz del fuego. Andras siempre desprende un aire tranquilo y relajado. Se muestra paciente incluso con la combativa Ariel mientras cuidan del dragón, y la trata con la misma calma que demuestra incluso con los caballos más rebeldes que están a su cuidado.

Me tomo el té mientras Andras descorteza una rama con un cuchillo impresionante. Inspiro el olor de la madre verde, la fragancia mentolada tonificante.

Yenilin. Para cicatrizar heridas.

Él y Ariel llevan mucho tiempo trabajando para arreglar los daños que Damion Bane provocó en las alas de Naga, y han probado varios remedios medicinales con poco éxito.

Al poco Rafe y Diana aparecen en el claro y se unen a nosotros retozando entre risas al sentarse junto al fuego. Están tan contentos como siempre y disfrutan de su molesta relación perfecta.

—¿Qué haces aquí? —me pregunta Andras con amabilidad. Señala la lujosa tela de mi falda—. Vas vestida con mucha formalidad para estar de campamento.

—He venido directamente desde el baile de Yule; estaba buscando a Jarod —le digo en voz baja—. Pensé que podría haber venido aquí. —Le explico lo que ha ocurrido en el baile—. Me preocupa que pueda ir a por Randall. No quiero que se meta en líos.

—Todo se arreglará —comenta Diana con desdén mientras mi hermano le entierra la nariz en el cuello.

La miro enfadada pensando que su capacidad para escuchar desde tan lejos resulta un poco invasiva.

—Aislinn entrará en razón y se convertirá en uno de los nuestros —insiste Diana con absoluta seguridad.

Me estremezco. La aplastante seguridad que tiene Diana en que la vida amorosa de todo el mundo seguirá la misma trayectoria feliz que la suya a veces me pone de los nervios.

—No todo el mundo quiere ser lupino —le recuerdo enfadada—. Aislinn quiere seguir siendo gardneriana.

Diana me mira y parpadea.

—Eso no tiene ningún sentido.

Dejo escapar un suspiro exasperado.

Andras mira a Diana y sigue pelando la rama.

—Este vínculo entre Jarod y Aislinn terminará mal —predice. Alarga la mano y lanza algunas cortezas al fuego. La madera desprende un fuerte olor a menta y yo lo aspiro sintiendo una renovada energía en mis líneas de tierra.

Andras deja de hacer lo que está haciendo y señala a Diana con el cuchillo.

—No pueden desafiar la cultura y salir victoriosos.

—Eso ya lo has dicho alguna vez —apunta Trystan mientras hace equilibrios con una bola de luz de color zafiro sobre mi varita. La lanza al fuego y, por un momento, las llamas se vuelven azules—. ¿Qué te ocurrió, Andras? —Mi hermano habla con cierto desdén—. ¿Te enamoraste de alguna diosa amaz renegada?

Andras esboza una sonrisa triste.

—Hubo una mujer.

—¿Hubo? —se aventura a preguntar Diana con tanta curiosidad que se olvida un momento de Rafe.

Andras suspira y envaina el cuchillo. Se inclina hacia delante y entrelaza sus grandes manos sobre las rodillas con la luz del fuego reflejada en las líneas curvas de sus tatuajes.

—Cuéntanos —lo anima Tierney, que también ha dejado de hablar con Yvan.

Andras la observa un buen rato, después vuelve a clavar los ojos en el fuego y transige.

—La conocí cuando cumplí los dieciocho años, se llamaba Sorcha Xanthippe. Una joven amaz. Yo estaba en el campo con algunos caballos. Era otoño y todo tenía un color precioso. Percibí los pensamientos de un caballo desconocido y levanté la vista justo cuando Sorcha salía cabalgando del bosque, con su piel azul como el cielo del otoño y la melena ondeando a su espalda.

Andras guarda silencio un momento como si se hubiera perdido en el recuerdo.

—Me sorprendió mucho verla —prosigue—. Ninguna de las personas del pueblo de mi madre se había puesto en contacto con nosotros desde que ella se marchó conmigo. La habían rechazado por completo, era una renegada. —La tristeza asoma a sus ojos—. Sorcha se acercó a mí montada en su caballo y me explicó que era la época de los ritos de fertilidad, cuando las amaz honran a la gran diosa buscando la forma de traer hijas nuevas a su tribu. Sorcha había oído hablar de mí y sabía que acababa de cumplir la mayoría de edad. Dado mi linaje amaz y la reputación de mi madre, de la que se decía que era una científica brillante y una poderosa soldado, ella pensaba que mi semilla le daría unas hijas especialmente buenas y fuertes.

—Entonces quería que… —interviene Diana sorprendida.

Andras se vuelve hacia ella:

—Tener relaciones conmigo, sí.

—¿Sin tener ningún vínculo?

Por un momento Andras parece no saber cómo responder a eso.

—Ellas no hacen las cosas de esa forma.

—Y le dijiste que no, claro.

Diana habla con un tono engreído y los brazos cruzados.

—Sí, al principio —confiesa Andras—. Pero pasamos mucho tiempo juntos. Muchas noches bajo las estrellas. Y al final nos apareamos.

Diana lo mira atónita.

—¿Os apareasteis sin tener ningún vínculo formal?

—Diana —interviene Rafe—, sus costumbres son muy distintas a…

Ella se vuelve hacia Rafe.

—Pero es muy sorprendente. —Vuelve a mirar a Andras con gran desaprobación—. No entiendo nada. ¿Cómo puedes aparearte con alguien a quien no amas?

A Andras se le ensombrece el rostro.

—¿Qué pasó? —le pregunto con delicadeza.

Él se frota la mandíbula antes de continuar.

—Empecé a sentir algo por Sorcha. Y no era solo por la forma en que encajaban nuestros cuerpos, como si estuviéramos hechos el uno para el otro. Ella volvió a buscarme una y otra vez, y después de yacer juntos hablábamos durante horas. Lo que ella estaba haciendo estaba prohibido. Se supone que las amaz únicamente deben buscar hombres durante los ritos de fertilidad. Pero Sorcha parecía sentirse tan atraída por mí como yo por ella. Durante la última noche que pasamos juntos, le dije que la amaba. Que quería que se quedara conmigo y que no se marchara nunca.

Hace una pausa y se queda mirando fijamente el fuego.

—Ella se echó a llorar y me dijo que no podía amarme. Que amaba a las amaz. Y que no podía amarnos a ambos. Me dijo que estaba embarazada y que ya no necesitaría volver a estar conmigo, y que había venido a despedirse. —Guarda silencio un segundo y las emociones contenidas quedan suspendidas en el aire—. Después se marchó y no volví a verla. Y ahora vivo pensando en si tendré una hija en las tierras amaz. O, en caso de que diera a luz a un niño, ¿lo abandonaría en el bosque como se suponía que debía de haber hecho mi madre?

Se le oscurece el rostro.

—Algunos meses después de que Sorcha se marchara, otra mujer amaz acudió a mí durante los ritos. —Aprieta los dientes ofendido—. Le dije que se marchara. Y las amaz no han vuelto a acercarse a mí.

Todo el mundo se queda mudo mirando el fuego.

—¿La sigues queriendo? —pregunta Tierney en voz baja, y yo me planteo si estará pensando en Leander.

Andras hace un ruidito amargo fruto de la rabia que sigue sintiendo, pero no responde.

—Necesitas una compañera de vida —afirma Diana con autoridad—. La forma que tienen de funcionar es antinatural.

Andras se ríe.

—¿Y quién iba a quererme, Diana Ulrich? —le pregunta con tono desafiante—. Nadie. Yo no soy aceptado en ninguna parte.

—Hazte lupino —le sugiere Diana—. Nosotros te aceptaremos.

Andras niega con la cabeza.

—No podría hacerle eso a mi madre. Ella lo abandonó todo por mí. Todo cuanto ama. La mataría si la rechazara de esa forma.

—Pero no estarías rechazando a tu madre —insiste Diana confundida.

Andras la mira con incredulidad.

—Ella no lo vería de esa forma. Hacerme lupino es la peor traición que existe.

—¿Por qué? —pregunta Diana con pinta de haberse ofendido—. ¿Tan inferiores nos consideráis?

—Diana —contesta Andras como si su razonamiento fuera evidente—, la vida en manada de los lupinos encarna todo aquello que odian las amaz.

—No sé a qué te refieres —contesta ella con sequedad.

—Tanto las manadas del norte como las del sur tienen machos alfa.

—Y también han tenido hembras alfa.

Andras la mira con desdén.

—Sí, pero hace tiempo que no las tienen.

89

—Volveremos a tenerlas.

—¿Ah, sí? —Andras esboza una sonrisa triste—. ¿Quién es la próxima lupina destinada a convertirse en alfa?

Ella lo mira con impaciencia.

—No funciona de esa forma. No es una cuestión de política o de linaje. Solo de poder.

—¿Pues cuál de las lupinas jóvenes es la más poderosa?

Diana guarda silencio y agacha la cabeza con una seriedad repentina y poco habitual en ella. Cuando se vuelve hacia Andras su mirada transmite tal intensidad que se me eriza el vello de la nuca.

—¿Tú? —dice Andras con evidente sorpresa. Contempla a Diana con orgullo—. ¿Y qué pasaría si yo fuera lupino? —pregunta con curiosidad y un tanto divertido—. ¿Podrías conmigo?

Diana ladea la cabeza. Sus depredadores ojos recorren la enorme y musculosa figura de Andras evaluando su fuerza. A continuación se reclina decidida.

—Podría vencerte. Soy muy rápida. Y la velocidad podría darme ventaja.

Andras sonríe.

—Ahora me siento tentado de convertirme en lupino, Diana. Aunque solo sea para poder presenciar esa futura asunción de poder.

Miro a Diana asombrada ante la idea de una hembra alfa. Ante la idea de que ella se convierta en una hembra alfa. Estoy muy acostumbrada a vivir en una sociedad en la que el Gran Mago solo puede ser un hombre. Y me cuesta hacerme a la idea de que pueda existir esa otra posibilidad.

Diana parece perderse un momento en sus propios pensamientos, y entonces da la impresión de que se le ocurre algo. Vuelve a mirar a Andras muy animada.

—Hay un hombre que tiene antepasados amaz entre los hombres de mi padre, su beta. Deberías hablar con él. Mi pueblo lo encontró en el bosque cuando era un bebé, y ha pasado toda su vida con nosotros. Tiene una pareja y un hijo. Es feliz y totalmente aceptado.

—Diana... —dice Andras negando con la cabeza.

—No, Andras. No tienes por qué vivir así. Podrías tener un lugar propio donde vivir y una familia.

Me topo con la intensa mirada de Yvan al otro lado del fuego y él se apresura a apartarla.

Trystan se pone de pie y desenvaina mi varita de repente.

—Ha sido fascinante escuchar las historias sobre vuestras vidas amorosas y respectivas culturas —nos dice muy sereno—, pero creo que voy a seguir practicando algunos hechizos. Solo. Donde pueda concentrarme. Vosotros podéis quedaros aquí y decidir quién se unirá a los lupinos.

91

## Ley número 199 del Consejo de Magos

Los ataques a la bandera gardneriana
se castigarán con la muerte.

# 8

## Varitas

$C$uando entro en el pequeño salón con las piernas temblorosas, la tía Vyvian está sentada tras una mesa donde aguarda un completo servicio de té. No se levanta para recibirme, cosa que me pone más nerviosa todavía.

—Ah, Elloren —dice con tono sedoso. La tía Vyvian señala una silla que tiene delante—. Siéntate conmigo.

Luce una encantadora sonrisa en su precioso rostro, pero su mirada es puro hielo. Me obligo a esbozar una sonrisa cordial mientras me siento con recelo.

Le han asignado una estancia muy bonita para su visita. Es posible que sea la más hermosa de todo el ateneo gardneriano. Hay una estufa de madera con forma de guayaco que irradia un calor muy agradable, y las baldosas están decoradas con ramas marrones y negras que se extienden por el suelo. Los ventanales con vistas a la invernal cordillera norte están enmarcados por vides de cristal.

Tía Vyvian sigue siendo tal como la recordaba, desprende una elegancia noble ataviada con sus lujosas sedas negras bordadas con diminutas bellotas y hojas de roble. Aguarda con una postura absolutamente regia mientras una anciana sirvienta urisca con la piel de color lavanda aguarda en espera de atender cualquiera de sus deseos.

Parece una reina en su corte, una reina capaz de cortarte la cabeza ante la mínima infracción.

—¿Quieres un poco de té, Elloren? —pregunta.

—Sí, me encantaría —contesto con deliberada educación a pesar de que estoy demasiado alerta como para sentir hambre o sed, tengo el estómago completamente cerrado.

Rafe, Trystan y yo hemos hablado mucho sobre esta visita, y hemos acordado en secreto tranquilizarla lo máximo posible; además sé que Trystan se ha estado intercambiando cartas amistosas con la tía Vyvian para tenerla contenta. Pero era inevitable que la pública relación de Rafe con Diana acabase trayéndola hasta aquí.

La tía Vyvian hace un gesto con la mano y la mujer urisca se adelanta para servirnos el té en silencio y me ofrece un plato de pastelitos. Mi tía me mira fijamente mientras remueve el té con una minúscula cucharita de plata.

En cuanto la mujer termina de servirnos la tía Vyvian va directa al grano.

—Tienes que dejar de relacionarte con Aislinn Greer —me ordena sin rodeos—. Ya sé que eres amiga de esa chica, pero ha caído presa de los encantos de los gemelos lupinos. La han visto en la biblioteca en compañía del varón. Por suerte, ha recapacitado y ahora vuelve a gozar de la protección de su familia. Parece que ahora es consciente del peligro, pero nunca podemos estar seguras de esas cosas.

La tía Vyvian suspira y niega con la cabeza con aire de desaprobación.

—Solo podemos rezar para que su familia haya intervenido a tiempo. Podrían haber acabado con otra Sage Gaffney.

Da unos golpecitos en el plato de porcelana, cuyos bordes están decorados con minúsculas vides. Su sirvienta se acerca con una bandeja de panecillos surtidos recién salidos del horno. Desprenden un dulce olor a nuez, pero la fragancia solo sirve para potenciar las náuseas que me está provocando la rabia.

«Lo que estáis haciendo es horrible —reprendo mentalmente a la tía Vyvian y a la horrible familia de Aislinn—. Estáis arruinando la vida de mis amigos, todos vosotros.» Quiero rebelarme contra el inminente compromiso de Aislinn aquí y ahora, pero sé que solo empeoraría la situación de mi amiga.

Mi tía elige un rollito relleno de grosellas.

—Es posible que la chica de los Greer haya vuelto a entrar en razón, pero de momento quiero que tengas cuidado, Elloren.

—Lo haré, tía Vyvian —le contesto demostrando una obediencia absoluta y completamente falsa. Aprieto con fuerza el

94

borde de la silla para ocultar el temblor que la rabia me está provocando en las manos.

Madera de endrino.

Una ardiente ráfaga de energía me recorre los brazos y se desliza por mis hombros escapando de mis líneas de tierra. Despego las manos de la madera sobresaltada y aprieto los puños sobre mi regazo con el corazón acelerado.

«¿Qué ha sido eso?»

La tía Vyvian me mira fijamente.

—He sabido que a ti también te han visto en compañía de los lupinos.

Me esfuerzo por mantenerme impasible mientras aprieto y abro los puños unas cuantas veces por debajo de la mesa todavía sorprendida de esa ráfaga de poder.

—No puedo evitar a Diana Ulrich —le explico obligándome a tomar pequeñas bocanadas de aire—. Me la han asignado como compañera en química.

—Pues cambia de compañera. De inmediato.

Me mira mientras unta de mantequilla su rollito con grosellas.

—Sí, tía Vyvian.

Noto un hormigueo en la mano derecha y mis líneas de fuego cobran vida. De pronto tomo conciencia de la gran cantidad de madera que me rodea. Casi todas las cosas que hay en esta estancia están hechas de madera.

Vyvian frunce los labios.

—Los lupinos son bestias impredecibles. Me han dicho que la hembra ha abandonado su residencia para vivir en el bosque. Como el animal salvaje que es.

«Emm, pues la verdad es que no. Está viviendo conmigo. Además de la selkie y las dos ícaras.»

Vyvian arquea una ceja y me observa con atención mientras toma un sorbo de té.

—¿Te van bien los estudios?

—Sí, tía Vyvian.

«No, en realidad estoy aprobando por los pelos todas mis asignaturas y solo duermo unas cuatro horas cada noche. Y no dejo de tener visiones del bosque atacándome.»

—No me sorprende que te vaya tan bien —comenta con aire de satisfacción—. Somos una familia de personas inteligentes. Y también he oído que tú y Lukas Grey fuisteis juntos al baile de Yule.

En sus ojos veo brillar una gratificante aprobación.

El rubor me tiñe las mejillas en cuanto menciona el nombre de Lukas. Sin querer busco el colgante de roble blanco que llevo al cuello y noto cómo la madera del regalo de Lukas palpita contra la palma de mi mano emitiendo una agradable calidez.

—Es un collar muy bonito, Elloren —comenta mi tía, a quien mi gesto no ha pasado desapercibido—. ¿De dónde lo has sacado?

Me sonrojo un poco más.

—Me lo regaló Lukas.

Mi tía esboza una sonrisa astuta.

—Ya va siendo hora de que te comprometas con él.

—Y pienso hacerlo —miento con educación mientras la fuerza que emite el colgante me relaja—. Pero primero tengo que hablarlo con el tío Edwin.

—Entonces es estupendo que vayas a ver a tu tío el Día del Fundador —contesta con una sonrisa tensa en los labios—. Entonces podrás pedirle permiso.

«Me estoy quedando sin tiempo. Cuando llegue el verano ya tendré las manos marcadas.»

—Estoy segura de que pronto me dará permiso...

—Quiero que te comprometas con Lukas Grey ahora —insiste perdiendo las buenas formas.

—De eso ya me he dado cuenta —contesto sin ser capaz de borrar el sarcasmo de mi voz—. Estoy viviendo con dos ícaras.

Me burlo mentalmente de lo mal que ha salido el intento de mi tía por coaccionarme. Pero entonces siento una punzada de aprensión y lamento de inmediato haberle recordado aquello: me aterroriza pensar que pueda empezar a pensar en cualquier cosa relacionada con la Torre Norte. Mi tía no puede enterarse de que Marina está viviendo con nosotras. Y menos teniendo en cuenta que ella ha sido la primera en proponer en el Consejo de Magos que las selkies sean abatidas de un tiro en cuanto pisen la orilla.

La tía Vyvian advierte mi actitud desafiante y me mira con los ojos entornados.

—Me sorprende que hayas aguantado tanto tiempo viviendo con dos ícaras, la verdad. Eres más dura de lo que imaginaba. Es una pena que no poseas la magia suficiente para que tu poder esté a la altura de tu obstinación. —La tía Vyvian niega con la cabeza un tanto triste y suspira pensando, probablemente, en cómo habrían sido las cosas si eso hubiera sido distinto. Adopta una expresión cargada de frustración—. No es justo que la chica de los Bane haya heredado nuestra magia.

«Ah, la vieja rivalidad.» Me enderezo en la silla contenta de ver que algo la ha distraído.

—Ya sé que debes de pensar que soy dura, Elloren —razona la tía Vyvian con el ceño fruncido—, pero tengo que seguir presionándote. Es por tu propio bien, y por el bien de la familia. Tienes que comprometerte cuanto antes con Lukas, antes de que se te escape.

Pero mis hermanos aparecen antes de que pueda contestar. Trystan es el primero en entrar ataviado con sus mejores ropas gardnerianas, su elegante uniforme gris tormenta que lo distingue como aprendiz marcado con la esfera plateada de Erthia y las franjas del Nivel Cinco. Rafe entra detrás de él sonriendo de oreja a oreja, y me asombra descubrir que lleva la vieja ropa de estilo celta que vestíamos en casa.

«No, Rafe. No es momento de desafiarla.»

—Ah, Trystan. —La tía Vyvian se levanta para recibir a mi hermano pequeño con una cálida sonrisa y se esfuerza por dejar bien claro que está ignorando a Rafe. Besa a Trystan en ambas mejillas—. No dejo de escuchar cosas maravillosas sobre ti —dice orgullosa—. Ya te han aceptado en el Gremio de Armas a tan temprana edad, eres su miembro más joven. Es todo un logro, querido. Tu duro trabajo y el compromiso que estás demostrando con tu oficio merecen una recompensa, por eso tengo una cosa para ti. —Le tiende un gran paquete con un enorme lazo marrón mientras le dice algo en tono conspirador—. Tu tío no tiene por qué enterarse.

Trystan coge el paquete, tira del cordel y el papel se abre.

«Una varita.»

Se me acelera el corazón al advertir la inesperada ventaja que nos acaba de ofrecer mi tía. Dos varitas. Dos armas. Trystan la mira complacido y desliza los dedos por la varita.

—Eres un mago de nivel cinco —declara la tía Vyvian—. Ya era hora de que tuvieras tu propia varita, una lo bastante buena

97

como para estar a la altura de tu talento natural. Estoy muy orgullosa de ti, Trystan.

—Gracias, tía Vyvian.

Mi hermano agradece sus palabras inclinando la cabeza con respeto y una expresión neutral en el rostro. En momentos como estos agradezco muchísimo la capacidad que tiene Trystan de permanecer absolutamente calmado y contenido sin importar a lo que deba enfrentarse.

La tía Vyvian le devuelve el gesto a Trystan, pero su sonrisa se desvanece en cuando se vuelve hacia mi hermano mayor.

—Y Rafe —dice sin más.

Rafe no deja que su evidente hostilidad le afecte y conserva su sonrisa, que luce más brillante que nunca. La mujer señala las sillas vacías y mis hermanos se sientan a la mesa con nosotras.

—Ha llegado a mis oídos —le dice Vyvian a Rafe frunciendo los labios con desagrado— que estuviste tonteando con la chica lupina en el baile de Yule. Por lo visto diste un buen espectáculo.

—A Diana le gusta bailar —dice Rafe esbozando una sonrisa furtiva.

—¿Ah, sí? —contesta Vyvian fría como el hielo—. Bueno, he informado a su padre de ello. Una tarea de lo más desagradable, te lo puedo asegurar. Le he informado de que algunos jóvenes gardnerianos tienen la desafortunada inclinación de regar sus flores, por decirlo de alguna forma, con individuos ajenos a su especie, con selkies y elementos parecidos. —Se vuelve hacia mí con una expresión apesadumbrada—. Siento hablar de esto delante de ti, querida. Es impactante, ya lo sé, pero esto afecta a tu posible compromiso, igual que al de Trystan. Bueno, quizá al tuyo no, Elloren, pues Lukas Grey parece bastante decidido a comprometerse contigo. Pero a Trystan podría costarle encontrar una joven adecuada si Rafe sigue paseándose por ahí con esa zorra lupina.

Me estremezco al oír el insulto y Rafe aprieta los labios enfadado. Alargo la mano derecha para agarrarme al borde de la silla y noto como una ráfaga ardiente se desliza por mis líneas. De pronto tomo repentina conciencia, no solo de la madera que hay en la habitación, sino de la que hay también en el edificio. Aparto la mano de la madera muy sorprendida y vuelvo a apretar el puño decidida a no volver a tocar la silla.

La tía Vyvian toma un sorbo de té mirando a Rafe por encima del borde de la taza.

—Tanto tú como Trystan debéis tener pareja en primavera —declara—. Corta el contacto con la lupina de inmediato.

Después mira a Trystan relajando la expresión momentáneamente.

—Tengo una buena selección de posibles parejas para que puedas elegir, Trystan. —Mira a Rafe con el ceño fruncido—. Pero teniendo en cuenta la situación es posible que tengamos que depender del registro de compromisos del Consejo para encontrarte una chica que esté dispuesta a comprometerse contigo.

—¿Qué contestó el padre de Diana acerca de este tema? —le pregunto a mi tía muy nerviosa advirtiendo que la ira silenciosa de Rafe ha dado paso a una agresiva forma de enseñar los dientes.

La tía Vyvian le lanza una mirada calculadora.

—Dijo que debías alejarte de su hija. O tendrá que venir a verte. ¿Estoy siendo lo bastante clara, Rafe?

—Desde luego —espeta.

—De verdad, ¿en qué diantre estabas pensando? —dice la tía clavando los ojos en el techo como si rezara pidiendo fuerzas—. Hasta una selkie sería mejor elección como compañera que la hija del alfa de la manada Gerwulf. —Mi tía se vuelve hacia Trystan y le lanza una mirada sufridora—. Ojalá todos los jóvenes gardnerianos tuvieran tanta moralidad como tú, Trystan. Eres todo un orgullo para los tuyos.

Tanto Rafe como yo miramos a Trystan alzando las cejas.

—Eres el más joven de los tres —prosigue mi tía—, pero eres el que ha demostrado tener más madurez. Tienes que servir de guía a tus hermanos mayores, Trystan.

—Haré todo lo que pueda para conseguir que sigan por el buen camino, tía Vyvian —le promete Trystan con solemnidad.

—Y practica mucho con la varita nueva —le anima—. Como mago de nivel cinco miembro del Gremio de Armas seguro que te asignarán un puesto bien alto en la Guardia de Magos.

Trystan conserva su expresión serena.

—Seré muy cuidadoso para no desaprovechar las habilidades naturales con las que me ha bendecido el Gran Ancestro.

La tía Vyvian inclina la cabeza mirando a Trystan con solemne apreciación y después se vuelve hacia Rafe con el ceño fruncido.

—Rafe, ya va siendo hora de que dejes de ser tan irresponsable.

—Me esforzaré todo lo que pueda por seguir el ejemplo de Trystan —contesta Rafe mirándola fijamente.

Ella le aguanta la mirada y ninguno de los dos aparta los ojos durante un larguísimo e incómodo momento. Al final la tía acaba centrándose de nuevo en Trystan, su gardneriano de oro.

—Trystan, gracias por tus cartas. No puedo salir mucho de Valgard, por lo que confío en ti para que seas mis ojos y mis oídos aquí. Por favor, mantente en contacto, y no vaciles en informarme si consideras que tus hermanos necesitan corrección.

—Lo haré, tía Vyvian —contesta mi hermano—. Los vigilaré de cerca por ti.

Trystan se presenta en mi habitación de la Torre Norte algunas noches después del encuentro. Cuando abro la puerta me hace señas para que lo siga hasta el pasillo y saca mi Varita Blanca del bolsillo de la capa. Me doy cuenta de que lleva la varita que le regaló mi tía enfundada en la cadera. Cada día que pasa mi hermano pequeño se parece más al poderoso mago que es.

—Toma, Ren —me dice tendiéndome la varita—. Cógela.

Mis líneas de afinidad se abalanzan codiciosamente hacia la varita, pero me contengo.

—¿Por qué? Yo no tengo poderes.

Trystan niega con la cabeza al oír mis protestas.

—Ya no me funciona. Es como si se hubiera dormido o… —Guarda silencio un momento y esboza una expresión cargada de inquietud—. Como si ahora pudiera controlarse ella misma.

Me observa como si estuviera esperando que me burle de esa extraña afirmación.

Pero no lo hago. Sé muy bien que esta varita tiene algo raro.

La Varita Blanca.

Me avergüenzo al instante de estar pensando en esa tontería. No puede ser la Varita Blanca… pero desde luego no es normal.

Acepto la varita y él me mira aliviado. Mi mano derecha se cierra alrededor del mango en espiral y suspiro muy complacida. Me siento muy bien sosteniendo esta varita. Demasiado bien. Es mejor que cualquier madera.

—Ya sabes que no soy creyente, Ren —dice Trystan mirando

la varita—. Pero… he estado soñando cosas. Muchas, sobre esta varita y unos pájaros blancos y un árbol. Y siempre terminan de la misma forma. —Me mira fijamente—. Con esta varita en tu mano.

Aprieto la varita con más fuerza y noto una espiral de poder que se desplaza por mis líneas de afinidad y se dirige hacia la varita con una fuerza arrolladora.

—Trystan, ¿cuándo empezaron a acelerarse tus líneas de afinidad? —le pregunto con recelo.

—Sobre los catorce años. ¿Por qué?

—Porque… ahora noto mis líneas de tierra. Y mis líneas de fuego. Cada vez son más fuertes, se intensifican cada día que pasa, o casi. A veces arden.

Trystan asiente comprensivo.

—Puede ocurrir de golpe. Recuerdo una ocasión en que estábamos cenando todos juntos y mis líneas de agua sencillamente… surgieron. Por un momento tuve la extraña sensación de que todo el comedor estaba bajo el agua.

Arqueo las cejas.

—Vaya, eso debió de ser muy desconcertante.

Trystan esboza una sonrisa irónica.

—Fue un poco abrumador, sí.

—¿Y tus líneas de fuego? —pregunto. Ya sé que Trystan tiene fuertes líneas de agua y fuego, lo que le dificulta controlar su poder, pero es tormentosamente mágico.

—No había sentido mis líneas de fuego hasta hace un año o así —me confiesa.

—Entonces… es posible que yo perciba más líneas de poder.

—Podría ser. Aunque lo más común es tener dos.

—Pero no seré capaz de acceder a ese poder.

Mi hermano niega con la cabeza.

—Dado que eres una maga de nivel uno nunca serás capaz de acceder a tu poder. Nunca he visto a ningún mago de nivel uno que tenga acceso a su poder.

Me siento muy confusa.

—¿Y entonces por qué esta varita se siente atraída hacia mí?

Trystan reflexiona un momento.

—¿Estás valorando la posibilidad de que esta varita pueda ser realmente la Varita Blanca de la profecía?

101

—Sí.

—Pues según la profecía la Varita Blanca puede estar inactiva durante muchos años. Si estamos imaginando que esas historias son ciertas, quizá tus hijos tengan un gran poder y lo hereden de ti. O quizá estés destinada a dársela a otra persona.

—Como tú me la has dado a mí.

Trystan guarda silencio un momento y me doy cuenta de que le preocupan esos extraños sueños y la idea de acercarse demasiado a ese territorio mitológico.

—Es posible.

—El bosque me tiene miedo —le digo descubriendo por fin mi secreto—. Y justo antes de eso se mostraba evidentemente hostil. Y no me lo estoy imaginando, Trystan. Ya oíste lo que dijo Tierney la otra noche. ¿Alguna vez has sentido algo así en el bosque?

—No. —Inclina la cabeza pensativo—. Pero ya había oído antes esta clase de cosas. Aunque solo les ocurre a los magos de alto nivel.

—¿Entonces eso significa que podría guardar altos niveles de magia en mi interior?

—A los que no tienes acceso.

Suspiro con frustración.

—Cada vez me siento más rara en mi piel.

Trystan suelta una carcajada.

—Bienvenida al club, Ren.

Sonrío y le miro con cariño.

—Me alegro de que seas quien eres.

Trystan esboza una sonrisita.

—Pues yo pienso lo mismo de ti —contesta en voz baja.

Compartimos un agradable silencio durante un momento, pero enseguida vuelvo a preocuparme.

—¿Qué crees que pasará con Rafe y los lupinos? —le pregunto con recelo.

A Trystan se le ensombrece la mirada.

—No lo sé, Ren. —Niega con la cabeza—. Teniendo en cuenta que existe la posibilidad de que estalle una guerra contra los lupinos en cualquier momento… la verdad es que no lo sé.

## Ley número 200 del Consejo de Magos

Colaborar con el traslado ilegal de los elfos smaragdalfar hacia las tierras altas del Reino se castigará con la muerte. Cualquier elfo smaragdalfar que se encuentre en territorio gardneriano debe comparecer ante la Guardia de Magos para su inmediato traslado a Alfsigroth.

# 9

## El Día del Fundador

La tenue luz de la mañana se cuela por las ventanas del comedor más grande de la universidad, el espacio que han decorado para celebrar el Día del Fundador. Miro a mi alrededor un poco incómoda muy consciente de que llevo la varita blanca escondida en el lateral de la bota.

Rafe, Trystan, Cael —el hermano de Wynter—, y su segundo, el elfo Rhys, también recorren el comedor con los ojos, y parecen tan horrorizados como yo.

Los gardnerianos parecen haberse apropiado de la fiesta.

Todas las decoraciones están relacionadas con Yule, y eso que nosotros somos el único grupo de la universidad que lo celebra. La verdad es que todo luce muy elegante, y tengo que esforzarme por no dejarme hechizar por el ambiente que han creado. Han conformado un techo falso con ramas de pino, que también decoran los centros repartidos por toda la estancia, y no puedo evitar aspirar profundamente para disfrutar del fresco perfume natural que emanan. Y de las ramas cuelgan candiles de cristal rojo. Las luces también están repartidas por las mesas, que han decorado con manteles de color escarlata, un tono que representa la sangre gardneriana que derramaron los Malignos. Las ventanas están ocultas tras unas cortinas de tonos intensamente carmesíes que cuelgan hasta el suelo.

Todo me hace sentir muy incómoda.

Nunca hasta este momento había sido tan dolorosamente consciente de cómo mi pueblo empuja con agresividad las costumbres y creencias de los demás. Por un momento pienso que podría volcar algunos candiles para quemar la decoración sabiendo que las ramas de pino se convertirían en una bola de fuego en cuestión de segundos.

Esta mañana el cielo está encapotado, pero el mal tiempo solo ayuda a potenciar la belleza del brillo escarlata de los candiles. Estamos rodeados de pequeños grupos de gardnerianos que empiezan a aparecer en el gran comedor, y hay una fabulosa muestra de aperitivos dispuesta en diferentes mesas: un cerdo asado, cortado en tiras finas, acompañado de un gran tenedor que aguarda junto a la carne para poder servirla; fruta a la brasa salpicada de flores azucaradas; una gran variedad de bebidas calientes y panes recién hechos con quesos añejos. También veo a muchos trabajadores celtas, verpacianos, elfhollen y uriscos procedentes de las distintas cocinas de la universidad —incluyendo a Olilly y Fernyllia—, que ya están preparados para servir a los muchos asistentes.

Me vuelvo justo cuando las enormes puertas del comedor se abren de golpe chocando contra la pared con gran estruendo.

Los lupinos entran en el comedor con valiente y agresiva elegancia, y la mayoría de las personas que están en la sala reculan con cara de sorpresa.

El grupo lo encabeza un fornido hombre muy musculoso: no hay duda de que es el alfa. Tiene los feroces ojos ambarinos de Diana, su misma barbilla orgullosa y desprende un aura dominante, tiene el pelo dorado, y veo que lleva la barba veteada de gris. Es la presencia más imponente que he visto en mi vida, y su carisma deja a la altura del betún incluso a Kam Vin, la intimidante comandante militar de las vu trin.

Junto a él avanza una mujer alta y esbelta que se parece mucho a Jarod. Se adivina un aire preocupado e inteligente en su expresión mientras mira a su alrededor con recelo. A su lado veo a otra hembra lupina, en este caso con el pelo negro y mechones rojos. Tiene la piel muy morena y los radiantes ojos carmesíes propios de las manadas lupinas del norte. En los brazos lleva a un niño pequeño con su misma piel morena y los ojos carmesíes, pero tiene las orejas puntiagudas y su pelo es una mezcla de colores violeta y azul.

Los flanquean cuatro hombres muy corpulentos en formación, y uno de ellos va un paso por delante de los demás. En las mejillas grises de ese hombre advierto unos tatuajes rúnicos muy parecidos a los de Andras, y tiene también el pelo gris y violeta.

105

Imagino que ese debe de ser Ferrin Sandulf, el hombre con antepasados amaz del que nos habló Diana. El beta de su padre, cosa que lo convierte en el segundo mando en orden de importancia.

También veo una niña de unos diez años llena de energía que revolotea alrededor de todos ellos como si fuera una luna. Solo puede tratarse de Kendra, la hermana pequeña de Jarod y Diana. Es igual que esta, aunque más joven y más bajita, y tiene mucha más energía.

Todos los hombres llevan el pelo corto y la barba bien arreglada, y la madre de Diana lleva la larga melena rubia recogida en una cola. Y todos van vestidos con ropas que les permiten moverse con libertad, con túnicas anchas sobre pantalones y botas recias, prendas sencillas que les permitan transformarse con facilidad.

Todos los presentes en la sala guardan silencio y se quedan inmóviles ante su aparición.

Los lupinos avanzan juntos por el pasillo central del comedor.

Trystan y yo intercambiamos una mirada alarmada.

Rafe los observa avanzar desde donde estamos todos; mi hermano lleva un pavo enorme sobre el hombro. Acaba de volver de una sesión de caza matutina con Cael y Rhys, y los tres siguen completamente armados, con sendos arcos colgados del hombro y el carcaj a la espalda.

Diana entra en el comedor por una puerta lateral con su melena dorada ondeando tras ella. Cuando ve a su familia suelta un grito de alegría y levanta las manos antes de arrancar a correr hacia ellos muy contenta. Su padre la ve y su tenso rostro se ilumina como el sol.

—¡Padre! —grita Diana rodeando con sus brazos el cuello de Gunther Ulrich.

Él suelta una grave y vibrante carcajada y la abraza con fuerza.

—¡Mi feroz hijita! ¡Oh, cuánto te he echado de menos!

La pequeña Kendra salta a su alrededor con alegre excitación y abraza a Diana por detrás.

Jarod, que ha entrado detrás de su hermana, se dirige hacia los lupinos dedicándonos poco más que una mirada. Ha estado muy distante desde su doloroso encuentro con Aislinn en el baile de Yule; ha comido solo muchas veces y ha pasado la mayor parte del tiempo cazando o estudiando por su cuenta. Diana lleva tiempo preocupada por él, y en alguna ocasión me ha explicado lo inútiles que han sido los esfuerzos que ha hecho por intentar atraerlo de nuevo hacia nuestro círculo.

Jarod se muestra muy aliviado mientras se acerca tranquilamente hacia su familia. Su madre toma su rostro en sus manos y murmura algo antes de abrazarlo con cariño evidentemente encantada de volver a estar con todos sus hijos.

Diana le pasa la mano por los hombros a su hermana pequeña y la estrecha con afecto.

—¡Te he echado mucho de menos, Diana! —exclama Kendra—. ¡Tengo muchas cosas que contarte! ¿Has recibido mis cartas? ¡Yo sí! ¡Mira, Diana! ¡Mira! ¡Tengo un diente de castor!

Le muestra el collar que lleva al cuello decorado con diferentes dientes.

Diana desliza el dedo por el collar muy impresionada.

—¡Es maravilloso, Kendra!

—¡Y he conseguido un celirnio para mi colección de minerales! ¿Te acuerdas de que llevo toda la vida queriendo tener uno? —Kendra le muestra con orgullo la bolsa que lleva colgada al hombro—. ¡He traído toda la colección para poder enseñártela! Y mis dibujos. ¡He hecho unos diez nuevos!

—Estoy impaciente por verlo todo —le contesta Diana muy sonriente.

—¡Y cacé un ciervo, Diana! ¡Hace solo unos días!

—Lo derribó ella misma —presume Gunther dándole unas palmaditas en la cabeza a su hija pequeña.

—¡Era enorme! —prosigue la pequeña ya casi sin aliento—. ¡Lo he conseguido antes que Stefan! ¡Está súper celoso!

—Tu hermana es una gran cazadora —comenta el padre orgulloso—. Dentro de algunos años podría plantarte cara incluso a ti.

Diana le revuelve el pelo dorado a Kendra.

—No me cabe duda —dice sonriéndole a su pequeño clon.

Su padre abraza a las dos con fuerza.

—Mi fuertes y feroces chicas —dice con adoración.

En ese momento me sorprende darme cuenta de las cosas que le gustan a Gunther de sus hijas. La mayoría de los padres gardnerianos valoran la modestia y la belleza por encima de la fuerza o la valentía en cualquier jovencita y, de pronto, siento una extraña melancolía al preguntarme qué sería lo que admiraría de mí mi padre si siguiera vivo.

107

—¿Dónde está Rafe Gardner? —pregunta Kendra mirando a su alrededor—. ¡Quiero conocerlo! ¡Chica, te has metido en un buen lío!

—Kendra… —la regaña Gunther con tono autoritario.

—Ups, lo había olvidado —contesta Kendra avergonzada bajando un poco la voz—. Se supone que no puedo hablar del tema. Pero ¿dónde está, Diana? ¿Tiene los ojos raros? La verdad es que tiene los ojos muy raros. Espero que no huela mal. ¡Los hay que huelen muy mal!

Diana le dice algo a su padre que no consigo entender y después nos señala sonriendo con orgullo.

Cael le lanza una mirada irónica a Rafe.

—Todavía no puedo creer que estés tan interesado en la hija del alfa.

Rafe le sonríe.

Cael niega con la cabeza divertido.

—Espero que sobrevivas a este día, Rafe Gardner.

El padre de Diana le clava los ojos a mi hermano como si se hubiera dado cuenta de que Cael acaba de nombrarlo. El alfa estira toda su intimidante longitud y tanto su sonrisa como las que lucían el resto de machos lupinos desaparecen tras expresiones serias e imponentes. La madre de Diana también mira a Rafe adoptando una expresión de intensa preocupación.

Todo el grupo, con Diana y su padre a la cabeza, avanza hacia Rafe, y se desplazan juntos con fluida y cohesionada elegancia.

—¿Vienen a matarte? —le pregunta Trystan a Rafe en voz baja.

—Qué va —contesta Rafe—. Parecen majos.

Trystan mira a nuestro hermano mayor como si acabaran de salirle cuernos.

—¿Majos? ¿Has perdido por completo el instinto de supervivencia?

Rafe esboza una sonrisa y parece ajeno al sarcasmo de Trystan. Agarra el pavo con más fuerza y avanza con seguridad hacia Diana y su familia.

—Padre, madre, Kendra —anuncia Diana con una enorme y alegre sonrisa—. Este es Rafe Gardner.

Está mirando a su familia con la astuta expresión propia de una persona que espera que ellos se enamoren tan rápido de Rafe como lo está ella.

Las expresiones frías de los miembros de su familia no desaparecen, a excepción de Kendra, que alterna la mirada entusiasmada entre Rafe y su hermana.

—Este es el encuentro con los padres más aterrador que ha tenido lugar en Erthia —me susurra Trystan.

—¿Te has dado cuenta de que Rafe es más alto que el padre de Diana? —comento.

—¿Y qué pretendes decir con eso exactamente? ¿Acaso crees que eso le concede alguna clase de ventaja? ¿Contra ellos?

Me encojo de hombros.

—Debería servir para algo.

—Es un honor conoceros a todos —anuncia Rafe. Deja el pavo en una mesa haciendo un gesto muy dramático—. Acabo de regresar de una cacería y os ofrezco mi presa.

Todos se quedan sorprendidos. Diana le sonríe completamente impresionada.

—Me llamo Rafe Gardner —continúa. Y entonces mi hermano mayor empieza a recitar nuestro linaje, con total claridad y absoluta fluidez, hasta llegar a Styvius Gardner.

—Debe de haber estado practicando —le susurro a Trystan.

Trystan me mira alzando una de sus negras cejas.

—Es una lista de todos los grandes enemigos que ha tenido el pueblo de los lupinos.

—Rafe —dice Diana cuando mi hermano termina gesticulando en dirección al alfa—, este es mi padre, Gunther Ulrich.

Rafe le tiende la mano con su habitual seguridad.

—Es un placer conocerlo, señor.

El padre de Diana sonríe y le tiende la mano con una expresión más feroz que amistosa. Observa a Rafe con frialdad y le estrecha la mano con fuerza y seguridad, e imagino que estará poniendo a prueba la fuerza de mi hermano y buscando cualquier señal de miedo.

—Veo que has estudiado nuestras costumbres —comenta Gunther Ulrich mirando el pavo y sin soltar la mano de Rafe.

—Ya hace mucho tiempo que soy admirador de vuestro pueblo.

—¿Ah, sí? —contesta Gunther con un brillo feroz en sus ojos ambarinos—. Te parecemos exóticos, ¿verdad, hijo?

—A veces —contesta Rafe con cautela estrechando todavía la mano del alfa.

—¿Crees que le va a arrancar el brazo? —me pregunta Trystan preocupado.

—Y mi hija te parece exótica, ¿verdad? —pregunta el padre de Diana enseñando sus dientes blancos al esbozar una sonrisa amenazante.

—Al contrario —contesta Rafe con serenidad—. Creo que su hija y yo somos almas gemelas.

«Muy hábil, Rafe. Muy hábil.»

Ese comentario parece complacer al padre de Diana. Le suelta la mano a Rafe, cruza los brazos ante su ancho pecho y lo observa con los ojos entornados y una pequeña sonrisa.

—Mi Diana parece haberte cogido mucho cariño, Rafe Gardner.

—Yo también la quiero mucho —contesta Rafe.

—Debo admitir que tenía mucha curiosidad por conocer al chico gardneriano que se ha atrevido a cortejar a la hija de un alfa lupino. O tienes muchas pelotas o eres muy estúpido.

Todos se ríen un poco al escuchar aquella afirmación, incluido el padre de Diana. Aunque no es una risa alegre, más bien es una risa que dice «solo estoy siendo agradable contigo porque le gustas a mi hija y si se te ocurre hacer algo que le haga siquiera torcer un poco el gesto te voy a destrozar en mil pedazos». Sigue estudiando concienzudamente a Rafe.

—La verdad es que espero que se trate de lo primero.

Rafe sonríe impertérrito.

—Yo también lo espero, señor.

Gunther se ríe de su atrevimiento.

—Me parece que Rafe está disfrutando de esto —le susurro a Trystan sorprendida.

—O quizá esté intentando acelerar su muerte —contesta Trystan con seguridad.

—Mi Diana es una chica feroz —comenta Gunther enseñando de nuevo los dientes.

—Soy muy consciente de ello, señor.

—Me ha dicho que eres un gran cazador. Y rastreador.

—Nada comparado con Diana, pero estoy entre los mejores de los gardnerianos y los elfos.

—Está siendo muy modesto, padre —interviene Diana entrelazando el brazo con el de Rafe mientras lo mira como si fuera un trofeo.

Gunther asiente y mira a su alrededor.

—Diana también me ha dicho que tienes familia en la universidad. ¿Una hermana y un hermano?

—Sí, señor —contesta Rafe.

—Última oportunidad para salir corriendo —me advierte Trystan con ironía.

Todo el grupo se vuelve hacia nosotros. El padre de Diana sonríe y yo me sonrojo consciente de que deben de haber escuchado todo lo que Trystan y yo nos hemos estado diciendo.

La madre de Diana parece preocuparse todavía más cuando Trystan y yo nos acercamos a ellos.

Cuando me aproximo advierto que sus expresiones de curiosidad desaparecen tras miradas de sorpresa y preocupación. Me doy cuenta de que mi maldito aspecto y quizá el olor de mi sangre podrían arruinar este momento para mi hermano. Noto una tensión y un calor incómodo cuando miro a cada uno de los lupinos.

Gunther me observa con astucia después de intercambiar una mirada breve con los demás lupinos. Decido ir a por todas y tenderle la mano, él la toma con su firme mano.

—Cuando me conocen —le digo—, la mayoría de las personas se sorprenden de lo mucho que me parezco a mi abuela.

—Eres exactamente igual que ella —me dice analizándome con su mirada.

Me suelta la mano y yo suspiro aliviada.

—Es posible que tenga su mismo aspecto —digo con la voz temblorosa—, pero soy muy diferente a ella, en más sentidos de los que pueda imaginarse.

Todo el mundo guarda silencio durante un buen rato mientras el alfa me observa con sus ojos salvajes.

—Elloren Gardner —dice al fin con un tono grave e imponente, pero luciendo una expresión amable—, hace mucho tiempo que pienso que el aspecto de una persona no suele tener mucho que ver con su auténtico carácter. Y estoy convencido de que tienes mucho más que ofrecer de lo que se ve a simple vista. Quizá el tiempo lo dirá, ¿no?

Asiento sintiéndome muy conmovida; se me saltan las lágrimas.

—Gracias, señor.

111

Posa una de sus enormes manos en mi hombro y yo parpadeo para evitar que se me escapen las lágrimas.

—Es un placer conoceros a todos —digo con absoluta sinceridad—. Todos queremos mucho a Diana y a Jarod.

El padre de Diana asiente complacido y se vuelve hacia Trystan, en cuyo rostro veo su habitual expresión indescifrable.

—Y tú debes de ser Trystan —dice divertido estrechándole la mano a mi hermano.

—Sí, señor.

Gunther Ulrich esboza una sonrisa.

—Trystan Gardner no tengo ninguna intención de matar a tu hermano. —Guarda silencio un segundo con una mirada traviesa—. Por lo menos hoy no.

—Es un alivio, señor —contesta Trystan.

A continuación siguen un sinfín de presentaciones y conversaciones, la mayoría dirigidas por Diana. Nos presenta a su madre, que se muestra recelosa de conocernos y un poco aturdida por como están yendo las cosas. Después Diana nos presenta a Kendra, que parece fascinada con Rafe, y después a Ferrin Sandulf, el beta de su padre, que está apareado con la mujer de los ojos carmesíes, Soraya, y es el padre del pequeño niño lupino.

Dos de los altísimos guardias rubios, Georg Leall y Kristov Varg, nos saludan un momento, pero enseguida vuelven a concentrarse en analizar el comedor a conciencia. Es evidente que para ellos no es un viaje de placer. Pero el cuarto miembro de la guardia de Gunther Ulrich, un joven pelirrojo llamado Brendan Faolan, parece ser particularmente amigo de Diana.

—Te ahorraré la larga presentación —me dice Brendan sonriendo—. Ya sé que vosotros no acostumbráis a recitar vuestro linaje.

—Quizá deberías sugerirle a Diana que hiciera lo mismo —bromeo, y él me sonríe con más ganas.

—Negarse a compartir el linaje es de mala educación —interviene Diana un poco enfadada. Y entonces se le ocurre algo y sonríe de oreja a oreja—. Me he enterado de que te has apareado con Iliana Quinn.

—Así es —contesta Brendan muy sonriente.

—¡Me alegro mucho por ti, Brendan! —exclama Diana entusiasmada abrazándolo con cariño.

Miro a mi alrededor mientras los lupinos se ponen al día. La sala se está llenando de estudiantes gardnerianos y sus familias. La gente se abraza y conversa a nuestro alrededor, pero también advierto a algunos que nos miran con sorpresa y desaprobación.

Y entonces, entre los gardnerianos, veo una figura que me resulta familiar: un pequeño gardneriano desaliñado vestido con una sencilla túnica negra y apoyado en un bastón, esforzándose por abrirse paso por entre la gente.

—Tío Edwin.

Se me escapan las palabras muy conmovida. Todo desaparece a mi alrededor, como la niebla bajo la luz del sol. Es él, después de todo este tiempo. Después de todo lo que ha pasado.

Corro hasta él a trompicones. El tío Edwin me ve y se le iluminan los ojos. Lo abrazo con tanta fuerza que estoy a punto de tirarlo al suelo. Y no puedo evitar echarme a llorar.

—Elloren, mi niña —dice entre risas abrazándome con cariño—. ¿Qué ocurre? No llores. Todo está bien, niña.

Me río y lloro al mismo tiempo mientras me enjugo las lágrimas con la mano.

—Me alegro mucho de que estés aquí.

—Ha pasado demasiado tiempo, querida.

Sus palabras suenan un tanto amortiguadas. Se retira para mirarme y veo que él también tiene lágrimas en los ojos. La preocupación amenaza con apoderarse de mí cuando advierto que tiene media cara inmovilizada.

—Has cambiado, niña —dice, y la preocupación le ensombrece un poco el rostro—. Lo veo en tu cara. Pareces... mayor. Más dura. —Piensa en ello unos segundos, frunciendo el ceño, y parece pensativo un segundo y después agradecido—. Me alegro mucho de eso —dice guiñándome el ojo antes de ponerse bien las gafas y mirar a su alrededor—. ¿Y dónde están tus hermanos?

—Allí —digo señalando hacia el grupo de Diana.

El tío Edwin entorna los ojos en la dirección que le señalo.

—Ah, sí. —Me sonríe—. ¿Vamos a saludarlos pues?

Me anima mucho descubrir lo dispuesto que se muestra el tío Edwin a conocer a todo un clan de cambiaformas. Pero así es el tío Edwin. Él nunca ha sido un hombre dado a juzgar a los demás basándose en si son gardnerianos o no.

Mi tío enlaza su brazo con el mío y yo aminoro el paso para que pueda seguirme. Me preocupa mucho advertir lo delgado y viejo que parece, está mucho más frágil de lo que recordaba.

Todos hemos cambiado.

Rafe se acerca a nosotros con una enorme y alegre sonrisa en la cara y se inclina para abrazar al tío Edwin.

—Ah, Rafe, mi chico —dice nuestro tío riendo mientras le da unas palmaditas en la espalda—. Tu tía me ha explicado muchas cosas sobre ti.

El tío Edwin se separa de Rafe y mira a su alrededor en busca de Trystan, que aguarda a un lado con discreción.

—Trystan —exclama acercándose a él—. Madre mía, cómo has crecido.

—Hola, tío Edwin.

A cualquiera que no conociera a Trystan le pasaría por alto el tumulto de emociones que se ocultan tras su despreocupada expresión cuando el tío Edwin lo abraza.

—¿Qué es esto? —pregunta mi tío mirando la varita que Trystan lleva en el cinturón.

—Un regalo de la tía Vyvian —explica Trystan un tanto avergonzado.

El tío Edwin frunce el ceño, pero enseguida se recompone y se vuelve para mirar al hombre más intimidante de la sala. Gunther Ulrich no deja de alternar la mirada entre Rafe y el tío Edwin, sorprendido de que mi fornido y seguro hermano sea pariente de mi bajo y apacible tío.

Rafe gesticula en dirección al padre de Diana.

—Este es Gunther Ulrich, el alfa de la manada Gerwulf.

—Oh, sí. Bien —dice mi tío mirando a Gunther a través de sus gafas mientras le estrecha la mano—. Edwin Gardner. Rafe me ha escrito hablándome de vosotros… es un placer.

Kendra se acerca dando saltitos para poder ver mejor a mi tío.

—¡Tienes la barba demasiado peluda! —exclama riendo.

El tío Edwin se ríe y le da una palmadita en la cabeza a Kendra.

—Y tú, jovencita —le dice—, llevas un collar impresionante.

—¡Es mi colección de dientes! —exclama entusiasmada tocándoselo con orgullo—. Son todos distintos, ¡y acabo de conseguir dos nuevos! ¿Quieres verlos?

El tío Edwin se coloca bien las gafas y se inclina para ensalzar los dientes de Kendra mientras la niña lo mira muy sonriente y encantada de haber encontrado un público tan atento.

—¿Dónde está el resto de tu manada? —le pregunta la niña mirando a su alrededor con curiosidad.

—Kendra —la interrumpe Gunther—. Recuerda que ellos tienen otras costumbres.

El tío Edwin se ríe y le vuelve a dar una palmadita en la cabeza.

—Somos una manada de cuatro, Kendra —le explica—. Rafe, Elloren, Trystan y yo.

—¿Y ya está? —exclama Kendra claramente confusa ante la idea.

—Ya está.

La niña arruga la cara consternada.

—Debéis de sentiros muy solos.

El tío Edwin hace una pausa y la mira con aire reflexivo.

—Sí… bueno. Nos va bastante bien a los cuatro solos.

—¡Pero eso es muy poco! —insiste Kendra—. Yo tengo madre y padre y a Diana y a Jarod y a todos mis primos y a cuatro mejores amigas y tres mejores amigos y…

Tras algunos minutos de enumeración, Kendra se queda sin dedos para seguir contando, pues sigue nombrando a sus tías, tíos y amigos favoritos dando la imagen de una vida colmada de amor y amistad.

—¿Quieres ver mis dibujos? —le pregunta a mi tío cambiando el tema por completo—. Lo sé todo sobre las setas. He hecho un libro donde salen todas las que existen.

Saca un montón de papeles de una mochila, los ha atado con un cordel. Los dibujos están hechos con tinta y pintados con acuarelas.

—Vaya, están muy bien hechos, Kendra —concede mi tío.

Kendra patea el suelo con timidez.

—Eso es lo que dice el tío Hahn, y también Inger y Micah. Todos creen que se me da muy bien. ¿Tú sabes algo sobre setas?

—Pues sí —contesta mi tío—. En realidad es uno de mis pasatiempos. ¿Por qué no nos sentamos y me enseñas lo que has hecho? ¿Nos excusas, Gunther? Tiene una hija encantadora.

Su padre asiente, pero Kendra se distrae un momento cuando su hermana aparece de pronto junto a Rafe. Sujeta a Diana del brazo.

—¡Ven tú también, Diana!

—Ah, Diana —dice el tío Edwin alargando el brazo para darle unas palmaditas cariñosas en el brazo—. Rafe me ha hablado muchísimo de ti, chica. Ya me he dado cuenta al leer sus cartas de que está muy enamorado.

Diana sonríe de oreja a oreja.

—Me alegro mucho de conocerte, Edwin Gardner.

—¡Vamos!

Kendra tira de los dos tratando de recuperar su atención.

—Está bien, está bien —dice mi tío riendo con Diana. Los dos están encantados de estar con la niña, pues ambos son personas pacientes y amables. De pronto pienso que algún día Diana será una gran madre. La madre de los hijos de mi hermano. Descubro que es una idea muy rara, y al mismo tiempo maravillosa.

Gunther se vuelve hacia Rafe.

—Diana me ha dicho que conoces bastante bien estos bosques. ¿Por qué no vamos a dar una vuelta tú y yo? Así podremos conocernos mejor.

A sus labios vuelve a asomar esa sonrisa que deja entrever todos sus dientes. Es muy desconcertante.

—Me encantaría, señor —contesta Rafe con una expresión seria, parece sorprendentemente inmune a los poderes intimidatorios de Gunther Ulrich.

—Nos vemos luego —dice Diana apartándose de Kendra lo suficiente como para abrazar un segundo a Rafe. Se inclina sobre él y le da un beso rápido en los labios.

Rafe alza las cejas ante su descarado gesto, y veo cómo el alfa aprieta los dientes. Mi hermano empuja a Diana con suavidad —pero con firmeza— y da toda la impresión de estar dándole a entender, por la cara que pone, que este no es el mejor momento para eso.

Diana se limita a dedicarle una sonrisa traviesa.

# 10

## Atrapada

Gunther y Rafe se marchan juntos y yo me quedo sola un momento. Trystan ha entablado una respetuosa conversación con la madre de Diana, Daciana, que parece algo perpleja ante la idea de mantener una charla con él, y el resto de los lupinos están conversando entre ellos.

Jarod está un poco apartado de los demás y mira hacia la otra punta de la sala con una expresión cenicienta. Sigo la trayectoria de su mirada hasta descubrir que Aislinn acaba de entrar en el comedor con su familia: sus padres y sus hermanas, algunos de los hijos de sus hermanas y Randall, además de una pareja muy seria que imagino serán los padres de Randall.

El padre de Aislinn, un hombre de aspecto autoritario con una barba muy bien recortada y aire militar, ve enseguida a los lupinos. Se enfurece visiblemente y aprieta los labios asqueado mientras anima a su familia a ocupar una mesa en la esquina más alejada de nosotros.

Los niños miran asustados a los lupinos, y sus madres se agachan para tranquilizarlos cuando los chiquillos les tiran de la falda. Todos los adultos de la familia, a excepción de Aislinn, hacen el gesto ritual que se supone debe protegerlos de la ofensa de los Malignos.

Aislinn parece completamente devastada. Se sienta en silencio y muy pálida, y clava los ojos en la mesa que tiene delante. Su hermana mayor, Liesbeth, parece ignorarlo, pues enseguida se pone a conversar alegremente con Randall. La otra hermana de Aislinn, Auralie, se afana en perseguir a sus hijos por todas partes mientras lanza temerosas miradas a los lupinos de vez en cuando, y la madre de Aislinn se sienta en silencio junto a los padres de Randall con una expresión abatida.

—Jarod —digo al acercarme.

—Menuda farsa —exclama con la voz entrecortada—. Ella no le quiere. Mírala, está muy triste. Ella quiere estar conmigo, pero se resiste a admitirlo.

—Pero ya sabes por qué, Jarod. Es por su familia. Está preocupada por su madre y sus hermanas…

—No puede ayudarlos —contesta muy enfadado—. No cambiará nada comprometiéndose con Randall. Lo único que conseguirá es dejarse arrastrar a su miserable vida. Ya lo han hecho.

Randall pone la mano sobre el brazo de Aislinn y Jarod adopta una expresión violenta.

—Aunque él sí que la desea a ella —espeta enseñando los caninos—. A ella y prácticamente a todas las jóvenes que se acercan a él. No la quiere, para él es completamente sustituible. Los hombres de tu pueblo son patéticos.

—Jarod —le digo con cautela—, vamos a buscar bebidas.

Me clava su mirada salvaje.

—No tengo sed.

Jarod me enseña todavía más los dientes.

—No me importa —le contesto con firmeza—. Vámonos.

Vuelve a mirar a Aislinn y a su familia como si estuviera valorando sus opciones: ir a buscar una bebida o arrancarle la cabeza a Randall. Y entonces su feroz mirada vuelve a detenerse en mis ojos y yo me esfuerzo por no recular.

—Tienes que alejarte de ellos un momento y recomponerte —le digo—. O acabarás haciendo algo que lamentarás.

—No creo que lamente haberlo matado —me dice muy sereno.

—No tienes por qué ir a matarlo en este momento —le digo intentando no levantar la voz.

Jarod lo piensa un momento.

—Eso es cierto.

Aprieta los dientes y respira hondo como si estuviera intentando relajarse. Después, para mi sorpresa, cede y me acompaña a buscar una bebida de las que han dispuesto en una mesa cerca de la cocina.

Lejos de Aislinn y su familia.

ϒ

Jarod y yo nos sentamos a tomar sidra caliente mientras él va mirando a Aislinn de vez en cuando. Pero parece haberse relajado un poco y la inusual violencia que asomaba a sus ojos ambarinos ha disminuido.

—Me preocupa un poco la situación entre Rafe y Diana —le digo a Jarod tratando de conseguir que deje de pensar en Aislinn.

Me mira un tanto indignado.

—Jarod, a mí me encanta Diana, ya lo sabes —le aclaro—. En realidad es perfecta para Rafe. Y creo que Rafe encajaría muy bien en tu pueblo en muchos sentidos. Pero mi hermano nunca ha sido un segundón. No sé si esto funcionará como Diana quiere que funcione.

—No tendrá que ser un segundón por mucho tiempo.

Eso me coge por sorpresa.

—No te entiendo.

Jarod me mira como si a estas alturas yo tuviera que haber imaginado ya lo que me iba a decir.

—Elloren, Rafe tiene madera de alfa.

—Pensaba que Diana era la próxima alfa.

—Es posible, pero me parece que cuando Rafe se convierta en lupino podría vencerla incluso a ella.

Se me escapa la risa.

—Oh, esa sí que es buena. Mi hermano, el alfa de una manada lupina. Un alfa gardneriano. El nieto de Carnissa Gardner, nada menos.

Jarod curva los labios y me alegro mucho de ver que esboza algo muy parecido a una sonrisa. Pero entonces vuelve a mirar a Aislinn y la sonrisa se desvanece.

—Cada vez que Randall la toca me dan ganas de ir hasta allí y separarle el brazo del resto del cuerpo.

—No es una buena idea.

—No sé, Elloren, cuanto más tiempo paso aquí sentado más buena idea me parece. —Fulmina a Randall con la mirada antes de volver a mirarme a mí—. He conocido a muchas de vuestras parejas comprometidas, chicos que no sienten ningún interés el uno por el otro. O, en otros casos, los hombres sí que están interesados pero las mujeres no sienten más que indiferencia o asco. ¿Tan crueles y ciegos están los hombres gardnerianos que no tienen ningún problema en aparearse con mujeres que no les desean? ¿Y cómo es que tus mujeres actúan como si el acto de aparearse fuera algo vergonzoso? Es absurdo.

—Nuestra religión considera el apareamiento algo pecaminoso —intento explicarle—. Su único propósito es el de proporcionarnos la mayor cantidad de magos posibles. Aparearse por cualquier otro motivo se considera inmoral. Se supone que debemos resistirnos a nuestros deseos primitivos. No podemos ser unos salvajes como...

—¿Cómo nosotros? ¿Los cambiaformas?

Dejo escapar un suspiro cargado de frustración.

—Básicamente.

Jarod me mira fijamente.

—Eso es horrible, Elloren.

Bajo la vista y trago saliva pensando en cómo será mi futuro.

—Tienes razón. Lo es.

—Entonces os comprometéis con personas sin plantearos si de verdad amáis a esa persona.

—Y cada vez a edades más jóvenes —digo apenada—. Mi vecina, Sage Gaffney, se comprometió a los trece años.

Jarod me mira asombrado.

—La mujer con el hijo ícaro.

Asiento.

—Su prometido le pegaba y ella se escapó.

Jarod hace una mueca de dolor.

—He leído muchas cosas sobre vuestro libro sagrado, ¿sabes? —me explica con tono apagado—. Con la esperanza de poder comprender a Aislinn. La primera parte es verdaderamente horrible. Está llena de odio por cualquiera que no sea de los vuestros. Cuando leo ese libro me doy cuenta de que no importa lo mucho que yo pueda amar a Aislinn. Ella jamás podrá liberarse de esta horrible religión...

A Jarod se le apaga la voz y yo levanto la cabeza y veo que su madre se está acercando a nosotros. Daciana llega a la mesa mirándome con recelo. Es evidente que querría que mis hermanos y yo nos marcháramos y la dejáramos a solas con su familia.

Me concentro en mi sidra mientras Daciana se sienta y le pregunta a un apenado Jarod cómo le van los estudios. Mientras hablan ella cada vez parece más y más preocupada. De vez en cuando me lanza alguna mirada a hurtadillas, quizá intentando valorar si yo soy la culpable de lo cambiado que ve a su hijo. Jarod intenta no mirar a Aislinn, ya me he dado cuenta de cómo se reprime, está tenso e inmóvil, pero no puede mantenerse así durante mucho tiempo.

La mira durante una décima de segundo mientras su madre le está hablando sobre las gemelas de alguna pariente. Daciana se calla a media frase. Vuelve la cabeza en dirección a lo que acaba de mirar Jarod y clava la mirada en Aislinn. El horror le nubla las facciones.

—Oh, bendita Maya, Jarod…

Jarod clava los ojos en la mesa con las manos entrelazadas ante sí.

—Dulce, Maya, dime que no es verdad.

Jarod no le contesta.

—De todas las chicas que has conocido… —a su madre se le apaga la voz—, entre las preciosas y fuertes mujeres lupinas que te hemos presentado… ¿esta es la chica a la que quieres? —Durante un buen rato la madre de Jarod parece demasiado asombrada como para poder seguir hablando—. ¿Sabes quién es el padre de esa chica?

—Sé muy bien quien es su padre —contesta Jarod con aspereza.

—Y esa chica… ¿ella sabe lo que sientes por ella?

—Sí.

—¿Qué ha pasado? —pregunta Daciana con pánico en la voz.

—Nada, madre. No ha pasado nada —espeta Jarod—. Debe comprometerse con un gardneriano al que no ama, que no la quiere y tampoco la merece.

Daciana niega con la cabeza pesarosa.

—Tu padre y yo hemos cometido un grave error al mandaros a ambos a esta universidad. Si hubiéramos sabido que los dos acabaríais enamorándoos de gardnerianos…

Jarod la mira con dureza.

—¿Qué madre? ¿Qué habríais hecho? Quizá los lupinos también deberían empezar a comprometerse. Es una tradición maravillosa. Mira a Aislinn Greer, madre. Mira lo feliz que la hace a ella.

—Jarod…

—No, madre, hablo en serio. Podríais habernos comprometido a Diana y a mí antes de alcanzar la mayoría de edad, habernos obligado a aceptar los compañeros para aparearnos con lupinos que hubierais elegido vosotros.

—Nosotros no hacemos las cosas de esa forma…

—¡Lo sé perfectamente! —ruge Jarod—. ¡Nadie debería hacer las cosas así!

Daciana niega con la cabeza desconsolada.

—No puedes emparejarte con esa chica, Jarod.

—Ya lo sé —contesta Jarod con un tono áspero y amargo—. Y tú no deberías preocuparte. No hay de qué, porque ella misma me ha rechazado.

—Hijo mío…

Jarod se levanta de golpe.

—Por favor, no me digas que todo saldrá bien. —Levanta la mano cuando su madre hace ademán de contestar—. Porque nada saldrá bien. No hay nada en este mundo que esté bien.

Jarod se marcha enfadado del comedor por la salida más aleja-da de Aislinn.

Daciana se queda inmóvil un momento, como si se hubiera quedado atrapada en una pesadilla. Después me mira con odio y se marcha detrás de su hijo.

# 11

## El lupino amaz

*E*l niño lupino de ojos carmesíes corre hacia mí riendo y con una rama de pino de Yule decorativa. Brendan, el lupino del pelo de fuego, lo persigue y lo coge con sus fuertes brazos mientras el niño grita encantado.

Ferrin, el enorme hombre lleno de tatuajes, se acerca a su hijo y a Brendan riéndose de sus payasadas.

—Así que tú eres el beta de la manada —le digo a Ferrin mientras Brendan deja al niño en el suelo y este se agarra a la mano de su padre.

Ferrin me sonríe con simpatía. Tengo que levantar la cabeza para mirarlo de lo alto que es.

—Así es.

—Diana nos ha hablado un poco sobre ti —le confieso. Su hijo se ríe y se suelta de la fuerte mano de Ferrin para volver a correr por el comedor. Brendan pone los ojos en blanco y se marcha detrás de él dejándome a solas con Ferrin—. Nos dijo que eras solo un bebé cuando te uniste a los lupinos.

—Pues sí. Me encontraron abandonado en el bosque, casi muerto de hambre.

Lo explica sin apenas alterarse y yo me asombro al pensar en la durísima situación. Es más alto que Andras. Me cuesta pensar que hubo un tiempo en que fue pequeño y débil.

—La hermana de Gunther me adoptó —me explica Ferrin—. Me crió como si fuera hijo suyo.

Veo algo a mi espalda que llama mi atención y me vuelvo justo a tiempo de ver a Andras y a Tierney entrando en el comedor.

Por sorprendente que parezca, se han hecho muy amigos desde que conocimos a Es'tryl'lyan. Andras siente tanto amor por los caballos que no ha podido evitar sentir también debilidad por los aterradores kelpies de Tierney, y los kelpies, a su vez, se han hecho amigos de Andras, aunque todavía con un poco de recelo.

Me sorprendió advertir que se avenían con tanta rapidez, ya que Tierney no suele confiar en nadie, pero la amable naturaleza de Andras parece relajarla mucho últimamente.

Cuando Andras ve a Ferrin parpadea sorprendido y me doy cuenta de que es muy probable que el beta lupino sea el único hombre amaz que Andras haya visto en su vida.

Ferrin se endereza cuando Andras y Tierney se acercan a nosotros.

—Me llamo Ferrin Sandulf —le dice a Andras tendiéndole la mano—. Soy el beta de la manada Gerwulf.

—Yo soy Andras Voyla —se presenta mi amigo estrechando la mano de Ferrin—, hijo de Astrid Voyla.

Ferrin lo mira sorprendido.

—¿Tú eres Andras?

Andras lo mira con aspecto de estar confuso ante aquella reacción a su nombre.

—Sí.

—Sorcha Xanthippe —prosigue Ferrin muy serio—. ¿Te apareaste con ella?

—Sí, como es nuestra costumbre…

—Pero, Sorcha… hará unos tres años… ¿os acostasteis?

—Sí.

Andras frunce el ceño confundido.

Ferrin mira muy serio a su alrededor.

—Soraya —dice—. ¿Puedes venir?

Su pareja asiente y se acerca a nosotros con el bebé en brazos. Le flaquea la sonrisa cuando ve la seria expresión en el rostro de Ferrin.

—Este es Andras Voyla —le dice Ferrin señalando a Andras—. El hombre que se apareó con Sorcha Xanthippe.

El asombro se adueña de la mirada carmesí de Soraya y alterna la mirada entre Andras y el niño que tiene en brazos. Por un momento parece completamente perpleja.

—Andras Voyla —dice Soraya al fin con la voz teñida de emoción—. Este es Konnor. Tu hijo.

Tierney y yo jadeamos y Andras se queda boquiabierto mirando fijamente al niño. El pequeño Konnor le sonríe con vergüenza aferrándose con fuerza a Soraya.

—Sorcha nos lo trajo —explica Ferrin poniendo la mano en el hombro de Andras.

Andras se ha quedado helado.

—¿Quieres cogerlo? —le pregunta Soraya con dulzura. Cuando ve que él no contesta se acerca y le ofrece el niño.

Cuando Andras lo levanta con sus fuertes brazos, Konnor lo mira sin demostrar ningún miedo. El niño alarga su manita para tocarle la cara y desliza los dedos por las líneas de sus tatuajes.

Andras se echa a llorar.

Ferrin y Soraya se acercan a abrazarlo y Konnor los mira a todos como confundido. Alarga la mano para tocar las lágrimas silenciosas que brotan de los ojos de Andras con su dedo diminuto.

—Ahora formas parte de nuestra familia —le dice Soraya a Andras con los ojos llenos de lágrimas.

—Nunca pensé que encontraría un lugar para mí —contesta Andras con la voz ahogada—. Pensaba que mi madre y yo siempre estaríamos solos.

—Hay más como tú —le explica Soraya—. Hay cuatro hombres con antepasados amaz en la manada del norte.

El pequeño Konnor, que quizá esté empezando a sentirse agobiado por el despliegue de emociones que lo rodea, patea nervioso y estira los brazos hacia su madre. Andras le da un beso en la cabeza y se lo devuelve a Soraya.

—Ven, Andras —le dice Ferrin cogiéndole del brazo—. Tenemos mucho de qué hablar.

Andras se vuelve hacia Tierney con el rostro visiblemente emocionado e intercambian una mirada cómplice.

—Ve —le dice ella forzando una sonrisa—. Me alegro mucho por ti.

Andras asiente y se marcha con los lupinos.

Yo miro a Tierney. En su confusa expresión veo todo lo que está sintiendo: lo más probable es que el amigo al que de pronto se siente tan unida se integre en el mundo lupino y ella se quedará atrás, porque Tierney no tiene ningunas ganas de convertirse en otra cosa distinta de la que es.

Una fae asrai de agua.

—No quiero hablar de esto —me dice con aspereza defendiéndose de una pregunta que yo no he formulado—. A menos que quieras que provoque una tormenta muy violenta. —Levanta los ojos al techo—. Justo aquí. En medio de esta maldita fiesta de Yule.

Antes de poder siquiera contestar, Tierney se da media vuelta y se marcha del comedor.

Esa noche, después de pasar algunas horas con el tío Edwin en su alojamiento de la ciudad de Verpax, me voy a buscar a Andras ansiosa por saber qué ha ocurrido cuando se ha marchado con los lupinos.

Me abro paso por el bosque oscuro con un candil en la mano y voy avanzando por el suelo helado en dirección a la cueva de Naga. Percibo la hostilidad de los árboles en forma de vibración, y la siento en todos los rincones de mi mente, pero cada vez se me da mejor mantenerla a raya.

De pronto veo las llamas de una hoguera y oigo la voz de Andras por entre las ramas.

—¿Ahora me sigues, madre?

«¿Madre?»

Antes de que pueda plantearme de qué va todo aquello aparece Yvan, que se acerca en silencio hacia mí envuelto en sombras. Me paro y estudio la mirada de advertencia de Yvan, que se lleva un dedo a los labios. Me pone la mano en el brazo y gesticula en dirección al fuego ladeando la cabeza.

Me acerco un poco más al claro con mucho cuidado hasta que consigo ver a Andras y a su madre, la profesora Voyla, al otro lado de las ramas oscuras.

Me sorprende muchísimo el dramático cambio que aprecio en el aspecto de Andras. Se ha quitado los pendientes y las joyas amaz que llevaba, además de su habitual túnica escarlata llena de marcas de runas, y se ha puesto una sencilla ropa celta. Lo único que no ha cambiado son los tatuajes negros de su la cara.

La profesora Voyla está mirando a su hijo con cara de no entender nada y él aguarda sentado junto al fuego, con las manos entrelazadas y la cabeza gacha.

—¿Por qué vas vestido así? —le pregunta preocupada—. ¿Por qué lo has dejado todo en casa, incluso tu colgante de la diosa?

Andras guarda silencio durante un buen rato.

—Hoy he conocido a mi hijo, madre —dice al fin.

—¿Tu hijo?

—Con Sorcha Xanthippe.

En el rostro de la profesora Voyla se refleja la censura y la alarma.

—¿La chica amaz que se saltó todas las reglas de los ritos de fertilidad? ¿Aquella con la que estableciste aquel vínculo tan antinatural?

Andras se queda sin habla un momento, como si le hubiera sorprendido el comentario de su madre.

—¿Has entendido lo que acabo de decirte? Tengo un hijo.

Su madre le lanza una mirada pesarosa.

—Y mis pecados se multiplican. —Mira a su alrededor como si estuviera buscando algo por el bosque—. ¿Dónde está? ¿Dónde está ese hijo tuyo?

Andras la fulmina con la mirada y aprieta los dientes.

—Lo han acogido los lupinos. Ahora es uno de ellos. Y yo voy a unirme a ellos también.

Su madre se queda helada.

Andras se esfuerza por hablar con tono relajado y empieza a explicarse:

—Llevan dos años criando a mi hijo como si fuera uno de los suyos. Y ahora me han invitado a convertirme en uno de ellos a mí también. Podría ser el padre de mi hijo. Y algún día podría tener una pareja y una familia.

Su madre se estremece.

—Ya tienes una familia —insiste con la voz entrecortada.

—Ya lo sé —contesta Andras en voz baja—. Te quiero, madre. Y ya sé que te has sacrificado por mí. Pero esta vida no me basta. Únete conmigo a los lupinos. Ya me han dicho que, al contrario de nuestro pueblo, ellos también te acogerían.

A su madre le arden los ojos.

—No. Jamás.

—¿Por qué? —pregunta Andras repentinamente indignado—. ¿Qué sabes realmente de ellos?

—¡Sé lo suficiente! —ruge—. Son malignos. —Mueve el brazo ante ella, como si estuviera cortando el aire con una espada—. Siguen a su macho alfa como esclavos…

127

—También han tenido hembras alfa.

—Ya hace mucho tiempo que no tienen ninguna, Andras, y es imperdonable. Los lupinos encarnan todo aquello que odia la diosa. Y cuando mueran todos será como si jamás hubieran existido, mientras que nosotros iremos al paraíso de la diosa.

Andras niega con la cabeza.

—Yo no creo en eso. Y no creo que nadie vaya a ir allí.

—¿A qué te refieres con eso?

—Todas las razas, los fae, los lupinos, los elfos, los gardnerianos, las amaz, todos tienen creencias religiosas completamente diferentes, pero lo único que tienen en común es que creen que su forma de ver las cosas es la única correcta, y que lo que piensen los demás es menos importante.

—¡Se equivocan!

—Sí, ya lo sé —contesta Andras con amargura—. Las amaz son las únicas que conocen la verdad. ¿Es que no lo entiendes? Yo no tengo lugar entre tu pueblo. Tu tradición dice que por ser hombre soy inferior, peligroso e inútil, excepto como instrumento para crear más hembras amaz. Y yo no lo creo. No soy malvado, y no padezco ningún deseo incontrolable de esclavizar a las mujeres.

—¡Porque nos hemos arrepentido!

—No. No es porque nos hayamos arrepentido. ¡Es porque no es verdad!

—No sabes lo que estás diciendo —aúlla la profesora Voyla con desesperación en la voz—. ¡Conseguirás que la diosa nos castigue a los dos!

—Claro que no —afirma Andras con firmeza—. Porque no existe ninguna diosa.

Su madre parece abrumada por la conmoción. Mira hacia el cielo como si esperara que les cayera un rayo en cualquier momento.

—Pide perdón ahora mismo —le suplica con un hilo de voz.

—No —contesta Andras—. No pienso disculparme ante nadie por decir la verdad.

Ella lo mira indignada.

—Si sigues por ese camino dejarás de ser mi hijo.

Andras se queda de piedra.

—Qué conveniente, ¿no, madre? Así podrás volver con tu pueblo, con las personas a las que realmente amas.

La entereza de la profesora Voyla parece vacilar y tiene una mirada torturada en los ojos.

—Andras…

De pronto Andras levanta la mano con los dedos separados.

—Mira mi mano, madre —le exige—, tengo tantos huesos en ella como tú. Y eso contradice por completo las mentiras que tu pueblo explica en la leyenda sobre la creación.

—La diosa te maldecirá —aúlla con la voz entrecortada y los ojos llenos de lágrimas—. Morirás algún día y no serás más que un puñado de ceniza. Y yo iré sola al paraíso de la diosa. Antes de esto quizá existía alguna posibilidad de que la diosa se apiade de nosotros… pero si haces esto, hijo mío… no volveré a verte nunca.

—No, madre —contesta Andras en voz baja—. Cuando muramos los dos nos convertiremos en cenizas, igual que todo el mundo. Da igual las muchas historias que se inventen para negar esa verdad. Y si esta es la única vida que voy a tener quiero más. Quiero tener pareja, hijos y ser aceptado. Algo que tu pueblo nunca nos concederá a ninguno de los dos.

La profesora Voyla aguarda en silencio con el rostro lleno de lágrimas.

—Voy a dejar a las amaz, madre —le anuncia Andras con un tono compasivo—. Pero no te voy a dejar a ti. Tú siempre serás mi familia. Me iré al bosque cuando termine con mi obligación de trabajar contigo cuidando de los caballos hasta la primavera. Después de eso me uniré a la manada lupina del sur y me convertiré en uno de ellos. Y espero que algún día tú también puedas dar la espalda a las mentiras que tu pueblo te ha estado obligando a creer todos estos años.

Ella niega con la cabeza con cara de angustia.

—Andras, no…

—Ya he tomado mi decisión, madre —la interrumpe Andras, que parece disgustado—. Si no puedes aceptarlo entonces tendrás que marcharte.

—Hijo mío…

—No —contesta Andras decidido—. Déjame en paz.

La profesora Voyla vacila un momento con aspecto de haber quedado consternada, después da media vuelta y se interna en el bosque mientras Andreas se desmorona sujetándose la cabeza entre las manos.

Yvan y yo esperamos hasta que ya no se oye nada y después nos acercamos a él un tanto vacilantes.

Andras no se mueve cuando los dos nos sentamos en silencio a su lado.

—Lo siento… lo hemos escuchado todo —le digo poniéndole la mano en la espalda con delicadeza—. Y… siento que todo esto esté siendo tan duro.

Andras mira el fuego con una expresión devastada y la cara llena de lágrimas.

—Ojalá pudiera borrarme las runas de la cara —dice al fin con tono dolido.

Le acaricio la espalda desesperada por encontrar algo que pueda animarlo.

—Pronto tendrás esos increíbles ojos lupinos —le digo con tono animoso—. Brillarán más que los tatuajes, ya verás.

Andras suelta una risa triste y me dedica una débil sonrisa.

Yo alargo el brazo para tocarlo.

—¿Te has dado cuenta de que tu hijo se parece a ti?

Andras sonríe con más ganas, pero vacila enseguida. Vuelve a clavar los ojos en el fuego con una mirada dubitativa.

—Quiero que mi madre venga con nosotros. No quiero dejarla. Pero tiene que aceptar a mi hijo, y me temo que no lo hará jamás.

Yo suspiro con fuerza.

—Las personas cambian, Andras. A mí me daban un miedo espantoso los ícaros, y ahora robo comida del granero para los animales de Ariel. —Se me escapa una risa y me quedo mirando las brillantes brasas de la hoguera—. Todavía es posible que tu madre entre en razón. En especial cuando conozca a tu hijo.

Andras asiente, pero me doy cuenta de que se está esforzando por reprimir las lágrimas. Cuando levanto la vista me doy cuenta de que Yvan me está mirando. Me ruborizo al darme cuenta de la intensidad con la que me está observando, su mirada verde es inquietante.

Respiro hondo un tanto temblorosa y aparto la mirada.

## Ley número 211 del Consejo de Magos

Estropear de cualquier forma o difamar *El Libro de la Antigüedad* será castigado con la muerte.

# 12

## Descenso a los infiernos

—¿Con esto bastará para curar el ala de Naga? —susurra Tierney mientras observo el pequeño tarro de Asterbane.

La apartada farmacia del mago Ernoff es un lugar mal iluminado y lleno de frascos desordenados llenos de polvos, hojas trituradas, tinturas y tónicos. En el techo, colgados de unos ganchos oxidados, se ven algunos lagartos disecados, y al fondo de la tienda, una hilera de botes llenos de garras de dragón.

Miro el polvo rojizo sopesando mentalmente la cantidad.

—Debería bastar.

A pesar de los incansables esfuerzos de Andras y Ariel, no ha habido manera de curar del todo el ala izquierda de Naga. La incisión que tiene cerca del hombro es demasiado profunda, pero todavía podemos aferrarnos a la incierta posibilidad de que las propiedades cicatrizantes del Asterbane nos ayuden a lograrlo.

Tierney también me enseña un amasijo rojo de sanguinaria para que lo inspeccione comunicándome todos los ingredientes que necesita con la mirada.

Asiento en silencio. Sí, eso también lo necesitaremos, para poder fabricar más cantidad de la carísima tintura Norfure que Jules nos pidió para tratar a los refugiados que sufren los efectos de la horrible epidemia de gripe roja.

Me angustio al recordar la visita que hicimos a su escondite hace algunas noches, cuando les llevamos los primeros frascos de tintura. Jules abrió un resquicio de la puerta con cara de estar muy cansado, lo suficiente como para poder coger las cajas de los frascos y agradecernos el gesto con una sonrisa. Por encima de su hombro solo pudimos atisbar un segundo la situación de los ocupantes de aquel granero aislado.

El escondite estaba lleno de refugiados smaragdalfar, la mayor parte eran niños, y su piel esmeralda brillaba bajo la tenue luz del único candil que había; todos tenían el pelo despeinado y las ropas ajadas. Muchos estaban sentados o apoyados en balas de paja y tenían un montón de páginas rotas de *El Libro de la Antigüedad* repartidas a sus pies.

Cuando los vi sentí asombro y compasión. Estaban muy delgados, tenían los ojos inyectados en sangre y un rabioso sarpullido alrededor de la boca, los síntomas clásicos de la gripe roja.

Iris, Fernyllia, Bleddyn e Yvan estaban con Jules, ayudándolo a cuidar de los niños, en compañía de algunas recias mujeres smaragdalfar y mi antiguo profesor de metalurgia, Fyon Hawkkyn. Me asombró mucho ver allí a Fyon, porque pensaba que había escapado al Reino del Oeste hacía algunas semanas.

La musculosa Bleddyn estaba arrodillada en el suelo consolando a un niño. Cuando me vio enseguida contrajo el rostro y me lanzó un claro mensaje con la mirada: ¡lárgate de aquí!

Empecé a cerrar la puerta justo cuando Yvan levantaba la vista desde donde estaba sentado junto a una niña y le tocaba la frente con la mano. Nuestros ojos se cruzaron un momento y noté cómo me recorría su calor antes de que se cerrara la puerta.

Cuando Tierney y yo nos alejábamos del granero y nos adentrábamos en la oscura noche sin estrellas me volví una última vez.

Había tres vigilantes sobre el techo del granero, como centinelas fantasma. Permanecieron allí un segundo y después desaparecieron en la fría y lúgubre noche.

Noto un tirón en la manga y vuelvo al presente.

—Deberíamos marcharnos —me dice Tierney en voz baja.

Sacudo un poco la cabeza para aclarar mis ideas, cojo la sanguinaria que Tierney todavía tiene en la mano y juntas nos acercamos al mostrador de la tienda.

El farmacéutico, un hombre despeinado con barba, está ocupado pulverizando una pezuña de dragón, que está reduciendo a polvo negro con ayuda de un mortero. Nos acercamos a él algo nerviosas con la esperanza de que dé por hecho que solo necesitamos los ingredientes para un proyecto de clase. Apenas advierte lo que estamos comprando cuando se vuelve hacia su libro de contabilidad sin molestarse siquiera en levantar la vista mientras deja constancia de nuestra compra con impaciencia.

Agradecidas por la actitud distraída y la falta de curiosidad del mago, Tierney yo metemos la compra en las bolsas, nos ceñimos las capas y salimos de la tienda a toda prisa. El frío se nos clava en la piel y nuestro aliento forma nubes de vaho que flotan por el aire en cuanto salimos a la gélida noche. Agachamos la cabeza para protegernos del aire helador y empezamos a caminar en dirección a la universidad.

—Por ese callejón —me dice Tierney mientras caminamos señalando una calle adoquinada—. Yo siempre voy por ahí.

Nos dirigimos a toda prisa en esa dirección pasando por detrás de una carretilla llena de barriles de madera que avanza muy despacio y junto a un grupo de elfos alfsigr. Me apresuro para seguir los pasos de Tierney, que se dirige al callejón, con la esperanza de que allí el viento sople con menos violencia.

Hay un único candil colgado de un pequeño gancho de hierro que ilumina el callejón con un agradable brillo dorado. Pero en cuanto entramos en el estrecho pasadizo, Tierney yo nos quedamos de una pieza.

Las paredes están llenas de palabras escritas con pintura roja:

MUERTE A LOS MALIGNOS
ERTHIA ES PARA LOS GARDNERIANOS
RECUPEREMOS EL REINO DEL OESTE

Junto a las últimas palabras han dibujado una enorme estrella de cinco puntas, una punta por cada una de las afinidades gardnerianas: tierra, fuego, agua, aire y luz.

Tierney y yo nos quedamos mirando las palabras completamente inmóviles. Noto cómo se me congela la espalda, y no es a causa del gélido frío. Miro furiosa aquellas malditas palabras, cada frase es como una puñalada dirigida a todas las personas a las que quiero.

—Gran Ancestro —susurro, y miro a Tierney, que ha palidecido y ahora tiene la piel de un color ceniciento.

Tierney traga saliva con los ojos clavados en el muro.

—Todo se está descontrolando. Y va más rápido de lo que habíamos imaginado.

Tiene razón. Estos actos vandálicos son cada vez más comunes desde que la mayoría gardneriana en el Consejo de Verpacia ha empezado a aprobar nuevas políticas cada vez más alarmantes. Ha tenido un efecto atroz en la universidad, ahora la segregación se permite explícitamente e incluso se incita a ello, tanto en las residencias de estudiantes como en las clases, y han empezado a eliminar de los archivos cualquier texto que el Consejo considere «hostil hacia Gardneria o Alfsigroth». Al principio algunos de los periódicos universitarios se mostraron críticos con los nuevos edictos del Consejo de Verpacia, pero los han cerrado y han expulsado a los periodistas de la universidad.

Y por las noches han empezado a aparecer esta clase de pintadas alentadas por los rápidos cambios que están ocurriendo en el paisaje político.

—Hoy han cogido a las uriscas que atacaron al granjero gardneriano —me explica Tierney con los ojos pegados en aquellas horribles palabras—. Ese hombre había estado abusando de esas cuatro mujeres durante años. Pero su situación no tiene buena pinta. El Consejo de Verpacia quiere utilizarlas como ejemplo. Decidirán mañana su destino. Creo que está provocando parte de estas...

De pronto percibimos un estruendo a lo lejos. El grito de una mujer. Gritos sin sentido. Nos miramos y se me acelera el corazón.

Más ruido, esta vez procede del final del callejón.

—Tenemos que salir de aquí —dice Tierney con la voz temblorosa, pero su advertencia llega demasiado tarde.

Un grupo de gardnerianos ataviados con capas y capuchas entra en el callejón y yo me sobresalto al ver que han desenvainado sus varitas. Las franjas plateadas que lucen en sus capas oscuras los identifican como magos de distintos niveles, entre el dos y el cuatro, y todos lucen los brazales blancos de apoyo al Gran Mago Marcus Vogel.

Tierney yo reculamos por inercia. Yo estoy más cerca del grupo y cojo a Tierney del brazo y tiro de ella para colocarla detrás de mí temiendo que sin querer pueda revelar su naturaleza fae.

Los hombres nos clavan sus rabiosos ojos como si fueran una bandada de aves rapaces en busca de presas. Enseguida me doy cuenta de que nos analizan, se dan cuenta de que somos gardne-

135

rianas y llevamos los brazaletes de Vogel. Dos de los hombres nos saludan asintiendo con la cabeza como si de esa forma nos evitaran mayores daños. Y entonces pasan de largo y salen a la calle.

Oímos más gritos a lo lejos. Estruendos. Aullidos procedentes de ambos extremos del callejón. Y entonces veo caer una repentina ráfaga de nieve.

Levanto la vista y veo una nube de tormenta que flota sobre nuestras cabezas. Me asusto y me giro para mirar a Tierney. Está pegada a la pared y tiembla de pies a cabeza.

La cojo del brazo.

—Tierney. Escúchame. —Miro las nubes. «Oh, Gran Ancestro. No pueden descubrir el poder fae de agua de Tierney»—. Tienes que controlarte. Ya sé que es difícil, pero intenta pensar en algo agradable, ¿me entiendes?

Ella asiente nerviosa con los ojos abiertos como dos lunas.

—Respira hondo. Piensa en un precioso lago de las tierras Noi. —Intento hablarle con un tono pausado y relajante—. La caricia de las olas suaves. No hay problemas de ninguna clase. ¿Puedes hacerlo por mí? ¿Puedes concentrarte solo en eso?

Tierney vuelve a asentir y trata de controlar el ritmo de su respiración con los ojos cerrados. La nieve desaparece enseguida y la nube oscura se disipa y se convierte en una voluta de humo.

—Bien —la felicito suspirando aliviada.

Un grupo de jóvenes gardnerianos pasan corriendo por el callejón gritando.

Me vuelvo hacia Tierney.

—Tenemos que volver a la universidad lo más rápido que podamos.

Tierney asiente con una iracunda obstinación en los ojos. Cruzamos el callejón a toda prisa, salimos a la carretera y nos detenemos de golpe.

En el centro de una pequeña plaza vemos una estrella sagrada gardneriana, tan grande como la rueda de un molino, y está hecha de fuego. Está suspendida en el aire a algunos metros del suelo, proyectada con fuego mago, y escupe chispas al aire gélido.

El gran grupo de gardnerianos, hombres en su mayoría, están reunidos alrededor de la estrella, y todos lucen el brazalete de apoyo a Vogel y gritan como animales. Se ríen. Algunos de los magos alzan sus varitas, conjurando bolas de fuego rojas que brotan de ellas para crear más estrellas que flotan sobre la plaza y se pegan a los escaparates de las tiendas.

Advierto horrorizada que las llamas se están empezando a extender por algunos de los edificios y están quemando los toldos de algunos escaparates. Da toda la sensación de que el objetivo de los ataques sean los comercios no gardnerianos, pues no lucen las banderas de ninguno de los gremios gardnerianos.

Tierney y yo rodeamos al grupo muy serias y agachamos la cabeza tratando de avanzar ocultas por las sombras de la plaza. Ellos nos analizan con sus crueles ojos al pasar. Pero nos dejan en paz. Doblamos por una calle y encontramos otro grupo de gardnerianos que han tirado al suelo a un anciano mercader celta. Uno de los magos ha desenvainado la varita y está dibujando una estrella sagrada de fuego en el escaparate de la librería del hombre.

Miro hacia el otro lado de la calle adoquinada presa del pánico y veo a una chica urisca desplomada en un callejón desierto. Desde donde estoy solo veo su piel verde y su larga melena esmeralda. Jadeo al reconocer los bordados que lleva en el dobladillo de la túnica de color musgo.

—Tierney —susurro con aspereza—, ¡esa es Bleddyn!

Tierney entorna los ojos en dirección a la calle que le señalo.

—Cielo santo. No puede estar aquí fuera.

Nos miramos decididas y corremos hacia ella esquivando a los gardnerianos y evitando el contacto visual con la muchedumbre enloquecida.

Nos internamos en el callejón y enseguida quedamos arropadas por sus sombras. Bleddyn está un poco ladeada, apoyada en la pared. Tiene toda la cara llena de sangre y uno de los ojos se ve tan hinchado que está completamente cerrado. Intento no pensar en la rabia que siento mientras Tierney y yo adoptamos enseguida actitud de farmacéuticas y la cogemos por un brazo cada una.

Le agito un poco el brazo para despertarla.

—Bleddyn…

Solo está semiconsciente, y el ojo que no tiene hinchado no enfoca con claridad. Vuelvo a agitarla, esta vez con un poco más de firmeza, y consigo que se mueva un poco. De pronto toma repentina conciencia al ver mi cara. Se aleja con rabia y arruga el rostro con disgusto.

—¡No me toques, cucaracha! ¡Aléjate de mí!

—Bleddyn, soy yo —le suplico agarrándola con obstinación—. Soy Elloren. Tenemos que sacarte de aquí.

La voz de un hombre resuena a nuestra espalda mientras la muchedumbre sigue profiriendo amenazas.

—¡Bastardos fae!

—¡Este es territorio de magos!

Bleddyn se sobresalta e intenta deshacerse de nosotras por segunda vez, pero se desequilibra y se tambalea hacia delante. Tierney y yo la agarramos con firmeza.

—Tienes que venir con nosotras —insiste Tierney con determinación—. Ahora mismo. ¿Me estás escuchando, Bleddyn? Ahora. Mismo.

Bleddyn parece tomar conciencia una vez más al concentrarse en Tierney. Vuelve a mirarme a mí, y después a Tierney, y de pronto lo entiende todo y deja de forcejear.

Nosotras nos aprovechamos de su momento de duda.

—Ponte esto.

Me quito la capa.

138

Ayudamos a Bleddyn a levantarse y Tierney la sujeta mientras yo le pongo la capa por encima de los hombros sintiendo cómo me ataca el frío. Oculto las orejas puntiagudas de Bleddyn bajo la capucha de la capa y le meto el pelo verde dentro, después le abrocho la capa de arriba abajo. A continuación me arrodillo para soltar el dobladillo y poder ocultar la ropa no gardneriana de Bleddyn.

Vuelvo a ponerme en pie y Tierney y yo enlazamos los brazos con los de Bleddyn.

—¡Agacha la cabeza! —le ordena Tierney con agitación.

Bleddyn asiente, parece mareada. Cruzamos las calles de la ciudad a toda prisa. Me castañetean los dientes debido al frío mientras las tres intentamos evitar las miradas de los salvajes gardnerianos que pasan por nuestro lado. Hay estrellas de fuego por toda la ciudad. Gente corriendo. Gritos a lo lejos.

Un grupo de hechiceras vu trin pasan a caballo y gritan a la muchedumbre. Otro grupo de soldados elfhollen corre en dirección a la tienda de vestidos de la señora Roslyn, donde arde una enorme estrella sagrada. Me quedo de piedra al verla. Las llamas devoran rápidamente el escaparate de la tienda y se extienden por la colorida ropa celta de su interior.

Cuando llegamos al arco de entrada de la universidad acompañamos a la tambaleante Bleddyn hasta un grupo de árboles y la ocultamos bajo sus ramas.

—La cocina —dice Tierney jadeando—. Podemos llevarla allí. No está muy lejos.

Asiento muy seria y rezo mientras avanzamos con la esperanza de que consigamos llegar sanas y salvas.

# 13

## Pesadilla

Cruzamos las sombras del bosque en dirección a los establos y corremos hacia la puerta de atrás de la cocina principal.

Tierney abre la puerta de un puntapié.

Yvan y Fernyllia están junto a la mesa y Fernyllia tiene las manos enterradas en un montón de masa. Los dos se vuelven asombrados hacia nosotras.

Fernyllia grita en urisco y abandona la masa que está trabajando, y tanto ella como Yvan corren hacia nosotras.

Yvan alcanza a Bleddyn antes de que se desplome y la coge en brazos.

—Despejad la mesa —ordena.

Nos apresuramos a hacer lo que dice y quitamos toda la masa de la amplia superficie de la mesa. Yvan tumba a Bleddyn y Fernyllia le coloca un trapo de cocina doblado debajo de la cabeza. Tierney aguarda a nuestro lado pálida de preocupación.

—Hay grupos de vándalos gardnerianos por toda la ciudad —les explico sin aliento describiendo todo lo que hemos visto mientras Yvan me pide que coja las manos lacias de Bleddyn. La sujeto de las muñecas con firmeza.

Yvan le pasa las manos por la cara y cierra los ojos como si estuviera leyéndole las heridas; ahora sus habilidades curativas ya no son ningún secreto. De pronto me asalta un pensamiento que me acelera el pulso y miro a Fernyllia presa del pánico.

—¿Dónde está Fern?

—Dentro —dice Fernyllia.

Deja de verter agua en una cazuela de hierro y mira preocupada a su alrededor.

—¿Estás segura? —le pregunto con voz estridente y muy alarmada. La pequeña Fern no puede estar en la calle en este momento. No puede caer en manos de esos locos.

—¿Abuela? —pregunta una vocecita desde una de las puertas laterales de la cocina. Fern aparece abrazando con fuerza su muñeca de trapo—. He oído un ruido. ¿Qué pasa?

—Oh, Santísimo Ancestro —susurro.

Siento un alivio inmenso al ver a la pequeña Fern con su camisón de manga larga y las trenzas rosas sobre los hombros.

—¿Dónde está Olilly? —le pregunta Fernyllia a Yvan con urgencia.

Se me encogen los pulmones presa del pánico. Veo la pequeña cesta llena de hilos de colores de Olilly encima del mostrador. Hay algunos hilos atados en el respaldo de una silla de madera. La dulce y paciente Olilly lleva toda la semana enseñando a la pequeña Fern a hacer pulseras.

Antes de que Yvan pueda contestar, Bleddyn aspira ruidosamente y después vuelve a tomar aire varias veces seguidas, y empieza a forcejear. La sujeto con fuerza de las manos mientras Yvan le murmura algunas palabras sin separarle las manos de la cara y desplazando la mano derecha por encima de su ojo herido.

—¿Cuándo viste a Olilly por última vez? —le pregunta Tierney a Fernyllia al tiempo que se le empieza a formar una tempestuosa nube rodeada de pequeños relámpagos.

Fernyllia contesta asustada:

—La he mandado a por nuez moscada. Antes de que cerrara el mercado.

—El mercado cerró hace ya una hora —contesta Tierney con una feroz preocupación en los ojos.

Fernyllia parece quedarse momentáneamente atrapada en una pesadilla.

—Tenemos que ir a buscar a Trystan —sugiero pensando lo más rápido que puedo—. Él podrá encontrar a Olilly.

—Voy yo —se ofrece Tierney. Se para un momento para tomar aliento y la nube que la rodea se desvanece poco a poco. Parece haberse metido la tormenta en los ojos porque de repente parecen escupir rayos—. Si no consigo encontrarlo, iré a buscar a Olilly yo sola.

Clavo los ojos en su ardiente mirada un segundo siendo muy consciente del riesgo que va a correr.

—Ten cuidado —le digo con la voz entrecortada.

Tierney asiente y se marcha.

Bleddyn se despereza, abre un poco los ojos e Yvan desplaza las manos hasta su cabeza. Por increíble que parezca, la hinchazón de su ojo ha desaparecido casi del todo y la nariz rota ha vuelto casi a su tamaño habitual. Le suelto las muñecas e Yvan la ayuda a sentarse. Fernyllia le está limpiando la sangre de la cara y el cuello con un trapo caliente y húmedo.

Iris entra como una exhalación por la puerta de atrás y empotra la puerta contra la pared.

—¡Están quemando de todo! ¡Atacan a la gente! —Se para de golpe al ver la cara manchada de sangre de Bleddyn. Después me mira con odio—. ¡Sal de aquí! —me grita acercándose a mí con los puños apretados.

Yo retrocedo y me topo con la mesa que tengo a la espalda.

—¡Iris, para! —exclama Bleddyn levantando el pie con dificultad para bloquearle el paso.

142

Iris se queda mirando a Bleddyn muy sorprendida. Después me señala con la mano temblorosa.

—¡Todo esto es culpa suya!

Iris la mira incrédulo.

—No, Iris. No es cierto.

—¡Claro que sí! Toda su familia tiene la culpa. ¡Van a venir a por todos nosotros!

Fern se echa a llorar. Me vuelvo y la veo sentada en el suelo abrazando su muñeca. Se me encoge el corazón y me arrodillo a su lado.

—Cielo santo —murmuro apoyando la mano sobre la temblorosa espalda de Fern.

—¡Aléjate de ella! —grita Iris.

Levanto la cabeza muy alterada y me encuentro con la mirada de odio de Iris, y me pregunto si se abalanzaría sobre mí si estuviéramos solas.

Entonces Iris rompe a llorar e Yvan se le acerca. Intenta tocarle el brazo, pero ella le aparta la mano con mirada acusadora.

—¡Es la nieta de un monstruo! —le espeta—. ¿Cómo consigues siquiera mirarla sin vomitar?

El rubor me sube por el cuello. Enseguida me doy cuenta de que esto forma parte de alguna discusión más profunda entre ellos.

—¡Yo soy de los tuyos! —sigue gritando enfadada—. ¡No ella! ¡Ellos son monstruos! ¡Todos ellos!

Oímos un grito fuera.

—¿Qué ha sido eso? —pregunto levantándome muy nerviosa.

El grito se repite más fuerte. Es el aullido de una chica. Agónico y penetrante. Entonces la puerta se abre de golpe y el caos se adueña de la cocina.

Rafe entra ensangretado con Olilly entre los brazos. Tiene sangre en la cara, el cuello y las manos. Me quedo sin aire en los pulmones al verlos. Olilly no deja de gritar con las manos manchadas de sangre pegadas a las orejas.

Unas orejas puntiagudas que antes eran demasiado largas como para que pudiera tapárselas enteras con las manos.

Se me saltan las lágrimas horrorizada en cuanto me doy cuenta de lo que le han hecho. Olilly aúlla sin parar con los ojos amatista desorbitados. Tiene la preciosa cara violeta llena de sangre y ya no le queda ni uno solo de sus preciosos cabellos, se los han rapado.

143

Trystan entra detrás de Rafe y Olilly seguido de su capa negra, con la varita en la mano y una mirada de alerta total. Tierney cierra el grupo, y entra muy afligida. Mientras cierra la puerta con candado se forma a su alrededor una turbulenta nube negra.

Yvan y Fernyllia se acercan a Olilly mientras Iris observa la escena horrorizada, y Rafe deja a Olilly sobre la mesa con delicadeza. Yvan se acerca a ella e intenta valorar el estado de sus heridas. Bleddyn se acerca tambaleándose a Olilly y la pequeña Fern se echa a llorar sin consuelo. Trystan empieza a cerrar las puertas y a hechizar los cierres, y la puerta que tiene delante proyecta un brillo azul durante unos segundos.

Olilly está completamente histérica y tensa. Sigue tapándose las orejas con los ojos extrañamente abiertos.

—Olilly —le dice Yvan con suavidad—, tienes que apartar las manos.

—¡No, no, no, no, no! —aúlla Olilly negando con la cabeza, apretando los ojos con fuerza y alejándose de Yvan.

Rafe se aparta de ellos para darle espacio a Yvan y pueda ayudar a Olilly. Se pone a mi lado con una mirada iracunda.

—Deberían arrestarlos a todos —le digo con tanta rabia que me tiembla la voz.

Rafe está muy tenso.

—Son demasiados —dice en voz baja—. Hay grupos de violentos desperdigados por toda la ciudad. Es imposible saber quiénes son los responsables de esto.

Yvan ha conseguido convencer a Olilly para que despegue las manos de sus orejas mutiladas y las ha reemplazado por las suyas. Bleddyn ha rodeado a Olilly por los hombros y le coge una de las manos mientras Iris le toma la otra todavía llorando. Fernyllia está delante de Olilly y le murmura palabras de consuelo en urisco.

El llanto compulsivo de Olilly aminora un poco y la chica mira a Fernyllia con el pecho agitado. Yvan sigue con la cabeza agachada unos minutos más muy concentrado. Al fin baja las manos manchadas de sangre.

Olilly se suelta de Bleddyn e Iris y se lleva las manos a las orejas para palpárselas, pero las puntas han desaparecido. La desesperación le arruga el rostro.

—¡Mis orejas!

Bleddyn se deja caer de rodillas delante de Olilly.

—Shush'onin.

—¡Nomemires! ¡Nomemires! —aúlla Olilly suplicante pegándose las palmas de las manos a las orejas.

—Olilly...

—¡Estoy muy feeeeea!

—Claro que no —le asegura Bleddyn con decidida firmeza.

—¡Mis orejaaaas! ¡Me han cortado las orejaaaas!

—Ya lo sé, shush'onin. Ya sé lo que han hecho. Pero eres hermosa. Eso no pueden cambiarlo. Nunca podrán cambiar eso.

Bleddyn la abraza con fuerza mientras Olilly llora con rabia pegada a su fornido hombro.

Trystan y Tierney están junto a la ventana más grande de la cocina. Mi hermano pega la varita a la ventana y su punta irradia un haz de luz azul. Le comenta algo a Tierney en voz baja y ella levanta la palma de la mano en dirección a la ventana, donde se forma una espesa capa de hielo.

Los dos retroceden un poco para evaluar su obra. Entonces Trystan se acerca a Rafe y a mí mientras Tierney sale por la puerta de atrás.

—Voy a buscar a Diana —nos dice Rafe con tono iracundo.

Trystan asiente con aire sombrío y Rafe se marcha. Yo me vuelvo hacia mi hermano pequeño.

—¿Qué estabais haciendo Tierney y tú? ¿En las ventanas y las puertas?

—Protegiéndolas —me explica muy serio—. Si alguien intenta utilizar sus poderes para entrar, el hechizo se duplicará. Y si alguien intenta abrir las ventanas por la fuerza, se le congelarán las manos.

Parpadeo impresionada.

—Vaya, muy bueno.

—Voy a buscar a Tierney —dice Trystan con mirada nerviosa—. Para ayudarla a hacer guardia.

Se me encoge el estómago.

—¿Y qué haréis si se acerca alguno de esos grupos violentos?

Trystan me mira de una forma que jamás había visto: augurando un peligro absoluto.

145

—Los atravesaré con un rayo.

Por un segundo me pregunto qué ha pasado con el pequeñín al que tanto asustaban los truenos. El que entraba corriendo en mi habitación abrazado a su osito de peluche y se escondía bajo mis mantas para protegerse del sonido atronador. Y ahora está delante de mí convertido en un chico poderoso y seguro, preparado para lanzar rayos a quien haga falta para proteger a todo su mundo.

—Ten cuidado —le digo con la voz entrecortada por la emoción.

Trystan me contesta en un tono letal:

—Oh, Ren, me parece que son ellos los que tienen que andarse con cuidado, ¿no crees?

Trystan se marcha con una oscura determinación escrita en el rostro y la capa ondeando a su espalda.

Una manita se me agarra a la falda y agacho la cabeza para mirar a Fern, que se aferra a mí con su muñeca en brazos.

—Oh, cielo santo —exclamo agachándome para abrazarla deseando poder borrarle la terrible imagen de la cabeza.

—Le van a cortar las orejas —solloza Fern con la boca pegada a la cabeza de la muñeca.

La abrazo con fuerza.

—Nosotros te protegeremos.

La niña niega con la cabeza pegada a mi cuerpo.

—La cogerán y le cortarán las orejas a Mee'na.

Oh, cielo santo. Su muñeca de trapo. Mee'na. La niña tiene miedo de que los gardnerianos vengan a mutilar su precioso juguete.

La magnitud de la crueldad de mi pueblo me abrasa con una fuerza tan devastadora que por un momento me cuesta hasta respirar. Y de pronto deseo con todas mis fuerzas tener un poder como el de Trystan para poder coger la varita que llevo en la bota y castigar a esos grupos de violentos con ira y sin ninguna piedad.

—Nadie te hará daño, ni a Mee'na ni a nadie más —le prometo con rabia—. Todos te protegeremos.

Fernyllia viene a buscar a Fern. Me mira muy seria y se agacha a la altura de su nieta para murmurarle con delicadeza palabras de aliento para después rodearla con sus fornidos brazos.

Cuando me levanto me cruzo con los ojos de Bleddyn, que me mira desde el otro lado de la cocina, y compartimos un atisbo de doliente solidaridad. Ella e Iris están ayudando a Olilly a levantarse rodeando a la chica por sus estrechos hombros. Encabezados por Fernyllia todos se dirigen hacia los aposentos de los trabajadores, justo al lado de la cocina. Yvan es quien se ocupa ahora de Fern, a la que lleva en brazos mientras la niña se abraza a su cuello mientras me mira con sus temerosos ojos por encima de su hombro. Intento dedicarle una sonrisa con la intención de animarla, pero se me está rompiendo el corazón en mil pedazos.

Yvan se vuelve hacia mí antes de salir y me clava la mirada con un mensaje muy claro en los ojos.

«Espérame.»

La puerta que da acceso a la cocina despide un brillo azul y Trystan entra de nuevo. Mira automáticamente a los demás, que se están marchando, y Bleddyn se despide de él agachando la cabeza. Él le devuelve el saludo de la misma forma.

—Voy a pasar aquí la noche, Ren —me dice Trystan mientras se acerca asiendo la varita con fuerza—. Con Tierney. —Gesticula con la cabeza en dirección a las habitaciones de los trabajadores—. Ante la puerta de sus habitaciones.

—¿Y dónde vas a dormir?

—En el suelo si es necesario.

Asiento mirando en dirección a las habitaciones.

—Puede que sea una buena idea. —Me vuelvo hacia mi hermano y me tiemblan los labios cuando le hablo con rabia contenida—. Desearía tener acceso a mi magia. Quiero luchar contra esto.

Trystan guarda silencio un momento con una expresión implacable en el rostro.

—Encontraré una forma de llegar a las tierras Noi, Ren. Y me uniré a los vu trin, tanto si me aceptan como si no. —Se le ensombrece la expresión—. Y después volveré aquí con un ejército para luchar contra los gardnerianos.


Espero sola a que vuelva Yvan mientras la noche se cierra a mi alrededor; la cocina está iluminada por un único candil apoyado en la mesa que tengo delante.

He preparado un té con menta tratando, en vano, de tranquilizarme un poco, y una relajante nube de vapor brota tanto de mi taza como del pico de la tetera. Las esquinas de la cocina están habitadas por sombras y Bin'gley, el gato gris se pasea en silencio por los confines oscuros de la habitación.

Yvan se cuela en la cocina con esa silenciosa y ágil elegancia que le caracteriza y que siempre me acelera el corazón. Se apoya en un mostrador, de cara a mí, y veo el brillo dorado de sus ojos en la oscuridad.

Solo he visto arder sus ojos de esta forma en dos ocasiones. Cuando me salvó del ataque de aquel dragón el fuego de su mirada era verde, y cuando el kelpie vino a por mí era un fuego dorado.

—Tus ojos —le digo un tanto vacilante— están dorados. De nuevo.

Se sujeta con fuerza al borde del mostrador.

—Cada vez me cuesta más controlar mi fuego —dice, y me asombra su confesión. Habla con un tono de voz muy controlado, pero ese fuego arde desatado en sus ojos. Mira a su alrededor como si estuviera buscando las palabras adecuadas—. Me resulta especialmente difícil cuando estoy preocupado, o enfadado, o...

Me mira fijamente. El ardor de sus ojos aumenta y esta vez soy yo la que tiene que apartar la mirada.

—Necesito luchar contra ellos, Elloren.

Sus palabras son una declaración. Un juramento. En este momento desprende una cualidad explosiva, como si estuviera reprimiendo su fuego y estuviera a punto de estallar.

—¿Vas a ir a por ellos? —le pregunto con cautela y el corazón acelerado.

Frunce los labios muy enfadado.

—No. Quiero ir a por los militares gardnerianos y los alfsigr. —Habla en un tono grave y amenazador—. Cuando estalle la inevitable guerra.

—¿Te vas a alistar en el ejército celta?

—No. —Le arde la mirada—. Quiero ir al este y unirme a la guardia vu trin.

Los dos guardamos silencio un buen rato mientras asimilamos las consecuencias de lo que está proponiendo.

—Mi madre no quiere que luche en esta guerra —me dice—. Quiere que sea sanador, y solo eso. Está cansada de perder a todos sus seres queridos por culpa de las guerras.

—¿Y qué vas a hacer?

Se le enciende todavía más la mirada, ahora sus ojos son de un amarillo incandescente.

—Hablaré con mi madre y le diré que me marcho al este.

Reprimo un suspiro tembloroso. Jules nos ha dado a entender que los vu trin podrían empezar a admitir a algunos de los jóvenes fae ocultos en la academia militar Noi, la llamada guardia Wyven. Yo ya he visto cómo Yvan mataba un dragón con sus propias manos. Y he percibido la intensidad de su poder de fuego. Está claro que los vu trin lo aceptarán. Y no tengo ninguna duda de que querrán llevárselo al este con el resto de los fae más poderosos.

Donde estará a miles de kilómetros de distancia en la crudeza de un desierto.

«Contrólate, Elloren. Tiene que marcharse de una forma u otra. Ya hace tiempo que lo sabías.»

Clavo la mirada en la mesa mientras un tumulto de emociones se entremezcla en mi interior y se me llenan los ojos de lágrimas. Cuando vuelvo a hablar lo hago tan flojo que mi tono es casi un susurro.

—Me siento como… no hemos tenido oportunidad de…

Se me apagan las palabras, estoy demasiado superada por la situación como para poder continuar.

Yvan desprende una oleada de calor que me anega las líneas.

—Elloren.

Esa palabra apasionada esconde muchas cosas. Todo lo que Yvan no se permite decir.

Y en esa palabra percibo nuestra despedida.

Esa noche sueño con los violentos. Un ejército de gardnerianos persiguiéndonos a Tierney, Bleddyn, Olilly, Fern y a mí. Todos corremos sin parar por un callejón oscuro tras otro mientras los magos nos dan caza, y son tantos que parecen un enjambre.

Cuando llegamos a la plaza nos detenemos. Los magos nos rodean con sus varitas envueltas en luz carmesí.

Cuando me cogen yo pateo y forcejeo y me aferro a la manita de Fern, que grita horrorizada. Y entonces me arrancan sus dedos de la mano y desaparece engullida por el grupo de magos violentos, y la pierdo de vista. Y me quedo llorando con impotencia rodeada de magos.

Me incorporo en la cama empapada en sudor y con las sábanas enredadas en las piernas. Miro por la ventana desorientada y esforzándome por recuperar el control de mi respiración.

El cielo se está empezando a vestir de color por encima de la Cordillera escarpada.

Maldigo la mañana en silencio. Maldigo a todo el país de Verpacia y al terror que se cierne sobre tantos de sus habitantes.

Wynter está acurrucada contra el alféizar, profundamente dormida, con las alas negras plegadas alrededor del cuerpo, y solo veo asomar la punta de su cabeza. Ariel está tendida en diagonal en su cama revuelta y ronca de forma intermitente, sus gallinas duermen a su lado y su cuervo está posado en el cabezal de la cama. Marina está bajo el agua, en el lavabo, probablemente acurrucada en la bañera. Oigo su respiración a través de la puerta abierta y las burbujas que forma en el agua.

149

Siento la punzada del instinto de protección.

Mi familia.

El sentimiento me sorprende un poco, pero también oculta una gran verdad. Todas se han convertido en una familia para mí. Incluso Ariel. La idea de perder a cualquiera de ellas hace que sienta que mi vida se acabaría.

Rafe, Diana y Jarod se marcharán pronto a territorios lupinos. Yvan, Trystan, Tierney, las ícaras y todos los trabajadores de la cocina tendrán que escapar a las tierras Noi.

Pero no puedo dejar aquí solo al tío Edwin, y está demasiado frágil para viajar él solo. Así que me quedaré en la horrible Gardneria, atrapada entre personas lo bastante monstruosas como para hacer lo que hicieron la otra noche, mientras todos mis seres queridos se desperdigan por Erthia, salvo Aislinn y mi tío.

Diana está tumbada de lado junto al fuego y me observa con sus salvajes ojos ambarinos.

—Se van a salir con la suya —le digo con la voz preñada de angustia y desdén—. Esos monstruos que lastimaron a Bleddyn y a Olilly. Ni siquiera tenemos forma de averiguar quiénes fueron.

—Fui a ver a Bleddyn y a Olilly —me dice Diana con una calma mortal—. Olí el rastro de sus atacantes. Y los he rastreado a todos. Fueron los cadetes de la división tres.

No me lo puedo creer.

—¿Y qué has hecho?

—He hablado con Rafe. —Su tono es grave y letal—. Por lo visto el hecho de que la hija de un alfa lupino asesine a todos esos soldados se consideraría un acto de guerra. Así que esperaré. —En sus ojos brilla una luz paciente y depredadora—. Hasta que tenga el permiso de mi padre. Y entonces los perseguiré, les arrancaré las orejas y los haré pedazos.

Aguanto su mirada depredadora durante un buen rato.

—Bien.

Diana frunce el ceño.

—Esto es una declaración de dominación por parte de los gardnerianos, Elloren Gardner. Puedo oler la amenaza de guerra en el aire.

## Ley número 223 del Consejo de Magos

Todos los uriscos deberán evacuar Gardneria
antes del mes doce. Todos los papeles de trabajo
extendidos más allá de esa fecha quedan
revocados por la presente y cualquier urisco
que se halle en el Reino Sagrado pasada
esa fecha será deportado a las islas Pyrran.

# 14

## Pelea

—*O*lilly merece venganza.

Dejo la caja de tintura de Norfure en la mesa de Jules y aterriza haciendo un ruido seco.

Jules levanta la vista con las gafas un poco torcidas. Tiene el pelo castaño tan despeinado como de costumbre y la túnica verde arrugada sobre su ropa de lana negra. Lucretia está sentada a su lado. Los dos me miran un tanto recelosos cuando me ven entrar, y yo tengo la inmediata sensación de que acabo de interrumpir una conversación privada.

Pero no me importa. Estoy demasiado molesta.

Jules tiene una montaña de papeles delante. La pila está extrañamente ordenada y perfectamente alineada, muy al contrario que el desorden de su despacho, que es un auténtico laberinto de libros tirados por todas partes y amontonados en los estantes de toda la habitación. Lucretia es el polo opuesto a Kristian; ella siempre luce sus sedas gardnerianas perfectamente planchadas y no tiene un solo pelo fuera de sitio. La esfera plateada de Erthia que lleva colgada al cuello brilla bajo las luces de los candiles.

Yo tengo la voz áspera debido a la rabia que me ha acompañado todo el día.

—Tenéis que detener a los monstruos que han atacado a Olilly. Diana sabe exactamente quiénes son.

Jules y Lucretia intercambian una rápida mirada cómplice.

—Cierra la puerta, Elloren —ordena Jules en voz baja—. Y corre el pestillo.

Hago lo que me ha pedido prácticamente vibrando de rabia, y después me siento ante su escritorio.

—Olilly está aquí de forma ilegal —me explica con serenidad.

—Me da igual —le digo con la voz temblorosa—. Tiene catorce años y es una chica dulce y amable con todo el mundo. La han mutilado. Los cadetes que lo han hecho deberían recibir un castigo.

—Si acudiera a las autoridades de Verpacia —contesta Jules con tono duro—, la deportarían a Gardneria.

Yo rechazo mentalmente lo que está diciendo.

—Ella no hablará —contesto indignada—. Ella no saldrá de la cocina. Se ha envuelto la cabeza con un pañuelo para ocultar su cabeza calva y sus orejas mutiladas.

Ahora además de la voz me tiembla todo el cuerpo.

—Comprendo la rabia que sientes, Elloren —me dice Lucretia con una mirada repentinamente alejada de su decorosa actitud gardneriana y teñida de rebeldía—. Pero Verpacia ya ha declarado la guerra a las trabajadoras uriscas que atacaron a aquel granjero gardneriano aquí y…

—¡Fernyllia dijo que había abusado de ellas! —espeto.

—Así es —responde Lucretia con paciencia—. Pero la mayoría de verpacianos no lo saben. Lo único que saben es que esas cuatro jóvenes son uriscas y que están en Verpacia de forma ilegal. Y que atacaron a un gardneriano.

—Han juzgado a esas mujeres uriscas, las han declarado culpables de asalto y las han deportado a Gardneria —añade Jules muy triste.

—Y lo más probable es que desde allí las envíen a las islas Pyrran —explica Lucretia sin inmutarse.

Me sorprende lo relajados que están en un momento como este, que sean capaces de analizar esta situación sin siquiera pestañear cuando es devastador, aterrador y tristísimo pensar siquiera en ello.

Me esfuerzo para impedir que se me escapen las lágrimas cargadas de rabia.

—¿Entonces al Consejo de Verpacia no le importa que ayer por la noche hubiera grupos de violentos por toda la ciudad atacando a la gente?

La respuesta de Lucretia, cuando la expresa, está teñida de desdén.

—El Consejo de Verpacia ha informado esta mañana de que

ayer hubo algunos actos vandálicos en respuesta a la captura de las criminales uriscas. ¿Comprendes lo que están dando a entender?

—Ayer por la noche esa gente rapó a doce uriscos —me informa Jules Kristian con tristeza—. De esos doce, nueve son personas que están en Verpacia de forma ilegal. Incluyendo a Olilly.

—¿Y qué hay de los uriscos que estaban aquí de forma legal? —pregunto iracunda—. ¿No pueden presentar cargos?

Jules aprieta los dientes y niega con la cabeza.

—Si piden ayuda a las autoridades verpacianas, ellos volverán a soltarles a los violentos, que los perseguirán como halcones en busca de presas. Y es probable que les rescindan los papeles de trabajo como represalia.

—Cosa que supondría su deportación forzosa a Gardneria —añade Lucretia.

Me esfuerzo para controlar la respiración.

—¿Entonces no hay forma de luchar contra todo esto?

Jules coge algunos papeles de su pulcra pila y me mira fijamente.

—Hay varias.

—¿Y cuáles son? —pregunto desesperada por escuchar alguna solución.

—Conseguir identificaciones nuevas para Olilly, Fern y Bleddyn —me dice—. Sería una prueba infalible para tener alguna oportunidad en caso de que hubiera una investigación verpaciana o gardneriana. Es la única forma que tenemos de luchar contra ellos por el momento. Conseguir que no deporten a nadie y encontrar una forma de sacarlos del Reino del Oeste.

Me derrumbo en la silla muy desanimada y deseando poder coger la varita que llevo en la bota y terminar con todo aquello. Deseando poder acceder a mis poderes y hacer justicia.

—¿Qué va a pasar? —les pregunto temblorosa—. ¿Creéis que la situación continuará empeorando?

—La situación no es buena —dice Jules. Mira un momento a Lucretia—. Nos sorprende lo rápido que los verpacianos han caído bajo la influencia gardneriana.

Lucretia asiente.

—Tanto los gardnerianos como los elfos alfsigr tienen demasiado poder y cada día que pasa aumenta un poco más.

—¿El Reino del Oeste se va a desplomar? —les pregunto con un susurro. La duda es casi demasiado horrible como para expresarla en voz alta.

—Solo hay una cosa que se interpone entre los gardnerianos y la posibilidad de entrar en Celtania —dice Lucretia con expresión sombría—. La frágil coalición entre los lupinos, las amaz, los Vu Trin y los celtas. —Guarda silencio un momento y su inalterable calma se quiebra un segundo—. Si eso fracasa, los gardnerianos arrollarán el Reino del Oeste.

Me vuelvo hacia Jules con aire implorante.

—¿De verdad crees que ocurrirá eso?

Me mira fijamente y tenso de pies a cabeza, como si estuviera tratando de negar su respuesta.

—Sí, Elloren —admite al fin—. Creo que el Reino del Oeste acabará cayendo.

Todos guardamos silencio un buen rato mientras el granizo golpea la ventana tras la cortina, repicando en el cristal como si estuviera intentando entrar. El mal presagio que lleva persiguiéndome ya varios días se hincha como una ola negra, y de pronto recuerdo ese sueño recurrente que tengo siempre.

Un cielo rojo. Árboles negros. La Varita Blanca.

Y una figura negra buscando, buscándome a mí.

—Hay otro grupo que necesita escapar —les digo alargando el brazo sin darme cuenta hasta tocar la punta de mi varita: siento una chispa de fuego—. Las selkies.

Jules esboza una sonrisa.

—¿Ahora ayudas a las selkies, Elloren?

—Podría ser.

Esboza una mirada llena de cariño, como si al mirarme viera a otra persona.

—Te pareces tanto a tu...

Se calla de golpe y aparta la mirada carraspeando.

—¿A quién? —pregunto confundida.

Niega sin palabras y sin mirarme, como si quisiera omitir mi pregunta. Cuando vuelve a centrar la atención ha recuperado la compostura.

—Deberías saber que es muy difícil conseguir apoyo para las selkies —dice—. La creencia popular más extendida es que no son más que animales con forma humana y...

—No son animales —respondo con énfasis—. Se debilitan cuando no tienen su piel, pero son personas.

—Es posible —accede—, pero el hecho de que no puedan hablar lo complica todo.

Pienso en los murmullos aflautados de Marina y la expresión que brilla en sus ojos de color océano cuando está intentando comunicarse con nosotras.

—Pues yo creo que sí que pueden hablar. Pero el problema es que no las entendemos.

—Es despreciable lo que está pasando con las selkies —dice Lucretia acalorándose—. He intentado hacer campaña a su favor entre los círculos de la Resistencia, pero no he llegado a ninguna parte.

—Necesitarías un ejército para liberar a las selkies —advierte Jules—. Tendrías que enfrentarte al mercado negro gardneriano.

Maldigo mentalmente las malditas fronteras.

—Tienen que salir de aquí antes de que el Consejo de Magos decida ejecutarlas a todas —argumento apasionadamente—: Mi tía y Vogel conseguirán que se apruebe. Ya lo sabéis. Solo es cuestión de tiempo.

—Hablaré con algunas personas —dice Jules— No puedo prometerte nada, pero lo intentaré.

—Gracias.

Dejo escapar un largo y tembloroso suspiro.

Jules nos sirve un poco de té a todos. Bebemos en silencio mientras el vapor de nuestras tazas y el de la boca de la tetera ha quedado suspendido sobre el escritorio del profesor.

Miro la mano de Lucretia y cómo sostiene su desconchada taza marrón con elegancia. Me recuerda un poco a la tía Vyvian, con su refinamiento, pero ella utiliza su poder de una forma muy distinta. Parece tener unos treinta años, pero no hay marcas de compromiso en sus manos, cosa que no es habitual para una mujer gardneriana de su edad.

Parece más joven que Jules, pero no mucho más.

Al mirar las manos libres de marcas de Lucretia recuerdo lo que Diana me explicó sobre ella y Jules, que desprendían la mayor atracción que Diana había percibido en una pareja.

Pero aparentemente ninguno de los dos sabe nada sobre los sentimientos del otro.

Diana me lo ha comentado en más de una ocasión explicándome que si Jules y Lucretia fueran lupinos, la manada insistiría para que se aparearan, pues el ardiente deseo que sienten el uno por el otro distraería tanto al resto que les resultaría hasta costoso pensar estando con ellos.

Y, que yo sepa, Jules nunca ha estado casado.

Los observo a hurtadillas mientras hablan entre ellos. Jules está enumerando los sellos del Consejo de Magos que necesita que ella robe la próxima vez que vaya a Valgard, y ella le va contestando con seguridad cuáles son las posibilidades de conseguirlo. Soy incapaz de advertir ninguna señal de lo que sienten el uno por el otro, pero es evidente que hace muchos años que son amigos y que luchan juntos en esta guerra, son dos personas curtidas por la batalla y cansadas.

Y, sin embargo, no dejan entrever ni un ápice de lo que ocultan en sus corazones.

—No estás comprometida.

El comentario se me escapa sin pensar y me ruborizo un poco.

Lucretia asiente y deja escapar un carcajada cínica.

—No. He conseguido esquivar esa flecha. —Me mira fijamente—. Aunque no ha sido fácil, te lo aseguro.

—¿Qué vas a hacer cuando llegue el quinto mes?

Lucretia suspira.

—Me marcharé antes de que entre en vigor la ley que nos obliga a comprometernos.

Jules la está mirando en silencio con una expresión indescifrable.

—¿Y adónde irás? —le pregunto.

—A las tierras Noi —me dice apoyando la taza en la palma de la mano—. Mi hermano Fain está allí y mis hermanas. Y también Zephyr, la hija que adoptamos.

De pronto recuerdo algo.

—Mi tío me mencionó a alguien llamado Fain. ¿Tu hermano lo conoce?

Lucretia y James intercambian una mirada cargada de oscura complicidad.

«Pues sí —advierto enseguida—. ¿A qué venía tanto secretismo?»

157

—Se conocieron en la universidad —dice Lucretia con extraña cautela.

—¿Y también conocía a mis padres? —pregunto confusa.

Lucretia reprime una sonrisa.

—Sí.

Me doy cuenta de que eso es todo lo que voy a sacarles por el momento y dejo el tema.

—¿Tú también te marcharás al este? —le pregunto a Jules.

—Con el tiempo —confiesa—. Pero me quedaré todo el tiempo que pueda ayudando a los demás a salir.

Me desespero al pensar en cuántas de las personas que amo tendrán que marcharse. No puedo pensar en ello durante demasiado tiempo, en lo sola que me sentiré en el Reino del Oeste cuando todos se hayan marchado.

—¿Qué piensas hacer respecto a lo del compromiso obligatorio? —me pregunta Lucretia.

—Todavía no lo sé —le digo con impotencia—. Pero tengo que quedarme a cuidar de mi tío. Alguien tiene que hacerlo, y no puedo dejarlo solo en Valgard con mi tía.

Lucretia entorna los ojos y me doy cuenta de que la conversación ha dado un giro sin que me haya dado ni cuenta.

—¿Has averiguado algo más acerca de las simpatías de Lukas Grey? —me pregunta.

«Sí, que es un enigma envuelto en otro enigma.»

—Sé que no le gustan mucho las políticas de Vogel —le digo—, pero siempre contesta con evasivas respecto a otras cuestiones.

—Se dice que quizá admitan a gardnerianos en las filas verpacianas y vu trin de las fronteras del este y el oeste que cruzan la Cordillera —dice Jules.

—Si eso ocurre los soldados serán los de la División Cuatro —añade Lucretia con clara intención.

Los feroces ojos de Yvan brillan en mi cabeza y siento una punzada en mi interior.

«No. Olvídate de él.»

Porque me doy cuenta de que tengo que hacer algo de vital importancia aquí, algo mucho más importante que fabricar medicamentos.

Υ

Decido visitar el puesto de halcones mensajeros antes de irme.

Cuando entro en la estancia circular de la torre veo halcones de plumas negras posados sobre palos de madera por todas partes. Todos llevan una pequeña arandela de hierro alrededor de la pata izquierda que los une al palo de madera por medio de una corta y delicada cadena.

Le doy al joven cazador de aves gardneriano la nota que traigo escrita en un pedazo de pergamino. Parece sorprenderse cuando lee el nombre del destinatario del mensaje, y me mira automáticamente con agitación en los ojos.

«Ah, Lukas —pienso con tristeza—. Hay que ver lo lejos que llega tu influencia.»

Miro por encima de la cabeza del cazador en dirección a la vista panorámica de Verpacia que se ve desde los ventanales curvos de la torre. Las cimas nevadas de la Cordillera del Norte están bañadas por una luz azul y la cadena montañosa nos observa con frío esplendor.

Yvan se marchará pronto. No existe ningún futuro en el que podamos estar juntos. Por eso tengo que sellar mi corazón y dejar que se enfríe.

Y tengo que aprovechar mi influencia donde la tengo, pues está anclada aquí, en el Reino del Oeste.

—¿Estás segura, maga? —me pregunta el delgado cazador. Traga saliva muy nervioso sosteniendo mi notita en la mano como si estuviera a punto de quemarse.

—Sí.

Estoy dispuesta a utilizar cualquier ventaja que me dé mi relación con Lukas para luchar contra los gardnerianos.

El cazador me mira con inseguridad mientras mete mi nota en una bolsita de tela y la ata a la pata de uno de los halcones mensajeros. El halcón despliega las plumas expectante ante el viaje y da un pequeño saltito sobre la barra. Veo las runas verdes de las argollas de hierro en ambas patas, lo que le obliga a volar entre el cazador y el punto de destino marcado con las mismas runas, que conforman cada una de las mitades del hechizo pronunciado por el mismo mago de luz gardneriano.

Las cenefas intrincadas de las pequeñas runas brillan en la tenue luz proyectando una hipnótica luz verde. La habilidad para hacer magia con las runas es una destreza poco común en cualquier parte, pero es muy rara entre los gardnerianos, pues requiere una intensa afinidad de luz. Solo se conoce un mago de luz del que se sepa que tiene la capacidad para hacer hechizos con runas en todo el Reino Mágico, y me quedo fascinada al ver su trabajo tan de cerca.

El cazador abre la ventana con vistas al norte y en la torre se cuela una ráfaga de aire gélido que me alborota el pelo. Después le quita la cadena al halcón, separa al pájaro del palo y apenas consigue contener la excitación del animal posado sobre su mano enguantada al acercarlo a la ventana.

Yo observo, con oscura determinación, cómo el cazador hace chasquear la lengua. El halcón extiende las alas y empieza a volar por el gélido amanecer.

Cruzará la frontera de Verpacia y sobrevolará la Cordillera.

En busca de Lukas Grey.

# 15

## Dríades

*E*sa noche, un lujoso carruaje lacado en negro se detiene a los pies de la colina de la Torre Norte. Luce el dragón plateado de la base militar gardneriana de la División Cuatro en uno de los laterales. Dos soldados de Nivel Tres flanquean el carruaje a caballo, y veo un soldado de Nivel Cuatro apostado en el asiento del guardia.

Uno de los soldados me abre la puerta y me sorprende descubrir que el carruaje está vacío.

—¿Dónde está Lukas? —pregunto con recelo.

—Tenemos instrucciones de llevarla hasta él, maga Gardner —me contesta sucintamente un atractivo soldado.

Yo no me muevo.

—¿Adónde?

El chico mira en dirección noroeste.

—Al final de la cordillera, maga.

Me siento incómoda. «¿Por qué allí? Allí no hay más que tierras de cultivo y bosque.»

El soldado aguarda inexpresivo mientras yo miro hacia los escarpados picos blancos de la Cordillera Norte, que lucen llenos de nieve y plateados bajo la luz de la luna.

Valoro la situación un segundo, respiro hondo y subo al carruaje. En cuanto se cierra la puerta me asalta la sensación de que acabo de cruzar un umbral muy peligroso.

Cruzamos la bulliciosa ciudad de Verpax, salimos de ella y las luces de la ciudad se desvanecen tras un halo brillante. Las estrellas brillan con frialdad por encima de los tejados de las granjas y el bosque de los territorios del nordeste de Verpacia mientras la luna llena luce como un espectro suspendida sobre la Cordillera Norte.

El carruaje se detiene de golpe junto a un campo desierto cubierto de brillante nieve helada. El campo está rodeado de los árboles del bosque, que trepan por las colinas que conducen hasta la base de la espectral cordillera blanca.

Se abre la puerta y salgo al abrazo del aire frío. Miro a mi alrededor en busca de Lukas sintiendo un hormigueo aprensivo en la espalda. Aquí solo hay árboles. La base de la División Cuatro de Lukas está al otro lado de la Cordillera.

—¿Dónde está…? —empiezo a decir, pero el carruaje ya se ha puesto en marcha y los soldados se marchan con él.

—¡Esperad!

Corro para alcanzar el carruaje, pero enseguida me deja atrás y me quedo allí sola, a kilómetros de distancia de cualquier cosa. A mi alrededor no hay más que campos áridos y los bosques negros a lo lejos.

El pánico me atenaza. Y el frío. Mi aliento se eleva en columnas blancas por el aire.

162

«¿A qué estás jugando, Lukas?»

Entonces percibo un repentino y penetrante sonido procedente de la Cordillera Norte. Me vuelvo y veo una criatura alada descendiendo sobre el vértice de la cordillera, recortada contra la piedra marfileña y la nieve. La criatura vuelve a graznar, acercándose, y se me acelera el pulso con una mezcla de fascinación y recelo.

«Un dragón.»

Retrocedo cuando entiendo lo que es.

«Es Lukas. Montado en un dragón militar.»

El dragón pasa volando por encima de las copas de los árboles del bosque. Cuando la criatura desciende en el campo que tengo delante puedo ver a Lukas. El dragón aterriza dejando escapar un grito ensordecedor haciendo un intenso ruido sordo que resuena bajo mis pies.

Lukas le ordena algo con firmeza y el dragón se deja caer en la nieve extendiendo las alas como si fueran gigantescos abanicos.

Sonríe y me tiende la mano.

Se me acelera el corazón y siento una oleada de miedo y lástima al ver la monstruosa criatura, con sus plumas puntiagudas, las garras gigantescas y sus opacos ojos mortecinos.

«Domesticado. Como intentaron hacer con Naga.»

—¿Por qué has venido montado en un dragón? —le pregunto a voces muy sorprendida.

—Los dragones son rápidos. Y discretos —me contesta Lukas muy relajado.

—¿Quieres que me suba ahí? ¿Para sobrevolar la cordillera?

Lukas arquea una de sus cejas negras. Mira la cordillera por encima del hombro y después se vuelve hacia mí con una divertida sonrisa en los labios.

—¿Te imaginas que tuviéramos que cruzarla en carruaje?

—Si eso era lo que tenías planeado, ¿por qué no has venido volando hasta la Torre Norte?

Lukas adopta un tono irónico.

—Porque eso supondría incurrir en una imperdonable e ilegal incursión en territorio aéreo vu trin. No me apetecía acabar engullido por una bola de fuego. —Me mira con pasión—. A menos que tú quieras que nuestra noche vaya por ahí.

Su sugestiva mirada enciende una chispa de ardiente temor en mis líneas.

—¿Y los vu trin te han dejado venir hasta aquí?

—He conseguido el permiso, sí —contesta Lukas con orgullo—. Por lo que sigo vivo y no reducido a cenizas.

Cuando contemplo la posibilidad de subirme al dragón siento un poco de miedo.

—La verdad es que no me gustan las alturas, Lukas.

Parece sorprendido de eso y me mira fijamente entre la seriedad y la duda.

—Utilizaré mis líneas de tierra para pegarte a mí. Así no tendrás miedo, Elloren.

Alzo la vista hacia la altísima cordillera y me imagino empalada en uno de sus afilados picos. Se eleva por encima de las nubes, e imagino que uno podría tardar horas en caer desde lo alto hasta la base de la colosal masa de tierra.

Me atraviesa una punzada de hielo y pánico. Me esfuerzo por ignorarla, avanzo por la nieve crujiente y rodeo el ala estirada del dragón hasta llegar arriba y coger la mano que me tiende Lukas apoyándome en uno de los costados cubiertos de escamas del dragón mientras él me coloca delante.

Se me sube un poco la falda cuando paso la pierna por en-

163

cima del dragón y me coloco delante del cuerpo de Lukas, me ruborizo y tiro de la tela hacia abajo todo lo que puedo tratando de mantener oculta la varita blanca que ha asomado por la caña de mi bota.

—La verdad es que no voy muy bien vestida para montar en dragón —comento a la defensiva y muy nerviosa—, dado que alguien ha decidido no hacer ninguna mención sobre el tema.

Lukas deja escapar una grave carcajada y noto su cálido aliento junto al oído. Desenvaina su varita y agita un poco la mano. De la punta emergen unas vides que nos rodean a nosotros y al dragón, poniéndonos a salvo. Yo reprimo la alarma claustrofóbica que me sobreviene de golpe y amenaza con convertirse en auténtico pánico.

Lukas murmura otro hechizo y recoloca la varita en la pierna. De la varita emerge una diáfana luz dorada y nos recubre tanto a Lukas como a mí. Entonces pronuncia otro hechizo y la brillante nube se nos pega a la piel reemplazando nuestro brillo esmeralda gardneriano por un brillo dorado. Mis líneas de fuego se encienden y el calor las recorre en respuesta a la magia de Lukas, y de pronto el frío gélido del invierno desaparece.

Lukas me rodea con el brazo y me pega con firmeza a su cuerpo. Después golpea el costado del dragón con la varita.

El animal se pone en pie plegando las alas y noto sus poderosos músculos moviéndose bajo mis pies. Siento una punzada de pánico y el pulso me palpita en los oídos mientras me balanceo contra Lukas a modo de silenciosa protesta.

—Shhh.

Lukas me pega los labios al cuello y me sujeta con fuerza con la mano enterrada en mi cintura.

Jadeo cuando le oigo pronunciar otro hechizo y las ramas oscuras de su magia de tierra me rodean desplegándose y extendiéndose por mis líneas de afinidad provocándome un hormigueo.

Respiro hondo y el miedo empieza a desaparecer hasta desvanecerse del todo.

—¿Adónde quieres ir, Elloren? —pregunta Lukas con tono seductor.

Trago saliva tratando de controlarme.

—A algún lugar completamente privado.

—Tengo unas cuantas habitaciones privadas.

Su tono es completamente sugestivo y puedo notar su sonrisita sin necesidad de verla.

—Me da igual si me llevas a tu habitación, Lukas —le contesto con sequedad desesperada por separarme de él—. Tengo que hablar contigo. A solas.

Percibo su cambio de humor al asentir. Se agarra a uno de los pinchos del hombro del dragón y ruge una orden.

La criatura se balancea hacia delante, empieza a correr y los golpes se me clavan en las costillas. Siento una punzada de pánico cuando el dragón suelta un grito ensordecedor, extiende las alas y las agita con fuerza.

Nos elevamos y el suelo se aleja a nuestros pies; se me encoge el estómago presa del vértigo. Cada vez ganamos más velocidad y el viento nos azota, pero el escudo de Lukas nos protege bastante del frío.

Y entonces empezamos a sobrevolar los árboles y noto cómo se me encoge el corazón a medida que el poderoso movimiento de las alas del dragón nos eleva más y más. Respiro hondo y contemplo las asombrosas vistas que se extienden ante nosotros mientras nos acercamos a la gran pared de la Cordillera Norte, mirando por encima del hombro en dirección al delicado halo luminoso de la ciudad de Verpax y la Cordillera Sur plateada por la luna, que cada vez se alejan más de nosotros.

Contemplo la gran extensión de bosque que se extiende bajo nuestros pies y noto un tirón anhelante en mis líneas de afinidad: mis líneas de fuego arden con fuerza y mis ramas se estremecen contra las de Lukas. Siento una embriagadora sensación de poder y el bosque se convulsiona, olas de conciencia radiando de la vasta extensión de árboles que de pronto se concentran en una cosa y solo en una: el poder que me recorre la sangre.

Lukas me sujeta con más fuerza y sus oscuras ramas se entrelazan con mis líneas con mayor intensidad con una seductora y sutil caricia.

—Tus líneas de afinidad son cada vez más fuertes, ¿verdad? —me susurra al oído.

Yo le miro acalorada y muy inquieta a causa de ese fogonazo de poder. El dragón se eleva de golpe y me pego a Lukas, me he quedado sin aire en los pulmones. La pared de la cordillera pasa a toda velocidad por debajo de nosotros y siento vértigo. Me agarro a los brazos de Lukas y mis ramas de afinidad se entrelazan con fuerza alrededor de sus líneas de tierra.

Y entonces el dragón se nivela y volamos directamente por encima de la cordillera. Las estrellas brillan como joyas y las nubes iluminadas por la luna pasan a toda prisa por debajo.

Respiro hondo abrumada por el sorprendente esplendor.

Los dentados picos cubiertos de nieve de la cordillera son arrebatadores. Y desde esta altura puedo ver toda la longitud de la Cordillera Norte con sus pequeñas aldeas elfhollen pegadas a la piedra escarpada y sus viviendas labradas en la roca marfileña.

Cuando alcanzamos el pico más alto empiezo a ver la base militar de la División Cuatro y se me encoge el estómago.

Es enorme. Mucho más que antes.

Se extiende por todo el valle iluminada por la luz tenue de las antorchas, que dan luz a las interminables hileras de tiendas y a varias jaulas con dragones. Han levantado edificios nuevos en la piedra de la cordillera, algunos son bastante altos, pero la mayoría están en la base de la montaña. Muchos solo a medio edificar, todavía en construcción. Me doy cuenta de que deben de haber utilizado los servicios de los entregados magos de tierra de Nivel Cinco para construir tantos edificios a tanta velocidad. Y también deben de haber traído dragones nuevos de alguna parte.

El terror me recorre las venas.

«Esta es solo una base —razono—. De doce. Y solo esta ya es más grande que la ciudad de Verpax.»

Volamos por encima de la base y la rodeamos. El dragón emite un sonoro grito y empieza a descender en dirección a un sombrío y cavernoso agujero en mitad de la enorme cordillera. Nos precipitamos directamente hacia él y casi me quedo sin aire en los pulmones cuando las alas del dragón se giran repentinamente hacia arriba pegándome a Lukas para después aminorar la velocidad, entrar por la abertura y posarse en el suelo de piedra de la cueva con fuerza.

El animal se deja caer en el suelo con las alas extendidas y se queda completamente inmóvil. Hay una antorcha en la pared que proyecta su luz sobre Lukas y sobre mí, el dragón y la cueva blanquecina.

Me quedo allí sentada al borde de la hiperventilación.

Lukas desenvaina la varita, disuelve las vides que nos ataban mediante un hechizo y las tiras negras se desvanecen tras una nube de niebla negra. Después hace desaparecer el escudo dorado que nos protegía del frío.

De pronto siento mucho frío y mi aliento parece de puro hielo. Se me congelan las pestañas y se pegan entre sí.

Lukas baja del dragón y me tiende la mano. Bajo a toda prisa y caigo entre sus brazos temblando descontroladamente. Lukas me acompaña hacia una puerta metálica y entramos en la estancia que se abre tras ella.

En cuanto Lukas cierra la puerta nos envuelve un halo de calidez. Parpadeo para hacer desaparecer los cristalitos de hielo que se me han formado en las pestañas mientras trato de recomponerme.

—¿Has disfrutado del vuelo? —me pregunta Lukas clavándome sus ojos negros sin un ápice de arrepentimiento.

Lo atravieso con la mirada.

—Ha sido aterrador, y… —Guardo silencio advirtiendo que una parte de mí ha disfrutado mucho de esa embriagadora y nueva forma de recorrer la cordillera como un ave rapaz—. También ha sido… increíble.

—Mmm.

Lukas sonríe observándome con atención como si estuviera viendo algo nuevo en mí que le gustara. Me tiende la mano como si me ofreciera un fruto prohibido.

Se me acelera el pulso al aceptarla y noto cómo él me estrecha los dedos.

Dejo que me guíe por un largo pasillo forrado con paneles de madera de guayaco y cada vez soy más consciente de que estamos solos. Entramos en una enorme biblioteca donde aguarda una gigantesca estufa de madera. Sus tuberías de hierro decoradas con hojas se extienden por toda la estancia como si de ramas se tratara. Miro a mi alrededor asombrada sabiendo que Lukas me está observando.

Todo está diseñado según el clásico estilo gardneriano. Las paredes, el techo y el suelo están hechos de madera de guayaco, y todas las alfombras, los tapices y tapetes están confeccionados en tonos negros y verdes. Hay varios árboles tallados que sostienen el techo con sus oscuras ramas entrelazadas, y las antorchas de la pared arden con sus llamas amarillas.

Si ignoro las vistas que se extienden al otro lado de las gigantescas puertas de cristal del balcón, casi podría imaginar que seguimos en Valgard en lugar de estar encerrados en la piedra de la Cordillera Norte.

Lukas me suelta la mano y abre otra puerta junto a la estufa de madera. Esboza una invitadora sonrisa y me hace señas con elegancia para que entre.

Su dormitorio.

—Me pediste un lugar privado —dice Lukas con una sonrisa divertida en los labios. Una punzada de sus líneas de fuego palpita en mi interior y la sensación me coge desprevenida.

—Noto tus líneas de fuego —le digo repentinamente nerviosa.

—Claro, ya lo sé —contesta con la voz ronca.

—No es solo cuando nos tocamos —le aclaro muy confusa—. He sentido tus líneas de fuego desde esta distancia.

Lukas me mira entornando los ojos.

—Esa es una habilidad poco común, Elloren. Percibir afinidades a distancia. Jamás había oído que ningún mago de menos de Nivel Cinco pudiera hacerlo.

—¿Tú puedes notar las afinidades de otros magos? —le pregunto.

Me recorre con los ojos de pies a cabeza.

—Solo las tuyas.

—Ah.

Miro al otro lado de la puerta y observo la cama de Lukas presa de un temblor ardiente. Sobre su colcha negra veo bordado un árbol con un hilo negro todavía más intenso. Y al otro lado de la cama, una hoguera donde arde un buen fuego. Junto a él, dos sillones de terciopelo negro y una mesa donde aguarda una apetitosa comida y bebidas.

Vacilo.

—No voy a meterme en la cama contigo —le digo para aclarar las cosas.

La mirada depredadora de Lukas no vacila ni un ápice.

—No esperaba que lo hicieras, Elloren. Esta vez no. —Su voz es como una caricia, entonces añade—: Pero si cambias de opinión, por favor siéntete libre de comunicármelo.

168

«Oh, Santísimo Gran Ancestro.»

Me cuesta mucho pensar cuando percibo su atracción. Pero aunque me está provocando, también noto que tiene su magia de tierra y de fuego bajo control. Me envalentono, le miro con recelo y entro.

Las paredes de la estancia están llenas de estanterías. Siento curiosidad por conocer sus intereses y me acerco a una de ellas para repasar los títulos de los libros mientras deslizo el dedo por los suaves lomos: historia militar, diccionarios de lenguas extranjeras, libros de hechizos. Todos muy bien ordenados.

Me vuelvo para analizar el resto de la habitación.

Hay un piano, justo al otro lado de la cama, de madera de guayaco, con un pequeño bosquecillo tallado que sujeta la tapa del instrumento. Me siento intrigada. Es el único espacio desordenado de la morada de Lukas: hay montones de partituras sobre el piano, el suelo y el banco del instrumento; la mayoría escritas por él, como si canalizara su pasión en este único tema, desatada y descontroladamente.

—Deberías haberte traído el violín —me dice siguiendo la trayectoria de mi mirada.

169

—Mmm —concuerdo sin pensar demasiado recordando lo bien que lo pasé al tocar con un músico con tanto talento como él. El recuerdo me provoca la incómoda certeza de que hay aspectos de Lukas de los que disfruto mucho.

Veo otro balcón al otro lado de la habitación, detrás de unas largas cortinas negras atadas a ambos lados de las dobles puertas de cristal, y al otro lado se extiende otra impresionante vista de la cordillera.

Me siento junto a la chimenea. Delante tengo un servicio de té completo, la elegante porcelana negra está grabada con brillantes ramas doradas. Junto al té hay una bandeja con pequeños sándwiches, pastitas y bayas exóticas, además de una botella negra y dos copas aflautadas.

También veo un pequeño ramo de brillantes flores de hierro en un jarrón lacado en negro. Me siento extrañamente conmovida al verlas y recordar su sorprendida mirada al ver mi vestido el día del baile de Yule, y no me cabe ninguna duda de que, con este gesto, está intentando rememorar aquella noche.

Lukas se sienta delante de mí y se inclina hacia delante haciendo gala de su elegancia habitual y con una mirada oscura e indescifrable.

—¿Te apetece un poco de té? —me pregunta.

Alzo una ceja.

—¿Vas a servirme el té, Lukas?

Se ríe y coge la tetera para servirme una taza con una mirada traviesa en los ojos.

—Te serviré todo lo que te apetezca, Elloren.

Nuestros dedos se rozan cuando cojo la taza y percibo una embriagadora línea de calor.

—¿Estás intentando cortejarme, Lukas? —le pregunto reclinándome en el respaldo del sillón medio en broma.

A Lukas se le escapa un ruidito divertido.

—Huy, haría cosas mucho mejores que servirte el té si me dejaras.

Me está mirando fijamente y, por un momento, tomo conciencia de lo rematadamente guapo que es.

170

Miro la base militar que se ve desde la ventana tratando de escapar de ese peligroso pensamiento.

—Has hecho un gran trabajo con la reconstrucción —le digo sin conseguir eliminar del todo el resentimiento de mi voz.

Lukas frunce los labios observándome, se ha puesto serio de repente.

—Elloren, ¿qué quieres?

Aguanto su repentina y formidable mirada. De pronto estamos los dos muy serios. Dejo la taza de té abrumada por los nervios y me pongo en pie para acercarme a la chimenea desesperada por ordenar mis pensamientos. Observo la espada que tiene colgada sobre la repisa, con un dragón tallado en plata en la empuñadura.

Respiro hondo para tranquilizarme y me vuelvo para mirar fijamente a Lukas.

—¿Qué piensas de Vogel?

«Ya está. Ya lo he dicho. Y no podemos mentirnos, así que esta vez tendrás que contestarme.»

Lukas me lanza una mirada tormentosa y me contesta con un tono afilado.

—Vogel está loco.

Los dos guardamos silencio un momento mientras intentamos adivinarnos el pensamiento. El absoluto y casi violento antagonismo que percibo hacia Vogel en la mirada de Lukas me envalentona.

—Los nuestros se están organizando y han empezado a atacar a los no gardnerianos por la ciudad de Verpax —le digo—. Y son muchos.

Lukas me mira con cinismo.

—Eso es desafortunado, Elloren —me dice con un tono cruel—, pero era de esperar. ¿Acaso no recuerdas lo que hicieron los celtas y los uriscos cuando estaban en el poder?

No soporto su habitual lógica insensible. Me viene a la cabeza la imagen de Olilly con las orejas mutiladas y el pelo rapado. El rostro golpeado de Bleddyn.

—Los celtas y los uriscos se agruparon —añade Lukas mirándome fijamente—. Y atormentaron a los gardnerianos. Pronto empezaron a matarlos. Primero uno por uno, después encerrándolos en graneros a los que prendían fuego.

Lo fulmino con la mirada y el ambiente se pone cada vez más tenso.

—Y justo antes de eso —prosigue con acidez—, los fae se organizaron para atormentar a los celtas. Y antes de eso, los uriscos se organizaron para atormentar a los fae.

—Todo eso ya lo sé, Lukas —contesto cada vez más encendida—. Eso fue cuando ellos perdieron el control, y ahora somos nosotros los que lo perdemos. Alguien tiene que ponerle fin.

Su sonrisa es fría y desdeñosa.

—¿Te refieres a detener el curso lógico de la historia?

—Sí.

Adopta una expresión dura.

—Las cosas no funcionan así, Elloren. Puedes elegir estar en el lado de los más poderosos, o no. Es la única elección que tienes en este mundo.

—No —respondo—. Esa no es la única elección. Este año he leído mucha historia, Lukas. El equilibrio del poder podría realinearse para incluir a todo el mundo. Y no dejar que haya siempre un grupo que atormente al resto.

—Y entonces dime —me responde con tono sarcástico—, según tus eruditos estudios de historia sobre los Reinos, ¿cuándo

171

fue exactamente el momento en el que el poder se realineó para incluir a todo el mundo, Elloren?

Me acerco a él cada vez más enfadada. Me da igual que sea un mago de Nivel Cinco. Me da igual que dirija la base militar. No puedo evitar la necesidad de ser completamente sincera con él.

—Me da igual que nunca se haya conseguido, Lukas. Ninguno de nosotros debería dejarse arrastrar por esta pesadilla, ni siquiera tú. Alguien tiene que pararle los pies a Vogel.

Lukas adopta una expresión salvaje. Se levanta de golpe, se acerca a mí y me coge del brazo.

—Ven conmigo —me ordena.

Miro su mano con incredulidad negándome a moverme ni un solo paso.

—¿Adónde?

—Tú ven.

Dejo que me guíe por la habitación hasta el balcón de la habitación. Abre las puertas y me acompaña fuera tirando de mí con firmeza. Todo el perímetro del balcón está marcado con antorchas que proyectan llamas carmesíes que calientan toda la terraza. Y dentro de las llamas rojas veo arder ramas mágicas.

—Observa con mucha atención, Elloren —dice Lukas furioso ladeando la cabeza en dirección a la base militar que tenemos a los pies—. ¿Qué ves ahí?

Me suelto de su mano y le atravieso con la mirada.

—Poder.

—Exacto, eso es. Así que ve con cuidado. —Me lanza una mirada cargada de advertencia—. Sé perfectamente en qué andas metida. Y estás pisando un terreno muy peligroso.

Lo veo en sus ojos. Es una advertencia. Y me doy cuenta, con aterradora claridad, de que lo sabe. Sabe que estoy metida en la Resistencia. La débil Resistencia. Una Resistencia a la que podrían aplastar con absoluta facilidad.

Y lo más probable es que sepa también lo de Naga.

—¿Qué sabes? —jadeo sin ser apenas capaz de formar las palabras.

Lukas me mira con incredulidad.

—¿Por quién me tomas? Lo sé todo.

Se me acelera el corazón y me cuesta respirar, pero me obligo a aguantar la salvaje mirada de Lukas.

—¿Debería tener miedo, Lukas?

—Sí, Elloren —espeta—. Mucho miedo. —Su mirada de rabia desaparece y a sus ojos asoma una expresión confusa—. Pero no de mí.

Y entonces lo entiendo todo. «Lo sabe. Lukas lo sabe. Pero lo va a pasar por alto.»

—Quiero comprometerme contigo, Elloren —susurra con empatía—, pero solo podrás disponer de mi protección hasta cierto punto. Hay fuerzas mucho mayores que yo en esto. Muy superiores. Por eso tienes que ir con mucho cuidado.

Le aguanto la mirada impertérrita y me envalentono.

—Lukas, tienes que romper con ellos.

Reacciona enfadado.

—¿Y adónde sugieres que me vaya, Elloren? ¿Y con qué propósito?

—Al este.

Veo asomar la furia a sus ojos, y se da media vuelta para mirar hacia la base con aspecto de sentirse muy confuso. Este no es un Lukas al que vea muy a menudo. Es como una criatura salvaje enjaulada. Y aunque aquí tiene mucho poder, me doy cuenta de que no lo controla del todo.

Nadie controla lo que ha empezado Vogel. Nadie, salvo el propio Vogel.

—¿Qué planea Vogel, Lukas?

Me lanza una mirada burlona.

—Lee los archivos del Consejo de Magos, Elloren. Es bastante claro lo que planea hacer. —A Lukas se le dilatan las aletas de la nariz y aprieta los dientes mirando de nuevo hacia la base. Añade con un tono repentinamente vacilante—: Es posible que me equivocara con Fallon Bane.

Me quedo de piedra.

—¿A qué te refieres?

—Se está curando. Y sus poderes de aire y agua están aumentando. Está empezando a ser capaz de acceder a sus demás poderes elementales. Cosa que significa que es muy posible que Vogel tenga al fin su Bruja Negra. Y el ícaro de la profecía no es más que un diminuto e indefenso bebé. Así que ahora tenemos a Fallon. Y esto —dice gesticulando hacia la base—. Los elfos alfsigr son nuestros aliados, y tenemos más dragones que nunca.

173

Me mira con una sobriedad gélida.

—Vamos a arrasar los Reinos del Este y del Oeste. Yo podría marcharme al este mañana, Elloren. Pero no podría cambiar lo que se avecina.

Sus palabras me horrorizan, pero no dejo que el sentimiento se apodere de mí.

—Lukas, ¿de verdad te alegras de formar parte de esta pesadilla?

Él vuelve a mirar la base mientras las antorchas arden a nuestro alrededor. Cuando habla lo hace con tono grave:

—No lo sé, Elloren.

Me asombra su repentina sinceridad. La necesidad de ser honesta con él es cada vez más fuerte. De decirle lo que no puedo confesarle a nadie más.

—Lukas… últimamente noto mucho poder en mis líneas de afinidad. Lo he notado mientras sobrevolábamos el bosque. Lo hemos notado los dos. —Miro hacia la base recordando la embriagadora sensación de ese poder y me aferro al colgante de roble blanco notando cómo despiertan mis líneas de fuego en cuanto lo toco—. El poder… me he sentido bien. Demasiado bien. Y eso me asusta.

Me vuelvo hacia Lukas y suelto el colgante; el fuego se disipa hasta convertirse en ascuas.

—No quiero ser como mi abuela.

Lukas se vuelve hacia mí y levanta el brazo para acariciarme la mejilla con suavidad.

—Comprométete conmigo. Yo comprendo tu lucha. Y no voy a juzgarte por ello.

Nos miramos a los ojos un momento y nuestras ramas se alzan en busca de las del otro.

Entonces se acerca un poco más y me abraza. Me da un beso en la base del cuello, delicado como una gasa, y sus labios despiertan mis líneas de fuego con un ardiente deseo que me hormiguea por todo el cuerpo.

—Comprométete conmigo, Elloren —vuelve a murmurar coaccionándome para que me deje llevar por su hipnótica atracción—. El mundo siempre estará en guerra. Podríamos utilizar nuestro poder para asegurarnos un lugar donde vivir seguros.

«¿Nuestro poder?»

La confusión se abre paso por su sensual hechizo.

—¿Cómo podemos utilizar mi poder?

—Yo puedo extraerlo.

Lukas me dibuja un camino de besos por la mandíbula y su fuego me acaricia las líneas.

—Tú puedes… ¿puedes extraer mi poder? —pregunto sin aliento.

—Un poco.

Lukas me desliza los dedos por la espalda y noto un delicioso escalofrío por la piel.

Trago saliva con la cabeza hecha un lío.

—¿Y por eso quieres comprometerte conmigo?

—No —me dice rozándome los labios con la boca; noto su fuego por todo el cuerpo—. Hay un vínculo entre nosotros, Elloren. Y sé que no soy el único que lo nota.

Me abraza más fuerte y me besa proyectándome su calor en una provocativa ráfaga.

Jadeo al sentir una deliciosa tensión ardiendo en mi interior, y Lukas profundiza en el beso.

—Lukas —le digo mientras me entierra sus dedos de pianista en el pelo y sigue besándome el cuello—, si podemos combinar nuestro poder… no solo podríamos utilizarlo para nosotros… también para luchar contra Vogel.

Se retira unos centímetros con una mirada de sedosa oscuridad en los ojos.

—No sé si quiero hacerlo, Elloren.

Y entonces se adueña de mí una claridad repentina.

Eso es, ahí está. La seducción de la oscuridad.

Doy un paso atrás y me separo de Lukas lenta pero firmemente, de su poder y de su seductor hechizo. No quiero dejarme atraer por esto. Es algo contra lo que debo luchar. Tanto interior como exteriormente. Aunque la otra alternativa sea no tener ningún poder.

—Llévame de vuelta, Lukas —le digo cerrando el tema—. Creo que ya he visto bastante.

Lukas vuelve a llevarme hasta el estéril campo helado sin decir una sola palabra.

175

Cuando llegamos hay un carruaje militar esperándome. Me ayuda a bajar y me lanza una mirada cargada de reproche. Después vuelve a subirse al dragón sin decir nada y se marcha volando por la noche oscura.

Uno de los soldados me acompaña en silencio hasta el carruaje. Subo y empezamos a avanzar hacia las luces de la universidad mientras el bosque oscuro asoma por mi ventana y un ciclón de emociones encontradas estalla en mi interior.

# 16

## Alas de marfil

Cuando el carruaje llega a la Torre Norte ya hace un buen rato que ha pasado la medianoche. Subo la colina con dificultad rodeando el bosque siendo muy consciente de que los árboles se apartan de mí.

«Bruja Negra.»

Me paro en seco repentinamente confusa. Ya han pasado un montón de cosas horribles y ahora mi sangre parece atraída por la oscuridad.

Y no puedo evitarlo.

Me quito el collar de roble blanco rompiendo la cadena y lo tiro al suelo, no quiero formar parte de ese terrible poder. Después alargo el brazo y me saco la varita de la bota imaginando que es la auténtica Varita Blanca de la profecía. Un instrumento de bondad diseñado para llevar la esperanza a toda Erthia.

Me desespero.

«¿Por qué no nos ayudas? —le grito mentalmente a la varita, a las estrellas, al cielo—. ¿Por qué dejas que pase todo esto? ¿Por qué dejas que gane la crueldad? Si de verdad existe una fuerza del bien, ¿dónde diantre está?»

Pero la varita sigue inerte en mi mano. Sigue siendo un palito blanco muy suave, nada más, y aguarda envuelta por el silencio de la noche. Respiro hondo y me resbala una lágrima caliente por la mejilla.

«Es inútil. Estamos solos.»

Vuelvo casi sin fuerzas a seguir subiendo por la colina y de pronto algo llama mi atención. Hay dos vigilantes planeando con suavidad alrededor de la Torre Norte.

Flotan en la noche invernal como si fueran hojas caídas de un árbol.

Y entonces desaparecen sin más.

Me paro en seco: todo está oscuro, silencioso e inmóvil.

«Escucha.»

La palabra se cristaliza en los confines de mi mente como si fuera un susurro escondido.


Subo a toda prisa la escalera de caracol en dirección al último piso de la Torre Norte embriagada por una absurda e informe esperanza. Una brizna de esperanza ante aquel infranqueable muro de oscuridad. Una esperanza nacida de esas alas de marfil.

Abro la puerta de nuestra habitación y entro excitada. Miro a mi alrededor esperando ver algo.

Mi absurda esperanza se marchita. Nuestra habitación parece exactamente igual que siempre. Marina está acurrucada junto al fuego como siempre, y me mira con recelo.

Dejo escapar un largo y desanimado suspiro mientras la miro y veo el reflejo de las llamas del fuego en su larga melena plateada.

Ariel y Wynter no están, como de costumbre últimamente, pues probablemente estén cuidando de Naga con Andras. Es probable que Diana esté estudiando los archivos con Jarod o por ahí con Rafe, y las gallinas de Ariel están tranquilamente descansando en su cama. Su cuervo no está, lo más probable es que se haya marchado con ella.

Me quito la capa, cruzo la habitación y me siento en la silla de mi escritorio. Marina se acerca para sentarse en el suelo a mi lado y apoya su brillante cabeza sobre mí.

«Por lo menos hemos conseguido esto», pienso suspirando. Una selkie rescatada de un destino horrible. Quizá parezca una nimiedad comparado con la oscuridad de una montaña tan alta, pero su libertad es un foco de esperanza.

«Oh, Marina —me digo atormentada acariciando su preciosa melena—.¿Qué estás pensando?» Observo a Marina durante un buen rato, nunca me canso de admirar su cabellera plateada. Me encantaría poder desentrañar lo que esconde en su mente.

Dejo escapar otro suspiro y me concentro en mis estudios pensando que ya los he pospuesto lo suficiente. Abro mi libro de farmacia por el lugar marcado y cojo algunas hojas de papel dispuesta a tomar notas durante el resto de la noche si es necesario. Tengo un examen dentro de dos días y apenas estoy rascando el aprobado.

«No puedo acceder a mi poder», pienso angustiada. «Pero por lo menos puedo hacer medicamentos». No es mucho, y no servirá para detener lo que se avecina, pero por lo menos puedo proporcionar cierto alivio y sanar a algunas personas que lo necesiten.

Y quizá Lukas se equivoque. Quizá las fuerzas vu trin del Reino del Este sean más fuertes de lo que piensa. Quizá sean más fuertes que Vogel y que todos sus soldados y los dragones amaestrados juntos.

Empiezo a leer animada por esa idea y voy parando de vez en cuando para tomar notas. Mientras escribo Marina se levanta y empieza a tocarme el pelo con sus largos dedos, y sus caricias me relajan mucho. Sonrío y alargo el brazo para estrecharle la mano con cariño. Ella me contesta esbozando una débil sonrisa y agacha la cabeza para acariciarme la mejilla con la suya.

179

Entonces me rodea con el brazo y señala con el dedo el pequeño retrato de mis padres que tengo en el escritorio. Wynter me lo hizo hace algunas semanas, para reemplazar el que había roto Ariel, y consiguió su imagen leyendo la mente de Rafe y con los escasos recuerdos que tengo de ellos.

Marina empieza a hablar para sí con sus tonos aflautados, como suele hacer, esforzándose por emitir los sonidos, como si le costara mucho hacerlo. Yo solo escucho en parte concentrada en la lección de mi libro, y ella me da unas palmaditas en el hombro y cuando gesticula de nuevo hacia el retrato está a punto de tirarlo.

Dejo de hacer lo que estoy haciendo y la miro por encima del hombro. Marina ladea la cabeza y dibuja un círculo con los labios. Mira el retrato de mis padres, sopla un poco de aire y emite un murmullo metálico. Sus branquias se erizan, después se le posan en la piel y se abren de golpe. Pone cara de frustración un segundo y luego vuelve a repetirlo.

Sonrío tratando de animarla. No estoy muy segura de por qué de pronto se muestra tan interesada en el retrato.

—Maaaahrrrreeee —pronuncia fraccionando el sonido en dos partes, como si estuviera soplando a través de muchas flautas. La miro sorprendida ante su insistencia.

Vuelve a intentarlo, y en esta ocasión consigue unir las notas. Y me quedo de piedra.

Dejo la pluma en la mesa y me doy media vuelta para verla bien. Marina me está mirando fijamente con una expresión decidida en sus ojos tormentosos. Vuelve a tocar el retrato posando el dedo en la cara de mi madre. Después se pega las manos con fuerza en las branquias que tiene en el cuello. Se le tensan los músculos y el rostro como si estuviera haciendo mucho esfuerzo.

—Maaaah Dreeee —dice, con más claridad esta vez.

Se me acelera el corazón, es evidente que puede hablar.

—Exacto —contesto tan sorprendida que apenas consigo hablar—. Mi madre.

Marina adopta una expresión sorprendida al advertir que por fin puedo entenderla. Me coge tan fuerte del brazo que me hace daño y abre sus branquias haciendo otro sonido ininteligible.

Niego con la cabeza confundida intentando esforzarme todo lo que puedo para distinguir alguna palabra, pero vuelve a emitir esos tonos aflautados y el sonido es caótico. Marina deja de hablar angustiada ante mi desconcierto; tiene la respiración acelerada debido al esfuerzo. Y entonces asoma a sus ojos un brillo de excitación.

Me arrastra hasta el baño, hasta la bañera llena de agua helada. Se gira y se deja caer en el agua tirando de mí hacia la superficie; está completamente sumergida. Se le pegan las branquias al cuello y de ellas brota un torrente de burbujas.

—¿Me oyes?

Me quedo paralizada.

Las palabras son muy suaves y apagadas, pero se entienden perfectamente. Pienso que Marina debe de estar gritando en el agua para que yo pueda oír sus palabras.

La selkie sale del agua y me salpica de agua helada. Sigue agarrándome con muchísima fuerza del brazo y tiene una ardiente mirada decidida en los ojos.

—Sí —le contesto asombrada—. Te oigo.

Vuelve a meterse debajo del agua y yo acerco la oreja hasta casi tocar la superficie.

—¡Mi hermana! ¡La cogieron! ¡Mi hermana! ¡Es muy pequeña! ¡Más que yo! ¡Ayúdame! ¡Por favor, ayúdame!

Vuelve a sacar la cabeza del agua y tira de mi brazo desesperada. Y entonces se desmorona del todo. Sus branquias se abren de par en par y Marina cierra los ojos con fuerza y emite un largo aullido aflautado.

Entonces tomo conciencia del horror de lo que está intentando decirme. Su hermana. Apresada por alguien como el conserje que había hecho prisionera a Marina, o quizá alguien peor.

La abrazo superada por la situación. Marina tiembla con fuerza y abre y cierra las branquias con fuerza mientras llora.

—La ayudaremos —le prometo llorosa mientras ella intenta recuperar el control de su respiración.

—Te lo juro, Marina —le digo sin saber cómo lo vamos a conseguir, pero muy harta de sentirme indefensa—. Encontraremos a tu hermana. Conseguiremos ayuda y, no sé cómo, pero os sacaremos a todas de aquí.

181

## Ley número 271 del Consejo de Magos

El contrabando de selkies o alcohol por la frontera gardneriana se castigará con la cárcel.

# 17

## Gareth Keeler

Algunas noches después, salgo de la cocina acabado mi turno y me interno en el gélido frío de la noche bien abrigada con mi capa. Llevo todo el día pensando en Marina y me muero de ganas de volver a la Torre Norte.

Le he contado a todos los integrantes de mi círculo la noticia de la recién descubierta habilidad de Marina para comunicarse. Jules y Lucretia han duplicado sus esfuerzos para ayudar a las selkies, y mis hermanos intentaron venir a visitarla ayer por la noche con la esperanza de que pueda darles alguna información sobre el posible lugar donde tienen cautiva a su hermana y al resto de selkies. Marina se mostró aterrorizada al verlos, pues tiene mucho miedo de los hombres, y tuvieron que marcharse enseguida para no provocarle más angustia.

Cuando tomo el camino que rodea la puerta trasera de la cocina veo a un joven alto y fornido que se aproxima hacia mí desde el pie de la colina. Tiene los hombros anchos y luce una oscura capa gardneriana y una túnica con una franja azul, que lo identifica como marinero gardneriano. Las puntas plateadas de su pelo brillan a la luz del único farol del camino.

Se me acelera el corazón y corro hacia él emocionada.

—¡Gareth!

Gareth me alza con sus musculosos brazos y se ríe al ver que prácticamente me he lanzado sobre él. Nos damos un cálido y feliz abrazo y por un momento todo mi cansancio, el dolor y los nervios desaparecen al reencontrarme con mi amigo de la infancia; se me saltan las lágrimas. Doy un paso atrás sonriendo, llorando y riendo, todo al mismo tiempo. Gareth me estrecha contra él y me dedica una cálida sonrisa y una esperanzadora mirada de complicidad.

—Me alegro mucho de verte —le digo limpiándome las lágrimas aliviada. Y entonces percibo movimiento en lo alto de la colina.

Yvan.

Él también termina ahora su turno y ha tomado el camino de arriba, el que conduce a las cuadras, con su pesada mochila llena de libros colgada del hombro. Yvan se para un momento, nos mira a Gareth y a mí, y percibo un destello de su intranquilo fuego desde la otra punta de la colina. Ha estado manteniendo las distancias desde aquella horrible noche de los ataques, y supongo que yo también me he mostrado un poco fría. Los dos nos hemos contenido sabiendo que pronto tendremos que despedirnos y que no podemos hacer nada para remediarlo.

Le sostengo la mirada unos segundos sin parpadear con esa repentina y acalorada conciencia de su presencia hirviendo por mis líneas de fuego.

Recuerdo lo que me dijo Lukas sobre mi creciente habilidad para percibir afinidades: una habilidad poco habitual.

«Incluso las afinidades fae», pienso al darme cuenta.

Me vuelvo de nuevo hacia Gareth nerviosa y siendo muy consciente de que la sombría silueta de Yvan desaparece por detrás del bosque.

Gareth vuelve la cabeza hacia el sitio por el que ha desaparecido Yvan.

—¿Le conoces?

Se me escapa un ruidito cargado de ironía y asiento.

—Oh, Gareth, han pasado muchas cosas. —Observo su rostro bajo la tenue luz del camino y me doy cuenta de lo mucho que ha cambiado: tiene la mandíbula más firme y mucha más barba. De pronto me doy cuenta de que mi amigo de la infancia ya no es un niño—. ¿Cuándo has llegado? —le pregunto.

Gareth ladea la cabeza en dirección a los edificios de la universidad.

—Acabo de llegar acompañado del resto de aprendices de marinero. El Paso de Saltisle ya se ha congelado, así que nos han hecho volver durante un par de semanas para que podamos asistir a astronomía y a un par de clases más.

184

La puerta trasera de la cocina se abre y se cierra de golpe. Levanto la vista y veo que Iris y Bleddyn empiezan a bajar la colina juntas.

—¿Ya has visto a Rafe y a Trystan? —le pregunto a Gareth—. ¿Te han explicado lo que está pasando?

Gareth niega con la cabeza y su cabello plateado brilla como si estuviera salpicado de nieve.

—No, he venido directamente aquí. Me acordaba de que te tenían trabajando en la cocina.

Gareth y yo guardamos silencio cuando Bleddyn e Iris pasan por nuestro lado. Advierto cómo Bleddyn se da cuenta de que Gareth tiene las puntas del pelo plateadas y entorna los ojos mirándolo con aprobación. Después me mira a mí y sonríe.

Iris se da cuenta del intercambio de miradas. Me fulmina con los ojos y tira de Bleddyn con decisión para alejarla de nosotros. Pero cuando se acercan a los pies de la colina, Bleddyn nos levanta la mano a Gareth y a mí para desearnos buenas noches en silencio.

Animada por el gesto me vuelvo hacia Gareth y le pregunto:
—¿Has comido?

—No, estoy muerto de hambre. —Se vuelve hacia la puerta trasera de la cocina con una mirada traviesa en los ojos—. ¿Supongo que no sabes dónde podemos conseguir algo para comer?

185

Al poco estamos instalados en una de las despensas, rodeados de estanterías llenas de conservas y barriles de cereales. Gareth y yo estamos sentados en un par de cajas que hemos colocado boca abajo, y estamos utilizando un barril a modo de mesa. Tenemos té a la menta que desprende un vapor fragante, y al lado hemos colocado una bandeja con pasteles de setas recién horneados.

—Esto es mucho, Ren —comenta Gareth riéndose.

Yo cojo un pastelillo y le doy un buen bocado.

—Qué va —le contesto con la boca llena y sonriendo. Gareth es como un tercer hermano para mí, y me encanta la sensación de no tener que comportarme como una persona civilizada cuando estoy con él—. Yo también estoy muerta de hambre. Y estos pastelillos están muy buenos.

Por un momento me dejo llevar por el maravilloso sabor de las setas con mantequilla y las cebollas caramelizadas.

Gareth también ataca la bandeja y se le iluminan los ojos al dar el primer mordisco.

—Cielo santo, qué rico.

Asiento sintiéndome abrigada por la calidez cómplice de nuestra amistad. Prefiero estar aquí sentada con Gareth comiendo pastelillos de setas que cenando cisne asado en algún restaurante elegante de Valgard. Además, apuesto a que Fernyllia es mucho mejor cocinera que cualquiera de esos elegantes chefs que trabajan para los gardnerianos con dinero.

Gareth toma un sorbo de té.

—¿Qué ha pasado por aquí mientras yo no estaba?

Suspiro aliviada de estar con alguien con quien poder hablar con libertad. Alguien en quien puedo confiar del todo.

—Tú ponte cómodo y come —le digo haciendo un gesto con la cabeza hacia la bandeja—. Esto va para largo.

186

—Así que has rescatado a una selkie —comenta Gareth alucinado. Ya hace un buen rato que se ha enfriado el té y en la bandeja han quedado solo migajas—. ¿Y cómo es?

—Marina es maravillosa. Buena y dulce —contesto mientras acaricio al gato de la cocina, que se ha acurrucado y ronronea en mi regazo—. Al principio estaba muy enferma, pero su salud ha empezado a mejorar ahora que hemos descubierto que come pescado crudo. Y habla la Lengua Común con bastante soltura.

La información que tenemos sobre Marina ha aumentado mucho desde que ha encontrado una forma de comunicarse con nosotras y nos ha revelado tantas cosas sorprendentes, y yo le explico a Gareth todo lo que me ha contado.

Las selkies viven en grandes ciudades ocultas en las cuevas del océano iluminadas por corales fluorescentes, y aunque hay miles de ellas, su sociedad es muy comunal y están todas muy unidas.

—Tardó bastante en empezar a comprender nuestro idioma —le digo a Gareth—. Los sonidos de la tierra le llegan distorsionados, y los extraños tonos que emite en el aire son chasquidos y tonos musicales bajo el agua. En su casa es música, aprendiza de bardo, por eso pienso que tiene oído para los idiomas.

—Vaya, es increíble —opina Gareth asombrado—. Me alegro de que hayas podido ayudarla.

—Tenemos que hacer más —contesto con el ceño fruncido mientras acaricio el gato sin pensar—. Su piel es la fuente de su poder, pero no tenemos ni idea de dónde pueden haberla escondido. Y al no tenerla, Marina está muy débil.

—¿Y por qué vienen a tierra firme? —pregunta Gareth con curiosidad—. Esto es muy peligroso para ellas.

—Sus poderes cambiantes pueden tener altibajos debido a un hechizo que alguien hizo hace mucho tiempo. Se activa siempre que hay luna llena, y entonces las atrae a nuestras orillas en contra de su voluntad. La verdad es que no lo entiendo bien del todo, pero eso fue lo que consiguió explicarnos. Y, bueno... ya conoces el resto de la historia.

Gareth guarda silencio un buen rato.

—¿Me la presentarías?

Niego con la cabeza.

—No creo que sea buena idea, Gareth. He intentado presentarle a Trystan y a Rafe y a parte del grupo, pero los hombres le dan mucho miedo.

—Tienes que sacarla de aquí, Ren —me dice con un tono amable pero firme—. En Valgard cada vez se habla más sobre la intención que tienen de matar a todas las selkies en cuanto se acerquen a la orilla, y me parece que alguien del Consejo presentará una propuesta en este sentido muy pronto.

Yo también le miro con seriedad.

—Mi tía, ya lo sé. —Me llevo la mano a la cabeza para frotarme la sien y aliviar mi creciente dolor de cabeza—. Marina tiene una hermana que, probablemente, esté cautiva en una de esas... tabernas —digo la palabra asqueada—. Y hay muchas más. Tenemos que encontrar la forma de liberarlas antes de que mi tía reúna los apoyos que necesita en el Consejo.

—¿Y la Resistencia no puede ayudar?

—Necesitaríamos un pequeño ejército para organizar un rescate, y la Resistencia de Verpacia no tiene tanta infraestructura. Ya están superados por la tarea de ayudar a los refugiados que no dejan de llegar.

187

Niego con la cabeza dolorida y miro a Gareth a los ojos.

Mi amigo alarga el brazo y coloca su cálida mano sobre la mía.

—Ren, yo soy marinero. Déjame conocerla.

Contemplo su decidida mirada y la amabilidad que anida en sus ojos acaba persuadiéndome. Quizá exista alguna pequeña posibilidad de que Marina no se sienta tan intimidada por él.

—Está bien, Gareth. —Me apoyo en la pared y suspiro—. Ven mañana por la noche.

Gareth asiente y se reclina también con una expresión preocupada en el rostro.

—Ren —dice haciendo una pausa—, ¿ya has encontrado alguien con quien comprometerte?

«¿A qué viene esto?»

—Lukas Grey sigue queriendo comprometerse conmigo —le digo, y advierto un brillo de desaprobación en sus ojos de color gris azulado—. Pero… no puedo.

—Imagino que a tu tía no le hace mucha gracia esa decisión.

—Ella no lo sabe exactamente todavía —admito.

Gareth reflexiona un momento.

—Nos van a obligar a comprometernos antes del mes cinco. Y van en serio. Nos obligarán.

—¿Y qué hay de ti? ¿Tienes a alguien?

Gareth suelta una risa amarga.

—¿Quién iba a aceptarme en Gardneria? ¿Con este pelo? —Vacila con una expresión repentinamente triste—. Si el Consejo de Magos se acaba involucrando en mi compromiso, acabará saliendo el tema sobre la pureza de mi sangre.

—Pero, Gareth —protesto—, tú eres gardneriano.

Mi amigo aprieta los dientes.

—Eso es lo que dicen mis padres, pero… —Me mira con tristeza—. La sangre de mis ancestros no es pura, Ren. Estoy convencido.

Me asalta la preocupación.

—Entonces el compromiso podría ponerte en peligro.

—Solo si acaba siendo forzoso —aclara—. Si termina siendo así, tendré que escapar del Reino del Oeste.

Se me disparan todas las alarmas.

—¿Y adónde irías?

—A las tierras Noi.

Suspiro y se me encoge el estómago al plantearme la posibilidad de que otro de mis seres queridos pueda acabar tratando de llegar a un lugar que parece estar en la otra punta de Erthia.

—Trystan también está intentando encontrar una forma de llegar a las tierras Noi —le digo con la voz tomada por la emoción.

Gareth se muestra sorprendido, pero enseguida comprende lo que estoy insinuando.

—Si no consigo salir a tiempo —me dice—, y si tú no consigues encontrar una pareja…

Hace una pausa, parece nervioso, y entonces da la impresión de encontrar de nuevo su determinación.

—Deberíamos comprometernos, Ren. —Su expresión momentáneamente decidida vacila un poco cuando me lo quedo mirando boquiabierta—. Como amigos —se apresura a añadir.

Me lo quedo mirando un buen rato completamente asombrada.

—Gareth, no podemos comprometernos… como amigos —aduzco al fin—. Sabes tan bien como yo que lo siguiente que impondrá el Consejo de Magos es que todo el mundo selle la ceremonia a cierta edad.

Y se espera que la pareja consume la unión esa misma noche, cosa que fortalece las líneas del compromiso que aparecen en las muñecas de los dos; eso demuestra que la unión realmente se ha consumado.

Dejo caer la cabeza hacia delante notando cómo me sube el rubor por las mejillas.

—¿De verdad podrías estar conmigo de esa forma?

Yo no soy la única confusa por la conversación. Gareth se sonroja y aparta la mirada muy nervioso.

—Yo… hace mucho que nos conocemos. Es raro plantearse… —Respira hondo y me mira a los ojos con una expresión sincera—. Ren, sería un honor estar comprometido contigo.

Le sonrío conmovida por sus palabras. Todos nos estamos viendo arrastrados por una situación imposible tras otra, ¿pero tan terrible sería estar comprometida con uno de mis mejores amigos?

Yvan se me cuela en la cabeza y yo me esfuerzo por borrar su atractivo rostro de mi mente, además, cada vez que pienso en él siento un dolor muy fuerte en el pecho.

189

«No puedes tener a Yvan —me recuerdo—. Pero tampoco puedo comprometerme con Lukas, y si me quedo en el Reino del Oeste no podré escapar de los mandatos del Consejo.»

Gareth tiene razón, tenemos que ayudarnos el uno al otro.

—Si al final no hay otra solución —le digo decidida—, me comprometeré contigo. Pero antes intentaremos llevarte hasta las tierras Noi.

# 18

## La selkie

$\mathcal{A}$ la noche siguiente, Gareth viene a la Torre Norte.

Aguarda un momento al otro lado de la puerta mientras Diana y yo aguantamos la respiración.

—Hola, Marina. Soy Gareth Keeler.

La habíamos preparado con mucho cariño para esto, y Marina quiere superar sus miedos, pero aun así tenemos que estar listas para cualquiera que sea su reacción.

Marina levanta la vista desde donde aguarda sentada junto al fuego, y sus ojos de océano brillan al ver los de Gareth. Se le abren las aletas de la nariz y las branquias cuando se levanta con cautela apoyándose en la silla de mi escritorio para no perder el equilibrio, parece asombrada y extrañamente fascinada. Y entonces, para nuestra sorpresa colectiva, suelta una retahíla de apasionados sonidos ensordecedores que aterroriza a las gallinas de Ariel y hace que se pongan a corretear por la habitación sin orden ni concierto.

Gareth me mira confundido y eso parece frustrar a Marina, que frunce el ceño. Se acerca a él en actitud vacilante. Cuando ve que Gareth no se mueve, se acerca un poco más hasta llegar hasta él, y entonces le pega la nariz a la base del cuello. Gareth se queda completamente inmóvil mientras Marina respira profundamente y después alarga el brazo para palparle el cuello, como si estuviera buscando algo.

Murmura algo con sus tonos aflautados, agarra a Gareth del brazo con firmeza y lo arrastra hacia el baño. Diana y yo intercambiamos una rápida mirada confusa y los seguimos.

Marina se mete en la enorme bañera y nos salpica a todos

con el agua fría. Después vuelve a alargar el brazo y desliza los dedos mojados alrededor del cuello de Gareth, pero se la ve cada vez más frustrada. Gareth la mira fijamente absorto por el hechizo de Marina, que no deja de recorrerle la piel con los dedos con una mirada confundida en el rostro.

Gareth traga saliva con fuerza.

—No tengo branquias —le explica con delicadeza—. Soy gardneriano.

Marina se sumerge, se hace un ovillo y mira a Gareth desde dentro del agua.

—Eres de los nuestros. —Su voz es muy suave amortiguada por el agua—. Tu pelo plateado es selkie.

Gareth contesta vacilante.

—Yo no soy selkie. No puedo respirar debajo del agua…

—Hueles como nosotros —insiste Marina—. No hueles tan mal como los demás. Eres un selkie.

Gareth se queda muy callado, pero no de la forma que lo haría una persona a quien están dando una noticia extravagante. Más bien como lo haría una persona que lleva mucho tiempo manteniendo en secreto una idea y por fin se lo confirman sin un ápice de duda.

—Eso es imposible —exclama Diana—. Los selkies no pueden tener hijos con los gardnerianos. —Mira a Marina muy desconcertada—. Si eso es verdad, ¿por qué las demás no se quedan embarazadas?

—No puede ocurrir cuando se hace con crueldad —le explica Marina a Diana desde el interior de la bañera. Entonces sale del agua de golpe y aplana sus branquias tensando mucho el cuello—. Solo puede ocurrir cuando se hace con amor —afirma con vacilantes tonos aflautados.

Me quedo de piedra. Lo ha hecho. Lo ha vuelto a hacer. Ha hablado. Fuera del agua.

Marina vuelve a abrir las branquias y suspira algo temblorosa. Gareth le toca la espalda para tranquilizarla.

—¿Tu padre se apareó con una selkie? —le pregunta Diana a Gareth. Y entonces me doy cuenta de que si lo que Marina dice es cierto, eso quiere decir que el padre de Gareth tenía una amante selkie.

—No puede ser —tartamudeo—. Conozco muy bien al pa-

192

dre de Gareth. Y a su callada madre. Y a sus dos hermanas. Pero ninguno de ellos tiene ni un solo pelo plateado, salvo Gareth.

—Tiene que ser eso —opina Diana—. Gareth debe de tener sangre selkie. —Se le arruga la nariz y nos mira con complicidad—. Huele como un cambiaformas.

Gareth se ha relajado. Tiene una expresión tensa y pensativa.

—Hay cosas de las que nunca he hablado con nadie —nos dice con recelo—. Yo… yo no necesito el sextante para navegar.

Me lo quedo mirando con la boca abierta.

—¿Qué? ¿Nunca?

—Finjo utilizarlo —admite—. Pero puedo navegar guiándome por mi instinto. Y tampoco necesito compás. No puedo explicarlo. Es como si tuviera una brújula en la cabeza. —Mira a Marina—. Y puedo aguantar la respiración bajo el agua durante una hora. A veces incluso más.

Marina asiente y lo mira con comprensión mientras se masajea las branquias, como si le dolieran.

Gareth se mira las manos.

—Y no importa cuánto tiempo pase debajo del agua, nunca se me arruga la piel. —Vuelve a mirar a Marina—. También puedo predecir el estado del tiempo. Percibo los cambios de presión. —De pronto, su vacilante discurso da paso a una confesión completa—. Siempre quiero estar en el océano. Cuando no estoy en el mar, me muero por volver. Incluso ahora, sé perfectamente dónde está el océano y a qué distancia. Es una atracción que no puedo quitarme de la cabeza.

Se le entrecorta la voz de la emoción, como si estuviera hablando de una amante.

Marina lo mira con compasión. Asiente y le tiemblan los labios. Cierra las branquias y tensa el cuello.

—Ven —dice, y coge a Gareth de los brazos para tirar de él hacia el agua con delicadeza.

Mi amigo se resiste un poco sorprendido.

—¿Contigo?

Marina asiente y él cede y deja que lo meta en la enorme bañera. El agua se desborda cuando los dos se sumergen y se acurrucan en el fondo de la bañera. Gareth echa la cabeza hacia atrás, cierra los ojos y deja escapar un suspiro burbujeante.

193

Después de un buen rato emerge del agua y Marina lo sigue. Gareth respira con agitación mientras el agua le chorrea la ropa. Marina lo está rodeando con el brazo. Y entonces veo una expresión desesperada en su rostro, y mi amigo se entierra la cabeza en las manos.

—¿No tienes frío, Gareth? —le pregunto con dulzura. El agua está helada, a mí se me ha puesto la piel de gallina solo de las salpicaduras.

Gareth niega con la cabeza entre las manos.

—No siento el frío. Y el agua... me da igual a qué temperatura esté, siempre me parece mejor que el aire. Pero no puedo respirar bajo el agua. No puedo vivir en ella.

—Eres medio cambiaformas —murmura Diana con compasión.

—Oh, Gareth —exclamo sintiéndome mal por mi amigo. Un amigo que lleva mucho tiempo guardando este secreto—: ¿Por qué no nos lo explicaste nunca?

—Porque mi pelo ya me mete en bastantes líos. No quería pensar en mis demás... rarezas. Y siempre podía decir que era un antojo de mi madre.

Levanta la cabeza y mira a Marina. Los dos se miran con tristeza.

Marina alarga el brazo y le acaricia la mejilla con los ojos llenos de lágrimas.

—Eres uno de los nuestros —dice Marina haciendo un gran esfuerzo y pronunciando palabras a duras penas inteligibles—. Aunque no puedas vivir bajo el agua.

Gareth se pone tenso.

—No es verdad. No sé lo que soy. Y no encajo en ninguna parte.

Siento una repentina y feroz oleada de afecto por Gareth.

—Encajas con nosotros —insisto—. Tú eres mi familia. Siempre lo serás.

Marina le está acariciando el pelo y el afecto despreocupado que demuestra por las personas que la aceptan parece estar afectando a Gareth, que ha decidido sacar todo lo que lleva años conteniendo mientras las lágrimas y el agua se mezclan en su rostro.

—¿Alguna vez has conocido a alguien como yo? —le pregunta a Marina con la voz entrecortada mientras ella le acaricia el pelo.

Marina frunce el ceño confundida. Aprieta las branquias y se esfuerza por hablar.

—Nunca ha habido nadie que se parezca a ninguno de nosotros.

—Me refiero a algún selkie que no haya podido vivir en su hogar.

Gareth guarda silencio incapaz de seguir hablando.

Marina se lo queda mirando un buen rato con una expresión dolida en los ojos.

—No lo sé.

Gareth agacha la cabeza y se lleva una mano a la cara para taparse los ojos. Marina abre las branquias y emite algunos sonidos aflautados mientras lo abraza. Mi amigo llora en silencio pegado a su esbelto hombro.

Diana los mira alzando una ceja con cierta sorpresa, y me pregunto qué estará percibiendo en ellos.

Cuando Gareth deja de llorar, Marina se retira un poco y le acaricia las mejillas con sus resbaladizas manos. Aprieta de nuevo las branquias.

—Mi hermana y las demás —dice esforzándose para hablar—, necesitan ayuda. Ellas sabrán que eres un selkie. Te necesito, Gareth Keeler. —Guarda silencio un momento como si estuviera momentáneamente abrumada, y le aletean las branquias. Después respira hondo y se obliga a plegarlas de nuevo—. Por favor... ayúdanos. Ayuda a tu pueblo.

Su voz se oculta tras el montón de sonidos incomprensibles que Marina sigue emitiendo con una expresión consternada en el rostro.

Gareth la coge de la mano con delicadeza.

—Te ayudaré —le promete con firmeza—. Encontraremos a tu hermana y a las demás, y también vuestras pieles. Encontraremos la forma. No sé cómo, pero lo conseguiremos. Y después te llevaremos de vuelta al océano.

Marina practica su nueva capacidad para hablar casi sin descanso, y habla sola cuando no está hablando con los demás. Su habilidad para hablar sin necesidad de meter la cabeza debajo del agua mejora rápidamente a medida que aumenta el control que tiene sobre sus branquias, cosa que hace que sus tonos formen palabras cada vez más coherentes.

Gareth pasa con Marina todo el tiempo libre que tiene, a menudo en el baño de la Torre Norte; allí se sumergen en la bañera de agua fría donde ella puede hablar sin esforzarse y, a veces, incluso cantarle con sus embriagadores tonos aflautados hasta bien entrada la noche.

# 19

## Los malignos

Abro el estuche de mi violín con respeto y mis ojos se sienten atraídos por el brillo carmesí de la pícea alfsigr. Fue un regalo de Lukas que he pensado en devolverle muchas veces, pero no encuentro las fuerzas necesarias para desprenderme de él.

Ya hace muchas semanas que no toco, pero las partituras que me han llegado esta tarde me han empujado a sacar al violín Maelorian de su cama de terciopelo verde y posar el arco sobre las cuerdas. Las partituras son de Lukas, las ha escrito él mismo. Es una pieza discordante y fracturada, su habitual precisión ha dejado paso a una melodía furiosa y turbulenta, parece que haya arrojado las notas sobre la página.

Cuando intento tocar las piezas solo consigo llegar hasta la mitad, después tengo que parar. Es una pieza dura y me recuerda demasiado al idéntico conflicto informe que arde en mi interior, una batalla contra una poderosa y oscura corriente por la que es demasiado fácil dejarse arrastrar y que ha atrapado a una parte esencial de su ser.

Al final decido dejarlo y guardo el instrumento, pero la perturbadora música se me queda en la cabeza y me provoca una preocupación angustiosa. Es como si Lukas hubiera ocultado un mensaje para mí entre las notas, y en medio de aquella turbulenta pieza ha escrito una palabra en medio del crescendo de violín.

Elloren.

De pronto me siento inquieta y necesito pasear. Cojo la capa y un candil y me levanto con la varita en el interior de la bota.

—¿Adónde vas? —me pregunta Marina que está sentada junto al fuego.

—A la cueva de Naga —le digo.

—Quiero ir contigo.

La miro alzando las cejas.

—¿Estás segura? Es posible que mis hermanos estén allí. Y también otros hombres.

—¿Gareth?

Advierto una nueva intensidad en sus ojos de océano. Ya sé que Gareth se ha convertido en uno de los pocos elementos sólidos de su vida.

—Podría ser.

Marina se levanta y se apoya en el cabezal de la cama.

—Tú siempre dices que tu gente quiere ayudar a liberar a mi hermana. —Se le agitan las branquias y se le escapan algunos tonos incomprensibles. Tensa el cuello y aprieta las branquias—. Tengo que conocerlos. Déjame venir.

—Está bien —cedo inspirada por su valentía—. Ven conmigo.

Marina y yo cruzamos el campo de la Torre Norte muy despacio y nos internamos en el oscuro bosque. Ella tropieza con facilidad y tengo que agarrarla con fuerza mientras avanzamos entre los árboles en dirección a la cueva de Naga.

Los árboles se muestran sumisos mientras Marina y yo zigzagueamos entre ellos, pero noto cómo me controlan.

Como si estuvieran esperando para algo.

Cuando Marina y yo nos acercamos al pequeño claro, la hoguera aparece entre las siluetas de los árboles y vemos las altas y esbeltas llamas del fuego. Desde donde estoy oigo las voces de mis hermanos y las risas de Diana, y ya he visto que están sentados alrededor de la hoguera compartiendo una relajada camaradería. Entretanto, Trystan está haciendo equilibrios con una esfera de luz blanca que mantiene suspendida sobre la punta de la varita.

Todos se vuelven en cuanto entramos en el claro. Yo miro al otro lado, en dirección a la cueva de Naga, y me quedo muy sorprendida. Naga está fuera, e Yvan aguarda agachado a su lado.

Cojo a Marina del brazo y Naga me clava sus ojos de reptil. La esfera de luz de Trystan se desvanece y Gareth y él se ponen en pie.

—Marina —dice Gareth con evidente sorpresa; las puntas de su pelo plateado brillan a la luz del fuego.

Rafe ha bajado el brazo con el que estaba rodeando a Diana, y Tierney y Jarod siguen sentados a su lado, todos miran fijamente a Marina. Andras y Ariel también nos miran parpadeando con sorpresa: tienen la pata entablillada de Naga ligeramente suspendida entre los dos.

La única que no parece sorprendida es Wynter. Su mirada plateada parece serena y está rodeando el musculoso cuello de Naga con su pálido brazo.

Rafe se levanta y nos sonríe con calidez a Marina y a mí.

—Bienvenida. —Gesticula en dirección a los asientos que han improvisado alrededor del fuego—. Por favor, siéntate con nosotros.

A Marina se le dilatan las aletas de la nariz y da un tembloroso paso hacia atrás.

—¿Estás bien? —le pregunto.

La selkie cierra los ojos con fuerza y mueve la cabeza, como si estuviera tratando de alcanzar algún recuerdo tormentoso.

—Los hombres —jadea—. Su olor…

Diana se levanta con una feroz mirada ambarina.

—No tienes nada que temer —dice en tono empático—. Nadie te hará daño.

Miro a Naga con recelo recordando cómo intentó atacarme hace solo unos meses, veloz como el relámpago; solo pudieron detenerla Yvan y los barrotes de su jaula.

El dragón sigue mirándome con los ojos entornados, con su brillo dorado, y arden como si estuvieran en llamas. Esboza una mueca con la boca que parece un gesto divertido en respuesta a mi desconfianza.

Cuando vuelvo a mirar a Marina me doy cuenta de que está abriendo por completo las branquias, como lo hace cuando está inquieta. Pero se obliga a levantar la cabeza con una expresión de feroz determinación.

Diana parece complacida por la evidente muestra de valor de Marina y se endereza y gesticula con formalidad para señalar a su hermano.

—Marina la selkie, este es mi hermano, Jarod Ulrich.

Diana vacila, por un segundo parece que se haya tragado la

lengua, y reprime una sonrisa omitiendo la larguísima presentación de su linaje. Rafe la observa con atención y un brillo divertido en los ojos.

—Me alegro de conocerte, Marina —comenta Jarod inclinando la cabeza a modo de saludo. Enseguida me doy cuenta de que está un poco pálido y estresado, pero me siento muy aliviado de ver que vuelve a estar con nosotros.

Diana le presenta mis hermanos a Marina y después señala a Andras.

—Y este es Andras. Es el veterinario equino de la universidad.

—Es un honor conocerte —le dice Andras a Marina con un tono cálido y delicado.

Naga sigue mirándome con atención. Tiene el ala izquierda entablillada y la luz del fuego se refleja en sus escamas negras y en sus cuernos. Esbozo una mueca de dolor al ver la M que Naga lleva marcada en el flanco delantero, la marca del Consejo de Magos.

Yvan está apoyado en el hombro de Naga y le rodea la pata delantera con cuidado mientras me mira en silencio. Nunca lo había visto tan relajado, pero recelo ante la idea de acercarme, pues al mirar a Naga me pongo bastante nerviosa.

Yvan esboza una sonrisa de medio lado.

—Relájate, Elloren. Si quisiera matarte, ya estarías muerta.

Le miro frunciendo el ceño confusa por la actitud chulesca que adopta cuando está con Naga.

—Es verdad. Naga no te hará ningún daño, Elloren Gardner —dice Wynter con la palma de la mano sobre las escamas del cuello de Naga y dando así voz a los pensamientos del dragón. Después mira a Marina—. Y también es una amiga para ti, Marina. Y para todos los selkies. Naga siente simpatía por todas las criaturas que viven en cautividad.

Yo miro al dragón un tanto vacilante. Naga lo hace divertida y después levanta su cuello serpenteante y suelta una bocanada de fuego dorado. Jadeo al ver las chispas que nos alcanzan a todos, y Trystan se apresura a apagar una que ha aterrizado en el brazo de su túnica.

—Santísimo Gran Ancestro —exclamo mirando a Naga—. Ya has recuperado tu fuego.

La reptiliana expresión de Naga se tiñe de astucia. Yvan inclina la cabeza hacia el dragón y deja escapar su risa, después me mira con sus ojos verdes como si estuviera respondiendo a algún comentario mordaz que hubiera hecho Naga.

Le miro con complicidad.

«Ya sé que te estás comunicando mentalmente con ella. Lo sabemos todos.»

—Le hemos curado la pata a Naga —presume Ariel con una sonrisa triunfal ennegrecida por las bayas de nilantyr y con el cuervo posado sobre el hombro. Hace una mueca con los labios—. Pronto podría atacarte con todas las garras.

—Has hecho un gran trabajo, Ariel —la felicita Andras observando la pata entablillada del dragón con mucha satisfacción e ignorando la inclinación que tiene siempre Ariel de meterse con todo el mundo—. Las tablillas están perfectas, y la pomada de Asterbane que hiciste ha conseguido cicatrizarle las heridas. Estoy seguro de que pronto podrá apoyarla.

Ariel abandona su expresión desdeñosa y mira a Andras como si se sintiera conmovida por sus alabanzas. Adopta un actitud un tanto recelosa y agita sus alas hechas jirones levantándose de golpe para marcharse junto a Wynter, que está pegada a la cabeza de Naga. El dragón frota las escamas de su mejilla contra el hombro de Ariel con un gesto felino cargado de afecto. Ariel abraza a Naga por el cuello y el dragón cierra los ojos y ronronea un poco.

Yvan esboza una sonrisa satisfecha clavándome una mirada casi abrasadora, y noto cómo se me acalora el rostro.

«Santísimo Gran Ancestro, qué guapo eres.»

—Ven a sentarte conmigo —invita Gareth a Marina tendiéndole la mano.

Marina deja que Gareth la ayude a sentarse entre él y Tierney, y yo me siento a su lado consciente, en todo momento, de que Yvan no aparta la vista de mí

Gareth rodea a Marina por el hombro con una complicidad que me sorprende. Marina levanta la cabeza y olisquea el aire mirando con mucho recelo a Rafe, como si fuera un animal valorando la presencia de un posible depredador.

—Este —le dice Marina a Diana señalando a Rafe con la barbilla—. Es tu pareja, ¿no?

—Todavía no —contesta Diana sonriendo—. Pronto.

Marina observa a Rafe con el ceño fruncido. Inspira con más fuerza.

—No es un cambiaformas. —Se vuelve hacia Diana con cara de estar muy confusa—. ¿Es tan fuerte como tú?

Diana deja escapar un ruidito indulgente.

—Por favor. Podría romperlo como si fuera una ramita.

Trystan tose entre risas y se vuelve hacia Rafe muy divertido.

—¿Todavía no te sientes intimidado por tu novia, hermano?

Rafe reprime la risa.

—En absoluto, hermano. —Le sonríe y Trystan le lanza una mirada traviesa—. Resulta que me encanta estar acompañado de mujeres fuertes.

Marina se vuelve para mirar a Yvan.

—Tú estabas allí. El día que Elloren me liberó.

Yvan observa a Marina con la misma expresión fija que la del dragón.

—Sí que estaba.

Marina dilata las aletas de la nariz y se pone tensa.

—¿Y tú qué eres?

La actitud de Yvan cambia de golpe. Abandona la despreocupación de hace un segundo y se pone tenso.

—Tú eres otro —susurra Marina encorvándose como si fuera una amenaza potencial.

—Es un tipo misterioso —comenta Rafe con una sonrisilla.

—Otro Maligno —tercia Trystan formando otra esfera de luz con la punta de su varita—. Aquí todos somos Malignos.

—¿Malignos? —pregunta Marina confusa.

Fulmino a Trystan con la mirada.

—Mis hermanos tienen un sentido del humor un poco raro.

—Pero es verdad —insiste Trystan transformando la esfera en una órbita de fuego azul—. Según el glorioso y sagrado *Libro de la Antigüedad*, todos somos Malignos. Quizá a excepción de Ren.

El comentario de Trystan me pone el vello de punta, pero Andras suelta una gran carcajada. Mira a mi hermano con ironía.

—Sí, la verdad es que los gardnerianos tienen un concepto muy amplio de lo que es un Maligno.

Trystan mira a Andras de soslayo.

—Muy cierto. Es nuestro talento más especial.

Lanza la esfera de fuego a la hoguera y, por un segundo, las llamas proyectan un sorprendente caleidoscopio de azules distintos.

Gareth, Marina y Tierney empiezan a conversar con mis hermanos y Andras. Wynter se empareja con Ariel, y las dos se ponen a recoger las cosas con las que han hecho el entablillado de Naga y después desaparecen en el interior de la cueva.

Yvan atrae de forma inexorable toda mi atención, como me ocurre siempre que está cerca de mí. Está apoyado en Naga, pero ya no se le ve relajado. Se están mirando fijamente con mucha intensidad, como si estuvieran manteniendo una silenciosa y tensa conversación, e Yvan asiente de vez en cuando.

Sin previo aviso, una maliciosa ráfaga de intranquilidad me asalta procedente de los árboles como si fuera una ola negra, y me viene a la cabeza la visión de unas ramas fantasmagóricas enroscándose alrededor de mi garganta. Me enojo mucho y contemplo las ramas de los árboles notando cómo se me encienden las líneas por instinto, y lo hacen mucho más rápido que nunca. Cierro los ojos, las atizo mentalmente y me sorprendo al descubrir que mi fuego interior se convierte en una llamarada. Eufórica ante esta nueva sensación de control de mis líneas, me tenso de pies a cabeza y suelto el aire con fuerza proyectando mi fuego a mi alrededor y en dirección al bosque.

Los árboles lo reciben y su ardiente odio retrocede como presionado por un gran poder. Respiro hondo y el calor palpita por mi cuerpo con una deliciosa tensión.

Cuando abro los ojos me encuentro con la asombrada expresión de Yvan, cuyos ojos dorados reflejan las llamas del fuego.

Me siento expuesta, como si me acabara de desnudar delante de él. Siento pánico al pensar que quizá haya percibido el alcance de los poderes de mi abuela en mis líneas.

Y que sienta repugnancia.

Pero su mirada es todo lo contrario a la repugnancia. Parece... fascinado.

Un zarcillo invisible de su poder de fuego tira hacia mí y se enrosca en mis líneas de fuego intensificando las llamas. Cojo aire muy temblorosa mientras mis líneas de afinidad reaccionan a su fuego y siento un embriagador calor por todo el cuerpo.

203

Yvan continúa mirándome, es una mirada discreta y oscuramente privada. Como si se estuviera dejando llevar por algo prohibido. Envalentonada por la atracción que parece sentir por mi poder e igual de tentada por obviar esas barreras que hemos interpuesto entre nosotros, proyecto más fuego a mis líneas y dejo que fluya hacia él.

Yvan me dedica una sonrisa sutil, pero el fuego de sus ojos aumenta.

Yo aparto la mirada muy confusa, y entonces me doy cuenta de que Jarod y Naga nos están mirando fijamente. El dragón me clava los ojos y en su astuta mirada adivino que puede sentir mi fuego. Jarod aparta la vista, como si se hubiera inmiscuido en medio de alguna intimidad, e imagino que, igual que Naga, ha percibido algo de lo que acaba de ocurrir entre Yvan y yo.

Repliego mi fuego avergonzada y me esfuerzo por evitar el contacto con el poder de Yvan, y noto que él está haciendo lo mismo.

—Cuando te sientas preparada —le está diciendo Rafe a Marina inclinándose hacia delante—, ¿podrás explicarnos todo lo que te ha pasado? ¿Todo lo que recuerdes? Queremos ayudar a tu hermana y poner a salvo al resto de selkies, pero necesitamos que nos ayudes.

Marina parece esforzarse por luchar contra la intranquilidad que le produce el evidente olor a hombre de Rafe. Traga saliva y presiona las branquias.

—Lo intentaré.

—Creemos que podemos saber dónde las tienen, pero cualquier cosa que puedas decirnos podría resultarnos útil —le dice Rafe.

Marina asiente. Abre un poco la boca, como si fuera a decir algo más, pero se detiene y agita las branquias. Niega con la cabeza con una expresión angustiada.

Tierney le dice algo en voz baja y no consigo entenderlo, pero parece relajar a Marina. La selkie mira a Tierney con agradecimiento y después vuelve a ponerse tensa. Se inclina para olerle el cuello a Tierney y parece relajarse mientras la otra se sobresalta ante la inesperada cercanía.

—Hueles bien —le dice Marina asombrada retirándose un poco para mirar a Tierney a los ojos—. A agua. A lluvia.

Tierney suelta una risita ingeniosa.

—¿De verdad? —dice, pero la broma se le queda atascada en la garganta y se le llenan los ojos de lágrimas. Se inclina hacia delante y esconde la cara entre las manos poniéndose completamente rígida.

Andras se acerca a Tierney y clava una rodilla en el suelo ante ella posando la mano en el delgado brazo de mi amiga.

—Tierney —le dice con tono amable—, mírame.

Ella niega con la cabeza con obstinación, pero Andras espera en silencio. Al final ella levanta los ojos para mirarlo. Tiene la cara llena de lágrimas.

—No vivirás siempre atrapada en este glamour —le asegura Andras.

—Te equivocas —responde Tierney con la voz ronca—. Jamás podré liberarme de él.

—Los hechizos se pueden deshacer —interviene Trystan—. Siempre.

—Mi madre me ha explicado que las amaz están buscando la forma de romper los hechizos de glamour de los fae para que sus refugiados puedan volver a adoptar su auténtico aspecto —le explica Andras sin quitarle la mano del brazo, y yo me alegro de descubrir que él y su madre ya vuelven a hablarse.

Tierney niega de nuevo con la cabeza.

—Para hacer este glamour combinaron usando varias fuerzas. Me lo impusieron con unos poderes asrai tan potentes como el acero.

—Las amaz combinan sistemas rúnicos —contesta Andras—. Y eso hace que su brujería con las runas sea muy poderosa. Encontrarán la forma de quitártelo.

—No quiero seguir viviendo en esta jaula —le confiesa Tierney a Andras con un tono apasionado—. Si pudiera recuperar mi auténtica forma podría fusionarme con el agua. Podría respirar bajo el agua. Quiero ser yo.

Guarda silencio y le tiemblan los labios. Andras la abraza con delicadeza y Marina la observa con una expresión desolada.

Me aventuro a mirar otra vez a Yvan superada por la situación. Sus ojos se han enfriado y vuelven a estar verdes, pero siguen clavados en mí. Parece percibir mi conflicto y envía un pequeño zarcillo de fuego para que arda por mis líneas.

La Varita Blanca palpita pegada a mi pierna en respuesta a la repentina ráfaga de calor y yo alargo la mano para tocarla por encima de la bota. Noto cómo mis líneas de tierra y de fuego se abalanzan hacia la varita y se enroscan en ella enseguida, y de pronto noto una ráfaga de viento que me recorre seguida de un pequeño chorro de agua.

Tierra.

Fuego.

Aire.

Agua.

Ahora hay cuatro afinidades acelerándose en mi interior y enroscándose en la varita.

# PARTE DOS

# La temporada de esquilar

AGwynnifer Croft le brillan los ojos de emoción al ver el mar de magos gardnerianos que abarrotan la plaza central de la catedral de Valgard. La piel de todos los asistentes emite un hechizador brillo verde en la oscuridad de la noche, una marca que proporcionó a los magos el mismísimo Gran Ancestro como muestra de la santidad de los gardnerianos.

Gwynn admira la reluciente belleza verde de su propia mano y se emociona. Ella también luce en las manos las intrincadas cenefas negras que se ven en la piel de otras de las jóvenes que están allí, lo que provoca un precioso efecto de vitral en manos y muñecas. Todas las mujeres visten túnicas negras sobre unas larguísimas faldas, como la de Gwynn, y el ancestral uniforme le produce la tranquilizadora sensación de pertenecer a algo bueno, poderoso y puro.

La noche de invierno debería ser gélida, pero Gwynn ni siquiera se ha puesto la capa. No la necesita. Hay un montón de enormes estrellas sagradas suspendidas en el aire rodeando toda la periferia de la plaza, son más grandes que las aspas de un molino y están hechas con llamas doradas. Gwynn se asombra al ver su belleza incandescente y la forma en que proyectan en la plaza su brillo centelleante y su envolvente calidez.

Los soldados entran en la plaza y se colocan en la escalinata de la catedral. Ha venido la División Tres al completo, y todos sus integrantes lucen la insignia de la flor de hierro en el hombro de la túnica. Gwynn siente una abrumadora expectativa cuando estira el cuello con la esperanza de poder ver a su joven prometido Geoffrey.

El guapísimo y maravilloso Geoffrey.

Mira por encima del hombro de la mujer que tiene delante y

esboza una sonrisa de enamorada al localizar a su altísimo y esbelto prometido. Geoffrey está cerca del último peldaño de la escalinata, y todos los soldados que lo rodean aguardan muy atentos mirando hacia la muchedumbre.

Gwynn no puede evitar sonreír cuando Geoffrey la mira. Le brillan los ojos y se le curvan las comisuras de los labios cuando le sonríe con adoración. Geoffrey vuelve a adoptar la necesaria solemnidad militar, pero no deja de mirar a Gwynn, y a ella se le para el corazón cada vez que sus ojos se encuentran.

Geoffrey luce en el pecho de su túnica militar un pájaro blanco en lugar de la tradicional órbita de Erthia, lo que lo identifica como miembro de la secta Styviana, los mayores devotos de las enseñanzas de *El Libro de la Antigüedad*.

Los magos más sagrados que hay.

La túnica de Geoffrey es un reflejo de la nueva bandera gardneriana que cuelga de la fachada de la catedral, un diseño propuesto por el Gran Mago Marcus Vogel que reemplaza la pagana esfera de Erthia por el pájaro blanco del Gran Ancestro sobre un fondo negro.

210

La multitud rompe en vítores y aplausos cuando el Gran Mago aparece en la enorme plataforma que han instalado en el amplio rellano de la escalinata. Gwynn se deja arrastrar por la emoción de su gente y siente una sensación de fervor que la recorre mientras la gente se vuelve loca ante su dirigente.

Vogel desprende elegancia y poder, y los afilados y elegantes rasgos de su rostro emiten un brillo esmeralda que eclipsa el de cualquier otro gardneriano, además de lucir en su túnica de sacerdote el pájaro blanco del Gran Ancestro.

Vogel se acerca al podio de madera de guayaco del centro de la plataforma y pasea la vista por el gentío como si todos los presentes le pertenecieran.

Gwynn no puede evitar ponerse a temblar abrumada por su presencia. «Es el hombre más honrado y santo de todos nosotros.»

Detrás de Vogel hay una hilera de magos de Nivel Cinco, además de otros sacerdotes y miembros del Consejo de Magos. Y también dos jóvenes misioneros del Consejo de Magos a cada lado de Vogel. El orgullo se refleja en sus rostros cuando Vogel levanta ambos brazos y hace un gesto pidiendo silencio.

La multitud se va callando, pero en el aire sigue flotando el murmullo de la excitación.

El Mago de Luz más anciano del Consejo sube al estrado. Agita la varita y en el aire aparecen tres brillantes runas girando sobre sí mismas que flotan sobre la cabeza de Vogel como si fueran pequeños planetas.

—Magos —dice Vogel con una potente y sonora voz amplificada por las runas—, ya hace demasiado tiempo que los Malignos corren a sus anchas por toda Erthia. —Pasea la vista por la embelesada multitud, y el corazón de Gwynn palpita por él como las mareas por la luna—. Ya hace demasiado que permitimos que los paganos y los seres de sangre fae procreen como bestias salvajes en territorio sagrado y en los malditos bosques.

Vogel guarda silencio un segundo y Gwynn se siente atrapada por ese silencio.

Todo el mundo aguarda, miles de personas suspendidas, como pendientes de un hilo muy fino.

La penetrante mirada de Vogel se enciende.

—Pensaron que podrían destruirnos. Los celtas. Los uriscos. Los fae. Nos esclavizaron. Abusaron de nosotros. Se rieron de nosotros. Intentaron aplastarnos. —Pasea los ojos por la multitud como dos rayos negros—. Pero nosotros hemos escuchado la voluntad del Gran Ancestro. Y ahora el Reino Mágico recorrerá Erthia como un sagrado río de poder.

La multitud le vitorea, aplaude y grita al unísono.

«El maravilloso Reino Mágico. Sagrado, fuerte y auténtico.»

Gwynn se deja llevar por el ardor y aúlla apasionadamente con lágrimas en los ojos; sonríe con tantas ganas que tiene la sensación de que su alegría acabará escapando de ella y contagiará a los demás magos.

La multitud va guardando silencio y Vogel abre *El Libro de la Antigüedad* que tiene en el podio.

Todo el mundo escucha cautivado mientras él empieza a leer la antigua historia sobre la profetisa Galliana. Su voz se preña de orgullo cuando describe cómo rescató al bendito Reino Mágico de un ejército de demonios asiendo la Varita Blanca y las sagradas flores de hierro, con sus poderes para matar dragones.

Gwynn frunce el ceño oteando la multitud y centra la vista sobre las mujeres menos estrictas de la secta no-Styviana.

211

Llevan túnicas ajustadas y salpicadas de los colores prohibidos de los fae: violeta, dorado, azufre, rosa. Gwynn contempla su casta túnica negra con orgullo. Cuando Vogel anunció su inminente purga algunas de esas magas no Styvianas protestaron ante la idea de tener que desprenderse de sus sirvientes uriscos. Y ahora se sospecha de estas magas, se las ve como traidoras *staen'en*, aliadas de los paganos que buscan la forma de aniquilar a los magos.

Gwynn se estremece aliviada sintiéndose agradecida de su estricta infancia Styviana, pues ahora su familia está libre de todo reproche y solo hace negocios con otros gardnerianos Styvianos, evitando a todos los paganos y su contaminada existencia.

Geoffrey vuelve a encontrarse con los ojos de Gwynn y le dedica una sonrisa juguetona. Ella siente un hormigueo en la espalda al recordar cómo se han amado toda la noche, y se le hincha el corazón.

«Geoffrey y yo tendremos hijos magos puros. Y crecerán en un mundo sin Malignos.»

Vogel termina su lectura y se queda callado, lo que consigue que Gwynn deje de lado sus felices recuerdos.

—El momento de la profecía ha llegado, magos —anuncia dándose importancia—. Los paganos tienen a su demonio ícaro, pero todavía es un bebé; depravado, cierto, pero fácil de ejecutar.

Mientras Vogel desmenuza los detalles explicando que los magos de la División Cinco están buscando al bebé, Gwynn siente una punzada de culpa. Una culpa que no puede compartir con nadie.

Ella conoce a la madre del demonio ícaro.

Hubo un tiempo en que Sage Gaffney era amiga suya. Se conocieron cuando solo tenían trece años, y soñaban emocionadas con el día de su compromiso y vivían embelesadas por la fantástica historia aventurera sobre la Varita Blanca.

«¿En qué estaba pensando? —piensa Gwynn atormentada—. ¿Cómo pude robarle la varita a papá? ¿Y cómo pude dársela a Sage?»

Y ahora Sage ha sido abducida por los Malignos. Ha huido con un celta y ha roto su compromiso sagrado. Y ha dado a luz a una abominación.

El ícaro de la profecía.

Gwynn siente un profundo dolor y mucho arrepentimiento. Y sabe que ese horrible peligro aguarda a cualquier mago que se desvíe del estricto camino del Gran Ancestro.

—Aferraos a vuestra fe, magos —advierte la estridente voz de Vogel—. Cuando se alza uno de los extremos de la profecía —Hace una pausa con una mirada ardiente en los ojos—, también lo hace el otro.

Se ve un movimiento a su espalda y aparece una joven maga a la que dos jóvenes soldados ayudan a caminar. Gwynn reconoce a la joven enseguida mientras la multitud murmura consternada a su alrededor.

Fallon Bane.

A Gwynn se le atenaza el corazón al ver el débil estado de la chica. Se suponía que Fallon Bane debía ser el extremo más brillante de la profecía. Una nueva Bruja Negra, la defensora de Gardneria que aniquilará a los demonios ícaros.

Pero ella ya ha sufrido el ataque de los Malignos.

Ahora Fallon está en la parte delantera de la plataforma y aguarda sostenida por los magos que tiene a ambos lados. Hace un gran esfuerzo para desenvainar la varita y agitarla en el aire.

De pronto una espiral de nubes emerge de la varita de Fallon, y Gwynn jadea junto al resto de la gente mirando el hechizo con aprensión. El ciclón va ganando tamaño y velocidad y provoca un viento helado que se extiende por toda la plaza y apaga las llamas de las estrellas.

El frío se apodera de la multitud.

Gwynn se abraza el cuerpo al sentir el repentino mordisco del frío.

Fallon alza un poco más la varita y el ciclón se convierte en una espiral de hielo cristalino. Los cristales se sueltan de la espiral y se elevan hacia el cielo de la noche, largos como lanzas, y se reparten por la plaza como una bandada de pájaros.

Gwynn empieza a tiritar. El aire frío le inunda los pulmones mientras observa cómo los infinitos pinchos de hielo comienzan a descender emitiendo silbidos. La multitud reacciona confundida y se pone a gritar levantando los brazos, tratando de protegerse inútilmente del impacto de los pinchos. A Gwynn se le acelera el corazón, pero aprieta los dientes y se enfrenta con valor a los pinchos.

«La voluntad del Gran Ancestro prevalecerá. La voluntad del Gran Ancestro prevalecerá.»

Gwynn respira hondo justo cuando el pincho que venía dirigido hacia ella se detiene a un palmo de su rostro y se queda temblando justo ante su frente. Antes de que pueda soltar el aire, el pincho estalla, junto a todos los demás, provocando una explosión de esquirlas de hielo que le motean la piel.

Gwynn mira a su alrededor, sorprendida y muerta de frío, pero con una intensa emoción. Los magos han empezado a levantarse del suelo con expresiones de asombro y miedo.

—Rezad conmigo, magos —ordena Vogel agachando la cabeza cuando se llevan a Fallon muy despacio—. Oh, santísimo Gran Ancestro —entona—. Tú nos salvaste de las fauces de las fuerzas demoníacas. Tú profetizaste la temporada de esquilar.

Vogel despega los ojos de la oración con una ira tan intensa palpitando de su cuerpo que Gwynn puede sentirla en sus líneas de afinidad.

—Magos, ha llegado el momento de esquilar a los paganos. —La voz del Gran Mago es decidida y estridente—. Los expulsaremos de nuestras ciudades. Los expulsaremos de los bosques. Los expulsaremos de este Reino y del siguiente. Los expulsaremos con todo el poder del Gran Ancestro.

Vogel desenvaina la varita y de la punta sale una ráfaga de fuego rojo sangre que se desliza por encima de la multitud como si fuera un látigo gigantesco. Las feroces estrellas sagradas vuelven a arder y Gwynn jadea agradecida igual que el resto de la gente, pues el calor vuelve a adueñarse de la plaza. Entonces Vogel dirige el fuego hacia el cielo, como si fuera una gigantesca antorcha carmesí que sube, sube y sube hasta que la llama pasa por encima de la catedral de Valgard.

—¡Que dé comienzo la temporada de esquilar, magos! —aúlla Vogel.

La atronadora respuesta de la multitud se fusiona en un único canto:

—¡Vogel! ¡Vogel! ¡Vogel! ¡Vogel!

A Gwynn se le escapan algunas lágrimas de pura felicidad mientras grita el nombre del Gran Mago. Pero su canto queda interrumpido de golpe por la imagen de un oscuro y retorcido árbol que aparece en su mente.

214

Espantada por la repentina visión, Gwynn guarda silencio entre la frenética multitud. Clava los ojos en la varita oscura que Vogel tiene en la mano. Percibe una intranquila ráfaga de su poder desde la otra punta de la plaza, como si rozara sus líneas de afinidad, como si las tocara con sus dedos esqueléticos.

Pero entonces nota otro fuerte tirón en sus líneas de afinidad procedente de la dirección contraria que la aleja de la atracción que ejerce sobre ella la varita de Vogel. Otra imagen se abre paso en la mente de Gwynn: un árbol hecho de luz con un montón de pájaros de plumas marfileñas anidando en sus ramas. La luz incandescente que emite el árbol de luz flota alrededor del árbol oscuro y lo reduce a humo y sombras.

Gwynn cae presa de los recuerdos y de pronto vuelve a tener trece años y le está dando a Sage Gaffney la Varita Blanca que ha robado. Después ayuda a Sage a escapar hasta la aislada aldea de Halfix con la Varita, la misma Varita que ahora está oculta y a salvo en manos de la joven maga de luz.

Ya hace mucho tiempo que Gwynn descartó la idea de que la varita que robó fuera la auténtica Varita Blanca. Con el tiempo ha acabado por considerarlo una absurda ensoñación infantil.

Pero ahora esa creencia infantil vuelve a ella. El feroz vínculo de la Varita Blanca. El alivio que le provoca ese árbol de luz tan lleno de vida. Los vigilantes, tan parecidos a los pájaros que ve por todas partes…

Gwynn se vuelve de nuevo hacia Vogel sintiéndose muy confusa y un grito amenaza con abrirse paso a través de su garganta.

Los cuatro misioneros que rodean al sacerdote mantienen unos cuernos hechos de humo sombrío encima de la cabeza.

Gwynn siente una quemazón como de hierro candente, pero todo el mundo a su alrededor sigue vitoreando y aplaudiendo con felicidad mirando con admiración a Vogel.

«No pueden ver los cuernos.»

Y entonces Gwynn lo recuerda todo y se queda sin aire en los pulmones. Los dos misioneros que fueron a su casa hace ya tantos años. Diablos ocultos tras un glamour que iban buscando la varita.

Nada de aquello había sido un juego de niños. No lo había intuido siquiera.

Gwynn busca algo donde agarrarse, alguna forma de escapar de esa pesadilla.

«Si la historia de mi infancia era real, si aquellos enviados de hace tantos años eran auténticos demonios...»

Entonces Sage Gaffney tiene la auténtica Varita Blanca.

Gwynn mira a Geoffrey aterrorizada. Su prometido la ve y le sonríe con alegría.

«Alguien tiene que avisar al Gran Mago Vogel —comprende Gwynn desesperada—. Alguien tiene que salvarlo de los seres demoníacos que lo rodean.»

Gwynn observa con frenesí al Gran Mago y se fija en su varita. De la punta emergen unos hilillos de humo y la joven se asombra al verlo.

«Santísimo Gran Ancestro, ¿qué es eso? ¿Qué es lo que tiene en las manos?»

La respuesta acude a ella con tal seguridad que la cabeza empieza a darle vueltas y su mundo estalla en mil pedazos. Es la herramienta del diablo de la que se habla en *El Gran Libro de la Antigüedad*. La fuerza opuesta a la Varita Blanca.

La Rama de la Oscuridad. La Astilla Maldita.

«Marcus Vogel tiene la Varita Negra.»

## Moción del Consejo de Magos

La Maga Vyvian Damon presenta una petición
para que se ejecute de inmediato a todas
las selkies que pongan los pies en las orillas
del Reino del Oeste, y solicita que cualquier
persona que ayude o sea cómplice
de cualquier selkie sea encarcelada.

# 1

## Celtania

*E*l hielo aporrea la ventana de nuestro dormitorio de la Torre Norte y el rítmico golpeteo por poco acalla el ruido que alguien ha hecho al llamar a la puerta. Dejo los textos de farmacia, química y matemáticas que tengo en el escritorio y voy a la puerta a ver quién es pensando sorprendida que es muy raro que alguien venga a vernos a estas horas.

—¿Quién es? —pregunto con cautela.

—Yvan —contesta una voz indecisa.

Me quedo asombrada. Yvan no viene casi nunca, y las cosas entre nosotros siguen raras desde que nuestras líneas de fuego se entrelazaron tan apasionadamente aquella noche en la cueva de Naga.

Abro la puerta con el corazón acelerado. El brillo dorado del candil del vestíbulo se refleja en las duras facciones del rostro de Yvan. Traga saliva y percibo una llamarada de fuego en él, como si mi mera presencia la activara.

—¿Puedo hablar contigo en privado? —me pregunta con una educación muy contraria al caótico fuego que arde en su interior.

—Podemos hablar en la puerta —propongo tratando de sofocar el calor que de pronto ha surgido también en mis líneas. Salgo de la Torre y cierro la puerta a mi espalda.

Me siento en el banco de piedra sintiéndome muy confusa y él se sienta a mi lado mientras yo intento, sin ningún éxito, ignorar el efecto que su cercanía ejerce sobre mí.

—Conozco a alguien que puede ayudar a Marina y a las otras selkies —me dice mirándome a los ojos.

—¿Quién? —pregunto cuando la sorpresa se abre paso por la inquietante bruma que me provoca la atracción que siento por él—. Para eso necesitaríamos un ejército armado, y Jules me dijo que solo la Resistencia Celta dispone de una fuerza tan organizada...

Yvan sonríe con ironía.

—¿Has olvidado de dónde soy?

Me sonrojo y le devuelvo la sonrisa. Claro. Si hay alguien en nuestro grupo que pueda tener algún contacto en la Resistencia celta tiene que ser Yvan.

—Mi madre es amiga de uno de los líderes de la Resistencia —me explica—. Le conozco desde niño. La Resistencia celta se mostró dispuesta a ayudar tanto a los fae como a los uriscos durante la Guerra del Reino. Quizá también ayuden a las selkies cuando descubran lo mal que las tratan aquí. Y... que se están quedando sin tiempo.

—¿Podemos avisarlo de alguna forma?

Yvan niega con la cabeza.

—No podemos enviarle un halcón mensajero. Es demasiado arriesgado. Suelen interceptarlos a menudo. Tenemos que hablar con él en persona. Vive en Lyndon, mi ciudad natal.

Su comentario me deja de piedra.

—¿A quiénes te refieres? ¿Crees que debería ir contigo?

La sonrisa con la que me responde me provoca un escalofrío por todo el cuerpo.

—No pienso que vaya a creerse la historia si no vienes conmigo. Y... —el humor brilla en sus ojos verdes—, aprovecha que eres muy persuasiva.

Me río y le miro con aire burlón.

—¿Ah, sí? Igual ese es mi poder secreto.

—Creo que es posible —concede Yvan con un tono inesperadamente insinuante. Me clava sus ojos verdes y yo tengo que reprimir la repentina e inquietante necesidad de acercarme a él.

—La persona más indicada para hablar con él sería Marina —digo aturullada.

Yvan niega con la cabeza.

—El viaje es agotador, y Marina no está lo bastante fuerte como para hacerlo con esa forma. Además de que nos resultaría casi imposible disfrazarla.

Me reclino en la fría piedra de la Torre reflexionando en silencio. «Viajar a Celtania. Con Yvan.» Me cuesta imaginármelo.

—¿Cómo se llama tu amigo? —le pregunto.

—Clive Soren. Es cirujano. Hace muchos años trabajaba con mi padre. Yo hacía prácticas con él durante los veranos.

—Podría encontrar a alguien que hiciera mis turnos en la cocina —planteo con la cabeza alborotada ante la atrevida perspectiva—. Y no tendremos clases durante algunos días, por las vacaciones de invierno.

Pero entonces se me ocurre algo preocupante:

—Yvan, no puedo marcharme de Verpacia. Hay un ícaro que me atacó en Valgard antes de que llegara a la universidad, y si cruzo la frontera…

—Yo te protegeré.

Lo afirma con tal solidez que me quedo sin habla.

—Cruzar la frontera será un problema —le recuerdo—. La guardia verpaciana está demasiado conchabada con los gardnerianos. Querrán tener el permiso de mi tía antes de dejarme cruzar, y te aseguro que no me lo dará ni loca.

—No cruzaremos por el paso fronterizo.

Reprimo una carcajada.

—Yvan, tenemos que pasar por ahí. La única otra forma de llegar a Celtania es pasando por encima de la Cordillera Sur.

Se le curva la comisura del labio como si le divirtiera que yo pensara que eso podría suponer un obstáculo.

—Eso no es un problema.

Me lo quedo mirando con irónico desconcierto.

—¿Me estás diciendo que puedes volar? ¿Sin alas? ¿O acaso te salen por arte de magia cada vez que quieres?

Yvan se pone tenso y su sonrisa desaparece.

—Puedo escalarla.

—¿La Cordillera de Verpacia? —digo confundida por su repentino cambio de actitud.

—No es tan raro. Hay amaz que también pueden escalarla.

Lo miro pensativa recordando el enorme árbol al que se subió la noche que rescatamos a Naga.

—Así que entre tus muchas habilidades sobrenaturales tienes superpoderes para escalar. Tendré que volver a repasar mis libros sobre los fae para descubrir qué especies son capaces de escalar por paredes de roca verticales.

Yvan me mira entornando los ojos sin poder reprimir una sonrisa. La sensual curva de su labio superior capta toda mi atención un segundo y siento una ráfaga de calidez que me hormiguea en el cuello.

—Vale, es posible que tú puedas escalarla, Yvan —señalo intentando ignorar su ridículo atractivo—, pero yo no.

—Yo te ayudaré. En serio, Elloren, será fácil. Yo nunca viajo a casa cruzando el paso fronterizo. Siempre escalo la Cordillera.

—Entonces lo que estás diciendo es que me vas a llevar en brazos por toda la Cordillera.

Yvan asiente muy despacio con una sonrisita en los labios.

Lo miro con recelo.

—No me gustan las alturas.

Me mira con paciencia, como si estuviera esperando a que yo acabara de protestar y probablemente sabiendo que la preocupación que siento por Marina y las demás selkies superará al miedo. Y creo que sabe algo más, que debajo de todos los tortuosos sentimientos y la feroz tensión que hay entre nosotros, yo confío en él.

—¿Cuánto se tarda en llegar? —le pregunto cediendo.

—Cuando hayamos cruzado la Cordillera solo tardaremos algunas horas a caballo. Andras estará presentando cuatro yeguas en el mercado de caballos de invierno, y podremos encontrarnos con él allí y conseguir una montura. Después podemos viajar hasta Lyndon, encontrarnos con Clive y pasar la noche en mi casa. Volveremos al día siguiente.

Le miro con escepticismo.

—¿A tu madre le parece bien que me quede a dormir?

Me mira de reojo con cierta reserva.

—No está informada del todo.

Suelto una risilla amarga.

—Vaya, no quiero ni imaginarme la bienvenida que me dispensará.

—Mi madre es una mujer muy justa. Te dará una oportunidad.

—Nunca he salido de Gardneria —le confieso nerviosa y excitada ante la perspectiva—. Excepto para venir aquí, claro.

221

—Bueno —dice ladeando la cabeza—, pues ahora tienes la oportunidad de hacerlo.

Le miro arqueando una ceja.

—De estar rodeada por un país entero lleno de personas hostiles hacia mi persona.

Yvan sonríe un poco y señala mi túnica.

—Tendrás que disfrazarte un poco, pero ya te vistes como una celta la mayor parte del tiempo.

Agacho la cabeza para mirar la túnica marrón completamente anti-gardneriana que suelo ponerme cuando estoy aquí por las noches o cuando estoy trabajando en la cocina.

—Supongo que sí. —Levanto la mano y me subo la manga hasta el codo—. Pero ¿qué hacemos con esto?

Mi piel emite un suave brillo esmeralda bajo la sombría luz de la entrada. Yvan desliza un dedo por mi mano brillante provocándome un escalofrío que me sube por la espalda y siento su fuego palpitar por mis líneas. Retira la mano de golpe y aparta la vista carraspeando. Enseguida se vuelve de nuevo hacia mí aunque manteniendo una cautelosa distancia.

—Eres farmacéutica, Elloren —me dice con suavidad—. Estoy seguro de que serás capaz de encontrar una forma de ocultar tu brillo.

Me sonrojo y vuelvo a bajarme la manga preguntándome cómo se supone que podré ir con él a algún sitio sin perder el control. Pero tenemos que encontrar una forma de ayudar a Marina y a las demás selkies. Eso es lo único que importa ahora mismo.

—¿Cuándo quieres salir? —le pregunto.

—Este fin de semana, cuando empiecen las vacaciones de invierno.

—Muy bien —le digo tratando de ignorar la intensidad de mi atracción por él—. Iré contigo.

Algunos días después, Yvan y yo partimos hacia Celtania al alba. Cogemos un carruaje que nos lleva hacia la Cordillera del Sur, bajamos en una parada aislada por completo y caminamos por los bosques de Verpacia mientras el sol va alzándose por el horizonte.

A medida que nos internamos en el bosque, yo persuado a mis

líneas de fuego para que emitan un continuo fuego amenazador con el objetivo de mantener controlados a los árboles y alejarlos de mí. Yvan se estremece delante de mí y arquea la cabeza hacia atrás. Aminora el paso hasta detenerse y se da media vuelta para lanzarme una mirada feroz proyectando un breve destello dorado con sus ojos verdes.

El aire se carga de tensión y, por un momento, parece a punto de decir algo. Entonces aparta la vista y advierto que se está conteniendo, esforzándose por reconstruir el muro entre nosotros.

—Deberíamos seguir adelante —le digo cohibida al darme cuenta de que apenas tengo aliento.

Yvan asiente y retomamos nuestra caminata entre los árboles, y los dos nos esforzamos por reprimir nuestro poder de fuego. Por contenerlo.

Llegamos a la Cordillera Sur a media mañana y se me seca la boca cuando veo la impresionante altura de la montaña. No lo es tanto como la Cordillera Norte, pero sigue siendo muy escarpada: una mezcla de rocas verticales y hielo salpicada de pinos y matorrales.

Volar con Lukas por encima de la Cordillera Norte ya me pareció aterrador, pero pude contar con su magia para tranquilizarme y acallar mi miedo.

—Yvan —digo incapaz de controlar el vértigo que me está asaltando al mirar los picos—. No puedo hacer esto. Está demasiado alto.

Yvan mira la imponente montaña con los ojos entornados y las manos en las caderas.

—Todo irá bien —me dice con seguridad.

Yo niego con la cabeza con energía.

—No creo que pueda. Lo siento...

—Yo te llevaré —insiste—. Y no te dejaré caer.

Frunzo el ceño con el corazón acelerado de pensar en escalar la Cordillera.

—Ahora sería un buen momento para que me explicaras la verdadera naturaleza de tus poderes para escalar montañas —le digo nerviosa—. Me ayudaría a convencerme de que no voy a desplomarme hacia el vacío...

Sigo parloteando mientras él espera con paciencia a que termine. Al final dejo de hablar ya muy cerca de transigir. Yvan desprende un aura de relajada autoridad respecto a este asunto.

—¿No te caerás? —le presiono.

—No, Elloren —contesta con calma—. No me caeré.

—Vale —accedo levantando de nuevo la vista hacia los picos de la Cordillera—. Lo haré. Por Marina.

Yvan asiente comprensivo.

—Y entonces cómo quieres que… —empiezo a decir, pero de pronto me siento muy incómoda y me quedo callada.

Yvan vuelve a mirar la montaña como si estuviera valorando la dificultad de escalarla.

—Rodéame… el cuello con los brazos.

Se señala el cuello mientras habla con un tono un tanto forzado.

—¿Por… por la espalda? —le pregunto ruborizándome. Los sueños que he tenido sobre él desfilan por mi cabeza poniéndome todavía más incómoda.

—No —dice—, por delante.

Vacilo un momento, después cojo aire y doy un paso adelante manteniendo una casta distancia entre nosotros. Alargo los brazos y los apoyo sobre sus anchos hombros. El rubor me sube a las mejillas y se me acelera el corazón.

Enseguida me doy cuenta de que él también se ha ruborizado. Noto cómo Yvan se esfuerza por controlar su fuego, pero se le escapan algunas ráfagas caóticas.

—Acércate a mí todo lo que puedas —me indica con formalidad—. Todo lo pegada que puedas.

Vuelvo a coger aire y me pego a él rodeándolo por el cuello; me arden las mejillas.

Noto como se tensa de pies a cabeza al rodearme con fuerza por la espalda.

Me esfuerzo con desesperación para no pensar en lo caliente que está su cuerpo, en lo bien que huele. Como un fuego de medianoche.

—Ahora rodéame la cintura con las piernas —dice con firmeza.

«¿Qué?» Esto ya es demasiado. No estamos comprometidos. Esta clase de comportamiento está absolutamente prohibido.

224

—Elloren —dice Yvan con gran esfuerzo—, ya sé que esto es... raro. Pero no podré sujetarte bien si tienes los pies colgando. Necesito poder moverme con libertad. Ya sé que es... muy inapropiado.

—Eso es un eufemismo —contesto dejando escapar una risilla nerviosa, pero me dispongo a hacer lo que me ha pedido. Respiro hondo y me apoyo en su cuello y en sus hombros para empujarme hacia arriba mientras él me agarra por debajo para sostenerme. Le rodeo el cuerpo con las piernas colocando los muslos justo por encima de sus caderas.

El corazón me aporrea el pecho y noto cómo el suyo late con la misma fuerza.

—Ahora sujétate fuerte y estate lo más quieta posible —me dice—. Y... a lo mejor prefieres cerrar los ojos.

Asiento en silencio con la cabeza pegada a su hombro y cierro los ojos con fuerza.

Me agarra con más fuerza y su fuego me recorre todo el cuerpo: ardiente e intenso. Noto un escalofrío en la espalda que se desliza por mis líneas de fuego y me hace estremecer.

Yvan empieza a moverse y noto cómo los músculos de su cuello y sus hombros se tensan bajo mis manos cuando salta sin ningún esfuerzo. Percibo su fuerza, sus movimientos elegantes, y yo me olvido del pudor para agarrarme a él con todas mis fuerzas.

No me atrevo a abrir los ojos ni a pensar en la cantidad de placas resbaladizas de hielo de la Cordillera que hemos ascendido a lo que parece la velocidad del rayo. Así que me concentro en intentar recordar complejas fórmulas farmacéuticas. Recito en silencio los nombres de distintas constelaciones. Pienso en los pasos que hay que seguir para fabricar un violín y los visualizo uno a uno.

Un rato después noto la caricia de un viento helado en la cara y me doy cuenta de que los sonidos que nos rodean han cambiado, son más abiertos y ásperos. Y también comprendo que debemos de estar bastante por encima de los árboles.

Entonces nuestra orientación cambia y noto cómo Yvan me coge por debajo de los muslos para equilibrarme.

—¿Estás bien? —me pregunta con amabilidad, y yo asiento pegada a su hombro.

—Ya estamos en la cima —me dice sujetándome con fuerza mientras el viento nos azota—. Las vistas son preciosas.

Abro un poco los ojos y veo el brillante cielo azul. Yvan da media vuelta para que pueda ver las vistas que se aprecian por encima de su hombro, y yo jadeo asombrada.

Estamos en un saliente de roca y tenemos todos los bosques de la Cordillera Sur a nuestros pies. Los pueblos de Celtania se ven diminutos y todavía muy lejanos, toda la tierra está salpicada de nieve y brilla bañada por la luz del sol. Es tan espectacular que debería haberme quedado helada, pero no lo estoy en absoluto. Yvan está deliciosamente caliente.

Cuando empezamos a descender vuelvo a cerrar los ojos, es una caída prácticamente vertical. Al poco, el intenso olor a pino se intensifica y antes de que me dé cuenta Yvan se detiene.

—Ya estamos abajo, Elloren.

Sus labios me rozan el cuello al decirlo, y noto su textura cálida y suave.

Cuando abro los ojos veo que estamos rodeados por un espeso bosque de pinos. Yvan me suelta y yo pongo los pies en el suelo. Le quito los brazos del cuello y me separo de él añorando su calor automáticamente al tiempo que el frío se me cuela por debajo de la capa.

Pero más que el calor lo que añoro es estar pegada a él.

—¿Entonces qué eres Yvan? —le pregunto intentando mantener un tono despreocupado—. ¿Un fae cabra montesa?

Se ríe un segundo de mi chiste, pero después adopta una expresión dolida.

—¿Tan terrible es? —le pregunto con delicadeza.

No me contesta, pero la mirada angustiada que asoma a sus ojos por un segundo hace que me sienta muy preocupada por él. Sea lo que sea es malo, y es evidente que no quiere hablar del tema.

Por lo menos conmigo.

Yvan aparta la vista con una expresión tensa en el rostro.

—Deberíamos ir tirando. Andras ya nos habrá preparado los caballos. Y es mejor que lleguemos a Lyndon antes de que anochezca.

Asiento y proseguimos nuestra ruta uno al lado del otro, serpenteando entre los árboles mientras nuestros brazos chocan de vez en cuando. Cada vez que ocurre una chispa de calor hormiguea en mis líneas de fuego, compartimos una sonrisa vacilante y yo tengo que resistirme para no caer en la tentación de darle la mano.

Mi mente retrocede hasta la noche en que liberamos a Naga. Recuerdo cómo Yvan me tocó la cara; la sensación que tuve de que quería besarme. Y aquella otra noche junto a su cueva, cuando ambos dejamos que nuestro fuego alcanzara al otro. En esas raras ocasiones es cuando he tenido la sensación de ver su verdadera esencia. Y hace solo un momento, cuando estábamos pegados escalando por la Cordillera, lo he vuelto a sentir.

Me dejo llevar por la imprudencia y dejo que mi mano choque contra la suya, y después entrelazo un dedo con su índice. Él respira hondo y yo noto el intenso fulgor de su poder cuando me lanza una ardiente mirada.

Y entonces entrelaza todos los dedos de la mano con los míos sin decir palabra.

Un buen rato después llegamos al final del bosque y empiezo a percibir el sonido de voces masculinas mezcladas con los resoplidos y relinchos de los caballos.

—Ponte la capucha para esconderte el pelo —me advierte Yvan mirando por entre los árboles y los densos matorrales en dirección al mercado de caballos; todavía tenemos los dedos entrelazados.

Ya me he camuflado el rostro gracias a un tinte que me preparó Tierney con un rubicundo tono celta para ocultar el brillo esmeralda de mi piel, y llevo el pelo prácticamente escondido bajo un pañuelo de lino blanco que me he puesto en la cabeza.

Le suelto la mano a Yvan, me meto hasta el último mechón de pelo negro debajo del pañuelo y después me coloco bien la capucha. A continuación me subo la bufanda de lana para ocultar la parte inferior del rostro.

—¿Sigo pareciéndome a mi abuela? —le pregunto notando el picor de la bufanda contra los labios al hablar.

—No —contesta Yvan esbozando una sonrisa cariñosa mientras me observa—. Pareces celta. No creo que nadie hubiera sorprendido jamás a tu abuela con una ropa como esta. —Me ofrece el codo y yo le cojo del brazo—. Tú quédate pegada a mí hasta que encontremos a Andras.

Cuando entramos en el mercado enseguida nos vemos rodeados por un torbellino de actividad. Hay muchos vendedores de caballos exhibiendo corceles de todos los colores y razas. Los hombres celtas se arrodillan junto a los caballos para estudiarlos y pasan las manos por las patas de los animales para asegurarse de que no tienen ningún defecto y regatean en busca de los mejores precios.

En el aire flota el cálido olor a excremento de caballo, cuero y heno. La acre fragancia me trae agradables recuerdos de cuando cuidábamos de los dos caballos que teníamos cuando vivíamos con el tío Edwin y de lo bien que me lo pasaba montando con mis hermanos.

Los caballos de Andras son, con diferencia, los más sanos y hermosos de todos los que hay en el mercado, y está rodeado de varios compradores interesados. Nos saluda con la mano en cuanto nos ve, después les dice algo a los hombres que tiene alrededor y se acerca donde aguardamos, cerca de la valla del prado.

—Hola, Andras —dice Yvan.

Andras saluda inclinando la cabeza y levanta la vista hacia la Cordillera Sur.

—No esperaba veros hasta mucho más tarde. La habéis cruzado en un tiempo increíble.

—Ha sido gracias a mis increíbles poderes de escalada —bromeo nerviosa—. Era como si lo hubiera hecho miles de veces. Aunque me ha parecido agotador tener que estar parando continuamente para rescatar a Yvan y evitar que se desplomara por la ladera. Esa parte ha sido un aburrimiento.

Andras alza una de sus cejas negras muy sorprendido e Yvan esboza una sonrisa irónica.

—Perdón —murmuro—. Estoy un poco nerviosa.

Andras se ríe y se marcha en busca de nuestra montura volviendo poco después con una yegua negra, para evidente decepción del hombre que la estaba estudiando.

La yegua ya está ensillada y preparada para partir, y me siento muy agradecida por lo bien que nos está tratando Andras.

—No hay prisa —nos dice Andras—. Mañana estaré todo el día aquí. Os esperaré.

Yvan pasa unos cuantos minutos dando palmaditas a la yegua en el cuello para relajarla antes de subirse a la silla con facilidad. Andras me ayuda a subir detrás de Yvan y después vuelve con sus compradores potenciales.

Mientras veo cómo se aleja la ancha espalda de Andras, rodeo a Yvan por la cintura y me pego a él. A él se le tensan los músculos del abdomen, pero enseguida se relaja. Me resulta muy íntimo abrazarlo de esta forma. Y muy emocionante.

—Bueno —dice Yvan volviendo la cabeza para poder verme con una sonrisita en los labios—, por lo visto puedo contar contigo para que me ayudes a cruzar la montaña mañana.

—Solo si me lo pides con cariño —le digo con tono seductor estrechándolo con un poco más de fuerza—, y por favor.

Maldigo las insinuantes palabras en cuanto las digo porque soy muy consciente de que estamos cruzando demasiadas de las fronteras que había entre nosotros.

El fuego acumulado de Yvan se reaviva de golpe y alza las cejas sonrojándose un poco.

—Perdona —retrocedo—. Es que estoy… nerviosa.

—No pasa nada —contesta con una sonrisilla levantando la mano para acariciar la mía, y a mí se me acelera la respiración.

Yvan se tensa, como si ahora fuera él quien lo recordara, y deja caer la mano. Entonces chasquea la lengua con fuerza, mueve los talones y partimos.

# 2

## El cirujano

*P*asamos la hora siguiente cruzando pequeños pueblos celtas rodeados de ruinosas granjas, y cada vez me siento más avergonzada y consternada.

Nunca había visto casas tan pobres y soy muy consciente de que mi pueblo es el principal responsable de la situación tan dura en Celtania. Mientras los gardnerianos viven en pueblos y ciudades hermosos y se alimentan de los frutos de sus fértiles cultivos, estos campos están descuidados y erosionados, y sus gentes avejentadas y sometidas.

Recuerdo haber leído sobre lo que ocurrió durante la Guerra del Reino, cómo las fuerzas gardnerianas expulsaron a los celtas de la mayoría de tierras fértiles y redujeron de forma drástica las fronteras del país arrancando a familias enteras de las tierras en las que habían trabajado durante generaciones. Casi puedo oír la voz de Lukas en mi cabeza recordándome con actitud engreída que los celtas trataron de la misma forma a los fae. Pero al observar las tierras que me rodean, me convenzo más que nunca de que ya ha llegado la hora de encontrar una forma mejor de hacer las cosas.

A medida que avanzan las horas, el día es cada vez más frío y oscuro, pues las nubes empiezan a adueñarse del cielo. Yvan y yo nos detenemos un rato en la puerta de una pequeña taberna para dejar descansar al caballo y comer algo. Andras nos ha metido en las alforjas un poco de pan, queso y frutos secos para el viaje, y yo saco la comida mientras Yvan ata las riendas de la yegua a un poste.

A nuestro lado pasan otras personas ocupadas con sus cosas, y vemos cómo del cálido hocico de sus caballos salen nubes de vapor que se marchan florando por el aire.

Mientras Yvan saca algo de comida para el caballo, un fornido anciano le ve desde el otro lado del camino y grita su nombre. Al tipo le asoma una barba blanca por debajo de la bufanda y lo mira con sus ojos marrones rebosantes de regocijo.

Yvan se endereza mientras el hombre se acerca.

—Yvan, hijo —le dice muy sonriente alargando la mano para estrecharle el brazo—. Deja que te vea, muchacho. Hacía muchísimo tiempo que no te veía. Te estás convirtiendo en un joven muy alto, ¿eh? —Me mira con muy buen humor y las mejillas sonrosadas—. ¿Y con quién vienes? ¿Una chica? —Le lanza una mirada traviesa a Yvan—. Y por lo visto no es la señorita Iris.

—No —contesta Yvan con seriedad—. Esta es Ren. Ren, este es Phinneas Tarrin, un viejo amigo de mi familia.

Me sorprende que Yvan me haya llamado Ren. Solo mis hermanos y Gareth me llaman así, pero enseguida me doy cuenta de lo hábil que ha sido. Es como si fuera un nombre falso que puede recordar fácilmente.

—Así que ahora es Ren, ¿eh? —bromea Phinneas con Yvan con tono sugestivo.

—Nunca fue Iris —le contesta Yvan con sequedad.

—¡No si le preguntamos a ella, chico! —exclama Phinneas entre risas dándole una palmada a Yvan en la espalda—. ¡No dejas de hacerte de rogar! Pobre señorita Iris. Ay, bueno, así es esta juventud tan inestable. Esta tiene unos ojos muy bonitos. —Se inclina hacia Yvan como si fuera a decirle un secreto importante—. Será mejor que no dejes escapar a la señorita Ren.

—No lo haré.

Su respuesta me sorprende y me excita.

—Te recomiendo que no acabes siendo un vejestorio solitario como yo —bromea Phinneas con un brillo travieso en los ojos. De pronto adopta una mirada nostálgica—. Hoy hace exactamente dos años y doce días que mi mujer falleció. Aunque está claro que volveré a verla muy pronto si los gardnerianos se salen con la suya. Nos iremos todos, de eso no hay duda. Nosotros no podemos competir con sus magos y sus dragones. Pero no importa. Yo digo que es mejor marcharse luchando.

Phinneas le guiña el ojo a Yvan y después le pasa la mano por el hombro.

—Ándate con ojo con este joven, muchacha. Se mezcla con personas muy peligrosas. Son todos muy revolucionarios. Aunque últimamente no se mete en líos en la universidad. —Mira a Yvan con fingida desaprobación—. Tanto estudiar os está quitando las ganas de pelear. Bueno, qué más da. No quiero asustar a tu chica. Parece una muchacha tranquila.

—Siempre evita meterse en líos —le dice Yvan con seriedad y yo tengo que hacer acopio de fuerza de voluntad para no reírme.

—Entonces será mejor que no se mezcle contigo, chico —le dice Phinneas jocoso.

—La verdad es que es un buen consejo —contesta Yvan un tanto serio.

Phinneas se queda mirando a Yvan un segundo, como si el comentario le hubiera sorprendido, y después se acerca a mí para tranquilizarme:

—Solo estoy bromeando, muchacha. Yvan es un joven maravilloso. Le conozco casi desde que nació. Te costará encontrar a alguien mejor. —Me aprieta el hombro por última vez antes de soltarme y darle unas palmaditas a Yvan en el brazo—. Será mejor que os deje solos. Cuida bien de la señorita Ren.

—Lo haré —contesta Yvan convencido.

—Muy bien —dice Phinneas observándonos con cariño—. Me voy. Dale recuerdos a tu madre.

Cuando Phinneas se marcha, Yvan y yo compartimos la comida en silencio. Me pregunto con cierto disgusto sobre su larga historia con Iris, y por lo que habría dicho Phinneas si yo me hubiera quitado la capucha y le hubiera dejado ver que no solo soy gardneriana, sino la nieta de Carnissa Gardner.

Y también me pregunto, mirando a Yvan a escondidas, a qué se referiría Yvan cuando le ha dicho a Phinneas que no me dejaría escapar.

—Voy a buscar agua para nosotros y el caballo —comenta Yvan terminándose la comida y sacudiéndose las migas de la ropa—. Solo tardo un minuto. Quédate con la yegua. Aquí hay muchos ladrones de caballos.

Cuando él entra en la taberna me pongo a observar a la gente con recelo esperando que no haya ningún problema. La amenaza del robo es desconcertante, pero entiendo que aquí la gente es tan pobre que es capaz de cualquier acto desesperado para alimentar a sus familias.

Yvan termina rápido con la tarea, pero cuando vuelve con una bota llena de agua parece asombrado, como si hubiera visto un fantasma.

—¿Qué pasa? —le pregunto.

Ondea la mano con expresión afligida.

—Más malas noticias sobre los gardnerianos. A veces hay cosas que… cuesta aceptar.

—¿Ha pasado algo? —pregunto con delicadeza.

Yvan vacila con una mirada distante en los ojos. Advierto que está más pálido que de costumbre.

—Es solo… alguien que conozco —dice tendiéndome la bota para que la meta en las alforjas—. Alguien que se ha enfrentado a los gardnerianos.

Es evidente que Yvan no quiere dar más explicaciones y que está muy afectado, así que lo dejo correr. Monta en la yegua, me tiende la mano para ayudarme a subir, y proseguimos nuestro camino hacia Lyndon.

233

Llegamos a la consulta quirúrgica de Clive Soren poco después de que caiga el crepúsculo, y las sombras empiezan a alargarse a nuestro alrededor. Es un edificio recio y blanco con una placa en la puerta en la que se lee: Clive Soren, Cirujano.

Yvan se acerca a la puerta principal con actitud de sentirse como en casa. Yo le sigo con cautela mirando a mi alrededor con curiosidad. La estancia delantera está llena de estantes con numerosos libros médicos, y veo una hilera de sillas pegadas a la única pared que no está cubierta de libros.

Yvan me pide que le espere, así que me siento y me quito la ropa de abrigo mientras él cruza la estancia en dirección a otra puerta, a la que llama antes de entrar. Cuando lo hace veo por un segundo un espacio muy parecido a este, pero en lugar de libros en las estanterías hay tarros llenos de diferentes hierbas y tónicos medicinales.

Una voz grave retumba a través de la puerta parcialmente abierta.

—¡Yvan Guriel! ¿Qué estás haciendo aquí?

Yo escucho con atención mientras Yvan le explica que ha traído a una persona que quiere presentarle a Clive.

—Pareces un poco reservado, Yvan —bromea Clive—. Has traído a una mujer, ¿verdad? Y apuesto a que no es Iris. Imagino que no debe de haberle hecho ninguna gracia.

Estoy empezando a odiar a Iris. No soporto que tenga una historia con Yvan y yo no. Y odio que todas las personas que conocemos quieran hablar de ese tema.

Yvan dice algo que no consigo entender y Clive se ríe con muchas ganas. Oigo el ruido de una silla arrastrándose por el suelo de madera y unos pesados pasos que se acercan a la puerta.

Por la expresión que veo en el rostro de Clive me queda muy claro que está muy predispuesto a sentir simpatía por mí. Es un hombre con un atractivo áspero: alto, de espaldas anchas, muy bien afeitado, con el pelo castaño y unos ojos marrones casi tan intensos como los de Yvan. También desprende ese aire de las personas que están acostumbradas a estar al mando, y a quien es mejor no hacer enfadar.

234

—¿Y a quién tenemos aquí? —pregunta encogiendo un poco la sonrisa cuando ve mi pelo negro y mi desaliñada apariencia.

Le tiendo la mano.

—Elloren Gardner.

Lo que quedaba de su sonrisa desaparece tras una expresión de rabia estupefacta. De pronto parece que esté aguantando la respiración y reprimiéndose para no golpearme con ambos puños, que tiene apretados con fuerza a ambos costados del cuerpo.

—Tengo que hablar contigo, Yvan —anuncia Clive con aspereza. Me fulmina con la mirada, vuelve a entrar en la otra sala y cierra de un portazo.

Me acerco a la puerta dolida y oigo sus voces al otro lado de la madera.

—¿Por qué diantre la has traído aquí?

—Necesitamos tu ayuda —contesta Yvan con firmeza.

—¿Necesitamos? Últimamente te relacionas con personas muy interesantes, Yvan.

—Ella no es como tú piensas.

—¿Ah, no? ¿Me estás diciendo que no es la nieta de Carnissa Gardner?

—Sí que lo es.

—No te tenía por un tonto de remate, Yvan.

—Y no lo soy.

—¿Te estás acostando con ella? ¿Con esta… gardneriana?

Pronuncia la palabra como si fuera el insulto más horrible que existe.

—No —espeta Yvan ofendido.

—Entonces no has perdido la cabeza del todo.

—No me estoy acostando con ella —repite Yvan con dureza.

Se hace un momento de silencio.

—¿Qué le has explicado sobre mí, Yvan?

El tono de Clive es grave y combativo.

—Que eres amigo mío. Alguien que podría ayudarnos. Y que eres miembro de la Resistencia.

Clive blasfema por lo bajo.

—¿Tienes idea de lo peligroso que es relacionarse con esta chica?

—Sí.

—¿Le han hecho el examen de varita?

—Es de Nivel Uno. Solo se parece a su abuela. No tiene acceso a su poder, y Elloren no tiene nada que ver con ella.

Más silencio.

—¿Para qué has venido, Yvan?

—Elloren ha rescatado a una selkie.

Vuelve a hacerse el silencio, más prolongado en esta ocasión.

—Una selkie.

—Sí.

—Espera, debo de haberte entendido mal. ¿Me acabas de decir que la sobrina de Vyvian Damon ha rescatado a una selkie?

—Sí.

—¿De quién?

—De casa del conserje de la universidad de Verpax.

Se produce un tenso silencio. Entonces se abre la puerta de golpe y yo reculo de un salto y levanto la vista para encontrarme con la furiosa mirada de Clive.

—Lo… lo siento… —empiezo a tartamudear.

—Entra —ruge.

Entro en la habitación recelosa, sin saber qué debo hacer a continuación.

235

—Siéntate —me ordena con brusquedad señalando una silla. Yvan está apoyado en el alféizar de la ventana con los brazos cruzados, y observa a Clive con mucha intensidad.

Clive se me queda mirando un buen rato, como si me estuviera analizando.

—Robaste una selkie.

—Liberé una selkie, sí —contesto poniéndome bien derecha para estar a la altura de su opresiva mirada.

—Santísimo Gran Ancestro, eres igual que tu abuela.

—Eso me dice todo el mundo —contesto con frialdad.

Parece quedarse momentáneamente desconcertado.

—Será mejor que te tapes la cara mientras viajas por Celtania —me advierte—. Tu abuela no gozaba de muchas simpatías por aquí.

—Soy muy consciente de ello.

—Así que, Elloren Gardner —dice Clive incapaz de decir mi nombre sin cierto desdén—, ¿qué quieres de mí?

—Las selkies no son como todo el mundo piensa —le explico nerviosa—. Marina... la selkie que rescaté... puede hablar.

Clive parece asombrado.

—¿Estás segura?

—Totalmente.

Me mira con recelo.

—Hace muchos años que las selkies están por aquí. Son el secreto sucio de los gardnerianos. ¿Por qué no se han molestado en hablar hasta ahora si pueden hacerlo?

—Porque les cuesta mucho —le explico—. Hablar fuera del agua es algo que les es completamente ajeno, y les cuesta mucho reproducir el sonido de nuestros idiomas. Ellas están acostumbradas a hablar contra la resistencia del agua, no del aire.

—¿Y cómo es que tu selkie tiene tanto talento?

—A Marina se le dan bien los idiomas. Y ha tenido la oportunidad de vivir con personas que son amables con ella —le explico—. Eso le ha dado tiempo para aprender el Idioma Común. Ahora lo habla con soltura. Incluso ha aprendido alguna palabra en élfico.

—¿En élfico?

—Mi compañera de piso. Es elfa.

Clive se vuelve hacia Yvan en busca de confirmación.

—Una elfa ícara —le aclara Yvan.

Clive alza las cejas e Yvan también le habla sobre Ariel. Clive se vuelve de nuevo hacia mí claramente asombrado.

—Así que tu selkie puede hablar.

—Si quieres puedes venir a conocerla y te lo demostramos —me ofrezco.

—¿Por qué es tan importante para ti demostrármelo?

Su pregunta me deja de piedra. Miro a Yvan muy confusa y él se ofrece a explicárselo.

—Marina tiene una hermana —le dice—. También la han capturado. Queremos rescatarla, y a las demás. A todas.

—Queréis rescatar a todas las selkies —repite Clive incrédulo.

—Sí —confirma Yvan con expresión firme—, antes de que Vyvian Damon convenza al Consejo de Magos para que las ejecuten a todas.

—Y quieres contar con la ayuda de la Resistencia.

—Sí.

—¿Pretendes que la Resistencia dedique sus escasos recursos a rescatar selkies ahora que los gardnerianos se cuentan por cientos en la frontera de Celtania?

—No hablo de todos los recursos —insiste Yvan con obstinación—, solo de una parte.

—Los gardnerianos nos invadirán en cualquier momento.

—Están apaleando a las selkies —intervengo enfadada—. ¡Las están violando!

—Sé muy bien lo que les está pasando a las selkies —ruge Clive.

—No son animales —prosigo impertérrita—. Son personas, igual que nosotros…

—¡Y también lo son los habitantes de Celtania! —espeta enseñando los dientes—. ¡Pero si no entregamos todo nuestro país a Gardneria, tu pueblo está decidido a sacrificarnos a todos!

—Hubo un tiempo en que la Resistencia ayudó a los fae —le recuerdo con tono desafiante—. Ayudaron a los uriscos. Las selkies son personas. Igual que ellos.

—Llevo años pensando que el contrabando de selkies es una de las cosas más asquerosas que he visto en toda mi vida —reconoce Clive con los ojos en llamas. Se pasa una mano por la barbilla con cara de estar muy enfadado—. ¡Pero tu gobierno está a punto de venir aquí con la intención de esclavizar a todo mi país! Así que lamento mucho no poder dejarlo todo para irme a rescatar a unas focas, pero a menos que las selkies puedan ayudarnos a luchar contra los gardnerianos, no me sirven para nada.

—¡Yvan me dijo que te interesaba la justicia! —espeto.

—Y así es. La justicia para mi gente.

—¿Y para nadie más?

Por un momento parece que esté a punto de golpearme, y puede que Yvan también lo haya pensado, porque se acerca a mí con actitud protectora.

—Me estoy esforzando mucho para tratarte como la ingenua y sobreprotegida princesa gardneriana que sin duda eres —dice Clive con frialdad—, pero si quieres la verdad no dudes que la acabarás encontrando.

—Perfecto —le contesto.

—Aquí ocurre algo parecido, aunque sucede con chicas uriscas y con algunas selkies. Y algunos de nuestros hombres suelen frecuentar esos… establecimientos —dice la palabra con asco—. La mayoría de los hombres de la Resistencia no sentirán ninguna empatía por unas cuantas putas selkies. Y tampoco les importan las chicas uriscas.

—¿Y tú eres uno de esos hombres? —le pregunto asqueada y desilusionada—. ¿Vas por ahí violando jóvenes uriscas y selkies en tu tiempo libre?

Yvan está visiblemente agitado.

—No —contesta Clive lanzándome una mirada cargada de advertencia—. Ya te he dicho que me parece asqueroso. Pero soy realista, Elloren Gardner.

—Entonces no hay nadie —susurro abatida por la injusticia de la situación—. Nadie las ayudará. Solo nosotros.

Clive reflexiona un segundo. Yvan está mirando por la ventana a nada en particular con una expresión tensa y rabiosa en el rostro.

—Quizá haya alguien dispuesto a ayudaros —admite Clive un tanto vacilante.

Yvan y yo nos volvemos hacia él.

—¿Quién? —preguntamos casi al unísono.

—Las amaz.

Yvan y yo nos miramos asombrados.

—Id a pedírselo a su reina —sugiere Clive—. Aunque no podéis llevar hombres a menos que queráis ver como pierden la cabeza bajo sus hachas. Preguntad por Freyja. Decidle que yo os he enviado. Decídselo en privado. No mencionéis mi nombre delante de nadie más.

—¿Quién es Freyja? —pregunto.

Clive aparta la mirada con una amarga y melancólica sonrisa en los labios.

—Una vieja amiga.

Es más que una amiga. Eso me queda claro en cuanto advierto la cara que pone al decir su nombre.

—Ellas os ayudarán —confirma mirando por la ventana en dirección al bosque sin fijar la vista—. No pueden soportar ver a ninguna mujer sufriendo esa clase de abusos. Les provoca mucha rabia, y si hay un grupo de personas al que uno no deba hacer enfadar, confiad en mí, esas son las amaz.

Clive se vuelve para mirarme y adivino algo nuevo en sus ojos. Cree lo que ha dicho Yvan, que no soy como él creía.

—Si vas a hacer alguna petición a las amaz —dice—, debes tener cuidado y seguir su protocolo cuando te acerques a la reina. No puedes cometer ningún error. ¿Conoces a alguien que pueda ayudarte a aprender sus costumbres?

Yvan le habla de Andras, y también de Diana y de Jarod.

—¿Tu madre sabe algo de esto? —le pregunta Clive a Yvan con una sonrisita en los labios—. Lo último que sé es que estaba encantada de que estuvieras encerrado en la universidad, estudiando, sin meterte en líos, trabajando en la cocina y enviándole hasta el último céntimo que te sobraba a ella.

—La mayor parte de eso es cierto —explica Yvan.

—Menos lo de no meterte en líos.

Yvan no le contesta.

Clive niega con la cabeza y le mira de soslayo.

—No me importaría estar presente cuando se la presentes a tu madre. ¿Vais ahora allí?

—Nos quedaremos en casa esta noche —le dice Yvan.

—Muy bien. Buena suerte. —Clive me mira como si me estuviera evaluando—. Es posible que esto no le resulte… fácil de aceptar.

—Mi madre es una mujer muy justa —insiste Yvan.

239

Clive aprieta los dientes, es como si quisiera discutírselo pero se estuviera conteniendo. Sus dudas me duelen un poco. Ya sé que a la madre de Yvan le costará aceptarme. Pero para Clive también ha sido difícil y se ha convencido bastante rápido.

«Todo saldrá bien.»

—Yvan —dice Clive como si acabara de recordar algo—. Por lo visto han robado un dragón de una base militar gardneriana cerca de tu universidad. Tú y tus amigos no habréis tenido nada que ver con eso, ¿verdad?

Dejo de respirar un segundo y veo que a Yvan se le tensan todos los músculos del cuello.

—Porque un dragón sin amaestrar sería un arma muy útil —añade Clive—. Me encantaría tener uno.

—Eso tendría que decidirlo el dragón —comenta Yvan muy relajado esquivando la penetrante mirada de Clive.

—En ese caso le preguntaría al dragón con mucho respeto qué le parece la idea de que los gardnerianos se apoderen de toda Erthia y que acaben amaestrando a todos los dragones que encuentren.

Yvan pasea la vista por los estantes llenos de medicamentos.

—Si me encuentro con algún dragón le daré tu mensaje.

Clive se abalanza hacia Yvan y le agarra del brazo.

—Ten cuidado, Yvan. Los gardnerianos son más listos de lo que parece. Y esto se te escapa de las manos. Si no te advirtiera de esto tu madre me retiraría la palabra.

Yvan agacha la cabeza y se queda mirando la mano que Clive le ha puesto en el brazo, y después vuelve a mirarlo sin sentirse intimidado en absoluto. Esto me recuerda aquella vez que Rafe agarró a Diana y ella se planteó la posibilidad de arrancarle el brazo. Y me sorprendo convencida de que Yvan, si de verdad quisiera, podría hacer lo mismo.

—Iré con cuidado —le asegura Yvan.

Clive le suelta el brazo.

—Bien. —Frunce el ceño al mirarme—. Ha sido interesante conocerte, Elloren Gardner. Espero que no acabes haciendo que te maten—. Se vuelve hacia Yvan—. Cuídate mucho, Yvan. Y buena suerte con tu madre. Vas a necesitarla.

# 3

## Magia Negra

*L*legamos a casa de Yvan justo cuando el último rayo de sol se esconde tras el horizonte. La calidez de la acogedora y cuidada casita contrasta intensamente con la fría oscuridad que reina en el exterior.

Yvan le indica a la yegua que reduzca el paso para entrar trotando en los extensos jardines de su madre, que han sido tapados para evitar la mordedura del invierno.

Desmontamos y entramos en el pequeño y recogido granero, donde metemos a la yegua en un establo junto a un caballo con manchas grises que relincha con alegría al ver a Yvan. Mientras yo le quito la silla a nuestro caballo y preparo un poco de avena para que coma, Yvan le dedica un rato al castrado, un animal al que, según me cuenta, crió desde que era un potrillo.

Después nos dirigimos hacia la casa. Tengo el corazón acelerado.

«Todo irá bien —me convenzo—. Yvan ha dicho que su madre es una mujer justa.»

Cuando nos acercamos a la casita Yvan parece vacilar. Yo me rodeo con los brazos algo nerviosa y me ciño la capa de lana. El aire es gélido y húmedo y se irá enfriando cada vez más ahora que se ha puesto el sol. Miro las ventanas iluminadas por el fuego con ganas de pasar y entrar en calor.

Yvan se vuelve hacia mí con una expresión un tanto vacilante.

—Quizá sea mejor que esperes aquí, Elloren. Yo hablaré con ella un momento antes de presentarte.

—Está bien —acepto sintiéndome cada vez más nerviosa.

Yvan se acerca a la puerta y llama mientras yo me quedo esperando bajo la sombra de un roble gigantesco, como si fuera una forajida. Abre la puerta una mujer que es sin duda la madre de Yvan. Son iguales, aunque ella es mayor y mujer. Tiene el mismo rostro anguloso y atractivo, los mismos penetrantes ojos verdes, y la misma complexión larguirucha y desgarbada. Lo único que tienen diferente es el pelo, la madre tiene una sorprendente melena roja, mientras que Yvan lo tiene castaño.

Me pregunto por qué Yvan me dijo que es igual que su padre. Es evidente que a quien se parece es a su madre.

La mujer se sobresalta al verlo y alza sus elegantes y esbeltas manos. Lo abraza muy contenta.

Yo me quito la capucha y empiezo a desenroscarme la bufanda mientras contemplo su feliz reencuentro. Me sacudo el pelo preparándome para presentarme como es debido, mi voz ya no está apagada por las capas de tela, mi rostro está al descubierto, y lo único que queda oculto es el brillo verde de mi piel. Lo mejor es que la madre de Yvan vea enseguida quién soy. Así superará más rápido la sorpresa.

242

Me muero de ganas de causarle una buena impresión a esta mujer, mucho más que a la familia de Diana, y se me encoge el estómago mientras espero.

Yvan le dice algo a su madre que no consigo distinguir, pero le oigo mencionar mi nombre. A ella se le borra la sonrisa y adopta una expresión confusa. Vuelve la cabeza hacia mí como si estuviera intentando verme a través de la oscuridad.

Yo salgo de entre las sombras asumiendo que esa es la señal para que me acerque, y avanzo con el corazón acelerado. Cuando me acerco la luz de la casa se vierte sobre mí.

La madre de Yvan hace una mueca horrorizada y da un paso atrás, por poco pierde el equilibrio.

—Yvan —jadea llevándose una mano al cuello y mirándome fijamente—. ¿Qué estás haciendo? ¿Qué hace esta... cosa contigo?

La reacción de la mujer es tan violenta que Yvan me mira confundido, como si quisiera comprobar que él y su madre están mirando a la misma persona.

—No es una cosa —le dice poniéndole una mano en el brazo para tranquilizarla—. Es mi amiga.

LA FLOR DE HIERRO

Ella se vuelve hacia él.

—¿Tu amiga?

—Y tiene nombre, mamá. Se llama Elloren.

—Yvan, tengo que hablar contigo —le dice con mucho ímpetu mirándome como si yo fuera una aparición demoníaca, alguna criatura aterradora que ha vuelto de entre los muertos—. A solas. Ahora.

Yvan frunce el ceño y me mira preocupado.

—Danos un momento, Elloren —dice con amabilidad antes de seguir a su madre hacia el interior de la casa.

La puerta se cierra con firmeza tras ellos, desapareciendo la mayor parte de la luz y me deja envuelta en las gélidas sombras una vez más. Lo mismo que ha pasado con Clive Soren.

«Pero Clive ha entrado en razón muy rápido», me recuerdo intentando consolarme.

Espero un momento sintiéndome sola y rechazada antes de reunir el valor suficiente como para entrar en el porche y pegarme a la puerta cerrada. Esto de escuchar a escondidas por segunda vez en un día me hace sentir incómoda, pero la cosa va mal y quiero saber hasta qué punto puede empeorar.

—¿Has perdido la cabeza? —sisea la madre de Yvan—. ¿Sabes lo que es esta chica?

—Sí —contesta él tenso.

—¿Eres consciente de lo peligrosa que es? ¿De lo peligrosos que son todos? ¿Qué hace contigo?

Noto el oscuro recelo que destila su voz.

—Ya sé lo que estás pensando, pero te equivocas.

—Por favor, Yvan, por favor dime que no es tu amante.

Yvan vacila un momento antes de contestar.

—No lo es.

—¿Estás enamorado de ella?

Vuelve a vacilar.

—Es mi amiga.

—¿Es que te he educado para que te conviertas en un bobo? ¿Tienes idea de la clase de magia negra que corre por las venas de esa chica?

Esbozo un gesto de dolor; soy muy consciente del oscuro poder que siento siempre que estoy con Lukas, pero Yvan suelta una risa incrédula.

243

—Ya le han hecho el examen de varita, madre. Es una maga de Nivel Uno.

—No puedes ser amigo de esa chica, Yvan —insiste la madre con urgencia, como si aquello le estuviera afectando muchísimo.

—Entiendo tu preocupación… —empieza a decir Yvan intentando tranquilizarla.

—¡Tú no entiendes nada! —aúlla con una ferocidad asombrosa, y sus palabras me atraviesan como un látigo—. ¡Son monstruos, Yvan! ¡Monstruos! ¡Harían cualquier cosa con tal de hacerse con el poder! ¡Por el control! ¡No tienes ni idea de qué son capaces! Tú solo eras un niño…

—¡Ella no es como piensas!

—¿Cómo has podido traer a esta horrible criatura a nuestra casa?

—¡No es ninguna criatura! Si la conocieras…

—¿Qué pasa, acaso crees que tú sí la conoces? ¿Crees que es digna de confianza? —Su madre guarda silencio un momento y cuando vuelve a hablar su voz está teñida de pánico—. ¿Cuánto le has contado, Yvan? ¿Qué sabe?

—Nada. No le he explicado nada.

Me engulle la confusión.

—¿Es que no tienes ningún respeto por la memoria de tu padre? —le espeta su madre iracunda.

—¡Ella no eligió la familia en la que le tocó nacer! —le contesta con ímpetu—. Pensaba que precisamente tú serías capaz de ver más allá de su apariencia y le darías una oportunidad.

—¡Es la nieta de Carnissa Gardner!

—¡Ella no puede evitar ser quien es! ¡Ni yo tampoco!

—¡Aunque por algún extraño giro de la naturaleza no sea tan monstruosa como sus familiares, su tía ocupa un puesto en el Consejo de Magos! No puede quedarse aquí, Yvan. ¡No puedo tenerla en mi casa!

—No tenemos ningún otro sitio al que ir.

—Tú sí que tienes dónde alojarte, Yvan. Siempre tendrás un sitio aquí. Pero ese monstruo que has traído a nuestra casa no. Ella jamás pondrá los pies bajo este techo.

—Entonces encontraremos otro sitio al que ir.

Ahora el tono de Yvan es duro como el sílex.

—Yvan, pídele que se marche —le suplica su madre—. Estoy segura de que tiene el dinero suficiente...

—Pues no. Trabaja conmigo en la cocina.

Su madre hace un ruidito desdeñoso.

—Me cuesta mucho creer eso.

—¿Cuándo te he mentido?

—De todas las jóvenes con las que vas a la universidad, ¿eliges a la nieta de Carnissa Gardner como amante...?

Yvan la miró con semblante amargo.

—¿Amante? Ya te he dicho que no es eso. Y por favor, madre, dime, ¿cómo se supone que voy a poder tener una amante algún día?

Esa pregunta da que pensar a su madre.

—Yvan, yo nunca...

—Ya no soy un niño —le recuerda con firmeza—. Y tú no me criaste para que fuera ningún bobo.

—No puedo permitir que se quede aquí, Yvan. Tienes que entenderlo. Esta chica es un peligro para todos.

—Entonces me marcho. Elloren me está esperando fuera muerta de frío, y es peligroso para ella viajar sola.

—¿Cómo de peligroso?

Yvan vacila un momento antes de contestar.

—Hay un ícaro que la está buscando.

—Un ícaro —repite su madre con amargo sarcasmo—. Muy bien —dice con un tono ácido—, pues espero que el ícaro la encuentre.

Oigo el ruido de un mueble cayendo al suelo y unos pasos que se acercan a la puerta.

Su madre lo llama:

—¡Espera... Yvan!

Yo retrocedo de un salto cuando Yvan sale de la casa y cierra de un portazo. Le arden los ojos. Se acerca a mí a toda prisa y me coge del brazo para alejarme de la casa camino del establo. Camina tan rápido que apenas consigo seguirle los pasos.

Una vez en el establo observo en silencio cómo desengancha nuestro caballo apretando los dientes y con el cuello muy tenso, se mueve como a tirones, y los caballos reaccionan a su mal humor inquietándose un poco.

Nos alejamos de la casa a pie e Yvan guía al caballo.

—¿Qué vamos a hacer? —le pregunto preocupándome al ver la casa desapareciendo a nuestra espalda. Ya es noche cerrada y hace mucho frío. Llevo muy poco dinero encima y, a juzgar por lo que ha dicho Clive sobre eso de que Yvan envía la mayor parte de su sueldo a casa, sospecho que él tampoco andará muy holgado de fondos—. ¿Dónde nos vamos a alojar?

No me contesta enseguida y yo solo veo su gesto airado mirando hacia delante. Al final se para, se lleva la mano libre a la cadera y clava la mirada frustrada en el suelo antes de volver a mirarme.

—Lo siento, Elloren.

—No es culpa tuya.

—No pensé… —Se le apagan las palabras y suspira con fuerza. Yvan gesticula hacia delante con la mano—. Hay una posada a una media hora a caballo en dirección este. No es el lugar más lujoso del mundo, pero quizá podamos encontrar una habitación donde pasar la noche.

# 4

## Un alojamiento para pasar la noche

—¿Cuánto pide por dos habitaciones? —le pregunta Yvan al posadero.

Miro algo nerviosa a mi alrededor. Yvan tenía razón cuando ha dicho que esta pensión no es el sitio más lujoso del mundo. Es una pensión de mala muerte. Hay algunos hombres celtas en la taberna, muchos están borrachos, otros se me han quedado mirando sin ninguna vergüenza cuando hemos entrado, como si estuvieran intentando adivinar la figura que escondo bajo la ropa de invierno.

Enseguida me doy cuenta de que soy la única joven que hay aquí. Hay otra mujer, pero es una anciana con cara de amargada que me ha fulminado con la mirada antes de volver a concentrarse en su tarea, que consiste en servir bebidas y limpiar el desastre que dejan a su paso sus incivilizados clientes.

Me acerco a Yvan guiada por el instinto y lo cojo del brazo, y él tira de mi brazo en un gesto protector. El revenido olor a humo de pipa rancio sumado al alcohol flota en el aire y me obtura los pulmones.

El posadero, un anciano malhumorado, observa a Yvan con actitud especulativa.

—Cuarenta florines la noche.

—Cuarenta florines —repite Yvan incrédulo.

Se está aprovechando de nosotros. Pero es tarde, hace frío y la posada más cercana está a muchos kilómetros de distancia.

—Exacto —contesta el tipo dejando de mirarnos para repasar algo que tiene apuntado en unos papeles. Yvan lo atraviesa con la mirada antes de volverse hacia mí.

—No tenemos suficiente. —Le estrecho el brazo con suavidad. Miro al posadero, que ahora me está observando con los ojos entornados. Vuelvo a mirar a Yvan tratando de ignorar la mirada del hombre—. Podríamos compartir la habitación.

Noto cómo me sonrojo, incluso a pesar de lo mucho que me estoy esforzando para permanecer impasible.

—Vaya, vaya —entona el posadero con tono sugestivo—, creo que deberías aceptar la sugerencia de la dama, chico. Ya que se muestra tan dispuesta.

Yvan clava sus intensos ojos verdes en el posadero evidentemente ofendido del insulto implícito en sus palabras. El hombre se sobresalta un poco y vuelve a concentrarse en sus papeles.

—Está bien.

Yvan le entrega veinte florines al hombre.

—Tendréis que encender vosotros mismos el fuego —nos informa el posadero cogiendo las monedas—. La madera seca cuesta diez florines más.

A sus ojos asoma una mirada codiciosa.

—Diez florines por la madera —repite Yvan con rotundidad y los músculos del cuello cada vez más tensos.

—Esta noche hace mucho frío —comenta el posadero con aire engreído evidentemente encantado de jugar con ventaja.

Yvan me mira y yo me encojo de hombros. No tenemos más dinero.

—Tendremos que pasar sin ella —le contesta Yvan con frialdad.

—No importa. —El posadero me mira con lascivia antes de volver a clavar los ojos en Yvan con cierta envidia—. No me cabe duda de que esta preciosidad te mantendrá caliente.

Se echa a reír y a toser al mismo tiempo orgulloso de su comentario y veo sus dientes desordenados y manchados de tabaco.

Yvan se desplaza a la velocidad del rayo, alarga el brazo por encima de la barra, agarra al posadero por la pechera de la camisa y tira de él. Yo me estremezco sorprendida y la estancia que tenemos a la espalda se queda en silencio.

—Discúlpate ahora mismo —le ordena Yvan con voz relajada.

—Lo siento, señorita —dice el posadero con la voz entrecortada.

Yvan lo suelta empujándolo con aspereza y el tipo se tambalea hacia atrás. Después le tiende la llave mirando a Yvan con recelo.

—La habitación está al final del pasillo —anuncia con un hilo de voz—, a la izquierda.

Yvan le quita la llave, me coge de la mano y nos vamos hacia la habitación.

El dormitorio es pequeño y frío, hay una cama vieja cubierta por una manta de lana muy delgada. Hay un farol tenue sobre una mesita junto a la ventana y veo un poco de ceniza junto al borde de la oscura chimenea apagada.

Me rodeo el cuerpo con los brazos notando cómo el frío se me cuela en los huesos. Yvan cierra la puerta y se queda quieto mirando a su alrededor incómodo, como si no supiera dónde meterse.

—Hace mucho frío —digo haciendo hincapié en lo evidente para romper el hielo.

Yvan asiente sin decir una palabra y se queda mirando la chimenea.

—Iré a buscar un poco de madera —se ofrece. Se da media vuelta en dirección a la puerta.

—Estará empapada —señalo.

Fuera ya hace un rato que ha empezado a caer una gélida agua-nieve.

Yvan me mira con la mano puesta en la manecilla de hierro forjado y frunce los labios con sarcasmo.

—Se me da bastante bien hacer fuego.

Lo miro con complicidad.

—Soy muy consciente de ello.

Adopta una expresión incómoda.

—Enseguida vuelvo —me dice saliendo a las sombras del pasillo, pero se detiene un momento antes de cerrar la puerta—. Elloren —me dice con tono cauteloso—, cierra la puerta mientras no estoy.

—Sí. Ya lo sé.

Asiente satisfecho y cierra la puerta.

Yo corro el pestillo.

249

ᛉ

Yvan no tarda mucho en volver. Estoy tumbada en la cama, tapada con la manta de lana, completamente congelada y medio dormida. Cuando le oigo llamar a la puerta me levanto, le abro y vuelvo a tumbarme en la cama exhausta.

Yvan se arrodilla junto a la chimenea y coloca los palos y los troncos que ha traído. En cuestión de segundos arde un agradable fuego en la chimenea, pero su calor no consigue que desaparezca del todo el frío de la habitación. Yvan se levanta, se limpia las manos en los pantalones y mira a su alrededor con incomodidad.

—Duerme tú en la cama —se ofrece—. Yo dormiré en el suelo.

Me lo quedo mirando incrédula.

—Yvan, las baldosas del suelo están asquerosas.

—No pasa nada —me asegura mirándolo con recelo.

—Si quieres… —empiezo a decir dubititiva—, podemos compartir la cama…

—¡No! —exclama con sorprendente firmeza.

El rubor me sube por las mejillas.

—No me refería a….

—Ya lo sé —se apresura a contestar mirando a su alrededor. A cualquier cosa que no sea yo.

—Solo me refería a…

—No pasa nada —insiste mirándose los pies. Yvan suspira —quizá dándose cuenta de la dureza de su tono— y parece hacer un esfuerzo para suavizar su expresión y su tono de voz—. Gracias —dice—, ya sé a qué te referías, Elloren. Pero te aseguro que estaré bien en el suelo.

—Ya sé que dormir en la misma cama es… inapropiado —insisto temblando debido al frío y los nervios—. Pero no tiene por qué enterarse nadie. Y… tú siempre estás muy calentito.

Yvan me mira con aspecto de sentirse arrepentido y se da cuenta de que estoy temblando.

—Claro. Debería haberme dado cuenta del frío que tienes. Yo no siento el frío, y…

Se calla de golpe y me mira de soslayo.

Le aguanto la mirada sorprendida al oír su confesión. De pronto Yvan parece tan tenso y tan cansado como me siento yo. Mira la cama con ansiedad.

—La verdad es que me encantaría poder tumbarme, aunque sea solo un momento —admite.

Me tumbo en la cama y le hago sitio con el corazón acelerado. Yvan se sienta en el borde y me dedica una pequeña e incómoda sonrisa por encima del hombro antes de inclinarse para quitarse las botas. Después se tumba a mi lado y extiende su larguísimo cuerpo sobre el colchón dejando escapar un largo suspiro.

Me roza con el brazo que está deliciosamente cálido. Casi ardiendo. Respiro hondo y empiezo a coger temperatura cuando él libera un poco de calor y su fuego empieza a deslizarse por mis líneas como si fuera una caricia. Me resulta extraño y descarado esto de estar tumbada en la cama con él, pero es maravilloso. Me siento cómoda y segura.

—No tienes por qué retener tu fuego —le digo envalentonada por el cansancio—. Ya hace mucho rato que me he dado cuenta de que lo reprimes y… ya sé que te cuesta.

Él esboza una sonrisa exhausta y se le oscurecen los ojos.

—Confía en mí, Elloren, tengo que contenerlo.

Se le borra la sonrisa y se le escapa una llamarada.

Me pregunto qué querrá decir con eso, pero no parece que tenga ganas de explicarse, así que decido no preguntar.

La corriente que se cuela en la habitación sopla con un poco más de fuerza y las telarañas que cuelgan de las vigas del techo se balancean de un lado a otro.

—¿Yvan? —le pregunto vacilante.

Él vuelve la cabeza para mirarme.

—¿Mmm?

Me cuesta mucho decirle esto.

—¿Cuándo murió tu padre?

—Cuando yo tenía tres años —me confiesa.

—Lo siento —le digo con un hilo de voz—. Siento que te pasara eso.

Yvan niega un momento con la cabeza y después me mira. La luz del farol le suaviza los rasgos.

—No es culpa tuya. —Se queda reflexionando un momento—. ¿Cuándo murieron tus padres?

—Yo también tenía tres años. —«También fue el año en que murió mi abuela»—. ¿Recuerdas a tu padre?

Yvan suspira con fuerza y se le llenan los ojos de tristeza.

—Sí.

251

Se vuelve hacia mí y noto la caricia de su calor. Enseguida siento ganas de pegarme a ese calor y dejar que me envuelva. Quiero sentirme rodeada por sus brazos y por su fuego.

—Yo también recuerdo a mis padres —digo disfrutando de su calor—. En especial a mi madre. Solía arroparme con la colcha que me hizo…

—La que quemó Ariel —recuerda en voz baja con expresión pesarosa.

—Sí.

—Elloren… —dice, y después vacila—. Fui muy desagradable contigo cuando nos conocimos.

Recuerdo cómo se burló de mí cuando perdí mi colcha. Le odié en aquel momento, pero ahora parece que haya pasado mucho tiempo. En especial teniendo en cuenta lo mucho que han cambiado mis sentimientos por él.

—No pasa nada —le digo—. Entiendo por qué actuaste de esa forma.

—No —contesta negando con la cabeza—, no está bien. Lo siento.

Asiento aceptando sus disculpas, las emociones me desbordan y se me saltan las lágrimas.

—Y siento que mi madre te haya tratado como lo ha hecho —añade—. Ha sido un error traerte hasta aquí. Pensé… —Suspira con frustración—. Pensé que te daría una oportunidad.

Yo también suspiro parpadeando para contener las lágrimas.

—Imagino que al verme le han venido unos recuerdos horribles. Me parezco tanto a mi abuela que…

—Pero no eres ella —insiste mirándome fijamente—. Y yo esperaba que fuera capaz de comprenderlo.

Se me atenaza la garganta.

—Para mí significa mucho escucharte decir eso.

Yvan me dedica un pequeña sonrisa tristona y yo noto cómo se me curvan los labios.

—La verdad es que tiene gracia —reflexiono en voz alta, estoy tan cansada que no me extraña que dé voz a mis pensamientos.

—¿El qué?

—Esta situación, ahora mismo. Es tan inapropiada que resulta hasta gracioso.

Yvan alza las cejas como si no me entendiera.

—Aquí estamos, dos jóvenes solteros y sin compromiso, tú eres celta, yo gardneriana, en una habitación de esta horrible taberna, tumbados juntos en la cama... —Hago una pausa—. Es que es... es cómico, ¿no crees?

Yvan sonríe un poco.

—Sí.

—A nosotros nos enseñan que los hombres no se pueden controlar cuando están con mujeres, y por eso tenemos que vestirnos de esta forma tan conservadora, y tenemos que ir a todas partes con carabina. Además de comprometernos cada vez más jóvenes. Y, sin embargo, aquí estamos, tú y yo, solos...

—La idea de que los hombres no puedan controlarse es ridícula —dice con firmeza—. No es más que una excusa.

—Eso es lo que siempre he pensado yo. Bueno, no es que tenga ninguna experiencia con... ya sabes... —Pienso en lo impaciente que se pone Diana cuando me ando por las ramas al hablar sobre este tema en particular, pero Yvan parece entenderlo; su cultura también es muy puritana—. Pero me crie con dos hermanos —prosigo—, y sé que ellos jamás obligarían a nadie a hacer algo así.

Me siento cohibida de repente y me ruborizo.

—Nunca había hablado con nadie sobre esta clase de cosas. Supongo que no debería estar contándotelo a ti.

—No me importa hablar de estas cosas contigo —dice Yvan con una expresión abierta y sincera.

Compartimos una mirada cómplice y de pronto me siento muy unida a él. Me toca un lado de la mano y, sin pensar, coloco la mía sobre la suya.

Yvan vuelve la cabeza hacia el techo y se le acelera la respiración. Entonces gira la mano y entrelaza los dedos con los míos.

Se me corta la respiración y el calor se desata en mi interior. Yo también decido concentrarme en las vigas del techo sintiéndome demasiado abrumada por la sensación que me provoca notar sus dedos pegados a los míos como para mirarlo directamente.

Nos quedamos allí tumbados un buen rato cogidos de la mano.

Es como estar en el cielo, mil veces mejor que besar a Lukas. Y, aunque parezca extraño, lo siento más íntimo. Porque tengo la sensación de que, en este momento, me está dejando entrar en su vida por primera vez.

Tanto sus poderosas llamas como mis líneas de fuego arden al

253

mismo tiempo en busca de la energía del otro. Y se entrelazan por las puntas, como su mano y la mía.

Al final consigo reunir el valor para observarlo. Yvan sigue mirando el techo y está quieto como una piedra a excepción del movimiento de su pecho.

—Yvan —susurro mientras sus llamas acarician mis líneas—, el fuego…

—¿Te gusta, Elloren? —me pregunta con la voz ronca, y entonces se vuelve hacia mí con un brillo dorado en los ojos.

Asiento iluminada por él.

—Sí.

Sonríe y el color dorado de sus ojos se intensifica.

Vuelvo a mirar hacia el techo disfrutando del maravilloso sentimiento de su fuego deslizándose por mi interior.

—¿Van a obligarte a comprometerte? —me pregunta un poco tenso.

—Si me quedo en el Reino del Oeste —contesto mirándolo a los ojos con el pecho dolorido—. Pero yo no quiero.

Yvan tensa los dedos en mi mano y me lanza una mirada repentinamente apasionada.

—Yo tampoco quiero que lo hagas.

En mi mente se desatan un montón de pensamientos caóticos: «No quiero comprometerme con Lukas. Tampoco me quiero comprometer con Gareth. Ni con nadie que esté apuntado en el registro del Consejo. No quiero estar con ninguno de ellos».

—¿Te ves casado algún día? —le pregunto con cierto dolor.

A Yvan se le ensombrece el rostro y se le vuelven a poner los ojos verdes.

—No.

Me gustaría presionarlo, saber por qué lo dice con esa certidumbre tan horrible, pero de pronto adivino demasiado conflicto en su expresión y vacilo. Vuelve a tener esa mirada que ya empiezo a conocer, como si quisiera explicarme algo pero no pudiera.

—Me encantaría que pudieras explicármelo todo —le digo deslizando el pulgar por el suyo.

—Yo también —murmura.

Pienso en cómo curó a Bleddyn y a Olilly. En cómo pasa todo el tiempo libre que tiene ayudando a otras personas a huir hacia el este. En lo rápido que se ofreció a ayudar a Marina.

En lo bueno e increíblemente valiente que es.

«Desearía poder comprometerme contigo», pienso mientras seguimos allí tumbados mirándonos a los ojos.

Pero no puedo decirlo en voz alta. Y dejo que el pensamiento se quede en mi mente buscando una salida mientras seguimos allí con las manos y el fuego mágico entrelazado.

Estoy agotada e intento reprimir un bostezo, pero no lo consigo.

—No me había dado cuenta de lo cansada que estaba hasta que me he tumbado —le digo en voz baja.

—Venga, duerme un poco —me anima.

Apenas consigo mantener los ojos abiertos, me pesan mucho los párpados.

—Buenas noches, Yvan —susurro disfrutando de su presencia, con ganas de que se quede allí toda la noche, pero con demasiada vergüenza como para pedírselo.

—Buenas noches, Elloren —musita él también con una mirada rebosante de cariño.

Me quedo dormida, pero enseguida me despierto al notar un pequeño movimiento a mi lado. Con los ojos entreabiertos veo que Yvan se levanta muy despacio y se sienta junto a la chimenea. Enseguida noto el frío que deja su ausencia, le añoro y quiero que vuelva. Tiro de la manta, me rodeo todo el cuerpo con ella y me quedo dormida.

255

Cuando vuelvo a notar un movimiento en la cama estoy completamente dormida. Abro los ojos muy despacio con la cabeza todavía atrapada en el sueño.

Yvan está sentado en la cama, mirándome. La habitación está envuelta en una luz suave gracias al fuego que él ha avivado, y las llamas proyectan una luz que baila por las paredes. Ahora se está mucho más calentito y solo noto una pequeña brisa procedente de la ventana. Intuyo la larga y desgarbada figura de Yvan, que tiene la cabeza inclinada hacia mí. En sus preciosos ojos brilla una intensa llama dorada.

—Yvan —digo sorprendida por su apasionada expresión y el fuego que arde en sus ojos. Me apoyo en un codo y lo observo confundida.

—¿Puedo volver a tumbarme contigo? —me pregunta con la voz densa por la emoción.

Se me acelera el corazón y levanto la manta para invitarlo. La cama se hunde cuando Yvan desliza su largo cuerpo debajo de la manta con un hábil movimiento. Se acurruca contra mí y me rodea la cintura con la mano para pegarme a él. Yo apoyo mi mano en su pecho y la paseo por sus duros pectorales por encima de su camisa de lana. Noto su fuerte y constante latido bajo la palma de la mano, y su fuego corre desbocado.

Está tan cerca que puedo sentir la caricia de su aliento en la mejilla. Huele como un buen fuego y también percibo en él algo claramente masculino que me provoca ganas de enterrar la nariz en su cuello para olerlo toda la noche. El brillo de sus ojos se intensifica al mirarme fijamente, y noto cómo su calor viaja por mis líneas de fuego. Deslizo los dedos por el cuello de su camisa tocando la piel que asoma justo por encima y por su elegante contorno. A Yvan se le acelera la respiración mientras le toco como llevo deseando hacer desde hace mucho tiempo.

—Elloren —me dice con la voz entrecortada—, creo que me estoy enamorando de ti.

Sus palabras me encienden, como una llama acercándose a unas hojas secas, y su calor me recorre a toda velocidad.

Yvan se inclina hacia delante y acerca sus labios a los míos, su boca es un paraíso de curvas suaves y sensuales, no tiene nada que ver con los angulosos rasgos de su rostro.

Nos besamos, despacio al principio, con ardor y paciencia. Pero entonces Yvan profundiza en el beso y mis labios se separan a medida que aumenta el deseo y su fuego arde por mis líneas. Nos besamos con desesperación, como dos personas a punto de ahogarse que por fin pueden respirar. Me pego a su duro cuerpo, quiero estar lo más pegada a él que pueda, y él reacciona con impaciencia.

—Yo también me estoy enamorando de ti —le digo sin aliento separándome solo una fracción y mirándolo fijamente.

Yvan vuelve a besarme apasionadamente y su lengua encuentra la mía mientras su fuego corre desbocado por mi interior. Mis líneas de afinidad escupen una llamarada, se me entrecorta la respiración y arqueo el cuerpo contra él.

Noto cómo el fuego de Yvan palpita en mi interior mientras

me tumba boca arriba y me acaricia el pelo al ponerse encima de mí. Cuando lo siento encima un escalofrío me recorre todo el cuerpo. Lo rodeo con las piernas hasta tenerlo completamente pegado a mí e Yvan empieza a moverse con un ritmo muy provocativo. Me levanta un poco la túnica y desliza los dedos por debajo para explorar mi piel.

De fondo escucho la áspera voz de un hombre cantando a todo volumen y desafinando las palabras de alguna canción de taberna. Mi precioso mundo se hace añicos alrededor de ese sonido, como un cristal rompiéndose en mil pedazos y desvaneciéndose en el aire.

«Santísimo Ancestro, ¡estoy soñando!»

Empiezo a resbalar del sueño intentando recuperar la imagen con todas mis fuerzas, un puzle imposible e intrincado cuyas piezas se están cayendo y pronto quedarán perdidas para siempre.

Y en su lugar veo a Yvan, que está sentado en una silla de madera junto a la cama y me mira fijamente. Está muy serio e inquieto y tiene un brazo apoyado en el alféizar de la ventana con vistas a la calle. Y de fondo se sigue escuchando esa horrible voz que canturrea algunos fragmentos de una canción.

Me apoyo en un codo aturdida y me obligo a acostumbrarme a la decepcionante realidad, pues la intimidad que acabo de compartir con Yvan no ha sido más que una ilusión. Me recorre un torrente de emociones, como un tinte negro extendiéndose por una prenda blanca: siento una absoluta humillación, soledad, la ardiente necesidad de tener a Yvan.

—He oído cantar a un hombre. —Mi voz suena avergonzada y aturdida por el sueño—. Me ha despertado.

Rezo para que Yvan no sea capaz de averiguar nada sobre mi sueño por mi voz o mi postura.

Se pone tenso y mira por la ventana.

—Está borracho. Aunque parece que ya se está tranquilizando.

Vuelve a mirarme con el ceño fruncido.

—¿A ti también te ha despertado? —le pregunto casi susurrando.

—No. —Yvan mira hacia el suelo y niega con la cabeza. Después la levanta y me clava los ojos—. Has sido tú.

Trago saliva.

—¿Ah, sí? —digo con la voz desafinada—. ¿Estaba roncando?

—Hablas en sueños.

Los dos guardamos un incómodo silencio durante un rato.

—¿Y qué he dicho? —susurro abochornada.

Aparta la mirada.

—Has dicho mi nombre unas cuantas veces.

Se me encoge el estómago y palidezco.

—Ah. —Casi no puedo ni respirar—. ¿Y he dicho algo más?

Yvan no me mira.

—No quiero avergonzarte.

—Demasiado tarde.

Vuelve a mirarme.

—Has dicho «me estoy enamorando de ti».

Me tumbo boca arriba y me tapo la cara con las manos deseando poder desaparecer.

—Lo siento.

—No lo sientas.

Su tono es firme pero amable.

—No puedo controlar mis sueños.

Me quito las manos de la cara y las apoyo en la tripa. Me quedo mirando el vaivén de las telarañas, me resbala una lágrima por la mejilla y levanto el brazo para limpiármela.

—A veces me siento sola —digo sin más. Se me escapa otra lágrima y noto su frío en la mejilla.

—Lo entiendo —me dice con la voz grave y bronca por la emoción.

—Cuando te vi con Iris la otra noche… —Yvan hace un gesto de dolor al percibir la angustia en mi voz, y yo me arrepiento de haber dicho eso automáticamente; me siento pequeña y vulnerable—. Tienes una larga historia con ella, ¿verdad?

Yvan suspira con fuerza y aprieta los dientes.

—Iris ha sido muy buena amiga mía, Elloren. Pero lo nuestro no va de eso.

«Apuesto a que ella conoce todos tus secretos. Como también es fae… Y no es exacta a Carnissa Gardner.»

Me siento con las rodillas pegadas al pecho deseando poder parecerme a cualquier otra persona.

—Es muy guapa —le digo mientras noto como las lágrimas me resbalan por las mejillas.

—Tú también.

Se me corta la respiración un momento confundida por su afirmación.

—Pero… una vez me dijiste que me encontrabas repugnante.

Vuelve a hacer un gesto de dolor.

—Eso fue antes de conocerte. Siento haber sido tan desagradable. No es excusa, pero en aquella época estaba más concentrado en pensar en lo que representaba tu aspecto.

—¿Mi abuela?

—Ella… todos ellos.

Me limpio las lágrimas.

—¿Y ahora? ¿Qué ves?

Suspira y me observa con un brillo dorado en el borde de los ojos verdes.

—Creo que eres la mujer más guapa que he visto en mi vida.

Respira hondo y aparta la mirada apretando los labios, como si hubiera hablado demasiado y quisiera evitar cometer el mismo error una segunda vez.

Cuando por fin vuelve a mirarme puedo ver mi propia soledad y la pasión que siento por él reflejadas en sus ojos. Me cojo las rodillas con fuerza con el corazón acelerado sin estar segura de haberlo escuchado correctamente.

—Es tarde —dice con un tono tenso y triste—. Deberíamos dormir un poco.

«No —quiero contestarle—. Ven aquí conmigo. Quiero estar contigo. Solo contigo.»

Pero le digo:

—Vale —yo también tengo la voz tensa y triste, afectada por la repentina reserva de Yvan.

Le observo mientras él se desplaza hasta el sitio donde estaba cerca de la chimenea y se tumba en el suelo dándome la espalda. Su cuerpo parece tenso e incómodo, y tiene la cabeza apoyada en el brazo. Una dolorosa soledad flota en el aire y congela la habitación.

—Elloren —me dice muy quieto.

—¿Sí?

—¿Sabes lo que le pasó a la familia del celta con el que se escapó Sage Gaffney? —Como no contesto Yvan dice—: Me encontré con algunos conocidos en la taberna donde nos paramos el otro día. Y me lo explicaron.

259

—¿Qué pasó? —pregunto vacilante sin querer saberlo del todo.

—Los encontraron hace unos días. Los habían asesinado a todos. Los soldados gardnerianos.

—No —susurro asombrada.

—Sus padres, su hermano, incluso los animales. —Yvan vacila un momento antes de continuar—. Lo había autorizado el Consejo de Magos, Elloren. Por petición de los Gaffney. Fue un golpe de los magos para reivindicar su pureza.

Empiezo a sentir náuseas y de pronto comprendo el motivo de que Yvan se muestre tan distante. De que esté tumbado en el suelo en este momento en lugar de estar entre mis brazos. En nuestro libro sagrado pone que si una mujer gardneriana pierde su pureza con un hombre de otra raza ese acto debe ser vengado. Y esta clase de actos terroríficos cada vez son más comunes en el Reino del Oeste, pues los elfos alfsigr también están intentando perseguir la pureza mediante estos métodos.

—Y crees que tener algo conmigo podría ser peligroso en ese sentido —le digo con la voz entumecida.

—Estoy convencido.

—Por mi familia.

—Sí. Y porque hay personas muy poderosas que quieren que te comprometas con Lukas Grey. Y cualquiera que se entrometa en eso se pondrá en peligro, especialmente si no es gardneriano.

—Con cualquiera te refieres a tu madre y a ti.

—Sí. No se me ocurre ninguna forma de evitarlo. Y créeme, lo he intentado.

Se me saltan las lágrimas.

—Lo que he dicho mientras soñaba es verdad —le confieso. Ya no quiero seguir escondiendo nada. Le abro mi corazón.

—Hay muchas formas de preocuparse por las personas —dice con voz sobria—. Como amigos. Aliados.

—¿Y si no es suficiente?

—Me parece que en nuestro caso tendrá que ser suficiente, por más motivos de los que conoces.

—Podríamos mantenerlo en secreto.

Me contesta con un tono algo cansado.

—Estas cosas nunca se pueden mantener en secreto.

—¿Qué significo para ti, Yvan? —le pregunto agarrándome con fuerza a la manta.

Él se incorpora para mirarme.

—Creo que nos hemos convertido en buenos amigos.

—Pero eso es todo.

—Tiene que ser todo, Elloren. Por la seguridad de mi madre. Y por la tuya. Y por la seguridad de tu familia.

Mi línea de fuego escupe una llamarada desafiante y me esfuerzo para no lanzarle otra más rebelde a Yvan. Desde donde estoy noto cómo él también está conteniendo su fuego y veo el brillo dorado de sus ojos.

Estoy perdida. Atrapada en una jaula sin salida, rodeada de barrotes de acero que me separan de Yvan. Pero no puedo pedirle que haga un sacrificio tan peligroso. Y menos por mí. No pienso arriesgar su vida ni la de nuestras familias.

Le doy la espalda y me tumbo tapándome con la finísima manta y haciéndome un ovillo. Cierro los ojos, reprimo las lágrimas y deseo poder desaparecer en otro precioso sueño y no volver a despertarme jamás.

Yvan está muy callado durante el viaje de vuelta y yo también, los dos estamos perdidos en nuestros pensamientos privados. Voy sentada tras él en la yegua negra y le rodeo la cintura con los brazos, pegada a su cálida espalda, y aun así me siento a miles de kilómetros de él, pues los dos estamos obligados, por nacimiento, a vivir en mundos separados.

Pero no podemos hacer nada al respecto. Yvan tiene razón. Si nos fugáramos juntos pondríamos en peligros a todos nuestros seres queridos.

Horas después, cuando ya le hemos devuelto el caballo a Andras y cruzado los campos nevados durante lo que me ha parecido una eternidad, volvemos a encontrarnos en la base de la imponente Cordillera Sur.

Yvan se detiene un momento a mirar su pico nevado mientras aguardamos incómodos. No tiene que explicarme por qué se siente así, lo entiendo perfectamente. Es muy difícil estar físicamente cerca y negar lo que sentimos el uno por el otro, sabiendo que nunca podrá haber nada entre nosotros.

—Yvan —digo rompiendo el silencio—, solo quiero que sepas que he pensado mucho en todo lo que me dijiste y… lo entiendo.

Me refiero a eso del peligro que supondría para tu madre. Y los motivos por los que no podemos… estar juntos. Fue una imprudencia el considerarlo siquiera.

Yvan asiente y aprieta los dientes mientras me mira y después clava los ojos en el suelo, como si estuviera tratando de recomponerse. Tratando de controlar su fuego y otras emociones poderosas.

—Elloren —me dice con la voz preñada de sentimiento—, si las cosas fueran distintas…

Las palabras se quedan suspendidas en el aire gélido entre nosotros.

—Ya lo sé —le digo en voz baja.

—Me encantaría que las cosas fueran distintas.

—A mí también. —Trago saliva, de repente tengo la garganta seca y rasposa—. Es raro —le digo—. En realidad no te conozco tan bien, y sé que tienes muchos secretos… pero tengo la sensación de que te has convertido en mi mejor amigo.

Su mirada es ardiente.

—Yo siento lo mismo por ti.

—¿Entonces somos amigos? —le propongo—. ¿Y aliados?

Yvan asiente con rigidez, es evidente que se siente tan afligido como yo  debido a todas las barreras insalvables que nos separan. Trago saliva para aliviar el dolor y reprimo las lágrimas. Pero tengo que decirlo, debo saberlo. Porque si no podemos estar juntos…

—¿Iris?

Clavo los ojos en el suelo sin verme capaz de mirarlo a la cara, y me preparo.

—Iris no me interesa —contesta con sinceridad.

Me siento muy aliviada. Ya sé que no es justo querer que Yvan sea solo mío si no podemos estar juntos, pero no me apetece ser justa.

—¿Y Lukas? —me pregunta de pronto, es evidente que a él tampoco le interesa la justicia.

Le miro y me sorprende la dura mirada que me está lanzando.

—No me interesa.

«Tú sí.»

Yvan asiente y de su rostro desaparece parte de la tensión, ya solo veo una preocupada resignación. Levanta la vista a la cordillera y me tiende la mano.

—¿Vamos?

Me acerco a él y le cojo la mano mientras le rodeo el cuello con un brazo, luego el otro, y después me pego a él. Cierro los ojos cuando comenzamos a ascender y me dejo llevar por su calidez y el fuerte latido de su corazón pegado al mío.

263

## Ley número 319 del Consejo de Magos

Todas las relaciones diplomáticas con las manadas
lupinas del norte y del sur quedan suspendidas
y se impondrán graves sanciones comerciales.

Las sanciones no se suspenderán
y las relaciones diplomáticas no se retomarán
hasta que los lupinos cedan los territorios
en disputa que se hallan a lo largo de las fronteras
Norte y Sur del Reino Mágico.

# 5

# Nilantyr

$\mathcal{U}$n día después de que Yvan y yo volvimos de Celtania, llegó una tormenta violenta procedente del nordeste. El intenso viento y la nieve nos han dejado sin visibilidad y hacen que la posibilidad de viajar hasta territorio amaz sea imposible por el momento.

Cuando empieza a ponerse el sol y la tormenta se torna todavía más intensa, Ariel entra en la Torre Norte cubierta de nieve, con una mirada salvaje en los ojos, agitando sus alas de cuervo y graznando con rabia.

Diana, Marina, Winter y yo nos la quedamos mirando confundidas y asombradas de verla en tal estado de pánico.

Ariel se dirige hacia su cama y arranca el colchón de encima. Empieza a palpar los bordes del colchón en busca de algo desesperadamente, sin advertir siquiera que sus queridas gallinas se han arremolinado a sus pies intentando llamar su atención. Está mortalmente pálida y sudada a pesar del aire gélido.

—Ariel —le digo con cautela mientras ella abre un cajón del armario y vuelca el contenido en el suelo para después hacer lo mismo con el siguiente sin apenas advertir mi presencia—. ¿Qué pasa?

Ariel arranca uno de los cajones del armario y suelta una retahíla de palabrotas. Entonces decide atacarme con una mirada salvaje en los ojos.

—¡Ella lo ha quemado! ¡Lo tenía planeado! ¡Ha esperado... ha esperado a la tormenta!

Cada vez estoy más confusa.

—¿De qué estás hablando?

—¡De mi nilantyr!

Se pone a lanzar cosas de nuevo con absoluta desesperación.

Diana se pone en pie muy despacio.

—Detente ahora mismo —le ordena tensando los músculos con actitud autoritaria.

Wynter ha dejado de dibujar y empieza a acercarse a Ariel con mucha cautela. Por la seria expresión de Wynter deduzco que la situación es más grave de lo que parece.

—Ariel —dice Wynter acercándose a ella con muchísima precaución—, te trajiste todo el nilantyr. Yo vi cómo te lo metías en la bolsa.

—No… no —protesta Ariel con obstinación negando con la cabeza al tiempo que rompe la almohada de su cama y las plumas empiezan a volar por todas partes.

—No está aquí —insiste Wynter con tono relajado.

Ariel sigue negando con la cabeza mientras se pasea por la habitación buscando dentro de todo lo que encuentra, metiendo los brazos por debajo de los muebles. Entonces advierto, con creciente alarma, que está empezando a temblar.

«Santísimo Gran Ancestro, está completamente enganchada al nilantyr.»

—¿Qué pasará si deja de tomar nilantyr tan de golpe? —me pregunta Wynter con terror en sus ojos plateados.

La miro con preocupación mientras repaso mentalmente las clases de farmacia e intento encontrar una forma de ayudar a Ariel. Para compensar lo que está a punto de pasar.

—Si ya no le queda nada —le digo a Wynter—, se encontrará muy mal…

—¡Cállate! —me grita Ariel con una mueca de odio en el rostro—. ¡No se ha terminado! —Empieza a rebuscar por mi cómoda y me tira toda la ropa al suelo—. ¡Tú me lo has escondido, gardneriana! ¡Me lo has robado!

Diana da un paso adelante.

—Nadie te ha robado nada.

A Ariel le arden los ojos con rabia y da un amenazador paso hacia Diana. Pero entonces le flaquean las piernas y se agarra con el brazo a mi cómoda para no caerse. Cada vez tiembla más, tanto que temo que se desplome.

Wynter y yo corremos hasta Ariel, a quien se le está poniendo la cara gris, y los temblores dan paso a las convulsiones. La agarramos de los brazos justo cuando Ariel se sacude hacia delante y vomita encima de la ropa que ha sacado de mis cajones. Después se pone de rodillas y sigue vomitando. La seguimos hasta el suelo y Wynter la rodea con los brazos para sujetarla.

—Necesitamos un médico —le digo a Wynter con voz de urgencia—. Ahora.

—No podemos —me advierte Wynter poniendo mucho énfasis en su negación—. El nilantyr es ilegal. Si descubren que tiene…

—¡Entonces tenemos que ir a por Yvan! —insisto.

—Ahora mismo no puedes ir a buscar a nadie —interviene Diana con firmeza—. Te perderás en cuanto salgas. Ni siquiera yo podría situarme en esa tormenta.

Nos volvemos todas hacia la ventana y nos damos cuenta de que el mundo se ha convertido en un sólido e impenetrable muro blanco.

Las siguientes veinticuatro horas parecen salidas de una pesadilla.

Ariel sigue vomitando en la cama hasta que ya no le queda nada en el estómago y se retuerce dolorida pidiendo la droga a gritos. Diana se las apaña para evitar que Ariel nos haga daño y se arañe los brazos y la cara mientras arde debido a la fiebre. Wynter y yo limpiamos los vómitos e intentamos que Ariel beba un poco de agua, que después acaba vomitando, y Marina nos trae agua y jabón y nos ayuda lo mejor que puede a lavar la ropa.

Después, tras varias horas de forcejeos, Ariel ya no puede seguir peleando. Se queda inconsciente, respira hondo, tiene la piel como de cera y empapada en sudor. Nos turnamos para cuidar de Ariel mientras las demás descansan, y le ponemos paños fríos en la frente para intentar bajarle la fiebre.

El segundo día, en cuanto la tormenta afloja un poco, Yvan viene con algunas medicinas que ayudan a que Ariel no sienta tantas ganas de tomar la droga.

Me ayuda a incorporar a Ariel, que está inconsciente, para que pueda tomarse el medicamento. Ninguna de nosotras le pregunta a Yvan cómo ha sabido que tenía que venir. Pero ahora ya es evidente que todos sabemos que Yvan puede comunicarse con Naga de la misma forma que se comunican Wynter y Ariel.

—No puedo hacer nada más por ella —me dice Yvan arrodillado junto a la cama de Ariel con la mano en la frente sudada de la ícara, que sigue padeciendo los efectos de la fiebre y los calambres.

—Deja de fingir —le digo con aspereza abrumada por la falta de sueño y lo mal que me siento por Ariel—. Pudiste ayudar a Fern, a Bleddyn y a Olilly. Y vete a saber a cuantos refugiados. Ahora ayúdala a ella.

Se me saltan las lágrimas. Tiene que salvarla. No puede morirse. No puede ser.

—Elloren —me dice con tono compasivo—, te estoy diciendo la verdad. No puedo hacer nada, salvo proporcionarle un poco de alivio con el tónico *Ittealian*. Tiene que superar la adicción al nilantyr por sí misma. No hay otra forma.

Me resbala una lágrima por la mejilla y me la limpio con aspereza.

—¿Sobrevivirá? Dime que sobrevivirá, Yvan.

Posa la mano sobre el corazón de Ariel.

—Creo que sí.

Más tarde, aquella misma noche, me siento junto a Yvan en el banco de piedra de la entrada, encorvada por el cansancio, pero con una leve esperanza. Ariel está aguantando y empieza a dar alguna señal de mejoría, le late más fuerte el corazón y ya no le cuesta respirar.

Me miro. Hace dos días que no me baño y apesto a sudor. Tengo la pechera de la túnica salpicada de manchas de vómito y noto cómo se me pega el pelo a la cabeza. Me reclino en el respaldo del banco de piedra que tengo detrás.

—Estoy sucísima —comento suspirando.

Yvan me mira un segundo.

—Nunca había tenido que cuidar de alguien tan enfermo —le confieso—. Mis hermanos y mi tío sufrieron una horrible enfermedad de estómago en una ocasión, pero yo no la pillé, y tuve que cuidar de todos. Aquello fue bastante horrible, pero esto… esto es mucho peor. Es horrible verla sufrir así.

—Cada vez será más fácil —me asegura—. Ya ha pasado lo peor.

Levanto la mano y me froto la frente.

—¿Sabías que cuando Ariel tenía dos años la metieron en una jaula? —Cierro los ojos con fuerza e intento luchar contra el dolor de cabeza—. Por eso odia las jaulas. Le dieron nilantyr para evitar que se pusiera violenta. ¿Qué criatura de dos años no se pondría violenta encerrada en una jaula?

Yvan no dice nada. Se queda mirando el tapete de pájaros blancos que tenemos delante con una expresión tensa en el rostro.

Yo me desplomo y suspiro un tanto temblorosa. Miro a Yvan con una repentina necesidad de ser sincera con él. Acerca de todo.

—Sabes, estuve mucho tiempo sin hablar con ella... después de que te contara lo de mis sueños. —Me sonrojo al reconocerlo, pero no me importa. Se me saltan las lágrimas—. Tendría que haberlo dejado correr. No debería haberla ignorado. Es que estaba... estaba enfadada.

Yvan se inclina hacia delante.

—Lo superará, Elloren —me dice con un tono grave y decidido—. Tendrás la oportunidad de hacer las paces con ella.

Asiento con sequedad y la cara llena de lágrimas.

—Y tú no eres la única que tiene esos sueños tan intensos —reconoce casi en un susurro—. Lo que pasa es que tienes la mala suerte de hablar en sueños. —Se vuelve hacia mí con una mirada ardiente en los ojos—. Yo también he soñado contigo.

El calor me abrasa por dentro y enseguida siento una punzada de desesperación.

—No deberíamos hablar sobre estas cosas —susurro—. Solo lo empeoramos.

—Lo siento. —Aprieta los dientes y aparta la vista—. Claro, tienes razón.

Guardamos silencio unos segundos.

—Yvan, ¿qué dijo Naga sobre Ariel y el nilantyr? —me aventuro a preguntarle.

Su mirada es evasiva y aprieta los labios.

—Debes de haber averiguado lo que estaba pasando por Naga —insisto con delicadeza—. Es imposible que lo hayas sabido de otra forma. Fuiste a ver a Naga durante la ventisca, ¿verdad? Para asegurarte de que estaba bien.

—Sí —admite con firmeza.

—¿Y qué te dijo?

Se vuelve a hacer el silencio.

—Sé que puedes comunicarte con ella —le presiono—. Y también sé que tienes una fuerza y una velocidad sobrenaturales. Y que puedes curar a las personas y escalar montañas como si la gravedad no te afectara. Puedes ser sincero conmigo, Yvan. ¿Qué te dijo?

Se pone completamente tenso, y tanto sus ojos como su fuego reflejan las intensas emociones y los pensamientos conflictivos que rugen en su interior. Al fin respira hondo y me mira fijamente.

—Naga dijo... que el nilantyr destruiría a Ariel. Así que decidió destruirlo ella antes. Dijo que la droga le había robado la fuerza a Ariel, que le había inutilizado las alas y le había robado el fuego. Dijo que muy pronto también le robaría el alma a Ariel, y que sería como uno de esos dragones amaestrados que empezaron siendo criaturas feroces y hermosas pero han sido destruidas. —Yvan hace una pausa y respira con dificultad—. Dijo que los gardnerianos han dirigido a Ariel hacia el camino de la destrucción, pero que si sigue tomando ese veneno será como cavar su propia tumba. Y entonces ganarán. Dijo que Ariel le ha devuelto sus alas, y que esta era la única oportunidad que tenía de devolvérselas también a ella.

Adopta una expresión dolida.

—Y después se marchó.

Me quedo de piedra.

—¿Se marchó?

Yvan asiente.

—Ahora que ha recuperado su fuego ya puede cazar. Pronto podrá volar, y a los dragones no les afecta el frío. Así que se ha ido.

—Oh, Yvan...

—Volverá —me asegura—. Pero nunca sabrá si puede volver a volar a menos que ponga sus alas a prueba. Aunque me dijo que volvería para ayudarnos.

Reflexiono sobre lo que me ha dicho un momento mientras me mira.

—Naga no hizo bien en obligar a Ariel a dejar el nilantyr de esta forma tan brusca —digo al fin con seria certidumbre—. Podría haber muerto.

Yvan asiente.

—Para los dragones todo es muy diferente. Creo que subestimó lo débil que es la faceta humana de Ariel.

—Aunque Naga tiene razón en todo lo que ha dicho —admito con tristeza—. El nilantyr estaba matando a Ariel poco a poco. Yo misma he visto cómo se debilitaba a lo largo de los últimos meses. Ni siquiera es capaz de producir fuego. Y sus alas… cada vez son más finas y frágiles.

Guardo silencio un momento sintiéndome avergonzada.

—Al principio, cuando tomaba el nilantyr, casi me sentía aliviada. Dejaba de meterse conmigo. Cuando lo tomaba le daba todo igual, y ya no estaba tan rabiosa todo el tiempo. Pero cuando supe por todo lo que había pasado… Siento que tiene buenos motivos para estar enfadada. Debería estar enfadada. —Siento mucha rabia—. Los gardnerianos no tenían ningún derecho a meterla en esa cárcel. Y tampoco tenían ningún derecho a robarle su rabia.

La intensa mirada de Yvan, que normalmente me pone muy nerviosa, ahora me provoca el efecto contrario. En sus ojos veo que lo entiende perfectamente. Y me sienta muy bien sentirme comprendida, en especial acerca de este tema.

271

Me pregunto cómo lo hará para hablar con Naga al mismo tiempo que pienso en lo absurdamente atractivo que es. He repasado todos los libros sobre los fae tratando de averiguar qué clase de criatura es, y mi exhausta mente recuerda un detalle: se supone que los fae lasair son muy atractivos y tienen rostros perfectamente simétricos.

Como él.

—¿Quién es fae en tu familia, Yvan? —le pregunto.

Se queda inmóvil y no contesta.

—Puedes contármelo —le animo con más delicadeza esta vez.

Por un momento el único sonido que se percibe es el viento gélido que golpea los cristales de las ventanas. Yvan respira hondo y, para mi gran sorpresa, contesta:

—Mi madre.

Me quedo sin aire en los pulmones y se me acelera el pulso. Los dos guardamos silencio un momento.

—Entonces la familia de tu madre…

Veo cómo arden sus ojos verdes.

—Fueron aniquilados por los gardnerianos durante la Guerra del Reino. Todos.

«Oh, Santísimo Gran Ancestro.» No fue solo su padre. También mataron a la familia de su madre. La vergüenza y el dolor se alzan en mi interior como una ola gigantesca.

No me extraña que su madre me odie.

—Gracias por decírmelo —le digo con la voz rota al comprender que los motivos que nos separan se vuelven todavía más claros—. Tus secretos están a salvo conmigo. Espero que lo sepas.

Yvan coge mi mano y su caricia me provoca una serie de chispas que me trepan por el brazo. Respiro hondo y entrelazo los dedos con los suyos. Yvan se reclina y clava los ojos en el muro que tenemos delante mientras observa cómo el fuego del candil baila en el tapiz de Wynter.

—¿Qué harías si todo fuera más sencillo? —le pregunto—. ¿Si los dos fuéramos celtas y el mundo no estuviera al borde de la guerra?

Yvan sonríe con melancolía contemplando la idea.

—Sería médico como mi padre. —Se encoge de hombros—. Estudiaría… y dormiría mucho más de lo que duermo ahora.

Asiento; entiendo muy bien a qué se refiere. Los dos sobrevivimos con muy pocas horas de sueño.

Entonces se pone serio, mira mi mano y su tono se vuelve ardiente.

—Y tú y yo… podríamos estar juntos.

Nos miramos a los ojos y siento una abrumadora pasión por él que puedo ver reflejada en su forma de mirarme.

Se me encoge el corazón. «¿Por qué tiene que ser imposible?»

Me rebelo de repente y apoyo la cabeza en su cálido hombro sin soltarle la mano. Él apoya la cabeza en la mía y noto su cálida mejilla en el pelo.

—¿Qué hacías para divertirte cuando eras pequeño? —le pregunto con la esperanza de encontrar el camino que me lleve a un terreno más seguro.

La pregunta parece cogerlo desprevenido, pero no le resulta desagradable.

—¿Por diversión?

—Solo me preguntaba si habría habido algún momento de tu existencia en el que la vida no haya sido tan… difícil.

Yvan respira hondo mientras piensa en lo que le he preguntado.

—Soy hijo único, así que mi infancia fue muy tranquila. Mi madre y yo cuidábamos de nosotros mismos. Yo leía mucho, la ayudaba en el huerto y con los animales. —Hace una pausa muy pensativo—. Me gusta cocinar.

—¿Ah, sí? —contesto sorprendida.

—Mi madre es muy buena cocinera. Ella me enseñó.

Parece tan prosaico que resulta casi gracioso: Yvan, con todos sus poderes sobrenaturales, con gusto por la cocina. Y es sorprendente. No suele cocinar cuando está en la cocina, siempre prefiere hacer el trabajo más pesado, como traer la madera para alimentar los fogones.

—Algún día tendré que cocinar para ti —se ofrece sonriendo.

Yo le devuelvo la sonrisa más animada.

—Me encantaría.

—Fernyllia es muy estricta y no suele dejar que nadie juegue en su cocina, pero quizá podamos colarnos alguna noche.

Me río al pensarlo y barajar la idea de hacer algo solo por diversión. Estamos demasiado ocupados con los estudios, el trabajo en la cocina y ayudando en todo lo que podemos a la Resistencia.

273

—También me gustaría bailar —me dice.

—¿De verdad?

Intento imaginarme al serio Yvan girando por una pista de baile y sonrío con alegría ante la improbable idea.

—Otra cosa que me enseñó mi madre —me confiesa—. Los bailes de los lasair. Los bailes de su pueblo.

Su pueblo. Los fae lasair. Lleva tanto tiempo encerrado en sí mismo que es una revelación escucharlo hablar por fin de una forma tan abierta sobre el hecho de ser mitad fae de fuego.

—¿Y cómo son los bailes lasair? —le pregunto imaginando a un grupo de personas atractivas, todas con los ojos verdes y brillantes y el pelo rojo, vestidos con prendas de tonos escarlata bailando en el interior de un círculo de llamas.

—Son complejos —me explica—. Tienen muchos pasos. Cuesta mucho aprender los bailes fae, pero cuando los dominas son muy divertidos.

—¿Son como los bailes gardnerianos?

—No —contesta negando con la cabeza y esbozando una sonrisita—. Vosotros sois… muy estirados.

Frunzo el ceño con aire burlón. Mira quién habla, con lo reservado que es. Pero es verdad, tengo que admitirlo: los gardnerianos se enorgullecen mucho de ser tan estirados, y es posible que también de ser tan crueles.

—¿Crees que yo podría aprender a bailar así? —le pregunto vacilante.

Yvan me mira como si de pronto estuviera viendo algo nuevo, algo agradable, y me estrecha la mano con afecto.

—Yo podría enseñarte. Tendríamos que ir a algún sitio muy apartado, donde hubiera un espacio grande y abierto. —Se le ilumina la vista y me lanza una mirada traviesa—. Quizá el granero circular.

Lo valoro un segundo, ese granero desierto suele ser estación de paso de los refugiados que quieren huir, y cuyo suelo está cubierto de las páginas que Yvan arrancó furioso de *El Libro de la Antigüedad*.

—Podríamos bailar sobre las páginas de *El Libro* —le sugiero con una sonrisa irónica—. Me parece un gesto muy adecuado.

Yvan se ríe.

274

—La verdad es que me gusta la idea.

—Probablemente te pisaré más a ti que a las hojas del libro.

Yvan me mira con diversión en los ojos.

—Yo también pisé a mi madre unas cuantas veces cuando me enseñaba.

Me miro los calcetines y levanto los pies del suelo para después volver a posarlos.

—Yvan, si eres fae, ¿por qué el hierro no te afecta?

—Sí que lo hace.

—Pero yo te he visto en la cocina. Lo tocas continuamente.

Me mira entornando los ojos con una expresión divertida.

—¿Cuánto tiempo llevas observándome?

Trago saliva cohibida.

—Un poco.

—Solo me irrita un poco —dice encogiéndose de hombros—. Si lo toco durante mucho tiempo me sale un sarpullido. Pero solo soy un cuarto fae, Elloren. Mi padre es celta y mi abuela materna también lo era.

—Entonces el padre de tu madre...

—Era completamente fae, sí.

—¿Y tu madre te ha enseñado muchas cosas sobre su pueblo?

Asiente.

—Su historia, leyendas, costumbres… su idioma.

De pronto siento mucha curiosidad.

—¿Puedes hablar en otro idioma?

—No suelo hablarlo. Es demasiado peligroso hablar en algún dialecto fae últimamente.

—¿Me podrías decir algo en ese idioma? —le pregunto con timidez.

Yvan me sonríe y en su gesto adivino un impulso abrasador que me provoca una oleada de calor por toda la espalda.

—¿Qué quieres que te diga? —me pregunta con un tono sedoso.

—Lo que sea. Solo quiero oír cómo suena.

Se me queda mirando pensativo y empieza a hablar. Me quedo fascinada por los fluidos y elegantes sonidos del idioma lasair. Suena tal y como me imagino que debe de ser la danza lasair, increíblemente compleja pero preciosa.

—¿Qué has dicho? —le pregunto cautivada por él.

—He dicho… que tienes unos ojos preciosos.

—Ah —susurro ruborizándome.

Yvan se pone serio y suspira con fuerza. Se inclina hacia mí y me pasea el pulgar por la mano.

—No se nos está dando muy bien eso de mantener las distancias, ¿verdad?

—No —concedo apoyando la cabeza en su hombro.

Una ráfaga del calor de Yvan me busca y me quedo sin respiración al notar cómo la delgada llama se enrosca en mis líneas de fuego y noto una cálida y exquisita excitación que me recorre de pies a cabeza.

—¿Cómo es? —me pregunta—. ¿Lo de tener líneas de afinidad?

Yo me esfuerzo por respirar con normalidad.

—Es… como si tuviera ramas de árbol dentro. Si me concentro en una afinidad en particular puedo sentir esa rama. Y puedo tirar del poder que fluye a través de ella. —Le miro preguntándome qué se sentirá tirando de su fuego al besarle—. Tu fuego, ¿es como una línea mágica?

275

—No es una línea —me explica con cierta amargura—. Lo tengo por todas partes.

«Santísimo Gran Ancestro.»

Siento el repentino deseo de lanzarle mi magia de fuego. Poder sentir lo que hay en su interior. Una llama de fuego arde muy despacio en el centro de mi ser y yo me esfuerzo por contenerla.

—¿Tienes cinco líneas de afinidad? —me pregunta con curiosidad.

—Tengo fuertes líneas de tierra y de fuego —le confieso—. También estoy empezando a percibir pequeñas líneas de aire y agua, pero no consigo percibir mis líneas de luz. La mayoría de magos no pueden sentirlas, los magos de luz son muy escasos. —Le miro un tanto vacilante—. ¿Puedes sentir mis líneas?

—Solo las de fuego —me dice.

—En eso nos parecemos —reflexiono—. Los dos tenemos una gran afinidad con el fuego.

—Ya lo sé —me dice acariciándome la mano con el pulgar y provocándome una deliciosa ráfaga de calor.

276

—Es raro, ¿verdad? —digo con ganas de que me acaricie por todo el cuerpo.

Yvan mueve la barbilla contra mi pelo al asentir. Noto cómo curva los labios al sonreír.

No quiero moverme. Quiero quedarme allí para siempre, con la mano pegada a la suya y la cabeza apoyada en su hombro.

—Tus hermanos me explicaron que antes de convertirte en farmacéutica querías hacer violines.

Se me escapa una sonrisa melancólica al escucharlo decir eso.

—¿Si viviéramos en un mundo perfecto donde las mujeres pudieran unirse a los gremios de artesanos? —reflexiono—. Es posible. Quizá hiciera ambas cosas. Y tú y yo estaríamos juntos.

Vuelvo la cabeza para mirarlo y la feliz idea se disipa como el humo.

—Pero no es muy probable que podamos disfrutar de la relajada vida que los dos deseamos, ¿verdad?

Yvan hace un ruidito cargado de tristeza, como si yo no supiera ni el principio de lo que le pasa por la cabeza.

—Yo nunca tendré la vida que quiero —me dice con un tono de voz grave y pesaroso—. Y no se puede hacer nada. Y el Consejo de Magos jamás tolerará que la nieta de Carnissa Gardner esté con alguien que tiene sangre fae. Y si algún día te pasa algo… por mi culpa…

Se le apaga la voz y aparta la vista. Noto cómo se le pone rígida la mano, como si quisiera desafiar a todo el mundo.

Pero no podemos ignorarlo. Cualquier futuro feliz para nosotros es… es imposible. Lo nuestro nunca podrá ser. Nuestra relación sería un peligro para nosotros y para todos nuestros seres queridos.

Y por eso hago lo único que puedo hacer. Saco la cabeza del refugio de su hombro, le suelto la mano y me pongo de pie.

—Tengo que volver —le digo cohibida gesticulando hacia la puerta de mi habitación—. Voy muy retrasada en mis estudios, y las chicas necesitan ayuda con Ariel.

Yvan asiente muy tenso y se levanta. Nos quedamos los dos allí un buen rato compartiendo un silencio incómodo, el aire que flota entre nosotros está cargado de frustración y emoción. Hay tanto que decir que todavía no nos hemos dicho…

Pero ha llegado la hora de que nos separemos.

277

Yvan tenía razón.

Ariel consigue sobrevivir sin nilantyr y cada vez es todo más fácil, además de que todos se acercan a ayudar a Ariel a su manera.

Wynter, tan leal como siempre, se queda con Ariel siempre que puede. Cada noche la arropa con su suave y alado abrazo y le canta canciones en élfico, susurrándole con cariño incluso cuando Ariel murmura incoherencias y se despierta de vez en cuando para mirarnos a todas con los ojos entornados e inyectados en sangre bajo la atenta mirada de su cuervo, que siempre está posado en el cabezal de su cama.

Diana, a quien Ariel nunca le ha demostrado mucho afecto, mantiene las distancias, pero se afana con mucha eficiencia para que la ícara siempre tenga la ropa y las sábanas limpias, mientras murmura sin parar sobre los inhumanos gardnerianos y esas extrañas creencias religiosas que se ceban con los niños que nacen con alas, además de aclarar que jamás nadie verá a ningún lupino actuando de una forma tan cruel. Sorprendentemente, Diana también termina ocupándose de cuidar de las gallinas de

Ariel, aunque los pájaros salen volando espantados cada vez que se acerca a ellos.

Marina ayuda a Diana a limpiar, pero cada vez es más consciente del comportamiento bárbaro de los gardnerianos. El miedo que siente por su hermana crece de forma exponencial cada día que pasa, pero es imposible internarse en el bosque con tanta nieve en el suelo. Es imposible, tenemos que esperar a que el tiempo mejore antes de poder ir a visitar a las amaz y suplicarles que ayuden al pueblo de Marina.

Rafe e Yvan se turnan para traerle comida a Ariel mientras Tierney y yo preparamos las medicinas que puedan ayudarla a recuperar la energía. El hermano de Wynter, Cael, y su callado segundo, Rhys, le traen a Ariel un amuleto rúnico para que se lo ponga y nos explican que su piedra roja debería fortalecer su piel y también podría venirle bien para las alas.

Quizá por primera vez en la vida Ariel está rodeada de personas que la apoyan, cuidan de ella, y quieren que se cure y se ponga fuerte, tan fuerte como estaba antes de que los gardnerianos la obligaran a tomar nilantyr. Antes de que la metieran en una jaula.

278

Esa noche me siento delante del fuego junto a la cama de Ariel y me dedico a ponerle paños fríos en la frente.

Parece que lo peor ya haya pasado.

La pesadilla en la que se había quedado atrapada Ariel durante casi una semana por fin ha cesado, aunque ella sigue pálida y esquelética. Tiene las alas tan raídas que se puede ver a través de ellas, y el cuerpo tan marchito y débil que tenemos que darle de comer con la cuchara.

Pero el hedor del veneno ha desaparecido y Ariel duerme profundamente, como si por fin estuviera en paz.

Ha sobrevivido, como a tantas cosas que le han pasado.

Mientras le estoy limpiando el sudor de la frente, Ariel abre los ojos. Alzo las cejas sorprendida al ver que me está mirando de una forma completamente distinta: completamente alerta y despierta. Y absolutamente consciente por primera vez en muchos días.

—¿Por qué estás haciendo esto? —me pregunta con la voz apelmazada y sin demostrar emoción alguna.

Yo aparto la mano abrumada por esa pregunta tan directa.

—Porque lo que te hicieron estuvo muy mal. —Vuelvo a ponerle el trapo en la frente con recelo esperando que me lo impida, pero no lo hace—. Y quiero que te pongas bien.

Ariel me observa un momento antes de contestar:

—Siempre te odiaré —dice, pero no percibo ninguna malicia en su tono, solo cansancio y confusión ante mi obstinada presencia.

Decido ignorar lo que me ha dicho y sigo ocupándome de ella.

—Sigo queriendo que te pongas mejor.

—¿Por qué?

—Porque no quiero que ganen ellos.

Dejo de limpiarle la frente a Ariel y me reclino un momento, nos miramos la una a la otra. Al poco a Ariel empiezan a pesarle los párpados y se deja llevar por el sueño una vez más.

Mis ojos pasan por encima de Ariel hasta llegar a Marina, que está tumbada delante del fuego y me mira con sus ojos de océano en alerta permanente. No ha dejado de montar guardia junto a la ventana, esperando a que cambie el tiempo, esperando a que llegue el momento en que podamos irnos a ver a las amaz para pedirles ayuda.

Cuando algunos días después comienza el deshielo y la nieve empieza a desaparecer de la tierra, Marina, Diana y yo hacemos planes para dejar a Ariel al cuidado de Wynter.

Y partimos hacia territorio amaz.

# PARTE TRES

## Ley número 326 del Consejo de Magos

Por la presente, todas las relaciones diplomáticas
con los pueblos amazakaran de las montañas
de Caledonia quedan suspendidas,
y se impondrán graves sanciones comerciales
hasta que las amazakaran entreguen a todos
los uriscos, elfos smaragdalfar y cualquier
criatura con sangre fae que residan
en su territorio, cosa que viola,
flagrantemente, las leyes del Reino.

# 1

## Paso fronterizo

—*N*ada de hombres —resopla Diana mientras camina a mi lado por los invernales bosques cubiertos de nieve—. ¿Y se puede saber qué harían las amaz si todos los hombres desaparecieran y ellas fueran las Reinas de Erthia? ¿Plantarían árboles de los que saldrían nuevas hijas amaz?

Diana lleva más de media hora argumentando sobre los graves inconvenientes de la forma de pensar de las amaz y preguntándose cómo puede ser se consideren superiores a los lupinos cuando en realidad los lupinos son superiores a ellas. Me está empezando a doler la cabeza de escucharla. Me estoy comenzando a plantear que traer a Diana —una persona incapaz de demostrar tacto— a una misión diplomática con el objetivo de implorar a las amaz que nos ayuden con las selkies ha sido una locura.

Pero necesitaremos protección. Aventurarse por territorio amaz sin invitación previa es muy peligroso.

A ambos lados tenemos sendos muros de piedra que asoman por encima de las copas de los árboles mientras avanzamos por el estrecho paso boscoso que se extiende por el centro de la Cordillera Norte.

Vamos directas a la frontera amaz.

Rafe sigue a Diana de cerca escuchando su apasionado e indignado discurso con su habitual buen humor. Trystan, Andras y Jarod caminan en silencio detrás de ellos, y los tres parecen perdidos en sus propios pensamientos.

Yvan camina detrás de mí derca de los árboles perennes que proyectan sombras a última hora de la tarde. Su poder de fuego vibra con tensión, y noto cómo llamea de vez en cuando. Noto cómo se esfuerza por contenerlo, pero percibo una aura de calor ardiente que está peligrosamente a punto de estallar.

«Marina necesita salir de aquí —pienso preocupada—, pero tú también. Antes de que la persona equivocada descubra lo que eres.»

Miro a Marina, que camina cogida de la mano de Gareth. Cada vez son más amigos, y es posible que algo más. Ya me he acostumbrado a quedarme dormida escuchando el grave tono de la voz de Gareth y las inflexiones aflautadas de Marina emanando del vestíbulo de la Torre Norte mientras conversan hasta bien entrada la noche.

La crítica voz de Diana me arranca de mis pensamientos.

—… y si mi padre tiene que escuchar una sola vez más que les hemos robado a sus hijos varones, niños que habían dejado morir en el bosque, creo que estaría muy justificado que alguien les dijera que son unos hipócritas que…

—Diana —la interrumpo quizá con un poco más de energía de la necesaria. La lupina se vuelve hacia mí con una expresión airada—. Vas a tener que hacer el esfuerzo de guardarte tus opiniones para ti cuando estemos allí.

—¿O qué? —me espeta Diana con desdén—. ¿Me van a amenazar con una de sus armas rúnicas? No son rivales para mí.

—Ahí está —anuncia Andras cuando llegamos al final del bosque y entramos en un campo cubierto de nieve. Andras señala el otro lado del campo, donde nos espera otra hilera de árboles—. Esa es la frontera, justo ahí delante.

Todos aminoramos el ritmo hasta detenernos.

Los hombres que han venido con nosotras pueden cruzar el campo, pero no podrán ir más allá. Y bajo ninguna circunstancia podrán seguirnos cuando crucemos esa hilera de árboles. Esa norma no admite negociaciones ni excepciones. Todo el mundo ha escuchado historias acerca de desafortunados viajeros que han cruzado la frontera por accidente y les han partido la cabeza por la mitad con una hacha rúnica.

Marina, Diana y yo entraremos solas en ese bosque.

—¿Cómo encontraremos a las amaz? —le pregunto a Andras.

Él sonríe al escuchar la pregunta.

—No tendréis que encontrarlas. En cuanto entréis en su territorio ellas os encontrarán a vosotras. —Entonces se pone serio—.

Recordad que debéis inclinaros ante la reina. No la miréis a los ojos hasta que ella os salude. Y no piséis el umbral cuando entréis en sus moradas.

Diana escucha con impaciencia y los brazos cruzados mientras Andras nos recuerda las normas de etiqueta más importantes. Yvan me mira en silencio mientras su fuego arde inquieto y, entretanto, Rafe y Andras intentan convencer a la obstinada Diana de la importancia que tiene la diplomacia en estas tierras. Trystan ha desenvainado la varita y está observando la hilera de árboles con atención mientras conversa en voz baja con Jarod.

Sigo la trayectoria de la mirada de Trystan hasta el otro lado del campo y en dirección al amplio bosque recelosa de separarme de los hombres de nuestro grupo. Por todo lo que he oído decir sobre las amaz, no les gusta mucho que los forasteros se aventuren por sus tierras, aunque sean mujeres.

Y aquí estoy, el doble de la mayor enemiga que han conocido.

—¿Estás preparada, Elloren? —me pregunta Yvan liberando uno de sus lazos de fuego en mi dirección.

Yo asiento con recelo mirando de nuevo hacia el bosque.

—Puedes hacerlo —me anima con un ligero brillo dorado en los ojos.

Miro a Marina, que está abrazando a Gareth y despidiéndose de él.

—No hay otra opción —le digo a Yvan con decisión—. Ya no nos queda mucho tiempo. El Consejo de Magos votará pronto la moción de mi tía.

Asiente y por un momento el brillo dorado de sus ojos se intensifica y su fuego se abalanza hacia mí. Mira hacia la frontera con intranquilidad, está muy rígido, pero me rodea con su fuego protector.

Los dos vacilamos tratando de contenernos mientras nuestros fuegos se intensifican y rompen todas las fronteras que hay entre nosotros.

Entonces Yvan se acerca y me da un apasionado abrazo. Yo me pego a él y entierro la cara en su hombro mientras nuestros poderes de fuego arden y se fusionan entre ellos.

—Ten cuidado, Elloren —susurra, y noto la caricia de su cálido aliento en la oreja—. Es peligroso. Prométeme que irás con cuidado.

—Lo haré —le prometo conmovida por su apasionada preocupación.

Me separo de Yvan con rubor en las mejillas y notando el ardor de su calor en mis líneas.

—¿Listas? —pregunta Diana colocándose a mi lado seguida de Marina.

Asiento templada por el fuego de Yvan.

—Os estaremos esperando aquí mañana —nos recuerda Andras—. Pedidles con respeto que os acompañen hasta la frontera.

Mira a Diana al decirlo, pero ella ya se ha vuelto hacia el bosque que tenemos delante.

Ya ha llegado la hora.

Es el momento de cruzar el campo flanqueado por las montañas y cruzar la frontera antes de que pierda el valor.

Me echo mi bolsa de viaje al hombro y me despido de mis hermanos, de Andras, Jarod y Gareth. Después miro por última vez a Yvan antes de empezar a cruzar el campo con Diana y Marina.

Cuando ya hemos cruzado más o menos la mitad de la frontera vemos una línea de runas rojas y todas nos sobresaltamos sorprendidas y nos quedamos de piedra. Las runas son del tamaño de ruedas de carretilla y flotan en línea justo encima de la frontera.

Diana levanta la vista y gira sobre sí misma con las aletas de la nariz muy dilatadas. Abre de golpe sus ojos ambarinos y, a la velocidad del rayo, me coge del brazo y tira de mí hacia un lado.

Grito en cuanto mi espalda choca contra el gélido suelo y una pequeña ráfaga plateada pasa silbando por encima de mi cabeza, después otra, seguida de un montón de flechas rojas que silban desde la dirección opuesta.

De pronto tengo el cuerpo de Yvan encima de mí: me sujeta la cabeza con las manos y pega la frente a la mía.

—Estate quieta —me sisea con el fuego desbocado internándose en mis líneas.

Caigo presa del pánico.

Oigo un zumbido y el aire se carga, como si estuviera a punto de caer una tormenta.

Me vuelvo con el corazón acelerado y veo que Marina está hecha un ovillo en el suelo. Mis hermanos, Gareth y Andras nos están rodeando. Trystan sostiene su varita y de la punta emana una cúpula dorada translúcida que nos cubre a todos menos a los lupinos. Diana está en cuclillas justo en el límite del escudo mágico de Trystan, pero no veo a Jarod por ninguna parte.

Y entonces nos damos cuenta de que no estamos solos en el campo.

A mi derecha han aparecido dos hechiceras vu trin montadas en sendos caballos negros. Las mujeres me están mirando fijamente con actitud despiadada y tienen los brazos alzados, están preparadas para lanzar más estrellas plateadas.

El atuendo de esas dos mujeres es distinto a las ropas que lucen la mayoría de las hechiceras vu trin. Llevan pañuelos negros alrededor de la cabeza, y su ropa es de un intenso color gris diferente del negro habitual, que siempre llevan marcado con las brillantes runas azules Noi. Portan dos espadas cruzadas en la espalda y en el pecho lucen varias hileras de mortales estrellas relucientes dispuestas en diagonal.

Me debato entre el pánico y la confusión.

«¿Por qué estas hechiceras vu trin nos están lanzando estrellas? ¿Y quién está intentando matarnos con flechas brillantes?»

—¡Todos quietos! —aúlla una dominante voz femenina desde el bosque del que venimos.

Vuelvo la cabeza y veo a la comandante Kam Vin entrando en el campo a caballo, acercándose como una tormenta al tiempo que suelta una retahíla de órdenes en el lenguaje Noi.

Viste su uniforme militar, una túnica y pantalones negros, todo marcado con brillantes runas azules, también lleva las espadas curvas a los costados, una hilera de estrellas brillantes en diagonal cruzándole el pecho. Su hermana, Ni Vin, llega a caballo detrás de ella, y también luce su uniforme de soldado.

Vin me mira sin demostrar emoción alguna, pero se asombra al ver a Marina. De pronto recuerdo que Ni Vin nos ayudó a ocultar a Marina en la Torre Norte, lo que evitó que volvieran a capturarla.

—Tengo protegido a todo el mundo, Yvan ——anuncia Trystan con calma—. Ya puedes soltar a Ren.

—Bonito escudo, hermano —comenta Rafe agradecido.

—He estado practicando —contesta Trystan.

Yvan me suelta un poco, mira a su alrededor y se separa de mí lentamente. Se queda a mi lado, tenso y atento, con el fuego completamente alborotado.

Yo me obligo a sentarme y por fin veo a Jarod, que está detrás de las mujeres que nos han atacado con sus estrellas, completamente tenso y preparado para abalanzarse sobre ellas.

—Has olvidado nuestro acuerdo, Kam Vin —dice la más alta de las hechiceras vestidas de gris que no deja de mirarme—. La chica se ha acercado a territorio amaz.

El terror me trepa por la espalda.

«¿De qué está hablando?»

—Vais a tener que dejar en paz a mi hermana —espeta Rafe con tono autoritario—. O bien os tendréis que enfrentar a todos nosotros.

—¡Silencio! —ordena una grave voz desde detrás de la frontera.

Jadeo al ver la hilera de soldados amaz cubiertas de tatuajes rúnicos que aparecen montadas a caballo por detrás del bosque oscuro y cruzan directamente por debajo de las runas suspendidas en el aire, como si estas fueran tan inconsistentes como el humo. A excepción de una de ellas, las demás van forradas de armas rúnicas y vestidas con túnicas militares carmesíes adornadas con runas de brillantes tonos escarlata, y sobre los hombros llevan capas de invierno con pieles negras. Y todas llevan runas negras tatuadas en la cara.

Pero el parecido termina ahí.

Las hay que tienen los tonos rubicundos de los ruscos, mientras que otras tienen la piel morena propia de las ishkartan del sur. Hay algunas pálidas y rubias como las issani del norte, y una de las soldados amaz tiene la piel esmeralda de los smaragdalfar y el pelo verde. Y todavía hay otra con el pelo de color marfil y los ojos plateados de los elfos alfsigr.

De pronto aparecen unas cuantas arqueras amaz por encima de las ramas de los árboles, justo al otro lado de la frontera, con sus flechas rúnicas preparadas, y algunas de las mujeres que van a caballo sostienen en alto sus lanzas rúnicas.

Y todas las armas me apuntan a mí.

El corazón me late con tanta fuerza que me duele, y escucho cómo Diana empieza a rugir al otro lado del escudo mientras una joven de piel morena con el pelo negro y las orejas puntiagudas se adelanta del resto con una hacha rúnica en la mano. Parece ser la que está al mando, y las demás amaz la miran a ella.

La mujer morena me señala con un dedo acusador y atraviesa con la mirada a la comandante Vin.

—La nieta de la Bruja Negra se dispone a cruzar la frontera del territorio amaz. Explícate ahora mismo, Kam Vin.

—La chica está protegida —señala la comandante Vin con aspereza encarándose a las amaz y a las hechiceras vestidas de gris—. Relajaos todas y comentemos la situación.

—Eso díselo primero a los lupinos —contesta la más alta de las hechiceras con frialdad—. En especial el que está amenazando con atacarnos por detrás.

Jarod no se mueve. Le brillan los ojos ambarinos y está enseñando sus intimidantes dientes blancos.

—A nosotros nadie nos ordena que nos relajemos —le espeta Diana a la hechicera—. Nuestro padre es un alfa. Y solo él nos da órdenes.

—Entonces les pedimos con todo respeto a los hijos de Gunther Ulrich que se retiren —lo vuelve a intentar la hechicera con relajada diplomacia—. No tenemos ningún problema con los lupinos. Lo único que queremos es matar a la chica.

Noto cómo caigo presa del pánico mientras Yvan me sujeta del brazo y su poder de fuego aumenta exponencialmente. Diana da un paso amenazador hacia la vu trin vestida de gris y la amenaza con un rugido.

—¡Si te acercas a Elloren Gardner te arrancaré la garganta!

Y es justo en ese momento, en medio de aquel debilitador miedo, cuando encuentro mi voz.

—¡Tenemos que hablar con Freyja! —anuncio poniéndome en pie.

Todo el mundo se vuelve para mirarme con sorpresa.

La esbelta mujer de piel morena baja el hacha rúnica un poco y me mira entornando los ojos.

—Yo soy Freyja.

—Nos dijeron que te buscáramos —explico casi sin aliento—. Marina... la selkie... necesita tu ayuda.

—¿La selkie?

Marina se levanta del suelo muy despacio temblando un poco y esforzándose para no perder el equilibrio. Alarga el brazo y se quita la capucha para dejar al descubierto su brillante melena plateada.

289

Se oye un jadeo colectivo.

—¿Es la selkie del conserje? —pregunta la comandante Vin con incredulidad.

Diana ruge con fuerza.

—¡Ella no le pertenece!

La comandante Vin se vuelve hacia su hermana.

—¿Tú sabías esto, Ni?

Ni se queda impasible.

—Decidí ignorarlo.

—¿Decidiste ignorarlo? —La voz de la comandante Vin es tranquila, pero desprende cierto enfado—. ¿Hay alguna otra cosa que hayas decidido ignorar?

—¿Quién te ha enviado a hablar conmigo? —me pregunta Freyja.

Vacilo antes de contestar. Clive me pidió que solo le dijera su nombre a ella y en privado, pero la verdad es que negarme a contestar me parece una mala idea en este momento. Por eso respiro hondo y digo:

—Clive Soren.

Freyja hace una mueca con los labios y se endereza de golpe levantando el arma, como si mis palabras fueran una amenaza.

La soldado amaz con cara de urisca que está al lado de Freyja le lanza una mirada asesina. Esa mujer es la soldado más alta de todas, de espaldas anchas y musculosa, tiene la piel sonrosada como Fernyllia y Fern, lleva el pelo rosa corto y de punta y tiene las orejas puntiagudas. Luce muchos tatuajes en la cara, de runas circulares, y eso le da el aspecto de tener escamas en la piel.

Yo trago saliva nerviosa.

—Fuimos a Celtania para pedirle que nos ayudara a rescatar a las selkies.

—¿Estuviste en Celtania? ¿Y te reuniste con Clive Soren?

La comandante Vin parece furiosa. Le lanza a su hermana una mirada iracunda.

—Sí —contesto. Me vuelvo de nuevo hacia Freyja—. Él nos dijo que quizá las amaz quisieran ayudarnos. El Consejo de Magos está a punto de ejecutar a todas las selkies del Reino del Oeste. Necesitamos ayuda armada para rescatarlas a todas.

Y entonces oigo la voz musical de Marina.

—Elloren Gardner dice la verdad.

Se oye otro jadeo colectivo.

—Diosa vengadora —susurra Freyja—, puede hablar.

—Explícate, Kam Vin —exige la hechicera vestida de gris muy sorprendida.

La comandante Vin la ignora porque está concentrada en mí.

—Elloren Gardner, explícate.

—¿Que me explique? —aúllo—. ¡Acabo de hacerlo! ¿Por qué no explicáis vosotras por qué queréis matarme?

—No podemos permitir que la Bruja Negra entre en territorio amaz —explica la hechicera vestida de gris muy seria.

—¡Yo no soy la Bruja Negra! —insisto con obstinación—. Ya me han hecho el examen de varita. Soy una maga de Nivel Uno.

—No tiene poderes —confirma la comandante Vin—. Le hice el examen yo misma.

—Hay una chica llamada Fallon Bane —interviene Diana adoptando un tono casi relajado—. Es muy probable que ella sea la próxima Bruja Negra, y deberíais eliminarla inmediatamente.

—A esa ya la conocemos —explica Freyja con aire sombrío volviéndose hacia Diana—, y no es la Bruja Negra.

—Dicen que cada día que pasa es más poderosa —replica Diana—, mientras que Elloren Gardner no tiene ningún poder.

Las hechiceras de gris bajan las estrellas todas al mismo tiempo, y las amaz se miran las unas a las otras asombradas, como si quisieran averiguar qué deben hacer.

—¿Cuál es tu petición, Elloren Gardner? —me pregunta Freyja con un tono confundido.

—Reunirme con vuestra reina —le contesto—. Para pedirle que nos ayude a liberar a las selkies.

Freyja señala a Marina.

—Y… ¿cómo te hiciste exactamente con esta selkie?

—La rescaté.

—¿Con magia? —pregunta la hechicera con desconfianza.

La fulmino con la mirada.

—Acabo de decir que no tengo poderes.

—¿Pues cómo? —me presiona Freyja.

Me encojo de hombros.

—La desencadenamos y después… salimos corriendo.

—Corriendo —repite Freyja.

Empiezo a irritarme.

—Porque no tengo poderes. Puede que me parezca a mi abuela, pero no tengo sus poderes.

—Mucha gente la odiaba —me informa Freyja con seriedad.

La miro con incredulidad.

—¿Ah, sí? No me digas.

Yvan me coge del brazo como si quisiera advertirme y noto que la intensidad de su fuego ha disminuido.

La soldado musculosa con la piel sonrosada da un paso adelante con actitud amenazante y señala nuestro grupo con su robusta barbilla.

—Si vuestros hombres ponen un solo pie en nuestro territorio los mataremos a todos. Especialmente a ese. —Señala a Rafe con su hacha rúnica—. Su energía varonil es especialmente fuerte.

Rafe se queda boquiabierto y desconcertado y se la queda mirando interrogante, como si no supiera si sentirse ofendido o halagado.

—Solo Diana Ulrich, Marina la selkie y yo pretendemos cruzar vuestra frontera —me apresuro a aclarar.

—Yo soy su guardiana —les informa Diana enseñándoles los dientes.

La comandante Vin me mira con cautela antes de volverse hacia su hermana.

—Ni, tú también las acompañarás. Y me informarás si hay más sorpresas.

Ni Vin inclina la cabeza aceptando la orden.

—Sí comandante.

—Y acabarás con ella si intenta algo contra aquello que nos pertenece —interviene la hechicera de gris.

Estoy hecha un lío. «¿Qué temen que pueda hacer yo?»

Diana se pone en cuclillas otra vez.

—Si la tocas te destrozo, hechicera.

—Kam Vin olvidas que este es nuestro territorio y que nosotras decidimos quén cruza nuestra frontera y quién no —interviene Freyja.

—Te lo suplicamos —le dice Marina a Freyja, y todo el mundo se queda de piedra clavándole los ojos a Marina. La selkie extiende las manos a modo de súplica y se dirige a ella con sus tonos aflautados—. Por favor, permítenos entrar en vuestras tierras para que podamos hablar con vuestra reina.

La hostilidad de Freyja se disipa cuando mira a Marina y adopta una expresión contrariada. La amaz me mira y después a Marina mientras reflexiona. Al cabo de un momento alza la barbilla como si se hubiera decidido.

—Te doy permiso para cruzar —dice al fin—. Diana Ulrich y Ni Vin pueden cruzar contigo.

Freyja me fulmina con la mirada.

—Tú también puedes acompañarlas, Elloren Gardner. Pero solo bajo estricta vigilancia. —Gesticula con su hacha rúnica en dirección a la comandante Vin y a las dos hechiceras—. En cuanto a ti, las vu trin se reunirán con nosotras aquí dentro de dos semanas para recoger lo que es vuestro. Está a punto de acabarse vuestro tiempo. La deuda está saldada.

Cada vez estoy más confusa. «¿Qué deuda?»

—La varita, Elloren Gardner —pregunta la hechicera de gris clavándome los ojos—, ¿todavía la tienes tú?

Trago saliva con fuerza y la cabeza me da vueltas; todo el mundo me está mirando. «Saben lo de la varita de Sage. ¿Cómo es posible?»

—Sí —admito con la voz entrecortada notando la presión que ejerce la Varita Blanca dentro de mi bota.

La hechicera se relaja y mira a Ni Vin.

—Vigila bien a la gardneriana, Ni Vin —le advierte volviendo a clavarme los ojos—. Puede que la varita la haya buscado a ella, pero no olvides la sangre oscura que fluye por sus venas.

—Yo no he olvidado nada —contesta Ni Vin muy seria.

—Eso espero.

Y dicho eso, las hechiceras vu trin vestidas de gris arrean sus caballos y se marchan galopando hacia el bosque después de que Jarod se aparte un poco para dejarlas pasar. Freyja las ve marchar antes de volver a concentrarse en nosotras. Señala a la amaz con la piel marfileña y rasgos alfsigr.

—La selkie puede montar con Thraso. —Después me mira a mí—. Tú, Elloren Gardner, montarás con Valasca.

Una joven de ojos oscuros con túnica añil salpicada de marcas rúnicas se acerca con su caballo. Parece más o menos de mi edad, o quizá algún año mayor. Lleva algunos cuchillos rúnicos envainados en el cinturón y tiene una actitud que desprende un valor magnético. Sus rasgos parecen Noi, pero tiene las orejas puntia-

293

gudas, la piel azul cielo y en su corto pelo negro se ven algunas clapas de brillante color azul. En el rostro luce los tatuajes rúnicos clásicos de las amaz, y lleva una capa forrada de piel sobre los hombros.

Valasca me mira desde el otro lado del escudo de Trystan y sonríe.

—Ni Vin —prosigue Freyja dirigiéndonos a todas—, tú montarás con Euryleia. Y Diana Ulrich…

—Yo no monto con nadie —contesta Diana—. Yo correré junto al caballo de Elloren Gardner.

—Viajamos rápido, lupina.

Diana sonríe.

—Entonces podréis seguirme el paso, amaz.

Las demás soldados se quedan paralizadas, como si estuvieran asombradas del descaro de Diana, pero Freyja esboza una sonrisa de oreja a oreja e inclina la cabeza mirando a Diana.

—Es un honor conocerte, Diana Ulrich.

Diana le devuelve la sonrisa; no es una sonrisa amistosa, qué va, sino una sonrisa feroz acompañada de una mirada salvaje que me pone los pelos de punta.

La corpulenta soldado amaz con la cara llena de runas que parecen escamas sigue fulminándome con la mirada con aire amenazador asiendo su gigantesca hacha rúnica. Su agresiva postura me da mucho miedo.

«¿Qué estamos haciendo aquí? Esta gente ha intentado matarme. Estamos ante un acantilado, y estamos a punto de saltar.»

Pero entonces veo otra cara: la de Marina. Parece haber captado mis dudas y ha adoptado una expresión de absoluta desesperación.

—Ya puedes quitar el escudo —le digo a Trystan con la voz temblorosa.

Mi hermano me aguanta la mirada durante un buen rato, después murmura un hechizo y el escudo se desvanece llevándose consigo el brillo ambarino que estaba proyectando sobre todo cuanto nos rodea.

Yvan me suelta el brazo y yo avanzo hacia la joven amaz, Valasca.

—Estoy lista —le digo.

Valasca sonríe y alarga el brazo para subirme a su caballo con una fuerza sorprendente. Me coloco detrás de ella y le rodeo la cintura con los brazos.

—Eliges unos acompañantes muy interesantes, gardneriana —observa volviéndose para dedicarme una sonrisa traviesa. Después mira a Diana, que aguarda a nuestro lado vigilándome con atención—. La hija de Gunther Ulrich. Has elegido a una guardaespaldas excelente.

Noto cómo me recorre una escalofrío nervioso e intento acallarlo, pero es en vano.

—Relájate, Elloren Gardner —me dice un poco más seria—. Yo también te protegeré.

La miro con desconfianza.

—Acabas de conocerme.

Valasca se encoge de hombros.

—Estoy dispuesta a darte el beneficio de la duda, gardneriana, pero solo porque liberaste a la selkie. Ya llevo un año intentando convencer a nuestro pueblo de que debemos hacer algo para ayudar a las selkies. Vi una en una ocasión, cuando pasaba cerca de la frontera gardneriana. —La rabia tiñe el discurso de Valasca, que habla la Lengua Común con mucho acento—. La tenían en una jaula. Sus movimientos, su voz… parecía una foca. Pero sus ojos… solo tuve que mirarla a los ojos y lo supe.

Valasca mira su caballo y le da unas palmaditas afectuosas en el cuello. Me lanza una sonrisa irónica.

—Siempre he creído que hay que mirar más allá de la superficie para llegar a la verdad. ¿No estás de acuerdo, Elloren Gardner?

No espera a que le conteste, arrea el caballo y cruza las runas y la frontera hasta que pasamos la barrera de sus soldados. Después levanta el brazo hacia el cielo y mira a su alrededor mientras las amaz se colocan a su alrededor.

—Sujétate fuerte —me advierte antes de aullar algo en otro idioma.

Y entonces Valasca baja el brazo y salimos disparadas como un rayo. Echo una última mirada por encima del hombro para mirar a Yvan y a los demás. Solo consigo ver un segundo los feroces ojos de Yvan y percibir una intensa ráfaga de su fuego antes de que la espesa pared de bosque se cierre a nuestro alrededor, como si se cerrara de golpe una enorme puerta verde.

# 2

## Las amazakaran

$\mathcal{N}$o estoy preparada para cabalgar a tanta velocidad; los cascos de los caballos levantan el barro y la nieve a nuestro alrededor con mucho estruendo. Hay momentos en los que parece que los árboles se ciernan sobre nosotras, como si quisieran alcanzarnos. Pero siempre viramos justo a tiempo, como si fuéramos un río zigzagueando bosque abajo. Es emocionante y aterrador al mismo tiempo, y yo me agarro a la capa de Valasca con todas mis fuerzas.

Cruzamos la larga brecha de la Cordillera Norte mientras las sombras se van alargando, y pierdo la noción del tiempo. Al poco la luna aparece flotando sobre nuestras cabezas y las nubes plateadas se separan dejando entrever las brillantes estrellas. La inmensa Cordillera se erige a ambos lados de nuestra ruta y asoma por encima de las ramas negras de los árboles, y yo la observo asombrada.

Recuerdo haber pasado volando por encima de esos picos escarpados con Lukas y la impresionante belleza de la Cordillera desde lo alto. Pero aquí, al contemplarla desde abajo, tengo una impresión más clara de su abrumadora altura que me deja sin aliento.

Hace muchísimo frío y vamos tan rápido que el aire helado se me cuela en los huesos. Cada vez tengo los dedos más rígidos y me cuesta flexionarlos, y empieza a preocuparme la temperatura, cada vez más baja, y me pregunto si acabaremos todas congeladas.

Ante nosotras aparece un camino más ancho y, de pronto, el bosque da paso a una carretera de piedra que se abre paso por entre un montón de rocas blancas gigantescas. A unos metros de distancia también veo unas runas carmesíes suspendidas en el aire, son de las que indican el comienzo de un paso fronterizo.

Valasca se vuelve para sonreírme y aúlla una orden en otro idioma. Todas se ponen a cabalgar más deprisa y los cascos de los animales resuenan en la piedra de la carretera.

Caigo presa del pánico.

Estamos cabalgando a una velocidad creciente hacia lo que parece el borde de un acantilado. Justo al otro lado se extienden ante nosotras las luces de una ciudad inmensa metida en un valle en forma de cuenco, y las montañas de Caledonia se erigen justo por detrás.

Es la ciudad fronteriza de Cyme, la mayor de las seis ciudades amaz que hay repartidas por la cadena montañosa de Caledonia.

Mi mente aterrorizada absorbe todos los detalles de la escena de golpe; hay un montón de edificios repartidos por el valle central cuyos tejados lucen varias hileras de luces rojas.

Y también veo mucho verde. Por todo el valle. Verde en pleno invierno.

Y nosotras nos dirigimos directas a un acantilado de piedra y nos vamos a precipitar por él.

Le lanzo una mirada suplicante a Diana, que sigue corriendo a nuestro lado con la melena al viento como si fuera una bandera. Diana me mira a los ojos y sonríe enseñando los dientes para animarme.

—Tenemos que parar —protesto con frenesí cada vez más asustada—. ¡Para el caballo, Valasca!

Valasca se vuelve para mirarme con una sonrisa temeraria en los labios.

—Sujétate fuerte, gardneriana.

Hace chasquear las riendas para que el caballo vaya todavía más rápido.

Yo empiezo a gritar viendo cómo el acantilado se acerca a nosotras.

De pronto todas las amaz levantan los brazos con las palmas de las manos hacia arriba y los dedos extendidos. En el reverso de sus manos cobran vida unas brillantes runas carmesíes mientras nos dirigimos directamente hacía otra hilera de runas más grandes y hacia la caída al vacío. La mano de Valasca impacta con una runa enorme y de su mano emergen unos cegadores rayos de luz roja. Entonces aparece una gigantesca cúpula translúcida que encierra todo el valle y el aire caliente nos engulle.

—¡Auuuuughhh! —grito mientras galopamos directas al acantilado.

Pero cuando llegamos al acantilado, aparecen un montón de runas circulares planas que se multiplican como un enjambre de insectos formando a toda velocidad un camino suspendido en el aire. Yo entrelazo las manos alrededor de la cintura de Valasca mientras nuestro caballo pasa, al galope, de la carretera de piedra a la carretera de runas.

Contemplo maravillada la imponente vista debatiéndome entre el vértigo y el alivio. La carretera de runas sigue formándose a nuestro paso mientras cabalgamos hacia la ciudad, pues las runas se multiplican a una velocidad alucinante.

Valasca levanta un brazo y todo el mundo aminora el paso hasta adoptar un relajado trote.

Suelto un poco a Valasca con el corazón acelerado y la respiración entrecortada y la oigo reír por lo bajo. Me asombra advertir que aquí es verano, y el helor de mis mejillas desaparece al calor de una suave brisa cálida. Repartidos por todo el valle veo árboles de hojas verdes, jardines y granjas, muchas de ellas construidas bajo cúpulas geométricas de cristal marcadas con gigantescas runas de color escarlata.

—¿Cómo es posible que sea verano? —le pregunto a Valasca abrumada por el asombro.

—Gracias a la magia rúnica de nivel avanzado —me explica muy sonriente, y después señala hacia arriba—. Ya habrás visto la cúpula.

Levanto la vista, pero solo se distingue el estrellado cielo de la noche.

—¿Qué pasaría si alguien intentara traspasarla con un dragón? —me pregunto.

Valasca se ríe.

—Que habría una gran explosión. El animal estallaría en mil pedazos. El cielo quedaría salpicado de sangre. Yo diría que no es recomendable.

Alzo las cejas al escucharlo. «Bien», pienso. Por lo menos las amaz tienen la posibilidad de resistir un ataque militar gardneriano.

Por debajo de nosotros veo unos edificios de estilo élfico esculpidos en la cara norte de la Cordillera, son curvos como las conchas de mar, y junto a ellos, y cubierto por una cúpula, crece un bosque lleno de árboles extraños.

—Esa es nuestra universidad —me explica Valasca.

—Nunca había visto esa clase de árboles —comento maravillada.

—Son los jardines universitarios —dice Valasca orgullosa—. Tenemos plantas de toda Erthia.

La carretera de runas se dirige hacia un brillante pilar que se erige en el centro de la ciudad. En lo alto del pilar hay un disco enorme y nuestra carretera de runas impacta contra él con un estallido de luz roja.

Cuando nos internamos en el enorme disco, la carretera de runas desaparece delante de nosotras y se va desvaneciendo en dirección contraria tan deprisa como se formó hasta desaparecer del todo.

—Santísimo Gran Ancestro de todos los cielos —jadeo suspirando un tanto temblorosa al ver cómo desaparece la carretera.

Diana está contemplando las vistas panorámicas con relajada curiosidad, completamente tranquila. A Ni Vin tampoco parece haberle afectado nuestra letal entrada. Marina es la única que me mira con incredulidad, desconcertada y todavía muerta de miedo.

—¿No te has asustado nada? —le pregunto a Diana con tono agudo.

Me mira parpadeando como si estuviera siendo un poco alarmista.

—No he olido miedo en ellas. Y me ha parecido evidente que utilizarían alguna clase de magia para crear el camino.

Me estremezco cuando el disco sobre el que nos hemos detenido empieza a descender por el pilar central como si fuera una rueda clavada en un eje, y los caballos relinchan nerviosos. El pilar, ahora que puedo verlo de cerca, es tan grueso como el más grande de los árboles, y está formado por un larguísimo montón de runas escarlatas apiladas que rotan sobre sí mismas.

—¿Cómo habéis sido capaces de construir una carretera como esta? —le pregunto a Valasca alucinada.

La amaz me lanza una mirada astuta.

—Nuestras hechiceras rúnicas unen sistemas rúnicos procedentes de todas nuestras culturas originales. Al combinarlos, podemos hacer muchas más cosas con ellas. —Sonríe con más ganas—. Nos proporciona un margen de acción increíble.

—Pensaba que la hechicería rúnica era poco común.

—Y lo es. Solo tenemos doce hechiceras rúnicas —me confiesa—. Pero entre todas dominan todas las tradiciones del mundo. Lo que les falta en cantidad lo suplen con diversidad. Y eso potencia su poder.

Miro a mi alrededor sorprendida al ver lo que han conseguido con su hechicería rúnica. La magia de las varitas gardnerianas palidece en comparación con las cosas que las amaz han conseguido crear aquí.

El valle central está lleno de edificios. Miro a mi alrededor tratando de verlo todo desde esta altura. Hay muchísimos estilos arquitectónicos diferentes, no como los uniformes estilos de piedra de la Cordillera de Verpacia o los idénticos diseños de guayaco de Gardneria. Aquí está todo mezclado, como si alguien hubiera metido todos los estilos arquitectónicos de Erthia en el valle y los hubiera mezclado con una cuchara.

Sobre el tejado de cada uno de los edificios veo largas líneas de luces rojas, lo que proyecta en toda la ciudad un brillo escarlata que parece de otro mundo. Mientras descendemos le señalo las brillantes luces rojas a Valasca y le pregunto qué son.

—Son hileras de runas —me dice—. Sirven para encender las luces, los fogones y esas cosas. Cuando se mezclan los distintos sistemas rúnicos, se ponen de color rojo. De ahí que nuestro esquema cromático sea tan monótono.

El suelo de piedra de una plaza circular se está elevando gradualmente hacia nosotras, y sus baldosas conforman un diseño hecho de runas mezcladas. Por todas partes se oye el sonido de voces femeninas, y se extiende por la plaza y más allá: mujeres gritando, mujeres hablando y riéndose a carcajadas, mujeres cantando acompañadas de instrumentos de cuerda. Todo mujeres. No hay ni un hombre.

A nuestros pies se está reuniendo una multitud, y la plaza está iluminada por la luz que proyectan las numerosas antorchas con sendas llamas de color escarlata.

En el centro de la plaza que tenemos debajo se erige una estatua hecha con piedra de la cordillera que me recuerda a la estatua de mi abuela que hay en Valgard. Aunque este monumento representa a la diosa amaz ataviada con ropas floreadas y con un cinturón que parece una serpiente. La diosa tiene una paloma sobre el hombro y las tres Primeras Hermanas están sentadas a sus pies y la miran con adoración. Por debajo de las Primeras Hermanas hay un grupo de ciervos astados haciendo cabriolas.

Al otro lado de la escultura de la diosa se ve la estructura más grande del valle: una gigantesca cúpula ovalada con una serie de cúpulas más pequeñas pegadas a la base, como si fueran brotes.

—Es el Auditorio Real, el lugar de reunión del Consejo de la Reina Alkaia —explica Valasca con orgullo—. Y ahí es adonde nos dirigimos.

Cuando terminamos nuestro descenso, la estatua de la diosa se cierne sobre nosotras. En cuanto llegamos al suelo las runas que tenemos a nuestros pies parpadean hasta desvanecerse y a nuestro alrededor y justo por delante de un montón de curiosas espectadoras, aparece un grupo de soldados armadas hasta los dientes y ataviadas con túnicas de color escarlata salpicadas de marcas rúnicas.

Las amaz que veo repartidas por la plaza son tan distintas entre sí como las integrantes que conforman nuestra partida. Hay uriscas de todas clases. Elfas alfsigr y smaragdalfar. Elfhollen, ishkartan, celtas, noi, e incluso algunas gardnerianas, con la piel teñida de un brillo verde igual que el mío, y algunas incluso con señales de compromiso en las manos. Muchas de las mujeres parecen mestizas, como Andras y la profesora Voyla, y sus ropas son tan diversas como ellas.

Lo único que las distingue como integrantes de la tribu amaz son los tatuajes rúnicos que llevan en el rostro.

Todas las amaz, a excepción de las niñas, van muy armadas, y llevan cuchillos rúnicos, espadas o hachas pegadas al cuerpo, además de muchas armas brillantes que no había visto jamás. Hasta las ancianas portan cuchillos curvos colgados de intrincados cinturones y hachas de doble hoja pegadas al brazo.

Pienso en el dominio que tiene Andras con el manejo de las armas y recuerdo que me explicó que las amaz entrenan a sus hijas para que dominen muchísimas armas y artes marciales.

Freyja me señala con aspereza y le da lo que parece una orden a Valasca en otro idioma. Valasca asiente, después sonríe y contesta con alguna clase de broma. Me doy cuenta de que la respuesta de Valasca ha sido un poco insolente, porque Freyja la mira con dureza antes de acercarse con su caballo hacia las soldados que están rodeando a nuestro grupo.

Freyja habla con las soldados y se marcha acompañada de nueve de ellas en dirección al Auditorio Real, dividiendo el grupo en dos. El resto de nosotras partimos en la misma dirección, pero lo hacemos lo bastante despacio como para que Diana pueda avanzar paseando a mi lado.

El Auditorio Real está cubierto por un impresionante mosaico hecho con todos los tonos entre el escarlata y el violeta, además de tener varias hileras de brillantes runas de color escarlata. En la entrada de la cúpula hay un gigantesco arco conformado por una serpiente marfileña cuya cola se extiende hacia la plaza. Al otro lado del arco veo una serie de cortinas de colores, cada una de ellas un poco más corta que la siguiente, lo que le da a la entrada la apariencia de un exuberante túnel de tela.

En la entrada del Auditorio hay antorchas rúnicas pegadas a postes negros en espiral que proyectan sobre ella un brillo carmesí.

Junto al Auditorio hay un grupo numeroso de mujeres que llenan la plaza. El denso grupo se separa cuando nos acercamos y algunas de las mujeres jadean al verme y entornan los ojos, en particular las mayores. Se llevan las manos a sus espadas y hachas por instinto al tiempo que esconden a las niñas a su espalda o se las llevan corriendo.

Cuando nos acercamos a la entrada, veo cómo Valasca se inclina y pega la cara en el cuello de su caballo con los ojos cerrados, y recuerdo las técnicas rúnicas que utiliza Andras con los caballos. Recuerdo que algunos de los tatuajes rúnicos de Andras le confieren la capacidad de comunicarse con los caballos con la mente, entre muchas otras habilidades.

Nuestro caballo aminora el paso hasta detenerse y Valasca desmonta. Me ayuda a bajar, después le da una palmada a la yegua para que se marche trotando con los demás caballos.

Cada vez hay más personas a nuestro alrededor en actitudes más amenazantes. La luz carmesí de la antorcha que las ilumina les confiere una imagen todavía más intimidante, y el mundo de

LA FLOR DE HIERRO

la plaza se ha convertido en un desafiante paisaje de luces rojas y sombras.

Diana se pega a mí con actitud protectora y pasea su mirada salvaje por todas partes, y noto la mano de Valasca en la espalda.

—No te separes de mí —me susurra al oído sin despegar los ojos de las mujeres que nos rodean.

Yo miro a Marina por encima del hombro y ella me devuelve una mirada nerviosa, dejando traslucir su inquietud y va del brazo de Ni Vin. Ni Vin parece haberse convertido en guardaespaldas de Marina, y mira a la multitud que la rodea completamente inexpresiva con la mano puesta sobre la empuñadura de la espada curva que lleva colgada al costado.

Cuando nos acercamos al Auditorio Real veo que la soldado de piel rosa con la cara llena de runas que parecen escamas se ha colocado entre nosotras y las cortinas de la entrada, y bloquea el acceso con su corpulenta figura asiendo su hacha rúnica con ambas manos. Nos detenemos a algunos metros de ella y la multitud guarda silencio de repente.

—Apártate, Alcippe —ordena Valasca haciendo un ligero gesto con la mano—. La gardneriana ha venido a hablar con la Reina Alkaia. Ya lo sabes. Y Freyja ha ordenado que la dejemos entrar.

—No —ruge Alcippe apretando con fuerza el mango del arma.

—Alcippe, ¿qué estás haciendo? —le pregunta Valasca con aspecto de estar muy confusa—. Es decisión de Freyja.

Alcippe adopta una expresión desdeñosa y suelta una risa burlona.

—Freyja ha olvidado quién es. Y yo estoy ignorando su decisión.

Valasca y Alcippe se enfrascan en una intensa conversación en otro idioma. Y entonces, y para mi horror, Alcippe le ruge algo y empieza a dirigirse hacia mí con su hacha rúnica en ristre.

Se me dispara el corazón: Diana me coloca tras ella de un tirón y Valasca desenvaina un cuchillo con el que apunta a Alcippe.

La guerrera se queda helada observando la pequeña hoja brillante del cuchillo.

Yo advierto que se trata de una hoja muy pequeña en comparación con la aterradora hacha gigantesca de Alcippe.

Valasca alza la palma de la mano.

—Ríndete. Estás en minoría.

Alcippe se ríe con desprecio y mira a las mujeres que tenemos a nuestro alrededor observándonos con hostilidad.

—No lo creo —contesta dando otro amenazador paso hacia delante.

—¡La Reina Alkaia tiene la última palabra! —insiste Valasca sin dar su brazo a torcer.

Es bastante más bajita que Alcippe, más esbelta y fibrosa. Me pregunto si ha perdido el sentido por enfrentarse a esta monstruosa guerrera.

Alcippe me lanza una mirada feroz.

—¡No pienso permitir que esta horrible criatura empañe el aire que respira la Reina Alkaia! ¡Apártate Valasca!

—Alcippe, por favor, déjalo —insiste Valasca sin envainar el cuchillo rúnico y negándose a ceder ni un ápice.

Alcippe vuelve a mirar el cuchillo y vacila entre las ganas de asesinarme y algún conflicto interior.

Y entonces, para mi abrumadora y bendita sorpresa, baja el hacha rúnica y se hace a un lado con actitud reticente.

Diana, que siempre me sorprende por su habilidad para decir lo más inadecuado en el momento menos indicado, gesticula en dirección a la pesada arma de Alcippe con una expresión más que desdeñosa.

—¿Crees que puedes vencernos con ese juguetito que tienes?

—¿Juguete? —ruge Alcippe con los dientes apretados dando un paso adelante—. ¡No te parecerá ningún juguete cuando te parta la cabeza por la mitad, lupina!

Diana se pone en cuclillas en un abrir y cerrar de ojos, con una mirada reluciente y feroz en los ojos, y le enseña los dientes a la amaz. Le aparecen garras y el pelo le recubre la pata que ha levantado por encima de la cabeza.

—Da un paso más, amaz —entona muy lentamente flexionando sus temidas garras—, y añadiré tu cabeza a la colección de trofeos que he arrancado de los cuellos de mis enemigos.

Y justo cuando parece que esté a punto de caer el infierno en la tierra, Marina se interpone entre Diana y Alcippe con las branquias abiertas. Abre la boca y emite uno de sus extraños tonos aflautados. Todo el mundo se vuelve para mirarla, están asombradas por el inquietante sonido.

Marina se quita la capucha y la multitud jadea sorprendida. La selkie mira preocupada a su alrededor, después tensa el cuello y aprieta las branquias.

—Hemos venido a suplicar ayuda. Para rescatar a mi pueblo.

A mi alrededor oigo cómo las mujeres que nos rodean murmuran entre sí diciendo: «¡la selkie habla!», además de otros gritos de asombro en diferentes lenguas.

—Necesitamos vuestra ayuda. —Marina mira a Alcippe con actitud suplicante—. Por favor. Te lo ruego.

Alcippe se queda de piedra, después fulmina a Diana durante un buen rato y en sus ojos rosados se adivina una tormenta iracunda. Diana, que no es precisamente dada a retirarse de ninguna pelea, le devuelve la mirada a la guerrera esbozando una aterradora sonrisa.

Alcippe aprieta los labios, está sujetando el mango de su arma con tanta fuerza que tiene los nudillos blancos, pero decide dar un paso atrás y se retira.

—Por respeto a la selkie —anuncia sin dejar de mirar a Diana—, y solo por ella, no te mataré ahora, lupina.

Valasca, Marina y yo suspiramos aliviadas.

Diana resopla con desdén.

—Y yo dejaré que conserves la cabeza un día más, amaz.

Alcippe vuelve a ponerse tensa y Valasca le lanza una mirada cargada de censura a Diana.

—Gracias —le dice Marina agradecida a Alcippe. Mira a Diana con desesperación, como si le estuviera suplicando en silencio que se contenga antes de enfadar de nuevo a Alcippe—. Gracias por vuestra compasión.

La muestra de respeto de la selkie parece tranquilizar a la guerrera de pelo rosa. Saluda a Marina agachando la cabeza un segundo y después se marcha con paso enérgico hacia el interior del Auditorio Real seguida de las demás mujeres que aguardaban a nuestro alrededor.

—Yo me vuelvo hacia Diana.

—¿De verdad coleccionas las cabezas de tus enemigos?

Diana hace un gesto desdeñoso con la mano.

—Eso es irrelevante.

—¿Irrelevante?

—Sí, es irrelevante.

305

—Diana, esa es la soldado más grande y más aterradora que hay por aquí. ¿Y se te ocurre amenazarla con arrancarle la cabeza?

Diana se pasa su larga melena rubia por encima del hombro y se apoya la mano en la cadera.

—Ha. Sido. Descortés.

—¡Prometiste ser diplomática!

La lupina se endereza y me fulmina con la mirada.

—Soy la hija de Gunther Ulrich. Y hay un límite de cosas que estoy dispuesta a aguantar.

—Muy bien —espeto—, por lo menos deja que sea yo quien se encargue de hablar delante de la reina.

—Vale —contesta con sequedad.

Valasca nos está mirando a Diana y a mí como si nos hubieran salido cuernos. Se vuelve hacia Marina.

—¿Siempre se comportan así?

Marina asiente con mucha seriedad justo cuando Ni Vin se coloca detrás de la selkie ignorándonos a todas las demás.

Valasca mira al cielo y murmura un juramento para sí antes de envainar su cuchillo rúnico.

—Vamos. —Nos hace una señal para que la sigamos—. Habéis venido a hablar con nuestra reina. Ha llegado vuestra oportunidad.

Antes de entrar, Valasca se detiene un momento para prevenirnos:

—No piséis el umbral. Y recordad que debéis inclinaros ante la reina…

—Sí, ya lo sabemos —contesta Diana con impaciencia cruzando por delante de ellas la pared de cortinas, y obligándonos al resto a seguir sus pasos.

# 3

## La reina Alkaia

*C*ruzamos una serie de cortinas de color escarlata e intensos tonos púrpura y entramos en un enorme vestíbulo revestido con alfombras y tapices de color granate y bordados brillantes. A un lado de la estancia hay muchísimos pares de zapatos alineados, capas y otras prendas dobladas en estantes de madera.

Valasca nos pide que nos quitemos los zapatos y las capas, y después levanta la punta de una pesada cortina y pasa por encima de un umbral esmaltado que parece una serpiente de colores. Se vuelve y nos hace señas para que la sigamos por el pasillo.

Las paredes curvas y los techos del Auditorio Real son gigantescos y también están adornados con tapices granates. Los diseños bordados representan distintas imágenes de la historia religiosa de las amaz: las tres Primeras Mujeres hablando con la Gran Diosa en un precioso jardín; el asesinato del cruel varón a manos de la única hija fiel; la Diosa recompensando a su fiel hija nombrándola amaz mientras le coloca en la mano una aguja rúnica hecha con luz de estrellas.

Al fondo del Auditorio Real veo un tapiz enorme que desciende desde el techo y en el que se ve representada a la Gran Diosa rodeada de pájaros blancos. Hay cientos de ellos, y vuelan hacia el techo hasta alcanzar la punta, donde se fusionan para formar un único pájaro gigantesco de color marfil.

Me quedo absorta mirando los pájaros de la Diosa, que se parecen mucho al pájaro del Gran Ancestro representados en los vitrales de nuestra catedral de Valgard. Y también se parecen mucho a los pájaros blancos de las esculturas y los tapices de Wynter. Los pájaros que me condujeron hasta Marina.

Los vigilantes.

Me recorre un escalofrío y de pronto tomo conciencia de la varita blanca que llevo escondida en la bota asombrada de las ganas que tengo de agarrar su mango espiral.

El largo y ovalado interior del Auditorio Real es todavía más grande que la catedral de Valgard, y está sostenido por un montón de columnas hechas con numerosas runas que rotan sobre sí mismas. El pasillo central, enmoquetado, conduce hasta un altar elevado que se ve al otro lado del pasillo, y hay un montón de mujeres allí, comiendo, hablando y riéndose juntas.

Cuando empezamos a recorrer el pasillo miro a mi alrededor. Me llama la atención un círculo de elfas smaragdalfar, con sus escamas verdes y sus ojos plateados: toman el té mientras conversan. Todas lucen túnicas verdes y los pantalones típicos de los elfos de las tierras del sur, con los bordados negros clásicos, pero llevan las mejillas marcadas con la firma de los tatuajes amaz.

Otra mujer se acerca a su grupo. Tiene las orejas puntiagudas, la piel pálida y los ojos plateados propios de los elfos alfsigr, pero su pelo es de un asombroso color violeta. Me ve mirándola y entorna los ojos. Yo me ruborizo y aparto la mirada enseguida avergonzada de que me haya sorprendido mirando.

Algunas de las amaz se afanan en servir comida, y los aromas de las intensas y desconocidas especias y del pan recién hecho flotan en el aire. Veo cómo las mujeres aceptan cuencos de comida y advierto que debe de ser su costumbre inclinar un poco la cabeza para expresar agradecimiento.

Abro los ojos como platos al ver a una mujer urisca de piel dorada que está desnuda de cintura para arriba. Está riendo y hablando con dos mujeres más mientras su bebé succiona felizmente de su pecho. Nunca había visto a una mujer dando el pecho con tanto descaro, y la escena me asombra y me fascina al mismo tiempo. Algo así estaría completamente prohibido en Gardneria, y también en Celtania y Verpacia. En todos esos sitios las mujeres dan el pecho en privado, e incluso haciéndolo así, esconden al bebé debajo de las túnicas.

De pronto me doy cuenta de que nosotras también estamos atrayendo la atención de las presentes. Las mujeres del Auditorio Real se vuelven para mirarnos, y enseguida sube el volumen cacofónico de la conversación, que recorre la sala a nuestro paso.

Miro nerviosa a mi alrededor mientras nos acercamos al estrado elevado de la Reina que hay al fondo del gigantesco auditorio.

En el centro del estrado, reclinada sobre algunos cojines, hay una mujer muy anciana. Tiene la piel de un tono verde muy intenso, las orejas puntiagudas, y lleva el pelo blanco peinado con unas esculturales ondas que hacen que su cabeza parezca una corona. Va muy enjoyada, lleva *piercings* negros y tiene tatuajes repartidos por toda la cara arrugada.

Y comprendo asombrada que esa anciana de aspecto frágil debe de ser la poderosa Reina Alkaia.

Está flanqueada por un séquito de increíbles guerreras uniformadas. Las feroces mujeres también están sentadas sobre sendos almohadones, y llevan las armas sujetas a la espalda o apoyadas en la enorme base del gigantesco tapiz de la Diosa. Alcippe está con ellas, sentada directamente a la izquierda de la reina y con el hacha rúnica a la espalda. Cuando nos ve nos mira con evidente hostilidad.

Cuando veo la mirada letal de Alcippe trago saliva con fuerza con el corazón acelerado y respiro hondo tratando de relajarme.

309

Valasca se detiene cuando llegamos al estrado y todas nos paramos detrás de ella. La Reina Alkaia me clava su mirada penetrante. Alza una temblorosa mano retorcida y las voces del auditorio se van acallando hasta enmudecer por completo.

—Acercaos, viajeras —ordena la Reina Alkaia haciéndonos gestos invitantes.

Nos acercamos un poco más y yo sigo el ejemplo de Valasca, me pongo de rodillas y hago una gran reverencia. Marina hace lo mismo a mi lado, y advierto su tensa mirada mientras ambas pegamos la frente al suelo enmoquetado.

Diana y Ni Vin se quedan de pie.

—Vaya, vaya —dice la reina con voz marchita y con mucho acento—. Menuda noche de sorpresas. ¿Será verdad que la nieta de Carnissa Gardner ha venido a pedirle ayuda a la Reina de las Amaz?

—Es verdad, Reina Alkaia —digo con la cabeza pegada a la alfombra bordada—. Me llamo Elloren Gardner, y he venido a pedir su ayuda.

A mi alrededor oigo vigorosas exclamaciones iracundas que flotan por la cúpula y reacciono poniéndome tensa. Al poco los sonidos de enfado se van acallando y comprendo que la reina debe de haber hecho algún gesto pidiendo silencio. Me aventuro a levantar la cabeza para mirarla.

—Levantaos, viajeras —ordena la Reina Alkaia con cierta ironía.

Marina, Valasca y yo nos incorporamos, pero nos quedamos de rodillas.

—Valasca —dice la Reina Alkaia divertida mirando a nuestra acompañante con brillo en los ojos—, has sido muy amable al proteger a nuestras visitantes viajeras.

Valasca se pone en pie con una sonrisa de oreja a oreja y le hace una reverencia a la reina.

—Estoy a su servicio, Reina Alkaia, y he acompañado a su invitada gardneriana encantada.

La Reina Alkaia sonríe.

—Mmm. Tampoco le cojas demasiado cariño, Valasca. No quiero tener a todo el ejército gardneriano en la frontera con la intención de robarnos a la nieta de la Bruja Negra.

«¿Robarnos?» ¿De qué está hablando?

—Elloren Gardner —dice la Reina Alkaia poniéndose seria—, aquí hay muchas personas que recuerdan lo que tu abuela hizo a nuestro pueblo. Hay quien cree que deberíamos matarte, como debería haberle ocurrido a tu abuela, antes de que sus poderes alcanzaran su punto más alto.

Se oye un murmullo de asentimiento y yo me desanimo bastante alarmada.

—Yo no tengo poderes —insisto con la voz temblorosa—, no supongo ninguna amenaza para vosotras.

—Y, sin embargo, has venido acompañada de una peligrosa guardaespaldas.

La reina mira a Diana, que aguarda con su habitual pose rebosante de seguridad, completamente relajada y sin sentirse intimidada en absoluto.

—Yo soy Diana Ulrich, de la manada Gerwulf. —Espero el recital de todo su árbol genealógico incluyendo hasta el último de sus primos, y me sorprende mucho advertir que la lupina se detiene ahí. Diana me lanza una mirada engreída antes de volverse hacia la Reina Alkaia—. Elloren Gardner pronto se convertirá en mi hermana y he venido en calidad de su guardaespaldas. Ella rescató a Marina, la selkie, de manos de un hombre malvado que debería ser ejecutado de inmediato, y desea reunir un ejército para liberar a las demás selkies.

La confusión se adueña del auditorio. Marina, quizá percibiendo aquella entrada como su introducción, se levanta con actitud vacilante y su melena plateada brilla bajo la luz de las runas.

—Habla, selkie —ordena la Reina Alkaia mientras la multitud vuelve a guardar silencio—. Si es verdad, como dicen, que puedes hacerlo.

Marina presiona las branquias con gesto decidido.

—Necesitamos su ayuda, Reina Alkaia —dice con la voz temblorosa—. Los gardnerianos tienen prisioneras a las mujeres de mi pueblo, y su Consejo de Magos está a punto de ordenar que las asesinen a todas.

A nuestro alrededor percibimos un buen número de susurros de asombro.

—Entonces es cierto —comenta sorprendida la Reina Alkaia—. La selkie sabe hablar.

Tras observar a Marina durante un buen rato, la reina se vuelve hacia mí entornando los ojos.

—Elloren Gardner, ¿comprendes el motivo de que las hechiceras hayan enviado a Ni Vin para que te haga de guardaespaldas?

—Porque existe el temor de que yo sea la Bruja Negra de la profecía —contesto—. Puesto que me parezco a mi abuela.

—Tienes el mismo aspecto que ella, eres exacta —me corrige la Reina Alkaia con aspereza.

Eso me ofende.

—Es posible que sea cierto, pero soy muy distinta a ella en muchos sentidos. Y no tengo ningún acceso a mis poderes. —Le lanzo una rápida mirada a Ni Vin—. Y la verdad es que no entiendo por qué cree que necesito ninguna guardaespaldas vu trin.

Se oyen más murmullos cargados de inquietud. La Reina Alkaia se vuelve hacia la inmóvil Ni Vin y la observa con atención.

—¿Y tú, hechicera? ¿Tú crees que la gardneriana dice la verdad?

Ni Vin me observa muy pensativa.

—Sí —afirma al fin—. Fue muy valiente al rescatar a la selkie. Y creo que en lo único que se parece a su abuela es en la apariencia física.

311

Del auditorio se alza otra oleada de airadas protestas. La Reina Alkaia aguarda con paciencia, como si estuviera valorando la situación concienzudamente.

—¿Y quién te hizo esas heridas, hechicera? —le pregunta la Reina Alkaia a Ni Vin cuando la multitud guarda silencio al fin.

Ni Vin se pone tensa.

—Fue Carnissa Gardner.

Más voces furiosas, y Ni Vin aguarda hasta que las protestas se acallan antes de continuar.

—Fue durante la Guerra del Reino —explica sin inmutarse—. La Bruja Negra hizo llover fuego sobre mi aldea cuando se dirigía al este, y una de sus bolas de fuego alcanzó la casa de mi hermana. Aquel día perdí a toda mi familia, menos a mi hermana. Yo recibí la maldición de seguir con vida.

Me siento avergonzada. Ya me había imaginado que Ni Vin había sido herida durante la Guerra del Reino, pero escucharla explicar la historia es devastador.

—¿Y aun así estás dispuesta a darle una oportunidad a esta chica? —pregunta la Reina Alkaia.

—Sí, pero solo por la selkie.

La Reina Alkaia se reclina en los almohadones y se relaja.

—En ese caso quizá nosotras debamos seguir tu ejemplo y dar también a la gardneriana la oportunidad de explicarse —sugiere a todas las presentes—. Yo, por lo menos, siento mucha curiosidad por saber cómo es posible que la nieta de la Bruja Negra no solo haya rescatado a una selkie, sino que además sea amiga de la hija de un alfa lupino.

Todas las cabezas se vuelven hacia mí al unísono, y ninguna de ellas me mira con amabilidad. Reina un silencio mortal, a excepción de los inquietos llantos de algunos bebés y otras niñas pequeñas.

—Ponte en pie, Elloren Gardner —ordena la reina con tono desafiante—. Parece que te guste estar en el suelo.

Trago saliva con fuerza sintiéndome un poco mareada, y tengo el corazón acelerado. Respiro hondo y me pongo en pie animada por la mirada de Marina, que no me quita los ojos de encima.

Me adentro en mi historia con la voz temblorosa, aunque me ahorro las partes sobre Naga, la Varita Blanca y la destrucción de la base militar. A medida que voy avanzando me voy relajando y me tiembla un poco menos la voz.

Cuando termino me quedo de pie acompañada de Diana, Marina, Valasca y Ni Vin.

—¿Entonces esperas que me crea —contesta la Reina Alkaia—, que la nieta de Carnissa Gardner, una chica con un aspecto exactamente igual al de su abuela, es amiga de dos ícaras y de los hijos de un alfa lupino, ha liberado una selkie y tiene un hermano que está a punto de convertirse en lupino? ¿Todo eso es cierto?

—Sí, Reina Alkaia.

La reina me observa durante un buen rato, y entonces hace algo que sorprende a todo el mundo.

Se echa a reír.

Cuando recupera la compostura se vuelve hacia la guerrera cubierta de runas que parecen escamas y que aguarda junto a ella.

—Te sugiero, Alcippe, que si quieres vengarte de la familia de esta chica lo mejor que puedes hacer es dejarla vivir.

Después se vuelve hacia mí y sonríe de oreja a oreja.

—Eres una chica muy problemática, Elloren Gardner. Y solo por ese motivo ya eres bienvenida aquí. Ven, acompáñanos. —Mira a la multitud con actitud benevolente—. Hacedles sitio a la gardneriana y a sus acompañantes. —Vuelve a mirarme—. Comed. Mañana celebraremos una audiencia formal para escuchar tu solicitud, cuando todo el mundo haya comido y descansado debidamente. Con un poco de suerte para entonces tendremos todas la cabeza más fría.

Noto el contacto de la mano de Valasca en mi brazo para prevenirme cuando la Reina Alkaia mira hacia otro lado y el auditorio recupera el movimiento. Las presentes siguen mirándome con hostilidad, pero ahora son menos intensas, como si la Reina Alkaia hubiera salpicado de agua un fuego con sus hábiles y ancianas manos.

# 4

# Alcippe

$V$alasca nos guía por el Auditorio alejándonos todo lo que puede de Alcippe.

Las amaz que nos rodean reciben su comida de manos de sonrientes sirvientas que hablan con ellas al entregarles los humeantes cuencos de estofado y rebanadas de pan redondo que portan en gigantescas bandejas doradas.

Diana y yo nos sentamos en unos almohadones bordados mientras Valasca llama la atención de una mujer que está sirviendo cerca de nosotras con una amistosa sonrisa y un respetuoso gesto de cabeza. La celta rubia le devuelve la cortesía y se acerca a nosotras, y entonces me doy cuenta de que lleva tatuajes en forma de serpiente intercalados con los rúnicos, y brazaletes en forma de serpiente en las muñecas y los brazos. Se queda helada en cuanto nos ve a Diana y a mí.

Le entrega a Valasca una ración de aromático estofado, una taza de algo que parece que lleve leche y un pedazo de pan dorado, después mira a Diana con antipatía y prácticamente le lanza el cuenco de comida, aunque la lupina lo intercepta con habilidad. Después la mujer me entrega el cuenco a mí con similar brusquedad y yo no consigo cogerlo bien, se me cae al suelo y el estofado se vierte sobre la alfombra.

Valasca mira a la mujer con reconvención y exclama algo en otro idioma, pero la otra le contesta algo y me fulmina con la mirada antes de marcharse enfadada.

Sin embargo, Marina está recibiendo los amables cuidados de un grupo de mujeres, que le están ofreciendo diferentes platos de pescado y le hacen toda clase de preguntas con expresiones de preocupación. La miro y advierto que se siente un poco abrumada, y yo asiento para animarla tratando de ignorar la comida que ha caído sobre la alfombra por debajo de mi falda negra.

«Hemos venido por Marina», me digo para animarme advirtiendo las beligerantes miradas que me lanzan algunas de las mujeres que están con ella. Lo que sientan hacia mí no importa, siempre que ayuden a las selkies, y su forma de reaccionar a la presencia de Marina resulta muy reconfortante.

Ni Vin está sentada justo detrás de Marina, y observa a las cuidadoras de Marina con su callada y afilada figura, que irradia un constante poder velado.

Diana coge su cuenco de estofado y olfatea los pedazos de carne con desdén antes de dignarse a comerlo mientras le clava los ojos a Alcippe, que está en la otra punta de la sala inmersa en su nuevo resentimiento. Alcippe le devuelve la mirada airada a Diana desde el estrado de la reina como si fuera un trozo de carbón ardiendo, y no parece prestar ninguna atención a la preciosa y sonriente joven con la piel verde, que no deja de tocarle el brazo tratando de llamar su atención. La compañera de Alcippe luce unas rígidas trenzas en forma de alas de mariposa que le enmarcan el rostro; las lleva adornadas con multitud de esferas de luz, y su vaporosa vestimenta se compone de pañuelos de seda de todos los colores imaginables.

Suspiro y hago ademán de recoger el estofado que se ha caído, pero Valasca se me ha adelantado. Murmura para sí mientras limpia, después llama la atención de una mujer urisca de pelo gris que pasa por allí con una bandeja de comida en las manos. Esta mujer mayor tiene la clarísima piel sonrosada propia de la clase más baja de uriscos, los uuril, como Fern, Fernyllia y Alcippe. Al contrario que la mayoría de mujeres que hay en la sala, ella no lleva ningún tatuaje y va vestida con una sencilla túnica y con unos pantalones. Cuando Valasca le hace señas esbozando una amable sonrisa, la mujer se acerca con actitud sumisa, la cabeza agachada y clavando los ojos en el suelo.

Se arrodilla y me tiende la bandeja de comida y bebida como si yo fuera de la realeza, y como si pudiera aplastarla si hiciera algo que me desagradara. Cojo un cuenco de estofado, una taza de leche y una rebanada de pan muy confundida por su comportamiento.

«Se comporta como si fuera una esclava.»

Pero Clive Soren dijo que las amaz no soportan la idea de someter a las mujeres. ¿Cómo es posible que tengan una esclava uuril?

La mujer del pelo gris sigue arrodillada delante de mí, con la cabeza gacha, como si estuviera aguardando mi veredicto. Valasca me da un golpecito con el hombro.

—Tócale el hombro y dile esto... —Y me dice algunas palabras en urisco.

Hago lo que me ha dicho Valasca y la mujer levanta la vista con los ojos de color rosa cuarzo rebosantes de alivio. Me está sonriendo como una niña a la que acaban de salvar de un castigo.

Noto un ardor iracundo en la base del cuello cuando veo que la mujer me hace una reverencia tras otra al alejarse. Tiene marcas de latigazos en el cuello, la cara y los brazos, y hay algo raro en ella, como si le hubieran dado demasiados golpes en la cabeza.

Me vuelvo hacia Valasca con cara de disgusto.

—¿Tenéis esclavas uuril?

Valasca parece prestarme atención a medias mientras rebaña el asado con un trozo de pan.

—Sala no es ninguna esclava —contesta sin más.

«¿Piensa que soy idiota?»

Mi enfado va en aumento.

—Va de acá para allá haciendo reverencias como si fuera a recibir un castigo en caso de hacer algo inconveniente. Es evidente que se ha ganado más de un golpe, y no lleva las marcas propias de tu pueblo.

—Es la madre de Alcippe.

—¿Qué?

Clavo la mirada en el estrado de la reina en busca de la tatuada Alcippe. La gigantesca guerrera está observando a la sirvienta uuril, y el odio de su expresión anterior ha desaparecido tras una de profundo dolor.

Miro a Sala.

—Pero no se parece en nada a Alcippe —contesto negando con la cabeza incrédula.

Alcippe es más alta que Rafe y casi tan musculosa como Andras. Esta sirvienta uuril es frágil y bajita; lo contrario que Alcippe.

—Alcippe se parece a su padre —me explica Valasca mientras mastica—. ¿Has oído hablar de Farg Kyul alguna vez?

Farg Kyul. Uno de los comandantes uriscos más fuertes y despiadados que hubo durante la Guerra del Reino, y uno de los pocos uriscos de clase inferior al que se le concedió el estatus de Señor de los Dragones.

—¿Era el padre de Alcippe? —pregunto asombrada—. ¿Y cómo terminó ella aquí?

Valasca traga y se limpia la boca con el reverso de la mano.

—Vino con su madre cuando tenía doce años. Su padre era muy cruel, y las dos escaparon de él.

Intento imaginar a la débil y castigada Sala huyendo con Alcippe para escapar de una vida con Farg Kyul.

—Imposible —contesto negando con la cabeza—. Es imposible que esa mujer se escapara con su hija de un Señor de los Dragones.

Valasca me clava los ojos.

—Sala no rescató a su hija. Alcippe la rescató a ella.

Me la quedo mirando con la boca abierta y Valasca deja el cuenco en la mesa y luego descansa las manos en las piernas cruzadas como en un acto reflejo.

—Es una larga historia —me advierte.

—No voy a ir a ninguna parte.

Valasca me analiza unos segundos antes de acceder a hablar.

—Sala era una de las cuatro esposas de Farg Kyul. Nunca le dio ningún hijo varón y perdió su belleza después de dar a luz a Alcippe, la única hija que tuvo. Por ese motivo el Señor de los Dragones desdeñaba a Sala y le pegaba con frecuencia. Y las demás esposas también la trataban muy mal.

Valasca mira a Alcippe.

—Pero Sala amaba mucho a su hija e hizo todo lo que pudo para evitar que recayera sobre la pequeña el abuso que ella tenía que soportar. Alcippe creció rápido, y cuando tenía diez años ya tenía el valor suficiente para interponerse entre su madre y su padre intentando protegerla de los iracundos golpes de su padre, algunos tan violentos que su madre ya se había quedado sorda de un oído.

Valasca frunce el ceño y mira un segundo hacia Sala, que vuelve a estar arrodillada ofreciendo comida a otro grupo de mujeres de la sala.

317

—Cuando Alcippe tenía doce años volvió de dar de comer a los animales y se encontró a su madre inconsciente en el suelo. Le salía sangre de la nariz y de la oreja, y tenía los ojos hinchados. Alcippe se apresuró a coger algo de comida, la metió en un hatillo, esperó a que se hiciera de noche y se marchó con su madre cargada al hombro.

»Viajó a pie durante dos meses seguidos hasta que llegó a nuestras tierras: madre e hija estaban medio muertas de hambre. Alcippe utilizó las pocas fuerzas que le quedaban para dejar a su madre en el suelo con delicadeza. Solo hizo una petición antes de desmayarse a causa del cansancio.

—¿Y cuál era?

—Dijo: convertid a mi madre en una guerrera.

Vuelvo a mirar a la madre de Alcippe, que se esfuerza en servir la comida sin dejar de hacer reverencias a todo el mundo. La miro mientras ella le da un cuenco a una mujer smaragdalfar con el pelo gris salpicado de franjas verdes y la piel de color esmeralda brillando bajo la luz de los faroles rúnicos. La mujer coge a Sala del brazo con afecto, le sonríe y le murmura algo con amabilidad. Después la sujeta con cariño por la barbilla, le levanta la cabeza e inclina la cabeza con respeto ante ella. Sala sonríe avergonzada y se marcha a toda prisa.

—Pero su madre nunca se convirtió en una guerrera, ¿verdad? —pregunto conmovida al percibir el evidente espíritu quebrado de Sala.

Valasca niega con la cabeza muy triste.

—Sala nunca llegó a recuperarse de aquella última paliza. Nuestras doctoras intentaron explicárselo a Alcippe, pero ella se negó a creerlo y no paraba de decir que su madre se acabaría recuperando. Dedicó toda su energía a aprender nuestras costumbres y convertirse en una guerrera. No dejaba de intentar enseñarle a su madre todo lo que aprendía, colocándole el arco en las manos, animándola a coger la lanza. Pero su madre tenía miedo y siempre terminaba corriendo de vuelta a la cocina donde se ponía a hacer las tareas que había hecho siempre para la familia Kyul.

Frunce el ceño observando a Sala.

—Con el tiempo Alcippe se convirtió en una de las soldados más feroces y poderosas que hemos tenido. Cuando tenía dieciocho años recibió sus marcas de guerrera y la reina le impuso su nuevo nombre. Y entonces se subió a su caballo y se marchó con su hacha rúnica en la mano.

—¿Y adónde fue?

Valasca me mira entornando los ojos.

—A hacerle una visita a su padre.

—Oh. —Un escalofrío gélido me recorre la espalda—: ¿Y qué pasó?

—Volvió algunas semanas después con la cabeza de Farg Kyul atada con una tira de piel a su espalda. Entró en este auditorio por el pasillo ante la mirada de la reina. Lanzó la cabeza de su padre a los pies de su madre. Creo que siempre pensó que su madre estaba hechizada o algo así, y que de esa forma conseguiría romper el encantamiento, que conseguiría liberarla, y ella se pondría fuerte y se convertiría en una guerrera.

—Pero no fue así —digo en voz baja.

—No —admite Valasca negando con la cabeza—. Sala hizo algo que Alcippe no esperaba. Se arrodilló junto a la cabeza de su marido difunto y lloró su muerte.

Me quedo de piedra.

—¿Y qué hizo Alcippe?

—Aquel día algo cambió en ella. Se quedó destrozada. Incluso llegó a plantearse la idea de cortarse la cara para no parecerse a su padre.

—Pero no lo hizo.

Valasca lo niega.

—No. Skyleia consiguió convencerla para que no lo hiciera.

—¿Quién es Skyleia? —le pregunto.

—Su pareja. La nieta de la reina. La mujer que está a su derecha.

La preciosa mujer con el vestido de pañuelos y el pelo decorado con bolitas de luz está sentada junto a Alcippe, riendo e inclinándose sobre ella siempre que puede para tocarle el hombro o la mano. Y cada vez que lo hace, la expresión de Alcippe se suaviza momentáneamente.

—Skyleia se quedaba con Alcippe día y noche, nunca dejó de demostrarle su devoción —prosigue Valasca—. Fueron amigas desde que Alcippe llegó, pero después de eso se convirtieron en amantes y ahora son inseparables. Skyleia fue la que convenció a Alcippe para que se tatuara el rostro de esa forma tan dramática en lugar de desfigurárselo. Fue la propia Skyleia la que le hizo las marcas rúnicas.

Pienso en Ariel y en las horribles situaciones por las que ha pasado, y en lo comprensiva que siempre se muestra Wynter con ella. Ariel también suele parecer una persona imposible de amar, pero la amistad y la devoción de Wynter nunca flaquean.

—Ya me imagino lo que estarás pensando —dice Valasca con una sonrisita en la cara—. ¿Te preguntas cómo es posible que dos personas que parecen tan diferentes estén juntas? Yo también me he hecho esa pregunta muchas veces. Pero cuando Skyleia mira a Alcippe ve algo muy distinto a lo que vemos tú y yo. Ella ve a aquella niña de doce años que cargó con su madre durante kilómetros para poder ponerla a salvo. Ve a una guerrera con un corazón de león salvaje que cruzaría el fuego por el pueblo que la adoptó. Ve a la persona que se ha convertido en la favorita de todas las niñas de por aquí, y eso que no la he visto sonreír jamás en mi vida.

Me río incrédula.

—Es sorprendente. Había imaginado que huirían espantadas al verla.

Valasca sonríe y niega con la cabeza.

—Las niñas luchan con ella, se le cuelgan de los brazos. Le llevan regalos, y Alcippe es una maestra paciente que les enseña a utilizar las armas. Es lo que te he dicho antes, a veces hay que mirar bajo la superficie.

Me dedica una sonrisa pícara.

De pronto entiendo que tengo algo en común con la fornida guerrera con sus escamas rúnicas que me ha odiado en cuanto me ha visto. Alcippe y yo nos parecemos las dos a miembros de nuestra familia que se dedicaron a sembrar el caos y la destrucción.

—¿Qué pasó cuando los uriscos descubrieron que Alcippe había asesinado a uno de sus líderes? —pregunto.

Valasca se encoge de hombros y vuelve a coger su cuenco lleno de comida.

—Enviaron bastantes soldados a buscarnos, pero los matamos a todos. Y también a sus dragones.

Me estremezco al pensar en Naga. Pero esos dragones militares no tenían nada que ver con Naga. Estaban amaestrados.

«Pero hubo un tiempo en que fueron como ella.»

—No me puedo creer que ahora esté sintiendo simpatía por Alcippe —admito.

Valasca se ríe con ganas y me lanza una mirada cargada de advertencia.

—No dejes que la simpatía te haga cometer el error de bajar la guardia cuando estés con ella —me advierte—. Te quiere matar.

Vuelvo a sentir la punzada del miedo.

—Pero… la reina me ha aceptado…

Valasca se encoge de hombros mientras come.

—Eso no detendrá a Alcippe. —Cuando ve mi sorprendida expresión, añade—: ¿De verdad pensaste que aquí estarías a salvo?

Es muy probable que haya palidecido de golpe, porque Valasca me mira alzando una ceja.

—No te preocupes —me dice con tono tranquilizador—. Si no te separas de mí no te hará nada.

—¿Cuál es tu función aquí? —le pregunto sin saber muy bien por qué debería tranquilizarme eso.

—Casi siempre me dedico a cuidar de las cabras —reconoce cogiendo un poco más de comida.

La miro con incredulidad recordando cómo se ha enfrentado a Alcippe sin achicarse ni un poco.

—Cuidas de las cabras.

Ella sonríe y le da un buen trago a su taza.

—Me gustan las cabras.

—¿Y Alcippe? ¿Qué hace ella?

Valasca gesticula hacia la guerrera con su taza como si estuviera brindando con ella.

—Es miembro de la Guardia de la Reina.

—¿La Guardia de la Reina?

—Nuestro cuerpo de élite.

—¿Y crees que puedes protegerme de ella?

Asiente y vuelve a beber de la taza sonriendo, como si estuviera disfrutando de mi desconfianza.

—No quiero ofenderte —le digo señalando a Alcippe con la barbilla—, pero parece mucho más fuerte que tú.

—Y lo es.

—¿Y cómo es posible que vayas a poder protegerme de ella?

321

Valasca vuelve a sonreír y sus ojos negros brillan divertidos.

—Pronto descubrirás, gardneriana, que tengo muchas habilidades ocultas. —Se ríe y mira el cuenco lleno de comida que tengo delante—. Deberías comer algo. Vas a necesitar todas las fuerzas posibles.

Miro mi comida como si la estuviera viendo por primera vez y cojo un trocito del pan de hierbas. La comida está muy especiada y utilizan muchas verduras que no conozco, pero está muy buena, es una especie de estofado de pollo con curry rojo mezclado con hierbas secas coronado con calabaza asada y queso de cabra, y acompañado de una taza de cálida leche de cebra con especias, que está más dulce que la leche de vaca o de oveja que estoy acostumbrada a tomar.

Mientras como miro a mi alrededor y me encuentro con un grupo de adolescentes uuril que están todas juntas al lado de la pared del fondo. Al contrario que la mayoría de las mujeres que hay por aquí, ellas no llevan tatuajes y están como encorvadas y con cara de estar estresadas.

—Recién llegadas —me explica Valasca al ver cómo las miro—. Refugiadas. Cada día llegan más.

—Me sorprende que no estéis desbordadas de mujeres uriscas —digo mirando a mi alrededor y advertir que solo hay algunas mujeres uriscas sin tatuajes que también parecen recién llegadas.

—Bueno, la Reina Alkaia solo permite la entrada de cierto número de refugiadas cada mes —me aclara—. Y las uriscas no pueden traer consigo a sus hijos varones. —Frunce el ceño—. Creo que vendrían más si pudieran traerlos.

Por como me lo explica me da la sensación de que es posible que no esté del todo de acuerdo con la rigidez de esa medida.

Y pienso en lo mal que lo deben pasar las mujeres uriscas con hijos varones en el Reino del Oeste, pues los gardnerianos y los alfsigr quieren matar a todos los niños uriscos debido a su potencial habilidad con la geomancia.

Veo una mujer de pelo negro y ojos verdes vestida en tonos turquesa que me llama la atención. Lleva en el rostro los tatuajes de las amaz y su piel desprende el clásico brillo verde esmeralda de los gardnerianos. Gesticula mientras habla con otra mujer y tiene las manos cubiertas de cortes sangrientos.

—Esa mujer de ahí —digo—. Ha debido de romper su com-

promiso. —Me vuelvo hacia Valasca—. Mi amiga, Sage Gaffney… ella también tiene las manos así.

Valasca me mira con atención.

—Esa mujer siente dolor todo el tiempo —comenta mirándola—, pero dice que no es nada comparado con el dolor que
tuvo que sufrir cuando estaba con el hombre con el que la com-
prometieron, los abusos, los insultos, ver cómo golpeaba a sus
tres hijos. Dejó a su hijo varón en Gardneria y escapó con sus
dos hijas. Son esas dos de allí.

Valasca señala hacia el otro lado de la sala con la barbilla y yo
sigo su mirada hasta dos chicas con el pelo negro azabache con
ese brillo esmeralda en la piel que tan bien conozco, y los tatuajes
amaz en la cara. Parece que tengan seis y catorce años respectiva-
mente. La más pequeña está sentada en el regazo de una mujer
mayor con una melena larga y blanca como la nieve, y la pequeña se ríe mientras la anciana la hace saltar sobre sus rodillas con
una hacha rúnica asida a la espalda. La mayor desprende mucha
seguridad y está enfrascada en una conversación con otras tres
chicas que tienen más o menos su edad. Todas van vestidas con el
atuendo escarlata salpicado de runas propio de las soldados amaz,
y llevan cada una un arco y un carcaj a la espalda.

—Cuando llegaron la mayor no hablaba —me confiesa Valasca—. Y ninguna de las dos era capaz de mirar a nadie a los
ojos. Siempre tenían miedo y vivían acobardadas esperando a que
alguien les pegara. Y míralas ahora. La mayor es una arquera bue-
nísima y lleva las marcas propias de las grandes soldados. Y la
pequeña está llena de vida y alegría.

—¿Y el hijo? —pregunto.

A Valasca se le ensombrece el rostro y se encoge de hombros
mientras observa a las dos chicas.

—Su madre hizo un sacrificio.

Mi mente se queda enredada en un conflicto. No permitir que
una mujer pueda traer a su hijo varón es demasiado cruel. ¿Y si
Trystan y Rafe estuvieran en una situación parecida y tuvieran que
dejarlos atrás en manos de algún monstruo cruel? Es impensable.

—¿Y a ti te parece bien? —le pregunto—. ¿Eso de no dejar
que el niño viniera con ellas?

Ella vacila antes de contestar.

—La verdad es que no lo sé.

323

—Mi amigo Andras es uno de los pocos niños de vuestro pueblo que consiguió llegar a adulto —le confieso.

—Hoy estaba contigo —me dice al recordarlo—. Yo le conozco. Fue amante de Sorcha durante un tiempo. Es esa de allí. —Valasca señala hacia dos jóvenes que están de pie a un lado enfrascadas en una conversación privada—. La que tiene el pelo azul. Esa es Sorcha.

Contemplo a Sorcha, que se ríe de algo que ha dicho su compañera. Lleva el uniforme escarlata de las soldados amaz, luce los tatuajes rúnicos en la cara y aros negros de metal en las orejas puntiagudas. Tiene la piel de un color azul lago muy fuerte y el pelo de un tono más intenso, como zafiro, pero sus ojos son dorados como el sol. Recuerdo cómo Andras describió su belleza perdido en el recuerdo de su amante.

—¿Crees que hablaría conmigo? —me pregunto.

Valasca sonríe con interés.

—Adelante gardneriana. ¿Por qué no vas a averiguarlo?

No sabría decir si Valasca está hablando en serio o no.

—Debería saber lo que le ocurrió a su hijo —insisto.

Valasca sonríe y sigue decidida a terminarse su cuenco de estofado.

Yo vuelvo a mirar a Sorcha y tomo la rápida decisión de ser temeraria. Me levanto y me abro paso por entre los grupos de mujeres, sus conversaciones se van apagando a mi paso y reemplazan sus palabras por miradas belicosas y murmullos.

Sorcha se pone tensa cuando ve que me acerco, y lo mismo le ocurre a la soldado rubia que está hablando con ella. Las dos se ponen muy derechas adoptando poses intimidantes.

—Sorcha Xanthippe —la saludo agachando la cabeza con respeto—. Soy Elloren Gardner…

—Ya sé quién eres —espeta.

Vacilo un momento.

—Me preguntaba si podemos hablar.

Me mira con dureza y fuego en los ojos dorados. Le dice algo en otro idioma a su compañera y la mujer hace un ruidito desdeñoso mirándome de arriba abajo. Sorcha da unos pasos hacia uno de los laterales del auditorio y me hace gestos para que la siga.

Me guía hasta una alcoba rodeada de cortinas y se vuelve hacia mí con una expresión hostil e impaciente.

—Tengo noticias de tu hijo —le digo.

Ahora me está mirando con la misma expresión que he viso en la cara de Alcippe, como si quisiera matarme.

—Yo no tengo ningún hijo —espeta con los dientes apretados.

—No, sí que lo tienes…

—Los lupinos —suelta con un tono venenoso—, ellos tienen un hijo. A mí no me sirve de nada.

—Andras Volya es amigo mío —le explico pensando que si utilizo las palabras adecuadas ella se ablandará un poco—. Acaba de conocer a tu pequeño. Ni siquiera sabía que existía hasta hace un par de semanas. Así que ahora se unirá a los lupinos este verano y…

—No. Me. Importa.

Veo una mirada asesina en sus ojos dorados.

Me siento muy confusa y me ofendo en nombre de Andras.

—Andras todavía te quiere, ¿sabes?

—Pues es tonto —se burla—. Fui a buscarlo por un motivo y solo uno. Para concebir una hija. Y él me falló.

—No está bien la forma que tenéis de tratar a los chicos aquí —espeto cada vez más enfadada.

Sorcha me mira con incredulidad repasando de arriba abajo mis ropas negras.

—¿Y qué sabrá una gardneriana sobre lo que está bien y lo que está mal? Vosotros, con esas costumbres bárbaras que esclavizan a las mujeres.

Me retiro un poco dándome cuenta de que he cometido un error al intentar razonar con ella. Tiene razón sobre los gardnerianos, pero desde luego no tiene ninguna sobre Konnor y Andras.

—Es un niño precioso —le digo con tristeza—. Solo he pensado que querrías saber que está bien.

La ira le ilumina los ojos.

—No me importa que viva o muera —ruge—. Es una mancha para Erthia, como todos los hombres. Y como todos los gardnerianos.

Me empuja con el hombro al pasar de largo.

La observo marchar enfadada. ¿Cómo es posible que Andras pudiera amar a una mujer como esta? ¿Dónde está la mujer de sus historias? ¿La mujer a la que le encantaba hablar con él sobre caballos y estrellas? ¿La que lo prefería por encima de cualquier otro?

325

Cuando vuelvo a sentarme, Valasca se está comiendo una pata de pollo. Me mira alzando una ceja.

—¿Y bien? ¿Cómo te ha ido?

—Es espantosa —contesto fulminando a Sorcha con la mirada, pero el ruido amenazador del rugido de Diana nos distrae a Valasca y a mí. Valasca valora la situación en silencio mientras sigue la dirección de la mirada de Diana hasta Alcippe.

Suelta la comida y se pone en pie con la agilidad de un gato.

—Vamos —dice haciéndome señas para que la siga—. Vamos a llevarnos a tu amiga lupina lo más lejos de Alcippe que podamos antes de que se líe.

# 5

## Pájaros blancos

*D*iana, Marina, Ni Vin y yo cruzamos la ciudad guiadas por Valasca y seguidas de varios ciervos pequeños y ágiles. Miro a mi alrededor fascinada por los jardincitos llenos de flores en pleno invierno, las casas iluminadas por los candiles y los mercados cerrados. Veo mujeres preparando comida en locales que parecen tabernas mientras otras aguardan sentadas y hablando tranquilamente, comiendo, tocando música, riendo. Respiro hondo disfrutando del agradable aire cálido, y todo lo que me rodea proyecta un brillo rojizo debido a las antorchas rúnicas que iluminan las calles.

Se oye un insistente y provocativo sonido de tambores a lo lejos, y el canto de un grupo de mujeres que entonan serenatas intercaladas con algunos aplausos intermitentes. Los edificios que nos rodean se abren para revelar un gigantesco teatro al aire libre rodeado de antorchas de todos los colores. Sobre el escenario hay mujeres ataviadas con pañuelos de colorines y el pelo decorado con bolitas luminosas, como Skyleia, y sus pañuelos pintan el aire con ondeantes arcoíris de tela. En las manos llevan largos pañuelos rojos y los mueven tan rápido que las franjas de color escarlata se convierten en círculos, espirales y líneas zigzagueantes.

Me quedo de piedra hipnotizada por la belleza del espectáculo, absorbida por el seductor y palpitante ritmo, y apenas soy consciente de que las mujeres han empezado a mirarme, pues estoy muy fuera de lugar con mis ropas gardnerianas y mi cara de Bruja Negra. Algo frío me roza la mano y me obliga a alejar la atención del hostil murmullo que se oye al otro lado del público del teatro. Agacho la vista y veo que uno de los ciervos me está clavando su inquisitiva nariz en la palma de la mano, y tiene los retorcidos cuernos adornados con lazos de color escarlata y flores.

Le doy una palmada en la áspera piel abrumada por su simpatía, la caricia de su nariz y las larguísimas pestañas de sus ojos. Valasca también se detiene y le sonríe encantada al diminuto animal. Vuelve sobre sus pasos hasta donde yo estoy mientras Diana, Marina y Ni Vin nos esperan con paciencia un poco más adelante. Recuerdo el afecto que Valasca demostró por su caballo y me doy cuenta de que está enamorada de todos los animales en general.

Diana clava sus ojos ambarinos en el ciervo con evidente interés depredador y se le dilatan las aletillas de la nariz. La fulmino con la mirada: «¡no te puedes comer este ciervo!», y Diana resopla y nos mira a mí y al animal con absoluta irritación. Valasca se agacha para darle unas palmaditas al ciervo y le murmura algo con afecto mientras saca del bolsillo de su túnica unas pequeñas frutillas de color naranja que el animal devora con avidez.

El ritmo de los tambores se intensifica cuando un nuevo grupo de bailarinas sube al escenario, todas vestidas con pañuelos carmesíes. Tras ellas sube otro grupo de bailarinas, que sostienen enormes muñecos de peluche pegados a postes adornados con cintas de colores: uno de ellos es una serpiente, otro es un ciervo con cuernos y también hay un pájaro blanco. Otras dos bailarinas sostienen palos junto a las alas blancas del pájaro para que estas puedan ondear por todo el escenario.

—Veo estos pequeños ciervos por todas partes —le digo a Valasca.

—Ciervos *visay'ihne* —me aclara arrodillándose para rascarle el cuello al animalito y murmurarle con cariño mientras él mastica la fruta. La amaz sonríe—. Amado por la diosa. Son uno de nuestros animales sagrados, además de las serpientes *visay'ithere* y los *visay'un*.

—¿*Visay'un*?

Valasca hace un gesto con la cabeza en dirección al enorme pájaro de peluche que ahora está agitando las alas por encima de la multitud, maniobra que hace muchísima gracia a las niñas que están disfrutando del espectáculo

—Son los pájaros mensajeros de la diosa —dice con respeto—. Están hechos de su luz.

Una joven elfhollen con la piel gris sale de entre las sombras de la pequeña arboleda que tenemos al lado. Luce los tatuajes propios de las amaz, pero viste la tradicional túnica de color piedra y los pantalones a juego del pueblo elfhollen. La chica me mira un poco nerviosa y coge el lazo que el ciervo lleva atado al cuello para llevarse al animal. Cuando la chica vuelve con su grupo de amigas, oigo como les dice algo con miedo, dos palabras que ya había escuchado en el Auditorio de la Reina y de boca de algunas de las mujeres que nos hemos ido cruzando por la calle.

*Ghuul Raith.*

Valasca y yo volvemos a alcanzar al resto de nuestro grupo y continuamos nuestro camino serpenteando por las calles iluminadas de Cyme.

Me vuelvo con curiosidad hacia Valasca.

—¿Qué significa *ghuul raith?*

Valasca me mira de soslayo.

—Bruja Negra.

Suspiro con resignación y Valasca se encoge de hombros, como si aquello no debiera sorprenderme.

Salimos de la ciudad y las casitas empiezan a estar más separadas, cada una con sus respectivos jardines, y después comenzamos a ver algunas granjas intercaladas con las casas. El camino sube de pronto y pasamos junto a cosechas cubiertas por cúpulas geométricas de cristal y delimitadas por hileras de runas que no dejan de zumbar. En el aire flota un intenso olor a tierra.

Llegamos a una pradera de hierba rodeada de bosque. Se oye un coro de balidos y el sonido apagado de un grupo de pezuñas que recorren la oscura pradera y un pequeño grupo de cabras vienen corriendo hasta Valasca. Se detienen ante una verja hecha con pequeñas runas de color escarlata suspendidas en el aire a la altura de las rodillas, zumban y desprenden un ligero brillo.

Valasca extiende los brazos y mira a las cabras con adoración, que balan y saltan en busca de su atención. Suelta lo que parece una retahíla de palabras cariñosas en su idioma que potencia el espectáculo afectuoso de los animales.

—Nosotras podemos pasar —nos dice Valasca muy contenta señalando las runas—. Pero mis cabras no pueden.

Valasca presiona una de las runas con la mano y se ve un haz de luz rojo. Me mira sonriendo y cruza la valla pasando a través de algunas de las runas como si estuvieran hechas de humo. Después nos hace señas para que la sigamos y hacemos lo que nos pide cruzando las runas detrás de ella. Las cabras rodean a Valasca mientras ella las acaricia con ternura.

Yo me vuelvo para mirar Cyme desde la lejanía y la veo bajo una aura de suave brillo escarlata, que flota suspendida sobre la ciudad como si fuera una capa de niebla, y la Cordillera bañada por la luz de la luna se erige por detrás.

La Cordillera.

«Seguro que Lukas estará en alguna parte de esa zona del oeste», pienso con tristeza. Y su base de la división cuatro se estará preparando para sembrar el caos por todo el mundo.

«Buena suerte intentando conseguir eso aquí —me digo con ironía—. Sus escudos rúnicos harán pedazos a tus dragones y a tus soldados.»

Dejamos atrás las cabras al cruzar otra valla de runas y nos adentramos en el denso bosque siguiendo a Valasca. Por un momento me asalta la sutil sensación de que la animadversión del bosque empieza a aumentar, y me apresuro a subir la potencia de mis líneas de fuego y proyectar mi poder hacia los árboles. Enseguida se achican y guardan silencio, y yo suspiro aliviada.

El bosque oscuro enseguida se abre para dar paso a un pequeño claro. En el centro hay una casita circular con un techo geométrico de runas. La casita está asentada sobre una plataforma de madera y las paredes de piedra están decoradas con intrincados mosaicos que representan a la Diosa en el bosque rodeada de diferentes animales. Junto a la puerta hay un único candil con una brillante runa suspendida dentro.

Este lugar está apartado de todo y me recuerda a la Torre Norte. Un lugar al que traer a personas a las que quieres alejar de todo.

Me vuelvo y veo que Valasca está haciendo girar una brillante aguja rúnica en el aire, y me estremezco al ver el círculo de enormes runas carmesíes que cobran vida a nuestro alrededor acordonando toda la periferia del claro.

«Es una hechicera rúnica —pienso maravillada—. Una de las doce que hay.»

Al examinar las runas más detenidamente siento una punzada de aprensión. Parecen una versión más grande de las que había en la verja de las cabras. Me acerco para tocar la runa que tengo más cerca y me sorprende advertir que con la mano toco una barrera sólida prácticamente invisible.

Me vuelvo hacia Valasca:

—Nosotras no somos cabras. ¿Por qué nos acabas de cercar?

Diana empieza a rugir y Valasca intercambia una mirada seria con Ni Vin, que se lleva la mano a la empuñadura de la espada.

Doy un paso hacia ellas.

—¿Qué temen que haga? —pregunto alarmada de estar encerrada—. ¿Qué hay aquí que no queréis que encuentre? Yo no tengo intención de hacerle daño a nadie.

—Y yo te creo —contesta Valasca con firmeza y obstinación. Lanza una mirada cautelosa a Diana asiendo con fuerza su aguja rúnica. Después vuelve a mirarme a mí y suspira—. Me han ordenado que levante una barrera, solo hasta que os reunáis con la reina. Es para vuestra protección, además de para asegurar la protección de nuestros intereses. Te aseguro que es temporal.

—Yo ya he estado en una jaula —dice Marina con los ojos asustados y con la voz entrecortada. Se presiona las branquias con las manos temblorosas—. ¿Por qué nos hacéis esto?

La cautelosa y permanente neutralidad de Ni Vin se quiebra y adopta una expresión conflictiva.

—No sois prisioneras —insiste mirando a Marina—. Tenéis mi *nhivor*. Mi palabra. —Ni Vin hace un gesto extraño sobre su pecho con la mano—. Y os prometo que os protegeré.

Marina asiente, pero sigue teniendo cara de preocupación.

—Venid —dice Valasca encaminándose hacia la casita y abriendo la puerta decorada con dibujos de estrellas—. Quiero que esta noche estéis cómodas como invitadas de las amazakaran. Quitaré la barrera rúnica por la mañana.

Miro a Diana preguntándome si ella habrá olido algo en el aire. La lupina tiene los ojos clavados en Valasca, y es una mirada letal, como si estuviera tratando de encontrar la mejor forma de acabar con ella, y Valasca le está aguantando la mirada con una calma sorprendente. Diana frunce los labios y me lanza una mirada como diciendo: «de momento la dejaré vivir», y después asiente con firmeza.

Valasca le sonríe a la lupina, nos aguanta la puerta y se hace a

331

un lado para dejarnos pasar, y yo sigo a Marina y a Diana hacia el interior de la casita.

El interior es caliente y cómodo. Las paredes y el techo están cubiertos de tapices de color escarlata, y en el suelo hay muchísimas alfombras granates con intrincados bordados. Veo una estufita en el centro de la sala que desprende mucho calor, y encima una tetera humeante. También han puesto una mesita con un mantelito púrpura donde aguarda un servicio de té dorado y un plato de fruta. Todo el espacio está rodeado de almohadones y ya nos han extendido los sacos de dormir.

En los tapices hay representadas más escenas de la Gran Diosa logrando diversas gestas: venciendo demonios y ejércitos de hombres, cuidando de las niñas. Y de nuevo vuelvo a ver el motivo de los pequeños pájaros blancos revoloteando por encima de la Diosa, alzándose hacia el techo para unirse y formar un pájaro más grande.

Valasca está junto a la puerta observándonos mientras Marina se sienta en uno de los sacos, Ni Vin se acomoda a su lado, cruzando las piernas y cerrando los ojos. Diana sigue su rutina habitual y se desnuda del todo antes de hacerse un ovillo encima de uno de los sacos al lado de Marina.

Valasca está observando a Ni Vin con una extraña expresión cargada de intensidad. Al final acaba apartando la mirada y se sienta junto a la mesita para coger algunas uvas. Parece perdida en sus pensamientos mirando el tapiz del techo y resiguiendo con los ojos la espiral de pájaros blancos bordados en la tela.

Yo todavía no tengo ganas de dormir. Estoy demasiado inquieta y me siento confinada, además de la excitación que me produce lo de estar en un sitio desconocido tan fascinante como este.

—Me gustaría salir un momento —le digo a Valasca con un tono teñido de resentimiento por tener que pedirle permiso.

—Adelante —me dice Valasca cansada haciéndome un gesto con la cabeza.

Ni Vin abre los ojos de golpe. Ella y Valasca intercambian algunas palabras tensas en algo que parece idioma noi.

—Es una barricada fortificada, Ni —dice Valasca al fin pasándose a la Lengua Común y adoptando un tono desdeñoso.

—Espera —digo al percibir la confianza con la que se tratan—. ¿Vosotras os conocéis?

Tanto Valasca como Ni Vin me atraviesan con la mirada.

—Ve —me dice Ni Vin al fin más concentrada en Valasca que en mí. Las dos parecen comunicarse con una intensidad vagamente íntima.

Me dirijo hacia la puerta con la sensación de que me he metido en un terreno muy personal, y me dejo engullir por la noche.


Me quedo fuera, indignada por la barrera, pero disfrutando del olor del verano en pleno invierno. Respiro hondo percibiendo ese extraño olor a hoja y el canto de los insectos. Miro hacia arriba para contemplar el cielo estrellado y me pregunto qué estará haciendo Yvan en este momento.

«¿Estará viendo las mismas estrellas que yo?»

Una inquieta ráfaga de calor me recorre las líneas al pensar en el guapísimo Yvan y las ganas que tengo de tenerlo allí a mi lado en este momento…

De pronto veo algo blanco en un árbol y me pongo tensa de golpe.

«Un vigilante.» Está posado sobre la rama de un árbol, justo al otro lado de la barrera de runas.

Se me acelera el corazón y la varita que llevo en la bota empieza a emitir un zumbido insistente. Rebusco por debajo de la ropa a toda prisa mirando hacia la casita para asegurarme de que sigo estando sola.

Saco la varita y se me corta la respiración al ver que está emitiendo un potente brillo blanco y palpitando con mucha energía. Empujada por el instinto, y echando otra rápida ojeada a mi espalda, alzo la varita y toco con ella la barrera de runas.

La gran runa que tengo delante parpadea y desaparece.

Alargo la mano hacia la pared invisible con el corazón acelerado y descubro que ha desaparecido gran parte de ella. Vuelvo a mirar hacia donde está el vigilante, cruzo la barrera y empiezo a perseguir al pájaro blanco, que va saltando de un árbol a otro.

Sigo al vigilante por el bosque hasta otro claro cercado por runas, en este caso son de color esmeralda y tienen un diseño completamente diferente al de las runas amaz de color escarlata,

333

tienen menos curvas y espirales, y unas formas geométricas que brotan del centro. En el centro de ese claro hay otra casita muy parecida a la nuestra, con un montón de pequeñas runas verdes sobre ella y también a su alrededor, como si fueran gotas de agua suspendidas en el aire, y todo está rodeado de ese brillo verde.

El vigilante vuela directamente hacia la barrera rúnica y veo una pequeña explosión de rayos esmeralda cuando el pájaro la cruza. Se posa sobre la puerta de la casita y me clava sus serenos ojos.

Yo toco la barricada de runas que tengo delante muy nerviosa y desaparece en cuanto lo hago.

Entro por el hueco y cruzo la lluvia de runas en dirección a la casita.

Cuando voy por la mitad del pequeño claro la puerta empieza a abrirse. Me quedo de piedra al ver que una figura aparece en el umbral iluminada por las luces doradas de un candil.

Al principio pienso que es una joven urisca, pues tiene la piel violeta y una masa de pelo púrpura. Pero su piel desprende cierto tono amatista muy parecido a la piel gardneriana, y tiene las orejas redondeadas, no puntiagudas. La miro bien y la reconozco tan de repente que por poco me flaquean las piernas.

Es Sage Gaffney, y aguarda en la puerta con su bebé ícaro en los brazos.

334

# 6

## El ícaro

—¿Sage?

Ella también se ha quedado de piedra y me mira boquiabierta.

—¿Elloren? ¿Elloren Gardner?

Es Sage. Mi amiga de la infancia.

Todavía tiene las horribles marcas de compromiso en las manos, pero ya no parece tan dolorida y afligida como la última vez que la vi. Ahora lleva delicadas cadenas de oro en las manos, alrededor de los dedos, y por las palmas y las muñecas. Las cadenas están adornadas con runas amaz de color escarlata que brillan como si fueran bayas iridiscentes.

Sage ya no lleva las ropas negras propias de las gardnerianas, sino una túnica violeta y unos pantalones —¡pantalones!— salpicados de gemas lilas y bordados dorados. También lleva una varita asida a la cadera derecha y una daga rúnica envainada en la izquierda con una runa dorada en la empuñadura.

El bebé que tiene entre los brazos me mira con sus enormes ojos de color verde plata, que proyectan una inocencia que me parte el corazón. Parece tener unos seis meses, y en la piel una cenefa brilla proyectando un tono violeta mucho más intenso que el del pelo de Sage. Por debajo de su pelo gardneriano asoman unas orejas puntiagudas y tiene un par de alas negras plegadas a la espalda.

Unas preciosas alas opalescentes. Como las de Naga.

Sage clava sus ojos de color violeta en la brillante Varita Blanca que tengo en la mano.

—Te ha conducido hasta mí.

Intento ordenar mis pensamientos. Sage está muy alterada.

—Emm, no —contesto confundida y mirando sin dejar de parpadear las runas, el vigilante, la extraña apariencia violeta de Sage—. Liberé una selkie —digo como perdida pensando que todo aquello es surrealista—. He venido a pedirle a la reina que me ayude a rescatarlas a todas.

—Una selkie —repite Sage afirmando más que preguntando.

—Sí.

Se me queda mirando un buen rato evidentemente asombrada. Y entonces se echa a reír, primero de forma involuntaria, y después con incredulidad y sin poder reprimirse.

—Es por la varita. Todo.

Asiento intentando acostumbrarme todavía a su absoluta metamorfosis.

—Salvar a todas las selkies —dice Sage maravillada negando con la cabeza y con un brillo de traviesa rebeldía en los ojos—. Esa es la clase de temeridad que la varita quiere que hagas.

—¿Por qué estás violeta? —espeto.

—Soy una maga de luz, Elloren —me dice poniéndose seria—. Una maga de luz de Nivel Cuatro. Mis líneas de afinidad están muy orientadas hacia el color púrpura, y cuando empecé a hacer hechizos de luz… —Sage se mira las manos lilas y se encoge de hombros—. El color apareció sin más.

Se me escapa una sonrisa.

—¿Y ahora eres una gardneriana púrpura?

Sage se tensa un poco al escuchar esa palabra y se endereza.

—Soy una maga de luz púrpura.

—¿Y este es tu bebé? —pregunto señalando con la cabeza el asombroso niño que tiene en brazos.

Sage esboza una sonrisa cargada de orgullo.

—Sí. Este es Fyn'ir.

Así que es este. Este dulce bebé púrpura con alas. El perseguido ícaro de la profecía.

—¡Quieta!

Me vuelvo al escuchar la áspera voz de Ni Vin justo cuando ella, Diana y Valasca entran en el claro. Valasca y Ni Vin se paran de golpe ante la barrera de runas y se quedan mirando el vigilante translúcido que se ha posado sobre la puerta de Sage y la Varita Blanca que tengo en la mano. Diana se relaja inmediatamente mientras observa la escena con calma.

De pronto todo encaja y entiendo de qué tenían tanto miedo las amaz y las vu trin.

«Y acabarás con ella si intenta algo contra aquello que nos pertenece.»

Una rabia incrédula hierve en mi interior.

—¿No creeríais de verdad que yo podía hacerle daño al bebé? —les pregunto a Valasca y a Ni Vin asombrada y bastante indignada—. Por eso me atacaron, ¿verdad? Creen que soy la Bruja Negra y que he venido a cumplir con la profecía.

—Tienes un arma —señala Ni Vin mirando con respeto al vigilante.

Miro la brillante varita que tengo en la mano. La Varita Blanca.

La Varita Blanca.

Santísimo Gran Ancestro.

Le tiendo la varita a Sage y siento su ausencia en cuanto me la quita de las manos con seriedad. Miro enfadada a Ni Vin.

—Ya está. Ahora ella tiene dos varitas. Y una daga rúnica. Y yo estoy completamente desarmada.

—Dejadnos —les dice Sage a las tres sin dejar de mirarme.

—Nos han ordenado que protejamos al ícaro —insiste Ni Vin con un tono confuso, como si todo su mundo estuviera patas arriba.

Sage mira a Ni Vin con una expresión feroz.

—Es mi hijo y os he pedido que os marchéis. Las dos somos portadoras de la varita, y quiero hablar con Elloren. A solas.

Me quedo mirando a Sage alucinada, ¿dónde está mi vecina tímida y obediente?

Valasca coge a Ni Vin del brazo.

—¿Lo ves, Ni?

Clava los ojos en el vigilante.

—Sí que lo veo —admite Ni Vin algo temblorosa—. Nadie se lo va a creer, pero yo lo veo.

Valasca le dice algo demasiado flojo como para que yo pueda escucharlo y Ni Vin asiente. Después nos mira a Sage y a mí:

—Id —nos dice con respeto—. Hablad.

Vuelve a mirar al vigilante una vez más y después ella y Ni Vin desaparecen en el bosque.

Diana me dedica una enorme y brillante sonrisa y las sigue hacia la oscuridad del bosque.

Me vuelvo hacia Sage con la sensación de que estoy soñando

337

y ella me devuelve la varita. Yo la cojo y me la meto en la bota animada por su confianza.

Miro al pequeño.

—¿Fyn'ir? No es un nombre gardneriano, ni tampoco celta.

—El padre de Fyn'ir es smaragdalfar.

Percibo un tono desafiante en su voz.

«¿Smaragdalfar? ¿El padre de su hijo es un elfo de las minas?»

—Pero me dijeron que...

—Ra'Ven se ocultaba bajo un glamour —me interrumpe—. Para parecer celta.

—¿Ra'Ven?

Tengo la cabeza hecha un lío.

—Su nombre celta era Ciaran. Pero su verdadero nombre es Ra'Ven.

Cada vez estoy más asombrada.

—Pero... todo el mundo cree que el padre de tu hijo tiene una familia celta... y ellos... —Me detengo trastornada y confusa al recordar lo que me explicó Yvan—. Sage... los gardnerianos los mataron.

Sage adopta una expresión dolorida.

—Lo sé. Lo escuché. Era la familia que acogió a Ra'Ven cuando escapó de las minas.

Me invaden las terribles ramificaciones de todo aquello. Y el hecho de que eso nos haya cambiado a Sage y a mí para siempre sin remedio.

—Oh, Sage —exclamo con la voz quebrada por la emoción.

Y veo que a ella también le pasa por encima. Lo extraño que es todo. Nosotras dos. Allí de pie. En territorio amaz. Y Sage tiene el ícaro de la profecía entre los brazos.

Sage me abraza con lágrimas en los ojos y entre las dos aplastamos con suavidad a Fyn'ir, que se retuerce entre nosotras y me mira con una expresión de adorable indignación que me provoca una carcajada.

—Me alegro mucho de verte —me dice Sage entre lágrimas.

Yo me aferro a ella, no quiero soltarla.

—Tenemos muchas cosas que contarnos.

A mi amiga se le escapa la risa.

—Ya te digo. —Hace un gesto en dirección a la casita—. Ven. Prepararé un poco de té.

338

ϒ

Sage sirve el té con una tetera de cobalto con una cenefa dorada, en unas tazas de cristal con asas también doradas. El interior de su acogedora casita es muy parecido al de la nuestra, con tapices de tonos escarlata, una alfombra y una mesa circular bajita rodeada de almohadones. Pruebo el té, que sabe a vainilla y especias.

—¿Me dejas volver a ver la varita? —me pregunta Sage con Fyn'ir en brazos y un brillo de interés en los ojos.

Dejo la taza en el plato, me saco la varita del lateral de la bota y la dejo en el centro de la mesa.

El brillo procedente de los candiles rúnicos parece apagarse un segundo ante la aparición de la varita. Esta varita tiene mucha presencia. Como si hubiera otra entidad en la habitación.

—¿De verdad crees que es la auténtica Varita Blanca? —le pregunto.

—Sí.

Entonces veo el collar que lleva al cuello, es un pequeño pájaro blanco que cuelga de una delicada cadena de plata. Respiro hondo y miro a Sage a los ojos.

—Veo a los vigilantes —le confieso susurrando—. De vez en cuando. Como el que me ha traído hasta ti. Y a veces, cuando toco la varita… veo un árbol hecho de estrellas.

—Todas las religiones de Erthia tienen algo parecido a los vigilantes, Ren —me explica muy seria—. Sin excepción. Y un árbol de luz. Y una varita, de una forma u otra. Está todo ahí, es lo más importante de todos los libros sagrados de ambos Reinos.

Me sorprende escuchar a Sage hablando de esa forma, teniendo en cuenta que procede de una familia tan religiosa como la que más.

—¿Todavía crees que eres una Primera Hija? —le pregunto.

—No. —Niega con la cabeza metiéndose a Fyn'ir debajo de la túnica para poder darle el pecho—. Pero me parece que sí creo en esos aspectos centrales. Y creo en la varita.

Miro sus marcas de compromiso inyectadas en sangre.

—Tus manos… ¿cómo las tienes?

Sage respira hondo con resignación y se le ensombrece el rostro.

—Me duelen, pero ahora ya no es tan terrible. Las runas me alivian el dolor. —Veo un brillo de firme decisión en sus ojos—. Voy a destruir este hechizo, Elloren. Pienso irme a las islas noi para unirme a la guardia Wyven y allí estudiaré magia.

—¿Y crees que los noi te aceptarán?

Asiente.

—Los magos de luz pueden unir magias de distintos sistemas rúnicos, y podemos fabricar toda clase de runas. Así que sí, creo que me aceptarán como miembro. —Su mirada de decisión se intensifica—. Y te juro que encontraré una forma de acabar con el hechizo del compromiso.

—No puedo creer que sepas hacer hechizos de luz —le digo maravillada—. ¿Quién lo iba a decir?

Los ojos púrpura de Sage brillan y ella esboza una sonrisa violeta.

—¿Te gustaría ver un poco de magia de luz?

La miro boquiabierta.

—¡Sí!

Sage desenvaina su varita con evidente habilidad y me toca la tela de la manga con la punta.

—¿De qué color quieres que sea tu túnica? —me pregunta con actitud traviesa.

La idea de alterar las sagradas vestimentas negras me provoca una punzada de rebeldía. Pienso en el color más blasfemo posible y me río al descubrir cual es:

—¡Violeta!

Sage se ríe. Respira hondo, cierra los ojos y suelta el aire.

De la punta de su varita emerge un riachuelo de color amatista, como si fuera un chorro de agua saliendo de un trapo, hasta que tengo toda la túnica de ese color.

Me levanto un poco la falda.

—La falda también —le pido con rebeldía.

Sage vuelve a reírse y me tiñe la falda de color amatista.

Me levanto y giro sobre mí misma vestida con una ropa que en Gardneria podría hacer que me metieran en la cárcel.

—Gloriosamente desobediente —me dice con una dura y subversiva luz en los ojos.

—¿Qué más sabes hacer? —le pregunto con ganas de ver más cosas.

Sage se toca el hombro con la varita y desaparece de golpe. Yo me sobresalto alarmada un segundo, pero entonces veo sus ojos parpadeando, suspendidos en el aire y camuflados entre los colores del tapiz que tiene detrás. Sage se mueve un poco y veo la silueta de su cuerpo. Entonces se queda inmóvil, vuelve a cerrar los ojos y desaparece de nuevo.

—Santísimo Gran Ancestro —exclamo asombrada y asustada—. Deja de hacer eso. Es inquietante.

Sage se ríe y vuelve a ser visible. Hace girar la varita en el aire.

—Puedo concentrarme en la luz y cortar cosas con ella —me dice sonriendo—. Incluso piedras.

—Es alucinante. —Asiento impresionada y animada por el altísimo nivel de sus poderes—. Eso podría venirnos bien.

—Podría —reconoce, y advierto que ahora tiene una actitud más segura, es consciente del poder que tiene. La dócil Sage que yo conocía ha desaparecido, aquella chica cerrada en sí misma que siempre parecía estar esperando alguna crítica.

Estoy ante una nueva Sage. Sagellyn, la maga de luz.

—¿Qué les pasó a tus hermanas? —le pregunto al recordar que se escaparon con ella después de que Sage me diera la varita.

—También están aquí —me dice—. Clover está enamorada de este sitio. Ya se ha hecho amiga de muchas soldados y ha empezado su entrenamiento con armas. —Sonríe con tristeza—. No sé cómo la voy a convencer para que se marche.

No me sorprende. Clover siempre fue combativa, una niña que se abrumaba con facilidad. Me la imagino perfectamente utilizando un arma. O varias.

—¿Y Retta?

Sage frunce el ceño al pensar en su hermana más delicada.

—Ella añora a mamá Eliss. Pero las hilanderas la han aceptado y le hacen de madre, creo que está bastante contenta. —Suspira con fuerza y me mira con serenidad—. Pero no podía dejarlas en Gardneria para que las comprometieran con otros miembros de esa familia de monstruos.

Fyn'ir se agita debajo de la túnica y ella lo saca con cuidado para besarlo en ambas mejillas antes de acunarlo entre sus brazos.

Es muy bonito. Rollizo, tranquilo y dulce. No puedo evitar pensar asombrada que Ariel sería tan mona como este niño antes de que la metieran en aquella jaula.

—No puedo creerme que las vu trin pensaran de verdad que yo era la Bruja Negra y que venía a matar a tu bebé.

Sage me mira con el ceño fruncido mientras Fyn'ir se acurruca contra ella.

—Es completamente horrible.

La miro un poco preocupada.

—¿Tú crees que habrá algo de cierto en la profecía?

—No lo sé —admite con una expresión un tanto temerosa—. Todo el mundo parece creer en ella porque ha habido muchos profetas que han escrito lo mismo. —Sage guarda silencio un momento—. Me preocupa. Eso de que no llamen a Fyn'ir por su nombre. Lo llaman el ícaro de la profecía, y hablan sobre él como si no fuera más que un arma.

—Los gardnerianos también lo ven como un arma —le digo—. Y hay una maga… se llama Fallon Bane. Es cruel y cada vez es más poderosa. Los gardnerianos piensan que es el otro extremo de la profecía.

Me mira a los ojos.

—La próxima Bruja Negra.

Asiento.

—Podría ser.

Sage está intentando ser fuerte, lo veo en su obstinada postura. Pero al escuchar aquello le tiemblan un poco los labios y estrecha con más fuerza a Fyn'ir.

«Santo Ancestro, qué horrible es todo.»

—Es un bebé precioso —le digo con delicadeza—. Completamente adorable. Parece que esté cubierto de gemas.

Sage me mira con ternura.

—¿Te gustaría cogerlo?

Asiento sonriendo y le tiendo los brazos para que me dé a Fyn'ir. Está adormilado y se le agitan las alas con nerviosismo cuando lo cojo de entre los brazos de su madre. El niño mira a Sage buscando la aprobación de su madre y noto que tira un poco hacia ella, como si fuera una pequeña luna que quisiera orbitar alrededor de su Erthia particular. Pero Sage le sonríe y le hace un ruidito tranquilizador, y el niño se relaja entre mis brazos mirándome con soñolienta curiosidad.

—Fyn'ir es un nombre muy bonito —le digo.

—Significa libertad en smaragdalfar.

Se le borra la sonrisa y a sus ojos asoma una repentina expresión dolida.

Yo acuno a Fyn'ir y le sonrío a Sage para animarla mientras el pequeño me coge del dedo con una de sus minúsculas manitas.

—Me alucina que las amaz te dejen tenerlo aquí. Como es niño…

—Algunas de las costumbres de las amaz me parecen incomprensibles —me confiesa. Fyn'ir empieza a inquietarse tratando de volver con Sage y se lo devuelvo—. Las amaz han sido buenas conmigo, Elloren, pero no las entiendo. ¿Cómo pueden abandonar a sus hijos en el bosque?

Me encojo de hombros, a mí también me cuesta mucho entenderlo.

—La religión y la cultura son cosas muy poderosas.

—¿Más poderosas que el amor?

—Si se lo permites supongo que sí.

El pequeño empieza a llorar y Sage se lo vuelve a meter debajo de la túnica. Fyn'ir gorjea contento y hace un ruidito adorable.

—Lo dejaron entrar para pagar una antigua deuda de guerra —me explica Sage—. Las vu trin lucharon con las amaz en la Guerra del Reino y sufrieron muchas bajas por ello. Y ahora las vu trin se cobran la deuda pidiéndoles a las amaz que nos escondan de forma temporal. Es una medida sin precedentes.

—¿Y cuánto tiempo te quedarás? —le pregunto.

Sage niega con la cabeza.

—No mucho. Cuando nos marchemos de aquí quizá pasemos algún tiempo con los lupinos, aunque todavía se está negociando. Las vu trin están construyendo un portal rúnico para que podamos llegar hasta territorio Noi cruzando el desierto, pero crear un portal que cruce una distancia tan larga conlleva tiempo. Cuando terminen cruzaremos hasta el este a través de él.

Y entonces volverá a desaparecer.

Siento una punzada de dolor al pensar en perderla. Tengo la sensación de que todas las personas que me importan van a acabar en el Reino del Este.

—Trystan también quiere unirse a los Wyven —le digo—. Pero teniendo en cuenta quién era nuestra abuela no sé si le aceptarán.

—Dile que cuando vaya al este busque a Ra'Ven —me aconseja decidida—. Está planeando construir unas minas subterráneas en el Reino del Este para los suyos. Y aceptaríamos a tu hermano.

«¿Vivir bajo tierra? «¿Con elfos de las minas?»

No parece una idea muy realista.

—¿De verdad crees que los smaragdalfar aceptarían a un gardneriano descendiente de la Bruja Negra? —le pregunto dudosa. «¿O a cualquier gardneriano?»

Sage se pone tensa.

—Claro que sí.

He notado que se ha puesto nerviosa y decido no seguir presionándola.

—¿Cómo es Ra'Ven? —le pregunto.

A sus labios asoma una sonrisita secreta y se muestra un poco vergonzosa.

—Es maravilloso. —Lo dice con tal pasión que noto cómo me sube una oleada de calor por el cuello—: Es bueno, amable e inteligente. Y poderoso. —Hace una pausa como si estuviera abrumada por unos sentimientos tan intensos que no puede contenerlos—. Ra'Ven es todo lo que he deseado siempre.

Cuando pronuncia su nombre le brilla una chispa ardiente en los ojos y me provoca una envidia melancólica. La vida de mi amiga ha estado salpicada de problemas y peligros, pero por lo menos ella y Ra'Ven han podido estar juntos, a pesar de las circunstancias.

—¿Te acuerdas de cuando éramos pequeñas? —le pregunto poniéndome nostálgica—. ¿Cómo pasábamos las mañanas en la pradera que había detrás de mi casa haciendo collares de flores y adornos para el pelo?

Sage asiente con una sonrisa melancólica en los labios.

—Eran tiempos más sencillos.

—No me importaría nada poder volver a disfrutar de uno de esos sencillos días. —La miro muy seria—. Las cosas se están poniendo muy feas, y mucho más deprisa de lo que ninguno de nosotros había imaginado.

—Lo sé. —Mira la Varita Blanca que tenemos delante encima de la mesa—. Creo que la varita nos está diciendo que tenemos que ser mucho más de lo que jamás pensamos que seríamos. Hacer más. Arriesgar más. Elloren, yo jamás imaginé que acabaría teniendo una varita. Que podría escapar de un compromiso y rescatar a mis hermanas. Si alguien me hubiera dicho cuando tenía trece años que podía ocurrir todo esto…

Sage tose haciendo un ruidito incrédulo y niega con la cabeza.

—Y, sin embargo, aquí estoy. Aquí estamos las dos. —Alarga el brazo por la mesa y cuando me pone su magullada mano sobre la mía noto el contacto frío de sus cadenas rúnicas en la piel—. El mundo es muy oscuro, Elloren. Y cada vez más. Pero yo tengo a Fyn'ir. Y a Ra'Ven. Y a mis hermanas. Y buenos amigos. —Me mira con afecto—. A pesar de las circunstancias. Tienes que aferrarte a la fe que tienes en las cosas buenas.

Se me saltan las lágrimas y se me hace un nudo en el estómago.

—A veces es difícil.

A duras penas soy capaz de hablar.

Sage me estrecha la mano con más fuerza.

—Y se va a poner mucho más difícil. Pero resiste de todas formas. —Mira la varita y luego vuelve a mirarme—. Vogel, los gardnerianos y los elfos alfsigr no son las únicas fuerzas que tienen algo que decir en este mundo.

Yo también miro la varita, un trozo de madera en plena tormenta de oscuridad.

—No sé, Sage. Si hubieras visto lo que está pasando en Verpacia… —Señalo la varita con la cabeza—. Si de verdad es la Varita Blanca, su fuerza parece muy, muy débil.

—Pues la haremos más fuerte —me dice con firme decisión—. Creo que necesita que lo hagamos. —Se le oscurece el rostro y parece vacilar un momento—. Elloren, hay fuerzas oscuras que van en busca de la varita.

Noto un escalofrío.

—¿A qué te refieres?

—Demonios de las sombras —me dice con un tono inquietante—. Los he visto en sueños. Y cada día que pasa son más. Yo estuve ocultando la varita cuando era pequeña, pero también debería protegerte a ti.

Caigo presa del pánico.

—Yo no veo nada parecido en mis sueños —protesto—. Ni siquiera en mis pesadillas. ¿No debería ser yo la que viera demonios si de verdad es la Varita Blanca y los demonios me están buscando?

—Tú solo has tenido la varita unos meses —me explica—, yo la tuve durante años. Y con el tiempo establece un vínculo con la persona que la guarda. Es como si estuviera dormida, y tú también, y las dos empezáis a despertar juntas. Pero una vez despierta, aunque la varita te abandone, te quedas despierta. —Sage mira la Varita fijamente—. Sigue enviándome sueños. Sigo viendo a los vigilantes y el árbol. Y, a veces, siento cómo la Varita me llama. Esta noche he percibido la presencia del vigilante en los confines de mi mente. Por eso he abierto la puerta.

Sage me sonríe, se levanta y coloca al pequeño Fyn'ir en la cuna de madera. Lo arropa con una manta de color verde bosque bordada con intrincadas runas de color esmeralda. Después vuelve a sentarse y coge su varita.

—Dame el brazo —me dice.

Le tiendo el brazo algo confusa pero empujada por la confianza que me merece mi amiga.

Sage me sube la manga de la túnica, me gira el antebrazo y me dibuja una pequeña runa circular en la piel con la punta de la varita. Tarda un rato en dibujarla; el brillante diseño esmeralda es muy parecido al complejo estilo geométrico de las runas que hay en la puerta de su casita.

—Estas runas esmeralda no son runas amaz, ¿verdad? —le pregunto con curiosidad.

—No —contesta Sage concentrada en el diseño de la runa—. Son runas smaragdalfar.

Toca el centro de la runa con la punta de la varita y el brillo esmeralda vuelve a meterse en la varita, y yo me quedo con el tatuaje de una runa negra en el centro del antebrazo.

—¿Para qué sirve?

—Es una runa antiescudos. Ahora puedes cruzar las barreras de runas. De cualquier clase. Y sin sufrir ningún daño. —Hace un gesto hacia arriba con la mano—. Necesito que te pongas de pie.

Hago lo que me pide preguntándome qué pretenderá hacer a continuación.

—Levántate un poco la túnica —me pide con una nueva urgencia en los ojos que me incomoda un poco—. Te voy a tatuar una protección que bloqueará la mayoría de los hechizos de búsqueda demoníacos.

—¿Hechizos demoníacos? —le digo alarmada.

Sage aguarda sin mudar su seria expresión y yo me preocupo todavía más. Al final cedo y me levanto la túnica y la camisola un tanto temblorosa, y se me pone la piel de gallina en el abdomen mientras ella me dibuja una compleja runa en el estómago. Las líneas de la runa emergen de la varita con un intenso color esmeralda brillante mientras ella dibuja con habilidad una serie de cenefas entrelazadas en el interior de un círculo.

Después clava la punta de la varita en el centro de la runa con mucha suavidad y todo el diseño brilla con más fuerza. Yo jadeo al ver cómo la luz se hunde en mi piel haciendo un ruidito crepitante y deja paso a las líneas negras del dibujo.

Sage da un paso atrás para observar su obra; parece bastante satisfecha.

—Si se enciende, y cuando ocurra notarás que te escuece, tendrás que recelar de todas las personas que te rodeen, incluso aunque parezcan inofensivas. Recuerda que los demonios pueden ocultarse bajo cualquier glamour. —Señala la runa que me ha dibujado en el estómago—. Esto te ayudará a mirar a los demonios a los ojos sin que ellos adviertan la presencia de la Varita Blanca.

Me cuesta absorber la vastedad de todo lo que me está diciendo.

—Esconde bien la varita —me advierte—. No le digas a nadie que la tienes.

Me bajo la túnica con el corazón acelerado. Sage me toca la manga con la varita y el color violeta desaparece de mi túnica y de mi falda para volver a adoptar el clásico negro gardneriano.

«Para que vuelva a parecer uno de ellos —pienso—. Para que parezca la Bruja Negra en persona.»

Siento pánico.

«Sage, estoy asustada. El poder de mi abuela fluye por mis venas. Y cada vez es más fuerte.»

—¿Y qué pasa si no soy la persona adecuada para esto?

La miro nerviosa.

Sage coge la Varita Blanca y la empuña con firmeza. Frunce el ceño y parece repentinamente abrumada, como si le costara volver a entregarme la varita. Entonces respira hondo y me la entrega decidida.

—Es tuya —dice—. Cógela. Es evidente que quiere estar contigo.

347

La cojo sintiéndome todavía más confundida que la primera vez que me la dio, y me la vuelvo a meter en el lateral de la bota.

«Escondida.»

Nos despedimos y Sage me abraza. Mientras nos abrazamos estoy a punto de venirme abajo y confesarle lo del creciente poder que llevo dentro. Lo de la extraña reacción del bosque al respecto. Pero no encuentro las palabras, están demasiado ahogadas por el miedo. Y es hora de marchar.

Ya tengo la mano en la manecilla de la puerta y estoy a punto de salir de la casita cuando oigo su voz.

—Elloren.

Me vuelvo. El rostro violeta de Sage se ve más oscuro bajo la luz escarlata del candil, y tiene una expresión inquietante en los ojos.

—La Varita sabe que tienes su poder en la sangre —me dice—. Te ha elegido ella.

# 7

## Tirag

*C*uando llego a nuestro claro, Diana me está esperando en la puerta de la casita.

—¿Estás bien? —me pregunta con la luz de la luna reflejada en los ojos.

«La verdad es que no —estoy a punto de confesar—. Llevo encima algo que podría ser la Varita Blanca. Y es posible que jamás vuelva a ver a Sage. Y los gardnerianos están enviando rastreadores, y muy pronto también a Fallon Bane, para encontrar a ese bebé inocente.»

Me froto la frente dolorida sintiéndome abrumada por la presión de toda la situación.

—Solo quiero estar sola un rato —le digo—. Me quedaré cerca. —Gesticulo en dirección a nuestra casita, que ahora ya no está rodeada de ninguna barrera rúnica—. Si hay algún problema ya lo notarás.

Diana me observa con atención, después mira en dirección al bosque adyacente, como si estuviera valorando las amenazas potenciales. Después asiente y me deja a solas con mis pensamientos.

Cuando Diana entra en casa, yo camino hasta el sereno bosque y desde allí admiro la ciudad de Cyme. Las nubes plateadas han desaparecido y solo se ven las lejanas y frías estrellas. El aire sopla un poco más fresco, como si el invierno que nos rodea estuviera intentando colarse por la cúpula invisible que protege la ciudad.

Me apoyo en un árbol muerto sintiendo la aspereza de la corteza a mi espalda y me quedo mirando el cielo estrellado. El universo parece inmenso y me recuerda lo pequeña e insignificante que soy ante todo aquello.

El bebé de Sage, el temido ícaro, no tiene ninguna maldad. No es la criatura aterradora que aparecía en mis sueños hace ya algunos meses. Y tampoco es un arma. Solo es un bebé. Un bebé inocente.

Y yo tengo una varita de poder. La Varita Blanca.

Pero la varita está resultando ser tan débil como el ícaro de la profecía, no deja de enviar esas visiones sobre vigilantes y ha elegido a una portadora sin acceso a su magia.

«¿Por qué?»

De pronto me muero de ganas de que Yvan esté aquí, ahora, bajo las estrellas, conmigo. Quiero explicárselo todo mientras me escucha con esa intensidad tan suya cogiéndome de la mano y acariciando mi fuego.

Siento una punzada de dolor.

«Yvan, que pronto se marchará al Reino del Este.

»Yvan, un chico al que jamás podré conseguir.»

Me sobresalto al ver una pequeña cabra que se pasea alrededor de unos pinos. El animalito se para delante de mí y ladea con curiosidad su cabeza con cuernos. Pronto aparecen algunas cabras más y yo le acerco la mano a la que tengo más cerca para que me huela la mano.

—Hola, Elloren.

Me vuelvo y me encuentro con Valasca, que me está mirando apoyada en un árbol.

Me enderezo.

—Hola, Valasca.

Mira hacia arriba y otea las ramas de los árboles. Enseguida me doy cuenta de que está buscando vigilantes.

—Se han ido —le digo—. Siempre lo hacen.

Frunce el ceño.

—¿Ya habías visto antes a un *visay'un*?

Asiento.

Se acerca a mí mientras una cabra le mordisquea los bajos de la túnica. La amaz se agacha un poco y le da una palmadita en el trasero al animal para indicarle que se marche con las demás.

—¿Estabas pensando en algún amante? —me pregunta ladeando la cabeza hacia el cielo—. Ahora. Cuando mirabas las estrellas. —Me sonríe—. He visto algo en tus ojos que me ha hecho pensar que echabas de menos a alguien.

«Un amante.» Esa palabra no nos define a Yvan y a mí. ¿Puedes llamar amante a alguien cuando ni siquiera os habéis besado? ¿Cuándo jamás podréis ser más que amigos? ¿Cuándo pronto se marchará a un Reino que está a kilómetros de distancia?

Me encojo de hombros sin atreverme a hablar por temor a decir demasiado.

—¿Sagellyn te ha devuelto la varita? —me pregunta Valasca.

La miro de soslayo y asiento.

Me observa de pies a cabeza.

—¿Dónde está?

—Escondida. Y no tengo ni idea de lo que voy a hacer con ella —admito.

Valasca sonríe.

—No tienes que hacer nada con ella. Tienes que escuchar. —Mira a mi alrededor y sonríe—. Y aquí estás. Porque la has escuchado.

Dejo escapar una corta carcajada.

—Aquí estoy.

Me dejo caer contra el árbol dejando que la inmensidad de la situación me pase por encima. Esbozo una mueca molesta al notar el dolor de cabeza que me perfora la sien y levanto la mano para masajearme la repentina punzada.

—¿Estás bien? —pregunta Valasca con actitud preocupada.

Asiento con cansancio.

—Soy propensa a sufrir dolores de cabeza.

Se me queda mirando un momento y después se saca una petaca del bolsillo de la túnica, la destapa y me la entrega.

—Toma —me ofrece—. Esto te ayudará. Pero bebe solo un poco.

—¿Qué es? —le pregunto aceptándola.

—Tirag —me explica—. Leche de cebra fermentada. Aquí es una bebida muy común.

Me llevo la petaca a la nariz. Desprende un olor amargo y extrañamente medicinal, y miro a Valasca con recelo.

—¿Lleva alcohol?

—Ah, sí, lo olvidaba —dice Valasca riendo—. Los gardnerianos no bebéis alcohol, ¿verdad?

Le devuelvo la petaca.

—No está permitido. Es ilegal.

Valasca no hace ademán de cogerla.

—Rescatar selkies también, o eso tengo entendido.

Me paro a pensarlo un momento. En eso tiene razón. Me llevo la petaca a los labios y tomo un sorbito. Tiene un sabor raro y agridulce, con unas burbujitas que me hacen cosquillas en las mejillas y la lengua. Es suave y cálido. Muy cálido, y el calor se extiende hasta el centro de mi cuerpo, como el fuego de Yvan.

Se me empieza a pasar el dolor de cabeza y me tomo otro trago mientras Valasca y yo nos apoyamos en los árboles para mirar las estrellas.

Saboreo la cálida sensación cuando empiezo a notarla, se me relajan los músculos y mis problemas comienzan a marcharse flotando, agitando sus minúsculas alitas.

—La verdad es que es muy agradable —digo bebiendo otra vez de la petaca.

—Cuidado, gardneriana —me dice riendo—. Es bastante fuerte. Creo que deberías parar ya.

La miro frunciendo el ceño con fingida rebeldía y tomo un sorbo más largo dejándome arrastrar más y más por la deliciosa calidez. Mis ojos se encuentran con la aguja rúnica que lleva envainada en el cinturón.

—Así que eres una hechicera rúnica.

—Pues sí —me confirma asintiendo.

Me viene a la cabeza el problema de Tierney.

—Mi amigo Andras me dijo que las amaz estáis a punto de encontrar la forma de eliminar el glamour de un fae. ¿Puedes hacerlo?

Sonríe.

—¿Conoces algún fae oculto bajo un glamour, Elloren?

La miro con aire reservado.

—Es posible.

Valasca se ríe.

—Hemos encontrado la forma de quitar el glamour de los lasair.

—¿Y el de los asrai?

Niega con la cabeza.

—Todavía no. Pero creo que lo lograremos pronto. Son más complejos. Los fae asrai sobreponen un glamour tras otro de forma que eliminarlos es un poco complicado, pero con el tiempo lo conseguiremos.

Me siento esperanzada y de pronto tengo muchas ganas de decírselo a Tierney. Miro hacia la ciudad, pero solo consigo ver el gigantesco Auditorio Real y la estatua de la Diosa elevándose en el centro de la plaza.

—Tu pueblo me confunde —reflexiono en voz alta notando cómo la bebida me suelta la lengua—. Hacéis un montón de cosas admirables, ayudáis a los fae a quitarse el glamour, desafiáis a los gardnerianos aceptando refugiados… Pero… esa forma que tenéis de tratar a los hombres… Hace poco conocí al hijo de Sorcha, ¿te lo ha dicho? Se lo he dicho a ella. ¿Sabes lo que me ha dicho?

Valasca alza una ceja.

—Me ha dicho que no le importa lo que le pase. Y mi amigo Andras… él la quiere. Pero él no significa nada para ella. ¿Cómo podéis ser tan frías?

Valasca me mira fijamente.

—No todo es lo que parece ser.

Suelto un sonido desdeñoso y aparto la vista.

Todo está empezando a adquirir una apariencia líquida y gaseosa, como si fuera un sueño. El brillo escarlata de la ciudad amaz, la Cordillera bañada por la luz de la luna al fondo. Todo está empezando a fusionarse, como franjas de distintos colores de pintura.

—Después de que Sorcha les llevara su bebé a los lupinos —me explica—, yo pasé todas las noches con ella durante unas dos semanas mientras lloraba hasta quedarse dormida. Le afectó mucho lo de tener que llevarle su bebé a los lupinos. Y también le rompió el corazón lo de Andras.

Me la quedo mirando asombrada.

—Pero… realmente parecía que le odiara. Y a Konnor también.

Valasca suelta un ruidito incrédulo.

—¿Estabas esperando que Sorcha se echara a llorar por Andras y su hijo delante de un auditorio lleno de soldados amaz? Las cosas nunca son tan sencillas como parecen. Aquí hay muchas mujeres que aman a los hombres, que sufren pensando en los hi-

353

jos que han perdido, que los visitan en secreto a ambos. Ya conoces a Clive Soren. Ya debes de haber oído hablar de su relación con Freyja. Todo el mundo lo sabe.

—Ya me lo había imaginado —admito.

—Ella va a verlo varias veces al año. Dice que se va a cazar. Sola. Nadie hace preguntas, y ella no le dice la verdad a nadie, y todo el mundo la deja en paz.

—¿Y si decidiera ser sincera?

—La expulsarían del territorio amaz.

—¿Para siempre?

Valasca asiente aparentemente resignada con esas medidas tan despiadadas.

—¿Y a ti te parece bien?

Me mira con preocupación.

—No estoy segura, Elloren. —Baja la voz y aparta la mirada sumida en un conflicto—. No creo que las personas deban ser valoradas solo por su capacidad para crear bebés. Y así es como nosotras tratamos a los hombres. —Se vuelve hacia mí—. Así que no. No me parece bien.

—¿Y qué vas a hacer al respecto?

Valasca se queda mirando la ciudad mientras una de sus cabras le da un golpecito juguetón en el muslo. Ella alarga la mano para acariciarla con cariño.

—No lo sé. Es un dilema.

Tomo otro sorbo, la bebida empieza a envalentonarme.

—¿Entonces tienes un amante secreto?

Esboza una lenta y traviesa sonrisa.

—He tenido unos cuantos.

Tomo otro sorbo de Tirag y le devuelvo la petaca. Valasca la mira como si estuviera reflexionando. Después suspira, toma un buen trago y se reclina relajadamente contra el árbol.

—¿Y quién es tu hombre secreto? —le pregunto.

Se le escapa una risilla ronca y esboza una sonrisa de medio lado.

—Nada de hombres. Solo mujeres.

Me sorprendo al escucharla.

—¿Aquí podéis hacer esas cosas?

Valasca me mira poniéndose seria.

—Pues claro.

Aquello me espabila momentáneamente. Ya sé que esa clase de cosas están prohibidas en Gardneria y en muchos otros lugares del Reino del Oeste, pero entonces pienso en la capacidad que tienen los lupinos para aceptar que cada cual ame a la persona que elija y me alegro mucho de que Valasca pueda ser ella misma aquí, en territorio amaz, sin ningún miedo.

Y me pregunto si en territorio Noi Trystan también encontrará esta libertad. Por mucho que me parta el corazón pensar en la posibilidad de que mi hermano se marche, quiero que encuentre esto mismo. Quiero que viva en un lugar donde pueda ser él mismo, libre y abiertamente.

Valasca tiene los párpados entornados. Está empezando a parecer que se siente igual que yo: líquida y relajada, con una postura flácida, como si se estuviera fundiendo contra el árbol que tiene a la espalda. Toma otro sorbo y mira hacia la ciudad sonriendo para sí.

Alargo el brazo en busca de la petaca otra vez, pero Valasca frunce los labios y me mira entregándomela un tanto reticente.

—Elloren, no deberías beber más. —Me clava los ojos y nos miramos a los ojos durante un buen rato—. Eres muy guapa, ¿lo sabías? —dice, solo es una observación, no está flirteando conmigo.

Yo resoplo con desdén.

—No es verdad. Me parezco a mi abuela.

Ella se ríe tontamente.

—Eso no lo sé —dice—. Yo solo era una niña por aquel entonces. No la recuerdo como otras. Pero… los gardnerianos… ese brillo esmeralda de vuestra piel. Es precioso.

—Es nuestra magia. Pero… yo no tengo.

Por algún motivo eso me parece muy divertido y me echo a reír. Esta bebida hace que todo parezca muy gracioso. Me pregunto si así es como se sentirá mi irreverente hermano Rafe la mayor parte del tiempo. Siempre está de muy buen humor. Y seguro que es por el alcohol. Se me escapan más carcajadas. La idea me parece muy… divertida.

—En serio, creo que ya has bebido suficiente —me dice sonriendo.

Se inclina para quitarme la petaca con poco tino.

—¿Por qué? —pregunto con tono bromista apartándola para que no pueda cogerla—. Me gusta cómo me hace sentir.

355

Me oigo rara, es como si se me juntaran las palabras, como si las arrastrara. Y lo noto todo cálido y ligero.

—Confía en mí, por la mañana te arrepentirás.

Alarga el brazo para cogerla mientras yo intento apartarme con torpeza y también me caigo. Nos caemos una encima de la otra y nos deshacemos en carcajadas; la petaca se cae al suelo. Me cojo a su brazo para sujetarme al mismo tiempo que ella se agarra al mío y las dos dejamos de reírnos un momento mirándonos a los ojos. Y entonces volvemos a partirnos de risa.

Valasca se vuelve a apoyar en el árbol y trata de respirar entre carcajadas. Al final conseguimos calmarnos, ella vuelve a estar apoyada en el tronco y yo me apoyo también en él con el brazo.

—¿Has besado a ese chico celta tan serio? —me pregunta—. Esta mañana he visto cómo te miraba.

—No —confieso perdiendo la sonrisa bajo una oleada melancólica—. Me pareció que estuvimos a punto de hacerlo una vez, pero no. No lo he hecho.

—¿Crees que lo harás algún día?

Niego con la cabeza con poca energía.

—No. Nunca.

El dolor está debilitado por la bebida, pero lo sigo notando.

—¿Le quieres?

La pregunta se queda flotando en el aire entre las dos, y todas las emociones que llevo dentro de pronto amenazan con desatarse. El guapísimo Yvan clavándome su intensa mirada. Tan absoluta y completamente inalcanzable.

Se me saltan las lágrimas.

—Creo que me estoy enamorando de él. Pero jamás podré estar con él. Nunca.

Y de pronto me sorprendo explicándole a Valasca todo lo que siento por Yvan. Todo.

Ella contempla las estrellas y me escucha con atención mientras yo le abro mi corazón. Después, cuando me he vaciado por completo, me quedo en silencio y me limpio las lágrimas.

—Yo también sé lo que es tener un amor imposible —dice Valasca en voz baja, de pronto tiene la voz enronquecida por la emoción—. Estoy enamorada de Ni.

«¿Ni? ¿De nuestra guardaespaldas Ni Vin?» Abro los ojos

como platos y miro a Valasca sintiendo una extraña soltura en el cuello.

—¿Entonces a ella también le gustan las mujeres?

Valasca asiente con tristeza.

—Ella también siente algo por mí, pero… quiere que me vaya al este con ella y… —Valasca mira hacia la ciudad y hace un gesto con la mano para señalarla—. Yo no puedo dejar esto. Amo mucho a mi pueblo, no puedo dejarlo. Y menos ahora. Tal como están las cosas.

«Por culpa de lo que está haciendo mi pueblo —pienso consternada—. Porque estamos decididos a destrozar las vidas de todos los ciudadanos del Reino del Oeste.»

—Cada vez que miro a Ni —comenta Valasca con pasión—, es como si me clavara una flecha en el corazón. —Se golpea el pecho con el puño con mucho dramatismo—. Es valiente, buena, y la criatura más hermosa que he visto en mi vida. Aunque ella no lo ve. Ella solo ve las cicatrices. No se da cuenta de lo perfecta que es.

Pienso en Ni Vin, en su oreja y su mano destrozadas, las quemaduras que tiene en la mitad del cuerpo, y la vergüenza se abre paso por mi bruma alcohólica.

357

Mi abuela le provocó esas heridas.

Parece muy reservada, Ni Vin. Discreta. Recuerdo su serena calma, la expresión indescifrable con la que miró a Marina y cómo decidió ignorar su presencia en la Torre Norte cuando se suponía que debía dirigir una investigación.

Aquel día le salvó la vida a Marina.

—Daría lo que fuera para estar con ella —admite Valasca con sentida añoranza, y las lágrimas asoman a sus ojos negros mientras mira las estrellas.

—Pues aquí nos tienes —digo pensativa—. A las dos. Atrapadas en el reino del Oeste.

—Exacto —admite Valasca asintiendo de forma exagerada.

—El comandante de la División Cuatro quiere comprometerse conmigo —le digo sin preámbulos.

Valasca me mira alzando las cejas.

—¿Lukas Grey?

—Sí.

Adopta una expresión cautelosa.

—¿Eso quiere decir que le conoces bien?

—Le he besado.

—¿Has besado a Lukas Grey?

—Bastante a conciencia.

Valasca adopta una expresión de oscura advertencia.

—Por la Diosa, Elloren. Aléjate de él. Es peligroso. E impredecible.

Miro hacia la vertiente occidental de la Cordillera, cubierta de nieve y cerniéndose sobre la ciudad de las amaz. «Está ahí, en algún lugar detrás de esos picos.»

Recuerdo la mirada resentida que me lanzó Lukas cuando nos separamos. Lo definitiva que me pareció. Y me pregunto si alguna vez hubo alguna posibilidad real de que Lukas diera la espalda a los gardnerianos.

—No te preocupes. Ya he puesto distancias —le confieso a Valasca con una repentina amargura en la voz.

—¿Y tu celta sabe que existe?

Asiento sintiéndome repentinamente triste.

—Mi vida es un desastre.

Valasca suelta un silbido.

—Tienes razón. Lo es.

La miro con el ceño fruncido y ella me lanza una mirada cargada de solidaridad.

—Bueno, estás muy bien acompañada. —Niega con la cabeza y vuelve a contemplar las brillantes estrellas—. Las dos tenemos amores verdaderos que jamás nos podrán tener.

Respira hondo y cierra los ojos un momento, después alarga el brazo y coge la petaca del suelo.

—Esta bebida nos está poniendo sensibleras.

Vuelve a tapar la botella con decisión.

Yo dejo caer la cabeza sobre mis manos.

—Me está empezando a doler mucho la cabeza.

—Has bebido demasiado. —Cuando levanto la cabeza, Valasca me está mirando con la ceja arqueada y un gesto simpático—. Te lo he advertido.

—Lo sé —reconozco con patetismo y con la sensación de que alguien me está aporreando la cabeza. Todo es muy confuso: Yvan, Lukas, la Varita, el bebé de Sage, la profecía… mi poder—. Me siento muy confusa —reconozco—. Por todo.

—No pasa nada —me dice con tono comprensivo—. No hay nada de malo en estar confundida.

Se me escapa una carcajada y me aferro a la mirada confiada de Valasca mientras el mundo empieza a dar vueltas a mi alrededor.

—Me recuerdas a un profesor que tengo en la universidad. Siempre me está diciendo que la confusión es algo bueno. Me dio un montón de libros de historia para leer. Todos escritos desde diferentes perspectivas.

Arrastro las últimas palabras y guardo silencio un momento para recuperar el control de la lengua.

—Yo también lo hago —dice Valasca pensativa—, leo todo lo que encuentro, desde todas las perspectivas posibles. —Me mira con picardía—. Incluso aunque a veces tenga que meter algunos libros de contrabando aquí. Siempre me aseguro de vivir permanentemente confundida.

Valasca frunce el ceño como si de pronto estuviera pensando en algo que la preocupase.

—Aunque eso te dificulta el poder juzgar a los demás. Creo que ese es el motivo de que me haya convertido en tan buena confidente. Soy la guardiana de secretos extraoficial de la ciudad. Confidente de tantas y amante de ninguna.

Dice la última frase con fingida cortesía, pero advierto cierto dolor tras su tono despreocupado. Entonces esboza una sonrisilla:

—Aunque tengo muy buenas amigas. —Valasca guarda silencio y ladea la cabeza como valorándome—. ¿Sabes? Si las cosas no salen bien con el celta podrías venir aquí y unirte a nosotras. Antes de que te obliguen a comprometerte. Podríamos convertirte en una guerrera. Enseñarte a luchar. Y así ya no volverías a estar desprotegida.

La proposición es tan descabellada que me da risa. Yo. Una guerrera amaz.

Pero la idea me resulta sorprendentemente atractiva.

—Yo podría enseñarte —insiste.

—¿También me enseñarías a cuidar cabras? —le pregunto con sorna.

Valasca se ríe.

—Claro.

Le devuelvo la sonrisa.

—Pues lo tendré en cuenta.

Me asalta una oleada de náuseas y de pronto lo único que quiero es tumbarme para que el mundo deje de inclinarse de esta forma tan desconcertante.

Valasca suspira y me sujeta antes de que me caiga.

—Vamos, gardneriana —dice rodeándome por el hombro para sostenerme—. Te ayudaré a volver. Las dos tenemos que dormirla.

—Hueles fatal —me dice Diana mientras yo gateo (literalmente gateo, pues soy incapaz de caminar en línea recta) hasta mi saco de dormir. Marina y Ni Vin están dormidas, o por lo menos lo están fingiendo, y Valasca ha vuelto a su casa.

Me dejo caer sobre la tela afelpada: todo me da vueltas.

—Valasca me ha dado alcohol. —Me llevo una mano a la frente, que me palpita muchísimo—. Las dos hemos bebido demasiado. Ya ha intentado advertirme de que no lo hiciera.

—Tenías que haberle hecho caso.

La fulmino con la mirada.

—¿Sí? No me digas. Vosotros los lupinos, siempre tan perfectos, nunca bebéis.

Me mira desconcertada, como si fuera evidente.

—Pues claro que no. Maiya no aprueba nada que nuble los sentidos.

—Bueno, no me juzgues. Tengo una situación un poco complicada en este momento.

Diana me mira alzando una ceja.

—Yo también. Estoy enamorada de un gardneriano.

—Que nunca ha querido ser gardneriano —contesto enfadada—. Que se pasa todo el día cazando en el bosque.

La mirada ambarina de Diana es calmada e impertérrita, y me hace sentir como un auténtico desastre. Suspiro y me vuelvo hacia ella, lo que hace que la estancia se incline hacia un lado y yo sienta náuseas otra vez.

—¿Diana?

—¿Sí?

Vacilo un momento.

—Creo que tengo la Varita Blanca. La verdadera Varita Blanca. Creo que es real. No es solo una leyenda. —Me sorprende que su impertérrita expresión no se inmute—. ¿Los lupinos creéis en esas cosas?

Diana asiente.

—La Rama de Maiya, la última rama que queda de los tres Árboles Originales.

—¿Y qué pensáis vosotros de esa... rama?

—Que es una herramienta de bondad y esperanza. Igual que lo fueron las demás ramas. Ayuda a los oprimidos.

Pienso en ello un momento.

—Según mi religión también sirve para eso, pero solo ayuda a los Primeros Hijos.

Ella niega con la cabeza.

—Según la nuestra no. Maiya envía la rama a los oprimidos. Sea lupino o no.

—Entonces… quizá la Varita quiera ayudar a las selkies.

Ni siquiera se para a pensarlo.

—Sí.

—Pero… si mi varita es la auténtica varita, ¿por qué me habrá buscado a mí, Diana? Yo no tengo poderes. Y… la varita tampoco. Por lo menos ahora. Trystan cree que está muerta. O, por lo menos, dormida.

—Puede que esté ahorrando su poder. Puede que todavía esté por llegar una lucha todavía mayor. —Me mira fijamente—. O quizá la esperanza tenga su propio poder.

La miro confundida.

—Y aquí estamos, con la esperanza de que las amaz ayuden a las selkies.

Ella asiente, pero ya no está tan calmada y tiene el ceño fruncido. Sé que Diana quiere que sean los suyos quienes ayuden a las selkies. Pero también sé que Gunther Ulrich no tiene ganas de echar fuego a la problemática relación que mantienen con los gardnerianos.

—Puede que las amaz las ayuden —digo mirando a Marina y desesperada de que sea verdad. La selkie está acurrucada en su saco, dormida, y tiene la brillante melena extendida por la almohada. Parece muy frágil. Se la ve débil y frágil.

—Quizá —dice Diana mirando también a Marina y con una incómoda nota de duda en la voz. Esa pizca de desconfianza me inquieta y me provoca náuseas.

—No me encuentro muy bien —le digo temblando al sentir la caricia de la brisa que se cuela por debajo de la puerta.

Diana me observa con atención.

—¿Tienes frío? —me pregunta—. Parece que tengas frío.

La miro sintiéndome patética.

—Sí.

Diana se mete debajo de su manta, la levanta un poco y me anima a acercarme moviendo la mano con impaciencia.

—Ven. Túmbate a mi lado.

Me acerco con torpeza sintiéndome fatal y me acurruco contra ella. Mientras estoy allí tumbada, segura y calentita junto a mi peligrosa amiga, se me empieza a asentar el estómago. Me pego un poco más a Diana y ella me da unos golpecitos cariñosos en la espalda. Por la noche siempre está muy distinta, su arrogante y dolorosamente directa actitud se esconde tras una fuerte y tranquilizadora presencia.

—¿Diana? —le pregunto.

—¿Mmmm?

—¿Qué pasó con las otras ramas de Maiya? Has dicho que había tres.

Guarda silencio un momento.

—Las destruyó la oscuridad.

Se hace el silencio.

—¿Y qué ocurrió con las personas que tenían esas otras ramas?

Vuelve a vacilar.

—También fueron destruidas.

—Entonces solo hay una rama.

—Solo una.

El silencio se solidifica.

Ni Vin me está mirando fijamente desde donde yace tumbada, y su inquieto rostro es lo último que veo antes de cerrar los ojos y quedarme dormida.

# 8

## El Consejo de la Reina

$\mathcal{A}$ la mañana siguiente nos reunimos en la cámara del Consejo de la Reina, una sala anexa al Auditorio Real.

Diana, Marina, Ni Vin y yo estamos ante los miembros del consejo, que son ancianas grises con el cabello blanco. Están sentadas en semicírculo, hablando entre ellas en voz baja mientras esperamos a que llegue la Reina Alkaia. Tras el consejo también hay un numeroso contingente de soldados de la reina armadas hasta los dientes.

Valasca está junto a nosotras, a un lado. Llegó al alba para escoltarnos hasta la cámara del consejo, con una actitud distante y eficiente. Evita mirarme a los ojos, pero no me importa. Yo también me siento un poco avergonzada estando con ella después de haberle confesado todos los secretos románticos de mi vida, y me imagino que ella se siente exactamente igual respecto a mí en este momento. En especial teniendo en cuenta que Ni Vin está allí con nosotras.

Todavía tengo la sensación de que un herrero me está aporreando la cabeza con un martillo, y estoy muy nerviosa pues no puedo evitar albergar la esperanza de que la Reina Alkaia acceda a ayudar a las selkies antes de que sea demasiado tarde.

«Tiene que ayudarlas. ¿Cómo podría negarse?»

Valasca se levanta de golpe y se arrodilla cuando ayudan a entrar a la Reina Alkaia, cuya frágil figura viene acompañada de dos jóvenes soldados. Sigo el ejemplo de Valasca y me arrodillo yo también inclinándome hacia el suelo, y Marina hace lo mismo. Diana y Ni Vin se quedan las dos de pie.

La Reina Alkaia tarda un momento en acomodarse, pero cuando lo hace nos hace gestos para que nos pongamos derechas y me clava su inteligente y penetrante mirada.

—Elloren Gardner —dice—. El Consejo se ha reunido esta mañana para hablar sobre tu petición.

Hay algo en su expresión, su forma de curvar los labios formando una diminuta sonrisa, que me hace albergar esperanza. Se me hincha el corazón. «Va a decir que sí.»

—Hemos tomado la decisión unánime de rechazar tu petición.

Las palabras me golpean como una avalancha.

A Marina se le escapa una exclamación de asombro y se lleva las manos a las branquias. Valasca, Ni Vin y Diana parecen asombradas.

La ira crece en mí como una hoguera. Me levanto de golpe.

—¿Pero por qué? —espeto furiosa—. ¿Cómo pueden negarse?

—La decisión del consejo es definitiva.

Parece casi aburrida, y de pronto siento ganas de gritarle algo, de borrarle esa expresión indiferente de la cara. ¿Es que no se da cuenta de lo que está en juego?

—Clive Soren me dijo que las amaz se preocuparían —rujo devastada—. Me dijo que vosotras ayudaríais a un grupo de mujeres que están sufriendo abusos. ¡No me dijo que erais un montón de hipócritas cobardes!

—¡Elloren! —me advierte Diana con aspereza justo cuando algunas de las soldados se ponen en pie y desenvainan sus armas en un abrir y cerrar de ojos.

Yo ni me inmuto; aprieto los puños. Ya sé que acabo de dirigirle un insulto muy serio a la reina. Andras me ha explicado que tildar a alguien de cobarde es algo muy grave, tanto en la sociedad amaz como en la lupina. Peor que cualquier insulto. Pero en este momento me da igual.

La Reina Alkaia pone la mano sobre el brazo de la soldado que tiene al lado a modo de orden silenciosa, y todas bajan las armas muy despacio y vuelven a enfundarlas. Las soldados vuelven a sus asientos con recelo mientras me lanzan miradas asesinas.

—El rescate de las selkies es una acción inútil en ese momento —anuncia la Reina Alkaia muy relajada.

—Entonces, según usted —la desafío tratando de contener las lágrimas—, debería haber dejado a Marina donde la encontré.

La Reina Alkaia se inclina hacia mí con una mirada severa.

364

—Me estás pidiendo que envíe a nuestras soldados a arriesgar sus vidas contra los gardnerianos. Para rescatar a todas las selkies. Algo que podría provocar que los gardnerianos nos declararan la guerra. Lo verían como un golpe muy serio en un territorio soberano.

—¡Pero es lo correcto!

—Supongamos por un momento, Elloren Gardner, que hacemos lo que nos pides. Supongamos que rescatamos a todas las selkies, pero los gardnerianos siguen teniendo sus pieles. ¿Qué crees que ocurriría a continuación?

«Oh, Santísimo Ancestro.» Tiene razón. Si alguien destruye la piel de una selkie, esta se convierte en un muerto viviente, como los dragones amaestrados, los ícaros a los que les arrancan el alma.

—¿Acaso quieres condenar a las selkies a un destino mucho peor que la muerte? —me pregunta la Reina Alkaia desafiante.

Me siento vencida y fuera de juego. Soy una necia.

—Entonces no hay esperanza —digo ya sin fuego y con la voz débil.

La Reina Alkaia suaviza su expresión y esboza una sonrisa maternal.

—Mientras la Diosa Vengadora gobierne en este mundo siempre habrá esperanza.

—¿Dónde? —le pregunto rendida—. ¿Dónde hay esperanza para las selkies?

La Reina Alkaia se reclina en su silla.

—Encuentra las pieles —me dice—. Sin las pieles el rescate es inútil. Los gardnerianos tienen el arma definitiva contra las selkies en sus manos. Podríamos llevarnos a las selkies a la otra punta de Erthia y todo sería en vano. No, primero debes encontrar sus pieles.

—¿Y cómo las encontraremos?

Me mira entornando los ojos.

—Pídeles a tus hombres que las encuentren. No me cabe duda de que conocerán bien los lugares donde tienen encerradas a las selkies.

—Eso no es verdad —digo negando con la cabeza—. Ellos nunca han ido a…

—Te están mintiendo —me corta con seguridad.

—No, estoy segura de que…

365

La reina me interrumpe haciendo un gesto con la mano.

—Son mentirosos e impostores —afirma la Reina Alkaia—. Todos. Sin excepción. Y ha sido así desde el principio de los tiempos. Pero puedes aprovecharte de sus viles naturalezas para averiguar lo que necesitamos saber.

Me enfurezco, porque se equivoca. Se equivoca con Rafe y Trystan. Se equivoca con el resto de mis amigos y familiares. Pero me muerdo la lengua porque sé que no podré convencerla de lo contrario.

—¿Y luego qué? —pregunto—. Si encontramos las pieles, ¿de qué nos servirá? ¿Cómo podremos liberarlas nosotros solos?

La Reina Alkaia me clava los ojos.

—¿Quién de las presentes estaría de acuerdo en reunir un ejército con nuestras mejores soldados con el único propósito de invadir Gardneria para liberar a las selkies si ellos encuentran las pieles?

Todas las guerreras que hay en la estancia, además del consejo de la reina al completo, se ponen en pie. La única que sigue sentada es la reina.

—Encuentra las pieles, Elloren Gardner —me dice la Reina Alkaia—, y nosotras liberaremos a tus selkies.

Todavía es pronto cuando llegamos a la frontera, el bosque salpicado de nieve se va abriendo para dar paso al pequeño campo donde nos atacaron las hechiceras vu trin y las amaz.

Yvan, Rafe, Trystan, Jarod, Andras y Gareth están allí, tal como prometieron, y el corazón me da un brinco al verlos.

Pero también me resulta extraño.

Hombres.

Después de haber estado rodeadas de tantas amaz, de tantas mujeres, es como si ellos fueran desconocidos, una raza diferente.

Y su masculinidad no es su única rareza. Están todos muy serios, y siento una extraña inquietud cuando los miro a los ojos.

Las amaz se detienen justo antes de llegar a las runas de la frontera y miran a nuestros hombres con frialdad, a excepción de Valasca, que se limita a observarlos con curiosidad. Nuestras acompañantes nos ayudan a desmontar y a recoger nuestras cosas.

Miro a Yvan notando cómo su fuego fluye hacia mí.

—¿Qué ha pasado? —le pregunto a Yvan cuando cruzo las runas de la frontera y me acerco a él.

—Algo bueno, Elloren.

Yvan mira hacia Gareth, que está concentrado en Marina.

—Marina —le dice Gareth con delicadeza—, ayer decidimos volver a investigar la zona donde vive el conserje aprovechando el deshielo.

—¿Y qué habéis encontrado? —pregunta Marina con cautela y los labios temblorosos.

Gareth mete la mano en el saco de piel que lleva al hombro y saca una brillante piel de foca plateada. Marina suelta un grito sorprendido llevándose las manos a las branquias.

—Estaba enterrada en la parte trasera de la casa —le explica Gareth—. En una caja hecha de acero élfico. El deshielo dejó una de las esquinas al descubierto. Escuché el aleteo de un pájaro, era un enorme pájaro blanco. Me sobresalté, y cuando volví a mirar hacia abajo vi la caja asomando por debajo de la tierra. Y lo supe. Lo supe en cuanto la vi.

Marina se queda mirando la piel que Gareth tiene en las manos como si estuviera hipnotizada. Mira a Gareth y entre ellos hay un intercambio privado cargado de emociones.

367

—Ahora me transformaré del todo —lo prepara.

—Seguirás siendo tú.

Marina niega con la cabeza como si Gareth fuera muy ingenuo.

—No. Seré mucho más fuerte que tú. El poder lo cambia todo.

Gareth le tiende la piel para que la coja.

—Quiero que seas poderosa. Y quiero que seas libre.

Las amaz parecen asombradas. Me doy cuenta de que lo que está haciendo Gareth está desmontando todos los mitos, las leyendas y todas las presunciones que tienen sobre los hombres. Marina suelta su petate de viaje y se quita las botas y el resto de la ropa sin inmutarse por el frío.

Coge su piel plateada sin dejar de mirar a Gareth.

En cuanto la toca, le empiezan a trepar por el brazo chispas de color zafiro. Las luces brillan por toda su piel y a su alrededor se forma una aura azul. La silueta de Marina empieza a emborronarse y se fusiona con la luz azul. Y después Marina y su piel desaparecen hasta que no queda más que una bruma de un brillo cegador.

Entonces la luz azul empieza a atenuarse y los detalles se van enfatizando hasta que Marina reaparece.

Transformada en foca.

Una foca magnífica y depredadora con los ojos de océano de Marina y una impresionante piel plateada.

Justo cuando nos estamos acostumbrando a verla con esa forma, Marina se tumba boca arriba y cierra los ojos. La luz de color zafiro vuelve y dibuja una línea por su estómago de foca. Su forma vuelve a quedar oculta por una niebla y se divide, y Marina emerge de su piel plateada, de nuevo con apariencia humana.

Se arrodilla en el suelo con la respiración agitada y los ojos cerrados sosteniéndose con los brazos temblorosos. Sigue siendo Marina —con su pelo plateado y los mismos rasgos—, pero ha perdido su apariencia de debilidad. Ahora que se ha fusionado con su piel ha adoptado un intenso color azul. Siempre desprendió un ligero color azul que se adivinaba bajo su piel, pero ahora ha salido a la superficie. Y se la ve fuerte, con los músculos marcados y definidos, muy parecidos a los de Diana.

—¿Estás bien?

368

Gareth se acerca a ella mientras Marina se esfuerza por recuperar el aliento. Ella mueve la cabeza arriba y abajo, aunque parece que le cueste mucho hacerlo.

Al poco consigue recuperar el aliento y se pone en pie mediante unos movimientos que se parecen más a los de una guerrera amaz que a los de la chica frágil que era hace un rato. Vuelve a coger su ropa y se la pone, después se echa su piel de foca al hombro.

Se acerca a Gareth y le acaricia la mejilla. Mi amigo le sonríe y entre ellos se adivina una feroz alianza. Pero yo advierto en la tensión que le rodea los ojos que esto es el comienzo de la despedida para ellos.

Marina se separa de Gareth poniendo una mano en su hombro y la otra sobre su piel plateada.

—Venga —dice volviéndose hacia los demás y dejando entrever sus dientes depredadores—, tenemos que salvar a mi pueblo.

# 9

## Equinoccio

—¿No tienes que ponerte al día con los estudios?

El tono firme de Diana se cuela en mi niebla de preocupaciones y yo la miro desde donde estoy, sentada en la cama, con una taza de té en la mano. No sé cómo se puede concentrar en estos momentos. Yo estoy preocupadísima. He intentado leer un poco, pero las fórmulas médicas se niegan a quedarse en mi cabeza, son como pájaros que se niegan a vivir enjaulados.

Rafe, Trystan y Gareth se han ido a investigar las tres tabernas de selkies gardnerianas situadas en los bosques aislados que hay justo por encima de la frontera de Verpacia. Y, tras un inesperado giro de última hora, Clive Soren ha ido con Yvan a la única taberna selkie que hay en Celtania.

Se marcharon ayer antes del alba, cada uno con una buena cantidad de florines en el bolsillo, cortesía de la Reina Alkaia. Todos ellos van armados con un montón de dibujos que les hizo Wynter, imágenes de Marina, su hermana y todas las caras que Marina ha sido capaz de recordar de la noche que las atraparon a ella y a su hermana. También hay dibujos de las amaz rescatando a las selkies, devolviéndolas al océano, un mapa visual de la ruta de escape que han planeado para enseñársela a las selkies que encuentren.

Ariel está junto a la chimenea y de la palma de su mano brotan algunas llamas. Cada día que pasa está más fuerte. Sigue evitándome y casi no me habla, pero ya no parece tan enfadada. Está más… centrada. Y sus alas están muy cambiadas, las tiene más suaves y relucientes, y se le ven los ojos más brillantes y serenos. Me siento muy satisfecha al ver su mejoría.

Marina está pacientemente sentada al lado de Wynter mientras todas esperamos, y su piel brilla atada a su hombro reflejando la luz del fuego, igual que su melena. Tiene una expresión tensa, y no creo que haya comido nada en todo el día.

Justo cuando empieza a despuntar el alba por el horizonte, vuelve Gareth.

Marina y yo corremos a recibirlo y él se quita la capa y se sacude la nieve que lleva encima, que enseguida se funde en el suelo. Le damos una taza de té caliente y le cedemos un sitio junto al fuego, que acepta encantado.

Gareth va directo al grano.

—Tu hermana no estaba allí, Marina. Pero había una mujer que la reconoció.

Marina adopta una expresión angustiada y él le pone la mano en el brazo para tranquilizarla.

—¿Cómo ha ido? —le pregunto—. ¿Qué ha pasado?

Gareth traga saliva con fuerza antes de contestar.

—Ha sido horrible. Tenían a varias mujeres… chicas, en realidad… no parecía que tuvieran más de dieciséis años… y las obligaban a bailar para los hombres.

Guarda silencio y niega con la cabeza, como si estuviera intentando olvidar algún recuerdo repulsivo.

—¿Estaban bailando? —pregunta Marina hablando muy despacio.

Gareth la mira preocupado.

—Estaban… desnudas.

Marina asiente comprensiva con cara de asco. La ira me recorre de pies a cabeza.

—No dejaban de traer a diferentes chicas y jovencitas —dice Gareth—. Estaban vestidas, pero a duras penas. Las ponían en fila para que los hombres pudieran mirarlas. Como cabezas de ganado en una feria. La mayoría parecían asustadas. Algunas, en especial las más jóvenes, parecían absolutamente traumatizadas.

Guarda silencio un momento para coger aire evidentemente afectado.

—El dueño de la taberna… me llevó hasta ellas. Me explicó lo que costaban. Elegí a una mujer mayor. Parecía fuerte y lista, pensé que ella podría entenderlo. También elegí a una chica muy joven que parecía muy afectada. Di por hecho que no podría ayudarnos, pero pensé que por lo menos podría proporcionarle algunas horas de paz.

Gareth vuelve a hacer una pausa para frotarse el puente de la nariz. Marina se ha quedado muy quieta y su rostro azul parece más pálido.

—En cuanto nos acompañaron a una habitación privada —prosigue Gareth—, la mujer mayor empezó a quitarse la ropa. Creo que estaba intentando distraerme para que no me fijara en la chica, protegiéndola como podía. La chica estaba hecha un ovillo en una esquina, mirando a la nada, la verdad, solo temblaba, horrorizada. La mujer mayor hizo ademán de quitarme la ropa, pero en cuando se acercó a mí se quedó de piedra.

Mira a Marina.

—Me di cuenta de que me estaba oliendo y percibiendo que yo era... diferente. Saqué los dibujos y ella se sorprendió mucho. Tardó algunos minutos en recomponerse. Le enseñé todos los dibujos y, al principio, se mostró muy confusa, pero enseguida pareció entenderlo. Comprendió que yo había ido a ayudarla, y que en realidad soy... un aliado.

—Se dio cuenta de que eres medio selkie —dice Marina, y él asiente.

—¿Y qué más pasó? —pregunta Diana.

Gareth frunce el ceño.

—La mujer se puso a llorar. Cogió el dibujo del océano y no dejaba de señalarlo con cara de desesperación. Después se acercó a la chica e intentó enseñarle los dibujos, en especial el del océano, pero la pobre estaba demasiado aterrorizada como para asimilar nada de lo que estaba pasando. Repasamos varias veces todos los dibujos de la ruta de escape planificada y creo que lo entendió. Cuando ya se nos acababa el tiempo, tuvo el acierto de deshacer la cama, desabrocharme la camisa y desnudarme. Unos dos segundos después apareció el tabernero y me dijo que tenía que irme.

—Pero las pieles —interviene Marina con un tono discordante al perder el control de sus branquias. Se lleva las manos al cuello—. ¿Qué hay de las pieles?

—Hablé un rato con el tabernero cuando llegué. Le dije que me preocupaba mi seguridad. Me confesó que tienen las pieles guardadas en un baúl cerrado en algún almacén. Todas las taber-

371

nas selkie utilizan el mismo sistema, por lo visto tuvieron que optimizar el funcionamiento después de que una selkie encontrara su piel y asesinara a varias personas. Las amaz no deberían tener ningún problema para sacar las pieles de esos almacenes.

Gareth vuelve a guardar silencio como si de pronto hubiera recordado algo preocupante.

—El Consejo de Magos cada vez está más serio con eso de tener selkies en propiedad, y por eso la mayoría las están vendiendo en secreto a las tabernas de selkies. —Gareth se vuelve hacia Marina—. Si siguieras con él… pronto estarías en uno de esos lugares, o quizá incluso ahora.

Marina se estremece y Gareth deja la taza de té para cogerla de las manos.

—Tienes que dejar que Wynter entre en tus recuerdos —le dice Marina manteniendo el control parcial de su voz y hablando con tonos quebrados como le ocurre cuando está triste—. Enséñaselos mientras todavía los tienes frescos. Así podremos dar las imágenes a las amaz.

Gareth asiente, se levanta para marcharse con Wynter y se sienta delante de ella en su cama. Wynter respira hondo, como para prepararse, después coloca las manos en los laterales de la cabeza de Gareth y cierra los ojos. Se sobresalta y se separa de él un momento, después hace acopio de coraje y se prepara de nuevo como si fuera un soldado a punto de entrar en combate. Después de pasar un buen rato sentada a su lado, Wynter empieza a dibujar, deteniéndose de vez en cuando para tocarle la mano a Gareth.

Yo salgo al pasillo agobiada por la claustrofobia que siento en esa silenciosa habitación llena de gente, frustrada por tanta espera y muy angustiada por todo lo que nos ha explicado Gareth.

Me siento en el alféizar de la ventana, triste y pensativa, y me pongo a contemplar cómo el brillo azul del alba va aumentando durante casi media hora.

—Elloren.

Me vuelvo al oír la voz de Yvan y me bajo del alféizar.

—Te estaba esperando.

El cansancio hace que olvide mis dudas. Le abrazo y él también me rodea suavemente por la cintura. Noto su angustia en la forma que tiene de abrazarme, está tenso y retraído, y percibo su tristeza y su preocupación, incluso su fuego interior parece apagado. Y enseguida comprendo que, igual que le ha ocurrido a Gareth, esta experiencia le ha pasado factura.

—Hueles raro —le digo separándome un poco de él. Es una mezcla de alcohol, humo y algo más… como sudor.

—Huelo a rancio —me contesta con aspereza—. Ese sitio es horrible.

—Gareth también ha vuelto —le digo—. Pero Rafe y Trystan no. Todavía.

—He visto a hombres que conozco en ese sitio, Elloren. Luchadores de la Resistencia. Personas que pensaba que se preocupaban por la justicia y la libertad. Pero, por lo visto, eso no atañe a la especie de Marina.

Frunce el ceño.

—Muchos de ellos están casados. Conozco a algunas de sus esposas, y no paro de preguntarme qué pensarían si lo supieran. Cuando esos hombres me vieron… me dieron la bienvenida, como si yo fuera un pariente con el que habían perdido el contacto… alguien que quería iniciarse en su club… y por fin iba a convertirse en un hombre de verdad, como ellos. Ha sido asqueroso. Me ha costado mucho no marcharme. No soy buen actor, Elloren. Ya lo sabes.

Y lo sé. Su ausencia de artificios, que tanto me costó aprender a tolerar cuando le conocí, es una de las cosas que más me gustan de él ahora.

—Sin embargo, Clive… deberías haberlo visto —prosigue—. El alma de la fiesta. Al final de la noche ya había conseguido que todos se emborracharan, el tabernero incluido. Pero antes había conseguido que el propietario nos enseñara todo el establecimiento y nos dejara ver a todas las selkies que tenían allí. Los dos pagamos por poder pasar un rato con varias mujeres… una detrás de otra. Intentamos elegir las que parecían más listas… las que no parecían… destrozadas.

—Gareth ha dicho que la mujer con la que ha estado… —Vacilo un momento—. Que ha intentado desnudarlo.

—Ha habido un poco de eso —admite Yvan algo incómodo—, pero los dibujos de Wynter… en cuanto los veían la mayoría de las mujeres parecían entenderlo todo.

—Wynter querrá leerte el pensamiento —le digo—. Así podrá hacer más dibujos para las amaz.

373

—Claro —dice mirando hacia mi habitación, y después vuelve a mirarme un tanto vacilante.

Noto cómo aumenta la intensidad de ese dolor tan conocido que siento cuando estoy cerca de él. Las ganas de pegarme a él. De escapar de este mundo entre sus brazos.

—Es el equinoccio —dice al fin.

Es verdad. Lo había olvidado por completo. Es la época en que debemos recolectar la dulce savia de los árboles para el festival del arce, una de las pocas festividades que celebran todos los pueblos de esta parte de Erthia. Una época para fabricar azúcar y prepararse para la primavera.

Todo parece tan desalentador… Cuesta creer que pronto los árboles florecerán y volverán los petirrojos.

—Feliz equinoccio —le digo cogiéndolo de la mano. Él entrelaza los dedos con los míos.

—Hoy también cumplo diecinueve años.

—¿Es tu cumpleaños?

Asiente.

—Mi madre creía que siempre estaría a salvo y tendría suerte, porque es un día favorable en el que nacer. —Esboza una sonrisa tristona, como si fuera algo terriblemente irónico—. Creo que fue un poco ingenua. La realidad es mucho más desagradable.

—Bueno, no tanto —le digo balanceando un poco nuestras manos entrelazadas—. Pues que tengas suerte. No habríamos salvado a Marina si no te hubiera estado siguiendo aquel día… y Naga es libre gracias a ti…

«Y yo te quiero.»

Tengo las palabras en la punta de la lengua y me encantaría poder decirlas en voz alta. ¿Porque el amor no es siempre una suerte? ¿Aunque no se pueda hacer nada al respecto?

Debería ser así.

Me está mirando tan intensamente que me ruborizo. Interpreto su ardiente expresión como una invitación y vuelvo a abrazarlo, él me rodea por la cintura y me estrecha contra su cuerpo mientras su fuego ignora todas las fronteras y se desliza por mis líneas provocándome un ardor exquisito que me hace estremecer.

Beso su cálido cuello y le susurro al oído:

—Feliz cumpleaños, Yvan.

Ladea la cabeza y me mira con un repentino brillo dorado en los ojos. La intensidad de su fuego escala de golpe y lo sé:

«Quiere besarme.»

Todo se detiene excepto el insistente latido de mi corazón. Entonces Yvan se obliga a recoger su fuego y en sus ojos brilla una repentina frustración. Aparta la mirada apretando los labios: el momento se hace añicos. Siento una punzada de arrolladora decepción.

—Debería ir a ver a Wynter —dice rodeándome todavía con los brazos.

Yo no contesto. Me siento desconcertada y repentinamente triste. Yvan debe de percibirlo, porque la preocupación le tensa el rostro.

—Elloren…

—No, para —le digo separándome suavemente de él—. No tienes que darme ninguna explicación. Es solo que a veces es tan fácil… olvidarse de todo.

Alarga el brazo para acariciarme la mejilla y en sus feroces ojos puedo ver que se siente tentado de ignorar todos los peligros. Igual que yo.

—Ve con Wynter —le animo ignorando el intenso dolor que me atenaza—. Piensa en las selkies. No en nosotros.

Yvan asiente con sequedad y se va con ella.

Trystan es el siguiente en volver. Tiene su habitual expresión indescifrable en el rostro, pero por la tensión que asoma a sus ojos adivino que está muy angustiado. Nos cuenta una historia muy parecida a la de los otros y ocupa el lugar de Yvan delante de Wynter.

Marina está mirando por la ventana, de pie entre Diana y Gareth, y los tres hablan en voz baja. De vez en cuando la voz de Marina se quiebra y tanto Gareth como Diana se apresuran a consolarla.

Yvan se sienta conmigo delante del fuego y se queda mirando las llamas un buen rato. Las horribles imágenes que han descrito todos van pasando por mi mente, y me está costando mucho reprimir la rabia y la tristeza. Cuando una lágrima cálida me resbala por la mejilla, Yvan me rodea con el brazo y yo me estremezco.

Sorbo para contener las lágrimas y apoyo la cabeza en su cálido hombro. Los dos observamos en silencio mientras Ariel hace pequeñas bolas de fuego y las lanza dentro de la chimenea.

Una hora después aparece Rafe.

En cuanto veo a mi hermano mayor me doy cuenta de que ha ocurrido algo malo. Incluso su forma de sacudir la capa es extraña, y sus movimientos tensos e incómodos. Diana también lo percibe. Se acerca a él extrañamente alerta y lo observa con atención, casi olfateando el aire que lo rodea.

—Rafe, ¿qué pasa? —le pregunto.

Yvan sigue rodeándome los hombros con el brazo, y con la otra mano acaricia a una de las gallinas dormidas de Ariel.

Rafe me contesta negando con la cabeza, sin mirarme a los ojos. Coge la silla del escritorio, la arrastra hasta la chimenea y se sienta esforzándose para no mirarnos a los ojos.

—¿Qué ha pasado? —le pregunta Trystan.

Rafe se presiona el puente de la nariz con los dedos y se encoge de hombros.

—Tienen a unas cuarenta. Pasé un tiempo con dos de ellas, parecieron comprender el mensaje. El dueño de la taberna sabe que no son animales. Lo sabe, pero las tiene encerradas de todas formas.

—¿Y cómo lo sabes? —le pregunto.

—Me ha dicho que no permite que las selkies tengan recipientes de agua más grandes que un cuenco, porque si se meten debajo del agua juntas pueden comunicarse. —La ira ilumina los ojos de Rafe—. Y entonces le dije: «si pueden hablar entre ellas, ¿significa que son humanas?», y me contestó: «me importa una mierda lo que sean. Gano muchísima pasta con ellas».

Mira a Marina.

—Marina, tu hermana está allí.

Da la impresión de que a Marina se le corta la respiración. Gareth la sostiene del brazo.

—En realidad no la he visto —le dice Rafe—, pero algunas de las demás selkies reconocieron su dibujo. Y me dejaron claro que estaba allí.

Marina asiente con rigidez, demasiado abrumada como para hablar. Gareth la estrecha entre sus brazos y le murmura palabras de alivio con delicadeza mientras le acaricia el pelo.

—Damion Bane también estaba allí —dice Rafe.

Yvan se pone tenso en cuanto oye el nombre de Damion, y a mí se me revuelve el estómago del asco.

—Menuda cara tiene —dice Rafe—. Hizo como si casi se alegrara de verme. Incluso me saludó alzando el vaso. Volví a verlo más tarde, justo cuando se cerraba la puerta de su habitación. Vi a las dos selkies que había con él en la habitación. Estaban… muy alteradas. —Rafe guarda silencio un momento, como si no supiera cómo explicar lo que quiere decir a continuación—. Han destruido sus pieles.

Jadeamos todos al unísono. Marina abre las branquias y se lleva las manos a la boca. Gareth la abraza con más fuerza.

Rafe se pone a mirar el fuego con una expresión distante y castigada.

—Sus ojos… los tenían opacos… como si fueran muertos vivientes. Damion estaba con esas. Con esas dos selkies. Incluso me sonrió antes de cerrar la puerta.

Marina se echa a llorar. Rafe aparta la mirada y todos guardamos silencio un momento abrumados por aquel nuevo horror.

Al final mi hermano se vuelve hacia Wynter.

—Ya sé que tenemos que dar a las amaz todos los detalles que podamos, pero… si no quieres ver…

Wynter está pálida pero parece decidida y le contesta:

—No pasa nada. —Da una palmadita en la cama a su lado—. Ven, siéntate conmigo.

Diana, Marina, Wynter y yo partimos hacia tierras amaz después de que todos hayamos descansado unas horas.

Esta vez ya no necesitamos que Andras nos haga de guía. Diana es como un pájaro migratorio: solo necesita que le enseñen el camino hacia algún sitio a través del bosque una vez para recordarlo para siempre.

Esta vez Freyja y dos soldados más vienen a buscarnos a la frontera, y nos acompañan rápidamente hasta Cyme para conducirnos con eficiencia directamente hasta el Auditorio Real.

Cuando llegamos, la Reina Alkaia pasa un buen rato examinando todos los dibujos de Wynter, y después se los pasa a las demás integrantes del consejo. Todas las mujeres escuchan con atención las intensas descripciones que Wynter les ofrece sobre las tabernas de selkies.

Alcippe está de pie a la izquierda de la reina, fulminándonos a mí y a Diana con la mirada, pero también parece muy interesada en lo que Wynter y Marina están explicando. Valasca también está allí, vestida con la misma despreocupación y tan desprovista de adornos como la última vez que la vi, y observa todo el procedimiento en silencio.

Nos miramos a los ojos una vez y compartimos una mirada cargada de complicidad.

Después de valorarlo todo concienzudamente, la Reina Alkaia se reclina en su silla y, por turnos, va mirando a todas las integrantes del consejo a los ojos. Las demás mujeres asienten aceptando en silencio.

—Está decidido —anuncia la Reina Alkaia con las manos entrelazadas—. Liberaremos a las selkies después de la luna llena.

—Es peligroso esperar mucho más —le advierto—. Es cuestión de tiempo que el Consejo de Magos vote para que las ejecuten a todas.

—La luna llena será unos días antes de su próxima reunión —me dice—. La noche de esa luna llena, podrían sacar a más selkies del mar y capturarlas. Si esperamos hasta después de la luna llena, podremos liberar a esas selkies además de las otras y devolverlas a todas a su hogar, en el océano.

# 10

## Valasca y Alder

*T*res días antes de que las amaz se preparen para hacer algo que, sin duda, se verá como una declaración de guerra contra los gardnerianos, Diana, Tierney y yo estamos encerradas en la Torre Norte con los ojos clavados en los libros y tratando de ponernos al día con nuestros estudios.

Miro por el enorme ventanal de nuestra habitación. Es tarde, pero la esquina occidental del cielo sigue teñida de azul, y los días empiezan a alargarse a medida que la primavera se va acercando y la nieve va desapareciendo. Pronto empezarán las famosas tormentas primaverales del Reino del Oeste.

Me esfuerzo para concentrarme en la página que tengo delante. Me cuesta mucho estudiar sabiendo lo que se avecina, en especial ahora que Marina ya no está. Se quedó en Cyme, preparándose para el rescate, y todas notamos mucho su ausencia.

Diana levanta la vista de su grueso libro de medicina y ladea la cabeza con las aletas de la nariz dilatadas.

—Se acerca alguien —dice olfateando el aire—. Amaz. Son dos.

Tierney y yo nos levantamos de golpe para acercarnos al ventanal circular y poder echar un vistazo. Hay dos caballos atados al viejo poste de detrás de la Torre Norte. Reconozco el caballo negro con la crin rojiza.

Es de Valasca.

Percibimos unas pisadas que suben por la escalera de piedra seguidas de unos golpes en la puerta. Tierney y yo intercambiamos una mirada de curiosidad.

Diana abre la puerta.

Valasca está en la puerta, muy cambiada desde la última vez que la vi. Lleva el pelo negro igual de corto y puntiagudo, pero viste el uniforme de batalla de las amaz: una fina armadura negra cubierta de runas escarlata encima de una túnica negra y pantalones a juego, y lleva diferentes espadas pegadas por todo el cuerpo. Luce muchos anillos de metal negro que le adornan la cara y las orejas, y se ha pintado los ojos con gruesas rayas negras. También veo que en las empuñaduras y las fundas de las armas brillan diferentes runas. Su postura es completamente militar, igual que la de su acompañante. La altísima compañera de Valasca se quita la capucha y no puedo contener la sorpresa al verla.

La joven tiene la piel de un color verde bosque muy intenso, con el pelo negro azabache y los ojos de un verde gardneriano. Tiene las orejas largas y puntiagudas, y un brillo esmeralda en la piel, parecido al de la piel de los gardnerianos, pero su brillo es más acentuado.

Va tan armada como Valasca, pero sus armas son diferentes. De la espalda lleva colgado un larguísimo arco tallado de un arce de río un tanto irregular, además de un carcaj lleno de diferentes flechas que guardan más parecido con ramas afiladas que con flechas de verdad. Lleva algunas ramas más asidas al cinturón, y yo adivino las maderas en cuanto las veo. «Arce negro, roble rojo y nogal negro».

—Esta es Alder Xanthos —anuncia Valasca con fría formalidad—. Es amiga de las selkies y hemos venido a hablar sobre el rescate.

—Eres fae —exclama Tierney maravillada mirando a la altísima desconocida con la boca abierta y sin darse cuenta de que uno de sus libros resbala de la pila y aterriza en el suelo con gran estruendo.

—Soy medio dríade —confirma Alder. Tiene la voz serena y como de otro mundo, y un acento melódico. Vuelve la cabeza lentamente para mirarme, y mientras lo hace desprende una palpable quietud—. Mi bosque me ha dicho muchas cosas sobre ti, Elloren Gardner.

Miro a Alder Xanthos con el ceño fruncido.

—El bosque está erróneamente convencido de que soy la Bruja Negra —le informo con aspereza—. Y no lo soy.

Sigue mirándome fijamente.

—Pues no es eso lo que dicen los árboles.

Suspiro con rabia.

—Si realmente yo fuera la Bruja Negra, eso facilitaría un poco el rescate de las selkies, ¿no te parece?

Está completamente inmóvil y ni siquiera parpadea.

Valasca maldice entre dientes y mira a su compañera con impaciencia.

—Xan, a menos que los árboles vayan a venir con nosotras a salvar a las selkies, quizá podamos ignorar su opinión de momento. —Se vuelve hacía mí con lo que parece un repentino brillo desafiante en los ojos—. Quiero conocer a tus hombres.

Diana, Tierney y yo nos miramos completamente asombradas.

—¿A nuestros hombres? —aclaro ladeando la cabeza.

Valasca me mira con fastidio.

—Sí —espeta con sequedad—. Los que fueron a visitar las tabernas de selkies.

—Pero yo pensaba...

—Sí, ya lo sé —me interrumpe—. Pero creo que nos vendría bien hablar con ellos antes de asaltarlas.

Observo a Valasca con atención. Se la ve muy incómoda y me doy cuenta de que está cruzando varias líneas rojas. Y Alder también. Y que es muy probable que reunirse con hombres pueda meterlas en graves problemas.

Quizá incluso se enfrenten a la expulsión de la sociedad amaz.

—Iremos a buscarlos —les digo—. Ellos os dirán todo lo que necesitéis saber.

381

Nos reunimos en el nuevo apartamento de Andras, un espacio geométrico abovedado internado en el bosque, no muy alejado de la cueva de Naga. Tiene una pequeña estufa de acero en el centro de la casa que desprende un calor muy agradable.

Alder observa con recelo a los hombres y a los troncos ardiendo en la estufa de acero mientras Valasca saluda a mis hermanos, a Gareth y a Yvan, uno a uno y con una mirada rebelde en los ojos. Me asombra ver cómo les estrecha la mano, por lo que las amaz nos han contado, las mujeres tienen completamente prohibido tocar a los hombres a menos que estén tomando parte en algún ritual de fertilidad, y se supone que no deben entablar contacto visual con ellos si pueden evitarlo. Me viene a la cabeza un recuerdo inquietante de cuando los alumnos de mi clase de matemáticas —casi todos gardnerianos— y el profesor se negaban a mirar directamente a Ariel. De los estudiantes alfsigr y gardnerianos apartando la vista de Wynter cada vez que pasa por su lado.

Y me doy cuenta de que esto es lo mismo. Y me alegro de que Valasca lo esté pasando por alto.

Valasca deja a Andras para el final. Levanta la cabeza para mirarlo y todos aguantamos la respiración conscientes del momento de repentina tensión que flota en el aire. Soy muy consciente —tal como imagino lo son también los demás— de que Valasca es un puente entre las personas que han despreciado a Andras durante toda su vida.

Valasca le tiende la mano.

—Me alegro de conocerte, Andras Volya —dice muy seria.

Andras le estrecha la mano. Le murmura algo en otro idioma con un tono muy formal. Valasca inclina la cabeza haciendo un gesto que desprende mucho respeto y le repite la misma frase.

382

Me encuentro con los ojos de Yvan y compartimos una mirada de asombro mutuo ante la increíble situación. Y esboza una sutil sonrisa que me calienta el corazón.

Andras nos pide a todos que nos pongamos cómodos y Diana se sienta de lado mientras estudia a Alder de esa relajada e inescrutable forma que tiene ella de mirar cuando está midiendo a otra persona en silencio. Tierney se sienta al lado de Andras y mira a Alder con evidente intensidad, es evidente que está conmovida por su presencia: una fae que no está oculta bajo ningún glamour en el Reino del Oeste.

Eso es algo muy peligroso.

Imagino que Valasca y Alder han tomado una ruta muy aislada para evitar que detuvieran a Alder, pero también sé que las únicas guardias que se habrán encontrado en las fronteras serán las vu trin. Y las vu trin de Verpacia cada vez están más en sintonía con los fae, incluso a pesar de que su gobierno les ha ordenado que no provoquen la ira gardneriana y que apliquen con rigidez las rigurosas leyes fronterizas de la región.

Yvan cruza la pequeña estancia circular y se sienta a mi lado, y yo enseguida reacciono a la decidida naturaleza de su acción y se me acelera el corazón. Se vuelve hacia mí y nos miramos a los ojos, y noto una ráfaga de calor recorriéndome todo el cuerpo. Está muy cerca, su hombro está prácticamente tocando el mío, y desde aquí percibo su calor y su olor, ese aroma tan seductor que desprende. Me muevo un poco y la yema de mi dedo choca con su mano.

Una chispa de calor recorre mis líneas de afinidad cuando entrelazamos los meñiques iniciando el contacto a la vez, cómplices en este pequeño acto de rebeldía.

—Muy bien. La situación es la siguiente —anuncia Valasca, y yo dirijo parte de mi atención en ella, aunque sigo siendo acaloradamente consciente del contacto con Yvan.

Valasca suspira y se pasa los dedos por el pelo con actitud nerviosa.

—La Reina Alkaia no sabe que he venido, y agradecería mucho que siguiera siendo un secreto. —Hace una mueca de dolor mirando hacia el suelo y niega con la cabeza, como si hubiera caído presa de algún debate interno—. Amo a mi pueblo, pero tienen algunas costumbres que bordean la más absoluta estupidez. Si voy a encabezar una expedición militar para rescatar a las selkies, creo que tiene mucho sentido hablar con las personas que han estado en los sitios que se han convertido en nuestros objetivos. Aunque sean hombres.

Guarda silencio para mirar hacia el cielo y suelta una retahíla de palabrotas sin dirigirlas a nadie en particular.

—Esta clase de comportamiento absurdo es el motivo de que los gardnerianos multiplicaran por diez su territorio durante la Guerra del Reino.

El asombro me golpea con fuerza y separo la mano de la de Yvan.

—¿Has dicho que vas a liderar la expedición?

Me mira fijamente.

—Sí. Ocupo un mando muy alto en la Guardia Real.

La miro asombrada.

—¿Cómo de alto?

Reflexiona un momento antes de contestar arqueando una de sus cejas negras.

—Lo dirijo.

«Santísimo Gran Ancestro de todos los cielos.»

—¿Ese es el motivo de que Alcippe se retirara aquella noche? ¿La noche que quiso matarnos?

Valasca suspira.

—Es posible que Alcippe sea más fuerte que yo, pero yo soy bastante buena con el cuchillo rúnico. Te aseguro que ese día ella no tenía la carta más alta.

—¿Podrías haberla vencido solo con ese cuchillo rúnico? —le pregunto con una voz destemplada.

Valasca me mira entornando sus ojos perfilados de negro, en los que luce un brillo divertido.

—Es muy probable que sea capaz de vencer a todas las personas que hay en esta sala utilizando solo ese cuchillo rúnico. —Señala a Diana despreocupadamente con el pulgar—. A excepción, tal vez, de la lupina.

—Yo soy un mago de Nivel Cinco —tercia Trystan dando unos golpecitos suaves sobre su varita—. Igual te daba una sorpresa.

—Se me da particularmente bien anular la magia utilizando el cuchillo —le informa Valasca con tono despreocupado—. Incluso los hechizos elementales combinados.

—Qué bien —dice Trystan impresionado.

Pero yo estoy muy confusa:

—Pero… me dijiste que eras pastora.

—Y soy pastora —aclara Valasca un poco irritada—. Y comandante de la Guardia Real.

Ahora todo cuadra, ya entiendo por qué Freyja eligió a Valasca para que me hiciera de guardiana. El motivo de que Valasca luciera aquella vestimenta tan vulgar en territorio amaz. Querían que yo la subestimara.

La miro frunciendo el ceño.

—¿Tan amenazadora me veían?

Se me queda mirando un buen rato, como si estuviera reflexionando.

—Sí, Elloren —dice al fin con cierto tono de disculpa—. Eso pensaban. Debería haberte confesado mi posición cuando me di cuenta, sin un atisbo de duda, de que no suponías ninguna amenaza. Lo siento.

«Sí, deberías habérmelo dicho. Antes de que nos tomáramos todo aquel tirag y nos confesáramos todas esas intimidades.»

Pero me doy cuenta de que nada de eso importa. Está aquí. Rompiendo con las leyes de su pueblo. Y todo para ayudar a Marina y a las suyas.

—No tienes por qué disculparte —le digo—. Te agradezco todo lo que estás haciendo. Gracias por dar la espalda a tus tradiciones por ayudar a las selkies.

Valasca alza una ceja y se pone seria.

—No tienes que darme las gracias, Elloren Gardner. —Ahora habla con voz grave y apagada—. La oportunidad de alzarse y luchar contra las injusticias… es el mayor regalo que nos puede hacer la Diosa.

Sonrío y asiento. Valasca me devuelve la sonrisa.

—¿Necesitaréis refuerzos mágicos cuando os dispongáis a rescatar a las selkies? —pregunta Trystan con un hilo de voz, pero su mirada es dura como el acero—. Os acompañaría encantado. La idea de reducir a cenizas una de esas tabernas me resulta muy atractiva.

Valasca desliza su astuta mirada por las franjas del uniforme de cadete de mi hermano que lo identifican como mago de Nivel Cinco.

—Gracias por tu ofrecimiento, Trystan Gardner —dice agachando la cabeza con respeto—, pero las amaz nunca permitirán que ningún hombre acompañe a sus militares.

Trystan mira fijamente a Valasca.

—Si cambiáis de opinión solo tienes que decírmelo.

—Pero sí que necesito tu ayuda en otro sentido —le dice—. Necesito conocer los planos de las tabernas, aunque sea por encima, dónde guardan las pieles, cuántos guardias tienen, qué clase de armas tienen.

—Las pieles están en baúles élficos de acero —comenta Yvan.

—Que están cerrados —añade Gareth—. Y guardados bajo llave.

Valasca resopla con desdén.

—Eso podremos arreglarlo.

—En cada taberna hay dos o tres magos de Nivel Cuatro vigilando el local —le explica Rafe.

Valasca asiente pensativa.

—Podemos proyectar una red rúnica para reducir sus poderes. Es probable que sea lo primero que hagamos. Dime dónde están apostados los guardias.

Trystan, Rafe, Gareth e Yvan pasan la hora siguiente detallando dónde están las salas de almacenaje, los horarios y los días de la semana en los que es más probable que haya menos clientes y guardias en cada taberna, además de un buen montón de detalles logísticos.

—¿Cómo está Marina? —le pregunta Gareth a Valasca casi en privado cuando la conversación llega a su fin. Sé que para él está siendo muy difícil estar perdiendo a la única persona que entiende verdaderamente quién es.

—Está bien —le asegura Valasca—. Tenemos a nuestras mejores hechiceras rúnicas trabajando con ella. Están intentando crear unas runas que ayuden a las selkies a romper el hechizo que las atrae hacia las orillas. Este rescate tiene que servir para terminar con el abuso de las selkies de una vez por todas.

—Quiero luchar con vosotras —le dice Diana a Valasca tensando todo el cuerpo con un ímpetu depredador y un brillo de frustración en sus ojos ambarinos.

—Ya lo sé, Diana Ulrich —contesta Valasca—, pero todo esto es muy peligroso para mi pueblo. Tú eres la hija de un alfa. Tu implicación tendría muchas ramificaciones políticas. Y tengo entendido que tu padre está intentando evitar una guerra territorial.

—Es imposible evitar lo que está por venir —espeta Diana casi gruñendo—. Y el territorio que quiere el Consejo de Magos es un territorio lupino. Su Bruja Negra nos lo robó durante la Guerra del Reino y nosotros lo recuperamos. Nunca les perteneció.

Me resulta duro escuchar a Diana pronunciando las palabras «Bruja Negra» y me siento avergonzada y triste al recordar las injustas amenazas que mi pueblo supuso para el suyo.

—Alder Xanthos, te suplico que me ayudes —espeta Tierney inesperadamente con una mirada desesperada en los ojos.

Alder ladea un poco la cabeza y dirige su mirada de búho en Tierney mientras todos los presentes nos quedamos de piedra.

—Tú eres fae —dice Tierney con la voz tomada por la emoción—. Tú comprendes lo que nos está pasando. Si puedes ayudar a las selkies, ayuda a mi familia. Yo soy una asrai oculta bajo un glamour. Y mi hermano también. Estamos atrapados aquí y corremos un grave peligro. Por favor… ayúdanos.

Andras pone su mano tranquilizadora sobre el hombro de Tierney y Alder frunce el ceño preocupada.

—¿Cuántos años tenías cuando te escondieron bajo este glamour? —pregunta.

—Tres —se obliga a decir mi amiga, y le resbala una lágrima por la mejilla.

Valasca adopta una expresión compasiva que le suaviza el rostro.

—La Reina Alkaia ha declarado la amnistía para la mayor parte de los fae —le dice a Tierney—. Podemos pedir una apelación en tu nombre a la Reina Alkaia.

—Pero mi padre —insiste Tierney—. Mi hermano…

—Mi padre los ayudará —interviene Diana con obstinación.

Valasca suspira mirándola.

—Es posible. Tendremos que esperar a verlo.

—¿Y qué hay de las vu trin? —pregunto con frustración—. ¿Por qué no pueden adoptar un papel más activo y ayudar a los fae a salir de aquí?

Valasca niega con la cabeza.

—Las vu trin, al igual que los lupinos, sienten simpatía por la causa de los fae, pero no pueden desafiar las órdenes del Reino del Oeste —maldice entre dientes y vuelve a mirar a Tierney—. Dime, ¿tienes control sobre tus poderes de agua?

Tierney asiente con rigidez.

—Un poco. Y también puedo reunir a mis kelpies cuando los necesito.

—¿Kelpies? —Valasca arquea una ceja—. Pues eso es un punto a tu favor.

Se vuelve hacia Alder y las dos se ponen a hablar un momento en un idioma extranjero. Alder asiente y Valasca vuelve a mirar a Tierney con decisión.

—Te damos nuestra palabra, Tierney Calix. Cuando hayamos liberado a las selkies, Alder Xanthos y yo haremos todo lo que podamos para ayudarte a ti y a los tuyos, tanto a los hombres como a las mujeres.

# 11

## Fae de fuego

$L$as ranas cantan mientras nosotros nos dispersamos en distintas direcciones por el bosque: Valasca y Alder se marchan de vuelta a Cyme, y los demás vuelven a sus estudios y trabajos.

Cuando estoy a punto de salir de entre los árboles en dirección a la cocina veo titilar las luces de la universidad desde el otro lado del extenso campo que se extiende ante la Torre Norte.

—Elloren, espera.

Yvan me coge del brazo y yo me detengo y me vuelvo hacia él.

—Quería hablar contigo a solas.

Espero y miro hacia el bosque y el campo que nos rodea mientras él pone sus pensamientos en orden, mientras noto cómo todos mis sentidos reaccionan a su cercanía.

—Al principio hablabas con Valasca como si tuvieras dudas sobre su capacidad para conseguirlo —me dice.

—No —le aclaro negando con la cabeza—. En absoluto. Es que me ha sorprendido, eso es todo.

Vacila un momento como si tuviera miedo de revelar parte de algún secreto.

—Pero… percibo cierta tensión entre vosotras.

—No es nada.

Se queda allí parado con un evidente conflicto en su expresión y sin estar convencido.

«Escúpelo ya, Elloren. Dilo y acaba con esto.»

—Es… algo que ocurrió —le digo con recelo—. Valasca fue mi guardiana mientras estuvimos en Cyme, y se dio cuenta de que yo no estaba muy fina y… me ofreció alcohol. Yo nunca había bebido y bebí demasiado, incluso a pesar de que ella me advirtió que no lo hiciera. Y… nos confesamos toda clase de cosas privadas. —«Y le expliqué las ganas que tengo de besarte.» Noto cómo empieza a treparme un calor incómodo por el cuello—. Le expliqué… lo que siento por ti.

El fuego de Yvan se erige en una llamarada y él aparta la mirada, como si de pronto estuviera luchando contra sus emociones.

—Yvan —me aventuro preocupada por su incomodidad.

Él niega un poco con la cabeza mirando fijamente hacia el bosque.

Me acerco un poco a él mientras Yvan se esfuerza por concentrarse en un punto indefinido que está por detrás de mí y por controlar su fuego.

—Lo siento —le digo—. No pretendía compartir esas cosas tan personales con ella.

—No es eso —me dice, y noto lo mucho que le está costando reprimirse, pues su fuego se abalanza hacia mí con la fuerza de un semental salvaje.

De pronto siento una apasionada rebeldía y me atrevo a ponerle la mano en el brazo. Yvan traga saliva con fuerza y se le tensan los músculos del cuello mientras yo despotrico mentalmente debido a nuestra situación y en contra de todo el reino de Occidente. «¿Por qué todo tiene que ser tan difícil entre nosotros?»

Le rodeo la cintura con los brazos y le apoyo la cabeza en el hombro con la intención de consolarlo, y se me saltan las lágrimas.

Yvan se relaja inmediatamente, ya no está tan rígido, y cuando me abraza noto cómo su fuego se desliza por mis líneas.

—Elloren —dice con delicadeza.

Agacha un poco la cabeza para respirar el olor de mi pelo y yo entierro la nariz en su elegante cuello percibiendo el calor de su piel. Soy incapaz de resistirme y ladeo la cabeza para darle un beso en el cuello.

Yvan respira hondo y su fuego se interna en el mío, y su lenta y cuidadosa caricia empieza a teñirse de urgencia y me estrecha con más fuerza, me sujeta por la espalda y pega sus labios a mi pelo.

Yo le doy otro beso justo debajo de la mandíbula y a él se le acelera la respiración: su fuego arde con tanta intensidad que me provoca una ráfaga de calor que resbala por mi espalda.

Y entonces acerco los labios a los suyos.

Yvan coloca las manos en los brazos y tensa los músculos para contenerme.

—No podemos hacerlo.

Tiene la voz entrecortada.

Yo le miro parpadeando, dolida, confusa y completamente perdida.

—¿Por qué?

Yvan traga saliva con fuerza mirándome con los ojos en llamas.

—Si te beso —dice con la voz áspera y grave—, ya nunca podré dejarte marchar.

—Pues no me dejes marchar —le digo apasionadamente mientras su fuego se abalanza hacia el mío con un calor ardiente.

—Un beso… no es algo sencillo para mí —me explica Yvan un tanto vacilante—. Hay… en un beso hay poder.

Ahora todavía estoy más confundida.

—¿Es algo propio de los fae de fuego?

—Oh, no —me dice con amargura—, esto es algo que solo me pasa a mí.

—Yvan…

—Si te beso —me dice tratando de encontrar las palabras adecuadas—, estaremos vinculados.

—¿A qué te refieres? ¿Cómo nos vincularemos? —Ese dolor secreto otra vez, lo veo en sus ojos—. Yvan, por favor. Tienes que ser sincero conmigo.

—No puedo —dice atormentado agarrándome con fuerza de los brazos—. Nunca podremos tener un final feliz, Elloren. Hay cosas… cosas que no sabes… que jamás podrás saber. Soy peligroso para todas las personas que amas… y también para las que amo yo.

—¡No me importa que seas fae! —aúllo intentando soltar los brazos, pero me agarra con mucha fuerza.

—¡No soy solo fae! —ruge.

Estoy absolutamente desconcertada.

—¿Y eso qué quiere decir?

Yvan me suelta de golpe y da un paso atrás, su fuego es una tormenta incandescente.

—Elloren —dice al fin con tono decidido—. Aunque solo lo hagamos para garantizar la seguridad de nuestras familias, no podemos ceder a esto. Ya sé que los dos lo deseamos, pero no puede ser. Y siento no dejar de arrastrarte. —En sus ojos brilla un fuego dorado y tiene una expresión totalmente desconsolada—. Me encantaría que las cosas fueran diferentes, pero es imposible cambiarlas. Búscate a otro. A quien quieras. Cualquiera menos yo.

Y entonces se marcha con paso firme mientras su fuego sigue alcanzándome mediante violentas y discordantes ráfagas.

El dolor me atenaza la garganta cuando lo veo alejarse de mí, y se me llenan los ojos de lágrimas cargadas de rebeldía.

«Solo te quiero a ti —quiero gritarle desde la otra punta del campo oscuro—. Dime lo que te pasa, Yvan. Déjame ayudarte. Sea lo que sea.

»Dime qué nos estás ocultando a todos.»

# 12

## Cielo moteado

*T*res días después, Diana y yo estamos sentadas junto a la hoguera que hay en medio de la base militar amaz, y las llamas escupen chispas al cielo. El claro está lleno de soldados con el equipamiento militar completo, preparando sus caballos y dándose indicaciones las unas a las otras en el dialecto urisco que es común en estas zonas.

La base iluminada por el fuego está en el mismo valle que Cyme, pero en las afueras de la ciudad, y hay una barrera rúnica fortificada que evita que las civiles puedan entrar en la zona. Esta misión no es algo que las amaz vayan a proclamar a los cuatro vientos para que todo el mundo lo sepa, la están manteniendo en secreto incluso en su propio pueblo. La Reina Alkaia está segura de que los gardnerianos no se molestarán en tomar medidas después del rescate de las selkies, dado que el Consejo de Magos ya se está preparando para terminar con el comercio de selkies a su horrible manera.

Espero que tenga razón.

Una de las soldados aúlla una orden y todas las demás guardan silencio y se quedan quietas, en el aire vibra una repentina tensión. Diana y yo nos levantamos para ver qué está pasando.

Las soldados a nuestra derecha se separan y Valasca se acerca ataviada con un uniforme negro, y sus controlados movimientos irradian una elegancia audaz y dominante. Las soldados alzan sus manos decoradas con runas en forma de silencioso tributo.

Marina y Alder entran en el claro detrás de Valasca, ambas vestidas con armaduras de combate marcadas con runas, igual que el resto de las soldados. Me asombra lo mucho que ha cambiado

Marina durante el corto período que ha pasado con las amaz. Camina con la cabeza alta e irradia poder y seguridad. Lleva espadas rúnicas asidas a todas las extremidades y su melena plateada proyecta un brillo carmesí bajo la luz colorada de los candiles.

Marina me mira a los ojos e intercambiamos una feroz mirada de unión mientras ella se coloca a la izquierda de Valasca, que al otro lado tiene a Alder.

La Reina Alkaia entra en el campamento escoltada por Alcippe, que lleva su gigantesca hacha rúnica envainada a la espalda. Marina, Alder y Valasca se inclinan ante la reina y las demás soldados hacen lo mismo. Yo también hinco la rodilla en el suelo, sintiendo una gran gratitud hacia las amaz reunidas allí, y también agradecida de que la Reina Alkaia haya permitido que Diana y yo estemos presentes cuando se marchen y cuando vuelvan.

La Reina Alkaia posa las manos en la cabeza inclinada de Valasca y entona la bendición de la Diosa, y después hace gestos para que todas se levanten. Tira un poco de Marina y le da un beso en cada mejilla.

Las soldados montan en sus caballos y, cuando Valasca alza la mano, todo el mundo se para, y a mí se me corta la respiración. Después baja la mano y se marchan haciendo un ruido atronador. Veo cómo aparece una carretera rúnica a lo lejos que se dirige directamente hacia la base de la Cordillera. Las soldados cabalgan directas hacia ella y desaparecen de golpe en la piedra.

Diana y yo nos quedamos rodeadas por el silencio y tengo la sensación de que una ola gigante ha venido y se ha marchado. Solo quedan algunas soldados que se ocupan del manteamiento de la base. Los caballos de las amaz van marcados con runas que les confieren mayor velocidad, pero aun así todavía pasarán varias horas hasta que vuelvan. Diana y yo intercambiamos una mirada tensa y yo vuelvo a sentarme junto al fuego preparándome para la larga espera.

Las horas van pasando y Diana se pasea inquieta mientras yo doy golpecitos en el fuego con un palo muy largo. Intento entablar una conversación con ella unas cuantas veces, pero mi amiga lupina se limita a gruñirme y sigue paseando, así que dejo de esforzarme. Ya sé que Diana no quiere estar aquí atrapada conmigo, ella quiere estar rescatando a las selkies con las amaz, y esta espera es una auténtica tortura para ella.

Y así pasamos el rato, Diana paseando y yo preocupada junto al fuego con mi palo, unidas en nuestro agobiado silencio durante toda la noche.

Al final llega el alba, clara y fresca, y el cielo se tiñe de colores que parecen cardenales que el cielo nocturno dejara a su paso. El húmedo frío de la mañana me abraza y se cuela por debajo de mi capa, pues la hoguera ya hace mucho que quedó reducida a rescoldos.

Marina y las amaz vuelven cuando el sol empieza a trepar por el cielo. Se las ve estoicas y agotadas, y la violencia de la noche anterior sigue presente en sus ropas manchadas de sangre y sus miradas satisfechas. Muchas de las soldados van a pie tirando de las riendas de sus caballos, y los animales llevan sobre sus lomos a dos o más selkies.

Sobre uno de los caballos veo dos cuerpos inmóviles envueltos en tela. Comprendo horrorizada que deben de ser dos selkies rotas, aquellas a las que les habían destruido las pieles. Marina había pedido a las amaz que acabaran con su sufrimiento, que era imposible salvarlas, y que la muerte era su única esperanza.

Pero una cosa fue la idea y otra muy distinta enfrentarse a la realidad, y la crudeza de la situación me golpea con una fuerza devastadora.

Alcippe me lanza una mirada de auténtica y ardiente rabia al pasar blandiendo su hacha rúnica, y su expresión me vacía, me deja indefensa y muy poco preparada para la angustia que me acecha como una resaca.

Entonces Alcippe se abalanza sobre mí apretando los dientes.

—Míralas, gardneriana —ruge—. ¡Míralas!

Y lo hago, con creciente devastación, mientras el claro se va llenando de mujeres con el pelo plateado. Llevan el abuso escrito en el rostro de muchas formas diferentes. Algunas tienen aspecto de estar a punto de ceder bajo el peso de la ira que sienten, y no paran de mirar a su alrededor como si se estuvieran planteando a quién atacar primero. A otras se las ve muy desanimadas, no tienen luz en los ojos, llevan la cabeza colgando y arrastran los pies. Las hay que parecen horrorizadas, sus movimientos son agitados y nerviosos, como si cualquier ruido fuera a hacerlas salir corriendo en busca de cobijo. Y algunas parecen completamente conmocionadas, como una selkie muy joven a la que acompañan otras dos mayores, y que avanza con una mirada traumatizada y mirando al vacío.

La chica se deja caer al suelo, se lleva las rodillas al pecho y se mece negándose a levantarse. Una soldado muy alta se arrodilla ante de ella y le habla con suavidad apoyando su fuerte mano en la espalda de la chica. Las dos selkies mayores también se arrodillan, y todas tratan de consolar a la chica en vano, pues ella no deja de mirar al vacío, atraviesa con la mirada a las mujeres que la rodean.

—¡Mírala! —me ruge Alcippe señalando a la chica. Yo abro la boca para contestar, pero no puedo hablar. Es demasiado horrible para ponerle palabras.

—¿Cuántos años crees que tiene? —me pregunta Alcippe. Intento hablar de nuevo, pero no lo consigo—. ¿Cuántos años, gardneriana?

—Doce —consigo decir.

395

—¡No te creerías dónde la encontramos y lo que le estaban haciendo los hombres de tu pueblo!

Alcippe no necesita golpearme con su hacha, pues el peso de sus palabras me golpea sin piedad. La vergüenza de la situación me aplaca amenazando con sofocarme.

—Te diré una cosa, gardneriana —espeta Alcippe con una mirada iracunda en los ojos—, si alguna vez me encuentro frente a frente con alguno de tus hombres, incluso con alguno de esos a los que tú consideras amigos, a los que llamas hermanos, los partiré por la mitad. Este es el motivo por el que la Diosa nos dice que debemos abandonarlos al nacer. Que no vivamos con ellos. Que seamos más fuertes que ellos. Porque incluso el bebé más inofensivo acabará haciendo esto cuando crezca. ¡Mírala!

Me obligo a volver a mirarla. Las amaz y las dos selkies están intentando convencer a la chica —que ahora está temblando— para que se ponga en pie. Alcippe se marcha hacia donde la chica está sentada y, sin vacilar, la coge con sus fuertes y musculosos brazos y se la lleva al abrigo de una tienda militar circular cubierta de tapices.

Quiero seguir hablando con Alcippe, decirle que no todos los hombres son así, pero en este momento, rodeada de tanto dolor, las palabras me parecen vacías y falsas. Entonces Marina entra en el claro rodeando a una joven con el brazo, una chica que se agarra a ella al caminar. Su hermana, es la chica que dibujó Wynter.

Marina se vuelve hacia mí con una expresión iracunda en los ojos. Nos miramos a los ojos devastadas antes de que ella y su hermana desaparezcan en la enorme tienda con las demás.

Las amaz cuidan de las selkies durante todo el día y la tarde, y yo me paseo por allí tratando de ayudar en todo lo que puedo.

Trabajo hasta bien entrada la noche, llevando comida, fregando platos y cazuelas. Cuando estoy a punto del colapso noto la delicada mano de Diana sobre el brazo y dejo que me lleve hasta la tienda común para dormir. Una vez allí me acompaña hasta uno de los sacos y me tapa con una gruesa manta de felpa. Después se acurruca a mi lado y me rodea con sus cálidos brazos.

Yo sollozo pegada a su pecho, ahogándome en el profundo y visceral disgusto de lo que he visto y las historias que he escuchado, con la sensación de que no quiero volver a ver a ningún hombre jamás.

—Deberían darles sus pieles —opino entre lágrimas—. No hay que hacerlas esperar hasta que las devuelvan al océano. Deberían darles sus pieles y dejarlas que masacren a todos los gardnerianos que puedan.

—Shhh —me dice Diana acariciándome el pelo.

Yo lloro y lloro hasta que se me hinchan tanto los ojos que no me queda otro remedio que cerrarlos. Y sigo llorando hasta que el sueño me arrastra.

—Elloren.

Noto el contacto de una mano en el hombro, meciéndome.

«Marina.»

Me sobresalto y me incorporo de golpe.

—Nos marchamos —dice acuclillada a mi lado.

Ve mis ojos hinchados y frunce el ceño mirando a Diana, que está muy seria.

—¿Entonces esto es una despedida? —Se me encoge el corazón ante la idea de no volver a verla. Ella esboza una sonrisa y asiente. La abrazo y acaricio su pelo de agua—. Te añoraré, pero me alegro de que por fin puedas volver a casa. Espero que encontréis la forma de evitar esto para siempre.

—Las amaz nos han dado runas —me dice sentándose y sacándose una piedra rúnica del bolsillo. La superficie negra está marcada con una intrincada runa escarlata—. Creen que podremos utilizarlas para romper el hechizo que nos atrae a la orilla.

—Bien —le digo viendo su silueta ondeada a través de las lágrimas.

Diana y yo acompañamos a Marina hasta la puerta de la tienda y salimos. Ya es tarde y está nublado, y empieza a caer una lluvia suave que probablemente sea gélida al otro lado del valle protegido por las runas. Valasca está subida a su caballo y grita órdenes mientras Alcippe, Freyja y un grupo de mujeres ayudan a más de cien selkies a montar en los caballos delante de sus guardianas amaz. Algunos de los caballos llevan enormes sacos atados con lo que, imagino, serán las pieles de las selkies, y esos animales y las amaz que los montan van rodeados de guerreras armadas hasta los dientes.

Veo que la Reina Alkaia se acerca por entre la gente. Valasca se aproxima a la reina a caballo y se agacha desde su montura para escuchar con atención asintiendo repetidamente mientras la reina le habla en voz baja.

—¡Marina! —grita Alder acercándose hacia nosotras a grandes zancadas. Va vestida con el uniforme militar completo y se acerca muy derecha tirando de un par de caballos. Junto a Alder viene una joven selkie agarrada de su brazo.

La hermana de Marina.

Intento sonreírle a la chica que Marina ha llamado Coral en la Lengua Común, pero me cuesta mucho. En los ojos de Coral se adivina un trauma que parece muy profundo.

Marina le hace gestos a Alder para pedirle que le dé un momento. Después se vuelve hacia mí y se me llenan los ojos de lágrimas y se me atenaza la garganta. La abrazo una última vez y ella me da un beso en la frente mientras a mí me resbalan las lágrimas por las mejillas. Me mira a los ojos durante un buen rato y después se vuelve hacia Diana y la abraza también a ella.

—Adiós, Diana Ulrich.

—Adiós, Marina la selkie —dice Diana dando un paso atrás para coger a Marina de los brazos—. Ha sido un honor conocerte.

Marina adopta una expresión de añoranza mirando hacia el oeste.

—Tengo muchas ganas de volver a ver el océano después de todo este tiempo. Y volver a casa.

—Lo entiendo —dice Diana—. A nosotros nos pasa lo mismo. Con el bosque.

Marina asiente.

—Adiós, amigas mías. —Nos mira una última vez—. Nunca os olvidaré.

Me siento muy triste viéndolas marchar al lado de Diana, y tengo muchísimas ganas de ir con ellas. Encontrarme con el océano y dejarme llevar por su gélida negrura, y desaparecer para siempre del Reino del Oeste.

Cuando vuelvo a la Torre Norte se me traga una oscura depresión y yo me dejo arrastrar. Me quedo en la cama y me niego a comer y a beber, además de evitar a todo el mundo. Solo quiero quedarme allí tumbada y llorar.

—¿Qué le pasa a la gardneriana? —le pregunta Ariel a Diana con las alas agitadas.

—Está triste por lo que les hicieron a las selkies —le explica Diana—, y fueron los de su pueblo.

Ariel resopla.

—No debería sorprenderse tanto.

—Tú no estabas allí —contesta Diana—. Fue horrible.

—No necesito haber estado para saber lo horrible que fue —espeta Ariel.

—Tenías razón —le digo a Ariel con la voz apagada—. Los gardnerianos son el diablo. Y yo tengo su magia demoníaca palpitando en mis líneas. Soy mala. Hiciste bien en intentar echarme de aquí aquella primera noche.

Mi afirmación es acogida con silencio, y yo sigo llorando hasta bien entrada la noche.

Cuando estoy pensando en que los gardnerianos deberían

ser borrados de la faz de Erthia noto que alguien me pone algo cálido al lado.

Es una de las gallinas de Ariel.

—Deja que arrulle a tu lado —dice Ariel con una voz áspera y antipática—. Es… relajante.

El pájaro está calentito, y está haciendo unos ruiditos que resultan extrañamente reconfortantes.

Me doy la vuelta y veo que Ariel está sentada a mi lado con el ceño fruncido y agitando sus alas negras un poco alterada.

—¿Por qué estás siendo tan buena conmigo? —le pregunto con la voz cogida y la nariz tapada.

Ariel se me queda mirando un buen rato tratando de encontrar la respuesta.

—No es verdad —espeta al fin. Se levanta y se marcha a su lado de la habitación, se sienta en su cama y se rodea el cuerpo con las alas—. Solo quiero que te calles para poder dormir un rato.

Se tumba y me da la espalda enfadada.

Pero yo estoy demasiado sorprendida para seguir llorando.

Pienso por un momento que el consuelo a veces procede de los lugares más inesperados, de las personas más improbables, como un ícaro, que a pesar de lo que le dicta su corazón elige consolar a la nieta de Carnissa Gardner.

La vida es muy extraña. Y muy confusa.

Rodeo la suave gallina con el brazo, y su calidez y rítmica respiración se acaban colando en mi tristeza y me ayudan a dormir.

399

# PARTE CUATRO

**Ley número 336 del Consejo de Magos**

Todas las selkies que lleguen a orillas del Reino
del Oeste serán ejecutadas de inmediato.
Ayudar o colaborar con las selkies
será castigado con la cárcel.

# 1

## Hierro

*P*asan tres días y, sorprendentemente, el mundo conserva su precavida paz. Todos estamos esperando que los militares gardnerianos se venguen de alguna forma por el rescate de las selkies.

Y esperamos a que ocurra algo. Y esperamos. Y esperamos.

Pero… nada.

Y entonces el Consejo de Magos celebra una reunión de emergencia.

Al día siguiente Tierney y yo vemos como un soldado verpaciano pega un cartel en un poste de la luz, y el fuerte viento agita las esquinas del papel. Los truenos suenan a lo lejos y yo levanto la cabeza hacia las nubes revueltas: es una oscura proclama del clima tormentoso por el que tendremos que pasar antes de que llegue la auténtica primavera.

Cuando el soldado se marcha a colgar un segundo cartel al otro lado de la calle, Tierney y yo nos acercamos al letrero con cautela. Se me acelera el corazón cuando leo el aviso de que las selkies corren sueltas por el Reino del Oeste, y advierte que esas terribles criaturas vienen con la intención de asesinar a los gardnerianos y los verpacianos.

Tierney palidece mientras lee el aviso.

—Las selkies están a salvo —le recuerdo entre dientes—. Esto no tiene ninguna importancia.

Pero ella se vuelve hacia mí muy seria.

—Claro que importa —insiste susurrando—. Esto supone una nueva justificación para los consejos gardneriano y verpaciano, así podrán seguir persiguiendo a cualquiera que pongan en su punto de mira.

Se oyen más truenos en el cielo. Por el rabillo del ojo veo cómo el joven soldado verpaciano sigue pegando un cartel tras otro por la calle, mientras la mayoría de los transeúntes se han protegido en tiendas o restaurantes esperando la inminente tormenta.

Rafe y Trystan reciben con inquietud la moderada reacción de los militares gardnerianos a la liberación de las selkies.

—Vogel ya debe de saber que las amaz están implicadas —afirma Rafe esa noche mientras yo lo escucho apoyada en su escritorio.

Mis hermanos están sentados en sus camas, rodeados de libros y apuntes por todas partes mientras, fuera, la lluvia repica en las ventanas y los relámpagos iluminan el cielo.

—¿Cómo iba a saberlo? —pregunto con dudas.

—Bueno, para empezar es muy probable que las amaz utilizaran explosivos rúnicos para destruir las tabernas —opina Trystan—. Eso es lo que planeaba Valasca. Y eso deja un radio de destrucción bastante particular.

404

—Y es probable que las amaz borraran las huellas que dejaron al llegar y al partir de las tabernas para evitar que las siguieran —añade Rafe—. Las selkies no habrían podido utilizar runas amaz para borrar huellas si hubieran escapado ellas solas. Por eso está claro que los gardnerianos deben saber que se utilizó hechicería rúnica.

—Y todo el asalto estaba demasiado coordinado —comenta Trystan mirando a Rafe con complicidad—. Demasiado eficiente.

—Y eso significa que Vogel podría tener otro motivo para no amenazar a las amaz —prosigue Rafe con tono amenazador.

Todos guardamos silencio un buen rato.

—¿Qué motivo?

Rafe tiene una oscura mirada muy decidida en los ojos.

—Puede que Vogel esté guardando su poder para otra cosa.

Inquieta por esa extraña sensación de mal augurio que me han provocado las teorías de mis hermanos, me dejo arrastrar por la ocupada rutina de mi vida. Todo el mundo está tan preocupado que las últimas semanas nos hemos retrasado mucho en los estudios. Como tenemos miedo de que los consejos de magos y de verpacianos estén investigando la fuga de las selkies en secreto, todos tratamos de comportarnos con la máxima normalidad, mezclarnos entre la gente y pasar desapercibidos.

Ya ha llegado la primavera y Gareth se marcha con los demás aprendices de marinero a los muelles de Valgard, y yo añoro su relajante presencia, igual que la de Marina.

Yvan y yo apenas hablamos, y me cuesta mucho verlo. Siento una punzada de dolor que me retuerce por dentro cada vez que me lo cruzo en clase de matemáticas o cuando nos toca trabajar durante el mismo turno en la cocina, pero esta vez él parece decidido a mantener las distancias sin flaquear.

Aun así hay una chispa de luz.

Ahora Ariel es civilizada conmigo. Casi me caigo de la cama la primera vez que ella encuentra algo interesante en sus libros de ganadería y me lo quiere leer. Y Jarod ha empezado a salir mucho más del bosque y se presenta en la Torre Norte a horas muy extrañas para sentarse con nosotras a estudiar.

Es casi como si estuviera descendiendo una nueva paz sobre nosotros y la esperanza de que quizá exista la posibilidad de que las cosas empiecen a mejorar un poco en lugar de empeorar.

Una noche estoy removiendo una gran olla de sopa en la cocina cuando Yvan entra para cargar los hornos de leña de la cocina con madera.

Advierto que abre la puerta del horno de hierro con el pie, mete la madera lo más rápido que puede y, después, cosa rara en él, la cierra también con el pie, a pesar de que ahora tiene las manos libres. Fernyllia lo llama cuando él se está volviendo para salir.

—Yvan, sé bueno y rasca la suciedad de esas ollas que hay allí, ¿quieres? Cuando las arreglemos podremos volver a utilizarlas.

Yvan se vuelve para mirar la montaña de ollas de hierro apiladas sobre una mesa. Están llenas de manchas de herrumbre y aguardan junto a las herramientas para rascarlas.

Yo advierto su recelo, pero Fernyllia no se da cuenta. Ha vuelto a amasar pan con Bleddyn y la desanimada Olilly, que siempre lleva la cabeza cubierta con un pañuelo para esconder las orejas amputadas.

—¿Yvan? —digo con suavidad.

Me lanza una mirada de advertencia y después mira a los demás trabajadores de la cocina para darme a entender lo que quiere transmitirme, y después se pone con la tarea encomendada. Suspiro y sigo removiendo la sopa mientras oigo los arañazos en el metal.

De pronto se oye un estrépito.

Cuando me vuelvo veo que Yvan está recogiendo la herramienta que se le ha caído, cosa que me sorprende. Nunca había visto que se le cayera nada. Siempre es elegante y diestro, y controla a la perfección cualquier tarea que le encomienden.

Nadie más parece preocuparse por el ruido, pues están enfrascados en sus conversaciones y las tareas que tienen entre manos. Y nadie advierte que Yvan se levanta de golpe, sin haber terminado su tarea, y se marcha de la cocina por la puerta de atrás.

Aparto la sopa del fuego y le digo a Fernyllia que voy a llevar los cubos de sobras a los cerdos. Ella asiente distraída y yo me marcho en busca de Yvan.

Una vez fuera lo veo apoyado en un árbol, mirándose las manos con la respiración entrecortada. Dejo los cubos en el suelo y me acerco a él muy preocupada.

—¿Qué ocurre?

Yvan mira a su alrededor y después, cuando se ha convencido de que no hay nadie, me enseña las palmas de las manos.

Incluso a pesar de la escasa luz de la noche enseguida veo lo rojas y peladas que las tiene, y las grandes ampollas que le han salido por todas partes.

—Santísimo Gran Ancestro, ¿es por el hierro? —pregunto cada vez más alarmada.

Él asiente con aspereza.

—Nunca me había afectado tanto. Me... me duele mucho.

Le cojo del brazo. «A la porra los límites.»

—Ven conmigo —le digo.

—¿Adónde?

—Al laboratorio de la farmacia. Vamos a buscar algo para curarte.

Algunos minutos después estamos en el desierto laboratorio sentados uno delante del otro y compartiendo un tenso silencio mientras le froto un gel de árnica en las manos. Puedo sentir el agitado fuego de Yvan, con las defensas hechas añicos, pero yo mantengo mis líneas de fuego bajo control, incluso a pesar de que mi fuego no deja de tirar hacia él para alcanzarlo.

Yvan hace una mueca de dolor mientras le voy pasando la pomada por las heridas y noto un hormigueo por todo el cuerpo cada vez que lo toco.

—Nunca me había hecho ninguna quemadura —me dice con los dientes apretados y mirándome a los ojos—, pero imagino que esto es lo que se siente.

—¿Nunca te has quemado? —pregunto sorprendida.

—No puedo.

—¿No puedes?

Niega con la cabeza mirándome fijamente.

—¿Y qué pasaría si metieras las manos en el fuego? —le pregunto incapaz de creer lo que me está diciendo.

—Nada.

—Vaya.

Se encoge de hombros como si esta habilidad no fuera nada del otro mundo.

—Está funcionando —le digo al poco advirtiendo que las ampollas están disminuyendo y las rojeces están desapareciendo.

Una inquietante ráfaga de calor se cuela en mi interior mientas deslizo la pomada por sus largos dedos.

—Cada vez me duele menos —me dice. Ahora su respiración es más normal, ya no es la rápida y costosa respiración de antes—. Esto no es bueno —dice mirándose las manos.

—Pues no. —Frunzo el ceño—. Quizá haya sido demasiada cantidad de hierro.

—No, ya había hecho esa tarea en otras ocasiones. Nunca me había afectado de esta forma… solo me había salido un sarpullido. —Me mira muy serio—. Está empeorando. Mucho.

—¿Se lo has dicho a tu madre?

—No.

—Tal vez deberías hacerlo. Quizá ella pueda ayudarte.

Se mira las palmas de las manos y hace una mueca mientras yo sigo esparciéndole el gel por los dedos.

—No podré seguir escondiendo lo que soy durante mucho más tiempo. No sé lo que voy a hacer.

—Quizá los lupinos dicten la amnistía para todos los fae —comento esperanzada—. Jules cree que es posible que…

Yvan suelta una risa amarga.

—Vogel ha exigido a los lupinos que cedan la mitad de su territorio a los gardnerianos. Y los ha amenazado con tomar medidas militares si no acceden.

—Ya lo sé, pero no es la primera vez que amenazan a los lupinos y…

Yvan niega con la cabeza y endurece su tono de voz.

—Los lupinos no cederán su territorio, y eso significa que no pueden hacer nada más que pueda agravar las tensiones con Gardneria. No dejarán entrar a los fae. Sería una provocación demasiado grande. —Yvan flexiona la mano para probar cómo mejora y una sombra oscurece su rostro—. No es solo el hierro lo que me pone en peligro. Cada vez me cuesta más contener mi fuego. —Me mira extrañamente inquieto—. Corro un grave peligro, Elloren.

Me atenaza el miedo, pero me lo quito de encima.

—Recuerdo que rescatar a Naga nos pareció algo muy complicado en su momento —le digo mientras vuelvo a concentrarme en sus manos. Noto cómo me clava los ojos—. Y rescatar a las selkies también. ¿Cuántas probabilidades teníamos de que saliera bien? Creo que Gunther Ulrich podría sorprendernos a todos. —Le observo las palmas—. Vaya, está funcionando muy bien, ¿verdad?

Las ampollas han desaparecido. Ahora ya solo tiene las palmas rojas y algunas manchas.

—Ya no me duele nada. —Su voz grave resuena por mis líneas de fuego—. Gracias.

—De nada —le digo con las mejillas acaloradas.

Cojo un poco más de gel de una gran hoja de árnica y sigo frotándoselo por los largos dedos, por ente ellos, por la palma, por la muñeca, y los dos guardamos silencio durante un buen rato.

—Yvan —digo vencida por una pregunta que ya hace un buen rato que tengo en la punta de la lengua—. Cuando nos reunimos con Valasca… bueno, me preguntaba…

Yvan me mira alzando las cejas como si pretendiera animarme a terminar la frase.

—¿Eres capaz de saber lo que siento percibiendo mi fuego?

Vacila un momento y aprieta los labios de esa forma en que lo hace cuando calla algo.

—¿Es otro de tus secretos? —le presiono con delicadeza—. Me acabas de decir que puedes meter las manos en el fuego.

Esboza una sonrisa y agacha la cabeza dándome la razón.

Espero.

Al final cede y me dice en voz baja:

—Un poco. Pero básicamente lo que puedo hacer es oler tus emociones.

Me quedo muy sorprendida.

—¿Es algo propio de los fae de fuego?

Me mira con recelo.

—Es algo propio de mí.

—¿Todas mis emociones?

—Sí.

«Madre mía.»

—¿Qué estoy sintiendo ahora mismo? —le desafío.

Ladea la cabeza y me observa con atención.

—Creo que estás un poco preocupada. Pero en general… diría que te gusta tocarme las manos.

Dejo de frotarle los dedos y me ruborizo.

—No pasa nada —me dice sonriendo con una mirada abrasadora—. A mí también me gusta, en especial ahora que ya no me duele.

Me arden las mejillas.

—Eres un misterio para mí, ¿lo sabías?

Se le escapa una carcajada.

—Soy un misterio para mí mismo.

—No me vas a explicar por qué dices eso, ¿verdad?

—Preferiría no hacerlo.

—Está bien —digo suspirando resignada—. Estás herido, así que no seguiré presionándote. Y seguiré frotándote las manos aunque sea una tarea muy pesada para mí.

Intercambiamos una sonrisa insinuante y el calor empieza a florecer en mi interior. Vuelvo a concentrarme en aplicarle la pomada en las manos mientras noto cómo arde su fuego.

Unos minutos más tarde levanto la cabeza para mirarlo inquieta por la creciente conciencia que tengo de su fuego: ahora es como un arroyo agitado que fluye con ardor por debajo de su piel.

—Eres más peligroso de lo que imagino, ¿verdad?

—Sí —dice mirándome los dedos—. Pero por lo visto no soy invencible.

Me mira a los ojos y nos observamos muy serios, y yo vuelvo a tener esa sensación de que se está conteniendo.

—¿Por qué no dejas de apartarme, Yvan?

Esta vez no hay dolor en la pregunta, solo preocupación.

Silencio.

—Yo nunca revelaré tu secreto.

Yvan aparta las manos de mí poniéndose tenso y las levanta para mirárselas con una expresión oscura en el rostro.

Siguen rojas.

Y entonces me lanza una dura mirada.

—Por desgracia, Elloren, me parece que mi secreto se revelará solo.

410

### Ley número 338 del Consejo de Magos

Las manadas lupinas del norte y del sur deben ceder los territorios en disputa que rodean Gardneria. Tienen un mes para obedecer. La falta de colaboración desencadenará acciones militares.

# 2

## 102 selkies

—Ah, Elloren Gardner.

Jules levanta la vista del libro que está leyendo cuando yo entro con recelo en su despacho desordenado donde siempre hay papeles y pilas de libros por todas partes. Dejo la montaña de libros de historia que traigo en el único espacio libre que veo en su desastroso escritorio.

—He venido a devolverte los libros —le digo—. Ya hace mucho que los tengo.

—¿Te han confundido? —me pregunta reclinándose en la silla de su escritorio y colocándose bien las gafas.

—Profundamente.

—Bien. Cierra la puerta, ¿quieres? Tengo algunos más para ti.

Cierro la puerta del despacho y me siento junto a la mesa mientras él se levanta y examina el contenido de sus estanterías. Va sacando un tomo tras otro, algunos los devuelve a su sitio, y va añadiendo otros a la creciente torre que se está formando en su silla.

—Parece que has estado dando muy buen uso a tu absoluta falta de poder, ¿eh?

Se para un momento para mirarme con un brillo divertido en los ojos.

—Sí, señor —concedo arqueando una ceja—. Me parece que tú también has estado ocupado.

Jules sonríe con complicidad, alza un dedo precavido y lo agita en mi dirección.

—Aunque tú vas ganando. Este mes hemos sacado de Gardneria dieciséis niños fae, contra las 102 selkies que tú has devuelto al océano. Tendré que esforzarme más si quiero cogerte el ritmo.

Sonrío y me ruborizo un poco.

—La verdad es que no puedo atribuirme el mérito. Tengo amigos muy poderosos.

Se ríe.

—Yo también, Elloren Gardner. Yo también. —Me guiña el ojo—. Y doy gracias por ello, ¿eh? —Pone otro libro en la pila adoptando una expresión seria—. Fernyllia, Lucretia y yo ya llevábamos mucho tiempo intentando convencer a la Resistencia para que se interesaran por el caso de las selkies. Aunque nuestras preocupaciones nunca se habían tomado en serio. Y, sin embargo, tú lo has conseguido, y diría que en un tiempo récord. Te felicito, Elloren.

—Pero no he sido yo quien las ha rescatado —protesto.

Jules me mira fijamente.

—A veces poner en marcha las ruedas del cambio es la parte más importante de una batalla.

Reflexiono sobre ello un momento mientras él vuelve a concentrarse en sus libros.

—Jules —me aventuro a decir animada por sus palabras—. Tierney… y su hermano…

—Lo sé —me dice poniéndose serio de golpe—. Estoy haciendo todo lo que puedo. Pero me temo que depende de Gunther Ulrich. Las amaz no cambiarán de opinión en este sentido: nunca dejarán que los refugiados varones crucen sus fronteras.

Me vienen a la cabeza las manos de Yvan destrozadas por el hierro.

—Yvan me ha dicho que eres un viejo amigo de su familia.

Me lanza una mirada inquisidora.

—Le conozco desde que es un niño.

—¿Y a su madre?

—Sí.

—¿Entonces lo sabes todo sobre él?

«¿Incluso lo que me está ocultando?»

Jules entorna un poco los ojos.

—Sí.

Me siento un poco más aliviada. Esta es una carga demasiado grande para llevarla sola.

—Estoy… temo por él.

Jules rodea el escritorio y aparta un poco las pilas de libros y

413

papeles. Se apoya en el borde y me pone una mano en el hombro para animarme.

—Ya sé que son medio fae —me dice susurrando y mirando hacia la puerta—. Hace mucho que lo sé. Yvan me ha explicado lo que le está pasando con el hierro. Si Gunther decide ofrecer la amnistía a los fae, estoy seguro de que también dejará pasar a Yvan y a su madre. Para ellos será un lugar seguro y, sin duda, una bendición para los lupinos. Al expulsar a los fae, los gardnerianos podrían estar enviando a los lupinos, sin darse cuenta, a un montón de jóvenes con una gran variedad de poderes. Unos poderes que podrían resultar ser muy útiles si llegara la hora de defender el territorio de los lupinos.

—¿Crees que Gunther podría aceptar por interés propio?

—Creo que dirá que sí porque Gunther Ulrich es un hombre muy decente, pero la idea de que los lupinos dispongan de todos esos poderes fae… eso no le vendría mal a la causa, ¿no crees?

Me lleno de esperanza.

—¿De verdad piensas que dirá que sí?

—Creo que podría aceptar.

Vacilo antes de proseguir.

—Yvan y yo… hemos… nos hemos hecho muy amigos.

—Me lo ha dicho —reconoce Jules con delicadeza. Me sonríe con tristeza y niega con la cabeza—. No sé si han existido dos amigos tan… desventurados. —Me lanza una mirada cómplice rebosante de compasión y suspira—. Bueno, tal vez, con un poco de suerte, hasta esto podría acabar saliendo bien. Nunca podemos saber qué nos depara el futuro, incluso en tiempos de oscuridad como estos.

Jules se pone en pie riendo para sí.

—Justo cuando piensas que algo es imposible, más de cien selkies quedan libres y vuelven a nadar por el océano.

Se vuelve y coge la pila de libros de la silla para entregármela.

Acepto los libros y me los coloco sobre el regazo. *Mitología comparada de los Reinos del Oeste y del Este. Historia de la religión.* Y traducciones de los libros sagrados de los alfsigr, los smaragdalfar, de los ishkartan del sur y los noi.

—¿Esta vez toca religión? —pregunto sorprendida.

—Son lecturas esenciales —me dice.

Arqueo una ceja y esbozo una sonrisa irónica.

—Entonces… ¿más confusión? ¿En esto también?

Sonríe.

—Especialmente en esto. —Hace un gesto despreocupado hacia la pila de libros—. Échales un vistazo. Reflexiona. —Me dedica una cálida sonrisa—. Ya me dirás qué te parecen.

Miro la pila de libros.

—¿Sabes? —le digo—, nunca pensé que disfrutaría tanto leyendo sobre estas cosas. —Paso las hojas del primer libro intrigada por el dibujo de una diosa dragón noi iluminada por las estrellas que se está elevando desde el agua del océano con una espiral de pájaros de color marfil rodeándole el cuello—. Lo único que me interesaba cuando llegué era aprender a ser farmacéutica, como mi madre.

Le miro y sonrío.

—Esto es mucho más interesante que lo que estoy estudiando en este momento. Mi profesor de farmacia nos ha obligado a memorizar los diferentes usos de la esencia de flor de hierro destilada como antídoto para mordeduras venenosas, básicamente de reptiles del desierto. Y es muy improbable que yo pise un desierto en mi vida.

Jules vuelve a la silla que tiene detrás del escritorio y se sienta con una mirada divertida en los ojos.

—El saber no ocupa lugar, querida. No importa lo oscuro, difícil o confuso que te parezca. Siempre nos ayuda a enriquecer nuestras vidas, si se lo permitimos, y de formas que raramente somos capaces de predecir.

Yo frunzo el ceño con dramatismo.

—Entonces, ¿crees que los remedios contra el veneno del rarísimo crótalo ishkartan enriquecerá mucho mi vida?

Sonríe ante mi pregunta.

—¿Sabes? Cuando yo era un joven estudiante, como tú, nos obligaban a estudiar caligrafía en la universidad. Caligrafía, nada menos. Oh, cómo lo odiaba… eso de colocar la mano de esas formas tan raras, y la obligación de tener que escribir todas las letras con la misma inclinación. A mí no me interesaba nada la caligrafía. Yo solo quería estudiar historia y buena literatura. Mira a tu alrededor.

Paseo los ojos por la desordenada estancia, hay libros metidos hasta en el último rincón y tiene el escritorio lleno de papeles.

—Es bastante evidente que no soy una persona que se sienta cómoda encasillada entre dos líneas rectas y rígidas —admite.

—¿Entonces la caligrafía acabó enriqueciendo tu vida? —le pregunto con sarcasmo.

Jules se deshace en carcajadas y se sube las gafas por el puente de la nariz.

—No, la verdad es que no. Lo único que me proporcionó fueron muchas horas de frustración y absoluta desesperación.

Resoplo.

—Pues eso no deja en muy buen lugar lo de que el saber no ocupa lugar.

Se reclina con aire reflexivo.

—Sin embargo, me vino muy bien cuando empecé a necesitar falsificar documentos. Resulta que tengo un talento especial para crear certificados de nacimiento falsos.

Alzo las cejas.

—Entonces los niños fae escondidos —digo divertida por la ironía de todo aquello—, ¿se han salvado gracias a la caligrafía?

Se ríe moviendo la cabeza como un loco.

—Así es. Y también lo harán unos cuantos más. Por la caligrafía, quien lo iba a decir. —Se pone serio—. Aprende todo lo que puedas, Elloren, sobre todo lo que puedas. Y te darás cuenta de que, cuando uno tiene tan poco poder como nosotros, resulta de mucha ayuda ser inteligente.

Me desplomo en la silla.

—Sería mejor ser poderosa e inteligente.

Jules vuelve a reírse.

—Puede ser, puede ser.

Y a pesar de las ganas que tengo de seguir enfurruñada, no puedo evitar devolverle la sonrisa a Jules, y a la pequeña brizna de esperanza que parece flotar sobre nuestras cabezas.

# 3

## Amnistía

$\mathcal{D}$os noches después estoy en la puerta de la casita circular de Andras, en el bosque, rodeada de familiares y amigos, todos sentados alrededor de un buen fugo cerca de la cueva de Naga. Mis hermanos, Yvan, los lupinos, Tierney y Andras, Wynter, Ariel, e incluso Valasca y Alder, todos estamos aquí. Cael y Rhys son los últimos en llegar, y vemos aparecer el etéreo blanco de los elfos recortado contra el telón del bosque oscuro.

Diana ha insistido en que nos reunamos con ella aquí, pero se ha negado a explicarnos el motivo. Se coloca delante de nosotros junto a Rafe y su gran sonrisa despierta la curiosidad de todos los asistentes.

—He recibido la noticia esta mañana —anuncia Diana sonriendo de oreja a oreja como si fuera incapaz de contener la alegría—. Mi padre ha accedido a conceder la amnistía a todos los fae y a las familias que les han dado cobijo para que puedan vivir en tierras lupinas.

Tierney jadea, casi al mismo tiempo que todos los demás. Yo me llevo la mano a la boca casi sin darme cuenta.

Rafe le sonríe a Diana.

—Por lo visto estaban indecisos —explica mi hermano—, pero entonces cierta hija del alfa de la manda Gerwulf los ha persuadido un poco.

—Diana —dice Tierney abrumada y apenas capaz de contener las lágrimas—. Nunca podré agradecértelo lo suficiente. Jamás.

Diana se apresura a descargarse de cumplidos.

—Yo solo los he animado un poco, eso es todo.

Yvan está absolutamente asombrado.

Tierney se echa a llorar y Andras la rodea con el brazo. Todos empiezan a conversar abrazándose unos a otros y acercándose a Tierney.

—Y eso no es todo —añade Rafe cada vez más sonriente—. Los lupinos han extendido la amnistía a todos los ícaros y demás refugiados que se encuentren en peligro inminente. Y no es necesario que se conviertan en lupinos.

Wynter se queda muy quieta, después cierra los ojos y se lleva una mano al corazón. Cael deja caer la cabeza sobre sus manos como si se sintiera muy aliviado, y el rostro de Rhys refleja una repentina y serena alegría. Ariel se ha quedado de piedra y mira a Rafe totalmente perpleja.

—Rafe. —Trystan se ha quedado inmóvil y habla en voz baja—. ¿Eso significa que…?

Se me llenan los ojos de lágrimas. «Amnistía. Allí mi querido hermano estará a salvo.»

Diana mira a Trystan con cariño.

—Serás de la familia. Claro que serás bienvenido.

Trystan no se mueve, pero por sus ojos pasan un torrente de emociones.

—¿Y el tío Edwin? —les pregunto a Rafe y a Diana con la voz entrecortada.

—Todos —afirma Diana sonriendo.

—Rafe —dice Yvan. Se ha quedado pálido.

Rafe se vuelve para mirar a Yvan.

—¿Eso significa que aceptarán a todos los fae? —pregunta Yvan con la voz enronquecida.

—Sí, Yvan. Así es como lo he entendido.

—Y hay más —interviene Valasca alternando la vista entre Yvan y Tierney—. Las amaz han aceptado permitir que los refugiados, ya sean hombres o mujeres, puedan pasar por la periferia de nuestro territorio, bajo protección rúnica, hasta llegar a los territorios lupinos del norte.

—¿Los lupinos del norte también nos acogerán? —consigue preguntarle Tierney a Diana sin dejar de llorar.

—Sí —aclara Diana con alegría—. Mi padre también ha conseguido que acepten proteger a los refugiados.

Valasca me mira y me río con ella con las mejillas llenas de lágrimas.

Todos mis seres queridos que antes estaban en peligro, ya están a salvo.

—Gracias —le digo a Diana con la voz quebrada por la emoción—. Gracias.

—Yo solo soy la mensajera —dice Diana con alegría quitándose la responsabilidad y agitando la mano con despreocupación, pero yo sé que no es verdad. Sé que se ha esforzado mucho para conseguir esto.

Yvan sigue ahí sentado, se ha quedado sin habla. Y entonces me mira con una sinceridad en los ojos que no había visto nunca.

—Puedes explicárselo —le digo animándolo—. Ya no tienes que seguir escondiéndote.

Las conversaciones se apagan y todos se vuelven para mirar a Yvan.

Él suspira y mira a su alrededor.

—Soy medio fae.

—¿Eres un fae de fuego? —le pregunta Rafe.

Trystan suelta una risa irónica.

—Vaya, ¿cómo lo has adivinado?

Rafe sonríe.

419

—Le he visto jugar con fuego más de una vez.

Yvan lo mira desconcertado.

—Relájate, Yvan —dice Rafe—. Soy más observador que la mayoría.

Diana y Jarod no parecen nada sorprendidos.

—¿Lo sabíais? —le pregunto a Diana.

La lupina se encoge de hombros con despreocupación.

—Puedo olerlo. Es como el humo.

—Mi madre también es medio fae —le confiesa Yvan—. ¿Crees que nos aceptarán a los dos?

—Sin duda —le asegura Diana—. Me aseguraré de ello.

Yvan se queda mirando la hoguera un poco rígido. Cuando vuelve a levantar la cabeza tiene lágrimas en la cara. Le paso el brazo por los hombros justo cuando Tierney se acerca a abrazarlo también, todos estamos abrumados por este giro de los acontecimientos.

—¿Así que juegas con fuego? —le digo a Yvan con una sonrisa traviesa.

—A veces —contesta devolviéndome la sonrisa con ríos de

lágrimas todavía brillándole en las mejillas. Mira a Rafe y se ríe—. Y pensaba que lo hacía con discreción.

—Quiero saber qué significa eso —le animo juguetona.

Yvan vacila mientras todo el mundo se coloca a su alrededor para animarlo.

—Está bien —accede al fin sonriéndonos—. Será mejor que os apartéis, menos las ícaras, claro.

Ariel esboza una sonrisa traviesa y se acerca un poco más al fuego.

Todas guardamos silencio y vemos como Yvan levanta la mano, con la palma hacia fuera y el brazo extendido. Dobla los dedos hacia dentro como si estuviera comunicándose con el fuego, y entonces las llamas empiezan a bailar, a inclinarse hacia él, como si lo estuvieran escuchando. Yvan extiende la otra mano por detrás de la primera y la va desplazando lentamente hacia atrás, como si estuviera tirando de una cuerda invisible. El fuego se inclina un poco más y entonces una ráfaga de llamas vuela hasta la mano de Yvan y se le posa en la palma.

Yvan cierra los ojos e inclina la cabeza hacia arriba y se le acelera la respiración mientras atrae el fuego, como si para él fuera una experiencia sensual. La luz de la hoguera se atenúa y el frío de la noche se va haciendo notar a medida que el fuego va fluyendo hacia Yvan. Y entonces las llamas desaparecen, se apagan de golpe.

Yvan baja las manos con una sonrisa complacida en los labios. Cuando vuelve a abrir los ojos y se vuelve hacia mí veo un brillo dorado en ellos, como si estuvieran iluminados por una antorcha desde el interior. Están más brillantes que nunca. Me asombra y me cautiva al mismo tiempo.

—¿Qué se siente? —le pregunto fascinada.

—Es… agradable —me dice sonriendo—. Como el poder.

Nota cómo me estremezco y él frunce el ceño preocupado. Se vuelve y agita la mano en dirección a la hoguera. De la mano le salen unas llamas y la madera vuelve a prender, y la calidez y la luz vuelven a envolvernos a todos.

Yvan levanta la mano. Tiene las yemas de los dedos en llamas, como si fueran velas. Frunce los labios y se sopla los cuatro dedos, después vacila y me mira. Se lleva el pulgar a la boca y apaga la llama con los labios.

Vuelve a clavarme los ojos, que siguen brillantes y ardientes.

—¿A qué sabe? —le pregunto sin aliento completamente atrapada en su hechizo.

Sonríe, su voz es como una caricia ardiente.

—A miel.

«Oh, Santísimo Gran Ancestro que estás en los cielos.»

—Ah —es lo único que consigo decir.

—Te he traído una cosa, Ren.

Me vuelvo muy nerviosa justo cuando Rafe me deja al lado el estuche de mi violín.

«El violín que me regaló Lukas.» Intento no pensar en él. Lukas es la última persona en la que quiero pensar en este momento.

—Esta noche por fin tenemos una buen motivo para celebrarlo —opina Rafe—. Y una buena celebración necesita música, y baile.

—Pero ellos no conocen nuestros bailes —protesto.

—Oh, por favor —se burla Diana posándose la melena sobre el hombro—. Se tarda unos dos segundos en aprender uno de vuestros bailes.

Le hace una reverencia burlona a Rafe y él hace lo mismo. Y los dos representan uno de nuestros bailes más formales colocándose exageradamente separados y más rígidos de lo necesario. Todos se ríen, y entonces Rafe coge a Diana con fuerza, la inclina hacia atrás y le besa el cuello mientras ella se retuerce de risa.

Los demás se vuelven hacia mí y me miran esperanzados.

—Vale, de acuerdo —digo transigiendo con una sonrisa.

Saco el violín carmesí y tenso el arco mientras los demás apartan algunos de los troncos en los que nos sentamos para hacer espacio. Entonces me pongo a tocar la pieza más animada que conozco, una vieja danza gardneriana. Mi música enseguida es recibida con palmas y percusiones que mis amigos hacen golpeando troncos entre risas y saltos.

Rafe enseguida le enseña a Diana el baile que acompaña a esta pieza. Ella solo lo tiene que ver una vez para dominarlo y los dos se ponen a bailar ejecutando los pasos a la perfección. Pero la lupina se aburre muy rápido y se pone a embellecer la danza añadiendo movimientos sensuales con los que presiona la cadera contra Rafe al tiempo que levanta los brazos por encima de la cabeza, haciéndolos ondear como serpientes. Andras le tiende la mano a Tierney y también se ponen a bailar mientras Valasca salta con Alder.

421

Toco algunas piezas más y todos aprenden las danzas con alegre facilidad, cambiando los pasos, divirtiéndose. Cuando termino la sexta pieza, Rafe se acerca a Wynter y le tiende la mano a pesar de saber que ella le leerá los pensamientos en cuanto le toque la piel. Wynter parece sorprendida pero complacida y acepta la mano de Rafe. Yo toco un vals muy formal y ellos giran alrededor del fuego acompañados por Jarod y Valasca, Trystan y Alder.

Diana se acerca a Yvan cuando yo termino la pieza y le tiende la mano.

—Venga, fae de fuego. ¿No dicen que vosotros sois famosos por vuestros bailes?

Yvan clava los ojos en el suelo, sonríe y se levanta. Todo el mundo les hace sitio con ganas de verlo bailar.

Toco una de las piezas animadas que he interpretado antes, y ellos empiezan a hacer los pasos básicos, sonriéndose, como si la simplicidad de la danza les pareciera divertida. Entonces Yvan empieza a alejarse de los pasos con movimientos fluidos, casi serpenteantes, y empieza a añadir pasos más complicados esperando a ver si Diana puede seguirlo. Pronto están entrelazados, Diana tiene los ojos brillantes y el rostro acalorado. Noto una punzada de celos, pero también me siento aliviada. Siento celos de la sencilla sensualidad de Diana, de lo bien que baila, de que esté tan pegada a mi Yvan, pero me siento aliviada de ser la encargada de tocar para no tener que hacer el ridículo tratando de bailar con Yvan. Yo jamás podría bailar de esa forma, y no quiero que Yvan lo sepa.

Termino la canción y Diana se ríe encantada mientras Yvan la inclina hacia atrás y Rafe se acerca a buscarla.

—Muy bien, Diana —le dice mi hermano con actitud juguetona—. Ya puedes apartarte del fae de fuego —bromea mirando a Yvan con fingido desafío.

Yvan suelta a Diana y ella se aleja extrañamente alterada.

—Gracias por dejarme en evidencia, Yvan.

Rafe lo mira frunciendo el ceño en broma mientras agarra a Diana por la cintura.

Yvan sonríe e inclina la cabeza.

—Solo he practicado más.

—Sí, claro. —Rafe se vuelve hacia mí—. Aléjate de este, Elloren. No te traerá más que problemas.

—Ya me lo han dicho más de una vez —digo entre risas.

—Deja el instrumento, Elloren —me anima Jarod gesticulando hacia Yvan—. Baila con él.

Todo el mundo nos anima a hacerlo.

—Venga, gardneriana —dice Ariel sonriendo—. Baila con el fae de fuego.

Yo niego con la cabeza sonriendo.

—No, a mí no se me da tan bien como a vosotros.

—No te preocupes, Elloren —dice Diana todavía acalorada—. Yvan lleva muy bien.

Rafe la mira alzando las cejas y ella se ríe.

Yvan me tiende la mano.

—Deja el violín, Elloren.

—Puedo tocar yo —se ofrece Trystan con una sonrisita en los labios.

Vacilo, le paso el instrumento a mi hermano y me levanto aceptando la mano que me tiende Yvan.

—En serio, no creo que pueda seguir los pasos —le digo mientras me acompaña hacia el espacio que han despejado para bailar.

—¿Conoces los pasos de la primera pieza que has tocado? —me pregunta Yvan ignorando mis dudas.

—Sí.

—Baila eso.

—Está bien —digo poco convencida mientras nos cogemos de las manos.

Trystan empieza a tocar una pieza popular gardneriana y Jarod y Valasca hacen percusiones siguiendo el ritmo. Empezamos a bailar de la forma tradicional mientras todos los demás tocan palmas siguiendo el ritmo y me animan, y yo sigo los pasos con facilidad: los dos nos movemos al mismo tiempo, en perfecta sincronía. Y entonces Yvan empieza a cambiar el baile, acercándose cada vez más, rodeándome con un brazo, y entonces me estrecha entre sus brazos sin previo aviso.

Yo me tambaleo hacia él y le piso el pie. Se me acalora el rostro.

—Perdona…

Yvan sonríe mientras los demás siguen dando palmas para nosotros. Volvemos a empezar, esta vez Yvan va haciendo los cambios de una forma más gradual, un paso de más aquí, una forma distinta de cogerme después. Poco a poco mi cuerpo se

423

va soltando y me voy dejando llevar por el ritmo. Él empieza a acercarse a mí hasta que estamos pegados el uno al otro y su fuego se desliza contra mí de una forma deliciosa, pero esta vez no tropiezo. Enseguida me olvido de todos los demás y solo me concentro en él, estoy fascinada por Yvan, por su forma de moverse al ritmo de la música, de deslizarse a mi alrededor, mirándome fijamente con ardor, el tacto de sus manos, su cuerpo y su fuego moviéndose a mi alrededor.

Entonces la percusión para y todo el mundo se pone a aplaudir, y yo me quedo allí sin aliento entre los brazos de Yvan. Y, por supuesto, él no está nada cansado.

—¿Ves? Eres muy buena bailarina —me dice.

Me río.

—Si lo has hecho todo tú.

La sonrisa de Yvan es muy seductora.

—Es que llevo muy bien.

Tengo el corazón acelerado, y no es solo del ejercicio.

—Lo que eres es un fae muy peligroso, eso eres —le digo.

Ahora se ríe él.

—Sí, pero eso ya lo sabías.

Vuelvo a coger el violín y los demás se levantan, incluso Ariel, que acaba transigiendo y deja que Valasca y Alder le enseñen una sencilla danza amaz.

Tocamos música y bailamos toda la noche mientras aprendemos fragmentos de bailes de las culturas de los demás: danzas amaz, fae, celtas, gardnerianas, incluso alguna remilgada y elegante danza élfica, en las que los bailarines se colocan uno frente al otro, pero no llegan a tocarse.

Y cuando termina el baile yo toco mi pieza de violín preferida, la que toqué hace ya tantos meses en Valgard: *Winter's Dark*. Pero esta vez la toco con una intensidad que nunca había conseguido imprimirle. ¿Quién iba a decir que una pieza tan conmovedora podría brotar de tantas adversidades y problemas?

Al final Wynter nos canta una canción, y yo la escucho sentada mientras Yvan me rodea el hombro con el brazo. No entiendo las palabras de la canción, pero la belleza de la voz de Wynter parece alcanzar las estrellas.

«¿Cómo es posible? ¿Cómo puede haber ocurrido? ¿De pronto tengo todos mis sueños al alcance de la mano?»

Me apoyo en Yvan y él me estrecha un poco más. Mi vida no tiene nada que ver con lo que imaginaba que sería hace unos años, es mejor. Mucho mejor.

Los demás se van dispersando poco a poco, e Yvan y yo acabamos solos junto al fuego, bajo las estrellas.

—Elloren —dice en voz baja mientras me acaricia el hombro—, si mi madre y yo… si los lupinos nos conceden la amnistía… si nos unimos a ellos… ¿vendrás con nosotros?

Se me acalora el rostro al sentir algo que parece auténtica alegría. Ya sé lo que me está preguntando, no tiene que explicarse más. Ahora puedo interpretar sus sentimientos prácticamente con la misma claridad que los míos.

«¿Vendrás con nosotros? ¿A un lugar donde al fin tú y yo podamos estar juntos?»

—¿Sabes? —le contesto con ironía—, creo que es muy probable que los lupinos necesiten una buena farmacéutica.

Yvan se vuelve y me sonríe con cara de no poder contener la alegría.

—Cuesta mucho de creer —admite negando con la cabeza—. Que quizá sea posible…

Suspira como si llevara mucho tiempo esperando para poder soltar el aire. Quizá incluso toda su vida.

—Quizá —dice con una sonrisa de oreja a oreja—, puede que haya un poco de esperanza después de todo.

# 4

## Vigilantes

$\mathcal{A}$ la mañana siguiente me levanto con una sonrisa en la cara y la música y la felicidad todavía resonando en mi cabeza.

Hay un brillo inquietante en la habitación, como un sueño azul que sigue resonando después de haber terminado. Parpadeo adormilada tratando de descifrar la fuente de esa extraña luz, y entonces me incorporo de golpe.

«Vigilantes.»

Están por todas partes. Los hay por docenas, posados inmóviles en las vigas que sostienen el techo de piedra de la Torre Norte, con las alas enroscadas alrededor del cuerpo, ocultando los ojos. Como si estuvieran de duelo.

Me los quedo mirando embelesada con un mal presagio que no deja de crecer.

La hilera de vigilantes se emborrona, después desaparecen y la habitación oscurece de golpe.

Ariel sigue durmiendo, pero Wynter está sentada en la cama con los ojos clavados en las vigas.

—¿Qué significa esto? —le pregunto con la voz ronca.

Su calma glacial es desconcertante.

Vemos unas alas blancas en la ventana.

Wynter y yo nos levantamos de un salto y corremos hacia la ventana. Juntas contemplamos el frío y gris amanecer.

El pánico me aletea en el pecho.

Hay vigilantes posados sobre las copas de todos los árboles que alcanzamos a ver. Están inmóviles como estatuas, con las alas pegadas al cuerpo, los ojos escondidos, como si la realidad de este día fuera demasiado dura como para soportarla.

Me atraviesa una punzada de hielo mórbido, la noto incluso en los huesos.

«Algo se acerca.»

El mar de vigilantes desaparece. Es como una funesta advertencia.

Me vuelvo hacia Wynter.

—Tengo que encontrar a mis hermanos. Y a Diana. A todos.

Wynter asiente de forma casi imperceptible con la mirada extraviada.

Corro para vestirme todo lo rápido que puedo. Después cojo la Varita Blanca de debajo de la almohada, la meto en el lateral de la bota y corro por el pasillo y por las escaleras de caracol.

Cuando salgo de la Torre Norte los truenos empiezan a rugir por el oeste. Cruzo el campo a toda prisa en dirección a la universidad observando desesperada los árboles del bosque en busca de más vigilantes mientras unas oscuras nubes de tormenta empiezan a reunirse sobre mi cabeza.

Me interno a toda prisa en el habitual bullicio matutino de las calles de la universidad y esquivo los grupos de estudiantes y profesores. Miro a mi alrededor asustada cuando paso junto a los edificios de piedra de la cordillera y corro por debajo de los puentes en busca de peligro. De alguna pista que me diga lo que ha ocurrido.

«Lo más probable es que estén todos en el comedor —me digo para consolarme—. Desayunando. O trabajando en la cocina.»

Intento ignorar el calambre que me ha dado en el costado cuando empiezo a subir por el largo y empinado camino que conduce hasta la cocina y que limita con el bosque, y delante de mí empiezo a ver los establos de los animales. Cuando estoy a punto de llegar a la puerta trasera de la cocina veo una figura solitaria saliendo del bosque. Lleva una capa muy pesada y la capucha puesta.

Entonces levanta la cabeza y me clava su salvaje mirada ambarina.

Le reconozco enseguida. Es el amigo de la infancia de Diana, Brendan. El jovial pelirrojo miembro de la guardia de su padre que conocí el Día del Fundador.

Brendan viene sin aliento y avanza arrastrando los pies, algo muy extraño tratándose de un lupino. Y lleva un niño en los brazos. Me doy cuenta de que debe de haber corrido durante mucho

427

tiempo y que habrá hecho muchos kilómetros para estar tan cansado. Tiene una mirada afligida en los ojos que me provoca un pánico espantoso.

Lleva el desastre escrito en la cara.

Cuando se acerca me doy cuenta de que lleva al hijo de Andras en brazos, el pequeño Konnor.

Las orejas puntiagudas de Konnor asoman por entre su despeinado pelo púrpura y negro. Tiene la cara sucia y llena de lágrimas, y los ojos carmesíes demasiado abiertos, como si estuviera asustado.

—¿Qué ha pasado? —le pregunto con la voz atenazada por el miedo cuando Brendan se para delante de mí. Por un momento me da la sensación de que esté a punto de vomitar.

—La manada del sur… Han sido… asesinados…

Sus palabras son como un puñetazo en el estómago.

—¡No!

—Todos. Hombres… mujeres… niños. Están todos muertos.

Intenta coger aire, parece que esté a punto de desplomarse. Lo cojo por los brazos para sostenerlo.

Brendan levanta la cabeza, tiene el rostro descompuesto por el dolor.

—Los padres de Jarod y Diana… Kendra… mi preciosa Iliana. —reprime un sollozo—. Todos.

—No —susurro horrorizada.

Brendan mira a su alrededor sin ver nada, con los ojos vidriosos y sin enfocar.

—El Consejo de Magos… nos exigieron que cediéramos nuestro territorio a Gardneria. —Se atraganta con las palabras—. Los desafiamos, y ellos amenazaron con acabar con nosotros. Y nosotros… nosotros no nos lo tomamos en serio. Ya nos habían amenazado muchas veces.

Se le hincha mucho el pecho, como si estuviera a punto de devolver, y yo sigo agarrándolo por los brazos.

—Yo salí a cazar y cuando volví… me los encontré… a todos… muertos… y habían reducido a cenizas nuestras casas.

Se me llenan los ojos de lágrimas y miro al hijo de Andras.

—¿Cómo ha podido sobrevivir Konnor?

—Sus padres… lo encontré… debajo… debajo de sus cuerpos.

Brendan se echa a llorar apretando los ojos mientras el pequeño Konnor esconde la cabeza en su pecho,

—¿Los gardnerianos también han atacado a los lupinos del norte? —pregunto frenética.

Brendan niega con la cabeza.

—No lo sé. Pero si lo han hecho… Jarod, Diana, Konnor y yo… podríamos ser los únicos lupinos que queden. Los han matado a todos, incluso a los bebés. —Mira a su alrededor asustado—. Tengo que encontrar a Jarod y a Diana. Y a Andras. —Tiene una mirada implorante en el rostro—. ¿Dónde están?

Tengo la cabeza hecha un lío. Intento pensar muerta de miedo.

—Es muy probable que Andras esté con los caballos.

—Llévaselo —me suplica tendiéndome a Konnor. El niño se pone tenso, como si se estuviera preparando para recibir un golpe, y tiene los ojos muy abiertos, llenos de horrores inimaginables—. Llévaselo a Andras —dice Brendan con desesperación.

—Oh, cariño —le susurro a Konnor con el corazón partido por la mitad. El niño apoya la cabecita en mi pecho y yo lo protejo abrazándolo. Lo más que puedo.

Señalo hacia la puerta trasera de la cocina y hablo con voz ahogada.

—Diana y Jarod… es posible que estén en el comedor. Puedes llegar cruzando la cocina. Por ahí.

Brendan se marcha hacia la puerta y yo corro detrás de él abrazando a Konnor. Todo el mundo levanta la cabeza y deja un momento su trabajo cuando entramos haciendo mucho estruendo, y se asombran al ver entrar a Brendan, seguido de mí, con un niño lupino entre los brazos. Yvan me clava los ojos mientras saca una hogaza de pan del horno. Rafe cierra la puerta de los fogones y se levanta advirtiendo mi alarma de inmediato. Trystan también está con él, y parece que hace un segundo estuvieran conversando. Mi hermano pequeño me mira y se lleva la mano a la varita automáticamente.

—Elloren —dice Bleddyn con aspereza dejando de remover una enorme olla llena de gachas—. ¿Qué ha pasado?

Abandona su tarea y ella, Yvan, mis hermanos y Fernyllia corren hacia mí, poniendo en alerta al resto de los trabajadores.

Me detengo temblorosa. Clavo los ojos en la espalda de Brendan, que desaparece por la entrada del comedor y cierra de un portazo.

Olilly se ha retirado del puesto en el que ella e Iris estaban llenando las latas de magdalenas, y el terror asoma a sus ojos lilas. Iris la rodea con el brazo con miedo y confusión.

—¿Qué pasa, Ren? —pregunta Rafe cogiéndome del brazo con su fuerte mano. Se queda pálido cuando ve al traumatizado Konnor—. ¿Por qué llevas al hijo de Andras?

—La manada de Jarod y de Diana. —Apenas consigo decir las palabras—. Los han asesinado. Han sido los gardnerianos.

Rafe me mira con horror.

—¿¡Qué!?

Oímos un fuerte y ensordecedor grito procedente del comedor. Enseguida se convierte en un angustiado aullido de dolor.

Rafe, Trystan, Yvan y yo corremos al mismo tiempo hacia la puerta. Diana está al fondo del comedor, tratando de deshacerse de los brazos de Brendan, empujándolo por los hombros. Jarod está a su lado, blanco como la tiza.

—¡No! ¡No! —grita Diana una y otra vez.

Consigue liberarse de Brendan, y por poco pierde el equilibro al hacerlo. Rafe, Trystan e Yvan corren hacia ellos, y yo los sigo de cerca envuelta en la nube de esta pesadilla y pegándome a Konnor al pecho mientras miro a mi alrededor, a lo que parece un mar de gente, todos vueltos en dirección a los gritos y murmurando confundidos.

Me abro paso por un grupo de cadetes gardnerianos que están mirando a Diana con sorprendido interés, alargando el cuello para ver qué pasa.

«No lo saben —me doy cuenta al pasar junto a ellos—. No saben lo que ha ocurrido.»

Rafe ya ha alcanzado a Diana, que llora desconsoladamente. Mi hermano la abraza con fuerza mientras Yvan y Trystan se dejan caer al suelo con Jarod y Brendan. Diana se separa de Rafe y empieza a transformarse: le empieza a salir pelo por toda la piel, se le alargan algunas partes del cuerpo, otras se encogen, se le rompe la ropa.

Los alcanzo justo cuando Diana termina su transformación y pone sus patas delanteras en el suelo haciendo un ruido sordo. Me paro en seco junto a Yvan, asombrada de ver la transformación de mi amiga. Es el lobo más grande que he visto en mi vida, tiene el pelo dorado y es una magnífica criatura de salvajes ojos ambarinos.

Diana mira a Rafe completamente devastada y se marcha corriendo. Cruza el comedor a la velocidad del rayo y los estudiantes gritan asustados a su paso.

—Iré tras ella.

Brendan mira hacia el lugar por donde ha salido Diana con una expresión confusa en el rostro.

—Yo también —se ofrece Rafe afligido.

—No —le dice Brendan mirando a Rafe de arriba abajo—. No la alcanzarás con esa forma. Y no puedes olerla como yo. Yo la traeré de vuelta.

—Hay una torre —le dice Rafe a Brendan con urgencia—. En el extremo norte de la zona universitaria… está pasados los establos y un campo muy extenso. Llévala allí.

Brendan asiente y se marcha corriendo, tan rápido que su forma es borrosa.

Miro a Yvan sintiendo un dolor terrible, y su fuego arde con fuerza hacia mí.

—Le ayudaré a encontrarla —me dice en voz baja.

Asiento y él mira a Jarod y a mis hermanos un momento antes de salir corriendo por el comedor a una velocidad que yo sé que solo es una fracción de la velocidad de la que es capaz.

Jarod está encorvado hacia delante y parece que le cueste respirar. Tiene la mirada ausente y pone cara de no entender nada, como si de pronto estuviera atrapado en una pesadilla y no tuviera escapatoria.

—Mis padres… —consigue decir—, mi hermana… toda mi manada.

Le ceden las rodillas.

Rafe y Trystan lo cogen antes de que llegue al suelo sujetándolo uno por cada lado.

—Creo que voy a vomitar —dice Jarod con la voz inaudible.

Rafe fulmina al grupo de cadetes gardnerianos sin apenas poder contener la rabia.

—Vamos —le dice a Jarod—. Tenemos que sacarte de aquí.

Jarod recupera un poco el equilibrio y nos mira como perdido mientras lo acompañamos fuera del comedor; somos el centro de atención de los murmullos que se oyen alrededor.

Cuando pasamos junto a la mesa de los cadetes, uno de ellos sonríe y dice:

—¡Oye, Rafe!

Y después empieza a aullar mientras los demás se parten de risa.

Rafe suelta a Jarod de golpe y se abalanza sobre el joven, lo levanta de la silla y le da un puñetazo en la cara tan fuerte que se oye un crujido horripilante resonando por todo el comedor. Después Rafe lanza al cadete sobre la mesa. Al chico le sale un chorro de sangre de la nariz, y al aterrizar tira al suelo un montón de platos, tazas y cubiertos. Los demás cadetes se apartan sobresaltados para evitar que les salpique la comida y la bebida que ha salido disparada tras el impacto del cuerpo.

Los compañeros del joven hacen ademán de desenvainar sus varitas, pero Trystan es más rápido y ya está apuntando a todo el grupo con la suya.

—Atrás —les advierte Trystan exhibiendo la amenaza silenciosa de sus cinco franjas de mago de Nivel Cinco. Los demás cadetes vacilan y le miran muy nerviosos con las manos puestas en las varitas y las espadas todavía sin desenvainar.

Rafe se cierne sobre el joven ensangrentado con los puños apretados y una rabia gélida en los ojos.

—Si vuelves a burlarte de ella te mataré —ruge. Después se vuelve hacia Jarod y lo coge del brazo.

Salimos del comedor, Trystan va medio vuelto apuntando con la varita a nuestra espalda, y la gente guarda silencio mientras nos ven marchar.

En cuanto salimos Rafe se vuelve hacia mí y me dice:

—Ve a buscar a Andras. Dile que ensille cinco caballos y los prepare para un viaje largo. ¡Tráelo, rápido!

# 5

## Cambiaformas

*C*orro hasta los grandes establos donde se guardan la mayor parte de los caballos de los estudiantes de la escuela. Andras está en el campo examinando la pata trasera de una yegua blanca moteada mientras los relámpagos empiezan a iluminar los bosques a lo lejos.

—¡Andras! —grito con un doloroso calambre en el costado mientras cojeo hacia él con Konnor en brazos.

Andras alza la vista y se levanta clavando los ojos en su hijo inmediatamente. Se acerca corriendo a mí.

—Los lupinos —jadeo cuando me alcanza y coge a Konnor con sus fuertes brazos—. Están muertos. Los gardnerianos. Es posible que los hayan matado a todos. A todos menos a Brendan, Diana, Jarod y Konnor...

Andras se me queda mirando con creciente horror mientras abraza a su hijo. Le murmura algo al pequeño y besa su sucia cabecita antes de devolverme con cuidado al pobre niño traumatizado.

Los truenos rugen sobre nuestras cabezas.

—Ven, Elloren —dice Andras con un tono que es más bien una orden que una petición. Lo sigo mientras corre por los establos y le voy contando sin aliento todo lo que sé.

Una vez dentro, Andras coge sus armas rúnicas y se las pega al cuerpo con habilidad. Después se queda inmóvil, cierra los ojos e inclina la cabeza hacia arriba. Su semental negro galopa hacia nosotros desde una de las esquinas más alejadas del campo. Andras se acerca al caballo, se sube y me tiende los brazos para que le dé a su hijo.

—Rafe me ha pedido que lleves caballos —le digo mientras le entrego al pequeño Konnor.

—No —contesta rodeando a Konnor con un solo brazo—. Necesitamos un ejército. Necesitamos a las vu trin.

—¿Por qué?

—Los gardnerianos están matando a los lupinos, Elloren. Y eso significa que vendrán a por Diana y Jarod.

«Oh, Santísimo Gran Ancestro.»

—Vuelve a la Torre Norte. Yo traeré a las vu trin.


Cuando llego a la Torre Norte veo a Brendan y a Yvan a lo lejos. Los dos salen del bosque, y Brendan lleva en brazos a Diana envuelta en una capa. Rafe y Trystan salen a toda velocidad de la Torre Norte y yo empiezo a correr por el campo; Yvan es el primero en verme cuando me acerco.

—¿Qué le ha pasado? —pregunto con miedo.

Diana tiene una enorme herida a un lado de la cabeza.

—Se ha despeñado por una colina —me dice Brendan con expresión dolorida—. Pero está viva.

—Llevadla arriba —les digo a todos tratando de controlar los nervios—. Andras ha ido a por las vu trin.

Rafe me mira muy serio y enseguida me doy cuenta de que ha llegado a la misma conclusión que ha llegado Andras. Tenemos que encontrar una forma de proteger a Jarod y Diana, y es posible que las vu trin sean las únicas que puedan ayudarlos a escapar.

Los sigo escaleras arriba por el pasillo iluminado por candiles de la Torre Norte. Vuelvo a quedarme helada en cuanto veo a Jarod sentado en el banco de piedra y mirando al vacío y encorvado contra la pared que tiene a la espalda.

Brendan mete a Diana en nuestra habitación y la tumba en mi cama. Rafe corre a su lado y le acaricia la mejilla mientras le murmura algo con una ternura desgarradora.

Miro a Wynter desesperada.

—Se ha arrojado desde lo alto de una colina. —Me echo a llorar mientras hablo pero me esfuerzo para seguir haciéndolo—. No sabemos si está muy mal…

A Wynter se le oscurecen los ojos plateados y asiente. Ariel está junto a ella y nos mira muy nerviosa agitando las alas.

Wynter se acerca a Diana y se arrodilla junto a ella. Le coloca las manos en la cara, cierra sus ojos plateados y suspira lentamente.

—Está bien —nos asegura Wynter sin abrir los ojos—. Quiere estar inconsciente.

Se me escapa un sollozo de alivio mientras Wynter se ocupa de Diana y le va a buscar algo de ropa. Yo miro por la puerta abierta a Jarod, que sigue allí sentado con esa aterradora mirada vacía en el rostro. Trystan ha hincado una rodilla delante de él y mueve la mano por delante de los ojos de Jarod, pero el lupino no reacciona.

—Está en estado de *shock* —anuncia Trystan.

Miro a Yvan, que está en el umbral con la misma angustia en el rostro que siento yo, y el fuego interior enloquecido y volátil.

Percibimos los tacones de unas botas subiendo por las escaleras y Trystan se pone en pie desenvainando la varita. Yvan y yo salimos de la habitación justo cuando Aislinn entra corriendo por el pasillo con expresión angustiada.

—¡Aislinn! —aúllo asombrada.

Cuando ve a Jarod se le contrae el rostro. Aislinn corre hacia él y se abalanza sobre sus rodillas, lo coge de los brazos y casi se desmonta al verlo.

—Gran Ancestro, ¿qué te han hecho?

—Aislinn —digo con la voz entrecortada por las lágrimas—. Es posible que no te conteste.

—Me acabo de enterar de lo que ha pasado —le dice Aislinn a Jarod concentrándose solo en él—. Jarod, lo siento. Estoy aquí y te quiero. Siempre te he querido. Jarod, por favor, mírame.

Trystan posa una mano sobre el hombro convulso de Aislinn.

—Aislinn.

Ella mira a Trystan con los ojos llenos de lágrimas.

—¿Por qué no me mira?

—Está en estado de *shock* —repite Trystan con la voz teñida de emoción.

—Es culpa mía —dice Aislinn llorando y negando con la cabeza—. Mi padre no dejaba de aludir a algo parecido… yo debería haber averiguado lo que estaban planeando.

—No es culpa tuya, Aislinn —insiste Trystan—. Todo el mundo conocía las amenazas.

Aislinn sigue negando con la cabeza.

435

—Yo sabía que el Consejo de Magos planeaba algo… pero jamás imaginé… ¿Cómo han podido? —Aislinn se deja caer sobre Jarod, lo abraza con fuerza, intentando en vano atravesar su bruma—. Jarod, por favor, soy yo. Soy Aislinn.

Ariel sale frenética de la habitación agitando las alas, con el cuervo en el hombro y seguida de las dos gallinas. Mira por la ventana del pasillo en dirección al campo.

Entonces se vuelve con sus pálidos ojos verdes mirándonos con estupor.

—Ya están aquí.

Yvan, Trystan y yo corremos hacia la ventana.

Andras se acerca cabalgando por el campo seguido de un gran contingente de hechiceras vu trin: llevan sus túnicas militares negras con brillantes runas azules, estrellas plateadas dispuestas en diagonal por el pecho y las espadas curvas rúnicas envainadas al costado. La comandante Vin cabalga junto a Andras, y Ni Vin los sigue de cerca. Y me sorprende descubrir que la madre de Andras, la profesora Volya, cabalga al otro lado con el pequeño Konnor sujeto con un brazo.

En cuanto las vu trin llegan a la base de la torre, la comandante Vin se baja del caballo y empieza a gritar órdenes en idioma noi. Las demás hechiceras desmontan automáticamente y se dispersan alrededor de la Torre Norte.

Andras entra en la torre armado hasta los dientes y sus pesados pasos resuenan por la escalera. Trystan abre la puerta del pasillo y Andras entra justo cuando Rafe y Wynter se unen a nosotros al fondo del corredor.

—Los gardnerianos han asaltado a las manadas del norte y del sur —anuncia Andras sin preámbulos y una expresión dura como el acero—. Están todos muertos. Las vu trin acaban de recibir un halcón mensajero del Consejo de Magos. El Consejo también ha enviado halcones al Consejo de Verpacia y a los militares verpacianos, exigen a Verpacia que ceda sus tierras. —Andras mira a Rafe—. Vogel está en camino. El ejército gardneriano viene a por Diana y Jarod, quieren a los hijos de Gunther Ulrich. Ya están en la frontera de la ciudad.

Rafe se vuelve hacia nuestra habitación muy decidido. Andras y los demás lo seguimos y mi hermano mayor coge a Diana en brazos.

—Vamos a sacarlos de aquí ahora mismo —le dice Rafe a Andras—. ¿Los caballos están preparados?

—No —contesta Andras tajante.

Mi hermano lo mira contrariado.

—No nos vamos a llevar a Diana y a Jarod a ninguna parte —dice Andras con firmeza—. Sería un suicidio.

Rafe le ignora y se dirige hacia el pasillo con Diana inconsciente en brazos, pero Andras se niega a apartarse de delante de la puerta. Rafe lo mira con los ojos entornados.

—Apártate, Andras.

—No, Rafe. Normalmente respetaría tu opinión, pero ahora mismo no piensas con claridad.

—De eso nada.

—Sí —ruge Andras—, es así. —Ladea la cabeza señalando a Diana—. Estás enamorado de ella y no piensas con claridad. ¿Adónde irás, Rafe? Piensa. Los gardnerianos poseen algún tipo de arma capaz de dar caza a una gran cantidad de lupinos, a pesar de ser inmunes a su magia. Han acabado con dos manadas enteras en una sola noche. Y míralos. —Andras señala a Diana y a Jarod—. Una está inconsciente y el otro está en *shock*. No están en condiciones de escapar, y mucho menos de pelear.

—Podrían transformarnos a nosotros —insiste Rafe—. Podríamos pelear nosotros.

—Falta más de una semana para la luna llena —contesta Andras—. Los gardnerianos nos encontrarán antes. Están llegando a la ciudad ahora mismo. Nos alcanzarán antes del anochecer.

—¿Y sugieres que los dejemos aquí para que los gardnerianos los cojan? —ruge Rafe.

—No —contesta Andras—. Quiero que los dejes aquí bajo la protección de las vu trin. Ellas han llegado primero, y pueden tomar la delantera y hacerse con la ventaja.

Rafe fulmina a Andras con la mirada. Después vuelve a mi cama y deja de nuevo a Diana con una delicadeza exquisita. A continuación Rafe se acerca a la silla de mi escritorio y la patea con tanta fuerza que se rompe una pata, se pone a maldecir a gritos y Wynter y yo nos sobresaltamos alarmadas. Se me acelera el corazón.

Rafe se pasa los dedos por el pelo.

437

—Deberían habernos transformado cuando tuvieron la oportunidad —le dice enfadado a Andras.

—No podían hacerlo sin la aprobación de toda la manada —le recuerda Andras.

—Jarod podría haberlo hecho.

—Nadie sabía que pasaría esto.

Rafe lo mira angustiado.

—¡No puedo perderla!

—Pues escúchame con atención —le contesta el otro con firmeza—. Ya habrá tiempo para el duelo, pero ahora no. Ahora tenemos que pensar, y rápido.

—Tienes que marcharte de aquí —le digo a Rafe con tono urgente—. Y Trystan también. Tú has atacado a un cadete y Trystan los ha amenazado a todos con su varita. Os arrestarán a los dos.

Rafe me mira parpadeando con una mirada tormentosa.

—Y si te meten en la cárcel no podrás ayudarla —insisto con obstinación cada vez más asustada—. Ve a buscar a Jules. Y a Lucretia y a Fernyllia.

Rafe se me queda mirando un buen rato con los dientes apretados.

—Los encontraré.

—Las ícaras también tienen que marcharse —digo con voz temblorosa. Me vuelvo hacia Yvan—. Ariel y Wynter tienen que salir de aquí antes de que lleguen los gardnerianos.

Yvan asiente con una mirada abrasadora.

—Yo me las llevaré. Puedo llevarlas a la cueva de Naga. —Mira a Wynter—. Tenemos que encontrar a tu hermano y a Rhys.

—Yo los encontraré —se ofrece Trystan con su varita en la mano—. Creo que sé dónde pueden estar. Yo los llevaré hasta la cueva. Tú saca a Ariel y a Wynter de aquí, Yvan.

Wynter y Ariel empiezan a recoger algunas cosas mientras Trystan se marcha en busca de Cael y Rhys. Las gallinas de Ariel se pasean nerviosas por debajo de sus piernas mientras ella va metiendo algunos libros y varias prendas de ropa en su raída bolsa de viaje.

Andras cruza la habitación y se planta delante de Brendan que se ha sentado contra la pared.

—Tienes que venir conmigo —le dice Andras con tono imperativo tendiéndole la mano. Brendan la acepta con aspecto demacrado y deja que el otro lo levante—. Los gardnerianos no saben que Konnor y tú habéis sobrevivido —le dice Andras—. Las vu trin nos van a llevar a mi hijo, a mi madre y a mí hacia el este. Y se están preparando para llevarte con nosotros.

La magnitud de la situación me asalta de repente. Andras, Brendan y Konnor se marchan, y es muy probable que no vuelva a verlos más. Y tampoco a la profesora Volya.

Andras mira a Diana.

—Todo se reducirá a ella —le dice a Rafe muy serio—. Todo el peso de la situación recae sobre sus hombros. Cuando se despierte deberá mantener la calma.

—Ya lo sé —admite Rafe.

—Rafe —continúa diciendo Andras—, el autocontrol nunca ha sido el punto fuerte de Diana. Si Jarod y Diana quieren sobrevivir, Diana tendrá que controlar su rabia y darles tiempo a las vu trin para que tracen un plan para poder sacarlos.

Rafe lo fulmina con la mirada.

—Es hija de un alfa, Andras.

Andras no se inmuta.

—Que se acaba de arrojar por una colina.

—Diana sabía que la caída no la mataría —explica Brendan con tristeza—. Sabía que solo le concedería unas horas de paz. Que así evitaría volverse completamente loca y no acabaría matando a todos los gardnerianos con los que se tropezara.

—Vete con Andras, Brendan —dice Rafe—. Ya no nos queda tiempo. —Se queda mirando a Andras y guarda silencio un momento, como si se le hubiera cerrado la garganta un segundo—. Ve con cuidado, amigo.

Andras mira a Rafe a los ojos.

—Tú también. Espero que nos encontremos en las tierras Noi.

Andras y Brendan se marchan y yo siento una punzada de dolor atravesándome el pecho al verlos marchar. Wynter los sigue e intercambiamos una triste mirada antes de que ella desaparezca de mi vida. Ariel coge una gallina con cada mano y me mira confusa al marchar mientras agita sus alas.

Yvan se planta delante de mí con un millón de emociones mudas desfilando por sus ojos. Yo alargo la mano hacia él al mismo tiempo que él y yo nos cogemos de la mano.

439

—Cuida de ellos —le digo muy triste notando como su fuego se desliza por mis líneas—. Y cuídate tú también.

—Lo haré —me promete.

Mis líneas de fuego intentan aferrarse a él cuando se separa de mí y sale por la puerta. Me siento perdida un momento, superada por la sensación de vértigo y con la impresión de que el suelo tiembla bajo mis pies. Respiro hondo un tanto temblorosa y salgo al pasillo para mirar por la ventana.

Se me acelera el pulso.

Hay más de cien hechiceras vu trin rodeando la Torre Norte. Y llegan más cada minuto que pasa y, tras ellas, veo un contingente de arqueros elfhollen con los uniformes de color gris pálido de la guardia verpaciana.

Y al fondo reconozco un regimiento de soldados gardnerianos a caballo que acaban de llegar al borde del campo y se han detenido allí, como si estuvieran valorando la situación pausadamente.

—Aislinn —le digo jadeando, y ella me mira con miedo en los ojos—. Ya están aquí —le informo—. Los gardnerianos están aquí.

Su expresión de miedo desaparece de golpe y en su mirada arde un repentino valor temerario.

—¡Rafe! —grito entrando a toda prisa en mi habitación. Una vez dentro me paro en seco. Diana está moviendo la cabeza lentamente de un lado a otro y gime con suavidad mientras Rafe la abraza con fuerza.

—Rafe —vuelvo a decir—. Los gardnerianos están aquí.

Mi hermano me mira. Abre la boca para contestar, pero entonces Diana grita y abre los ojos. Rafe se vuelve hacia ella y Diana se lo queda mirando en silencio durante un buen rato.

Y entonces se pone a aullar.

—Oh, Diana —dice Rafe roto de dolor tratando de abrazarla mientras ella se encorva y se retuerce de la agonía.

—¡Mi manada! —aúlla Diana—. ¡Los han asesinado! ¡Los voy a matar a todos! —Su voz se deshace en un largo y torturado aullido que me rompe el corazón—. ¡Mi padre! ¡Mi madre! ¡Mi hermana! ¡Oh, Kendra! ¡Kendra! —Llora desconsoladamente—. ¡Estamos solos! ¡Jarod y yo estamos solos!

Oigo los tacones de unas botas subiendo por las escaleras y Ni

Vin aparece en la puerta con el uniforme completo y un montón de armas prendidas al cuerpo.

—Todos excepto los lupinos debéis marcharos —nos ordena—. Los gardnerianos ya vienen.

Rafe coge a Diana de la cabeza.

—No estáis solos, Diana.

—¡Claro que sí! —aúlla Diana apretando los ojos.

—¡Diana, mírame! —dice Rafe con la voz rota—. No estáis solos. Yo te quiero. Te quiero. Te querré siempre. ¿Lo entiendes?

Ella abre los ojos para mirarlo y llora con rabia.

—Ya sé que lo único que quieres ahora es acabar con ellos —dice Rafe—. Que quieres matar al mayor número de gardnerianos antes de que consigan reducirte. Pero necesito que vivas, Diana. Y si solo vives por un motivo, vive por mí. ¿Puedes hacerlo, Diana? ¿Puedes permanecer con vida por mí?

—¡Mi pueblo! —aúlla.

—¿Qué querría tu padre que hicieras, Diana?

—¡Está muerto! —ruge.

—Ya lo sé, amor. ¿Pero qué querría él?

Diana guarda silencio un momento mirándolo.

—¡Querría que yo viviera! —exclama entre lágrimas.

—¿Y tu madre y tu hermana? ¿Y el resto de tu manada?

—¡Querrían que viviera!

—¿Y qué harían ellos? ¿Qué haría tu padre?

Diana tiene la respiración muy acelerada y está mirando a Rafe a los ojos como si se estuviera aferrando a ellos para vivir.

—Esperaría —espeta.

—¿Y después qué?

—Esperaría y los engañaría.

—¿Qué más?

—Se marcharía. Encontraría la forma de escapar.

—¿Y después?

—Formaría una nueva manada. Y cuando fueran lo bastante fuertes… —el odio le contrae el rostro—, entonces iría a por ellos.

Rafe la sujeta de los hombros.

—Exacto, Diana. Eso es lo que haría. Y tú eres su hija. Eres tan fuerte como él. —Se le quiebra la voz—. Y te quiero.

—Los gardnerianos ya han llegado —anuncia Ni Vin con urgencia—. Tenéis que marcharos. Ahora.

441

Se vuelve desconcertada por el sonido de las botas que suben por la escalera.

Diana está sollozando, llora como si estuviera herida de muerte. Rafe le da un beso en la mejilla y se abraza a ella con aspecto de estar muy confuso.

—Rafe —insisto con creciente pánico—. Tienes que irte. Ve a buscar a Jules, a Lucretia y a Fernyllia. Explícales lo que ha pasado. —Cuando veo que no se mueve añado—: Te arrestarán. Y los gardnerianos saben lo que Diana y tú significáis el uno para el otro, en especial después de lo que has hecho en el comedor. Te ejecutarán por traición si te quedas aquí, y si estás muerto no podrás ayudarla.

Rafe se queda inmóvil y se inclina para darle un beso a Diana en la frente.

—Tienes que ser fuerte —le dice con la voz quebrada—. Y por muchas ganas que tengas, no mates a nadie... todavía. Haz el papel de prisionera dócil y piensa en lo mucho que te quiero. Volveré a buscarte. No lo olvides. Da igual lo que pase, recuerda que volveré a buscarte.

Rafe se levanta y me mira mientras Diana se hace un ovillo en la cama.

—Vete, Rafe —insisto—. Ve a por la Resistencia.

Rafe vacila, después asiente con una tormenta de emociones reflejada en los ojos. Echa un último y torturado vistazo a Diana, y se marcha.

# 6

## Equilibrio de Poder

*P*oco después de que Rafe se marche, oigo una áspera e imponente voz fuera de mi habitación.

—¿Quién es esta? —la voz pregunta cuando corro hacia la puerta.

En el pasillo me encuentro a la comandante Vin con su hermana, y está clavándole a Aislinn su penetrante mirada. Detrás de ellas hay cuatro hechiceras vu trin más.

—Me llamo Aislinn Greer —espeta mi amiga sin soltar a Jarod—. Y no pienso moverme de aquí.

La comandante Vin mira a su hermana con furia en los ojos.

—Por favor, dime que no es la hija del embajador entre el Consejo de Magos y los lupinos.

Ni Vin se encoge de hombros impotente y la comandante Vin suelta lo que solo puede ser una retahíla de palabrotas en idioma noi.

—¿La sacamos a la fuerza, comandante? —pregunta una hechicera con el pelo de punta.

La comandante Vin mira a su alrededor como si quisiera matar a alguien.

—No, ya no hay tiempo.

Se vuelve a oír el estruendo de botas subiendo por la escalera y un soldado elfhollen con la piel gris entra corriendo en el pasillo luciendo en su uniforme de color pizarra la pequeña estrella blanca que lo identifica como oficial de alto rango y con el arco y el carcaj colgados a la espalda. Me doy cuenta sorprendida de que es el joven soldado elfhollen que fue tan agradable con Lukas cuando cruzamos la frontera, cuando me escoltó hasta Verpacia a principios de trimestre.

—Kamitra —le dice a la comandante Vin con expresión alerta—. ¿Qué estás haciendo?

—Estamos brindando nuestra protección a los lupinos, Orin —contesta fría como el hielo.

Más ruidos de botas subiendo por las escaleras. Tras Orin aparecen tres arqueros elfhollen con aspecto de no entender nada.

—Han eliminado a las manadas del norte y del sur —le comenta Orin a la comandante Vin casi sin aliento—. Nos acabamos de enterar. Son más poderosos de lo que habíamos imaginado, y vienen a por los gemelos Ulrich. Nos han enviado a nosotros de avanzadilla para que los apresemos.

—Pues no pueden llevárselos —contesta la comandante Vin—. Y vosotros tampoco. —Le clava su afilada mirada—. Nos vendría bien vuestra ayuda, Orin.

Orin niega con la cabeza con una expresión indecisa en los ojos.

—¿Cómo vamos a enfrentarnos a ellos, Kamitra? Formamos parte de la guarda de Verpacia.

—Romped las relaciones con ellos.

Orin pasea la vista por el pasillo, como si buscara una salida. Los demás soldados elfhollen parecen contener la respiración mientras esperan.

—Mi familia… no puedo…

La expresión de la comandante Vin es implacable.

—Los gardnerianos se van a hacer con el control de Verpacia. ¿Qué clase de vida llevarán los elfhollen bajo un gobierno gardneriano, Orin? Tanto los alfsigr como los gardnerianos os consideran elfos de segunda clase con sangre fae. ¿Cómo crees que les irán las cosas a tu familia?

Aguarda un momento para que el soldado asimile lo que le está diciendo.

—Uníos a nosotras, Orin. Si lucháis con nosotras nos encargaremos de dar refugio a vuestras familias. Si todos vuestros arqueros se ponen de nuestra parte, dejaremos que los elfhollen crucen la frontera hoy mismo y los ayudaremos a llegar sanos y salvos a las tierras Noi. —Entorna los ojos—. ¿O acaso esperas que los elfos alfsigr os den refugio?

La expresión de Orin muda el miedo por la decisión. Se vuelve y les da unas cuantas órdenes a los arqueros que tiene detrás en idioma elfhollen.

Los elfhollen asienten y todos adoptan la misma expresión airada. Ayudan a un joven soldado a subir hasta la trampilla que hay en el techo del pasillo. El joven elfhollen retira el pestillo y entra por la trampilla. Un segundo después deja rodar una escalera de cuerda hasta el suelo. Los otros dos arqueros elfhollen trepan por la escalera hasta el puesto de vigilancia que hay en lo alto, y Orin sube detrás de ellos.

—El comandante Grey está aquí, comandante Vin —anuncia una nueva hechicera asomando la cabeza por la puerta de la escalera.

La comandante Vin maldice entre dientes. Me clava los ojos:

—Quedaos aquí de momento —ordena, y se marcha detrás de la otra hechicera.

Corro hasta la ventana. Ahora hay más vu trin rodeando la torre, los elfhollen están repartidos entre ellas, y no paran de llegar más arqueros al pasillo que suben por la escalera del tejado. Junto a la puerta principal de la Torre Norte hay otras veinte hechiceras vu trin.

Y ante ellas, a muy poca distancia, veo un contingente numeroso de soldados gardnerianos encabezados por el padre de Lukas, Lachlan Grey, comandante mayor de las Fuerzas Militares gardnerianas. Busco a Lukas desesperadamente con la esperanza de encontrarme con el único soldado gardneriano sobre el que podría ejercer alguna influencia. Pero no le veo por ninguna parte.

El comandante Grey se baja del caballo y se dirige a la torre. Va acompañado de dos hombres en cuyo atuendo lucen el sello del Consejo de Magos, la insignia dorada en forma de M en el pecho de la túnica y en el hombro de la capa. Se me revuelve el estómago cuando reconozco al padre de Aislinn, Pascal Greer.

—Aislinn —anuncio pensando que se me va a parar el corazón—. Tu padre está aquí.

La mirada desafiante de Aislinn se aviva todavía más. Yo abro un poco la ventana y miro a través del resquicio. Junto al comandante Grey veo los uniformes grises de los soldados verpacianos, todos son ancianos con aspecto de ser oficiales, y uno de ellos luce las marcas en forma de estrella blanca que lo identifica como Comandante de Verpacia. Y todos esos militares verpacianos son gardnerianos con los ojos verdes y el pelo negro.

Me esfuerzo por escuchar mientras el comandante Grey se acerca a la comandante de las vu trin.

—Buenos días, comandante Vin —le dice con tono triunfal—. Hemos venido a llevarnos en custodia a los lupinos.

La comandante Vin se queda plantada delante de la puerta con las manos en las empuñaduras de las dos espadas curvas que lleva a los costados.

—Son estudiantes de la universidad, comandante Grey, y como tal están bajo nuestra jurisdicción.

El padre de Lukas sostiene un trozo de pergamino con aspecto de documento oficial donde veo un sello dorado.

—Tengo una orden de la guardia verpaciana que os autoriza a entregárnoslos.

—Lugarteniente Morlyr —grita el comandante de las fuerzas verpacianas mirando hacia el tejado de la torre—. Retira a la guardia elfhollen.

—No —contesta Orin desde la entrada abierta del tejado con un tono rígido como el acero—. Rompemos las relaciones con vosotros.

El comandante verpaciano se queda muy sorprendido y adopta una expresión disgustada. El padre de Aislinn, Pascal Greer, se inclina hacia él.

—Ya te lo advertí, Coram. Esto es lo que pasa por admitir a mestizos en tus filas.

Coram aprieta los labios mirando muy furioso a Orin.

—Lugarteniente Morlyr, usted y todos esos soldados renegados quedan expulsados de la guardia verpaciana debido a su flagrante violación de las leyes de nuestro territorio.

El comandante Grey mira a Coram con una expresión calmada y controlada, como si tuviera todo el tiempo del mundo.

—Os enviaremos soldados para reemplazar estas bajas, Coram.

—Gracias, comandante Grey —dice Coram mirando a Orin con desdén.

—¿Dónde están los lupinos? —le pregunta el padre de Lukas a la comandante Vin con voz casi aburrida.

Ella hace un gesto con la barbilla hacia donde estoy yo.

—En la torre.

El comandante Grey hace un pequeño gesto a los soldados que tiene detrás y empiezan a avanzar. La comandante Vin reacciona dando un golpecito en la empuñadura de su espada. En perfecta sincronía, y con un siseo metálico, todas las vu trin que están alrededor de la torre desenvainan una de las espadas rúnicas curvas. Por la entrada del tejado veo cómo los elfhollen tensan sus arcos con las flechas preparadas.

Los soldados gardnerianos paran en seco. El comandante Grey mira a la comandante Vin con los ojos entornados evidentemente sorprendido ante esa muestra de resistencia. Se recompone enseguida, relaja la postura y sonríe con frialdad.

—No tenemos nada contra ti, comandante Vin, ni con tu pueblo, ya que estamos. Lo único que nos preocupa son los lupinos. Ayer nos informaron de que estaban planeando atacar nuestro soberano territorio y nos vimos obligados a dar los desafortunados pasos necesarios para proteger a nuestra gente. Entréganos a los lupinos y nos marcharemos en paz.

La comandante Vin adopta una postura de ataque y desenvaina la espada, y un zumbido flota en el aire cuando las luces azules de las runas brillan en la hoja de la espada.

—No os los vamos a entregar, Lachlan.

—Mucho cuidado, comandante —le advierte—. Sois una fuerza invitada en un territorio soberano. Un territorio que está aliado con el Reino Sagrado entero.

—Es posible que esté aliado. Pero no se ha redactado ningún decreto en el Consejo de Verpacia sobre quién debería tener la custodia de los lupinos.

—Eso es un tecnicismo que se resolverá enseguida.

—Pero todavía no está resuelto.

—Kamitra —contesta con una amabilidad empalagosa—, lo que estás haciendo podría interpretarse como un descarado acto de guerra.

La comandante Vin sigue sin inmutarse.

—Puedes verlo como tú quieras, Lachlan. No vamos a permitir que os los llevéis.

El comandante Grey sonríe con más ganas.

—Nunca te había tomado por una tonta, Kamitra. Las cosas han cambiado. Creo que ya lo sabes. El equilibrio de poder ha variado. Y lo mejor para ti y los tuyos sería que nos entregaseis

447

a los lupinos y empezarais a acostumbraros a la nueva realidad a la que os enfrentáis.

—Nunca has tenido problemas para dejar clara tu postura aventajada, Lachlan —le contesta ella muy relajada—. Si el equilibrio de poder está tan alterado como dices, no estarías pidiendo mi cooperación.

El otro se ríe.

—Oh, vamos. ¿Acaso la cortesía tiene que morir al mismo tiempo que las personas que nos enfrentan?

La comandante Vin niega con la cabeza muy despacio.

—No. Ya utilizasteis toda la ventaja de la que disponíais ayer por la noche cuando atacasteis a los lupinos, y no os podéis permitir una guerra contra nosotras en este momento. En especial teniendo en cuenta que estamos aliadas con las amaz, quienes, si no me equivoco, no os tienen mucha simpatía.

Al comandante Grey se le borra la sonrisa. Ahora la está fulminando con la mirada y parece muy enfadado.

—¿Crees que somos tontos? —espeta—. ¿De verdad crees que vamos a dejar que custodiéis a los lupinos? ¿Para qué? ¿Para que podáis crear un ejército de cambiaformas que podáis utilizar contra nosotros?

La comandante Vin aprieta la empuñadura de la espada con fuerza.

—Y nos enfrentaremos a vosotros antes de permitiros hacer lo mismo.

El padre de Lukas está que echa chispas.

—Entonces parece que hemos llegado a un punto muerto.

—Eso parece.

Se la queda mirando un buen rato con un brillo calculador en los ojos.

—En ese caso te propongo la única solución posible.

—¿Y de qué solución se trata?

—Una custodia conjunta bajo guardia mixta, parte gardneriana, parte verpaciana, parte vu trin, doblando la guardia las noches de luna llena, para evitar que los lupinos puedan crear más cambiaformas. Y para evitar que… desaparezcan convenientemente.

—Son estudiantes, Lachlan, no son prisioneros.

—Son armas, Kamitra. Y además muy peligrosas. Y no pensamos darles la espalda.

—Son unas armas que no tendréis nunca.

Hace un gesto con la mano para quitar importancia a las preocupaciones de la comandante.

—Podemos sentarnos tranquilamente a discutir los detalles, pero antes queremos ver a los lupinos. Para verificar con nuestros propios ojos que están aquí de verdad.

—Están bastante afectados en este momento.

—Eso me da igual.

El aire que rodea a la comandante Vin parece vibrar proyectando una ligera luz azul.

—Acaban de descubrir que toda su familia ha sido asesinada —le recuerda con tono venenoso.

El comandante Grey da un paso adelante también muy furioso.

—Tal vez estos acontecimientos tan desafortunados no habrían ocurrido si los lupinos hubieran cedido las tierras que nos pertenecen legítimamente. Se les dieron todas las oportunidades del mundo para evitarlo. —La mira negando con la cabeza—. La verdad, Kamitra, se me está acabando la paciencia. Enséñame a los lupinos o me obligarás a tomar cartas en el asunto.

El comandante asiente con sequedad y el contingente de seis magos de Nivel Cinco que lo acompaña desenvaina sus varitas. Las vu trin, a su vez, se preparan para lanzar sus estrellas de plata y alzan las espadas preparándose para bloquear la magia de los gardnerianos.

Los dos comandantes guardan silencio un buen rato, valorando la situación, que parece haber llegado a un punto muerto.

La comandante Vin da un paso atrás y se relaja.

—Relajaos, Lachlan —dice—, y nosotras también lo haremos. Te dejaré ver a los lupinos y después podremos sentarnos a hablar.

El comandante Grey hace un pequeño gesto a sus soldados y todos envainan las varitas. Las vu trin guardan sus estrellas y envainan las espadas, aunque desde aquí veo cómo dejan las manos sobre las empuñaduras de sus espadas rúnicas.

449

# 7

## Rebelión

Observo y escucho a través de la ventana abierta cómo el padre de Aislinn se presenta voluntario para verificar la presencia de los lupinos. Los comandantes lo dejan pasar y siguen discutiendo sobre los términos del acuerdo.

Me vuelvo hacia Aislinn atenazada por el pánico. Está arrodillada ante Jarod, que sigue pálido e intentando provocarle alguna reacción, pero no hay forma.

—Tu padre —la aviso—. Está subiendo.

Aislinn me lanza una ardiente mirada desafiante.

—Elloren —me dice con dureza—, si me obligan a marcharme, no te interpongas, porque no podrás detenerlos. Quiero que me prometas que te quedarás todo el tiempo que puedas y que intentarás sacar de aquí a Jarod.

Nunca la había visto así, de pronto desprende una fuerza que no se puede ignorar.

—Te lo prometo —le juro.

Escuchamos las bruscas pisadas de unas botas en los escalones de piedra. Aislinn se sienta al lado de Jarod y coge su mano flácida con firmeza; tiene una mirada feroz en los ojos.

La puerta se abre de golpe y el padre de Aislinn aparece en el pasillo seguido de Ni Vin y un soldado gardneriano con la barba negra.

El mago Greer clava los ojos en Aislinn y Jarod, y los mira entre desconcertado y horrorizado.

—¡Santo Gran Ancestro! —exclama—. ¡Aislinn! ¡Aléjate de ese lupino!

Aislinn se rebela y fulmina a su padre con los ojos.

—No pienso marcharme —afirma decidida—. Me quedo con Jarod.

A su padre se le enciende la mirada.

—¿Qué horror es este? Apártate de él, Aislinn. Ahora.

Mi amiga no se mueve.

El mago Greer mira a Ni Vin muy enfadado. Señala a Jarod con crueldad.

—No sé cómo lo ha hecho, pero la ha hechizado. Me llevo a mi hija. Por la fuerza si es necesario, ¡y estoy en mi derecho!

Me dan ganas de interponerme entre Aislinn y su padre. Quiero tener poderes mágicos para poder sacar la Varita Blanca y tirarlo por la ventana.

Pero decido mirar a Ni Vin con actitud suplicante, y ella me ignora. Le da permiso al mago Greer asintiendo con sequedad, mientras otro soldado gardneriano y otra hechicera vu trin entran en la habitación detrás de los demás.

—¡Esperad! —aúllo levantando las manos cuando el padre de Aislinn avanza por el pasillo hacia nosotras.

—Elloren Gardner —me avisa Ni Vin deteniéndome donde estoy con una mirada temerosa que también asoma a los ojos de Aislinn. La hechicera se me queda mirando como si estuviera intentando inculcarme la máxima precaución posible.

Tengo la cabeza hecha un lío.

«No puedes intervenir. No puedes salvar a Aislinn de esto. Ahora no. Y le has prometido que te quedarías a ayudar a Jarod.»

—Aislinn, ven conmigo ahora mismo —le ordena su padre cerniéndose sobre ella.

—No —ruge mi amiga negándose a mirarlo a la cara y con los ojos clavados en Jarod, que sigue mirando al vacío de la pared—. ¡No pienso dejarle!

—¡He dicho que te levantes!

Aislinn no hace ademán de obedecer.

El padre de Aislinn da un paso atrás muy enfadado y les hace señas a los guardias.

Cuando los dos soldados se acercan a Aislinn y la cogen de los brazos para separarla de Jarod, yo tengo que hacer acopio de toda mi fuerza de voluntad para no correr en su ayuda.

—¡Dejadme en paz! —grita Aislinn retorciéndose con una mirada salvaje en los ojos.

Cuando obligan a Aislinn a levantarse, Jarod se estremece y parpadea muchas veces, como si estuviera a punto de volver a la realidad. Entonces deja caer la cabeza entre las manos, como si estuviera intentando bloquear todo aquello.

—¡No! —les grita Aislinn a los soldados dándoles patadas—. ¡Soltadme! ¡Te odio! ¡Os odio a todos! ¡Asesinos!

—¿Te has vuelto loca? —le pregunta su padre mientras los guardias intentan contenerla.

Aislinn deja de resistirse, se echa hacia atrás y le escupe a su padre en la cara.

El mago Greer se limpia el escupitajo y su expresión de asombro desaparece tras otra de auténtica rabia. Levanta la mano y le da una bofetada a Aislinn.

Me estremezco al oír el ruido del golpe y se me escapa un suspiro asombrado.

—¡Eres gardneriana! —ruge con rabia el mago Greer—. ¡No una zorra lupina!

—¿Cómo has podido? —aúlla Aislinn—. ¿Cómo has podido matarlos? ¡Incluso a los niños! ¡Te odio! ¡Te odiaré para siempre! ¡Sois unos asesinos!

El padre de Aislinn se recompone enseguida y se vuelve hacia sus soldados para ordenarles entre dientes:

—Lleváosla de aquí. Me da igual si tenéis que atarla y amordazarla. Metedla en un carruaje con dirección a Valgard. Ahora.

Observo por la ventana del pasillo cómo se llevan a Aislinn a rastras seguida de su padre. Me muero de ganas de hacer algo para poner fin a todo esto, pero le he prometido a mi amiga que no haría nada.

La comandante Vin deja que el comandante Grey entre en la torre y lo sigue a su interior. Detrás les siguen el comandante verpaciano y un mago del consejo con la barba blanca, además de varias soldados vu trin y gardnerianos.

Me doy media vuelta y me apoyo en el alféizar de la ventana con el corazón acelerado mientras el comandante Grey sube por la escalera.

—Elloren Gardner —dice cuando entra en el pasillo clavándome sus ojos gélidos.

—Comandante Grey —contesto con voz apenas audible.

La comandante Vin y los demás también entran en el pasillo.

—¿Qué está haciendo aquí la nieta de Carnissa Gardner? —pregunta el mago del consejo barbudo arrugando el rostro confundido.

—Vyvian la está castigando por seguir al bobo de su tío —contesta el padre de Lukas—. No es así, ¿maga Gardner?

—Exacto —confirmo incapaz de adoptar un tono menos desafiante.

El comandante Grey me mira con desdén y se vuelve hacia Jarod.

—¡Atención, chico! ¡Identifícate! ¿Eres Jarod Ulrich, hijo de Gunther Ulrich?

—No puede contestarte —le explica la comandante Vin sin ser apenas capaz de contener su desagrado.

—¿Y por qué no? —pregunta el comandante Grey—. ¿Acaso es sordo?

La mirada de la comandante es tan afilada como su espada curva.

—Está en *shock*, Lachlan.

—No te lo creas, Lachlan —dice el mago del consejo—. Son unos mentirosos.

—¡Jarod Ulrich! —repite el comandante Grey, y esta vez su voz suena tan fuerte que me sobresalto, y a Jarod le ocurre lo mismo.

Jarod se aparta las manos de la cara y mira a su alrededor con estupor, incapaz de centrar la vista en un punto fijo, perdido en la pesadilla en la que se ha convertido su mundo.

Recuerdo a la niña selkie que rescataron las amaz, la que estaba en *shock*, la que no parecía que tuviera más de doce años. La expresión traumatizada que vi en sus ojos era idéntica a la de Jarod.

—Es él —confirma el mago del consejo—. Le recuerdo de cuando visité a la manada.

—Excelente —contesta el comandante Grey mirando a su alrededor. Me mira con sus gélidos ojos azules—. ¿Y la hermana? ¿Dónde está la chica?

Me esfuerzo para no mirarlo con odio. Vuelvo los ojos hacia la puerta de la habitación.

—Adelante —me ordena con tono frío—. Ve a buscarla.

Me acerco a la puerta con el estómago revuelto. El comandante Grey y el mago del consejo aguardan de brazos cruzados mientras yo asomo la cabeza en la habitación y busco a Diana.

No está.

Cruzo la puerta con recelo y entro en la habitación. Miro a mi alrededor mientras el comandante Grey y su acompañante del consejo me sieguen de cerca. Se me dispara el corazón.

«Santísimo Gran Ancestro, ¿dónde está Diana?»

Miro por todas partes. No la veo en ningún rincón. Me doy media vuelta para mirar a mi espalda, y entonces la veo.

Me estremezco y doy un paso atrás.

Está en la cama de Wynter, escondida entre las sombras que hay detrás de la puerta, inmóvil como la muerte, con los ojos alerta y la mirada más salvaje que he visto en mi vida.

Sus niveles de odio han alcanzado unas alturas aterradoras.

Tiene las manos transformadas desde las muñecas, ahora son dos poderosas zarpas, y se está agarrando al borde de la cama, donde tiene las uñas clavadas en la madera. Nunca había visto una mirada tan espeluznante en sus ojos, es como si tuviera que hacer acopio de hasta la última gota de autocontrol para no matarlos a todos con las zarpas y los dientes.

454

—Ahí está —dice el mago del consejo señalándola.

El comandante Grey la mira bien.

—Es una criatura salvaje, ¿verdad?

—Estoy convencido de que es la hija —dice el mago del consejo—. Se parece bastante a su padre.

Diana clava las uñas en la madera un poco más profundamente y el pelo que recubre sus muñecas empieza a extenderse por el brazo.

«No, Diana. Santísimo Gran Ancestro, no lo hagas. Son demasiados…»

—Diana Ulrich —dice el comandante Grey con un tono formal e imponente—, estás bajo la custodia conjunta de la guardia gardneriana y vu trin, junto a tu hermano, Jarod Ulrich. ¿Lo entiendes?

«Oh, Diana, por favor. Por favor, no los mates. Acabarán contigo.»

No puedo respirar. No puedo moverme. Solo puedo esperar y rezar mientras ella los observa como una cobra preparándose para atacar.

Y entonces su piel empieza a recular, le desaparece de los antebrazos y de las muñecas hasta que sus manos vuelven a parecer humanas. Debajo de los dedos le han quedado unos agujeros justo donde tenía las zarpas.

Lo único que persiste es la mirada de salvaje violencia que anida en sus ojos.

—Estoy dispuesta a cooperar en todo lo que pueda con ustedes —dice con la voz tan fría y alterada que me provoca un escalofrío en la espalda.

—Es una sabia decisión, Diana Ulrich —la felicita el comandante.

—Las hembras son más dóciles que los machos, Lachlan —dice el mago del consejo—. La madre de esta era bastante sumisa.

—No me sorprende —contesta el comandante Grey—. Las hembras suelen ser más manejables.

El mago del consejo frunce el ceño.

—Aunque yo vigilaría bien al hermano. Los machos son muy agresivos.

Uno de los soldados gardnerianos entra en la habitación.

—Comandante, parece que el mejor lugar donde retener a los lupinos es esta torre. Está alejada del resto de la universidad y ambas fuerzas podrán encargarse con facilidad de su vigilancia.

—Muy bien —concede Lachlan haciendo un gesto con la mano para indicarle al soldado que puede retirarse—. Elloren Gardner, tú vendrás con nosotros. —Me mira con frialdad—. Tu tía te ha buscado un alojamiento más seguro y más apropiado del que podrás disfrutar durante un tiempo.

Dos soldados gardnerianos traen a Jarod hasta nuestra habitación y lo tiran con rudeza sobre mi cama. Él se tumba y nos da la espalda a todos.

Cuando se me llevan me vuelvo para mirar a mi espalda.

Diana se ha movido con una rapidez sobrehumana.

Ahora está sobre el alféizar de la ventana situada enfrente de la puerta, completamente inmóvil, y le ha clavado a Lachlan Grey su violenta mirada.

Los gardnerianos no parecen darse cuenta y siguen hablando entre ellos en el pasillo, ignorándola por completo y sin advertir su veloz y depredador movimiento. Nuestras miradas se cruzan antes de que el comandante Grey cierre de un portazo.

—Kamitra, quiero que pongan un pestillo en esta puerta —exige.

«Como si eso pudiera contenerla.»

—Y quiero guardias apostados en el pasillo.

«Como si pudieran medirse con ella.»

—Muy bien, Lachlan —contesta la comandante Vin—. Apostaremos una guardia mixta.

Yo me siento entumecida y mareada y tengo ganas de ponerme a gritar, todo al mismo tiempo.

Pero no grito. Lo que hago es seguirlos fuera por entre las hordas de soldados gardnerianos, verpacianos, vu trin y elfhollen.

El número de soldados gardnerianos y vu trin se ha triplicado y ahora ocupan todo el campo.

Los soldados elfhollen recién llegados han venido acompañados de sus familiares, y me fijo en una chica elfhollen con los ojos plateados que avanza por el continuo reguero de refugiados elfhollen, muchos de ellos portan búhos sobre los hombros o aleteando sobre sus cabezas. La pequeña y su madre parecen muy alteradas y da la impresión de que han cogido todas las cosas que han podido, pues las dos llevan puestos varios jerséis y capas. Enseguida desaparecen en el interior de la muchedumbre protectora de soldados elfhollen y vu trin.

En el cielo resuenan truenos y se dibujan relámpagos.

Ambos bandos están levantando tiendas por todo el campo: lonas angulosas de color negro las del bando gardneriano, y tiendas circulares marcadas con runas las del bando de las vu trin. Y en el centro se erige la Torre Norte, donde mis amigos...

«No.»

Donde mi hermana y mi hermano están prisioneros. Donde ya no se los ve como personas, sino como peligrosas armas.

Dos peones en medio de una guerra.

Sigo al comandante Grey por el centro del campo dejándome arrastrar por el dolor y se me saltan las lágrimas.

«Muertos.» Casi todos los lupinos están muertos, y las esperanzas y los sueños de todo el mundo han muerto con ellos. Mi hermano ya nunca aceptará a Diana como su pareja delante de su familia y amigos. Ya nunca se unirá a su manada, su auténtico pueblo. Andras ya nunca formará parte de una manada que lo acepte como un miembro más de la familia.

456

Todos los niños fae y las familias gardnerianas que los rescataron serán descubiertos por los gardnerianos y los matarán. E Yvan y su madre no tendrán ningún lugar donde refugiarse. Ya no tendrán ningún lugar seguro, ya no tendrán a dónde ir.

Aislinn se comprometerá con Randall y la obligarán a quedarse en Valgard. Y no tengo ninguna duda de que a mí me arrastrarán hasta Gardneria y me comprometerán contra mi voluntad con alguien a quien no amaré jamás.

«No. Ahora no es el momento de pensar en esas cosas.»

Me limpio las lágrimas con brusquedad.

Andras tenía razón.

No es momento de llorar. Ya habrá tiempo para eso.

Tenemos que sacarlos de ahí.

457

# 8

## Bathe Hall

Al final del campo que se extiende ante la Torre Norte me encuentro con dos soldados gardnerianos. Uno lleva barba, es muy fornido y me mira con odio. El otro es joven, con un rostro suave y felino; sus ojos son de un color verde pálido y mirada depredadora.

—Nos han enviado para que la acompañemos a su nueva residencia, maga Gardner —me anuncia el soldado barbudo con talante dominante—. Vamos a protegerla como su guardia personal por orden de su tía.

Se me acelera el pulso. Toda la situación grita a los cuatro vientos reclusión y control.

—Tengo que ir a buscar a mis hermanos —les informo obligándome a mantener la calma.

—Los han arrestado, maga —me explica el soldado barbudo con una expresión dura—. Uno de ellos ha sido acusado de atacar a otro mago. El otro de amenazar a otro mago con su varita.

Me quedo pálida.

A continuación me tiende un pergamino, todavía doblado después del vuelo del halcón. Cuando desdoblo la carta con las manos temblorosas, en el cielo se dibuja un relámpago.

Querida sobrina:

He sido informada por halcón mensajero de la grave situación que está ocurriendo en la Torre Norte de la universidad. Como bien sabes, ya hace mucho tiempo que tengo reservada una habitación a tu nombre en Bathe Hall, así que he pedido que te trasladen allí de inmediato.

También me he puesto en contacto con Lukas Grey. Ha accedido a ocuparse personalmente de tu protección en cuanto llegues. Hasta entonces lo he organizado todo para que dispongas de la protección de dos guardias. Ellos te acompañarán a todas partes hasta que estés sana y salva con Lukas.

Tu querida tía.

VYVIAN

Vuelvo a doblar el papel con la cabeza hecha un lío.

—Ahora tiene que acompañarnos, maga Gardner —anuncia el tipo de la barba con un poco más de insistencia.

Sigo a mis nuevos guardias por las enrevesadas calles de la universidad hacia el sur de la ciudad, consternada y sin otra opción a mi alcance.

Lejos de la Torre Norte.

Mi nueva residencia es muy lujosa y está en la nueva zona gardneriana de la universidad, que ahora está separada del resto de estudiantes.

Sigo a mis guardias hacia el interior del elegante edificio de guayaco construido con el estilo tradicional gardneriano, sin piedras marfileñas de la cordillera, solo madera, árboles y decoración forestal.

El vestíbulo de la residencia está prácticamente desierto, mis guardias y yo solo nos cruzamos con algunas estudiantes gardnerianas que pasan de largo arrastrando sus pertenencias.

—¿Qué está pasando? —le pregunto al guardia de la barba.

—Han cerrado la universidad, maga —me contesta con aspereza.

Mis guardias abren la puerta de mi habitación y se colocan uno a cada lado. Abro la puerta con mano temblorosa y observando la oscura madera con las exquisitas tallas de vides, y entro en un guardarropa.

Pegados a las paredes de guayaco hay sendos bancos acolchados con terciopelo donde aguardan, colgadas de unos ganchos de hierro, una hilera de capas nuevas, cada una más elegante que la anterior. Una de ellas está adornada con un ribete de piel de zorro negro. Otra está confeccionada con visón negro. Debajo del primer banco veo una hilera de botas nuevas, y debajo del otro hay cuatro pares de zapatos por estrenar.

Paso por debajo de un arco de ramas negras y entro en un vestíbulo circular donde la chimenea está encendida. Los troncos llamean y escupen diminutas chispas brillantes. En las paredes hay guayacos incrustados, con estantes entre sus anchos troncos, y todos están llenos de tomos nuevos forrados en piel con letras doradas en los lomos.

Una biblioteca de farmacia completa, y cuyo contenido rivaliza con la selección del ateneo gardneriano.

Junto a la chimenea hay un par de butacones de terciopelo esmeralda y un diván, además de una mesita sobre la que aguarda un juego de té recién preparado, una torre de pastelillos y un jarrón lleno de rosas rojas.

La flor preferida de mi tía.

Me paseo envuelta en una bruma de tristeza hasta la terraza interior acristalada; en cada una de las ventanas veo grabado un diseño que representa una flor de hierro. La terraza tiene vistas a los jardines centrales de la residencia, en cuyo centro crecen unos cuantos guayacos entrelazados.

En todos los alféizares de la terraza hay macetas lacadas en negro y todas rebosan de flores de hierro. Las flores brillantes proyectan en la negra terraza un brillo de color zafiro, e incluso la alfombra que tengo bajo los pies luce un diseño rebosante de flores de hierro.

Empiezo a tener la abrumadora sensación de estar encerrada y compruebo los cierres de las ventanas tirando de ellas con todas mis fuerzas.

Nada. No ceden.

De pronto veo aparecer dos soldados gardnerianos que no conozco por el camino del jardín y cruzan el bosquecillo de guayacos. Uno de los soldados me ve y, por la mirada huraña y vigilante que me lanza, me doy cuenta de que me han asignado más guardias aparte de los dos que están apostados en mi puerta.

Mi alarma claustrofóbica se multiplica. De pronto me siento muy expuesta y salgo de la terraza acristalada, cruzo el vestíbulo hasta mi dormitorio, donde no hay ni una sola ventana. Cuando cruzo el umbral de la puerta me quedo de piedra.

Sobre la cama cubierta por un dosel, y tendidos sobre una colcha de un tono verde muy intenso, hay varios conjuntos de túnicas y faldas nuevas, a cual más lujosa.

La de seda negra está cubierta de estrellas sagradas de color escarlata bordadas con hilo brillante. Las estrellas se extienden por la seda como si fueran una constelación rojiza, y los rubíes brillan entre las estrellas.

La siguiente está cubierta de espirales de esmeraldas, y las joyas brillan por los costados de la prenda confiriéndole un brillo espectacular. La tercera luce un delicado bordado de hojas verdes, y el escote de la túnica es escandalosamente abierto.

Y hay otro vestido de flores de hierro.

Y entonces me doy cuenta: «Lo sabe. No sé cómo, pero sabe lo mucho que le gustó a Lukas el atrevido vestido de flores de hierro que llevé al baile de Yule».

Porque este vestido rivaliza con el otro en desobediencia ante las convenciones gardnerianas. La elegante túnica de terciopelo negro y la falda lucen un guayaco bordado que nace en la base de la falda y culmina en una explosión de flores de hierro que salpican la túnica, y cada una de las flores está cosida con un hilo de color zafiro fosforescente.

461

«La tía Vyvian me tiene prisionera en la ciudad de Verpax con un solo objetivo —advierto asombrada y horrorizada—. Para que siga en contacto con Lukas Grey.»

Alguien llama a la puerta y me sobresalto.

—Ha llegado un halcón mensajero con una nota para usted, maga —brama la áspera voz del guardia con barba desde el otro lado de la puerta abierta.

Me acerco a la puerta con las piernas temblorosas y la abro. Me clava sus despiadados ojos y yo me obligo a aguantarle la mirada. Me entrega otra carta doblada que está marcada con el sello del dragón de la base de la División Cuatro. La cojo y cierro la puerta. Después vuelvo al aislado dormitorio, desdoblo la nota y la leo.

Elloren:

Estaré en Verpacia esta noche. Enviaré a alguien a recogerte cuando llegue.

LUKAS.

Un trueno ruge en el cielo.

Me asalta una rabia abrasadora que apenas soy capaz de contener y me arrolla con una fuerza devastadora.

Los lupinos están muertos. Los han asesinado a casi todos. Y ahora, Lukas y mi tía Vyvian están utilizando la matanza de un pueblo entero —de la familia de Diana y Jarod— para adelantar mi compromiso con uno de los miembros del ejército que ha cometido ese horrible crimen.

De pronto soy incapaz de pensar. No puedo respirar. La cabeza me palpita como un yunque y veo puntitos brillantes por todas partes. Me flaquean las rodillas y me dejo caer a los pies de la cama aterrizando sobre la lujosa alfombra que hay en el suelo. Echo la cabeza para atrás y rompo a llorar con la respiración completamente descontrolada.

Cuando oigo cómo se abre la puerta y percibo el sonido de unos pasos ligeros en el vestíbulo de la entrada y después en el salón, estoy hecha un ovillo en el suelo, llorando.

Levanto la cabeza alarmada y me encuentro con la cara seria de Tierney: me asalta la emoción.

—Tierney —digo con la voz ronca—, ¿te han dejado pasar?

Mi amiga se deja caer de rodillas delante de mí y su controlada y estoica expresión se viene abajo. Nos abrazamos y lloramos con las frentes unidas, y nuestras lágrimas se mezclan y aterrizan en nuestras faldas negras.

Al poco Tierney se echa hacia atrás y se limpia las lágrimas con rudeza, mudando su expresión entre la absoluta tristeza y una máscara de seria entereza. Nos miramos a los ojos y compartimos un silencio devastado.

—¿Cómo has conseguido pasar el control de mis guardias? —le pregunto asombrada.

Tierney frunce el ceño y se mira el brazalete de apoyo a Vogel que lleva en el brazo.

—Mi padre es un miembro activo del Gremio de Artesanos. He dejado caer algún nombre.

—Han detenido a mis hermanos —le digo con la voz quebrada.

Ella sigue muy seria.

—Ya lo sé. Los tienen bajo custodia militar. Lo más probable es que los juzguen por haber atacado a esos cadetes.

—Santo Ancestro.

Dejo caer la cabeza entre las manos presa del pánico.

—El estudiante al que atacó Rafe... es el hijo del mago Nochol Tarkiln, el director del Gremio de Mercaderes.

La rabia se impone al pánico.

—Me alegro de que Rafe le diera una buena paliza —rujo indignada—. Ojalá le hubiera arrancado la cabeza.

Pero mi rabia enseguida se desvanece tras una punzada de angustioso miedo por lo que pueda sucederles a mis hermanos. Me obligo a suspirar un tanto temblorosa.

—Tengo que ayudarles, Tierney. ¿Adónde los han llevado?

—A la base de la División Cuatro. —Tierney tiene una mirada grave en los ojos—. Están bajo el mando de Lukas.

Deja que yo asimile la nueva información y compartimos una mirada cómplice.

—Lukas vendrá a recogerme dentro de un rato —le explico.

Mi amiga asiente con aspereza.

—Elloren, ahora todo ha cambiado. Toda la estructura de poder del Reino del Oeste ha variado de un día para otro.

Yo también lo he notado: es un mundo nuevo y aterrador que nos está presionando a todos.

—Lo sé.

—He averiguado todo lo que he podido —me dice—. Los gardnerianos le han dado dos opciones al Consejo de Verpacia: la adhesión pacífica o la acción militar.

Guardamos silencio durante un momento cargado de tensión.

—Los verpacianos transigirán —le digo con la mirada oscura—. Ahora mismo es imposible enfrentarse a los gardnerianos.

Tierney me mira con la misma expresión preocupada y se pone tensa, como si se preparara para recibir un golpe.

—El Consejo de Verpacia ha convocado una sesión de emergencia. Están reunidos ahora mismo.

Se me pone la piel de gallina. Sé muy bien qué significa eso para Tierney y para su familia. Lo que significará para todas las personas que me importan.

—¿Crees que tiene a su Bruja Negra? —susurro—. ¿Fallon Bane habrá tenido algo que ver con todo esto? Lukas me dijo que cabía la posibilidad de que se hubiera equivocado con Fallon y el alcance de sus poderes.

Tierney frunce el ceño.

—Dicen que Fallon cada vez es más hábil, pero esto implica un nivel de poder asombroso. Y los lupinos son inmunes a la magia de las varitas. —Niega con la cabeza—. Esto es lo más grande que se ha visto jamás en el reino, Elloren.

La miro a los ojos sintiéndome cada vez más inquieta.

—Me han dicho que Vogel viene hacia aquí —anuncia Tierney.

Me repugna mentalmente escuchar su nombre, recordando el árbol negro que aparece en mi mente siempre que estoy con él, abrumada por la sensación de que existe algo sombrío que está a punto de engullirnos a todos.

—Se va a reunir con las vu trin —dice—. Para negociar lo que les ocurrirá a Jarod y a Diana. Ambos bandos los quieren...

—Para crear un ejército de cambiaformas —termino de decir por ella—. De eso se acusaron mutuamente Lachlan Grey y Kam Vin.

Tierney asiente mordiéndose el labio con nerviosismo.

—Sí. No creo que los gardnerianos quieran matarlos.

—No —concedo con acritud—. Solo quieren esclavizarlos.

—Vogel está reuniendo a los soldados de la División Cuatro para que monten guardia delante de la Torre Norte —me explica—. Llegarán por la noche. —Me mira con complicidad—. Tendrás que aprovecharte de la ventaja que tienes con Lukas cuando llegue. Y no solo para ayudar a Diana y a Jarod y para sacar a tus hermanos de la cárcel. Si Verpacia acaba en manos de los gardnerianos, Lukas se convertirá en un hombre muy poderoso aquí.

Me mira fijamente y todo lo que ninguna de las dos dice flota en el aire sobre nuestras cabezas.

«No —protesto mentalmente—. No puedo comprometerme con él. Y menos ahora. No después de lo que han hecho los gardnerianos.»

—¿Has visto a Yvan? —le pregunto poniéndome un poco a la defensiva.

Tierney entorna los ojos, es como si de pronto estuviera comprendiendo mi conflicto interior.

—Está protegiendo a los trabajadores de la cocina.

—¿Consiguió poner a salvo a Ariel y a Wynter? No pueden quedarse allí, Tierney. Si los gardnerianos se hacen con el control de Verpacia, cogerán a todos los ícaros y los meterán en la cárcel.

—Están a salvo —me asegura—. Yvan las llevó con Cael y Rhys, y se han marchado de Verpacia. Cael tiene una casa ancestral en el norte de las tierras alfsigr. Y se las ha llevado allí.

Me siento muy aliviada. «Gracias al Gran Ancestro. Por lo menos han conseguido escapar.»

Tierney me mira de soslayo.

—Yvan está bastante desesperado por volver contigo. Vino a buscarme. Me preguntó dónde estabas. Pero no es seguro que venga a buscarte ahora mismo.

—No —contesto con amargura—. Y menos con mis nuevos guardias.

Tierney me clava los ojos.

—Me parece que está enamorado de ti.

Le echo mucho de menos.

—Ya lo sé —le digo apenada. «Y yo también me estoy enamorando de él.»

—Tienes que dejarlo marchar, Elloren. —Me habla con firmeza, pero también con compasión—. Tiene que marcharse al este. Y tú tienes que quedarte aquí y conseguir una alianza con Lukas Grey. —Advierte mi mirada de sorpresa y suaviza un poco el tono—. Lo siento, Elloren. Pero van a obligarte a comprometerte de todas formas…

—No puedo comprometerme con él —la interrumpo con un repentino tono desafiante—. Tierney, las fuerzas gardnerianas han asesinado a los lupinos. Y todavía no sé de qué parte está Lukas.

—Pues averígualo —me dice con tono severo y una mirada contradictoria en los ojos—. Elloren…

—Lo sé —le digo reprimiendo el picor de las lágrimas—. Ya sé que todo ha cambiado. Y ya sé que mi linaje me da cierto poder.

«Y tengo que sacar a mis hermanos de la cárcel y ayudar a Jarod y a Diana a escapar de la Torre Norte.»

Tierney aprieta los labios con fuerza. Mira a su alrededor con impotencia y ruge una palabrota.

—Necesitamos a ese maldito dragón —espeta—. Apuesto a que se lo está pasando en grande paseando por el bosque.

465

—Naga dijo que volvería.

Tierney frunce el ceño.

—Sí, bueno, podría haber sido más oportuna con el momento que elegía para aparecer.

Se levanta y esboza una mueca de dolor al estirarse tratando de aliviar el constante dolor de espalda que sufre. Después me tiende la mano y me anima a moverme con una mirada decidida.

Acepto su mano y me levanto intentando olvidar las penas.

Intentando olvidarme de Yvan.

Tierney se fija en los elegantes vestidos que tengo sobre la cama.

—Dúchate —me dice—. Y ponte uno de estos vestidos tan provocativos. Y después te prepararemos para que salgas con el comandante Lukas Grey.

Aguanto la respiración mientras Tierney abrocha mi elegante túnica y me miro en el espejo ovalado de cuerpo entero que tengo delante.

—La verdad es que es más azul que negro —comento asombrada al ver mi reflejo.

Las densas y brillantes flores de hierro dominan el terciopelo negro de una forma que no se conforman con desafiar las normas de la decencia gardneriana.

Este vestido las quebranta por completo.

—Me alucina que tu tía pueda saltarse las convenciones de esta forma —dice Tierney mientras rebusca las joyas adecuadas en un joyero de guayaco lacado—. Las normas sobre nuestros vestidos cada vez son más estrictas. Esto es arriesgado.

«A la tía Vyvian le da igual —pienso con amargura—. Lanzaría la cautela por un precipicio con tal de atraer a Lukas Grey.»

—Oh, este es perfecto —exclama Tierney cogiendo un collar muy brillante.

Es una finísima cadena de plata con ramas de obsidiana entrelazadas y salpicadas de flores de hierro hechas con zafiros. También hay un par de pendientes que cuelgan con el mismo diseño entrelazado y que proyectan el brillo azul de la luz.

Mi amiga me abrocha el collar mientras yo me pongo los

pendientes. Después me aplica un poco de maquillaje: un poco de color rojo en los labios y en las mejillas y perfilador de ojos negro. A continuación elige un cepillo dorado y me hace un peinado con trenzas.

Cuando por fin termina mira mi reflejo en el espejo con el ceño fruncido sin estar convencida del todo.

—Espera un momento —me dice.

Tierney sale de la habitación en dirección a la terraza y vuelve al poco con un puñado de flores de hierro. Va cortando trocitos del tallo y me entrelaza las flores brillantes en el pelo.

Después coge su taza de té, da un paso atrás y me contempla con fría especulación.

—Ahora sí. —Endurece la expresión, contenida y despiadada—. Ve a sacar a tus hermanos de la cárcel, Elloren.

467

# 9

## Ruptura

*C*uando veo el campo que se extiende ante mí, siento una punzada de ira y en el cielo se dibuja un relámpago. Tanto las fuerzas gardnerianas como las vu trin, que se han instalado a la izquierda, parecen todavía más atrincheradas que antes, y entre ellas se abre un amplio pasadizo que deja ver la Torre Norte al final.

Mi casa.

Quiero volver a la Torre Norte. Quiero sacar mi varita, utilizar mi poder, subir las escaleras y sacar de ahí a Jarod y a Diana.

—Maga, el comandante Grey la está esperando.

Mi guardia barbudo me sujeta del brazo sin apenas contener el desagrado que le produce que yo vaya arrastrando los pies.

En la parte gardneriana del campo hay una tienda negra muy grande que luce nuestra nueva bandera, con el pájaro blanco sobre fondo negro, ondeando en lo alto. También hay una gran tienda circular nueva en el bando de las vu trin, cuya lona negra está cubierta de brillantes runas azules, y en lo alto ondea la bandera de los pueblos Noi: un dragón blanco sobre fondo azul. Y en el centro de ambos campos se ven dos extensos claros circulares rodeados de soldados.

Me siento intimidada.

«Contrólate —me recuerdo con dureza—. Tienes que actuar como si fueras Carnissa Gardner.»

Me enderezo y me obligo a caminar con más decisión por el centro del campo. A medida que voy avanzando, los soldados gardnerianos de uno de los lados del pasadizo se me quedan mirando al advertir el atrevido vestido que llevo y el gran parecido que guardo con su Bruja Negra. Las vu trin del lado izquierdo se ponen tensas al verme pasar, y se muestran atentas y recelosas.

Veo a Ni Vin montada sobre un caballo justo detrás de las líneas de las vu trin, y ella también me mira un momento con una expresión cuidadosamente neutral.

Oigo un grito en el aire.

Se me acelera el corazón y miro hacia arriba, pero no distingo nada en el crepúsculo oscurecido por la tormenta.

Alguien se pone a gritar órdenes mientras las vu trin y los gardnerianos se van plantando en el pasadizo delante de mí, bloqueando mi ascenso.

En el campo se hace el silencio y todos los soldados, incluyendo a mis guardias, se quedan mirando el cielo.

Los relámpagos dibujan finas líneas que conectan las nubes y las iluminan como si fueran bolas gaseosas de luz. Entorno los ojos al contemplar el cielo iluminado por ráfagas intermitentes de relámpagos tratando de ver lo que están buscando todos.

Se oye otro grito que corta el aire y después un intenso rugido que me resuena por todo el cuerpo. Esta vez procede del este.

469

Vuelve a brillar otro relámpago en el cielo y de pronto veo una oscura silueta alada que viene del este; a continuación veo otra acercándose por el oeste, y cada vez se ven más grandes.

El dragón de las vu trin aterriza agitando sus enormes alas. Se posa en el claro que está en la mitad vu trin del campo e impacta contra el suelo con tal fuerza que lo noto vibrar bajo mis pies. El dragón, al que no le han robado el alma como hacen los gardnerianos, tiene los ojos plateados y brilla como los zafiros.

La hechicera vu trin que va subida a lomos del dragón viste una armadura negra cubierta de runas. Lleva una diadema de plata alrededor de la frente, y de ella salen dos cuernos de dragón curvos. Se baja del animal justo cuando el dragón de ojos opacos de Marcus Vogel toca tierra en medio del claro gardneriano haciendo otro fortísimo ruido sordo.

Todos los ojos se posan sobre Vogel, el nuevo mandamás del Reino.

El nuevo centro de poder.

La rabia se apodera de mí y me esfuerzo por contenerla notando cómo un agitado poder despierta en mis líneas de fuego y arde a trompicones.

«Asesino. Asqueroso asesino.»

Vogel desmonta de su dragón sin alma al mismo tiempo que la hechicera vu trin tocada con los cuernos cruza el pasadizo central y se acerca al lado gardneriano. Va flanqueada por la comandante Vin y por una guardia vu trin bastante corpulenta ataviada con ropajes grises marcados con runas.

Algunos soldados del bando gardneriano y el Gran Comandante Lachlan Grey se colocan detrás de Vogel acompañados de algunos magos de alto nivel.

Y detrás de ellos aparece Lukas Grey.

La ira me arde por dentro al ver allí a Lukas, aliado con esos indeseables.

«¿Cómo puedes formar parte de esto, Lukas? ¿Cómo?»

Me esfuerzo por reprimir mi ardiente indignación mientras vuelvo a mirar a Vogel, y la varita Blanca que llevo en la bota empieza a palpitar muy caliente contra mi espinilla.

Vogel se detiene un momento y levanta la cabeza, como si estuviera olfateando el aire. Se gira muy despacio y pasea la vista por el campo en mi dirección.

El árbol oscuro aparece en mi mente y de pronto me quedo atrapada por la desenfocada mirada de Vogel, inmóvil, presa del pánico.

La Varita Blanca zumba pegada a mi piel y tengo la sensación de que de ella están brotando ramas plateadas que se deslizan por mis líneas de afinidad y se enroscan alrededor del árbol negro de Vogel. Y entonces el árbol oscuro estalla en mil pedazos y desaparece tras un humo negro.

Mi cuerpo reacciona y vuelvo a ser capaz de moverme.

Vogel se da media vuelta de golpe, como si se hubiera roto alguna especie de conexión. Se marcha caminando y desaparece en el interior de su tienda, seguido de la hechicera vu trin de los cuernos.

Respiro inquieta, asombrada y aterrorizada del evidente aumento de poder que he percibido en Vogel.

Y entonces me encuentro con los ojos de Lukas.

Empieza a avanzar por el pasadizo con rapidez mirándome como un depredador concentrado en su presa, y mis líneas de fuego arden de golpe a medida que él se acerca con una expresión tormentosa en el rostro.

Lukas apenas se detiene cuando llega delante de mí. Me tiende el codo y yo le cojo del brazo sin decir una sola palabra y sintiendo el airado fuego que me recorre las líneas.

—Podéis iros —les dice Lukas a mis guardias sin mirarlos y con un tono iracundo.

Tengo ganas de gritarle y pegarle. Quiero acabar con todos y cada uno de los soldados gardnerianos con mis propias manos. Pero me controlo y sigo sus largos pasos por el campo.

Cuando llegamos al final giramos en dirección al bosque, el silencio entre nosotros crepita con una tensión prácticamente insoportable. Lukas baja la mano para cogerme del brazo y guiarme por el oscuro bosque, donde, a medida que avanzamos, se van atenuando las luces de los campamentos militares y de la universidad.

Los árboles proyectan su odio sobre nosotros desde todos lados y Lukas enciende sus líneas de fuego al mismo tiempo que yo, y el bosque se retira rápidamente.

Cuando llegamos a un pequeño claro Lukas me suelta y se da media vuelta, e intercambiamos una mirada salvaje. Desaparecen de golpe todos los artificios y me dejo llevar por la fuerza dríade del bosque.

—¿Cómo puedes formar parte de esto? —le espeto apretando los dientes—. ¿Tú sabías que los gardnerianos iban a asesinar a los lupinos?

—No lo sabía.

Le arden los ojos.

—¡No te creo!

—¿Puedo mentirte? —me pregunta indignado.

—No. No puedes —le contesto—. Así que dime, Lukas. Ahora que ya lo sabéis todos, ¿tu división lo está celebrando?

—Sí —confiesa—. Lo están celebrando.

—¿Y qué hay de ti, Lukas? ¿Tú también lo estás celebrando?

En su mirada arde un brillo combativo.

—No, Elloren, no lo estoy celebrando. Vogel acaba de desestabilizar todo el Reino del Oeste.

—¿Eso es lo único que te importa? —le suelto dando rienda suelta a mi ira—. ¿Qué el reino esté desestabilizado? ¿Te da igual que hayan asesinado a todas esas personas inocentes?

De pronto percibo un intenso conflicto en las líneas de Lukas.

471

—¿Esto sigue formando parte del ciclo natural de la historia? —le pregunto—. ¿Esto es lo que hay?

Lukas sigue indignantemente callado, pero lo noto arder en su interior, el fuego que estalla en sus líneas de afinidad de tierra. Tengo ganas de hacerme con el control de ese fuego y lanzárselo. Verlo arder.

Me acerco a él apretando los puños y con el fuego desatado.

—Esto es lo que pretendían, Lukas. Erthia para los gardnerianos. La idea de que nosotros somos los Primeros Hijos y todos los demás son Malignos. Los asaltos por la calle. Las estrellas sagradas en llamas. Esto es lo que provocan. No un brillante paraíso gardneriano. Niños muertos. Familias muertas. Y gardnerianos que lo celebran porque nuestro maldito Libro nos dice que todo eso es correcto.

Me planto delante de su cara.

—Me da igual que este sea el ciclo natural de la historia. Una vez y otra y otra. Hay que pelear contra esto ahora. Esto tiene que terminar ya.

—Vogel tendrá que ser sustituido.

El mundo se para.

—¿Qué has dicho?

Lukas esboza una mueca.

—Ya me has oído, Elloren.

Se me cierra la garganta y no me sale más que un susurro entrecortado.

—¿Qué me estás diciendo, Lukas?

—La verdad. —Me fulmina con los ojos—. Porque tú y yo somos incapaces de otra cosa. —Su dura mirada se tambalea—. Ojalá pudiera mentirte, Elloren, pero no puedo.

—Pues dime la verdad —le digo; la cabeza me da vueltas.

—Vogel es demasiado poderoso, y también nuestro ejército. No se puede luchar contra él desde fuera, habrá que acabar con él desde dentro.

—¿Cómo?

—Los militares gardnerianos tendrán que derrocarlo.

Vemos el destello de un relámpago. Yo respiro hondo asombrada.

Miro a Lukas a los ojos, pero no deja entrever nada. A excepción del turbulento fuego que noto rugir en sus líneas.

—¿Crees que hay un número de militares lo bastante grande como para volverse contra él?

Casi no puedo ni respirar.

—No —confiesa con terrible rotundidad.

Nos miramos a los ojos compartiendo una repentina y triste comprensión.

—Mis hermanos están bajo custodia militar —le digo.

—Ya lo sé.

—Necesito que los saques.

Asiente con el fuego rugiendo por sus líneas.

—Y no quiero tener guardias —le presiono con obstinación—. Mi tía me los ha asignado. Quiero que les digas que se retiren para siempre.

Vuelve a asentir.

—¿Qué van a hacer con Jarod y Diana?

—No lo sé. —Aprieta los dientes. —Vogel se marcha esta noche a la base vu trin, cerca del paso del este. Quiere llegar a un acuerdo con Vang Troi.

Frunzo el ceño.

—La mujer que ha llegado montada en el dragón —me aclara Lukas—. Ella es la dirigente de las fuerzas vu trin. En cualquier caso, yo voy a acompañarlos.

Los dos guardamos silencio rodeados de oscuridad.

—¿Ha sido la Bruja Negra, Lukas? ¿El poder de Fallon ha crecido hasta ese nivel tan devastador?

Lukas niega con la cabeza.

—No. Ha sido otra cosa. Algo peor. —Me lanza una mirada sombría—. Pero pronto Fallon se habrá convertido en un arma que Vogel también podrá utilizar.

Miro a mi alrededor hecha un lío en busca de algo sólido a lo que aferrarme.

—Comprométete conmigo, Elloren —me dice.

Su tono es tan insistente que todavía me hace sentir más confusa.

—¿Por qué, Lukas? ¿Para que puedas utilizar mi poder?

Su abrasadora mirada se intensifica.

—En parte. Sí.

Me coge de la mano y yo se lo permito. Me clava sus ojos verdes y pega la palma de su mano a la mía. Un escalofrío me

473

recorre la piel y noto cómo sus ramas se entrelazan con mi mano y se extienden por mis líneas de tierra de un modo embriagador.

Trago saliva y se me acelera le corazón. Lukas me coge de la mano con más firmeza y yo tiemblo al notar una ráfaga de llamas oscuras que se desliza por mis ramas y todas mis líneas.

—Cuando nos besamos en el baile de Yule —me dice— mis líneas de fuego se potenciaron durante una semana. Y mis líneas de tierra durante un mes entero.

Me esfuerzo por pensar con claridad mientras su abrumador calor se extiende por todo mi cuerpo.

Se acerca a mí.

—Si puedo acceder a tu poder cuando nos besamos —dice— supongo que la conexión del compromiso me permitirá conectar de una forma todavía más intensa. —El movimiento de su fuego se suaviza hasta convertirse en una caricia seductora que se pasea por mis líneas—. Deja que me nutra de tu poder, Elloren —murmura—. Tú no puedes acceder a él, pero yo sí.

Me asusto mucho y el miedo corta su febril hechizo. Aparto la mano de Lukas y doy un paso atrás con la respiración acelerada mientras me masajeo las sienes. Su oscuro poder sigue palpitando en mi interior mientras yo me obligo a pensar con coherencia de nuevo. Le miro con renovado desafío.

—Rompe completamente con Vogel. —Lo fulmino con la mirada—. Dame tu palabra de que te esforzarás todo lo que puedas por derrocarlo. Sin importar las probabilidades que tengas de conseguirlo.

Lukas adopta una expresión tormentosa y se pone muy tenso. Los truenos rugen sobre nuestras cabezas, pero ninguno de los dos da su brazo a torcer.

—Quiero mentirte, Elloren —espeta frustrado—. Daría cualquier cosa para poder mentirte en este momento.

Siento una rabia descontrolada y le lanzo una ardiente mirada cargada de desdén.

—Qué desperdicio de franjas de mago de Nivel Cinco. Si yo pudiera acceder a mi poder, lucharía contra Vogel. Con todo lo que tuviera.

El fuego de Lukas suelta una violenta llamarada y se acerca más a mí.

—Estás haciendo una elección que acabará muy mal.

474

Me lo quedo mirando fijamente, inmóvil, mientras mi rabia implosiona, y la desolación se apodera de mí.

—Lukas. Tú también.

Nos seguimos mirando fijamente durante un largo y torturante momento mientras nuestros respectivos fuegos corren por las líneas del otro. Y entonces desaparece de golpe cualquier rastro del fuego negro de Lukas. Como un muro derribado.

Me aparto de él y de pronto comprendo algo de forma irrevocable. Por mucho que necesite su ayuda, no puedo aliarme con él y arriesgarme a convertirme en parte de todo esto.

—Adiós, Lukas —le digo con aspereza, incluso a pesar de que mis líneas de afinidad tiran con fuerza hacia él. Incluso aunque la esperanza de que suelten a mis hermanos se hace añicos. Incluso aunque esté acabando con cualquier esperanza que le quedara al futuro.

Me doy media vuelta y me marcho.


Me alejo de la Torre Norte en dirección a las calles adoquinadas de la universidad y enseguida empieza a soplar viento. La tormenta se desata, empieza a llover y el cielo se llena de relámpagos.

Sigo caminando mientras veo cómo algunas trabajadoras uriscas corren hacia el campo de la Torre Norte cargadas de bandejas de comida para ambos bandos.

Yo avanzo, sola y sin ningún guardia que me siga, cada vez con más frío, hasta que llego al otro lado de la universidad y la supero. Cruzo un campo y me dirijo directamente al bosque.

Advierto la leve hostilidad del bosque, pero consigo reprimirla con habilidad. Hay tantos árboles que apenas noto ya la lluvia bajo el dosel que forman las densas ramas.

Me paro, estoy empapada, pero no me importa, y tengo la respiración entrecortada y una creciente desolación en el pecho.

Diana y Jarod. Rafe y Trystan. Tierney e Yvan. Y todas las demás personas a las que tanto cariño les he cogido.

«Nadie puede salvarlos.»

Me atrapa una oleada de rabia y dolor y me dejo arrastrar por ella. Se me doblan las rodillas, me desplomo en el suelo y vomito toda la bilis que tengo en el estómago.

Me quedo mirando la tierra húmeda y oscura con la respiración muy agitada y la saliva colgando de la boca. En el cielo centellea el brillo de un relámpago y veo un pequeño tallo que se abre paso por la cama de hojas.

Me levanto y me sujeto al árbol más cercano para no perder el equilibrio.

Otro relámpago ilumina el cielo seguido de un trueno ensordecedor, y el árbol se ilumina.

Es un guayaco.

Me apoyo en el árbol ignorando su silenciosa protesta y apoyo la cabeza contra él. Está frío y áspero, y aunque tengo que reprimir su repulsión puedo notar la vida que palpita en su interior. Es la primavera intentando darse a conocer.

Veo el resplandor de otro relámpago y miro hacia arriba justo en el momento que aparece un pájaro translúcido entre los árboles, aparece y desaparece tan deprisa que no sé si puedo confiar en mis ojos.

Vuelvo a mirar a mi alrededor con renovada alerta y me doy cuenta de que estoy rodeada de guayacos y que todo el suelo está lleno de tallos que se abren paso por entre las hojas.

Flores de hierro.

Es el único árbol que empieza siendo una flor, y esas delicadas flores se convierten en árboles el año siguiente, árboles con ramas de las que brotan versiones más pequeñas de las flores originales.

Mi mente de farmacéutica se pone en marcha y de pronto se me ocurre una idea.

«Para que funcione necesitaremos flores de hierro. Muchas.»

Pero faltan muchos días para que las flores de hierro empiecen a florecer en el suelo del bosque.

«¿De dónde podría sacar más flores de hierro?»

Y todo encaja en mi cabeza de golpe.

Y ya sé exactamente de dónde las vamos a sacar Tierney y yo.

# 10

## Química

$\mathcal{A}$ la noche siguiente recibo una carta por halcón mensajero con remitente de la base de la División Cuatro.

—¿Qué pone? —pregunta Tierney desde donde está sentada en el suelo de la terraza de mi habitación.

Tiene un montón de hilos delicados en la mano y mi túnica —esa que es prácticamente azul— de flores de hierro extendida sobre el regazo. El vestido de flores de hierro que llevé en el baile de Yule está arrugado a su lado.

La lluvia repica en las ventanas que nos rodean y los truenos resuenan en las paredes de la casa mientras los relámpagos brillan en el cielo. Rompo el sello de dragón con la uña, desdoblo el pergamino y leo.

Respiro hondo muy asombrada.

—Mis hermanos —le digo a Tierney—. Los han soltado.

Tierney esboza una sonrisa calculadora. Después clava los ojos en el vestido de flores de hierro que tiene sobre el regazo.

—Está claro que le diste un buen uso a este vestido, ¿eh?

La carta la ha escrito uno de los subordinados de Lukas con mucha formalidad, un lugarteniente llamado Thierren. Noto una punzada de inquietud, consciente del conflicto que hay entre Lukas y yo, que ha quedado patente en el hecho de que le haya pedido a otra persona que escribiera la nota.

La leo.

—El aprendiz al que golpeó Rafe —le recito a Tierney mientras leo—, parece que ha retirado los cargos contra mis dos hermanos. —La miro a los ojos comprendiendo lo mucho que ha tenido que ver Lukas en todo esto—. A cambio, van a ascender al aprendiz a segundo lugarteniente bajo el mando de Lukas Grey.

—Bueno, pues ya está hecho —dice Tierney con tono decisivo—. Lo demás depende de nosotras.

Tierney y yo vaciamos nuestros sacos llenos de hilos de flor de hierro sobre la mesa del laboratorio de farmacia, y la pila de hilos proyecta un suave brillo de color zafiro en la oscura estancia.

—¿Has cerrado las puertas y las ventanas? —le pregunto.

Tierney asiente distraída mientras escribe unas notas poniendo cara de estar muy concentrada, hay papeles llenos de sus cálculos matemáticos por toda la mesa. Las sombras trepan por las paredes a nuestro alrededor a medida que va oscureciendo, y la sala está fría y desierta.

Tierney tiene delante un libro de farmacia viejo y forrado en piel, y su bolígrafo emite unos rápidos ruiditos mientras ella termina de anotar los puntos de ebullición de los componentes de nuestra compleja fórmula.

Una vez satisfecha con su lista, Tierney se levanta y empieza a montar el equipo de reflujo de cristal. Me hace un gesto con la cabeza y yo coloco un embudo en la abertura de un matraz de destilación y vierto dentro las cenizas de arce de río que he preparado. Tierney coloca la palma de la mano sobre la abertura y deja fluir un poco de agua desde su mano hasta el bulbo de cristal, hasta llenarlo. Las cenizas de madera giran en el agua creando una espiral un tanto desordenada antes de serenarse. Después metemos las bolas de hilo de flor de hierro por la abertura del contenedor.

Tierney acerca un gran condensador de cristal a la boca del matraz de destilación y estabiliza el tubo con unas abrazaderas metálicas. Después rodea el condensador con la mano y proyecta un poco de agua a través de él.

Coloco una lámpara de aceite debajo de la base del contenedor y miro a Tierney.

—Enciéndela —me dice.

Cojo el pedernal y enciendo la llama.

Tierney acerca la mano a la mezcla y la lleva a ebullición a toda prisa. De los hilos empiezan a brotar unas ondulantes líneas de esencia de color zafiro que van cayendo en el agua y enroscándose en ella en una danza intrincada. Y el agua adopta un suave brillo azul enseguida.

Tierney y yo esperamos mientras el brillo azul se intensifica y se pone incandescente, proyectándonos su luz de color zafiro.

—Ya está listo —anuncia Tierney cuando los hilos y la ceniza de la madera han quedado reducidos a una masa negra que yace en el fondo del contenedor de cristal.

Mi amiga acerca las manos al matraz y genera una nube fría que gira alrededor del recipiente.

Enseguida desmonto el equipo de reflujo y filtro las cenizas y el hilo. Tierney prepara los elementos para la destilación y yo vierto el brillante líquido azul con mucho cuidado en el nuevo matraz de destilación. Tierney mueve la mano con elegancia por encima del recipiente receptor y crea otra nube fría que lo rodea por completo.

A continuación enciendo una llama bajo el matraz y coloco las manos alrededor del recipiente mientras activo mis líneas de tierra. Noto cómo fluyen por mi interior unas delicadas ramas negras que se me enroscan en las manos.

—Listo —le digo.

Mi amiga coloca las manos sobre las mías y noto cómo mi poder emana de mí con una fuerza descontrolada, tanto que las ramas ardientes se enroscan en el matraz.

La destilación empieza a evaporarse y el matraz se agita. Durante una fracción de segundo temo que se raje o explote. Tierney aparta una de las manos un milímetro y el temblor cesa y el vapor sale con más suavidad.

En el matraz receptor empieza a acumularse líquido: una solución de penetrante color azul fosforescente, intensa como el crepúsculo.

Respiro hondo para percibir el olor del vapor de flor de hierro.

—Noto cómo la esencia se está purificando.

En mi mente se proyecta la imagen de un montón de flores de hierro de color azul.

Tierney me sonríe.

—Eso es que está funcionando.

La devuelvo la mirada sonriendo con oscura determinación.

Ella sonríe con un brillo travieso en los ojos.

—Vamos a envenenarlos a todos.

479

ϒ

La comandante Vin entra en la cocina oculta bajo una gran capa. Se quita la capucha y pasea los ojos por la sala.

—¿La cocina es segura? —le pregunta a Fernyllia.

Fernyllia asiente muy seria desde donde está sentada a mi lado. Tengo a Tierney al otro lado.

—Todas las puertas y las ventanas están cerradas —le dice Fernyllia—. Y tengo un vigilante.

La comandante Vin asiente con sequedad y se sienta en la mesa entre Jules y Lucretia Quillen, justo delante de mí. Yvan está de pie detrás de ellos, apoyado en el mostrador de la cocina, y a su lado están Iris y Bleddyn.

Intento no mirarlo, no ser tan consciente de su presencia. Noto el fuego de Yvan liberado de sus ataduras, tirando hacia mí, pero yo reprimo mi fuego y trato de someter el horrible dolor que siento en el pecho.

—Contadme vuestro plan —nos dice la comandante Vin a Tierney y a mí.

Nosotras intercambiamos una rápida mirada y la comandante Vin hace un gesto impaciente con la mano.

—Venga —ordena con aspereza—. No tenemos mucho tiempo. Solo quedan algunos días para la luna llena y, probablemente, para que estalle la guerra.

—Hemos destilado un veneno —le confiesa Tierney con un susurro opaco.

La comandante Vin se retira un poco hacia atrás.

—¿Por diversión?

—Para envenenarlos a todos —digo tratando de no alterarme—. A todos los militares gardnerianos. Y a la mayor parte de la universidad.

La comandante guarda silencio un buen rato con una mirada reprobadora en los ojos.

—Mataríais a todos los habitantes de Verpax, ¿no? —Mira a Fernyllia—. ¿Este es el plan que querías que conociera?

—Escúchalas —le dice Fernyllia con impaciencia con las manos llenas de harina entrelazadas sobre la mesa de madera que tiene delante.

Tierney se inclina, coge un bote enorme de su mochila y lo

deja en la mesa. Los polvos que hay dentro desprenden el vibrante color azul de las flores de hierro.

—No los mataríamos —explica Tierney con obstinación—. Los dejaríamos inconscientes temporalmente. Durante toda una noche, y bastante incapacitados durante el resto del día siguiente. Aunque acabarían recuperándose del todo.

Señalo el tarro azul.

—Hay suficiente como para envenenar la comida de todas las cocinas de la universidad. Y los soldados encargan casi todo lo que comen a estas cocinas. Eso nos dará seis horas para sacar a los lupinos de la torre.

—En ese espacio de tiempo podremos llegar hasta el paso de Caledonia en las montañas —añade Fernyllia con un brillo calculador en los ojos.

Tierney se reclina clavando su tenaz mirada en la comandante.

Kam Vin niega con la cabeza.

—Los gardnerianos tienen hechizos para detectar los venenos, igual que nosotras. Y examinan toda la comida. Siempre.

—Hemos utilizado magia básica y la hemos combinado con el veneno —explica Tierney—. Y ahora puede reprimir la magia. No existe ni un solo hechizo capaz de detectarlo, ni de varita ni de runa.

Jules coge el tarro con gesto reflexivo. Me mira y esboza una sonrisa impresionada.

—Me parece que has encontrado tu caligrafía, Elloren Gardner.

Yo suspiro con resignación y asiento.

—Así es.

—Es lo que dijimos. —Su tono es divertido, pero habla muy en serio—. Si uno no puede ser poderoso, más vale ser inteligente.

La comandante está mirando el tarro fijamente y asiente, y yo casi puedo notar cómo se pone en marcha la maquinaria de su cabeza. Nos mira a Tierney y a mí.

—¿Tenéis estipulaciones?

Respiro hondo.

—Tenéis que llevaros a mis hermanos y a los lupinos a tierras Noi.

—Un mago de Nivel Cinco y un rastreador —dice interrumpiéndome con impaciencia—. Vale. Nos vendrán muy bien allí.

481

—También os tenéis que llevar a todos los trabajadores de la cocina que quieran marcharse —dice Tierney con un tono que no admite discusiones—. Y también a sus familias, incluyendo a Fern, Iris, Bleddyn y su madre, además de Olilly y su hermana.

Bleddyn se queda boquiabierta e Iris adopta una expresión confundida.

—Pedís demasiado —contesta la comandante Vin con frialdad.

—No —le espeta Tierney—. Pedimos muy poco. Vamos a entregar a los lupinos a tu ejército para que no caigan en manos gardnerianas. La guerra se acerca y lo sabes. Y un ejército de lupinos podría alterar las cosas para cualquiera de los dos bandos.

La comandante Vin observa con atención a Tierney sin mover ni un pelo.

—Continuad —la anima.

—Toda la familia adoptiva de Tierney se marchará con vosotras —expongo—. Y un joven marinero llamado Gareth Keeler debería estar en el puerto de Saltisle, tenéis que encontrarlo y llevároslo también con vosotras.

Respiro hondo sintiendo una repentina oleada de emoción y me esfuerzo por contenerla.

—Yvan Guriel y su madre también tienen que viajar al este.

Noto la llamarada de Yvan desde la otra punta de la cocina, caótica y poderosa. No puedo mirarlo. Es que no puedo.

—Hay que evacuar a todas las personas que estén en la lista de Fernyllia —insiste Tierney.

Fernyllia enseña su larga lista y la comandante Vin asiente.

—Y Fernyllia también —dice Bleddyn mirando a la directora de la cocina—. Has olvidado apuntar tu nombre en la lista.

Fernyllia guarda silencio un momento y se queda muy quieta; la voz de Bleddyn se tiñe de alarma.

—Fernyllia. ¿Por qué tu nombre no está en la lista?

Vuelvo la cabeza hacia Fernyllia, todos la miramos sorprendidos. Ella guarda silencio un buen rato, pero tiene una durísima expresión en el rostro.

—Yo seré la envenenadora.

Me quedo conmocionada y Bleddyn niega con la cabeza completamente indignada.

—¡No! De eso nada. Fernyllia, no puedes hacer eso.

Se pone a hablar en un agresivo y suplicante urisco gesticulando como si estuviera defendiendo la vida de Fernyllia en este preciso momento. Iris se echa a llorar y sus lágrimas dan paso a gigantescos sollozos.

—Bleddyn Arterra e Iris Morgaine —dice Fernyllia con la voz grave y dura—. Ya basta.

Bleddyn guarda silencio con una mueca angustiada en el rostro y el cuello tenso. Iris aparta la vista y aprieta los ojos sin dejar de llorar.

—Yo ya soy vieja —dice Fernyllia adoptando un tono más amable esta vez, pero sólido e inflexible—. Tengo mal las rodillas. La espalda. Poca salud. Yo no podría hacer el viaje hasta las tierras Noi. Pero vosotros sí. Y podéis llevaros a mi nieta al este. Donde podrá vivir una buena vida. Aquí no hay esperanza para ella. Si me queréis, dejaréis de atormentaros y os llevaréis a mi Fern a un lugar seguro.

Ahora Bleddyn asiente con decisión y el rostro lleno de lágrimas. Iris está llorando con la mano pegada a la cara.

Yo no hago ademán de limpiarme las lágrimas que resbalan por mi rostro.

—No lo hagas —le imploro a Fernyllia. Miro a la comandante Vin—. Estoy segura de que tiene que haber otra forma —digo furiosa—. Tiene que haber alguna forma de que ella pueda marcharse también. Y no la hemos pensado.

Fernyllia pone su mano llena de callos sobre la mía. Me mira con una melancolía maternal.

—Niña, no sabes a qué te enfrentas. Debes confiar en mí. Yo llevo en esta lucha mucho más tiempo que tú.

Niego con la cabeza llorando y Fernyllia me rodea con el brazo.

—Esto es lo que quiero —me dice con un tono más insistente—. ¿Lo entiendes?

Yo asiento abrumada por la tristeza.

—¿Y qué hay de las ícaras? —pregunta Lucretia obligándonos a volver a concentrarnos en el plan apresurado—. Ahora que Verpacia ha caído, es arriesgado que estén aquí.

—Ya se han marchado —le confiesa Tierney—. Con el hermano de Wynter, Cael. Es propietario de un terreno ancestral en Alfsigroth y se las ha llevado allí.

Todo el mundo se marcha. Pronto se habrá marchado todo el

483

mundo, al final solo se quedarán en Gardneria conmigo Aislinn y
el tío Edwin. Se me oprime el pecho ante la idea de perder a tantas
personas.

—¿Y qué hay de ti? —me pregunta la comandante Vin.

Levanto la cabeza y me encuentro con sus ojos.

—Yo tengo que quedarme por mi tío —le digo limpiándome
las lágrimas—. No tengo poderes ni habilidades, aparte de las médicas, y mi tía ya ha dejado muy claro que no va a seguir ocupándose de él toda la vida. No podemos dejarlo solo, y mis hermanos
se expondrían a demasiados peligros si se quedan aquí. Así que
tiene sentido que sea yo quien me quede.

La comandante clava su implacable mirada en Tierney.

—¿Y tú?

Mi amiga recibe su intimidante mirada sin inmutarse.

—Yo me quedaré de momento. Existe la posibilidad de que las
amaz encuentren la forma de quitarme el glamour y, cuando eso
ocurra, conozco una ruta de agua que podré utilizar para escapar
hacia el este.

—Los gardnerianos están planeando clavar acero en todos los
cuerpos de agua del Reino del Oeste —espeta la comandante Vin.

—Pueden intentarlo —contesta Tierney con fuego en los
ojos—. El bosque ha redirigido parte del agua.

La comandante Vin reflexiona sobre ello con un brillo astuto
en los ojos. Se endereza adoptando una pose militar y nos mira a
las dos.

—Elloren Gardner y Tierney Calix —entona muy seria—, os
doy mi palabra. Si nos proporcionáis el veneno, yo me llevaré a
vuestra gente a tierras Noi.

Bleddyn deja escapar un jadeo abrumado. El fuego de Yvan
vuelve a abalanzarse hacia mí, esta vez es una llama incontrolada,
pero yo no puedo mirarlo.

Por eso clavo los ojos en la mesa y me trago las lágrimas.

Estoy con mis hermanos en el pasillo de la Torre Norte. Rafe
parece haber envejecido varios años desde la última vez que le vi,
y tiene una arruga de tensión afincada entre las cejas.

—Volveremos a buscarte —insiste con determinación—. Te
encontraremos.

Asiento intentando ser fuerte y me vuelvo hacia mi hermano pequeño. Trystan va vestido como de costumbre, con su uniforme de cadete recién planchado, con su actitud sombría y sus aires de importancia, y lleva la varita envainada en el costado.

—Has crecido mucho —le digo con una sonrisa temblorosa. Alargo el brazo para cogerlo del hombro.

Trystan cierra los ojos con fuerza y niega con la cabeza, como si estuviera esforzándose para no perder el control. La imagen del poderoso mago gardneriano se disipa tras la de mi hermano pequeño, ese niño escuchimizado al que yo solía tallarle animales de madera para que jugara.

A Trystan le tiemblan los labios y se le han llenado los ojos de lágrimas. Le doy un abrazo llorando yo también y Rafe nos rodea con los brazos a los dos mientras los tres nos despedimos.

Los ojos de Yvan arden de emoción cuando nos encontramos en el granero circular bajo el brillo de un único candil, que proyecta su brillo tembloroso en el espacio desierto.

Noto cómo el poder de su fuego irradia de él en llamaradas entrecortadas de calor.

485

Las páginas arrancadas de *El Libro de la Antigüedad* yacen muy maltrechas y arrugadas bajo nuestros pies. Pero *El Libro* ha ganado. Ya nunca bailaremos sobre sus páginas.

—No quiero separarme de ti —confiesa Yvan con voz apasionada.

Yo le contesto hablando forzadamente y tratando de reprimir el dolor:

—No puedes quedarte. Tú y tu madre tenéis que poneros a salvo.

Lo sobrecoge una intensa ferocidad.

—Estamos aplazando lo inevitable, Elloren. En algún momento tendremos que enfrentarnos a ellos.

—No podemos luchar contra ellos aquí. Se acabó, Yvan. El Reino del Oeste ha caído.

Le arden los contornos de los ojos, igual que todas las veces que ha reprimido su fuego. Yvan mira desesperado a su alrededor, como si estuviera buscando una salida, una forma de devolver el golpe. Se topa con las cubiertas de piel de *El Libro de la Antigüe-*

*dad* que tiene cerca del pie, todavía le quedan casi un tercio de las hojas pegadas al lomo. Coge *El Libro* con rabia y aprieta el grueso lomo con la mano.

El libro estalla en llamas y yo me sobresalto, y el fuego empieza a treparle por la manga.

—¡Yvan!

Parpadea a toda prisa como si acabara de liberarse de un hechizo y mira su manga envuelta en llamas, después me mira a mí con una expresión agónica. Cierra los ojos y respira hondo. Las llamas se internan en él y desaparecen, y cuando Yvan vuelve a abrir los ojos han adoptado un ardiente tono dorado.

Es tan guapo que me corta la respiración. Intento memorizar todos los detalles de su cara para poder retenerlas en mi corazón. Para siempre.

—¿Cuándo los vas a envenenar? —me pregunta con los ojos en llamas.

Yo levanto la mano para limpiarme una lágrima.

—Fernyllia lo va a hacer esta noche. Tierney y yo también comeremos un poco de comida envenenada. —Cuando abre la boca para protestar, añado—: Tenemos que hacerlo. Si no los gardnerianos sospecharán de nuestra implicación.

Clavo los ojos en su ardiente mirada y se hace un profundo silencio entre nosotros que nos provoca una terrible melancolía.

—Tu madre ya está de camino —le recuerdo con un dolor que me atenaza la garganta—. Tienes que marcharte. Se acaba el tiempo.

Yvan asiente con aspereza y los ojos llenos de lágrimas. Cuando habla tiene la voz ronca.

—Adiós, Elloren.

Nos quedamos inmóviles durante un segundo, mirándonos a los ojos, y entonces se acerca a mí. Me abraza y yo me dejo arrastrar por su calor y noto su fuego arder a mi alrededor, después me besa el pelo y me murmura algo en idioma lasair que no entiendo pero tampoco necesito comprender.

# 11

## Envenenados

Al día siguiente me siento como si estuviera debajo del agua y no pudiera salir.

Escucho voces, pero es como si estuvieran en una orilla alejada, amortiguadas, extrañas y lejanas. Tengo el cuerpo entumecido y la boca tan seca que parece que me hayan metido una bola de algodón. Mientras escucho las voces ininteligibles que suenan a mi alrededor me pregunto si así sería cómo se sentiría Marina al escucharnos al principio.

Intento abrir los ojos, pero los tengo legañosos y pegados. Después de unos cuantos intentos fallidos consigo separar los párpados. La luz me ciega y se me clava en los ojos.

Hay varias personas en la habitación o, por lo menos, sus siluetas sombrías. Están hablando como si estuvieran en un sueño, y sus palabras imprecisas flotan hacia mí como si fueran burbujas de jabón.

«Lupinos. Escapado. Luna Llena.»

Me esfuerzo por pensar con coherencia con el cerebro abotargado. El mundo se tambalea cuando muevo la cabeza de un lado a otro, pero ya empiezo a ver a esas personas con mayor definición.

Hay varios soldados gardnerianos.

Un gardneriano anciano de barba blanca.

La tía Vyvian.

Parpadeo muy deprisa y las siluetas empiezan a aclararse, las voces son más nítidas, pero yo todavía no soy capaz de conectar con mi propio cuerpo. Intento abrir la boca, pero no lo consigo.

—La dejaron aquí —le está diciendo mi tía al gardneriano de

la barba blanca, un tipo serio que luce el crespón del Gremio de Médicos en la túnica—. Es posible que no sepa nada de todo esto. Elloren, ¡despierta!

Intento hablar por segunda vez, pero tengo la sensación de que mis labios son de piedra.

Mi tía se inclina para observarme más detenidamente.

—¿Adónde han ido tus hermanos, Elloren?

—No puede contestar —dice el médico de la barba blanca—. Todavía no ha eliminado todo el veneno. Tendremos que esperar.

—¡Pero no hay tiempo! —espeta la tía Vyvian.

El médico se rinde bajo su feroz censura.

Poco a poco va regresando a mi mente todo lo ocurrido la noche anterior, y cada nuevo pensamiento es como una herida fresca que se abre.

—¿Adónde han ido, Elloren? —me pregunta mi tía—. ¿Dónde?

Me interroga una y otra vez sin molestarse en borrar el tono amenazador de su voz. Me empieza a latir el corazón con más fuerza y siento una punzada de dolor agudo. «Peligro. Aquí hay peligro.»

De pronto la realidad me golpea con la fuerza de un temporal.

Me empieza a palpitar la cabeza como si me la estuvieran aporreando con un martillo. Grito dolorida llevándome las manos a la cabeza. Me obligo a incorporarme desesperada por encontrar una postura que me alivie el dolor, y caigo presa del vértigo cuando la habitación se inclina. Me meto la cabeza entre las rodillas y aúllo angustiada.

—¿Adónde han ido tus hermanos? —insiste la tía Vyvian.

«Pam, pam, pam», oigo en mi cabeza. Intento entender a través de los golpes, intento contestar, pero el dolor está por todas partes.

—¡Mi cabeza! —grito agarrándome el pelo empapado y clavándome las uñas en el cuero cabelludo.

Y entonces vuelve todo, todo lo que ha pasado. Y recuerdo que tengo que concentrarme. Tengo que mentirle.

—¿Qué me ha pasado? —lloriqueo.

—Te han envenenado —afirma el médico con un cauteloso tono de voz.

—¿Envenenado? —pregunto fingiendo incredulidad.

—Sí —me confirma muy serio.

—¿Quién? ¡Au! ¡Oh, Santo Ancestro!

Me dejo caer de costado agarrándome la cabeza. Ellos intentan hablar conmigo, interrogarme, pero sus voces vuelven a fundirse con el ruido de fondo tratando de hacerse oír por encima del dolor.

Mientras me sujeto la cabeza entiendo algún fragmento de lo que están intentando decirme: Fernyllia Hawthorne responsable, veneno en la comida, todo el mundo ha enfermado, los soldados gardnerianos y los verpacianos, los estudiantes, los trabajadores. Los lupinos han desaparecido. Rafe y Trystan han desaparecido. Las hechiceras vu trin, los elfhollen y algunos uriscos han desaparecido. El veterinario de los caballos amaz y su madre, la profesora, también han desaparecido con algunos caballos que han robado, el resto de los caballos de la universidad y del ejército están esparcidos por el bosque. Se han ido. Todos desaparecidos.

Han muerto quince soldados gardnerianos. El conserje de la universidad está muerto, lo han decapitado sin piedad. Les han cortado las orejas a un grupo de cadetes de la División Tres gardneriana. Y todo esto lo ha hecho la salvaje hembra lupina.

Han ejecutado a Fernyllia esta mañana. Han cerrado la frontera este. Han desterrado a Rafe y a Trystan. Nada de esto habría ocurrido si hubieran estado comprometidos y los hubiera criado la tía Vyvian en lugar del tío Edwin.

«¿Dónde están? ¿Dónde están? ¿Dónde están, Elloren?»

«¡No lo sé! ¡No lo sé!»

Y entonces se hace el silencio mientras yo me retuerzo de dolor.

«¡Oh, Santísimo Ancestro, Fernyllia! Nos has salvado a todos y te han matado...»

—¿Por qué lloras? —ruge mi tía.

—¡El dolor! —miento rota por la impactante pérdida de Fernyllia, y cada nueva mentira me atraviesa el corazón como un trozo de cristal roto.

—No creo que sepa dónde están sus hermanos —le dice el médico a la tía Vyvian.

—Pues claro que no —espeta mi tía—. Rafe y Trystan no le han dicho nada. Estaban bajo el embrujo de los lupinos. Por eso han dejado que envenenaran a su propia hermana.

Me interrogan durante lo que me parece una eternidad mientras mi cabeza y mi corazón se parten por la mitad. Y después me dejan con mi dolor.

Y, al final, me rindo y me desmayo.

Algunas horas después sigo temblando debido a los efectos secundarios del veneno, tengo la piel pegajosa y no he recuperado el equilibrio. Veo el reflejo de los relámpagos en el cielo por las ventanas de mi habitación de Bathe Hall.

La tía Vyvian está sentada delante de mí en otra butaca tapizada con terciopelo y entre las dos arde un fuego en la chimenea. Me aferro a la taza de amargo tónico *borsythian* que la tía Vyvian ha pedido que me preparen; estoy muy deprimida.

—Jamás me imaginé que tus hermanos acabarían tan mal —comenta indignada con fuego en sus ojos de color esmeralda.

«Trystan. Rafe. ¿Dónde estáis?»

Sus crueles palabras se me clavan en el corazón. Ya añoro tanto a Rafe y a Trystan que no sé cómo voy a soportar este nuevo Reino sin ellos.

—Ya estaba claro que Rafe no iba a terminar bien —dice enfadada—, paseándose por ahí con esa zorra lupina. Pero Trystan. —En su rostro se refleja una expresión de dolida traición—. Nunca lo habría imaginado.

Me mira extrañamente preocupada, como si en mi mirada fuera a encontrar alguna pista que le indicara cómo podía haber salido todo tan mal.

«Se han marchado. Casi todas las personas que me importan… ya no están.»

La rotundidad de la situación es casi insoportable, y no estoy preparada para la intensidad del dolor que siento. Me echo a llorar, dejando que las lágrimas broten con libertad, sabiendo que ella asumirá que estoy llorando a causa de la traición de mis hermanos.

La tía Vyvian esboza una mueca cargada de odio.

—Es la sangre de tu madre. Ese ha sido el problema.

La miro asombrada, la mención de mi madre frena un segundo las lágrimas. La tía Vyvian niega con la cabeza y mira con odio al vacío, como si de pronto lo viera todo con horrenda claridad.

—Tessla Harrow. —Sisea el nombre de mi madre con tanto odio que me asombra—. Esa chica de Downriver. Criada con celtas… uriscos. Jamás creerías lo celta que era cuando llegó a Valgard por primera vez. Y nunca consiguió superar sus costumbres de clase inferior.

Está muy enfadada.

—Y Rafe es exactamente igual que ella. Trystan… él se parece un poco más a tu padre, pero la sangre de Downriver lo ha echado todo a perder. —Me mira suavizando su expresión de odio y con los ojos vidriosos—. Pero tú no, Elloren. Tú te pareces mucho a Vale. Y eres igualita que mi madre.

Asiente para sí, como afirmando su argumento.

—Tú tienes la sangre de nuestra línea, no la de tu madre. Por eso eres una persona buena y pura, y tus hermanos son tan malos. —Su expresión se torna amargamente triste—. Ojalá tuvieras tus poderes. Pero el poder está en ti, y se manifestará en tus hijos. —Vuelve a asentir para sí como si nuestra salvación estuviera garantizada—. Te comprometerás con Lukas y redimirás el buen nombre de tu familia.

Yo me alejo mentalmente de ella, asombrada y ultrajada, recordando el rostro sonriente de mi madre y la amable presencia de mi padre.

«Maldita bruja —le contesto mentalmente—. No eres más que una bruja cruel y elitista.»

—¿Sabías que tu padre se comprometió con esa chica de Downriver por lástima? —espeta con una rabia volcánica en los ojos.

—No —contesto con la voz temblorosa.

—Oh, ya lo creo. Ella estaba intentando emparejarse con un celta. Nadie más la quería. Y el tonto de mi hermano se ofreció a comprometerse con ella. Esa es la clase de sangre que tus hermanos llevan en las venas.

—¿A qué… a qué te refieres?

Estoy tan confusa que me siento hasta mareada.

—Tu madre quería huir con un celta —espeta la tía Vyvian—. En la época en que los celtas pretendían acabar con los gardnerianos.

«¿Qué? No. Te equivocas. Ella quería a mi padre.»

—Es profesor en esta universidad, el celta ese —me explica

con rabia—. O lo era. —La tía Vyvian suelta una risotada cargada de odio—. Pero ya no.

—¿Qué profesor? —le pregunto.

Ella aprieta los labios.

—Jules Kristian.

Me quedo de piedra.

«No. No puede ser verdad.»

—No deberían dejar que esos mestizos dieran clases en la universidad —dice con rabia—. Jamás creerías lo que nuestros soldados encontraron en el despacho de Jules Kristian: las pruebas de una red de actividad ilegal que se extiende por todo el Reino.

—¿Y dónde está? —pregunto sin aliento—. ¿Qué le ha pasado?

—Todavía no lo han encontrado —contesta con el rostro nublado por la frustración—. Pero cuando lo encuentren lo arrestarán. Y yo me encargaré personalmente de supervisar la sentencia.

Siento vértigo. «¿Dónde estás Jules? ¿Todo esto será verdad? ¿Por qué no me lo has dicho?»

—Nunca olvidaré el nombre de ese tipo —continúa la tía Vyvian indignada—. Y jamás olvidaré la noche que Vale se comprometió con esa mujer. Esa es la clase de basura que tu padre trajo a nuestra familia. Y ahora mira. Mira lo que ha pasado.

Cada vez estoy más enfadada.

«Mi madre no era basura, maldita bruja.»

La tía Vyvian se levanta y coge sus guantes de cuero de la mesita que tiene al lado con una mirada llena de odio y clavándome los ojos mientras me esfuerzo por mantenerme impasible.

—Tengo que ir a Valgard para intentar arreglar parte del horrible daño que han hecho tus hermanos —me dice muy tensa—. Será cosa tuya, Elloren, si quieres salvar el legado de tu familia. Tú te quedas aquí. Y debes intentar pasar con Lukas la mayor parte del tiempo que puedas. Yo volveré dentro de dos semanas y para entonces ya habrás conseguido una fecha para el compromiso y el permiso de tu tío. Se acabó la espera. Se acabaron los juegos de tu tío. —En su mirada advierto una dura malicia que me resbala por la espalda—. Ya puedes decirle a tu tío que si no te comprometes con Lukas antes de tres semanas dejaré de manteneros a los dos.

492

Los pocos fondos que tuviera tu tío desaparecerán. Así que si no me obedecéis en esto os quedaréis en la calle. ¿Me entiendes?

«Te desafiaré hasta el final, vieja bruja.»

Me obligo a poner una mueca de sombría obediencia.

—Sí, tía Vyvian.

Me observa con atención como si estuviera buscando alguna grieta en mi deferencia. Cuando no parece encontrar ninguna me mira de arriba abajo, sin duda advirtiendo la mala cara que tengo, mi pelo despeinado y mi expresión apenada. Y entonces la simpatía le ilumina la mirada.

—Siento mucho que tus hermanos te hayan hecho esto, Elloren. Los hemos desterrado de Gardneria y de esta familia. Ya no volveremos a hablar de ellos.

Sale de la habitación y yo me sobresalto con el ruido de la puerta cerrándose a su espalda.

Después espero y espero aferrándome al borde de la silla mientras el fuego se desliza por mis líneas. Espero hasta que ya no oigo sus seguros pasos. Espero hasta que la imagino en su carruaje, alejándose, con la respiración agitada, y cada vez más y más enfadada. Mi ira se apodera de mi cuerpo frágil y afectado por el veneno y corre por mi interior como una avalancha buscando una salida.

Me pongo en pie a toda prisa, cojo el jarrón de rosas que tengo al lado y lo lanzo a la chimenea con un rugido. El jarrón estalla en mil pedazos, hay cristal y flores por todas partes, algunas de las flores arden dentro de la chimenea.

Y me quedo allí apretando los puños, sin preocuparme por la rosa en llamas que ha caído demasiado cerca de la alfombra.

«¿Qué voy a hacer?», me pregunto muy triste con la mejilla llena de lágrimas.

Gareth se ha marchado y con él ha desaparecido mi compromiso de emergencia, y solo faltan tres semanas para que llegue la fecha límite para comprometerse. Pero no puedo huir, el tío Edwin está enfermo y necesita que lo cuide.

Le doy vueltas a todo en busca de una solución.

«Buscaré en el registro de jóvenes sin compromiso», pienso desesperada. «Encontraré un joven que no sea militar. Después le pediré permiso al tío Edwin y encontraré la forma de ocultárselo a la tía Vyvian…

»¿Y cómo lo voy a hacer? —me contradigo—. Se enterará enseguida. Las oficinas del Consejo de Magos están en manos de sus aduladores.»

De pronto es como si las paredes de la habitación se estuvieran cerniendo sobre mí y casi no puedo respirar. No puedo seguir aquí, en esta sofocante residencia gardneriana. Quiero volver a la Torre Norte. Quiero estar dentro de esos muros de piedra que tan bien conozco.

Incluso aunque allí ya solo quede la impronta fantasmal de mis amigos y mis familiares.

# 12

## Ealaiontora

*M*e tambaleo por las calles oscuras de la universidad en dirección a la Torre Norte. El martilleo que el veneno me había provocado en la cabeza ha quedado reducido a una rítmica y vaporosa incomodidad que palpita al ritmo de mi corazón.

Me paro al llegar a la base del largo campo empinado mientras los relámpagos brillan en el cielo, aunque todavía no ha empezado a llover.

El campo está vacío.

Las vu trin se han marchado de Verpacia y los soldados gardnerianos han asentado su campamento en algún otro sitio dejando a su espalda un montón de basura esparcida por el campo cenagoso.

La fría y oscura silueta de la Torre Norte se recorta contra el cielo de la noche, vacía y olvidada. Alguien ha pintado en la puerta una estrella sagrada gardneriana de color rojo sangre.

Cuando la veo se me encoge el alma. Y me siento violada.

Ya he visto esta marca en otros sitios. En sitios que los gardnerianos han marcado para identificarlos como lugares donde consideran que hay contaminación espiritual. Lugares que es mejor evitar a causa de la mancha de los Malignos.

Empiezo a subir por el camino rocoso presa de una intensa indignación y sintiendo la punzada del viento gélido al avanzar. Llego a la base de la Torre Norte y empujo con la mano la puerta, que está un poco entreabierta. Las bisagras protestan un poco ante mi intrusión.

El interior está completamente oscuro y solo se ve el destello de algún relámpago que ilumina la escalera de caracol. Cuando ya voy por la mitad de la escalera, que he subido de memoria, percibo un murmullo en el piso de arriba que llama mi atención.

Me quedo de piedra presa del pánico.

«¿Quién diantre puede estar aquí?»

Vuelvo a escuchar una voz amortiguada. Es la voz de un hombre. Solo distingo un ligero acento de alfsigr culto.

El corazón me da un brinco. «¿Cael?»

Termino de subir las escaleras en silencio y cruzo el pasillo del piso de arriba acelerando el paso a medida que me voy acercando a nuestra habitación, y cada vez más segura de que la voz que estoy escuchando pertenece al hermano de Wynter.

Cuando me asomo a la habitación me quedo helada.

Wynter está acurrucada en un rincón, con la mirada vacía y las alas plegadas alrededor del cuerpo. El cuervo de Ariel está posado en la viga que tiene sobre la cabeza y Ariel está acuclillada delante de Wynter con actitud protectora y siseándole a Cael, que está delante de ellas. El esbelto Rhys está a su lado, y su aspecto desolado me coge por sorpresa.

Todos se vuelven a mirarme y yo caigo presa de un torbellino de emociones contradictorias. La abrumadora alegría de verlos enseguida da paso a un pánico lacerante.

«No pueden estar aquí». Verpacia ha caído y pronto aplicarán las mismas leyes de Gardneria, leyes que ahora exigen el encarcelamiento de todos los ícaros.

—¿Qué ha pasado? —le pregunto a Cael con el corazón acelerado—. En nombre del Gran Ancestro, ¿se puede saber qué hacéis aquí? Cael, esto no es seguro.

Cael me mira con desolación.

—Mi hermana —dice—. La han desterrado del Alfsigroth. Bueno, han desterrado a todos los ícaros.

Respiro hondo al escucharlo. Ya sé lo que significa eso. Si han desterrado a Wynter de las tierras alfsigr, la matarán en cuanto ponga un pie en sus fronteras.

—Nuestros gobernantes quieren que nos ciñamos más a lo que pone en nuestros textos sagrados —me explica Cael—. Y nuestras sagradas enseñanzas dicen que debemos matar a los Deargdul, los Demonios Alados. Nuestra Gran Sacerdotisa siempre ha hablado de desterrar a mi hermana, pero nunca ha hecho nada hasta ahora. Pero con una guerra en el horizonte, nuestro pueblo se ha vuelto más supersticioso. No solo han desterrado a mi hermana, también han amenazado con desterrar a cualquier alfsigr que la ayude. Mis padres y el resto de nuestros familiares la han repudiado. Es como el Destierro para los tuyos. Y tengo miedo de que se emita una orden de búsqueda y captura.

Noto como palidezco.

—Santísimo Gran Ancestro… Cael…

—Si se emite una orden formal para acabar con ella —explica Cael—, entonces enviarán a los marfoir.

—¿Los marfoir? —pregunto con tono vacilante.

—Asesinos alfsigr —especifica Cael con dureza.

Se hace el silencio en la habitación y a mí se me encoge el estómago. Cael mira a su alrededor un poco perdido y después vuelve a clavarme sus ojos plateados.

—Este es el único sitio que se nos ha ocurrido en el que se podría esconder un ícaro. —Cael frunce el ceño y sus palabras se tiñen de disgusto—. Ya sé que los tuyos evitarán venir a este lugar «contaminado».

Ariel le lanza una mirada asesina a Cael sin advertir su tono sarcástico.

—¿Tú y Rhys también estáis desterrados? —miro al callado y pálido segundo de Cael.

—Todavía no —admite Cael—, pero podría acabar sucediendo.

Miro a Wynter, que parece estar en estado de *shock*, mirando a la nada.

—Wynter —le digo, pero ni siquiera me mira—. Nunca la había visto así —les digo a Cael y a Rhys.

—Ella ama a nuestro pueblo —me explica Cael, su elegante voz está empezando a quebrarse—. Tanto que creo que estaría dispuesta a dar la vida por ellos. —Me mira muy apenado—. Debería ser una Ealaiontora. Pero los alfsigr le dan la espalda.

Me lo quedo mirando sin entender a qué se refiere.

—Es difícil de traducir —me dice Cael—. Una Ealaiontora es… una gran artista. Pero además… es más que eso.

—Una Ealaiontora es una profeta —dice Rhys en voz baja cogiéndome desprevenida. Siempre ha sido tan silencioso y observador… Tiene una voz suave y un acento muy marcado, redondea todas las palabras, es como si el agua las hubiera suavizado.

—Pero no es lo mismo que pone en tus textos sagrados —me explica Rhys con delicadeza—. Una Ealaiontora no es una profeta de las palabras, sino del arte y de la vida. Son el reflejo del alma de la gente.

—Si mi hermana hubiera nacido sin alas —dice Cael—, sería adorada por todos los elfos. Ya hace muchas generaciones que no se conoce a nadie como ella, con su talento. Su arte debería decorar los auditorios de los monarcas alfsigr y los peldaños de las Ardeaglais.

—No soy una Ealaiontora —afirma Wynter desde donde está, sentada contra la pared y la voz apagada—. Soy una apestada. Dejadme y volved con vuestra familia. Acepto mi destino.

Ariel se levanta desplegando las alas negras y proyecta un pequeño aro de fuego que las rodea a Wynter y a ella. Nos fulmina con los ojos.

—Marchaos —nos dice con rabia—. Marchaos. Todos. Le estáis envenenando la mente.

—Ariel, están intentando ayudarla —insisto.

—¡Marchaos! —nos ruge Ariel a Cael, Rhys y a mí—. Dejarla. En. Paz. —Vuelve a arrodillarse delante de Wynter—. No les necesitamos —le dice a Wynter acariciándole el pelo con torpeza y con el rostro lívido lleno de lágrimas—. No necesitamos a nadie. Solo quieren hacernos daños. Ellos son los apestados. No puedes dejar que te afecte.

—¿Qué vais a hacer? —le pregunto a Cael angustiada.

—Pediremos audiencia con mi tía, la reina. Le suplicaremos que no envíe a los marfoir. Y que retire ese decreto en contra de los ícaros.

—¿Y si se niega?

Cael asiente muy serio como si ya hubiera valorado esa posibilidad.

—Entonces romperemos con mi pueblo. Encontraremos la forma de conseguir que mi hermana cruce el paso del este. Viajaremos a las tierras Noi, donde Rhys y yo nos uniremos a los Wyvern. —El culto rostro de Cael se tensa como una roca—. Y entonces nos alzaremos en armas contra los gardnerianos y los elfos alfsigr.

# PARTE CINCO

**Ley número 340 del Consejo de Magos**

La anexión pacífica de los territorios anteriormente
ocupados de forma ilegal por los lupinos
del norte y del sur comenzará de inmediato,
colocando el territorio norte bajo
la protección de Alfsigroth y el territorio sur bajo
la protección del Reino Sagrado de Gardneria.

## Ley número 73 del Consejo de Verpacia

El Consejo de Verpacia ha decidido por unanimidad que Verpacia pase a estar bajo protección de Gardneria. La transición pacífica de los poderes comenzará de inmediato, empezando por la fusión de los militares gardnerianos con las fuerzas armadas de Verpacia. Por tanto, el Consejo de Verpacia operará bajo la jurisdicción del Consejo de Magos de Gardneria.

## Ley número 341 del Consejo de Magos

La anexión pacífica de las tierras de Verpacia comenzará de inmediato, resolución que colocará el anteriormente independiente país de Verpacia bajo la protección del Reino Sagrado de Gardneria.

### Ley número 342 del Consejo de Magos

Todas las relaciones diplomáticas con el pueblo Noi quedan suspendidas por la presente en respuesta a las indignantes y espontáneas acciones contra los militares gardnerianos y verpacianos. Por la presente se prohíbe la presencia de fuerzas vu trin en la recién anexada provincia de Verpacia, perteneciente a Gardneria, y el Reino Sagrado se ha apropiado de las bases militares vu trin del este y el oeste de Verpacia.

Cualquier futura agresión o acceso por parte de las vu trin al territorio de Gardneria se considerará un acto de guerra.

# Prólogo

$D$amion y Fallon Bane miran por las ventanas del balcón acristalado hacia el mar de gardnerianos vestidos de negro que atestan la plaza que hay a sus pies, todos cautivados por el alboroto que se está formando en lo alto de la elegante escalinata de la catedral.

Están preparando a un ícaro para ejecutarlo. Dos soldados lo llevan cogido por los brazos y la criatura agita las alas amputadas presa del pánico.

Damion disfruta de las vistas panorámicas de la escena desde el cuarto piso de la propiedad más palaciega de los Bane. Pasea la mirada por la gente hasta la gigantesca estatua de Carnissa Gardner que domina el centro de la plaza: la enorme Bruja Negra que está apuntando con su varita al malvado demonio ícaro que yace postrado a sus pies.

El movimiento hace que Damion se centre en la escena que está ocurriendo ante las grandes puertas de la catedral. Marcus Vogel, Vyvian Damon y el resto del Consejo de Magos están dispuestos en semicírculo alrededor del ícaro arrodillado que tienen atado. Tres magos de Nivel Tres se acercan a él.

Damion observa impasible cómo los soldados desenvainan sus varitas y apuntan a la cabeza del ícaro. La criatura sigue agitando los muñones de sus alas muy nervioso y tiene la cabeza gacha. Se oye resonar un trueno a lo lejos, el cielo está lleno de nubes negras iluminadas por los relámpagos.

—¿Sabías que a mamá la atacó un ícaro? —pregunta Fallon sentada en un sillón pegado al cristal y sin quitarle los ojos de encima al ícaro—. Durante la Guerra del Reino. La noche que los celtas acorralaron a toda su familia.

La rabia brilla en los ojos de la chica.

Damion Bane observa a su hermana con atención. Está sentada en ese sillón de respaldo alto tapizado en terciopelo, y tiene la cabeza apoyada en un cojín de seda con árboles bordados sobre fondo negro. Todavía tiene el torso envuelto con vendajes y su asustadiza sirvienta gardneriana de Downriver le ha puesto encima una colcha de color esmeralda con un diseño estampado en forma de árbol.

Todavía se está recuperando, pero es una maravilla. Sus poderosas líneas de afinidad la han salvado.

Y sus poderes están aumentando.

—Mamá me explicó lo del ataque del ícaro —dice su hermano.

Se miran a los ojos y comparten una feroz mirada de complicidad. Su madre, Genna Bane, no suele hablar sobre lo que ocurrió aquella noche, hace ya veinte años. Cuando los mestizos tenían poder y masacraban pueblos enteros de hombres, mujeres y niños gardnerianos.

Cuando los celtas, los uriscos y los demonios ícaros vinieron a por su madre y toda su familia.

Damion vuelve a mirar al ícaro con más odio si cabe y una ardiente satisfacción. La Temporada de Esquilar solo acaba de comenzar. El azote de los Malignos está a punto de desaparecer del Reino del Oeste, y después también del Reino del Este.

Por fin su poderosa hermana terminará el trabajo de la Bruja Negra de una vez por todas.

Fallon esboza una mueca de desagrado mientras contempla la escena.

—El ícaro le lanzó bolas de fuego a la familia de mamá mientras los metían en un establo para matarlos. Y se reía. Se reía mientras quemaba los pies de los niños y prendía fuego a las faldas de las niñas.

La rabia le arde en los ojos y aprieta con fuerza la varita de guayaco que tiene en el regazo. La estancia se congela de golpe y Damion nota cómo el frío se le cuela en los huesos mientras la escarcha comienza a cubrir las ventanas.

—Ya lo sé, hermana —dice Damion con voz grave.

—Si dejamos un solo Maligno en la faz de Erthia lo que ocurrió entonces volverá a ocurrir —le advierte Fallon—. La palabra «mago» volverá a convertirse en un insulto. Nuestro pueblo,

505

nuestros niños tendrán que soportar que se burlen de ellos y los llamen cuervos y cucarachas. Que los esclavicen, que los apaleen. Y los terminen asesinando. —Dirige su temible mirada al rostro de su hermano—. Eso es lo que ocurrirá si no dejamos caer todo el peso de la Temporada de Esquilar sobre sus cabezas.

Damion mira a su hermana a los ojos ignorando el alarmante frío que hace. Ya sabe que no puede reaccionar con miedo.

—No hay duda de que hay que esquilar a los demonios ícaros —concede con frialdad gesticulando hacia el ícaro que hay en la plaza mientras Marcus Vogel se dirige a la muchedumbre—. Pero esta ejecución no es más que una estrategia política de Vyvian.

Parte del frío desaparece.

—Pues claro —reconoce Fallon, que parece apaciguada por su entendimiento—. Para asegurarse la plaza en el Consejo de Magos. —Mira a su hermano—. Estoy convencida de que Vyvian Damon está de parte del Reino Sagrado. Independientemente de lo mucho que se odien ella y mamá. —Su hermoso rostro se endurece—. Pero Vyvian está perjudicando al Reino Sagrado al no hacerse a un lado y aceptar quién posee ahora el poder de la Bruja Negra. Que está en nuestras líneas.

—El linaje de la Bruja Negra ha quedado en manos de Elloren Gardner —le recuerda Damion a su hermana con suavidad—. Ahora que los hermanos Gardner han sido repudiados.

El frío vuelve a aumentar, se le cuela en el cuerpo y la escarcha vuelve a trepar por las ventanas.

—Elloren Gardner es igual que sus hermanos. —Fallon lanza una mirada incendiaria a su hermano—. Es una *staen'en*. Se mezcla con cualquier Maligno.

—Fallon —le contesta él razonando con frialdad—, se cree que los Malignos van a por el linaje de Carnissa Gardner porque sigue siendo su auténtico linaje de sangre. Te va a costar mucho convencer al Consejo de Magos para que señalen a la nieta de la Bruja Negra como una *staen'en*.

—Y ese es el motivo de que haya que disciplinar a Elloren Gardner. Y lo haremos nosotros.

Damion es muy consciente de uno de los motivos por el que Fallon odia a la chica de los Gardner.

Lukas Grey.

—Pues la disciplinaremos —comenta con despreocupación—. Cada día estás más fuerte. Pronto nadie dudará de que eres la Bruja Negra de la profecía.

—No hay tiempo. —Fallon entorna los ojos—. Tenemos que aplacar a toda esa familia, empezando por Elloren Gardner, y tenemos que hacerlo pronto.

«Antes de que se comprometa con Lukas Grey.»

—¿Cómo quieres que maneje lo de sus hermanos? —pregunta Damion con escepticismo—. Lo más probable es que estén bajo la protección de las vu trin, y ya estarán de camino a tierras Noi.

—Yo me ocuparé de sus hermanos.

Damion arquea una de sus cejas negras.

—El pequeño es un mago de Nivel Cinco.

Fallon afila la mirada. Se empieza a formar escarcha en todas las superficies de la habitación, son como agujas cristalinas, y todo queda cubierto de blanco, bloqueando incluso las vistas de la plaza. La temperatura vuelve a bajar en picado y el frío envuelve el cuerpo de Damion.

Un frío que duele.

—¿Dudas de mí, hermano? —pregunta Fallon con la voz grave.

Damion suelta una risotada y flexiona los dedos acartonados.

—No, querida hermana —dice mirando a su alrededor con orgullo—. Preciosa escarcha. ¿Cómo has aprendido a controlarla?

—He empleado muy bien el tiempo que he pasado postrada en la cama. —Fallon esboza media sonrisa—. Y ya sé cómo podemos destrozar a Elloren Gardner, he encontrado una forma de destruir a la pequeña zorra *staen'en* y absorber el poder de Carnissa Gardner.

Damion le sonríe a su hermana mientras ella intensifica el doloroso frío.

—Si me matas de frío, Fallon, no creo que te sea de mucha utilidad.

Fallon lo piensa un momento.

Todo el frío de la habitación desaparece de repente y la escarcha recula en cuanto el espacio vuelve a calentarse. La sangre vuelve a correr por los brazos y los pies de Damion provocándole un doloroso hormigueo, y la plaza vuelve a ser visible.

Damion mira hacia abajo justo a tiempo de ver cómo sale

507

una luz azul de las puntas de las tres varitas que envuelve al demonio ícaro con un torrente de fuego azul. Los magos se apartan y el ícaro se desploma en el suelo transformado en un montón de carne carbonizada.

Damion se vuelve hacia su hermana con una idéntica mirada de oscura resolución.

—Bueno, dime, hermana. ¿Cómo quieres que destruya a Elloren Gardner?

# 1

## Alas

$\mathcal{M}$iro por el enorme ventanal circular de la Torre Norte apoyada en el alféizar como hace Wynter tan a menudo. Contemplo el campo bañado por la noche y el bosque, todavía más oscuro, que se extiende a lo lejos, en busca de alguna señal de Cael y Rhys. La luna asoma justo por encima de la irregular Cordillera Norte.

Ariel y Wynter están sumidas en un triste silencio y esperar a que regresen Cael y Rhys se ha convertido en una agonía. En el rostro de Ariel se adivina una renovada resistencia. La hostilidad que siempre demostraba antes se ha transformado en una feroz actitud protectora hacia Wynter, y en ella percibo más fuerza. Se le han rellenado las alas y tiene las plumas más brillantes. Y poco a poco va recuperando el fuego.

Es lo único alentador en un Reino cada vez más desalmado.

Pero al contrario que Ariel, Wynter parece devastada. Pasa las horas hecha un ovillo en la cama, como si su espíritu estuviera roto, irreparable. Miro cómo Ariel está intentando convencerla para que coma algo, pero Wynter no se mueve. Ariel me mira a los ojos y en ellos puedo ver la idéntica preocupación creciente que se refleja en los míos.

Estos últimos días la universidad ha recuperado tímidamente la actividad bajo un nuevo liderazgo gardneriano. Lucretia y Jules han desaparecido, y sus despachos los han ocupado profesores leales a Vogel y al Reino Sagrado.

Cada noche Tierney y yo visitamos los Archivos Gardnerianos para consultar las *Mociones y Resoluciones del Consejo de Magos* bajo la luz de un candil.

—El Consejo ha enviado a todos los ícaros que antes estaban en el manicomio a la cárcel de Valgard —susurra Tierney con brusquedad desplazando el dedo por las líneas del texto—. Y parece que tu tía está aprovechando muy bien ese fervor en contra de los ícaros que ha provocado Marcus Vogel.

Leemos con creciente horror que mi tía ha empezado a sacar ícaros de las celdas de Valgard para pasearlos por las calles de la ciudad, donde la gente se vuelve loca de odio. Va llevando a los ícaros uno a uno a las reuniones del Consejo de Magos exigiendo que terminen con esos demonios.

Hasta la fecha ha conseguido que aprueben la ejecución pública de cuatro ícaros en la escalinata de la catedral de Valgard.

—Está intentando recuperar su buen nombre —le murmuro a Tierney sintiendo una abrasadora repulsión—. Ha desterrado a mis hermanos de la familia, y ahora se está aferrando a su plaza del Consejo de Magos haciendo esto.

510

—Ariel y Wynter tienen que marcharse de aquí —dice Tierney con un suave y tenso susurro—. En algún momento alguien entrará en la Torre Norte.

—Lo sé. Pero Cael y Rhys deberían regresar en cualquier momento.

No me gusta la inseguridad que destila mi voz cuando digo esto.

Tierney me mira extrañamente vacilante.

—Elloren —susurra recelosa, como si de pronto le costara hilar los pensamientos.

Yo me pongo nerviosa.

—¿Qué pasa?

Mi amiga traga saliva y me mira a los ojos.

—Valasca me ha hecho saber… —Mira a su alrededor, se acerca un poco más a mí y baja tanto la voz que apenas consigo entenderla—. Las amaz han encontrado la forma de quitar el glamour de los asrai. Van a… —gesticula señalándose el cuerpo—, me van a quitar esta cosa.

Abro los ojos de par en par.

—Tierney… eso es genial.

—Han encontrado la forma de quitar cada capa de glamour

y atraparlas en piedras rúnicas. De esta forma pueden utilizarlos para colocarle el glamour a otra persona, en caso de que lo necesiten.

La miro asombrada.

—Es una habilidad muy poderosa.

La mirada de Tierney se torna sombría y mira a su alrededor con cautela.

—Sí, bueno, las amaz necesitan toda la ventaja que puedan conseguir en este nuevo Reino.

—¿Y te van a quitar el glamour de forma permanente?

Tierney asiente y yo pienso en las posibles consecuencias de lo que acaba de explicarme. ¿Qué aspecto tendrá cuando le quiten el glamour que la ha ocultado durante casi toda su vida? ¿A qué poderes tendrá acceso?

—Elloren —susurra vacilante—, Valasca y Alder me van a quitar el glamour dentro de seis días. Cuando me lo quiten podré integrarme con el agua en mi verdadera forma. Y… me marcharé al Reino del Este.

Me asombra lo mucho que me impacta la noticia. Ya hace tiempo que sabía que Tierney se acabaría marchando, que tenía que irse. Pero no me había dado cuenta de lo catastrófica que me resultaría la pérdida de mi irascible e inteligente amiga.

Parpadeo tratando de reprimir las lágrimas y se me cierra la garganta. Me limpio la lágrima que se me escapa.

—Lo siento, pero es que… voy a echarte de menos.

Tierney intenta lanzarme una mirada cargada de ironía, pero le tiemblan los labios.

—¿Aunque te gruña de vez en cuando?

Se me escapa una risa y le dedico una sonrisa vacilante por entre las lágrimas.

—Me alegro de que te vayas —le susurro con complicidad. «Te añoraré muchísimo. Me sentiré muy sola»—. Quiero que te marches. Estaré feliz sabiendo que estás a salvo.

«Cuando os hayáis marchado todos se me romperá el corazón.»

Esa noche, de vuelta en la Torre Norte y con la frente pegada al frío cristal de la ventana, contemplo la noche clara y el campo iluminado por la luz plateada de la luna.

511

Me pregunto dónde estará Yvan en este momento y si estará viendo la misma luna que yo. Caigo presa de una triste melancolía mientras contemplo los oscuro picos de la Cordillera que se erige sobre el bosque.

Entonces veo salir una sombra de entre los árboles y me sobresalto. Al principio pienso que debe de ser Cael, y entorno los ojos tratando de distinguir bien lo que estoy viendo: es una figura a caballo, galopando en dirección a la Torre Norte. Pero entonces me doy cuenta de que el caballo tiene algo raro, su oscuro cuerpo refleja la luz de la luna en onduladas líneas plateadas.

Se me acelera el pulso.

«En nombre del Gran Ancestro, ¿qué diantre está haciendo Tierney?» Lo está poniendo todo en peligro al montar al kelpie a la vista de todo el mundo.

Grito su nombre sin poder evitarlo.

—¡Tierney!

Bajo del alféizar de un salto y veo las expresiones sorprendidas de Ariel y Wynter, parece que mi aullido ha llamado la atención de Wynter.

—Está montando un kelpie —les digo corriendo hacia la puerta—. Algo no va bien.

Salgo de la habitación a toda prisa, corro por el pasillo y bajo la escalera de caracol con Ariel y Wynter, que me siguen de cerca. Ariel agita sus negras alas con nerviosismo.

Abro la puerta de la Torre Norte mientras Tierney se acerca galopando hacia nosotras con los ojos desorbitados. Yo retrocedo un poco resistiéndome al impulso de cerrar la puerta ante la aparición de la peligrosa criatura, pero en cuanto Tierney se baja del kelpie el animal se disuelve y se convierte en un charco de agua que queda en el suelo.

—Están aquí —jadea Tierney con una mueca de terror en el rostro—. Los marfoir. En el bosque. Es'tryl'lyan y yo los hemos visto al norte de la Torre. Son dos elfos, y no se parecen a ninguna criatura que haya visto antes. Tienen armas curvas. Wynter, vienen a por ti. Tienes que marcharte. ¡Ahora!

«No. No puede ser. ¿Qué les ha pasado a Cael y a Rhys?»

Tierney entra corriendo en el vestíbulo circular de la Torre Norte y cierra de un portazo.

—¿Puedes luchar contra ellos? —le pregunto a Tierney—. ¿Con tus poderes de agua?

Tierney niega con la cabeza.

—No. Tienen una magia… como retorcida. Es hechicería rúnica acuática, lo percibo. Pero es mala. No está conectada con el bosque. Funciona contra él. Tienen sombras rúnicas. No son las runas plateadas habituales de los elfos alfsigr. —Se vuelve hacia Wynter muy decidida—. ¡Tienes que venir conmigo ahora mismo! Es'tryl'lyan y yo te sacaremos de aquí.

Ariel, Wynter y yo nos quedamos paralizadas un momento mientras asimilamos la horrible situación. Y entonces Ariel se endereza y adopta la expresión más calmada y relajada que le he visto poner. Coge a Wynter de la muñeca y le dice con un tono implacable:

—Dame tu ropa.

Wynter retrocede al leer los pensamientos de Ariel. Mira a Tierney desconcertada y niega con la cabeza muy nerviosa.

—No. ¡No!

—Dame tu ropa —insiste Ariel—. Yo te daré la mía. Yo los alejaré de aquí.

—¡No!

Wynter se echa a llorar.

—Te matarán —insiste Ariel con los dientes apretados y perdiendo la calma.

—Pero te cogerán —le advierte Wynter tratando de alejarse mientras Ariel la sujeta con firmeza—. ¡Te meterán en la cárcel de Valgard y te cortarán las alas!

—Si no te marchas con Tierney y dejas que te salve —espeta Ariel con aspereza—, pelearé con ellos con tanta rabia que no les quedará otro remedio que matarme.

Se queda mirando a Wynter esperando a que su amiga comprenda el ultimátum.

Wynter termina asintiendo con el rostro lleno de lágrimas y transige. Empieza a desnudarse con las manos temblorosas y Tierney se acerca para ayudarla.

—No —protesto mirando a Ariel—. Tiene que haber otra manera de hacer esto.

—No hay otra forma —opina Ariel—. Si no los entretengo, Wynter no tendrá tiempo suficiente para escapar. —Se vuelve hacia mí y me habla con voz firme y decidida—. Desabróchame la túnica, Elloren.

Cuando la escucho decir mi nombre se me saltan las lágrimas. Le desabrocho los lazos con las manos temblorosas y Ariel se quita su larga túnica negra.

Wynter le va dando a Ariel su atuendo élfico, y después Tierney ayuda a Wynter a ponerse la ropa negra de Ariel mientras a mí se me retuerce tanto el corazón que se me parte en dos.

De pronto noto cómo me palpitan las líneas de afinidad. La Varita Blanca zumba pegada a mi tobillo y yo percibo un poder oscuro que se acerca a toda prisa hacia nosotras.

Me enderezo poniéndome alerta.

—Ya casi están aquí —digo aturdida—. Puedo sentirlos. Vienen del norte.

—Lleva a Wynter con las amaz —le dice Ariel a Tierney mientras termina de ponerse la ropa élfica y coge el pañuelo blanco de Wynter de un gancho de la pared.

Tierney abre la puerta con el hombro y todas nos reunimos en la entrada de la Torre Norte. Es una noche cálida, y las estrellas brillan con fuerza en el cielo.

Ahora Ariel va vestida de blanco de los pies a la cabeza y se ha puesto el pañuelo blanco de Wynter para esconder su pelo negro. Wynter lleva la túnica y los pantalones negros de Ariel, una capa negra abrochada alrededor de su delgada figura y la amplia capucha bien puesta, tanto para esconder su pelo blanco como las alas.

Wynter llora en silencio y está muy consternada, como si estuviera sintiendo todo el dolor del mundo. Ariel mira hacia el norte, en la dirección desde donde se aproximan los marfoir, y se vuelve hacia Wynter:

—Te quiero —le dice sin más, como si estuviera afirmando algo irrefutable.

—Yo también te quiero, hermana —contesta Wynter con la voz rota por las lágrimas.

—No —insiste Ariel—. No te quiero como hermana. Te quiero.

Wynter asiente comprensiva y con los ojos llenos de dolor.

—Lo sé.

—Adiós —nos dice Ariel a todas, y después se vuelve, sin vacilar, y se marcha directamente hacia el norte del bosque, directamente en busca de los marfoir. Agita las alas que se extienden del todo reflejando la luz plateada de la luna.

Mientras lloro me doy cuenta de que Ariel es la persona más heroica que conozco.

—¡Vuelve dentro! —me sisea Tierney colocándose a Wynter delante.

El kelpie se eleva por debajo de ellas y Tierney me dedica una última mirada cargada de tensión antes de que ella y Wynter se marchen galopando hacia los bosques del noroeste.

«No. No. No.»

Cuando las veo desaparecer en la oscuridad del bosque se me encoge el corazón.

Noto un dolor agudo en el abdomen, como si me estuvieran mordiendo unos insectos, y respiro hondo llevándome la mano al estómago.

«La runa de Sage», advierto con creciente terror.

Por el norte del bosque aparecen dos figuras espectrales montadas sobre caballos de color marfil. Ariel se planta justo delante de ellos y el terror me paraliza.

Los marfoir son más altos que los elfos, tienen las extremidades extrañamente largas y los ojos demasiado grandes. Son como insectos oscuros. De pronto noto una punzada de ancestral y serpenteante maldad y Ariel se da media vuelta y empieza a correr de vuelta a la Torre Norte con los ojos alucinados clavados en los míos.

—¡Ariel!

Su nombre sale de entre mis labios en cuanto me pongo a correr hacia ella.

Los dos marfoir alzan las manos al unísono, tienen las palmas marcadas con runas negras. Aparecen unas líneas sombrías que se abalanzan sobre Ariel, se le enroscan en las extremidades y en la boca.

Ariel suelta un grito ahogado en cuanto la levantan del suelo.

Siento una negra punzada de rabia que me atraviesa.

—¡Dejadla en paz!

Los marfoir me miran. Mueven las palmas de las manos en mi dirección y una masa sólida invisible impacta contra mi cuerpo dejándome sin aire en los pulmones y lanzándome varios metros hacia atrás. Aterrizo de lado y me lastimo la cadera y el codo.

Hago ademán de levantarme y me doy cuenta de que una red de sombras me han inmovilizado en el suelo, como si fuera un insecto atrapado en una telaraña. Ariel también está atrapada, y le han tapado la boca.

Los marfoir se acercan con sus caballos. Sus fríos y malvados ojos son dos sólidos agujeros negros que resaltan en sus caras blancas, y los clavan en Ariel con asesina intención. Y entonces lo veo, de sus cabezas salen unos cuernos hechos de sombras, y el humo negro fluye en espiral hacia arriba hasta desaparecer.

Bajan de los sementales al unísono, como si fueran dos versiones de un mismo ser. Agitan sus manos de uñas largas y de las palmas les salen unos cuchillos curvos que brillan a la luz de la luna.

Se acercan a Ariel y apuntan con los cuchillos a su cuello.

—¡Dejadla en paz! —grito—. ¡Ella no es Wynter Eirllyn!

Los marfoir se detienen. Uno de ellos tiende la palma de la mano en mi dirección y de ella emergen unas cintas hechas de sombras que se me envuelven en la boca y la cabeza. Me asfixian.

El otro marfoir le quita el pañuelo a Ariel de la cabeza y le pega un empujón para atrás mientras la ícara se retuerce y forcejea. La criatura esboza una mueca de repugnancia en cuanto ve el puntiagudo pelo negro de Ariel. De sus manos emergen más cintas que envuelven a Ariel en un capullo de oscuridad, y solo se ven sus salvajes y rebeldes ojos.

El marfoir se sube a Ariel al caballo como si no pesara nada mientras yo forcejeo inmovilizada por las cintas. El otro marfoir crea más cintas de sombras para atar bien a Ariel.

Los marfoir se marchan a caballo con ella y yo grito contra la mordaza de sombras. Cuando ya han cruzado la mitad del campo en dirección oeste, las ataduras desaparecen de golpe y se desvanecen tras una nube de humo negro.

Me levanto y corro tras ellos mientras el cuervo de Ariel vuela sobre ellos como si fuera una diminuta flecha negra.

—¡Ariel! —grito.

Pero ya han desaparecido, igual que el cuervo de Ariel.

Aminoro el paso y me paro presa de la desesperación. Ya sé lo que le van a hacer.

Se la entregarán a los gardnerianos. Y cuando los gardnerianos le pongan las manos encima, la meterán en la cárcel de Valgard.

Y una vez allí dentro, le cortarán las alas.

Justo antes de amanecer llueve y el cielo está encapotado. Observo cómo el cazador de aves gardneriano ata mi carta a la pata de un halcón mensajero.

La Cordillera Norte apenas se ve desde los ventanales panorámicos del puesto de halcones mensajeros, envueltos como están en la niebla de la mañana. Veo cómo suelta al halcón, que sale volando hacia la noche en dirección norte, pero esta vez no va en busca de Lukas.

Sino de Valasca, Alder y Tierney.

Mientras veo cómo el pájaro desaparece en la niebla, tengo la sensación de estar afilando una espada en espera de la batalla.

Vuelvo a la Torre Norte estrechándome la capa para protegerme de la lluvia, que ahora cae más fuerte. Se ha levantado un poco de viento y acelero el paso; el tiempo está empeorando muy rápido.

Empiezo a subir el campo de la Torre Norte empapado por la lluvia y los tacones de las botas se me hunden en el suelo embarrado.

—Elloren.

Me doy media vuelta al oír mi nombre amortiguado por la intensa lluvia. Un joven corre hacia mí procedente de la ciudad universitaria. Entorno los ojos tratando de distinguir su rostro en aquella mañana oscurecida por la tormenta percibiendo un poderoso fuego deslizándose por mis líneas de afinidad.

Lo reconozco enseguida y corro hacia Yvan. Cuando lo abrazo sus ojos proyectan un brillo dorado y yo caigo presa de una intensa emoción.

—Elloren —jadea, y su calor arde por mis líneas.

La lluvia nos empapa mientras nos abrazamos el uno pegado al otro.

—¿Qué estás haciendo aquí? —aúllo—. No puedes estar aquí. Esto es Gardneria ahora.

517

—Tenía que volver. —Habla con un tono grave y urgente sin despagarse de mí—. Wynter y Ariel corren un grave peligro. Y también Cael y Rhys. Hablé con un diplomático alfsigr que había huido. Su monarquía ha decidido matar a todos los ícaros. A todos, Elloren. Enviarán a los marfoir...

—Ya han venido —le digo temblando al recordar a aquellas... cosas.

Yvan se queda helado. Se le contrae el rostro y da un paso atrás, se pone muy tenso y espeta algo que parece una palabrota en idioma lasair.

La lluvia nos está dejando empapados.

—Wynter pudo escapar —le explico sin aliento—. Está con Tierney, se han marchado con las amaz. Pero Ariel... —Me quedo sin palabras y la emoción me quiebra la voz—. Yvan, seguro que la entregan a los gardnerianos.

—No.

Le explico el sacrificio de Ariel. Cómo suplantó a Wynter para salvarla.

—Voy a ir a buscarla —le digo.

A Yvan le arden los ojos.

—¿Sabes exactamente a dónde la han llevado?

Asiento apretando los labios empapados de lluvia.

—El Consejo de Magos ha ordenado que todos los ícaros vayan a la cárcel de Valgard, por eso estoy bastante segura de que estará allí. Pero creo que tengo una idea para sacarla de ese sitio.

Yvan me lanza una mirada cargada de solidaridad.

—Te ayudaré.

—Será peligroso —le advierto—. Pero no me importa. Me da igual lo que cueste. No podemos dejar que le quiten sus alas.

# 2

## Glamour

—¿*E*stás preparada? —le pregunta Valasca a Tierney.

Tierney está de pie delante de nosotros con una tormenta de emociones brillando en los ojos.

—La última vez que vi mi verdadera apariencia tenía tres años —recuerda Tierney con un susurro sordo—. Yo no... ni siquiera recuerdo cómo soy.

Yvan, Tierney, Valasca, Alder y yo nos hemos reunido en el granero circular desierto. Hay algunos candiles tenues que iluminan al cuervo de Ariel, que está posado en lo alto de las vigas. Y tenemos las páginas rotas de *El Libro de la Antigüedad* esparcidas bajo los pies.

Alder coge un disco de piedra negra marcado con una runa escarlata. En la otra mano tiene una rama muy recta.

«Arce estrellado.»

Tierney señala la piedra rúnica.

—¿Entonces mi glamour se quedará atrapado ahí dentro?

—Sí —afirma Alder, que aguarda junto a ella con una postura serena y alta y le habla con una voz melódica y relajada. Entonces dirige su mirada de color verde bosque hacia Yvan y hacia mí—. Y después os traspasaremos el glamour a vosotros.

Yvan observa los plácidos ojos de Alder con su habitual actitud impasible.

—Muy bien —dice Tierney con una expresión decidida en el rostro a pesar de estar temblando—. Vamos a hacerlo.

Valasca mira hacia el techo y yo sigo la dirección de su mirada.

Sobre Tierney se están formando un montón de nubes oscuras que se extienden rápidamente por todo el granero ocultando las vigas. De una nube a otra brotan relámpagos que le arrancan un aullido indignado al cuervo de Ariel.

Valasca mira a Tierney un poco preocupada.

—Estaremos aquí mismo —le dice con aire tranquilizador—. Te ayudaremos a pasar por esto.

—Tú hazlo —le pide Tierney con aspereza.

Alder se acerca a ella con elegancia, parece que se deslice por el suelo. Entonces apoya la rama sobre el tembloroso hombro de Tierney mientras las nubes se intensifican, cada vez son más densas, tanto que ya no veo las vigas. La niebla nos envuelve a todos y aparece un frío rocío que me cubre la piel.

Busco los ojos de Yvan entre la niebla justo cuando Alder empieza a entonar un cántico en un fluido idioma dríade que me sorprende muchísimo. Se parece mucho a nuestro idioma ancestral, la lengua sagrada que empleamos durante los servicios sagrados.

La estancia se llena de energía estática. La tormenta de Tierney se intensifica y en la niebla brillan los rayos de luz.

De pronto Tierney se estremece y Alder da un paso atrás mientras la silueta ondeante de Tierney se oscurece. Emocionada observo cómo se encorva y se estira, se alarga con fuerza hacia arriba como si fuera un insecto.

En la masa oscura se forma un rostro contraído de dolor, tiene los ojos cerrados, la boca abierta en una mueca torturada y silenciosa.

Tierney suelta un grito que resuena por el granero y el glamour sale de ella para internarse en la piedra rúnica haciendo un ruido sordo que me resuena por la espalda.

Y entonces me doy cuenta de varias cosas a la vez: Tierney se ha caído al suelo; las nubes y los relámpagos desaparecen y la niebla se difumina. La superficie de la piedra que Alder tiene en la mano ahora es gris y negra, como si se hubiera quedado atrapada en la tormenta.

Tierney grita angustiada, tiene el cuello muy estirado, el pelo azul extendido a su alrededor y la ropa raída.

Valasca suelta un taco y desenvaina un cuchillo rúnico. Se abalanza sobre Tierney moviendo el arma con a velocidad impactante y le corta lo que enseguida comprendo que es la ropa de niña de Tierney, que ahora es demasiado pequeña para su cuerpo.

Cuando le corta la ropa Tierney se relaja y trata de respirar con normalidad.

Valasca ayuda a Tierney a sentarse mientras ella se esfuerza por seguir respirando con normalidad y trata de pegarse al cuerpo los restos del vestido de niña que llevaba puesto. Me desabrocho la capa y se la pongo sobre los hombros.

Alder está extrañamente alterada. Está mirando a Tierney con los ojos verdes inquietos y la piedra rúnica en la mano, como si estuviera sorprendida de lo que ha conseguido.

Yo recojo asombrada uno de los retales de ropa, suponiendo que ese debe de ser el vestido que llevaba cuando le hicieron el glamour a los tres años.

El vestido ha quedado reducido a un montón de brillantes retales verdes y la tela está decorada con pequeñas piedras de río.

Están cosidas a mano.

Tierney tiene un montón de marcas rojas en la piel justo por donde Valasca le ha cortado el vestido.

Pero la piel azul lago de Tierney no es de un color estático.

Tanto el pelo como la piel de Tierney proyectan ondas de color azul oscuro, un tono exactamente idéntico al del fondo marino. Me mira con sus ojos azules tan oscuros que parecen casi negros, y en ellos se adivina la misma cualidad acuática que en su piel. Mi capa le resbala de los hombros, pero ella la tiene bien pegada al pecho.

Su cuerpo, que tanto tiempo ha estado oculto por esa piel gardneriana, parece liberado. Y ya no es una chica recta, ahora tiene unas curvas preciosas: la nariz un poco más chata, los labios carnosos de un azul intenso, las orejas coronadas por dos largas y elegantes curvas, y su espalda fluye como un arroyo serpenteante.

—¿Qué aspecto tengo? —me pregunta Tierney sin aliento.

Se me llenan los ojos de lágrimas.

—Eres hermosa. Eres muy guapa.

Tierney alarga un brazo y se lo mira asombrada. Tiene las uñas de un brillante azul ópalo. Se le escapa una tímida carcajada.

—Puedo respirar —dice mirándonos a todos con la voz quebrada—. Por fin puedo respirar con libertad. —Guarda silencio y respira hondo—. Me siento… superbién. —Levanta los hombros—. Puedo moverme.

Valasca clava los ojos en un cubo metálico que hay cerca. Lo coge, pule la superficie brillante con la manga y se lo entrega a Tierney.

521

Mi amiga coge el cubo y traga saliva nerviosa. Tiene los ojos llenos de lágrimas y aparta la mirada de la superficie del cubo. Respira hondo muy temblorosa y me mira.

Se me escapa una lágrima cálida acompañada de una carcajada.

—Venga, mírate.

Tierney mira su reflejo y jadea llevándose la mano a la boca.

—Me parezco a ella —espeta. Se le contrae el rostro y se echa a llorar cerrando los ojos con fuerza—. Me parezco a mi madre.

Se hace un ovillo y se abraza las rodillas soltando el cubo, que rueda por encima de las páginas de *El Libro*.

A Valasca se le llenan los ojos de lágrimas, se le tensa el rostro y aparta la mirada. Yvan se arrodilla delante de Tierney y le pone la mano en el brazo.

—Deja que te ayude. Yo puedo curarte las heridas que te ha hecho la ropa.

Tierney asiente sollozando e Yvan le coloca las manos con suavidad sobre las marcas rojas del cuerpo. Las heridas van desapareciendo una a una bajo su contacto lasair. Cuando termina, Valasca le entrega a Tierney una sencilla túnica marrón y unos pantalones negros, y todos apartamos la vista mientras ella se levanta y se pone la ropa.

Cuando me vuelvo para mirar a Tierney me sorprende advertir lo alta que es ahora. Mi amiga cambia el peso de pierna y se mira los pies, como si estuviera probando sus piernas nuevas, con su ondulada melena azul medianoche resbalando por sus hombros. Después nos mira con una sonrisa que irradia la alegría más absoluta. Se balancea sobre los talones y por fin, por fin, parece cómoda dentro de su propia piel.

—¿Estáis preparados? —nos pregunta a Yvan y a mí con atrevido desafío.

Alder me tiende la piedra rúnica y yo me estremezco nerviosa. Está caliente y me provoca un hormigueo en la palma de la mano. Sobre su superficie veo unas pequeñas nubes grises y negras, y en el centro se ve el brillo escarlata de la runa abriéndose paso entre la bruma.

—Imagina el aspecto que quieres tener —me indica Alder—. Con todo detalle.

Cierro los ojos e imagino a mi tía Vyvian. Su elegante figura. Una túnica negra y una falda de montar. Voy conformando la imagen, imaginándola en mi cabeza, detalle a detalle.

«La trenza de la tía Vyvian, sus delicados pendientes de flor de hierro, sus marcas de compromiso, sus intensos ojos verde esmeralda…»

Cuando ya estoy segura de tener una imagen clara en la cabeza, abro los ojos y me sobresalto. La tía Vyvian me está mirando desde la piedra rodeada de las nubes de tormenta, y la imagen es tan clara que parece que alguien la haya reducido y la haya metido allí.

—¿Está bien? —me pregunta Alder tocando la piedra con su largo dedo de color esmeralda—. ¿Es ella?

Yo observo la imagen. Me concentro más detenidamente en el contorno exacto de la mandíbula de la tía Vyvian, en la curva de sus orejas. Se le va estilizando el rostro, poco a poco, hasta que la imagen es al fin la viva imagen de mi poderosa tía.

Entonces miro a Alder satisfecha.

—Es ella.

Alder asiente y me pone la rama en el hombro.

—Agarra con fuerza la piedra rúnica —me dice.

523

Yo aprieto fuerte y cierro los ojos mientras Alder empieza a entonar un hechizo.

Noto una corriente de energía procedente de la varita de Alder. Se me tensa la piel y noto mucho dolor, se me escapa un pequeño grito y abro los ojos desconcertada. Caigo presa del pánico.

Lo veo todo negro, tengo el cuerpo cubierto de una sustancia oleosa y los dedos pegajosos. De pronto el aceite se solidifica, constriñéndome el cuerpo, y me quedo sin aire en los pulmones. Me esfuerzo por respirar y estoy a punto de perder el equilibrio. Entonces la nube negra se rompe de repente y consigo volver a respirar.

Delante de los ojos tengo el rostro esmeralda de Alder. Alza la barbilla con una expresión complacida. Yvan, Tierney y Valasca me están mirando con asombro.

—¿Me parezco a ella? —pregunto con el pulso acelerado.

—Terroríficamente —admite Tierney recuperando su habitual tono irónico.

Flexiono los dedos de las manos y de los pies. Tenso los músculos. Es inquietantemente claustrofóbico estar dentro de la piel de otra persona; tengo la sensación de que mi cuerpo está atrapado justo por debajo. Alargo el brazo y me maravillo al ver el brillante brazo de mi tía, sus manos con las marcas de compromiso, la manicura de sus uñas. Me llevo las manos a la cara para tocarme. Tengo el contorno muy suave y se me ha alterado la estructura de los pómulos.

—Ahora coge la piedra y piensa en el guardia de tu tía —dice Alder colocando la varita sobre mi hombro.

Cojo la piedra rúnica y repito el mismo proceso de antes invocando la imagen del guardia de mi tía Vyvian, Isan. Tiene el pelo negro, la mandíbula recta, el pecho fornido y unos ojos verde musgo muy ariscos. Cuando tengo la impresión de que la imagen que aparece en la piedra es la correcta, se le paso a Yvan.

Yvan se queda inmóvil y cierra los ojos como si hubiera hecho aquello un millón de veces. Alder le pone la ramita en el hombro y le aplica el glamour.

Observo alucinada cómo el pelo de Yvan pasa de ser marrón a rojo y después su cuerpo se emborrona, se pone oscuro, se estiliza y después cambia hasta convertirse en... Isan.

Yvan está completamente cambiado, igual que Tierney y yo, ahora es corpulento, tiene unos diez años más y va vestido con el uniforme militar gardneriano.

Yvan suspira y se mira las manos con aparente curiosidad. Lo miro a los ojos, que ahora son de un verde más oscuro, y él me lanza una penetrante mirada un tanto recelosa.

Me vuelvo hacia Alder.

—¿Cuánto tiempo tenemos?

—Un día, quizá —comenta Alder—. Posiblemente menos. —Señala la piedra rúnica que tengo en la mano con la varita—. Este glamour es muy potente, pero a medida que vayan pasando las horas intentará volver a la piedra. Tendréis que ser rápidos.

Todos salimos a la oscura noche, que pronto dará paso al alba. Yvan y yo montamos en los caballos que Valasca nos ha preparado para el viaje. El cuervo de Ariel sale volando del granero y se posa sobre el hombro de Yvan.

—Marchaos —me anima Tierney con el aspecto muy cambiado pero con la misma voz de antes—. Id a salvar a Ariel de esos monstruos.

# 3

## Ariel


—¡Abrid las puertas! ¡Dejad pasar a la maga Vyvian Damon! —les aúlla un soldado con una expresión dura como el granito a los dos soldados que están apostados ante las altas puertas de barrotes de hierro de la cárcel.

Cuando se abre la puerta, mi caballo relincha reaccionando al chirrido del hierro.

La cárcel se cierne sobre nosotros construida con el estilo propio de la mayoría de arquitectura gardneriana: han levantado las paredes con gigantescos árboles y sus ramas se han unido para sostener el extenso tejado. Pero en lugar de estar hecha con la madera sagrada del guayaco, el edificio es de obsidiana.

La prisión está rodeada por un muro hexagonal con hileras de lanzas de hierro que señalan al cielo. En cada una de las esquinas del muro hay una garita donde está apostado un arquero. Es una auténtica fortaleza, no sé cómo habríamos entrado aquí sin ayuda del glamour.

El arisco soldado me ayuda a desmontar mientras Yvan se baja de su caballo con habilidad y le entrega ambos juegos de riendas al centinela al tiempo que le dirige unas cuantas ordenes bruscas acerca del cuidado de los animales.

El otro centinela nos saluda inclinando la cabeza, abre la puerta y me hace señas para que entre. Me vuelvo hacia Yvan y compartimos una mirada decidida. Miro de nuevo hacia delante, respiro hondo y cruzo la puerta de la cárcel.

Las puertas de hierro se cierran detrás de nosotros y yo me estremezco mentalmente al notar cómo los guardias corren el pestillo.

Levanto la cabeza para contemplar el altísimo edificio de la cárcel y trago saliva con nerviosismo. El tamaño del edificio es imponente, y también lo es la gran cantidad de guardias que hay dentro.

Y hay hierro por todas partes.

Flechas con la punta de hierro. Espadas de hierro prendidas a las paredes. Y todas las paredes están forradas con gruesas placas de hierro.

Como si la cárcel estuviera preparada para resistir un ataque fae.

Tengo que resistirme a las ganas que siento de coger a Yvan y salir corriendo de ese horrible lugar.

El joven centinela de rasgos firmes nos acompaña hasta la entrada principal de la cárcel, un imponente par de puertas de madera grabadas con un gigantesco árbol frondoso. Esperamos mientras el centinela cruza al otro lado de las puertas para anunciar nuestra llegada.

Poco después vuelve a abrir la puerta y vemos a un grácil anciano al otro lado. El anciano mago nos observa con sus ojos verdes a través de unas gafas con montura de plata y con una actitud profesional un tanto fría. En la túnica negra luce la insignia del Gremio de Cirujanos gardnerianos, es un árbol hecho con instrumental para cirujanos. Lleva una varita prendida al costado, y en la ropa luce tres franjas que lo identifican como un mago de Nivel Tres.

—Maga Damon —dice el cirujano con tono adulador haciendo una ligera reverencia—. Otra visita sorpresa. Aunque desde luego muy bienvenida.

—Llévame a ver a los ícaros —le digo intentando imitar el tono dominante de mi tía—. He venido a ver a una que se llama Ariel Haven.

El hombre asiente con actitud deferente, da un paso atrás y nos hace gestos para que le sigamos moviendo su esbelta mano de un modo muy refinado.

Cruzo la puerta de la cárcel con el corazón acelerado.

El vestíbulo circular parece un bosque a medianoche, pues está rodeado de árboles negros. Las ramas de piedra se entrecruzan en lo alto, y los troncos de los árboles sostienen los pasillos sombríos. Hay candiles con piedras de luz verde repartidos por todo el espacio y por los pasillos, y todo está inmerso en un brillo pantanoso. Miro las marcas de compromiso que tengo en las manos y veo cómo el brillo esmeralda de mi piel se ve potenciado debido a esa luz tan espeluznante.

—¿Ya ha conseguido la orden de ejecución? —me pregunta el cirujano como el que no quiere la cosa, como si tuviera que andarse con ojo.

Yo reprimo el pánico.

—No. No tengo ninguna orden. Pero conseguiré que el Consejo me extienda una y te la haré llegar. Nos han convocado en menos de una hora y no tengo tiempo para tecnicismos.

El cirujano agacha la cabeza adoptando una actitud sumisa y dócil.

—Claro, maga Damon.

Lo seguimos por algunos pasillos de obsidiana y los tacones de mis zapatos resuenan sobre las geométricas baldosas negras de los suelos pulidos; también percibo el eco de los pasos enérgicos de Yvan a mi espalda.

Al final de un pasillo envuelto en sombras, el cirujano coge un juego de llaves de su cinturón y abre una pesada puerta de madera. Lo seguimos y bajamos una escalera de caracol hecha de piedra, y al momento el aire se va enfriando rápidamente a medida que vamos bajando.

527

Cuando llegamos abajo entramos en un túnel en el que brilla una luz tenue de color verde. Al otro lado se oye un ligero gruñido y una voz nasal.

Distingo el olor del nilantyr mucho antes de llegar al arco que da acceso a los calabozos, y el olor me provoca náuseas y oscuros recuerdos.

Y hay algo más. Algo que me provoca un escalofrío helado que me baja por la espalda. En algún sitio, oculto en las entrañas de este lugar espantoso, hay un niño gritando.

El cirujano se detiene para coger otro buen puñado de llaves que cuelga de un gancho en la pared. Delante tenemos varias puertas con barrotes de hierro.

Cuesta ver con claridad, pues las piedras de luz élfica están más separadas aquí y el brillo verde es más tenue. Y, sin embargo, tengo una extraña sensación de *déjà vu*.

«Es un sueño que tuve. Un sueño en el que estaba intentando

sacar a Marina y a la pequeña Fern de una jaula. En este mismo calabozo con la luz verde.»

Siento la necesidad de levantar la vista hacia el techo formado con ramas de piedra entrelazadas y veo un pájaro translúcido solo un segundo, después parpadea y desaparece. Siento una punzada de aprensión y la Varita Blanca empieza a calentarse pegada a mi tobillo.

Pasamos por debajo de un arco hecho de ramas y entramos en un pasillo lleno de cavernosas celdas cerradas con puertas de barrotes. Al principio no consigo ver nada, pero mis ojos se acostumbran pronto a la luz.

Me detengo delante de la primera celda y lo veo.

Dentro hay un ícaro agachado que me mira con sus ojos blancos y desalmados mientras se rodea las delgadas piernas con unos brazos todavía más delegados. Y donde debería tener las alas asoman dos muñones.

La celda es fría y pequeña, y está vacía, a excepción de una cama de madera sin mantas y un orinal de hierro.

Y un cuenco metálico lleno de bayas de nilantyr.

El ícaro separa sus labios ennegrecidos y me bufa enseñando sus afilados dientes podridos.

En cuanto lo reconozco se me para la respiración.

Ya conozco a este ícaro, es el que escapó el día que me atacaron en Valgard.

Siento cómo me asaltan el horror y la lástima como si fuera una ola negra, que me hace retroceder de la destruida criatura hasta chocar contra los barrotes de otra celda.

Por detrás asoman unas manos llenas de garras y me cogen de los brazos inmovilizándome contra los barrotes. Noto un aliento asqueroso en la oreja y el terror se apodera de mí. Vuelvo la cabeza como puedo y me encuentro con los ojos vacíos de oro ícaro.

—Te voy a arrancar los brazos —me sisea con odio—. Igual que ellos nos arrancan las alas.

El cirujano toca los barrotes de la celda con la varita y murmura un hechizo. Una brillante explosión azul estalla a mi alrededor y el ícaro deja de sujetarme.

Me tambaleo hacia delante y cuando me doy la vuelta veo que el ícaro se ha caído al suelo y está atrapado bajo una red de líneas azules que le cruzan el cuerpo, y grita y se retuerce con agonía.

Me esfuerzo por recuperar la respiración temblando de miedo y horror al presenciar cómo el cirujano emplea esas técnicas de tortura con tanta soltura. Me froto los antebrazos mientras el cirujano me mira un tanto confuso.

Como si hubiera algo que no le encajara.

—Tiene que mantenerse alejada de las celdas de los ícaros, maga Damon —dice con el ceño fruncido, como si le sorprendiera tener que avisar a mi tía.

Tengo el corazón acelerado y me esfuerzo por recuperar la compostura. Me obligo a respirar hondo unas cuantas veces mientras el cirujano sigue mirándome con creciente suspicacia.

«Tienes que ser la tía Vyvian —me regaño—. ¡Cálmate! ¡Tienes que sacar a Ariel de aquí!»

—¿Dónde está? —pregunto obligándome a levantar la barbilla con expresión arrogante.

El cirujano relaja su recelo, como si estuviera más cómodo con mi predecible mal humor.

—La criatura está alojada al final del pasillo.

«Alojada.»

Que palabra más inapropiada para describir esta pesadilla de calabozo.

A medida que avanzamos por el pasillo serpenteante y voy viendo a los ícaros que tienen presos allí dentro me siento cada vez más horrorizada. Intento no mirarlos, no ocultar mi postura regia y desagradable, pero no puedo evitar escucharlos, verlos por el rabillo del ojo.

Hay una hembra. Parece que tenga unos trece años, va vestida con harapos, tiene clapas en la cabeza. Se golpea la cabeza contra la pared de la celda sin parar mientras agita los muñones que tiene a la espalda, y los rítmicos golpes resuenan a mi espalda mientras el corazón me empieza a palpitar angustiosamente. Pasamos junto a la celda de otra chica, ésta es más joven todavía. Está de cuclillas en una esquina de la celda murmurándose con un hilo de voz aguda.

Otros ícaros gritan cosas raras y agitan los barrotes de las celdas cuando nos ven pasar.

—Soy sucia, muy sucia…

—¡Voy a volar hacia ti! ¡Intentaron quitarme las alas, pero las escondí!

529

—¡Mírame a los ojos! ¡Te convertiré en uno de los nuestros! Les han arrancado las alas a todos y todos tienen la misma mirada vacía.

Me siento ultrajada.

«Mi pueblo, nosotros los hemos convertido en esto.»

Podrían ser seres completos, como Wynter, si los gardnerianos los hubieran dejado en paz. Pero los han torturado y los han drogado hasta que se han vuelto locos.

Ahora comprendo que, probablemente, los ícaros que me atacaron hace ya unos meses habían sido atormentados de esta forma, quizá incluso desde que eran pequeños.

Como Ariel.

Siento una mezcla de compasión por ellos, incluso por los que me atacaron, y una rabia nauseabunda.

Pasamos junto a algunas celdas vacías repartidas por entre las ocupadas, las celdas vacías donde probablemente se «alojaron» los ícaros que mi tía arrastró ante el Consejo de Magos para su ejecución pública.

Me vuelvo hacia Yvan devastada. Está mirando a uno de los ícaros desconcertado y con el rostro muy pálido por la impresión. Nunca le había visto tan alterado, y me provoca una profunda preocupación.

—No miren directamente a los ícaros —nos advierte el cirujano a Yvan y a mí con un tono científico—. Les pueden contaminar el alma y es malo para la salud espiritual de los magos.

—Le aseguro que no tengo ningunas ganas de mirar a estas viles criaturas —contesto sintiendo muchas ganas de matarlo y liberar a todos los ícaros que hay en este pasillo asqueroso.

Los gritos del niño se abren paso entre los incesantes gemidos de los ícaros y sus oscuros murmullos.

—Les pido disculpas por la interrupción. —El cirujano se vuelve un poco hacia mí mientras caminamos—. Ayer capturamos a una pequeña. Esta tarde le quitaré las alas yo mismo. Eso debería servir para relajarla un poco. Aunque, como pueden ver... —hace un gesto desdeñoso con la mano hacia las ruidosas criaturas que nos rodean—, no es suficiente.

—¿Capturado?

Me sorprende que utilice esa palabra para referirse a una niña.

El cirujano aprieta los labios con desaprobación.

—Nunca subestime la habilidad de estos seres Malignos para disfrazar su auténtica naturaleza, maga Damon. Incluso de los más pequeños. La madre de esta criatura estaba completamente hechizada por ella, vivía convencida de que no era un demonio, sino una niña indefensa. Gracias al Gran Ancestro que su vecino nos avisó de la existencia del ícaro. ¿Quién sabe qué futuras maldades podría haber cometido?

—¿Y la madre? —pregunto pensando en Sage y el pequeño Fyn'ir con ganas de vomitar—. ¿Dónde está?

El anciano adopta una expresión tensa.

—Descansando con los Malignos, sin duda. Su alma estaba tan contaminada por la oscura criatura que había creado, que cuando se la quitamos prefirió suicidarse antes que seguir viviendo sin su vil presencia.

Me cuesta mucho reprimir las náuseas y me muerdo la mejilla por dentro para recomponerme.

—Aquí está —me dice con cara de asco gesticulando hacia una celda abierta.

Dentro hay una mujer ataviada con un atuendo médico en el que veo las franjas que la identifican como una maga de Nivel Dos, y lleva una varita colgada al costado. Tiene el rostro enjuto y el pelo gris recogido en un moño perfecto, y se está peleando con una ícara de unos tres años. Una niña pequeña.

Parece que la mujer está intentando obligar a la niña a comer nilantyr y la pequeña, que tiene toda la túnica blanca manchada de vómito negro, no deja de mover la cabeza de un lado a otro con los ojos desorbitados y la boca cerrada con actitud desafiante.

En cuanto nos ve la doctora deja de hacer lo que está haciendo y se levanta. La niña se aleja de ella desesperada y empieza a gritar de nuevo presa del pánico. Agita sus alas negras muy rápido pero con poco resultado, pues solo consigue elevarse algunos centímetros del suelo. Después se vuelve a caer al suelo de piedra atrapada como está por un grillete de hierro que lleva en el tobillo. El grillete está prendido a la pared por una corta cadena metálica que repica contra el suelo mientras la niña intenta tirar de ella todo lo que puede.

Vuelvo a mirar horrorizada a Yvan, cuya perpleja y pálida expresión se ha transformado en una mueca de pura rabia. Tiene las mejillas rojas y está asiendo la empuñadura de la espada con tanta fuerza que se le han puesto los nudillos blancos.

—No la mire directamente a los ojos —le advierte nuestro guía a la doctora, que ha retomado su tarea y vuelve a tratar de drogar a la niña.

—No lo haré, puede estar seguro —contesta nerviosa y sudando por el esfuerzo. Vuelve a desistir un momento, se levanta y se alisa la falda mientras la niña grita y tira desesperada de la cadena—. Me está resultando particularmente difícil sedar a esta.

—Átala si es necesario —le contesta el cirujano con fría eficiencia entrando en la celda para darle a la doctora una bobina de cuerda que hay en una mesa. Me mira con gesto de disculpa—. Siento que tenga que presenciar esto, maga Damon. Pero ya ve que lidiar con estas criaturas no es tarea sencilla.

—Desde luego —contesto notando cómo la bilis me sube por la garganta.

—Nosotros pensamos lo mismo que usted, maga Damon —afirma con tono empalagoso—. Es un misterio que el Consejo de Magos haya insistido en mantenerlos con vida durante tanto tiempo. —Niega con la cabeza y chasquea la lengua con desaprobación—. Pero eso cambiará pronto ahora que el gran Vogel está a la cabeza de nuestro gran Reino Mágico, y con vuestra inestimable ayuda. El Consejo necesita comprender que matar a los ícaros es un acto de bondad. Todavía hay quienes se resisten a la necesidad de exterminarlos, aferrándose a la idea romántica de que podemos salvar sus almas si les quitamos las alas. Si pudieran venir a trabajar un solo día con estas criaturas, no dudarían en adoptar una actitud mucho más dura.

—Sin duda.

Tengo el corazón muy acelerado.

El anciano me sonríe en actitud servil.

—Ha venido usted con una tarea que cumplir y yo la entretengo con política. Discúlpeme.

La mujer empieza a atar a la niña, está prácticamente sentada encima de ella, y la pequeña grita todavía más fuerte.

—¿Dónde está Ariel Haven? —pregunto esforzándome para mantener el tono relajado.

El hombre señala al otro lado del pasillo.

—Allí.

Me doy media vuelta y se me encoge el corazón.

«Ariel.» Justo en la celda que tengo a la espalda.

Ariel está en las sombras de la celda, sentada sin fuerzas sobre una dura cama de madera, y con la cabeza apoyada en el muro de piedra.

Solo han pasado algunos días, pero está sorprendentemente desmejorada y tiene los ojos entornados y como metidos hacia dentro. Está mirando al vacío y en los labios ha fijado una entumecida y complacida sonrisa.

Tiene un cuenco lleno de bayas de nilantyr bajo el brazo.

Me asalta la rabia. «Ariel había vencido. Se había liberado de la pesadilla de la droga.

»Y ahora la han vuelto a destruir.»

Siento una furibunda rabia que me recorre todo el cuerpo.

—No creo que tenga ninguna dificultad para llevarla ante el Consejo —comenta el cirujano con aire despreocupado—. Al contrario que la niña ícara, esta está encantada de comerse todo el nilantyr que le demos. De hecho, creo que se mataría si le diéramos la cantidad de droga suficiente, y así le ahorraríamos al Consejo la molestia de tener que ejecutarla.

Se me apelmaza el pecho y estoy cada vez más indignada.

Ariel no solo está sedada. Está prácticamente en coma. Y, por lo que parece, los trabajadores de este sitio se lo han pasado en grande ayudándola a llegar a este estado. Está llena de golpes y heridas, y tiene una de las alas medio colgando, como si le hubieran arrancado un trozo, y le sale un poco de sangre. Lleva la misma ropa élfica que vestía el día que se la llevaron los marfoir, y las prendas están sucias y ajadas.

Oigo un ruido a mi espalda y la mujer grita.

Me doy media vuelta. Yvan se ha abalanzado sobre la doctora y el cirujano, que están muertos de miedo en el suelo cubriéndose la cabeza con los brazos. Yvan tiene sus varitas en una mano y los apunta con la espada con la otra apretando los dientes.

—¿Qué estás haciendo? —le grito helada.

Yvan me ignora. No deja de mirar fijamente al cirujano y a la doctora. La pequeña sigue gritando con todas sus fuerzas atada en el suelo y forcejea desesperada.

—¡Comeos el nilantyr! —les ordena Yvan al cirujano y a la doctora, gesticulando con violencia hacia el cuenco.

Los dos asienten obedientes y completamente pálidos. El cirujano recupera el cuenco con una mano temblorosa. Coge un puñado de bayas y se las mete en la boca, después le ofrece el cuenco a la doctora que hace lo mismo muerta de miedo.

—¡Seguid comiendo! —les ruge Yvan—. ¡Comed hasta que os desmayéis u os mataré a los dos! —Me mira por encima del hombro con los dientes apretados—. Nos llevamos a la niña.

Miro a la niña que sigue atada y aterrorizada y rueda por el suelo gritando. Claro que nos la vamos a llevar. No podemos dejarla aquí con estos monstruos.

—Quiero salvarlos a todos —afirma Yvan con ferocidad—, pero no podemos. Pero a ella sí que podemos salvarla.

Asiento empapada en sudor frío.

El cirujano y la doctora están como entumecidos, se han dejado caer contra la pared de piedra y han acabado cayendo al suelo el uno encima del otro.

Yvan envaina su espada, rompe las varitas que tenía en la mano y tira los pedazos al suelo. Se arrodilla para mirar si tienen algo dentro de la boca. Cuando ya está seguro de que se han tragado el nilantyr, Yvan utiliza la cuerda con la que la doctora estaba atando a la niña y los ata a ambos de la misma forma. Después coge las llaves del cirujano, sujeta el pie de la niña y le quita el grillete. Me lanza las llaves de latón y se vuelve a concentrar en la ícara.

La pequeña grita todavía más fuerte con los ojos verdes desorbitados.

—Dame tu capa —me pide Yvan con un tono implacable y áspero.

Me desabrocho la capa, se la lanzo a Yvan y él empieza a romperla a jirones.

Yvan intenta convencer a la niña para que se tranquilice, pero está completamente histérica.

—Lo siento —le murmura mientras utiliza una de las tiras de la capa para taparle los ojos, después le coloca otra alrededor de la boca y se la ata detrás de la cabeza, y cuando termina sus gritos suenan más amortiguados. Envuelve todo su cuerpo en un trozo de tela más grande hasta que está completamente inmovilizada. Después coge la cuerda, recoge a la niña, se levanta y se vuelve hacia mí.

Está completamente tenso y preparado para el ataque, le arden los ojos, como si fuera capaz de enfrentarse a todo un ejército para conseguir ponernos a salvo.

—Átamela a la espalda.

Me lanza la cuerda y sujeta la niña contra la espalda con firmeza. Yo le rodeo el pecho y los hombros con la cuerda, la vuelvo a pasar por encima de la niña una y otra vez hasta que la pequeña, que no para de forcejear debajo de las ataduras, parece relativamente segura.

—Ahora ve a por Ariel —ordena Yvan.

Me acerco a la celda de Ariel con las llaves en la mano y abro la puerta que cede con un sonoro chirrido.

—Ariel —le digo con suavidad entrando en la celda. Le pongo una mano en el hombro sintiéndome muy triste por ella—. Tienes que venir conmigo, bonita.

Ella vuelve su cabeza apenas consciente hacia mí y esboza una sonrisa negra de oreja a oreja. Rodeo su frágil cuerpo con el brazo y la ayudo a levantarse de la cama.

Ariel mira al cirujano y a la doctora y se echa a reír, es una risa aguda y frenética, como si verlos le pareciera muy divertido. Después se vuelve hacia mí y me dedica otra enorme y retorcida sonrisa.

—Elloren —dice Yvan con un tono áspero y conciso—. Voy a fingir que te ha secuestrado. Soy un guardia traidor en el que pensabas que podías confiar, pero en realidad me he aliado con los Malignos y estoy decidido a rescatar a todos los ícaros. Voy a ser un poco duro contigo. Si no se lo creen nos matarán.

Me esfuerzo por respirar con más tranquilidad, tengo las emociones revueltas, pero mi cabeza ya está ordenando los detalles del nuevo plan.

—Sujeta bien a Ariel —me ordena Yvan—. Nos largamos de aquí.

—¡Os ordeno que tiréis las armas! —aúlla Yvan en cuando llegamos a las puertas de la cárcel.

Yvan me sujeta de los brazos con fuerza y me acerca un cuchillo al cuello. Yo llevo sujeto el brazo huesudo de Ariel y ella se ríe medio aturdida.

535

Al principio los guardias hacen todo lo contrario de lo que les pide Yvan. Los arqueros de las torres le apuntan con sus flechas y los centinelas que hay en la puerta desenvainan sus espadas, hasta que todos ven quién soy y sueltan las armas.

—Si hacéis un solo movimiento la mataré —los amenaza Yvan apretándome con más fuerza.

Los guardias se quedan inmóviles e Yvan no pierde ni un segundo.

Nos apresuramos hacia la salida y uno de los guardias grita la orden para que la abran enseguida.

—¡Deteneos! —ordena una voz grave justo cuando llegamos a la puerta, la voz del hombre desprende tanta autoridad que todo el mundo se queda inmóvil y se da la vuelta.

Un tipo muy corpulento con el uniforme de lugarteniente y cuatro franjas que lo identifican como mago de Nivel Cuatro avanza hacia nosotros y nos señala con actitud acusadora.

—¡No son quienes aparentan ser!

«Oh, Gran Ancestro, ayúdanos.»

Los demás guardias parecen desconcertados y alternan la mirada entre nosotros y el lugarteniente, como si no supieran qué hacer.

—¡Apartaos! —grita Yvan tirándome del pelo con fuerza y pegándome la hoja del cuchillo a la piel del cuello.

—¡Sois unos impostores! —le aúlla el lugarteniente a Yvan. Se detiene a algunos metros de nosotros y desenvaina su varita—. Acabo de recibir una nota de la maga Vyvian Damon. Se dirige hacia aquí en este mismo momento. Tiene la intención de llevarse a la ícara Ariel Haven ante el Consejo de Magos para su inmediata ejecución.

Me señala con su espada.

—Tú no eres Vyvian Damon. —Clava los ojos en Yvan—. Y apostaría lo que fuera de que tú no eres su guardia, Isan Browen. ¡Gardnerianos, coged las flechas de hierro!

Los arqueros levantan los arcos y nos apuntan con flechas con puntas de hierro.

—Pero, lugarteniente —se aventura a decir uno de los hombres—, yo conozco a Isa, y se parece…

—¡Me da igual lo mucho que se parezca! —espeta el lugarteniente—. ¡Es una ilusión! ¡Un glamour! —Se vuelve hacia mí—.

Eres una sidhe fae, ¿verdad? ¿Has venido a robar demonios ícaros? ¿Qué se esconde bajo tu glamour?

Me pincha en el costado con su espada.

A la velocidad del rayo, Yvan suelta el cuchillo y le quita la espada al lugarteniente de un único movimiento. La niña que Yvan lleva a la espalda grita y el ruido se percibe amortiguado por las ataduras.

—Tranquilo, fae —dice el lugarteniente alejándose de Yvan. Mira a su alrededor, cada vez hay más arqueros rodeándonos, y esboza una sonrisa triunfal—. ¿Pretendías vencernos a todos? ¿Salir corriendo? Estás en medio de Gardneria. ¿Cómo crees que vas a escapar? —Gesticula hacia los altísimos muros de piedra—. Hay pinchos de hierro en lo alto de los muros. Y todas las puntas de las flechas también son de hierro.

Yvan aprieta los dientes mientras sigue apuntando con la espada al lugarteniente, está completamente tenso.

—Dos sidhe fae rescatando ícaros alados —observa el lugarteniente con cierta diversión y negando con la cabeza—. ¿Para qué los ibais a utilizar? Menudo misterio. —Se vuelve hacia uno de los soldados—. Malik, informa al Gran Mago Vogel de que hemos capturado a dos sidhe. Entretanto, esperaremos a que llegue la maga Damon.

Los soldados nos rodean pero mantienen una distancia prudente mientras el lugarteniente discute los planes con tres subordinados, pero habla demasiado bajo como para que podamos escucharlo.

El sol se ha vuelto a poner y la luz sobrenatural de las piedras de luz élficas lo envuelven todo en un brillo verdoso. Toco el hombro de Yvan con una mano temblorosa y él me responde inclinando un poco la cabeza mientras pasea los ojos de un soldado a otro.

—¿Qué vamos a hacer? —le pregunto cada vez más asustada.

No me contesta y le oigo tragar saliva con fuerza.

—No lo sé —admite al fin.

Caigo presa del pánico, que me consume y me debilita.

Y entonces me vengo abajo. Agarro a Ariel con fuerza, agacho la cabeza y me pongo a rezar. Recito oraciones repetitivas pidiendo misericordia, protección, un milagro.

—¿Qué estás haciendo? —me ruge Yvan.

—Rezar —le contesto con la cara llena de lágrimas.

Hace un ruido desdeñoso.

—¿Con las palabras de una religión que nos odia a Ariel y a mí? —pregunta con un susurro enojado—. ¿Una religión que odia a la niña que llevo pegada a la espalda?

—¡Son las únicas palabras que conozco! —aúllo llorando y empezando a temblar—. Necesitamos un milagro, ¡y eso es lo que estoy pidiendo!

Vuelvo a entonar la oración que se utiliza para pedirle al Gran Ancestro que haga un milagro en medio del reino de la Muerte, y las palabras llenas de esperanza impiden que me venga abajo del todo.

—Los milagros no existen —sisea Yvan.

Escuchamos un zumbido retumbando sobre nuestras cabezas.

Yvan y yo levantamos la cabeza hacia el cielo justo cuando una llamarada cruza la atmósfera pintándola todo de color naranja. Yvan nos coloca a Ariel y a mí a su espalda y alarga la palma de la mano para contener el fuego. Notamos un calor sofocante y todo a nuestro alrededor queda envuelto en una ensordecedora explosión de fuego.

Se oyen gritos incoherentes y aullidos procedentes de todas direcciones. Los tonos dorados, naranjas, brillantes y blancos están por todas partes, las chispas vuelan como si hubiera un millón de estrellas fugaces, y el calor es abrasador. Caen más llamaradas del cielo al mismo tiempo que las flechas con la punta de hierro empiezan a pasar volando por encima de nuestras cabezas.

Y entonces percibimos un enorme y atronador ruido a nuestra espalda. Como si el Gran Ancestro en persona hubiera escuchado mi plegaria y hubiera bajado de los cielos.

Yvan me suelta y nos damos media vuelta.

Naga.

El dragón sacude la cabeza hacia atrás al ver a Ariel, la rabia brilla en sus ojos. Después mira a Yvan y baja su serpentina cabeza hasta que sus ojos de fuego están a escasos centímetros de los suyos.

—Oh, Naga —le dice Yvan con la voz tomada por la emoción—, llegas en muy buen momento.

El cuervo de Ariel se posa sobre la cabeza escamosa de Naga y nos mira con sus ojos negros.

«Bendito pájaro ingenioso. Has encontrado a Naga.»

Yvan pone la mano sobre el cuello del dragón y comparten una larga mirada. Después Yvan se vuelve hacia mí con renovada decisión.

—¡Sube a Ariel a lomos de Naga! ¡Y tú también! ¡Tenemos que irnos! ¡Ahora!

Me cuesta mucho entender a Yvan por encima del rugido del fuego, pero los gestos que hace con la mano me dejan muy claro lo que está diciendo. Naga se tumba en el suelo sin perder un segundo.

Me subo a su lomo y coloco a Ariel delante de mí rodeando su frágil cuerpo con los brazos al tiempo que me agarro a las astas que salen de los hombros de Naga. Yvan se sube justo detrás de mí y se agarra a las astas colocando las manos por encima de las mías.

Naga se levanta, extiende las alas y salta en el aire. A continuación baja las alas y empezamos a subir a trompicones mientras yo me esfuerzo por no perder el equilibrio. Yvan nos sujeta con fuerza a Ariel y a mí mientras los guardias gritan y las flechas vuelan a nuestro alrededor. Una de las flechas se clava en la única oreja que le queda a Naga y ella ruge enfadada. Vuelve la cabeza y escupe unas cuantas columnas de fuego alcanzando con mucha puntería las torres de vigilancia que quedaban, y después se eleva y nos alejamos de la cárcel.

Me aferro al frágil y semiinconsciente cuerpo de Ariel, aunque la cálida espalda del dragón reduce un poco el impacto del viento helado, que se va enfriando más a medida que ganamos altura. Yvan me pega su cálido pecho a la espalda y me alivia el frío por detrás.

Antes de darme cuenta, la cárcel es una pesadilla envuelta en una bola de fuego que se disipa a nuestros pies, y ante nosotros tenemos el brillante centro de Valgard.

Yvan alarga el brazo hasta el ala rota de Ariel. Yo se la aguanto mientras él coloca la mano sobre la herida ensangrentada y proyecta su fuego hacia Ariel.

Unos segundos después, cuando aparta la mano, el ala de Ariel vuelve a estar en su sitio y recta.

—¿Puedes ayudarla a recuperar la conciencia? —le pregunto nerviosa.

—No —me contesta apenado—. Ha tomado demasiado nilantyr, y no puedo purgarla. Necesita un curandero con más conocimientos que yo.

Pronto sobrevolamos tierras de cultivo y seguimos por los bosques oscuros. La luna nos ilumina el camino y las nubes grises cruzan perezosas el cielo estrellado. Y yo suspiro aliviada.

Seguimos volando durante un buen rato y Naga cruza el cielo como si fuera nuestra poderosa flecha. El cuervo de Ariel nos sigue de cerca. Sobrevolamos largas extensiones de bosque y las cumbres blancas de las Cordilleras Norte y Sur cada vez están más cerca. Y entonces pasamos por encima de los gigantescos picos de la Cordillera Norte. Las vistas son arrebatadoras, conocidas y aterradoras, todo a la vez.

—Tu glamour está desapareciendo —me dice Yvan al rato, y yo noto la caricia de su aliento cálido en el cuello.

Me miro las manos a la luz de la luna, son mis manos, con las uñas mordidas y la piel brillante y, por fortuna, libre de marcas de compromiso, y me sorprende la desaparición imperceptible del glamour. Me vuelvo y me encuentro con Yvan, que por suerte ya vuelve a ser él mismo.

540

Aquí arriba todo está en calma después del caos y el ruido de Valgard. Lo único que se oye es el siseo de las enormes alas de Naga cortando el aire y los sollozos amortiguados de la niña que Yvan lleva pegada a la espalda.

—¿Adónde nos lleva Naga? —pregunto sintiendo el aire frío en la cara.

—Con las amaz.

La voz de Yvan se ha tornado seriamente decidida.

Me atenaza el miedo. Me vuelvo hacia él.

—No. Tú no puedes ir allí. Te matarán.

Pero su mirada es decidida.

—Ariel necesita sus cuidados —dice—. Y es el único sitio donde podemos llevar a la niña, Elloren. El único lugar donde estará a salvo. Ellas le darán cobijo, ya lo sabes. Ellas la protegerán.

—Aterriza cerca de la frontera —insisto—. No puedes aterrizar en medio de territorio amaz.

—¡Tenemos que hacerlo! —contesta con ferocidad—. No tenemos tiempo que perder. Ellas tienen sanadoras rúnicas y Ariel necesita cuidados inmediatos. No sabemos cuánto nilantyr ha tomado, ¡podría morir!

Aprieto con fuerza las astas de Naga mientras le doy vueltas a la situación presa del pánico. No podemos hacer esto, sería un suicidio para Yvan. Quizá sería un suicidio para todos. Uno no aterriza con lo que parece un dragón militar en medio del territorio amaz con un hombre y vive para contarlo.

Pero ya es demasiado tarde para discutir.

Cuando alcanzamos la cumbre de la cordillera, la luz rúnica de Cyme aparece ante nosotros, y Naga comienza a descender a toda velocidad.

# 4

## Grito de Guerra

$\mathcal{N}$aga sobrevuela la ciudad amaz y desciende a una velocidad de vértigo.

«Santísimo Gran Ancestro. Santísimo Gran Ancestro. Santísimo Gran Ancestro.»

Extiendo mi antebrazo marcado con la runa albergando la esperanza desesperada de que la runa que Sage plantó en mi brazo nos salve de una muerte explosiva.

Noto un intenso dolor en el brazo cuando mi runa entra en contacto con la cúpula translúcida de la ciudad: la construcción proyecta un color escarlata mientras que la runa proyecta unos rayos de luz esmeralda.

Cruzamos el escudo y el aire se calienta automáticamente mientras Naga empieza a hacer unas complicadas maniobras con las alas intentando reducir la velocidad.

Y a nuestros pies se desata el caos.

Las mujeres y las niñas gritan alarmadas y corren a esconderse en los edificios más cercanos. Los pequeños ciervos salen huyendo de la enorme plaza central, y un montón de soldados amaz aparecen a caballo desde múltiples direcciones. Las soldados llenan la plaza enseguida y emiten un sonido amplificado con runas tan aterrador que espero no volver a escucharlo en mi vida.

El grito de guerra amaz.

Encarna la violencia más horrible y extrema: ríos de sangre, golpes de los que parten huesos y todos los miedos que anidan en la mente de uno proyectados en un único sonido de esos que hielan la sangre.

Cada vez aúllan más fuerte, y enseguida empiezan a desenvainar cuchillos, hachas y guadañas, además de una hilera tras otra de flechas rúnicas, y todo apunta a un único y gigantesco objetivo.

Nosotros.

Y entonces me pongo a gritar como una loca.

—¡Valasca! ¡Alder! ¡Freyja! ¡Reina Alkaia! ¡Soy yo! ¡Elloren Gardner! ¡No disparéis!

Me asalta el vértigo cuando la plaza iluminada por las antorchas y la estatua de la diosa que hay en medio se elevan en nuestra dirección a demasiada velocidad.

Vamos a chocar.

Cierro los ojos y el grito de guerra amaz me atraviesa cuando Naga se posa en el suelo con violencia. Aúllo aterrorizada al salir despedida de su espalda y aterrizar con fuerza en el suelo de piedra de la plaza.

Las soldados nos rodean gritándose órdenes las unas a las otras. Yo me desplazo como puedo hasta Ariel, que está tirada en el suelo, desmayada.

—¡Necesita una sanadora! —grito mientras las soldados nos rodean gritando órdenes.

Vuelvo la cabeza y veo que Yvan está de rodillas, con las palmas extendidas en señal de rendición; le gotea sangre de un lado de la cabeza. Tres arqueras rúnicas lo tienen rodeado y las puntas escarlata de sus flechas están suspendidas a escasos centímetros de su cabeza. Alcippe se cierne sobre él con su hacha rúnica preparada entre los puños.

Su grito de guerra se desvanece y todo se queda inmóvil, como si de pronto todo el mundo se hubiera convertido en piedra. El único sonido que se escucha son los gemidos amortiguados de la niña ícara.

A nuestro alrededor tenemos un círculo de soldados amaz, muchas van a caballo, todas tienen sus armas desenvainadas. Naga está tendida en el suelo rodeada de seis soldados que le apuntan al cuello con sus lanzas rúnicas. Ella tiene los ojos cerrados y las alas plegadas, ha adoptado una postura deliberadamente pasiva.

—¡Necesita una sanadora! —vuelvo a gritar con la cabeza de Ariel entre las manos y la voz teñida de desesperación—. ¡Acabamos de rescatarla de la cárcel de Valgard!

—¿Qué llevas en la espalda? —le pregunta Alcippe a Yvan con una mueca de odio en la cara.

543

Yvan sigue agachando la cabeza.

—Una niña ícara.

La plaza se llena de murmullos de sorpresa y Alcippe hace un gesto con la barbilla a dos soldados. Las jóvenes desenvainan sus cuchillos rúnicos y cortan las ataduras que tienen a la niña amarrada a la espalda de Yvan. Después la separan muy despacio de él y, con cuidado, van cortando la cuerda que lleva a su alrededor, y la niña empieza a agitar las alas muy nerviosa. En cuanto las soldados le quitan la tela que lleva en la boca, la niña profiere un grito aterrorizado.

Las soldados terminan de soltar a la niña, y las dos mujeres enseguida empiezan a hablarle con delicadeza, intentando tranquilizarla, pero ella mira horrorizada a Yvan, se suelta de las soldados e intenta marcharse volando. Solo consigue elevarse algunos centímetros del suelo y después vuelve a desplomarse debido al descontrolado pánico y las lágrimas, y las soldados corren a ayudarla.

Alcippe observa con los ojos entornados el paralizante miedo que la niña siente hacia Yvan. Adopta una expresión letal y se le marcan todas las venas de las sienes y el cuello. Alza un poco más su hacha rúnica.

—¡No! —protesto justo cuando Freyja cruza la hilera de soldados a caballo.

—¡Bajad las armas! —ordena.

Alcippe vacila con el hacha todavía en alto y la respiración acelerada a causa de la rabia. Yvan está acuclillado y mira a Alcippe con una quietud depredadora.

—¡Freyja! —le suplico—. Necesito hablar con la Reina Alkaia. ¡Te juro que Naga e Yvan no van a haceros daños! Han rescatado a las ícaras. Por favor... ayudadnos. —Inclino la cabeza hacia Ariel—. Necesita una sanadora. ¡Por favor!

—¡Este hombre ha desafiado el suelo sagrado de la Diosa! —le espeta Alcippe a Freyja negándose a bajar el hacha—. ¡Es una abominación! ¡Mira cómo le teme la niña! ¡Hay que matarlo!

Las dos soldados siguen intentando tranquilizar y contener a la niña ícara, que no deja de gritar presa del pánico. Freyja tiene una expresión tensa e indecisa y entretiene por un momento la silenciosa petición de Alcippe para acabar con la vida de Yvan.

—No harás tal cosa —ordena una voz dominante al tiempo que se oye un ruido de cascos de caballo repicando en la piedra de la plaza.

Valasca aparece subida a su caballo negro de melena roja con la Reina Alkaia montada a su espalda. Alder también viene con ellas.

—Ariel necesita atención médica —le grito a Valasca cada vez más nerviosa.

Valasca asiente y grita algo hacia la multitud.

—Baja el arma, Alcippe —dice la Reina Alkaia con tanta calma que casi parece apática—. Bajadlas todas.

Las soldados bajan las armas y Valasca desmonta del caballo y ayuda a la Reina Alkaia a bajar, después le sirve de apoyo a la reina mientras se acerca a nosotras.

—Pero… mi reina… —protesta Alcippe con una mueca iracunda en la cara.

—Paciencia, Alcippe —La Reina Alkaia alza la mano—. Ahora mismo nos ocuparemos del hombre.

Dos ancianas con intrincados tatuajes faciales se abren paso entre las soldados y se acercan a Ariel agachándose a su lado. Me aparto un poco mientras las mujeres examinan a Ariel, y enseguida se sacan unas pequeñas piedras rúnicas de las bolsas que llevan colgadas al hombro y se las colocan en la frente, la garganta y los hombros. Se forma un brillo escarlata que brilla de una piedra a otra, y enseguida envuelve a Ariel en una centelleante red de luz. Naga se desliza hacia nosotras con mucha cautela y una intensa preocupación en sus ojos serpentinos.

—¡Ariel! —grita una voz conocida.

Naga levanta la cabeza justo cuando la esbelta figura de Wynter se abre paso entre la multitud agitando sus finas alas negras con inquietud. Lleva una túnica y unos pantalones de color lila, y le han adaptado un poco la túnica para que pueda sacar las alas.

La red rúnica carmesí que envuelve a Ariel se destiñe. Las sanadoras rúnicas murmuran entre sí con el ceño fruncido, y una de las mujeres niega con la cabeza consternada. La luz de la red rúnica parpadea y se apaga y la angustia se refleja en los feroces ojos de Naga.

—Lo siento —me dice una de las sanadoras mirándome muy seria—. Está demasiado envenenada. No podemos hacer nada.

Naga se acerca a las sanadoras. Coge a Ariel con delicadeza y se la pega a su brillante pecho de escamas negras sosteniendo su cabeza con una de sus peligrosas garras. Se retira un momento y contempla el demacrado rostro de la ícara.

*La dragona nos mira a todos con un dolor insoportable en el rostro. Levanta el cuello hacia el cielo y suelta un rugido ensordecedor.

—¿Está muerta? —le pregunto llorando a Wynter. Se me escapa un sollozo—. ¡No puede estar muerta!

Wynter se acerca a Naga, que ahora está acariciando el pelo sucio de Ariel con su hocico afilado. Apoya una de sus elegantes manos en el hombro escamoso de Naga.

—No está muerta —dice Wynter haciendo un gran esfuerzo y hablando por Naga. Ella también tiene la cara llena de lágrimas—. Pero su fuerza vital se está apagando. No siente ningún dolor de lo drogada que está.

La ira arde en los ojos de Naga. Y entonces, a toda velocidad, su expresión abandona la rabia y se convierte en una mueca de tristeza absoluta.

—Naga dice —continúa Wynter—, me marcho, y me la llevo conmigo.

—Esto es un dragón militar gardneriano —le dice Alcippe a la Reina Alkaia con mucha rabia señalando con su hacha rúnica la marca del Consejo de Magos que Naga lleva en el costado—. ¡Tenemos que matarla!

Naga vuelve la cabeza hacia Alcippe. Y entonces escuchamos un grave rugido temblando en la base de su larga garganta.

Wynter se vuelve hacia Alcippe sin apartar la mano del hombro de Naga.

—Naga dice: «yo no soy un dragón militar gardneriano». Yo soy Naga, un dragón libre de Wyvernkin. Y si quisiera podría arrasar toda esta ciudad con mi fuego. No tengo nada contra vosotras, personas libres. Me llevo a Ariel para que su último suspiro lo dé en el lugar al que pertenece, entre los Wyvernkin, su verdadero pueblo. He escuchado decir que hay wyvern que sobreviven en las altas montañas del este. Los buscaré allí. Las personas que alumbraron a Ariel Haven nunca la quisieron, nunca la vieron por lo que es. Le destrozaron el espíritu, abusaron de ella, la drogaron, le dijeron que era repugnante, sucia y mala. Este no es su sitio. Ella tiene que estar con los seres alados, su verdadero pueblo».

—Alcippe Feyir —dice la Reina Alkaia un buen rato después sin dejar de mirar a Naga—. Dame tu hacha rúnica.

Alcippe obedece sin protestar y con los dientes apretados. Después se marcha hacia donde está la niña ícara hecha un ovillo y llorando. Coge a la pequeña con un solo brazo y se marcha muy seria con la niña llorosa pegada al pecho.

La Reina Alkaia mira a Naga.

—Nosotras, las personas libres de las tierras de Caledonia te deseamos un buen viaje, ser alado. Llévate esto contigo, dragón libre. —Le entrega el hacha rúnica a Valasca y Valasca se la da a Naga con mucha solemnidad—. Entierra a Ariel Haven con ella para que pueda disponer del arma en la próxima vida —dice la Reina Alkaia con mucho respeto—, donde se criará en el paraíso de la diosa y será una soldado feroz y orgullosa.

Naga acepta el hacha rúnica de Valasca mientras coge a Ariel, y después mira a Wynter.

Wynter mira a la Reina Alkaia.

—Naga dice: «Gracias, Reina Madre. Me habría gustado que Ariel Haven pudiera haberse criado en vuestras tierras de pequeña. Habría sido una gran guerrera».

Y entonces Naga y Wynter se vuelven hacia mí y Wynter sigue dando voz al dragón:

—«Elloren Gardner, quise matarte cuando te vi por primera vez, pero has demostrado ser una buena amiga».

Naga y Wynter miran a Yvan, que sigue agachado en el suelo.

—Yvan Guriel, te debo mi libertad y eres mi amigo. Los gardnerianos son cada vez más fuertes y se acerca la guerra. Tienes que alzarte y aceptar tu destino. No puedes luchar contra lo que estás destinado a ser.

Yvan no le quita los ojos de encima, tiene una mirada confusa y dolida en el rostro. Entonces Naga se vuelve hacia Wynter y la mira a los ojos.

Wynter asiente con los ojos llenos de lágrimas. Abraza a Naga con fuerza, después se retira y nos mira a todos con la mano todavía apoyada en Naga.

Naga empieza a agitar las alas y se eleva lentamente en el aire mientras la mano de Wynter resbala por su piel.

—Naga os dice a todas —prosigue Wynter con la voz apelmazada—: «Amazakaran, se aproxima la guerra. Debéis luchar contra los gardnerianos y los alfsigr, pero no podéis hacerlo solas. Subestimáis su maldad. Subestimáis la oscuridad que anhela estas tierras. Despertad ahora, personas libres, antes de que sea demasiado tarde. En nombre de Ariel Haven, que fue criada en cautividad pero no se dejó doblegar, ¡yo volveré para pelear a vuestro lado!».

Y con esas últimas palabras, la punta de la cola de Naga resbala de la mano de Wynter, y se marcha volando hacia el este por el cielo nocturno con Ariel pegada al pecho. Y el cuervo de Ariel se va volando tras ellas.

«¡Ariel!», grito su nombre en mi cabeza, proyectándolo por el vasto cielo y con el corazón retorcido por un dolor insoportable.

Ariel ya no está.

Ariel, que dio la vida por Wynter.

¿Cómo pude haber pensado que era tan mala? ¿Cómo es posible que no me diera cuenta de la verdad? ¿Cómo pude no comprenderlo? ¿Cómo pude haberme creído todas esas mentiras sobre ella?

Wynter está llorando en silencio a mi lado con las alas plegadas a su alrededor, y todos lloramos la pérdida de nuestra amiga bajo la fría y apática luna.

548

Cuando la silueta de Naga desaparece a lo lejos, la Reina Alkaia se vuelve hacia mí. Estoy sentada en el suelo al lado de Wynter, llorando en silencio bajo las luces carmesíes que proyectan las antorchas de la plaza.

—El hombre debe marcharse —anuncia la Reina Alkaia con tono decisivo gesticulando en dirección a Yvan, que alza su mirada dolida hacia la reina.

—No.

Me levanto y me acerco a él. Como si pudiera protegerlo de ellas.

La Reina Alkaia alza la mano y me dedica una mirada feroz con los ojos entornados.

—Vamos a perdonarle la vida a este hombre —me dice con total tranquilidad y sin dignarse a mirar a Yvan ni una sola vez—. Por esta vez. —Me fulmina con la mirada y en sus ojos veo brillar una seria advertencia. Después llama a tres de sus guardias—.

Llevad al hombre hasta nuestra frontera. Montad guardia junto a él mientras yo hablo con Elloren Gardner. Cuando hayamos acabado, si ella quiere, podrá irse con él.

Dos soldados a caballo, una arquera y otra armada con una espada rúnica, se acercan a Yvan y le hacen señas para que se levante. Otra mujer mayor y musculosa armada con una larga lanza rúnica también se acerca a él.

Yvan se vuelve hacia la reina con un brillo emocionado en los ojos.

—Gracias —le dice a la Reina Alkaia—. Por acoger a Wynter y a la niña.

La Reina Alkaia tensa el rostro, pero se niega a mirarlo. La soldado que está delante de Yvan hace un gesto con la lanza rúnica para empujarlo e indicarle que debe ponerse en marcha.

Me dan ganas de quitarle la maldita lanza rúnica de las manos y partirla por la mitad.

Pero le van a dejar vivir.

Y parece que estamos en una situación extraordinariamente delicada y peligrosa.

Cuando se llevan a Yvan yo me vuelvo hacia la Reina Alkaia muy enfadada.

—Él ha salvado a esa niña, ¿sabes? Y Naga también. Y ha intentado salvar a Ariel.

Las guardias de la reina se alteran y empuñan sus armas.

La Reina Alkaia alza la mano para calmar a sus guardias.

—Lo sé —contesta muy tranquila y con un tono peligroso en la voz. Me clava los ojos—. Ese es el motivo de que sea uno de los pocos hombres que ha cruzado nuestras fronteras y que va a vivir para contarlo.

La fulmino con la mirada rabiosa con sus inflexibles costumbres.

—¿Crees que nuestras costumbres son duras, Elloren Gardner? —me pregunta la reina con evidente desafío.

—No tenéis muchos grises, la verdad.

—Es posible —concede con una mirada inquisitiva—, pero también es cierto que este es el único lugar seguro de Erthia al que has podido traer a las ícaras.

En eso tiene razón. Pero solo a medias. ¿Y si la ícara hubiera sido un niño con alas en lugar de una niña?

Pero me doy cuenta de que ya he hablado suficiente. Seguir presionando a la reina sería una tontería y podría poner en peligro la vida de Yvan.

La Reina Alkaia hace un gesto para indicarle a su gente que se marche, y las soldados se van, una a una, y solo se quedan la reina, Valasca, Wynter y algunas de las guardias de la reina. Wynter se levanta en silencio y se pone a mi lado con el rostro lleno de lágrimas.

—Wynter Eirllyn nos ha hablado mucho de Ariel Haven —me explica la Reina Alkaia con expresión seria.

Yo asiento sin decir una sola palabra. Soy incapaz de hablar de Ariel sin perder la compostura.

De pronto llama la atención una voz que canta una canción y miro por detrás de la reina y veo a Alcippe al final de la plaza, justo delante de un denso bosquecillo. Tiene en brazos a la niña ícara, y la pequeña ya no grita. Ahora emite un sonido nuevo, es un lamento grave.

Alcippe sigue cantando y su voz resuena por el aire cálido gracias a las runas. Es una canción en un idioma que no conozco, quizá se trate de algún dialecto urisco, y es relajante, pero triste.

Mientras todas nos paramos un momento a escuchar la relajante melodía, la niña se va calmando cada vez más hasta quedarse completamente en silencio. Alcippe se queda allí un rato más, meciendo con ternura a la pequeña, después cruza la plaza muy despacio en dirección a la reina y se arrodilla ante ella.

La Reina Alkaia mira a Alcippe con cariño.

—He decidido llamar a la niña Pyrgomanche, mi Reina —anuncia Alcippe con cierta formalidad—. Pyrgo porque es bajita.

—Oh, sí. —La reina asiente con gesto de aprobación—. Le queda muy bien. «Guerrera feroz». Es una buena elección, Alcippe. Un nombre fuerte para una niña fuerte. Algún día será una gran guerrera. Nos hará sentir orgullosas.

—Voy a poner a esta niña bajo mi protección —sigue diciendo Alcippe muy decidida.

La reina ladea la cabeza aceptando la propuesta con respeto y Alcippe se levanta y se marcha con la niña por la plaza en dirección al Auditorio Real.

Miro a la Reina Alkaia muy confundida después de haber discutido con ella.

—Gracias —le digo con la voz afónica—. Gracias por ayudar a la niña. Y por dar cobijo a mi amiga, Wynter Eirllyn… y por rescatar a todas las selkies.

La reina hace un gesto extraño con los labios, como si estuviera reprimiendo una sonrisa, y la diversión brilla en sus inteligentes ojos verdes.

—No me despediré de ti, Elloren Gardner, pues estoy convencida de que volverás dentro de algunas semanas, quizá, con algunos kelpies que hayas rescatado o incluso un par de dragones de las profundidades.

Se le borra la sonrisa y me mira con una expresión salpicada de algo que se parece mucho al afecto.

—O tal vez —continúa un poco más seria—, te liberes del apego que sientes por ese varón y te unas a nosotras. Te aceptaríamos encantadas.

Su oferta me deja de piedra.

¿Cómo sería aprender a ser una guerrera? ¿Ser la fuerte para variar y vivir siempre apoyada por un ejército entero de guerreras? ¿Aprender a utilizar las armas? ¿Vestir ropa con la que me pudiera mover con libertad? ¿Liberarme de todas las normas gardnerianas?

Es una idea increíble y que da mucho que pensar.

Pero no me dejarían cuidar del tío Edwin. O estar con Yvan, o con mis hermanos, o Gareth… o con cualquiera de los hombres buenos que hay en mi vida.

«No —pienso con tristeza—. Nunca podría despedirme de ellos para siempre.»

La Reina Alkaia parece leerme la mente. Me mira con el ceño fruncido, pero después adopta una expresión resignada y hace un gesto desdeñoso con la mano.

—Vete, Elloren Gardner. Vuelve con tu hombre. Y que la Diosa te proteja. Ve con Valasca. —Le hace un gesto a la comandante de la guardia y Valasca me mira con complicidad—. Ella te llevará con él.

Valasca se sujeta a la crin de su caballo y me ayuda a montar sobre su lomo. Cabalga hasta donde estoy yo y me tiende la mano. Yo me aferro a ella y subo al caballo tras ella rodeándole la cintura. Y Valasca me estrecha las manos con cariño.

—Adiós, Wynter —digo mirando a mi amiga. Wynter está

envuelta en sus alas y tiene una mirada muy triste—. Vendré a visitarte cuando pueda.

Wynter asiente y, antes de que pueda decir nada más, Valasca y yo nos marchamos camino a la frontera.

Encontramos a Yvan justo donde me han dicho que estaría, cerca de la frontera del territorio amaz, detrás del muro rúnico. Sus guardias le hacen un gesto con la cabeza a Valasca cuando nos acercamos, y ella me ayuda a desmontar.

—Estaré en contacto —le digo a Valasca antes de que me suelte la mano.

—Yo también —me promete con expresión seria.

Las amaz se marchan y Valasca me mira una última vez antes de desaparecer en el bosque; las runas de la frontera desaparecen en cuanto ellas se marchan.

Yvan y yo nos quedamos solos en la oscuridad.

No sé qué decir, así que me quedo allí mirándolo con la cara de Ariel grabada en la cabeza. Yvan parece destrozado. Está apoyado en un árbol con una expresión devastada en el rostro.

—Yvan —jadeo negando con la cabeza con mucha tristeza.

No puedo decir más. ¿Cómo se pueden poner palabras a todo lo que ha ocurrido, a la inmensidad del mal al que nos enfrentamos?

—Le hemos fallado —dice con aspereza.

«Fuimos demasiado lentos. Demasiado indefensos. Demasiado tarde.»

No puedo hablar, así que me limito a asentir con los ojos hinchados y llenos de lágrimas.

—Lo siento —continúa—. Lo siento mucho.

Habla atropelladamente, con un tono desesperado.

—Yvan —digo presa del dolor—, hiciste todo lo que pudiste. Arriesgaste tu vida para salvarla. No podías haber hecho nada más. Nada.

Yvan asiente con brusquedad y con una expresión tensa, como si estuviera reprimiendo una oleada de emociones tan intensas que amenazaran con arrasar todas sus barreras.

—¿Cómo está? ¿La niña? —pregunta con voz opaca—. ¿Ha dejado de gritar?

Asiento. Imagino que le pasa lo mismo que a mí y no deja de recordar el eco de los gritos de la pequeña en su cabeza, de sentir el peso de su miedo.

—Se quedó dormida del cansancio. La van a acoger. Y también a Wynter.

Yvan traga saliva y asiente; por un momento parece incapaz de hablar y le cuesta mucho respirar. Está sumido en el dolor. Cierra los ojos con fuerza y se vuelve hacia el árbol en el que está apoyado, se agarra con una mano y con la otra se tapa los ojos al tiempo que deja escapar un sonido áspero y profundo.

—Yvan.

Me acerco a él.

Ahora está sollozando y oigo el ruido de su áspero llanto, veo cómo le tiemblan los hombros, parece que le esté costando respirar.

Me acerco a él con las mejillas llenas de lágrimas. Me abrazo a su rígido hombro mientras él intenta dejar de llorar sin conseguirlo.

Baja la mano con la que se está tapando la cara y se vuelve hacia mí con los ojos rebosantes de desesperación. Se separa del árbol y me abraza para seguir llorando sobre mi hombro.

Yo le abrazo con fuerza mientras noto sus lágrimas resbalando por mi cuello y cómo tiembla de pies a cabeza.

—Lo siento —vuelve a decir Yvan entre sollozos y con la voz amortiguada por mi hombro al tiempo que niega con la cabeza sin parar.

—Yvan —digo con la voz rota—. No es culpa tuya.

Le abrazo con fuerza y él se agarra a mí como si yo fuera un salvavidas.

Nos abrazamos durante un buen rato, perdidos en el dolor.

Al final Yvan deja de llorar y se separa de mí limpiándose los ojos con el reverso de la mano. Después me mira y se le ponen los ojos dorados.

—Te quiero, Elloren.

Se me corta la respiración.

Los dos sabemos qué significa eso. Lo que supondrá su declaración y este camino que estamos emprendiendo. Lo que supondrá para los dos.

Noto las lágrimas frías resbalándome por la cara. Parpadeo

553

para hacerlas desaparecer y poder verle bien. Nuestro amor está completamente condenado de todas las formas posibles, pero es imposible seguir luchando contra él.

—Yo también te quiero —susurro con los labios salados y llenos de lágrimas.

Yvan me coge la cara con sus cálidas manos y me mira fijamente. Se me acelera el corazón.

—Quiero besarte, Elloren —dice con mucha solemnidad—, pero si lo hago... el beso nos vinculará.

—Me da igual —le digo apasionada—. Quiero que me beses.

Y lo hace.

Tiene los labios cálidos, carnosos y salados a causa de las lágrimas y, al principio, me besa muy despacio. Una sorprendente calidez florece desde nuestros labios y se desliza por mis líneas de afinidad provocándome un hormigueo.

Su beso es como la miel más dulce, como algo en lo que me habría ahogado encantada.

Y entonces el calor empieza a aumentar, se intensifica en nuestros labios, y la percepción que tengo de su calor escala hasta que de pronto su ardor me recorre todo el cuerpo y las llamas se deslizan por mis líneas y a nuestro alrededor.

Jadeo y me retiro un milímetro. Se me ha acelerado mucho la respiración.

—Tu fuego...

Yvan me mira con sus salvajes y brillantes ojos, tiene la voz entrecortada.

—¿Es demasiado?

—Oh, no —susurro besándolo de nuevo.

La cálida boca de Yvan se apodera de mis labios y él extiende las manos por mi espalda para estrecharme con fuerza mientras su increíble fuego me recorre de pies a cabeza. Es lo mejor que he sentido en mi vida. Mejor que el primer sol cálido de la primavera, mejor que acercarse a una estufa al volver a casa de un paseo frío. Y su fuego se lleva todas las tragedias y tristezas.

—He estado solo tanto tiempo —susurra con los labios pegados a los míos mientras yo noto su calor por el cuerpo.

—Ya no estás solo —le contesto.

Asiente y levanta la mano para acariciarme el pelo con ternura. Su fuego me engulle y yo le sonrío a pesar de la tristeza, porque incluso en medio de todo este horror, es maravilloso que por fin nos hayamos encontrado.

—¿Puedo quedarme contigo esta noche? —me pregunta—. No me refiero... —Guarda silencio un momento acariciando con sus manos mi pelo mientras intenta ordenar sus pensamientos—. Solo quiero estar contigo.

Asiento.

Yvan respira hondo y apoya la frente sobre la mía.

—Deberíamos volver. Tenemos un camino muy largo por delante.

—De acuerdo —concedo.

Se inclina un poco para besarme con suavidad y su calor me estremece. Después me coge la mano con seguridad y partimos en dirección a la Torre Norte.

# 5

## Límites

*C*uando el bosque se abre ante nosotros, se me encoge el corazón al ver la Torre Norte, un refugio del áspero mundo que nos rodea.

Cruzamos el campo iluminado por la luna en silencio y cogidos de la mano hasta que llegamos al edificio de piedra.

Yvan coge el candil del gancho donde aguarda colgado junto a la puerta, lo enciende haciendo un gesto con la mano y abre la puerta. Me sigue en silencio por la escalera de caracol y las sombras se deslizan por las paredes mientras el candil se balancea en su mano.

Soy muy consciente de su presencia, del sonido de sus pasos, de su respiración. Siento tantas emociones contradictorias en este momento que me cuesta mucho ponerlas en orden. Las caras de Ariel, la pequeña niña ícara, los ícaros destrozados y sin alas... todas esas cosas me rompen el corazón.

Pero no todo es oscuridad.

Yvan me quiere.

Hace mucho tiempo que tengo la sospecha, pero ahora él se ha rendido al sentimiento por completo, y yo también. Y el inesperado y amplio alcance del fuego que he sentido en el beso de Yvan... solo el pensarlo me desequilibra.

Entramos en mi fría y silenciosa habitación, que ahora está vacía de vida: los pájaros ya no están; ni Wynter, Ariel, Marina ni Diana, todas se han marchado. Solo las obras de arte de Wynter siguen proyectando el recuerdo agridulce de lo que fue este lugar en su día.

Yvan se acerca a la chimenea y extiende la mano. Una bola de llamas explota dentro y enciende la montaña de troncos. El fuego calienta rápidamente la habitación y proyecta un brillo, naranja sobre todo lo que hay dentro.

Después mira a su alrededor como si no supiera qué hacer a continuación.

—¿Cuál es tu cama? —me pregunta.

—Esa —digo señalándola. Cuando miro las otras camas vacías me asalta un dolor agudo—. Pero eso ahora ya no importa.

Se sienta en la cama con aspecto pálido y traumatizado.

—Tu cara… tienes un poco de sangre —le digo en voz baja.

Yvan se lleva la mano a la cara como distraído y se toca la pequeña herida que tiene en la mejilla, después se mira la sangre de los dedos y vuelve a mirarme afligido.

Yo voy a por un paño y una palangana con agua del baño y lo llevo todo a la mesita de noche que tengo junto a la cama. Me coloco delante de Yvan, le cojo del hombro y le acerco el paño para limpiarle la herida de la mejilla.

Cuando le toco la herida, Yvan hace una mueca de dolor. Me sujeta la cadera, cierra los ojos y respira hondo mientras yo sigo limpiándole la sangre de la cara y del cuello, mojando el paño en el agua de vez en cuando.

Entonces me doy cuenta de que la mancha de sangre continúa por debajo de su camisa. Yvan sigue con los ojos cerrados y yo alargo la mano para desabrocharle el botón de la camisa y poder llegar mejor a la mancha. Cuando le estoy abriendo la camisa para descubrirle el hombro él abre los ojos de golpe. Me sujeta la mano a la velocidad del rayo y me la aparta de la camisa adoptando una expresión feroz.

Se me acelera el corazón y se me acalora tanto el rostro que lo siento arder, y me avergüenzo de haber traspasado los límites que hay entre nosotros.

—Lo… lo siento —le digo tropezando con las palabras—. Solo iba a limpiarte la sangre que tienes debajo de la camisa…

Yvan sigue agarrándome la mano con fuerza, con demasiada fuerza.

Estoy muy avergonzada y no termino de entender qué he hecho. Todavía no sé lo bastante sobre los hombres como para comprender mi error.

Yvan me suelta un poco la mano y su feroz expresión desaparece tras un gesto avergonzado.

557

—Lo siento, Elloren —dice con la voz ronca. Sigue cogiéndome de la mano, aunque ahora lo hace con suavidad, y en sus ojos veo brillar la tristeza y la confusión—. Solo quiero tumbarme… contigo.

Asiento e Yvan me suelta la mano, se vuelve a abrochar la camisa y se agacha para quitarse las botas.

Yo me miro la ropa. Está como la de Yvan: arrugada y con olor a sudor y sangre.

«La sangre de Ariel. La que le salía del ala.»

Y entonces todo lo que ha pasado vuelve a mi cabeza. Ese horrible lugar. Lo que le han hecho a Ariel. Lo tarde que hemos llegado.

Como estoy demasiado afectada como para preocuparme por el decoro, me quito la túnica y después me desabrocho la falda. Tiro la ropa a una esquina de la habitación con muchas ganas de quemarla hasta reducirla a cenizas. Después me saco las botas y meto la varita dentro de una de ellas, y me quedo con una camisola fina, calzas y medias.

Soplo para apagar el candil de la mesa deseando poder eliminar con la misma facilidad todas las cosas terribles de este mundo.

Cuando me vuelvo hacia Yvan veo que está sentado en el borde de la cama y me mira en silencio iluminado por la luz del fuego. Me acerco a la cama y lo esquivo para tumbarme y meterme bajo las sábanas. Una vez dentro me quedo mirando su espalda abrumada por la tristeza y el dolor.

«Ariel». Quiero que vuelva. Quiero que vuelvan todos.

Yvan se da la vuelta y me apoya la mano en el brazo.

Nos quedamos así durante un buen rato, perdidos en nuestros pensamientos y el dolor que compartimos. Me pesan los párpados y cuando me rindo y dejo que se me cierren del todo noto cómo Yvan se desliza bajo las mantas y me coge por la cintura.

Yo alargo el brazo para acariciarle la cara con cuidado de evitar la herida, y veo cómo cierra los ojos. Acaricio su pelo sedoso y a él se le acelera la respiración enseguida.

Me estrecha contra su cuerpo y me besa con suavidad. Noto cómo su fuego chispea cuando me desliza las yemas de los dedos por la espalda, y su calidez resbala por mis líneas provocándome un intenso dolor. Noto cómo Yvan se reprime y se entrega a algo muy poderoso al mismo tiempo, y su fuego llamea hasta convertirse en un arroyo voraz.

Yvan me sujeta las caderas con ambas manos mientras nuestros besos se tornan más voraces, y su fuego y mis líneas de fuego se entrelazan.

—Te quiero, Elloren —susurra con los labios pegados a mi boca antes de volver a besarme con insistencia.

Me arqueo contra su cuerpo y él me estrecha con fuerza, y yo me dejo llevar por la sensación que me provoca su fuego al arrastrarse por mis líneas de afinidad y su largo y caliente cuerpo pegado al mío.

Enrosco la lengua a la de Yvan y se le acelera la respiración. Su fuego palpita por mi interior con una fuerza apasionada y se toma su tiempo para besarme mientras me desliza las manos por la espalda.

Nos besamos y nos acariciamos durante un buen rato dejándonos engullir por el creciente fuego.

Entonces le paso la pierna por encima y a Yvan se le entrecorta la respiración. Me coge por debajo de la rodilla y se le escapa un rugido mientras me besa y me estrecha entre sus brazos con más fuerza si cabe. Su seductor calor me abrasa y me provoca el deseo irresistible de fusionarme con él por completo.

Cuando Yvan se desliza encima de mí muy despacio, los dos tenemos la respiración muy acelerada, y seguimos besándonos apasionadamente completamente perdidos en este inesperado paraíso en medio del infierno.

Por su forma de moverse noto lo mucho que me desea. Le rodeo el cuerpo con las piernas y él jadea, su fuego escupe una llamarada y me besa con pasión: tanto su cuerpo como su fuego me están mareando tanto como el Tirag.

Se retira un centímetro con la respiración entrecortada. Me mira con los ojos en llamas y pasea la vista por el brillo esmeralda de mi piel.

—Eres preciosa —susurra Yvan.

Desliza el dedo por la costura de mi camisola hasta llegar al primer botón. Vuelve a mirarme como si me estuviera pidiendo permiso en silencio y valorando cómo reacciono ante su atrevida caricia.

Se me acelera la respiración y él deja resbalar los dedos por los botones hasta llegar a la franja de piel desnuda que asoma justo al final, y entonces desliza sus elegantes dedos por debajo de la tela de mi camisola.

Noto su caricia en la piel desnuda y jadeo sorprendida del caminito de deliciosas chispas que va dejando a su paso. Yvan sube un poco más la mano hasta llegar justo por debajo de mi pecho, vacilando, y me mira de nuevo a los ojos.

Levanto el brazo y pongo los dedos bajo su barbilla para acercarlo a mí y poder besarlo mientras él me explora el cuerpo y se pasea con libertad por debajo de mi ropa. Cuando le acaricio la espalda y palpo sus firmes músculos y sus omóplatos su fuego vuelve a intensificarse. Tengo muchas ganas de poder tocarle la piel con libertad y tiro de su camisa de lana marrón hasta sacársela de los pantalones.

Cuando por fin consigo soltarle la camisa, Yvan se separa de mí de golpe y se tumba boca arriba con la respiración acelerada y entrecortada.

—No podemos… —dice negando con la cabeza como si estuviera intentando despertar de algún sueño, y se lleva la mano a la cabeza—. No podemos hacer esto.

Yo me quedo allí tendida, con el corazón acelerado, presa de un ardiente deseo por él.

Tiene razón. Estamos jugando con fuego, literalmente. No estamos pensando. Los dos estamos traumatizados por lo que ha pasado y estamos buscando una escapatoria, un consuelo.

Yvan se vuelve hacia mí.

—Te quiero, Elloren, pero no podemos hacer esto. Ahora no.

Claro que no. No podemos olvidar todo lo que ha ocurrido. No podemos permitirnos actuar por impulso. ¿Y si me quedara embarazada con la desastrosa situación que hay en el mundo?

Yvan encuentra mi mano y me la coge mirándome fijamente a los ojos.

—Tienes razón —le digo mientras se me va relajando la respiración, y nos quedamos allí tumbados, abrazados, hasta que empiezan a pesarme los párpados.

Cuando se me cierran los ojos, noto cómo Yvan se pega a mí. Me rodea con el brazo y me besa la frente.

—Buenas noches, Elloren —susurra, y yo alargo el brazo para abrazarlo a él.

Y entonces nos quedamos dormidos envueltos en la cálida seguridad de ese abrazo.

♈

—Elloren.

El sonido de su voz viene de muy lejos y la escucho mientras floto en la oscuridad de un sueño libre de sueños.

—Mmmm —murmuro recuperando la conciencia muy despacio y dejando que la preciosa voz de Yvan me acaricie con su deliciosa calidez.

Me desperezo lánguidamente, como un gato satisfecho, y con ganas de abrazarlo.

—Elloren.

Percibo una extraña urgencia en su voz.

«Algo no va bien.»

La apacible y flotante sensación desaparece tras una creciente tensión nerviosa y me esfuerzo por despertarme rápido. Muevo la cabeza de un lado a otro y el movimiento me conecta de nuevo con la realidad.

Yvan está tumbado a mi lado apoyado sobre un codo. No me está mirando a mí, si no a algo que tengo detrás, y parece muy preocupado. Yo me vuelvo para seguir la dirección de su mirada.

Mi tía Vyvian está en la puerta y contempla la escena con los ojos entornados.

—Hola, sobrina.

—¡Tía Vyvian! —exclamo con avergonzada sorpresa incorporándome de un salto y recordando que solo llevo la ropa interior—. Yo… nosotros…

—¿Por qué estás en la cama con un celta, querida? —me pregunta lenta y pausadamente.

—No hemos… —Me defiendo sin aliento negando con la cabeza para refutar sus preguntas—. No hemos… esto no es lo que parece…

—Lo que parece, Elloren, querida, es que estás en la cama en ropa interior con un celta.

Alterna su fría mirada entre Yvan y yo.

Miro a Yvan presa del pánico. Está mirando a mi tía con cautela, los ojos entornados, valorándola y, si tuviera que basarme en su lenguaje corporal, diría que la encuentra peligrosa. Posa su mano sobre la mía con actitud protectora.

561

La tía Vyvian le devuelve la mirada y frunce los labios con disgusto.

—¿No me vas a presentar a tu amigo, Elloren?

Yvan me lanza una mirada precavida. Me suelta la mano y se levanta para acercarse a mi tía.

—Me llamo Yvan Guriel.

Mi tía le mira de arriba abajo con una expresión de desprecio abrasadora.

Y yo caigo presa del pánico.

«¿Sospechará de nuestra implicación en lo que ocurrió ayer en la cárcel?»

La tía Vyvian se vuelve hacia mí frunciendo el ceño.

—Tu tío está muy enfermo, Elloren.

El mundo se viene abajo.

«Oh, Santo Ancestro. Esto no. Ahora no.»

—¿Qué ha pasado? —pregunto temblando y con la voz teñida de preocupación.

—Es su corazón, Elloren —dice—. Lo siento. No queda mucho tiempo. Ha vuelto a Valgard con mi médico personal.

La habitación desaparece envuelta en una bruma y apenas soy consciente de la mano que Yvan me ha posado en el hombro, para sostenerme.

—Tienes que venir conmigo enseguida —me ordena mi tía con aspereza.

Yo asiento en silencio.

—¿Por qué no te marchas, Yvan? —le dice esbozando una mueca al decir su nombre, como si al pronunciarlo le quedara un sabor desagradable en la boca—. Mi sobrina tiene que vestirse.

Yvan me mira fijamente y noto que está intentando expresar un millón de cosas en silencio. Me coge de la mano y yo se la estrecho deseando que pudiéramos comunicarnos mentalmente, como él hace con Naga.

—Nos veremos cuando vuelvas, Elloren —dice con cariño.

Después le lanza una mirada cargada de repugnancia a mi tía, nos desea buen viaje y se marcha.

# 6

## Guardián

*D*urante el viaje a Valgard, cuando me veo obligada a estar tan cerca de la tía Vyvian, me voy dando cuenta de que tengo graves problemas por resolver.

Su forma de responder a mis preguntas es muy seca. Apenas se digna a mirarme, y la tensa desaprobación que demostraba antes ha dado lugar a un desagrado que no se molesta en esconder.

Mientras cruzamos grandes extensiones de bosque, tierras de cultivo y varios pueblos pequeños mi sensación de oscura inquietud es cada vez más intensa. De pronto el carruaje da un inesperado giro hacia el bosque y se desplaza con dificultad por debajo de los árboles hasta que llegamos a un puesto militar aislado y desconocido.

Cuando veo esa estructura de guayaco flanqueada por dos guardias magos de Nivel Dos me quedo muy confundida.

«¿Dónde estamos?»

—Baja —me ordena la tía Vyvian con brusquedad cuando el carruaje se detiene y los guardias se acercan a nosotras.

Yo la miro parpadeando, sorprendida del áspero tono con el que me ha hablado.

Ella se inclina hacia delante y me clava su gélida mirada.

—He dicho que bajes.

«Santo Ancestro, lo sabe. Debe de saberlo todo.»

Cuando bajo del carruaje los guardias me flanquean inmediatamente y yo me siento como si estuviera atrapada en una pesadilla. Me animan a avanzar con sendas expresiones rígidamente neutras, pero yo percibo su desdén.

Vuelvo a mirar nerviosa hacia el carruaje. Mi tía está junto a él, mirándome al tiempo que se quita los guantes de piel. No hace ningún ademán de acompañarme hasta el puesto militar.

Uno de los guardias abre la puerta inexpresivo y me hace gestos para que entre.

Dentro nos recibe otro guardia de Nivel Cinco y me conduce por un pasillo con las paredes llenas de troncos y ramas de guayaco. Los otros dos guardias me siguen de cerca.

El guardia que tengo delante abre la cerradura de una celda con una pequeña ventana con barrotes en lo alto. Abre la puerta y me hace gestos para que entre.

Yo vacilo.

—¿Dónde está mi tío? —le pregunto al guardia, pero no me contesta y cada vez estoy más asustada.

Me empujan por detrás y yo grito, casi tropezando y aterrorizada. Avanzo con impotencia, no puedo enfrentarme a ellos ni tampoco escapar.

Pero cuando llego a la puerta de la celda me quedo de piedra.

Dentro está el tío Edwin, desplomado contra la pared del fondo. Se está tocando el pecho con ambas manos y le cuesta mucho respirar, y tiene un montón de moretones en la cara.

Jadeo y corro hacia él dejándome caer de rodillas a su lado.

—¡Tío Edwin! ¿Qué ha pasado? ¿Qué te han hecho?

Abre la boca como si fuera a hablar, pero entonces abre sus ojos asustados y se queda mirando algo a mi espalda.

Me vuelvo y me encuentro con mi tía en la puerta.

—¿Esto se lo has hecho tú? —pregunto incrédula.

—Eres una deshonra para esta familia —me ruge con desdén—. Los dos. Fui una estúpida cuando decidí dejarte criar a estos niños, Edwin. Fui necia en muchos sentidos. Pero no volveré a cometer el mismo error dos veces. Elloren se va a comprometer hoy. Dame el permiso o te lo sacaré a golpes.

—¿Comprometerme? —aúllo—. ¡¡¿Qué está pasando?!

—El hechizo del compromiso no funcionará si tu tutor no da su consentimiento —admite mi tía. Señala a mi tío—. Y lo darás, Edwin. Hoy.

—¡Déjalo en paz! —grito protegiéndolo con mi propio cuerpo mientras el tío Edwin se esfuerza por respirar—. ¡Le estás haciendo daño!

—Lo único que tiene que hacer es decir las palabras —sisea mi tía.

—No —espeta mi tío con un hilo de voz.

Yo me vuelvo hacia él con actitud implorante.

—Di lo que ella quiera —le suplico.

Intenta hablar, pero tiene la voz demasiado débil. Solo consigue mirarme negando con la cabeza con obstinación y muy angustiado.

—Por favor, haz lo que dice —le imploro con la cara llena de lágrimas mientras le cojo de la mano.

Me devano los sesos muerta de miedo y desesperada por encontrar una forma de salvarlo.

Me vuelvo hacia mi tía muy enfadada.

—Si se muere —le espeto entre lágrimas— Rafe se convertirá en el hombre de más edad de la familia, y él jamás accederá a lo que tú quieres. Pero si le das un poco de tiempo el tío Edwin podría aceptar. Si me dejas ayudarlo a recuperarse hablaré con él. Yo le convenceré para que acceda a darme permiso para comprometerme.

Mi tía desliza los dedos por los sedosos guantes que tiene en la mano con una sonrisa oscura en los labios.

—Estás olvidando, querida sobrina, que a Rafe le faltan tres días para cumplir los veinte. Si algo le ocurriera a tu tío yo me convertiré en tu tutora durante esos tres días. Así que le interesa cooperar. Le daré diez minutos para decidirse.

Se marcha y cierra la puerta.

Me atraviesa una punzada de pánico y percibo un sabor frío y metálico en la boca.

—Por favor, dile lo que quiere —le suplico a mi tío abrazándolo y llorando con la cara pegada a su hombro—. Por favor, tío Edwin. No puedo perderte.

—Elloren —me dice haciendo un gran esfuerzo, sin apenas poder respirar y agarrándose el pecho con fuerza—. Te he fallado. Me equivoqué…

Guarda silencio con la respiración cada vez más agitada.

—No te entiendo —le digo sollozando—. ¿En qué te equivocaste? Tú nunca me has fallado. Jamás.

—Yo te crie… —el débil aliento de su pecho repica como un saco de huesos— … para que pensaras que eras débil… no quería que ellos… te utilizaran… no eres débil… tienes que luchar contra ellos… yo me equivoqué… tu poder…

Vuelve a callar y abre los ojos desmesuradamente tratando de coger más aire.

Su mano temblorosa encuentra la mía y entonces se desploma, de pronto, le cuelga la cabeza hacia atrás y se le ponen los ojos vidriosos.

Y sé que se ha marchado.

Me tiendo sobre él llorando, abrazándolo con fuerza.

Durante diez minutos.

Entonces la puerta se abre a mi espalda y escucho el sonido de unos tacones en el suelo.

—Levántate —me ordena mi tía.

Me doy media vuelta hacia ella.

—¡Maldita bruja! —grito abalanzándome sobre ella.

Sus guardias se ponen a su lado, me apartan de ella con brusquedad y me inmovilizan.

La tía Vyvian se acerca a mí mientras forcejeo como un animal salvaje para soltarme de las manos del guardia.

—Te sugiero que te tranquilices —me dice con frialdad—. O tendré que ir a hacerle una visita al chico celta con el que estabas acostada. ¿Se llamaba Yvan Guriel?

«Adelante —pienso rabiosa—. Ve a hacerle una visita, bruja. Ve a buscar a Yvan Guriel. Él te prenderá fuego y bailará sobre tus cenizas.»

Desgarrada por el dolor vuelvo a mirar a mi tío, que sigue muerto en el suelo detrás de mí.

Y entonces me rindo.

Me dejo ir soltando un gemido terrorífico, me quedo sin fuerzas y dejo que me saquen de allí a rastras mientras yo me rompo en mil pedazos.


Dentro del carruaje, fuera del carruaje, en el interior de los pasillos decorados de la oficina de algún magistrado del consejo.

Hay soldados de alto nivel por todas partes. Veo un sacerdote de barba blanca ataviado con una túnica sagrada delante de un pequeño altar, con la varita en la mano, y el símbolo del Gran Ancestro bordado en el pecho.

Alguien me empuja con fuerza y caigo al suelo delante del sacerdote.

El ruido de los tacones de mi tía repica en las baldosas cuando se acerca a mí y se detiene.

Cuando habla su voz es gélida como el hielo.

—Hay un joven que, milagrosamente, y después de darme tiempo para cuestionarme su cordura, todavía está dispuesto a comprometerse contigo. Siempre que todavía puedas comprometerte con todo lo que has hecho.

—¡Yo no hice nada con Yvan! —aúllo aterrorizada por lo que puedan hacerle a él. A su madre—. ¡No pasó nada!

—Enseguida lo sabremos —espeta la tía Vyvian—. Voy a salir a buscar a tu prometido. —Se agacha y me pega su elegante rostro en mi cara—. Espero que no seas tan tonta como Sage Gaffney cuando estés comprometida. Dicen que el dolor de un compromiso roto es peor que la quemadura de un hierro candente. Y dura toda la vida.

Estoy desplomada en el suelo, llorando, me gotea la nariz, y entonces la puerta de la sala se vuelve a abrir de un sonoro golpe.

Lukas entra seguido de varios soldados y del vuelo de su capa negra, con la brillante espada y la varita envainadas a ambos costados de su cuerpo.

Apenas me mira al pasar y solo proyecta dominación y rabia.

—Acabemos con esto, ¿de acuerdo? —le dice al sacerdote, pero es más una orden que una petición.

El sacerdote le hace varias reverencias a Lukas mientras prepara la varita y abre *El Libro de la Antigüedad* sobre un altar que tengo delante.

Dos de los guardias me levantan del suelo cogiéndome por los brazos y forcejeo con ellos mientras me arrastran hasta donde Lukas aguarda junto al sacerdote. Me obligan a tender las manos y Lukas alarga los brazos para poner sus manos sobre las mías.

—¡Te odio por hacer esto! —le rujo llorando desesperada, y uno de los guardias me clava las uñas en las muñecas.

—Van a comprometerte hoy, Elloren —me espeta Lukas—. Puede ser conmigo o con alguien mucho peor.

—¿Cómo puedes hacer esto? —pregunto entre lágrimas—. ¡Me dijiste que eras mi amigo!

—Si me marcho ahora mismo —me dice apretando los dientes y con la voz tan grave que es casi un susurro—, tu tía te comprometerá con alguien que, tal como ella misma ha dicho, te hará entrar en razón a palos. Estoy aquí porque soy tu amigo, tanto si lo crees como si no. Créeme, a mí tampoco me hace ninguna gracia comprometerme con alguien que lo hace porque la están obligando dos guardias armados.

—¡Pues no lo hagas!

—Quizá si no quieres que te pongan en una situación como esta —continúa Lukas muy enfadado— deberías evitar pasar la noche medio desnuda con un celta. Oh, sí, Elloren, tu tía me explicó lo de tu noche con Yvan Guriel. Veremos lo inocente que fue dentro de un momento, ¿verdad?

—¿Y a ti qué te importa? —le espeto—. Tú ni siquiera me quieres.

Lukas adopta una expresión tan oscura que por un momento temo que vaya a pegarme. Aparta la vista apretando los labios, como si tuviera un conflicto interior, y entonces vuelve a mirarme con una intensa frustración.

—¡Estoy intentando ayudarte! —ruge.

—¡Te odiaré toda la vida! —exclamo con odio forcejeando contra los guardias y contra las manos que Lukas ha puesto sobre las mías.

Lukas tensa el cuello y una nube de disgusto le nubla la expresión. Recupera la compostura enseguida y se vuelve hacia el sacerdote.

—Hágalo. Comprométala conmigo. Y selle el compromiso.

—¡No! —grito mientras me colocan las manos en el sitio indicado y el sacerdote empieza a recitar el hechizo de compromiso con un espeluznante tono monótono.

El sacerdote mueve la varita por encima de nuestras mano y yo me estremezco al notar una punzada en las manos que después se extiende. De la varita emergen unas líneas negras muy finas que nos rodean las manos a los dos. Yo protesto en vano mientras las líneas del compromiso empiezan a trepar en espiral, después se oscurecen cuando el hechizo se sella, como una telaraña que me ha atrapado.

Y entonces todo termina y me sueltan.

Me caigo de espaldas y extendiendo las manos delante de mí horrorizada al ver las líneas negras que ahora tengo grabadas para siempre en la piel.

Ahora Lukas toma las decisiones por mí. Le pertenezco.

—¿Dónde quiere que la llevemos, comandante Grey? —le pregunta uno de los guardias.

—Tiene mi permiso para ir donde le plazca —ruge Lukas antes de salir muy enfadado de la sala.

# 7

## Venganza

*C*uando vuelvo tambaleándome a la Torre Norte, Yvan me está esperando allí.

La noche es negra como el carbón y los truenos resuenan a lo lejos. En el cielo brilla el resplandor de los relámpagos.

—Tu tío. ¿Cómo está? —me pregunta claramente afectado al ver mi cara cuando entro en la habitación—. ¿Por qué has vuelto tan pronto?

—Está muerto —contesto con la voz plana y apagada.

—Oh, Elloren… oh, no…

—Ella lo ha matado. Mi tía lo ha matado. Tu madre tiene razón. Mi familia es mala. Deberías alejarte de nosotros. Te arruinaré la vida.

Yvan se baja del alféizar y se acerca a mí con el rostro contraído por la confusión.

—No lo entiendo.

—El corazón del tío Edwin se ha rendido. Ya hacía mucho tiempo que estaba enfermo. Mi tía sabía que no soportaría la presión.

Callo. No puedo seguir.

Yvan me abraza mientras yo me quedo allí, flácida y sin reaccionar.

«Mis manos. ¿Cómo le voy a explicar lo del compromiso?»

El dolor y una oscura rebeldía arden en mi interior como una marea salvaje, y de ella surge una idea todavía más oscura.

«Romperé el compromiso.»

A pesar de que mi cuerpo está entumecido por el dolor, ni siento, ni padezco. Levanto los brazos y abrazo a Yvan. Y entonces le doy un beso. Primero con suavidad, pero después es deliberadamente provocador.

Yvan me devuelve el beso al principio, su fuego se intensifica, pero después se aparta para mirarme con atención, parece muy confuso por mi dramático cambio de comportamiento.

Yo ignoro sus dudas y le acaricio el cuello.

—Bésame —le suplico con la voz ronca—. Necesito que me beses.

Acerco los labios a los suyos y paseo los dedos por su cuello cálido y, mientras nos besamos noto como Yvan va cediendo poco a poco a su confusión, rindiéndose a mí.

A Yvan se le acelera la respiración y se pone tenso en respuesta a mi sugestivo abrazo, su fuego se intensifica e irrumpe en llamaradas.

Le paseo los dedos por la espalda, desciendo y continúo por su cintura. Sigo resbalando por sus caderas notando cómo su fuego me atraviesa y me agarra con fuerza de la túnica.

Le beso más provocadoramente y el fuego de Yvan se intensifica; su calor desbocado se interna en mis líneas. Empieza a tocarme con descaro: de pronto los límites que había entre nosotros han desaparecido. Me pego a él con fuerza y a él se le escapa un pequeño rugido.

Pero entonces Yvan se pone rígido de golpe, alarga los brazos, me coge de las muñecas y se separa de mí.

—Elloren… —Sus ojos arden de deseo y recelo a partes iguales—. ¿Qué estás haciendo?

Esbozo una sonrisa seductora y me acerco a él.

—Llévame a la cama.

Yvan me sujeta con más fuerza de las muñecas manteniendo las distancias entre nosotros, y me examina el rostro con fijeza.

Entonces baja la vista y las ve. Mis manos.

Respira hondo con agresividad y la rabia se refleja en sus ardientes ojos dorados.

—Es Lukas Grey, ¿verdad? Te han obligado a comprometerte con él.

—Por favor, Yvan —le suplico desesperada—. Quiero romper el compromiso. Por favor, ayúdame a hacerlo.

Me está sujetando con fuerza de los brazos.

—No, Elloren.

Lo fulmino con los ojos repentinamente indignada. Nos quedamos mirando durante un largo y tortuoso momento.

Y entonces mi rabia se desploma. Se abre un abismo a mis pies y noto como si mi corazón se cayera por él y la desesperación ocupara su lugar en mi pecho.

Una abrumadora sensación de pérdida me recorre con la fuerza de una ola asesina y me deja sin aliento mientras yo me descompongo.

—Ya no me quieres.

Mi voz es un susurro oscuro, tengo la garganta rígida. Pierdo el mundo de vista y me quedo mirando el vacío.

—¿Eso es lo que piensas? —pregunta incrédulo.

Escucho su voz procedente de algún punto por delante de mí, como si estuviéramos los dos debajo del agua. Apenas soy consciente de su presencia, de su rostro delante de mí, de sus ojos tratando de encontrar los míos.

Pero todo esto es demasiado. Es demasiado horrible. Ya no tengo a nadie que me haga de padre. Estoy atada a Lukas Grey para siempre. Y ahora Yvan también me abandonará.

Estoy sola.

Me quedo mirando la nada y se me escapan las lágrimas como si se hubiera abierto la compuerta de una presa, sin mover la cara, vacía y entumecida del dolor. Empiezo a derrumbarme.

Yvan me coge con fuerza de los brazos tratando de hacerme volver en mí.

Miro sus feroces ojos con la vista borrosa por una cortina de lágrimas.

—¿Crees que ya no te quiero? —pregunta con pasión—. ¿Porque estás comprometida con Lukas? Eso no cambia nada. Te quiero.

Le miro a los ojos en busca de alguna grieta en su armadura, en busca de un ápice de duda que confirme mis peores miedos... y no encuentro ninguna. Su mirada es fuerte y decidida, abierta y llena de amor.

—Escúchame, Elloren —me dice aflojando las manos hasta acariciarme las manos—. No podemos estar juntos por venganza. Por eso te estoy rechazando. Te quiero. Por eso quiero esperar.

De pronto me siento como si fuera una persona que ha estado a punto de ahogarse, que ha dejado de respirar, pero a la que han resucitado en el último minuto. Se me vuelven a llenar los pulmones de aire y me dejo caer sobre él, que me abraza con fuerza para sostenerme y evitar que me caiga. Encuentro mi voz y me pongo a llorar desconsoladamente, es un aullido de pura desesperación.

No sé cuánto tiempo nos quedamos así, pero Yvan no me suelta ni un segundo mientras yo lloro por mi tío, por mis hermanos, por Ariel y los lupinos, por mis amigos… por mí.

Yvan se queda conmigo, abrazándome, ayudándome a mantener la cabeza justo por encima de la superficie.

Evitando que me ahogue.

573

# 8

## Revelaciones

*L*os dos días siguientes son una bruma turbulenta.

Paso casi todo el tiempo en la cama, entrando y saliendo del sueño, medio consciente de que Yvan está intentando que coma y beba algo, sé que Tierney aparece en algún momento, y algunos fragmentos de su conversación atraviesan la bruma de mi dolor.

Ahora está muy distinta. Lleva la melena azul llena de trencitas, su espalda dibuja una curva elegante y veo un saco colgado a la espalda.

—Me marcho hacia tierras Noi esta noche —le explica Tierney a Yvan—. Los gardnerianos están clavando más lanzas de hierro en los ríos. A mis kelpies y a mí nos queda un pasillo muy estrecho por el que viajar, y tenemos que cruzar el paso del este ahora, antes de que los gardnerianos lo corten del todo.

Tierney se acerca a mí y noto el contacto de su mano fría en el brazo. De pronto siento un ligero tirón en mis líneas de agua. Se acerca a mí.

—Nos vemos en las tierras Noi, Elloren. Sé que encontrarás la forma de llegar hasta nosotros algún día.

Me la quedo mirando desesperanzada.

—Nada puede detener a los gardnerianos. Van a ganar.

En los profundos ojos azules de Tierney brilla una chispa de desafío.

—Entonces pereceré luchando en las aguas del reino del este. Y tú estarás allí para luchar conmigo.

Le doy la espalda y niego con la cabeza.

—No, Tierney. Todo está perdido. Todo.

Noto el desafío que le corre por dentro.

—Adiós, Elloren —me dice al levantarse—. Has sido muy buena amiga. —Se le quiebra la voz y guarda silencio un momento. Cuando vuelve a hablar su tono rebosa una afilada e implacable seguridad—. Nos veremos en las tierras Noi.

El tercer día, me despierto y me miro las manos esperando que la feroz oleada de dolor me arrase al ver la telaraña de líneas negras, pero esta vez no me superan. Mi desesperación ha enmudecido, vencida gracias a la sensación que me produce tener los brazos de Yvan alrededor del cuerpo. Tengo los ojos pegajosos e hinchados de tanto llorar, y no puedo respirar por la nariz. Llevo dos días sin bañarme e imagino que debo de oler a sudor, pero él sigue abrazado a mí.

Me vuelvo para mirarlo. Tiene los ojos abiertos y me mira con cariño. Alarga el brazo para acariciarme la cabeza, mi pelo enredado y sucio, y se acerca para darme un beso en la frente.

—Buenos días —me dice con delicadeza.

Más tarde, cuando me ofrece algo para comer, me lo como.

Cuando despierto el cuarto día veo un cálido rayo de sol primaveral entrando por la ventana. Yvan está de pie junto a la ventana mirando hacia el bosque.

—Vuelvo enseguida —me promete, y yo me quedo mirando cómo se marcha.

Me levanto y me acerco a la ventana para ver cómo cruza el campo verde en dirección al bosque.

Recuerdo que antes solía desaparecer continuamente para ir a visitar a Naga y la curiosidad que sentía por saber adónde iba. Miro hacia el cielo y veo que el sol está muy alto, y me doy cuenta de que he dormido casi toda la mañana. Vuelvo a mirar hacia el lugar por donde Yvan ha cruzado los árboles y me sobresalto.

Un pájaro blanco.

Está posado en la rama de un árbol entre las delicadas hojas nuevas y me mira muy expectante. Como el primer día que vi a uno de los Vigilantes, el día que Sage me dio la Varita Blanca.

Se me acelera el pulso.

575

Me levanto de la cama, me pongo las botas, me escondo la varita dentro de una de ellas y cruzo el pasillo corriendo, bajo por la escalera de caracol y salgo por la puerta. En cuanto salgo el aire de la primavera me llena los pulmones.

Ahí está: el Vigilante. Sigue posado en la rama y las hojas doradas y verdes bailan azotadas por la brisa suave.

Corro por el campo de hierba y el pájaro desaparece en cuanto llego a él para reaparecer dentro del bosque sobre la rama de un árbol moteado por la luz del sol.

La primavera está por todas partes, en los brillos dorados y verdes.

Y cuando me detengo en el bosque, no percibo las habituales llamaradas de odio de los árboles. Es como si la hostilidad hubiera retrocedido, como si el pájaro me estuviera abriendo camino. Mientras contemplo las hojas nuevas que han crecido por todas partes, brotando del suelo, trepando entre la tierra mustia, percibo en mi corazón una amorfa expectativa.

El pájaro pasa un buen rato jugando al escondite conmigo mientras yo le sigo ciegamente, mientras la luz del sol se cuela por las sombras y cae en forma de brillante cascada. Veo cómo el pájaro desaparece y luego vuelve a aparecer en otro árbol de más adelante, y luego vuelve a desaparecer. Y eso se repite una y otra vez hasta que distingo un claro a lo lejos y la luz brilla con más fuerza por entre los árboles. Por entre las ramas distingo un poco de agua que brilla, justo detrás de los anchos troncos de los árboles.

Miro al Vigilante y espero a que vuelva a cambiar de sitio, pero el pájaro iridiscente se envuelve con las alas y se desvanece.

Entonces miro hacia delante y avanzo hacia el claro muy despacio. Sobre mi cabeza pasan volando algunos gansos que regresan con la primavera y graznan en formación en el claro cielo azul. Cuando llego al final del bosque veo un precioso lago azul y brillante.

Yvan está allí, justo en el borde del agua.

Le observo mientras él se desabrocha la camisa, se la quita y la deja sobre un tronco al lado de las botas.

Contengo la respiración al verlo bajo la brillante luz del sol. Su pecho escultural. Sus anchos hombros y sus brazos fuertes.

Y entonces se quita el cinturón.

«Oh, Santo Ancestro.» Quizá quiera nadar un rato, o bañarse en el lago. Y se va a desnudar del todo.

Se me acalora el rostro y el cuello. Sé que debería marcharme, pero tengo mucha curiosidad por verle. La inquieta energía de la primavera burbujea en mi interior alimentando una cálida chispa de deseo.

Es tan guapo…

Algunos de los gansos bajan volando hasta el lago y extienden las alas para maniobrar sobre el agua hasta aterrizar con gran estruendo. Yvan deja de desnudarse un momento y se vuelve para mirarlos.

Me quedo de piedra. Tiene un complejo tatuaje en la espalda, es como si le hubieran pintado unas gigantescas alas negras por toda la piel. Las alas están hechas con todo lujo de detalle, se puede contar cada pluma.

Yvan se endereza con las manos en las caderas. Mira hacia el lago con la cara inclinada hacia el sol, como si quisiera empaparse de él. Y entonces se le pone el pelo rojo, se le alargan las orejas y el tatuaje de su espalda cobra vida, como si fuera un abanico abriéndose.

Alucino al ver cómo las alas crecen y se despliegan hasta extenderse de un modo majestuoso. Como si fuera un halcón gigante que flexiona las alas con fuerza y seguridad.

No tienen nada que ver con las harapientas alas de Ariel.

Tampoco se parecen a las finas alas de Wynter.

Son de una hermosura impresionante, las plumas brillan como ópalos, y en las puntas veo un arcoíris de colores.

Jadeo y me caigo hacia atrás. Y una ramita se rompe bajo mi pie.

Yvan vuelve la cabeza adoptando una instantánea mirada feroz, y mira hacia el bosque en busca de la fuente del sonido. Empieza a avanzar hacia el bosque ligeramente encorvado, con una mirada feroz y las alas extendidas a su espalda.

Cuando me ve se queda de piedra.

—Elloren —dice constriñendo su anguloso rostro.

Yo le miro sin entender lo que veo.

—Eres un ícaro —jadeo.

Se le nubla el rostro angustiado.

De pronto todo encaja. Todo.

577

Mi mundo se hace añicos.

—Yvan… ¿cómo murió tu padre? —pregunto con la voz llena de incertidumbre sabiendo cuál será su respuesta antes de que la diga.

Él flexiona sus alas negras.

—Era el ícaro que mató tu abuela, Elloren.

Esbozo una mueca de dolor y me apoyo en un árbol para no perder el equilibrio.

Ahora todo tiene sentido. El horror que vi en el rostro de su madre cuando me vio. No se debía solo a que fuera otra celta que odia a los gardnerianos, que odiaba a mi abuela. Es porque tengo exactamente el mismo aspecto que la mujer que mató a su marido, el ícaro retratado en la estatua que hay delante de la catedral de Valgard.

El padre de Yvan.

Me agarro al árbol y me fallan las rodillas.

—Elloren —dice Yvan acercándose rápidamente a mí y posándome la mano en el brazo.

Yo le miro la mano sintiendo que de pronto el suelo que tengo bajo los pies es un terreno inestable. ¿Ha podido leerme la mente durante todo este tiempo? Le miro.

—¿Tú también eres un émpata? ¿Como Wynter?

—Solo parcialmente —me dice frunciendo el ceño—. Puedo leer las emociones, pero no los recuerdos ni tampoco pensamientos específicos. Y solo puedo comunicarme mentalmente con los dragones.

—¿Con otros dragones?

—Eso es lo que significa ser un ícaro, Elloren. Ya lo sabes. Soy medio dragón.

Me mareo.

—Si los gardnerianos lo descubren…

—Lo sé.

Nos miramos a los ojos mientras asimilamos las consecuencias de todo aquello.

—Naga lo sabe, ¿verdad? —Ahora lo entiendo—. Y Wynter también. Ella te ha tocado. Tiene que saberlo.

Traga saliva y asiente con sequedad.

—¿Por qué no me lo dijiste? —le pregunto con la voz temblorosa—. Ya sabes que puedes ser sincero conmigo.

—Le prometí a mi madre que no se lo diría a nadie —me explica vacilante—. Quería decírtelo. Pero, Elloren… solo saber esto ya te pone en peligro.

Tiene razón. El mero hecho de su existencia es una información extraordinariamente peligrosa.

Cojo su cálida mano y entrelazo los dedos con los suyos.

—Yvan, esto es demasiado grande para que cargues con el peso tú solo.

Le arden los ojos y aprieta los labios.

Me vienen más recuerdos a la cabeza y las piezas de tantos rompecabezas empiezan a encajar.

—La noche que pasamos juntos —digo—. Intenté desabrocharte la camisa y me lo impediste. No querías que descubriera la marca de tus alas.

Adopta una expresión afligida.

—Exacto.

—Y después, cuando estuvimos… —guardo silencio un poco incómoda—. Pensaba que habías parado porque no querías… ponerme en una situación complicada. Pero seguía siendo por las alas.

—Sí —admite—. Pero lo que dije aquella noche lo dije en serio. Quiero estar contigo en ese sentido, lo deseo más que nada, pero no quiero que sufras por ello.

Yo levanto mi mano marcada y reflexiono sobre su significado con desesperación.

—Pero ahora… ya nunca podremos hacerlo.

Mi desesperación se transforma rápidamente en pánico. Si los gardnerianos o los alfsigr descubren su existencia harán todo lo que puedan para encontrarlo. Y para matarlo.

—¿Qué habilidades tienes? —le pregunto con la esperanza desesperada de que sea mucho más poderoso de lo que estoy imaginando.

Yvan respira hondo.

—Puedo lanzar bolas de fuego con las manos. Mucho fuego. Más del que has visto en tu vida. Soy increíblemente fuerte y rápido. Puedo curar a las personas, aunque eso ya lo sabes. Y no me afecta el fuego.

—¿Podría haber más?

—Sí. Pero mi padre murió antes de poder enseñármelo.

579

La horrible verdad asoma su cabeza, que su padre murió a manos de mi abuela.

—¿Tu madre conoce la envergadura de tus poderes? —le pregunto con la cabeza a mil por hora.

—Creo que sí, pero no quiere decirme nada. Quiere que viva escondido para que la historia no se repita. Está cansada de perder a todos sus seres queridos. Y no quiere que me utilicen como arma.

Cierro los ojos y me llevo la mano a la cara, me empieza a palpitar la cabeza y cada vez estoy más angustiada.

Todos mis seres queridos serán asesinados en la guerra que se avecina, y no puedo hacer nada para evitarlo. Mis hermanos y los lupinos, además de todas las personas con las que han escapado, lo más probable es que los gardnerianos acaben encontrándolos y los matarán. Los celtas, los uriscos y los elfos smaragdalfar serán esclavizados por los gardnerianos y los alfsigr. Todos los fae que están escondidos y las personas que les dieron cobijo, Tierney y su familia, los descubrirán y los asesinarán. Wynter, Fyn'ir, la pequeña Pyrgo, acabarán con todos.

E Yvan sufrirá el mismo destino, quizá peor, porque él no conoce toda la envergadura de sus poderes ni cómo utilizarlos.

Y como yo no tengo poderes de ninguna clase no podré hacer absolutamente nada para evitar que pase todo eso. Porque lo único que yo tengo es el maldito eco de las habilidades de mi abuela.

—Ojalá tuviera poderes —rujo con amargura—. Soy la nieta de la Bruja Negra, y soy incapaz de ayudar a mis seres queridos.

—Tú no eres incapaz —insiste Yvan con obstinación plegando las alas.

—Te equivocas. —Cojo un palito que tengo a los pies y le corto las ramitas que brotan de él mientras me dirijo al claro—. Te demostraré exactamente lo que ocurrió cuando me hicieron el examen de varita.

—Ni siquiera tienes una varita de verdad en la mano, Elloren —me señala con dulzura.

No me importa. Solo quiero que vea mi total ausencia de poderes, que no puedo hacer ni el hechizo más simple.

Alzo la varita que me he fabricado, señalo a los árboles que hay a lo lejos y me concentro en la imagen de una vela encendida mientras rebusco en mi mente tratando de recordar las palabras del hechizo para encender una vela.

—Illumin… —empiezo a decir, y las palabras del hechizo me salen de memoria.

Siento cómo el poder ruge desde las plantas de mis pies, igual que me ocurrió el día que me hicieron el examen de varita hace ya tantos meses. Un poder procedente del mismísimo centro de Erthia.

Un poder que procede de los árboles.

Me va subiendo por las piernas y se enrosca como una gran serpiente preparándose para atacar mientras yo pronuncio las palabras del hechizo.

El torbellino de poder palpitante se envuelve en llamas dentro de mis líneas de afinidad como el fuego devorando la pinaza seca. Pero esta vez el poder no se encuentra con ninguna resistencia y no siento ningún dolor.

Lo que ocurre es que el poder fluye por todos los rincones de mi cuerpo, por todas mis líneas de afinidad, y se dirige directamente hacia la ramita. Cuando el poder me llega al brazo se fusiona como si fuera un relámpago y sale disparado por mi mano y a través de la ramita formando una violenta llamarada que vuela hacia los árboles.

Oigo una gran explosión y los árboles que tengo delante quedan envueltos por una bola de llamas que se elevan mucho más alto que la catedral de Valgard. Me caigo hacia atrás y aterrizo contra el suelo, se me cae la ramita de la mano y los pájaros y los animalillos salen corriendo de todas partes, el rugido del fuego es ensordecedor, los árboles gritan en mi cabeza.

Yo me arrastro hacia atrás para alejarme de las llamas muerta de miedo y con el corazón acelerado. Yvan me coge del hombro y yo me vuelvo hacia él.

Está mirando fijamente y con la boca abierta el infierno que he provocado. Y se ha agachado sobre mí con actitud protectora rodeándonos a ambos con sus enormes alas negras.

—Santísimo Gran Ancestro —grito aterrorizada.

Yvan no aparta los ojos del torbellino de llamas.

—Pero si me hicieron el examen —tartamudeo—. No pasó nada. Me dijeron que no tenía poderes.

—¿De quién era la varita que utilizaste? —me pregunta con recelo mientras mira el fuego muy concentrado, como si estuviera tratando de encajar las piezas.

—Era de la comandante Vin.

Yvan se vuelve hacia mí con una mirada de pánico en los ojos.

—¿Estás segura? —Me estrecha el hombro con un poco más de fuerza—. ¿Estás segura de que no era de algún militar gardneriano?

—Sí —insisto mientras las llamas que tenemos delante engullen otro árbol.

El sonido de la destrucción es ensordecedor.

Yvan se vuelve hacia el fuego y me mira con expectación al comprender algo.

—Te dio una varita bloqueada por runas.

—No lo entiendo —digo asustada por lo que podría significar todo esto.

—No quería que los gardnerianos lo supieran —jadea, y yo respiro hondo sabiendo lo que me va a decir a continuación.

Yvan me mira a los ojos con absoluta seguridad.

—Elloren, eres la Bruja Negra.

582

Me quedo allí sentada y estupefacta viendo arder los árboles mientras Yvan me rodea con los brazos y las alas.

Al rato las llamas empiezan a apagarse y el rugido ensordecedor del fuego da paso al relajado crepitar de una hoguera.

—Entonces —me aventuro al fin con un suave y aterrorizado suspiro—, tú eres el ícaro que se supone que va a destruir Gardneria y yo soy la Bruja Negra que se supone que debe matarte. Somos los dos extremos de la profecía.

Yvan traga saliva con fuerza contemplando las llamas que arden ante nosotros.

—Yo no creo en las profecías —me dice apretando los dientes.

—Todos los demás sí.

Me lanza una mirada exhausta.

—Así es.

—Y ni siquiera estaba utilizando una varita de verdad.

—Lo sé.

—Entonces si utilizo una varita de verdad…

Recuerdo las historias que me explicó Ni Vin sobre las bolas de fuego que creaba mi abuela, las mismas que utilizó para arrasar pueblos enteros, para aterrorizar a países enteros.

Y yo tengo ese terrible poder. Como mi abuela: soy un ser potencialmente aterrador.

—Kam Vin lo sabe —comenta Yvan con preocupación.

—¿Y por qué no me lo ha dicho?

Yvan niega con la cabeza.

—No lo sé.

Su ala me roza la mejilla. Está suave y sedosa.

—¿Puedes volar? —le pregunto de golpe sintiéndome como si estuviera atrapada en un sueño surrealista.

Él vacila y después asiente.

Me lo quedo mirando alucinada por su revelación.

—Ariel y Wynter no pueden volar.

—Ariel y Wynter crecieron pensando que eran horrendas y malvadas. Sus alas son débiles.

—No lo entiendo.

Se encoge de hombros.

—Yo tampoco lo entiendo del todo. Pero con los ícaros la cosa funciona así.

Respiro hondo y me estremezco.

—A mí me inculcaron que tú eras el monstruo más malvado de toda Erthia.

—A mí me inculcaron exactamente lo mismo sobre ti.

Se me escapa una involuntaria risotada amarga.

—Por lo menos tenemos eso en común. —Guardo silencio poniéndome seria y recordando las últimas palabras que me dijo el tío Edwin—. Mi tío lo sabía. Creo que esperaba que yo viviera toda mi vida sin saberlo. Y probablemente hubiera sido así de no haber venido aquí.

—Quería protegerte.

—Como tu madre, ella quiere protegerte a ti.

—Otra cosa que tenemos en común.

Me dedica una sonrisita amable, pero sus ojos siguen serios.

—Entonces somos los dos seres potencialmente más poderosos de toda Erthia.

—Que no tienen una idea clara de cómo utilizar sus poderes —añade.

583

Me palpita muchísimo la cabeza. La dejo caer sobre mis manos y cierro los ojos con fuerza.

—¿Estás bien? —me pregunta preocupado.

«Claro que no. Esto es un auténtico desastre.»

—Los nervios me provocan dolor de cabeza —le digo pegando la frente a mis puños cerrados.

Yvan se da media vuelta hasta colocarse delante de mí y me coloca sus manos calientes a ambos lados de la cabeza dolorida. Cuando abro los ojos me lo encuentro muy concentrado en un punto que se halla por encima de mis ojos. Emana un calor de las manos que vibra hacia fuera, y el dolor de mi cabeza empieza a encogerse poco a poco mientras me sujeta, hasta que desaparece por completo.

Me quita las manos de la cabeza y me deja una apoyada en el hombro.

—Gracias —digo alucinada.

Yvan asiente esbozando una sonrisilla.

—Esta es una gran habilidad.

Alarga el brazo para colocarme un mechón de pelo detrás de la oreja. Es un gesto tan tierno que se me saltan las lágrimas.

—Antes de que muriera mi tío —le digo con la voz entrecortada—, me dijo que debía luchar contra los gardnerianos. Que se había equivocado al pensar lo contrario. Intentó confesármelo todo. Y entonces se marchó antes de poder terminar lo que quería decirme.

Guardo silencio un momento temiendo perder la compostura.

—¿Crees que hicieron bien? —le pregunto al fin—. ¿En protegernos de la forma que lo hicieron?

Yvan mira un momento hacia la hoguera que sigue ardiendo ante nosotros. Cuando vuelve a mirarme tiene una expresión dura como el acero.

—No.

La cabeza empieza a darme vueltas a causa del vértigo de la situación. Todo está del revés.

—Esto no puede estar pasando —protesto repentinamente abrumada—. No debería ser yo. Yo no sé cómo utilizar este poder.

Yvan vuelve a mirar al fuego con aspecto de estar impresionado.

—Puedes aprender.

Recuerdo lo que dijo Marina el día que encontró su piel.

«El poder lo cambia todo.»

—Esto es más grande que nosotros —dice Yvan—. Si nadie les planta cara, ganarán ellos.

«¿Pero de verdad podemos hacerlo? ¿Podemos controlar nuestro poder y ayudar a reducir a los gardnerianos y a los alfsigr y a cualquiera de sus aliados?»

Yvan me mira un buen rato mientras el fuego crepita a lo lejos y yo forcejeo contra este nuevo destino.

—Quizá ganemos —me dice al fin.

—Es muy complicado, Yvan.

—Cosas más raras han pasado.

Le miro.

—Conseguimos rescatar a Naga de una base militar gardneriana —le digo sintiendo como en mi interior empieza a despertarse un atrevido desafío.

—Y destruimos la mitad de la base —añade pensativo.

—Y las selkies. Ahora son libres.

—Eso también era muy complicado.

—Igual que esto de que tú hayas resultado ser medio dragón.

Esboza una sonrisa de medio lado.

—Y también estás tú… que resulta que eres la Bruja Negra.

Asiento, un poco confusa, mientras miro los árboles en llamas.

—Eso sí que ha sido toda una sorpresa.

Yvan me estrecha el brazo con cariño, se levanta y se acerca al lago para recoger sus cosas. Cuando llega a la orilla se queda muy quieto. Después pliega las alas a la espalda y las aprieta mucho hasta que ya solo queda el dibujo. Su pelo abandona ese vibrante tono rojo y recupera el glamour que lo tiñe de marrón, y se le vuelven a redondear las orejas.

Cuando termina, Yvan suelta un largo suspiro, como si le hubiera costado un poco transformarse. Después se pone la camisa, el cinturón, los calcetines y las botas.

Se acerca y me tiende la mano.

—Vamos a buscar a Kam Vin —me dice. Yo acepto su mano y dejo que me levante—. Ya es hora de que sepa que estamos preparados para luchar con ellas.

—¿Cómo aprendiste a esconder las alas? —le pregunto alucinada por lo que acabo de ver.

585

—Soy lasair, Elloren —me dice con seguridad—. Podemos crear glamour, aunque débil.

—Ah.

Me quedo allí plantada un momento sintiéndome aturullada.

—Elloren —me dice Yvan con suavidad al tiempo que me da un cálido abrazo y me pega los labios a la sien.

—Todavía no me puedo creer que puedas volar —le digo palpándole la espalda a escondidas en busca de alguna pista que haya pasado por alto. Pero no noto ningún indicio de sus alas.

Yvan suelta una risa incrédula y se inclina para besarme con sus labios provocativamente cálidos.

—Y yo no puedo creer que me haya enamorado de la Bruja Negra.

—Eso parece.

Yvan se retira un poco con la mirada ardiente tiñéndose de dorado.

—Pues sí.

Y entonces vuelve a besarme. Poco a poco se le van calentando un poco más los labios, su fuego se va intensificando hasta internarse en mis líneas con una urgencia febril que me hace estremecer pegada a su cuerpo.

—Apuesto a que nadie imaginaba que pasaría esto cuando escribieron la profecía —susurro mientras Yvan me roza la boca con los labios.

—Imagino que no —jadea.

Y entonces vuelve a posar los labios sobre los míos y me besa con voracidad.

Me siento muy bien entre sus brazos y está tan calentito que se me nubla el pensamiento y por poco olvido las marcas de compromiso que tengo en las manos, el enorme fuego que sigue ardiendo en el bosque, y todas las cosas imposibles y tan transcendentales que están ocurriendo a nuestro alrededor.

—Así que esto es lo que se siente al besar a un dragón —jadeo completamente atrapada en su hechizo.

Yvan esboza una sonrisa sugestiva con un brillo dorado en los ojos. Después se agacha un poco y vuelve a besarme, deslizando la lengua alrededor de la mía con movimientos lentos y serpentinos, mientras el fuego se enrosca y se desliza como una caricia por mis líneas, soltando chispas por todo mi cuerpo hasta llegar a mis pies.

La sensación me sobresalta potenciada por la forma en que me está apretando contra su largo y duro cuerpo, y caigo presa de un intenso deseo.

—Esto es… interesante —digo abrumada por cómo estoy reaccionando a su contacto y a su fuego desatado.

—Me encanta besarte —me dice—. Compartir este fuego con alguien… es increíble.

—¿A qué te referías cuando dijiste que besarnos nos vincularía? —le pregunto mientras él me desliza los dedos por el pelo y me pasea los labios por el cuello.

Yvan vacila un momento y siento su cálido aliento contra la piel.

—Cuando un dragón besa, ese acto lo vincula a su pareja.

Me retiro un poco y miro sus ojos ardientes.

—Entonces… ¿ahora estamos vinculados?

Él niega con la cabeza un poco sonrojado.

—No. Tú no eres un dragón. En nuestro caso… es una calle de una sola dirección. Yo estoy vinculado a ti.

—¿Como un compromiso? —le pregunto sorprendida.

Yvan ladea la cabeza reflexivo mientras sigue rodeándome la cintura con el brazo.

—No. Es más bien como un vínculo de fidelidad. Ahora sabré cuándo estás en peligro. Y sentiré cualquier dolor que sientas tú.

Me asalta una gran preocupación.

—¿Y si muero?

Yvan tensa el rostro ante la idea que le he planteado.

—Durante un tiempo me quedaré sin fuego y sin poder.

—Oh, Yvan. —respiro hondo—. Quizá deberías haber esperado para besarme.

Alargo el brazo y le toco la cara pasando el pulgar por su angulosa mejilla.

Una enorme rama se rompe y cae al suelo y los dos nos sobresaltamos cuando escupe chispas por todas partes. Miro hacia el fuego cada vez más nerviosa.

—Deberíamos irnos. Tenemos que encontrar a la vu trin y explicarle lo que somos. —Levanto la mano derecha—. Y yo tengo que aprender a utilizar este poder.

Si vamos a luchar, tendremos que aprender a hacerlo bien.

—La comandante Vin nos llevará hacia el este —Yvan afirma con seguridad contemplando el fuego.

Alargo la mano y saco la Varita Blanca de la bota. En cuanto lo hago mis líneas de afinidad empujan hacia la espiral de madera. La agarro con fuerza y compruebo cómo me siento con ella en la mano.

La debilidad ya no es una opción.

—Voy a aprender a utilizar esto. —Miro los feroces ojos de Yvan—. Voy a aprender a controlar todo el poder que llevo dentro y voy a aprender todos los hechizos de todos los libros de hechizos. Y después iré a por Marcus Vogel.

# 9

## Resistencia

$\mathcal{Y}$van y yo partimos hacia las afueras de la ciudad de Verpax esa misma tarde. Los dos vamos muy abrigados y montados en el mismo caballo. Cruzamos la ciudad, después seguimos por los campos de cultivo y llegamos a los bosques de cielos estrellados, y vamos iluminando el camino con ayuda de la piedra élfica del candil que llevo en la mano.

Me pego bien a Yvan y me reconforta sentir su cálida solidez, pero sigo nerviosa de todas formas, tanto que la inquietud amenaza con desbordarse. Yvan me coge de la mano, como si percibiera mi inquietud, y su fuego tira hacia mí y me envuelve en su calidez.

Al poco, Yvan gira bruscamente por un estrecho camino que cruza el bosque denso y se detiene delante de un pequeño claro.

Todo está en silencio, a excepción del canto de los insectos de la primavera. Contemplo el paisaje que me rodea mientras desmontamos e Yvan ata nuestro caballo. Hay una pequeña subida delante, con un montículo en lo alto donde se ve un gran muro de piedra.

—Elloren.

Me vuelvo hacia Yvan, que aguarda a mi lado. Me coge de la mano, entrelazamos los dedos y empezamos a caminar colina arriba.

Cuando no vamos ni por la mitad del camino, una serie de runas de color esmeralda se encienden a nuestro alrededor. Los dos nos quedamos helados mientras las runas —que son del tamaño de un plato— brillan con fuerza flotando en el aire.

De entre las sombras que rodean el montículo emerge un hombre alto y esbelto, y al acercarse distingo que viene envuelto por una luz rúnica. Es un elfo smaragdalfar, y las cenefas de color esmeralda que tiene en la piel se ven acentuadas bajo la luz verde. Nos clava sus ojos plateados y cuando nos reconoce su mirada es acogedora.

—¿Profesor Hawkkyn? —pregunto sorprendida.

—Elloren Gardner —dice mi antiguo profesor de metalurgia con la voz enronquecida por la confusión. Mira a Yvan como si estuviera buscando alguna explicación.

—Tenemos que hablar con la comandante Vin —aclara Yvan con un tono que no admite contradicciones.

El profesor Hawkkyn lo mira con incredulidad y después me mira a mí.

—Ella no puede entrar ahí.

—Tiene poder —afirma Yvan.

El profesor niega con la cabeza impasible.

—Me da igual que tenga un poco de poder, no puede…

—No —insiste Yvan subiendo el tono—. Tiene poder. Y yo tengo alas.

El profesor Hawkkyn nos mira parpadeando, como si de pronto estuviera reajustando toda su visión del mundo, y en su mirada plateada se refleja un asombro feroz. No nos quita la vista de encima ni un segundo mientras levanta el puño, con la palma hacia fuera, y extiende los dedos.

Las runas desaparecen.

Respiro hondo algo temblorosa y él inclina la cabeza hacia el montículo indicándonos que lo sigamos, y después se da media vuelta y empieza a subir. Yvan y yo lo seguimos con las manos entrelazadas: cada vez estoy más nerviosa.

Cuando el profesor Hawkkyn llega al muro de piedra, se saca una piedrecita marcada con una runa esmeralda del bolsillo de la túnica y la pega al muro de piedra.

Observo alucinada mientras una serie de runas circulares cobran vida por toda la piedra. Una parte del muro empieza a temblar, como si fuera la superficie de un lago revuelto, y después se disipa tras una bruma verde, dejando paso a unas puertas dobles marcadas con runas.

El profesor Hawkkyn empuja las puertas y sobre nosotros se

proyecta una luz azul. Dentro vemos dos hechiceras vu trin que se sobresaltan y desenvainan sus espadas rúnicas.

El profesor entra y se dirige a ellas en lo que parecen las notas saltarinas del idioma Noi. Los ojos de las hechiceras se iluminan sorprendidos mientras nos miran a Yvan y a mí, no sin algo de alarma, y advierto que no vuelven a envainar sus espadas.

Después él nos hace un gesto para que entremos y a mí se me acelera el pulso. Las hechiceras nos siguen por un estrecho pasillo que desciende de forma pronunciada, y noto cómo me clavan sus ojos en la espalda. El aire se va enfriando a medida que descendemos y percibo el olor a tiza de las limpias piedras cubiertas por una fina capa de agua.

Por delante se percibe el tañido del metal al impactar contra el metal, además del sonido de algunas voces masculinas, y enseguida nos acercamos a la herrería que han construido dentro de la cueva. Me asalta una oleada de calor y veo a dos musculosos elfos smaragdalfar dando forma a unas espadas rúnicas. Los dos herreros dejan de trabajar en cuanto nos ven y me observan con una mezcla de evidente asombro y hostilidad.

591

La red de cuevas está salpicada de runas por todas partes, suspendidas en el aire, y proyectan tanto el verde smaragdalfar como el azul noi. Algunas están inmóviles, las hay que rotan lentamente, y hay otras que giran tan deprisa que parecen discos de luz.

Pasamos junto a varios alijos de armas. Son cámaras esculpidas en la piedra llenas de espadas y todo tipo de armas blancas. Hay suficientes como para abastecer a un ejército numeroso.

Y de pronto empiezo a comprender la escala de lo que está ocurriendo allí abajo. «La Resistencia nunca desapareció de Verpacia. Solo la llevaron bajo tierra».

Yvan y yo seguimos al profesor Hawkkyn a través de otro estrecho pasillo serpenteante y en las paredes de piedra escuchamos el eco repetitivo de la madera golpeando madera. Ante nosotros aparece una gran caverna donde vemos una gran variedad de armas rúnicas colgadas de las paredes de piedra. La comandante Vin y su hermana están practicando una pelea con bastones rúnicos, de los que brotan sendas explosiones de luz azul cada vez que dan un golpe, y hay un buen número de hechiceras vu trin observando el intercambio con interés.

Entramos en la enorme caverna circular y todo se para.

La comandante Vin se vuelve hacia nosotros con el bastón rúnico en la mano. Apoya uno de los extremos en el suelo de piedra y escuchamos el golpe seco y decidido del arma; me clava los ojos con fijeza. Alrededor de la caverna y dispuestas en círculo hay unas veinte hechiceras más ataviadas con su uniforme militar, y todas llevan varias hileras de estrellas de plata dispuestas en diagonal en el pecho. Cuatro de las hechiceras lucen el uniforme de color gris oscuro y los pañuelos negros en la cabeza de su cuerpo de élite, las kin hoang.

Me quedo de piedra al ver a Jules y a Lucretia junto a una mesa de madera pegada a la pared. La superficie de la mesa está llena de mapas y hay una montaña de documentos. Tengo que mirarla dos veces para creerme que Lucretia ya no lleva la clásica ropa gardneriana, sino la túnica y los pantalones negros propios de los militares de las tierras Noi. También luce una ramita de brillantes flores de hierro en el pelo recogido.

—Elloren —dice Jules parpadeando con evidente asombro.

Lucretia se pone muy derecha, tiene los ojos asombrados.

Enseguida me doy cuenta de que no saben lo que soy. Miro a la comandante Vin, que me está observando con atención.

«Pero tú ya lo sabías, ¿no?»

Y pierdo la compostura. Le suelto la mano a Yvan y camino enfadada hacia ella con actitud de temerario desafío.

—¿Cuánto tiempo hace que sabes lo mío? —le pregunto a la comandante Vin.

La caverna se llena de murmullos de confusión.

—No lo sabía. Solo lo sospechaba —contesta muy seria.

—¿Saber el qué? —pregunta Jules dando un paso adelante.

—Kamitra, ¿qué pasa? —inquiere Lucretia con evidente inquietud.

—Tengo poder —les digo sin apartar la vista de la comandante Vin—. Bastante, por lo visto. Y puedo acceder a él. ¿No es cierto, Kamitra?

Más murmullos exaltados.

—Te di una varita bloqueada para que hicieras tu examen de varita —me explica la comandante Vin muy tranquila—. Cuando la soltaste sospeché que tenías poderes. Solo un mago con gran poder puede concentrar la magia suficiente como para sentir dolor.

Las exclamaciones de incómoda sorpresa se extienden por la caverna y a mí me asalta una sensación surrealista.

—Deberías habérmelo dicho —le digo enfrentándome a ella con una amarga frustración trepándome por la garganta y la voz áspera de la emoción—. Podría haber ayudado a mi tío. Ahora está muerto, por culpa de mi tía. ¿Lo sabías?

La comandante Vin se pone tensa.

—No lo sabía. Lo siento.

—Y los demás —insisto atrapada en un repentino ataque de angustia. «Ariel. Todos los refugiados que ahora están en el Reino del Este.» Podría haber hecho algo.

Ella aprieta los labios.

—No sabía cuáles eran tus intenciones ni cómo eras. Solo la Varita Blanca me dio que pensar…

—¿Pensar en qué?

Me clava los ojos.

—En lo que podía significar habértelo ocultado.

Me da vueltas la cabeza, sus palabras se quedan suspendidas en el aire resonando con la fuerza de un trueno.

—Cuando tu poder empezó a aumentar —dice la comandante Vin—, tenías que demostrar cuál era tu verdadero yo acudiendo a nosotros. Y necesitaba observarte durante un tiempo, para ver qué dirección tomabas. Eres un arma muy peligrosa, Elloren Gardner. Y todos los profetas de todos los países han escrito la misma profecía.

—La de la Bruja Negra y el ícaro al que se supone que debe vencer —termino por ella.

—Sí —afirma Lucretia asintiendo—. Posiblemente seas tú. Y el hijo de Sage Gaffney, el único ícaro varón del Reino del Este con las alas intactas.

Me vuelvo hacia Yvan con una mirada de complicidad. Le arden los ojos y los tiene ligeramente dorados. Levanta las manos y empieza a desabrocharse la camisa.

La comandante Vin ladea la cabeza y todos los presentes en la caverna miran a Yvan confusos. Él se quita la camisa y la deja caer al suelo. Después agacha la cabeza y cierra los ojos.

Se le pone el pelo rojo, como la mecha de una vela a la que alguien prendiera fuego, de su cabeza asoman unas orejas puntiagudas y le brotan unas alas negras que despliega orgulloso.

Se escuchan varios jadeos asombrados por toda la estancia circular y la comandante Vin lo mira con los ojos como platos.

Yvan me coge de la mano con firmeza y nos estrechamos con fuerza mientras él agita las alas una vez con una mirada desafiante en el rostro.

—Vaya, vaya —dice la comandante Vin recuperando su sólida compostura a toda prisa. Empieza a caminar lentamente a nuestro alrededor mirando fijamente las alas de Yvan—. Este sí que es un giro interesante. Los dos extremos de la profecía son aliados. Amantes, por lo que parece. —Se detiene delante de Yvan—. ¿Qué sabes de tus poderes, Yvan Guriel?

—Muy poco.

Yvan describe lo que es capaz de hacer mientras todas las personas que nos rodean lo observan con ánimo y muy impresionadas. Pero también percibo otra corriente procedente de las hechiceras que me miran con los ojos entornados con recelo.

Y con miedo.

La comandante Vin niega con la cabeza incrédula.

—Los dos seres más poderosos de Erthia, y los dos ignoran cómo reunir o utilizar sus poderes. Increíble.

Mira a las demás hechiceras y después vuelve a mirarme a mí.

—¿Estás dispuesta a luchar contra los gardnerianos y contra los alfsigr, Elloren Gardner?

—Sí —afirmo con obstinación sintiéndome cada vez más incómoda al percibir las miradas dudosas de muchas caras, además de indignada de que solo me haya formulado la pregunta a mí—. Los dos estamos dispuestos a luchar contra los gardnerianos y los alfsigr.

—En ese caso —continúa la comandante Vin— ya va siendo hora de que os entrenéis como es debido. Elloren Gardner, tú vendrás conmigo y con parte de mi guardia. —Mira a Yvan—. Yvan Guriel, tú viajarás al este con nuestra división Kin Hoang.

Me atenaza el pánico y miro a Yvan a los ojos mientras los dos nos estrechamos la mano con actitud protectora.

—Seguiremos juntos —insiste Yvan con una mirada rebelde en los ojos.

—No podéis —le contesta la comandante Vin—. Debéis entenderlo. Tenemos que separaros.

Miro a mi alrededor sintiéndome repentinamente acorralada al comprender lo que están intentando hacer.

«Están intentando poner más difícil a los gardnerianos la posibilidad de matarnos a los dos. Pero también quieren proteger a Yvan, que es el extremo santo de la profecía, de mí.

»Por si acaso me acabo convirtiendo en la Bruja Negra de sus pesadillas.»

Me sublevo contra la fría e inflexible lógica de la comandante Vin, incluso a pesar de debatirme con el hecho de que, en parte, es probable que tenga razón.

—No pienso dejarte —protesta Yvan con un brillo dorado en los ojos.

«Tienes que hacerlo. Por tu propia seguridad.»

—Yvan, esto es más grande que nosotros.

El Reino del Oeste ha caído. Todo se ha trasladado al este, tanto el flujo de refugiados como la guerra inminente. E Yvan y yo somos, potencialmente, la punta de lanza de esa guerra.

Nosotros somos la primera línea.

Se me escapa una lágrima mientras noto cómo algo duro y afilado como la Cordillera crece en mi interior. Yvan alza la mano para limpiarme la lágrima con el pulgar. Tiene fuego en los ojos.

—Te quiero —le digo mientras el resto de la estancia se desvanece para mí.

Él me acaricia el pelo y me coge la cabeza de una forma que destila un repentino y ávido ardor.

—Yo también te quiero.

Me abraza rodeándome con los brazos y con las alas.

Nos pegamos el uno al otro y noto el latido de su corazón junto al mío. Cierro los ojos y por un breve y maravilloso momento somos las dos únicas personas de toda la cueva.

—Espérame —susurra.

Asiento contra su mejilla mojada de lágrimas y me es imposible distinguir cuáles son sus lágrimas y cuáles son las mías.

—Yvan Guriel —anuncia la comandante Vin con tono de urgencia. Nos volvemos hacia ella—. Tenemos que sacarte del Reino del Este. Ahora.

Dos hechiceras kin hoang vestidas de gris se adelantan y a mí se me acelera le corazón. Yvan y yo nos agarramos el uno al otro.

—¿Adónde le llevaréis? —pregunto implorante.

—A algún lugar seguro —me asegura la comandante Vin—. A algún lugar aislado donde pueda entrenar. No podemos decirte el lugar exacto, Elloren Gardner. Debes comprenderlo.

«Por si acaso los gardnerianos me encuentran. Por si acaso al final soy el extremo malo de la profecía.»

Miro a Yvan con lágrimas en los ojos.

—Entonces esto es un adiós.

Yvan me acaricia el pelo y me mira fijamente, como si estuviera intentando memorizar mi cara—. Sé fuerte —me dice poniendo sus cálidas manos en mi cara.

—Lo seré —le prometo entre lágrimas.

Y entonces Yvan me besa una última vez y me proyecta su fuego con tanta fuerza que el calor sigue ardiendo en mi interior cuando deja de besarme.

Me lanza una última mirada cargada de pasión, se separa de mí muy despacio y se vuelve hacia la vu trin.

—Estoy listo —dice.

Las kin hoang lo rodean y le veo marchar entre una cortina de lágrimas. Camina con la espalda bien recta y las alas desplegadas, y se interna en la brillante bruma azul de uno de los muchos túneles de salida de la caverna seguido de las kin hoang.

Y desaparece.

Lloro desconsoladamente, estoy hundida.

Jules Kristian me rodea con el brazo y yo me dejo envolver por su abrazo.

—¿Tú lo sabías? —pregunto llorando pegada a su túnica.

—No.

Niego con la cabeza sobre la áspera lana de su hombro, después le miro con incredulidad.

—No sé si estoy a la altura de esto.

Jules mira mis ojos tristes.

—Lo estarás. Con el tiempo. —Esboza una sonrisa triste—. Querías ser inteligente y poderosa.

Se me escapa una risa inútil al pensar en lo absurdo de la situación.

—Hay que tener cuidado con lo que uno desea, ¿eh? —me dice.

Asiento sintiéndome un poco más reconfortada gracias a sus amables palabras y su sentido del humor a pesar de la situación.

—Menuda sorpresa —reconoce negando con la cabeza—. Me alegro de que seas tú, Elloren.

Yo, precisamente.

«La Bruja Negra.»

Jules se mete la mano en el bolsillo de la camisa y saca un puñado de flores de hierro, el brillo de las flores azules es tan potente como el de las runas de color zafiro que relucen por la estancia.

—Lucretia me ha pedido que te las diera —dice un tanto pensativo—. El árbol de la flor de hierro tiene un ciclo vital muy interesante —dice mirando las flores—. Pasa un año en el bosque siendo una flor frágil y delicada. Es fácil de romper. Es fácil destruirla. —Me mira a los ojos—. Pero si sobrevive se convierte en un árbol fuerte de raíces profundas.

Cojo las flores y su brillo se me refleja en la mano como si fuera una mancha de pintura.

—Estas flores se utilizaron para luchar contra los demonios de nuestros mitos —le digo mirando las flores luminosas.

Le miro y veo que se ha puesto muy serio.

—Los auténticos demonios de este mundo viven ocultos bajo muchos disfraces, Elloren Gardner. Ve a buscarlos —me dice con un tono implacable—. Y pelea contra ellos.

Miro a Jules por última vez sintiéndome mucho más animada, después me levanto y me vuelvo hacia la comandante Vin.

—Vamos.

597

# Epílogo

Algunas horas después ya llevo puesta la armadura de batalla de los Noi y me llevan por una serie de túneles que descienden por la tierra con la Varita Blanca envainada a un costado.

Sigo a una larga fila de hechiceras vu trin con los ojos clavados en la espalda recta de la joven hechicera que tengo delante tratando de luchar contra la claustrofóbica sensación de que nos dirigimos hacia el centro de Erthia.

El final del pasillo da paso a una cueva gigantesca que contemplo con gran asombro.

Estamos rodeados de estalactitas y estalagmitas por todas partes y sus traslúcidas formas proyectan la clásica luz azul de las runas noi. Han quitado las formaciones minerales del centro de la cueva y en el suelo hay una placa de cristal.

Hay muchas hechiceras vu trin y unos cuantos jóvenes smaragdalfar apilando cajas llenas de armas. A uno de los lados veo varios caballos ensillados y amarrados, la mayoría preparados con las pesadas alforjas necesarias para hacer un viaje largo.

Pero ninguna de estas cosas atrae mi atención como una polilla a la luz ni me roba el aliento.

En el centro de la caverna hay un arco de runas noi que rotan sobre sí mismas y conforman la silueta de un pasaje. Veo una línea de luz azul que salta de una runa a otra proyectando una red de delgadas venas de brillante luz por toda la estructura del portal rúnico. El centro del portal ondea y tiembla, como la superficie de un lago dorado.

A cada lado del portal hay una soldado vu trin anciana con el pelo blanco. Una de ellas está apoyada en un bastón rúnico y está pulsando una especie de código en una de las piedras rúnicas.

Alguien me da una palmada en el brazo y yo olvido el enorme portal y miro al grupo de jóvenes hechiceras. Una de ellas lleva las riendas de un caballo en la mano. Me hace un gesto para que monte: las demás soldados de nuestra partida ya están subiendo a sus caballos.

Me subo a lomos de la yegua de color ébano y avanzo en dirección al portal acompañada de la comandante Vin y el pequeño contingente de soldados de nuestra pequeña partida.

Detengo el caballo ante el portal y lo observo con creciente nerviosismo.

No tengo ni idea de adónde conduce.

La comandante Vin se acerca a mí montada en su caballo y me mira. El movimiento hace que se le baje un poco el cuello de la túnica dejando ver un pequeño tatuaje justo por debajo.

Un pájaro blanco.

—¿Estás preparada, Elloren Gardner? —me pregunta.

Yo busco a tientas la Varita Blanca mientras observo el brillante portal que tengo delante.

Pienso en el tío Edwin y en mis hermanos. En Fernyllia y en Fern. En Bleddyn y Olilly y en todos los trabajadores de la cocina. Pienso en Wynter y Ariel, en Cael y Rhys y Andras. En los lupinos, en Tierney, en Aislinn…

En todos mis seres queridos.

Y en Yvan.

Aprieto la varita con fuerza y me vuelvo hacia la comandante Vin.

—Estoy lista —le digo con convicción.

Ella mira mi mano, marcada por las cenefas del compromiso y aferrada al mango de la varita. Esboza una sonrisa satisfecha. Se endereza sobre el caballo y gesticula en dirección al portal que tenemos delante.

—Pues entra, Elloren Gardner.

Agarro con fuerza la varita sintiéndome más tranquila al notar la espiral de madera. Mis líneas de afinidad se encienden: tierra, fuego, aire y un poco de agua.

Espoleo al caballo para que avance con gran determinación y las flores de hierro que me ha dado Jules metidas en el cuello de la túnica. El muro de brillante color dorado del portal ondea cuando me acerco y se pone plateado cuando lo cruzo.

«Seré distinta a ti, abuela —juro mentalmente mientras el reino del Oeste desaparece a mi espalda—. Y volveré a por Marcus Vogel.

»Voy a acabar con él.»

## Ley número 366 del Consejo de Magos

Todos los ícaros de los reinos Oeste y Este
de Erthia deberán ser perseguidos y ejecutados.
Por la presente declaramos que dar cobijo
a un ícaro o ayudarlo a escapar es uno de
los peores crímenes que se pueden cometer
contra el Sagrado Reino de Gardneria.

Y se castigará sin compasión.

# Agradecimientos

*P*ara empezar quiero darle las gracias a mi marido, Walter, por su inquebrantable y entusiasta apoyo. Te quiero.

A mis épicas hijas Alex, Willow, Taylor y Schuyler, gracias por apoyarme con esto de la escritura y por ser tan maravillosas. Os quiero.

Quiero expresar mi más sincero amor por mi difunta madre, Mary Jane Sexton, y mi difunta amiga Diane Dexter. En los momentos más difíciles siempre recuerdo lo mucho que creíais en mí y en esta serie. Vuestro festivo legado sigue inspirándome.

Quiero darle las gracias a mi suegra, Gail Kamaras, a mi cuñada, Jessica Bowers, y a Keith Marcum, por todo vuestro apoyo. Os quiero.

También quiero darle las gracias a mi hermano, el brillante autor señor Beanbag, por ser siempre tan maravilloso y apoyarme siempre. Te quiero.

Gracias a mi sobrino, Noah, por su apoyo y su buen humor. ¡Eres el mejor!

A los escritores Cam M. Sato y Kimberly Ann Hunt, mis compañeras del grupo de escritura internacional, gracias por compartir vuestro increíble talento conmigo una semana tras otra. Me siento muy afortunada de haberme embarcado en este viaje de escritura con vosotras.

Quiero dar las gracias al escritor / editor Dian Parker por compartir su increíble talento conmigo, y a la escritora Eva Gumprecht, por ser una inspiración.

Gracias a Liz Zundel por compartir conmigo su talento como escritora y por su amistad. Te quiero Liz. Y gracias, Betty, te quiero.

Gracias, Suzanne. Tu apoyo durante este último año lo ha significado todo para mí.

Un millón de gracias a mis compañeros escritores de Harlequin Teen. No solo estoy asombrada con todos vosotros y vuestro gran talento, también me siento agradecida de poder contar con vuestro apoyo y amistad.

A los escritores de Utah (mi nuevo sitio preferido) y a los libreros de Texas (ya me habían dicho que erais geniales y ahora sé que el cumplido es merecidísimo). Estoy muy contenta de conoceros a todos. Gracias por todo vuestro apoyo.

A Yalsa y a todos los libreros que me han apoyado a mí y a mi serie, sois la pura definición de la genialidad.

Quiero dar las gracias a las escritoras Selene, Shaila, Jennifer, Stephanie, Keira, G., Abby, McCall, Liz, S., Lia, P., Erin, Joel, Laura, R., Ira, C., Meg, Sierra, J. y V., y gracias a los demás escritores que me habéis apoyado durante el pasado año. ¡Me siento muy afortunada de conoceros y de tener el privilegio de leer vuestros maravillosos libros!

También tengo que darle las gracias a Lorraine por su positivo apoyo. Te quiero compañera de habitación de la uni.

Gracias a la Burlington Writers' Workshop y al grupo debutante de 2017 por todo el apoyo, y por compartir vuestro infinito talento y vuestra creatividad conmigo.

Gracias a Mike Marcotte por todo el apoyo tecnológico con la página web.

También quiero acordarme del doctor Seth H. Frisbie, por ser el científico más guay del mundo que me ha ayudado a fusionar la química del mundo real en mis capítulos sobre química.

Quiero dar las gracias a los escritores Rickey, Kane y Ryan, y a los demás escritores de Vermont (sois un montón) que me apoyaron tanto a mi y a mi serie durante el último año. Os estoy muy agradecida a todos. También quiero dar las gracias a la Universidad de Bellas Artes de Vermont por el apoyo brindado a lo largo de todo el año. Sois un lugar de inspiración mágico. Y gracias a la Liga de Escritores de Vermont por ser tan maravillosos.

Gracias a Dan y Bronwyn (os quiero), y gracias John G. por el apoyo y tu amistad.

A todos los libreros de la Kellogg Hubbard Library por ser tan entusiastas y por apoyar tanto mi serie: un agradecimiento de gigante. Y gracias a la librera Loona por todo su apoyo.

Ashley y Milinda, gracias por toda la información ecuestre (y por no reíros mucho ante mi suprema ignorancia sobre caballos).

Gracias a todas las librerías que se han mostrado tan entusiastas con estas series, incluyendo a Phoenix Books de Burlington, Vermont; Bear Pond Books en Montpelier, Vermont; y Next Chapter Bookstore en Barre, Vermont. También quiero dar las gracias a los libreros que trabajan en la sección YA de Burlington, Vermont & Noble, por vuestro apoyo infinito.

A todos los blogueros y lectores que me han apoyado en la red, sois divertidos y maravillosos. Estoy disfrutando mucho de poder hacer este viaje con todos vosotros. ¡Gracias por todas las notas, las cartas y las maravillosas ideas!

A mis lectores: gracias por mejorar tanto este libro con todas vuestras sugerencias y vuestra visión analítica. Cualquier error que haya quedado es responsabilidad mía.

Quiero dar las gracias a dos de mis escritores preferidos, Tamora Pierce y Robin Hobb, por su apoyo y sus felicitaciones. Jamás os lo podré agradecer lo suficiente.

Y también quiero dar las gracias a todo el personal de Harlequin Teen y HarperCollins, que me han apoyado tanto a mí como a mis series. No puedo creer que haya conseguido trabajar con personas de vuestro nivel.

Gracias a Natashya Wison, directora editorial de Harlequin Teen, por todo. Y gracias a mi maravillosa editora, Lauren Smulski, por hacer que mis libros siempre sean muchísimo mejores.

Gracias a Reka Rubin y a Christine Tsai del equipo de derechos de Harlequin, por ser tan admiradoras de la serie de La Bruja Negra, y por lo mucho que os habéis esforzado para llevar mis libros a todos los lectores del mundo.

Gracias a Shara Alexander, Laura Gianino, Siena Koncsol, Megan Beatie, Linette Kim, Evan Brown, Amy Jones, Bryn Collier, Aurora Ruiz, Krista Mitchell y a todo el personal de marketing y publicidad que me ha ayudado a promocionar la serie.

A Kathleen Oudit y a Mary Luna, del talentoso departamento de arte de Harlequin, jamás podre agradeceros lo suficiente mis maravillosas portadas y el mapa.

Muchas gracias al equipo de ventas por su apoyo, y en especial a Gillian Wise, por su infinito entusiasmo hacia las Crónicas de la Bruja Negra.

Y muchas gracias al equipo de promoción y de redes sociales de Harlequin Teen: Eleanor Elliott, Larissa Walker, Monika Rola y Olivia Gissing.

Y por último quiero dar las gracias a mi maravillosa agente, Carrie Hannigan, y a todo el equipo de HSG Agency, por todo su apoyo y por creer en las Crónicas de La Bruja Negra durante tantos años. Os mando mi amor a todos.

Este libro utiliza el tipo Aldus, que toma su nombre
del vanguardista impresor del Renacimiento
italiano, Aldus Manutius. Hermann Zapf
diseñó el tipo Aldus para la imprenta
Stempel en 1954, como una réplica
más ligera y elegante del
popular tipo
Palatino

La flor de hierro
se acabó de imprimir
un día de invierno de 2020,
en los talleres gráficos de Liberdúplex, s. l. u.
Crta. BV-2249, km 7,4. Pol. Ind. Torrentfondo
Sant Llorenç d'Hortons (Barcelona)